LEAH BACH

Sanfter Mond über Usambara

Buch

Ein Aufstand hat Deutsch-Ostafrika verändert. Charlotte und George, die endlich zueinander gefunden haben, erkennen das Land, in dem sie ihre kleine Tochter großziehen wollten, nicht mehr wieder. Es zieht sie zurück in die Heimat. Doch dort wartet man keineswegs mit offenen Armen auf sie: Charlottes Familie ist gegen die Verbindung, und Georges frühere Frau untersagt ihm den Kontakt zu seinen Kindern. Und trotz ihrer großen Mühe, sich in Norddeutschland ein neues Leben aufzubauen, müssen sie sich schon bald ihre Sehnsucht nach Afrika eingestehen. Da bekommt George ein verlockendes Angebot ... Ein Angebot, das sie beide zurück auf den schwarzen Kontinent führen wird. Sie ahnen nicht, welche Gefahren ihnen bevorstehen und dass ihre Liebe auf eine harte Probe gestellt werden wird ...

Autorin

Leah Bach studierte Französisch und Russisch auf Lehramt, entschied sich aber gegen eine Laufbahn als Gymnasiallehrerin. Stattdessen begann sie zu schreiben, veröffentlichte bereits zahlreiche Kurzgeschichten und Romane und widmete sich ihrer heimlichen Leidenschaft, der Geschichte. Sie lebt mit ihrer Familie im Taunus und arbeitet als freie Autorin.

Bei Blanvalet außerdem von Leah Bach lieferbar:

Der Himmel über dem Kilimandscharo (37769)

Leah Bach

Sanfter Mond über Usambara

Roman

blanvalet

MIX
Papier aus verantwortungsvollen Quellen
FSC® C014496
FSC
www.fsc.org

Verlagsgruppe Random House FSC-DEU-0100
Das FSC®-zertifizierte Papier *Holmen Book Cream*
für dieses Buch liefert Holmen Paper, Hallstavik, Schweden.

1. Auflage
Originalausgabe November 2012 bei Blanvalet, einem Unternehmen der
Verlagsgruppe Random House GmbH, München.

Umschlaggestaltung: bürosüd°, München
Redaktion: Kristina Lake-Zapp
ES · Herstellung: sam
Satz: Buch-Werkstatt GmbH, Bad Aibling
Druck und Einband: GGP Media GmbH, Pößneck
Printed in Germany
ISBN: 978-3-442-37957-6

www.blanvalet.de

Teil I

Mai 1906

Charlotte Johanssen lehnte den schmerzenden Kopf gegen das Polster und schloss die Augen, um sich für einen Moment dem gleichmäßigen Rattern des Zuges zu überlassen. War sie erschöpft? Nein, es war eher ein Zustand unruhiger Anspannung, eine seltsame Mischung aus Freude und Bangigkeit, die sie schon seit dem Morgen plagte und die sich steigerte, je näher sie ihrem Ziel kamen.

Hin und wieder war der lang gezogene Pfiff der Lokomotive zu vernehmen, manchmal wehten auch weißliche Dampfschleier am Fenster vorüber, doch sie konnten den Anblick der grün und grau gewürfelten Ebene Ostfrieslands kaum beeinträchtigen. Flach dehnte sich das Land ihrer Heimat bis hin zum Horizont, Äcker und Wiesen, von lindgrünen Hecken oder schmalen Gräben unterteilt, hie und da sah sie ein paar blühende Obstbäumchen, Kühe, Schafe, dann wieder ein kleines Wäldchen, ein graues Dorf mit spitzem Kirchturm.

»Mama, sind wir jetzt bald in Leer?«, fragte ihre Tochter Elisabeth, die vor einem guten halben Jahr sechs geworden war.

Es klang unwirsch – das Mädchen war nach der wochenlangen Reise erschöpft und quengelig. Es hockte Charlotte gegenüber auf der Kante des Sitzes, stützte sich dabei mit beiden Armen auf dem Polster ab und starrte missmutig auf die vorüberziehende Landschaft. Sie hatte sich das alles viel großartiger vorgestellt, viel bunter und fröhlicher. Nicht mal Elefanten gab es hier, nur fette schwarz-weiße Kühe, und auf den Äckern hatte sie weiße Frauen und Kinder gesehen, die dort arbeiten mussten, dabei war das doch eigentlich Sache der Schwarzen. Nun, in Afrika, wo sie auf einer großen Plantage am Kilimandscharo gelebt hatte und dort sogar geboren war, war eben alles anders gewesen.

»Es dauert nicht mehr lange«, beschwichtigte Charlotte die Kleine. »Magst du noch einen Schluck Tee trinken? Es sind auch noch ein paar Kekse übrig.«

»Nein, danke …«

Elisabeth schnitt eine Grimasse, die deutlich machte, dass es nichts Widerwärtigeres auf der Welt geben konnte als trockene Reisekekse und kalten Tee. Sie rückte noch ein wenig näher ans Fenster heran und spitzte die Lippen.

»Tu es bitte nicht, du Wildfang!«, warnte Charlotte, die genau wusste, was das zu bedeuten hatte: Elisabeth liebte es, mit dem angeleckten Zeigefinger auf die gläsernen Scheiben zu malen.

Ein tiefer Seufzer war die Antwort. Die Kleine rutschte zurück auf die Bank und presste den Rücken gegen das Polster, die Beine vorgestreckt auf dem breiten Sitz. Unglücklich zupfte sie an den kratzigen Baumwollstrümpfen, die ihre Mutter ihr verordnet hatte, dann drehte sie die Füße hin und her, um die hellbraunen Halbschuhe aus Leder genauer zu besehen. Auch sie waren neu, robust und schrecklich plump, lange nicht so hübsch wie Mamas Schuhe, die zierlich geformt waren und einen halbhohen Absatz hatten.

Der Zug bewegte sich schnurgerade nach Süden. Heute früh waren sie in Hamburg losgefahren und hatten für die Weiterfahrt in Bremen in einen anderen Zug gewechselt. Da war es lustig gewesen, denn in ihrem Abteil hatte eine junge Frau mit zwei kleinen Mädchen gesessen, dazu ein Student und ein älterer Herr mit hohem Hut. Aber die waren alle in Emden ausgestiegen, und jetzt war es einfach nur todlangweilig.

»Wenn wir in Leer sind, wirst du deine Cousins kennenlernen. Ettjes Jungen sind alle in deinem Alter …«

»Jungen«, murrte Elisabeth und wackelte mit den Füßen. »Was soll ich denn mit denen?«

»Nun, auf der Plantage hast du auch mit Jungen gespielt, es wird dir schon nicht langweilig werden.«

Charlotte versuchte, die Haarnadeln in ihrer Frisur anders zu stecken, damit sie den Kopf besser anlehnen konnte. Auch das runde, dunkelrote Hütchen, das George ihr gestern in Hamburg gekauft hatte, weil es so wundervoll zu ihrem schwarzen Haar passte, musste weiter nach vorn geschoben und neu befestigt werden. Wenn doch diese lästigen Kopfschmerzen endlich nachlassen würden!

»Ihr werdet schon miteinander auskommen. Und dann ist da auch noch die kleine Fanny, die Tochter von Cousin Paul und seiner Frau Antje, die muss jetzt schon fast vier sein.«

»Phhh! Ein Baby …«

»Es wird dir gefallen, Elisabeth. Sie freuen sich doch alle auf dich, und ganz besonders die Großmutter!«

»Ich wäre lieber wieder zu Hause.«

Die Kleine wischte sich mit einer fahrigen Bewegung über die Augen. Sie hatte die lange Seereise von Daressalam bis Hamburg erstaunlich gut überstanden. Seekrankheit kannte sie nicht, vermutlich kam sie nach ihrem Großvater, Kapitän Ernst Dirksen, der auf allen Weltmeeren zu Hause gewesen war. Charlottes blond gelockte Tochter war der Liebling der Passagiere der ersten und zweiten Klasse gewesen, hatte sich von den Damen bemuttern und beschenken lassen und den Herren Löcher in die Bäuche gefragt. Vor allem aber hatte sich George rührend um Elisabeth gekümmert. Mit nie versiegender Phantasie erfand er Spiele für das Mädchen, erzählte ihr selbst erdachte Gute-Nacht-Geschichten und sorgte nebenbei dafür, dass sie sich weiterhin in der Kunst des Schreibens und

Rechnens übte. Der sonst so rastlose George Johanssen brachte im Umgang mit der Sechsjährigen eine solche Geduld auf, dass Charlotte ihren Liebsten kaum wiedererkannte.

Als sie vorgestern in Hamburg an Land gingen, war Elisabeth noch übermütig vor ihnen hergelaufen, am Abend des ersten Tages auf deutschem Boden war die Kleine jedoch fiebrig und wollte Charlotte nicht von der Seite weichen. Vielleicht fehlte ihr die sichere, überschaubare Gemeinschaft, die sie auf dem Reichspostdampfer umgeben hatte, möglicherweise ängstigte sie auch das Gewimmel der großen deutschen Stadt. In der Nacht, die sie zu dritt in einem geräumigen Hotelzimmer verbrachten, lag das Mädchen stundenlang wach und redete von der Plantage am Kilimandscharo, die einst ihrem leiblichen Vater, dem Baron Max von Roden, gehört hatte, bevor dieser bei einem furchtbaren Unfall ums Leben gekommen war, und die jetzt ihre Mutter mithilfe zweier zuverlässiger Verwalter leitete. Sie sprach von ihrer schwarzen Kinderfrau Hamuna, die sie so schrecklich vermisste, von Sadalla, dem Hausdiener, von ihren Ziegen und dem kleinen Hund, die sie hatte zurücklassen müssen. Auch heute auf der langen Zugfahrt hatte sie keinen Augenblick geschlafen.

»Warum kommt George nicht mit nach Leer?«, fragte sie ihre Mutter jetzt.

»Er will zuerst einige Bekannte in Berlin aufsuchen, Elisabeth. Das weißt du doch. Es ist sehr wichtig für seine Bücher und Zeitungsartikel.«

»Ich wünschte, er wäre bei uns!«

Charlotte teilte den Wunsch ihrer Tochter. Es war erstaunlich, albern fast, wie sehr sie unter dieser Trennung litt. George würde doch nur wenige Tage in Berlin bleiben und dann zu ihnen nach Leer reisen, dennoch empfand Charlotte seine Abwesenheit als schmerzlich. Der intensive Blick seiner grauen Augen, das verständnisvolle Lächeln, sein Arm, den er immer wieder um ihre Schultern legte – all das fehlte ihr unendlich. Sie hatten einander so lange aus der Ferne begehrt, so viele Hindernisse überwinden müssen, um sich endlich zu ihrer Liebe zu bekennen, dass sie die Furcht nie ganz abschütteln konnte, George plötzlich wieder zu verlieren. Als wäre er ein Traumbild, das beim Aufwachen zerplatzte. »Sing das Lied, das Hamuna immer singt, wenn ich schlafen soll, Mama …«

Elisabeth war zu Charlotte auf die Bank geglitten und machte Anstalten, auf ihren Schoß zu klettern. Sie hatte das selten getan in letzter Zeit, auf dem Schiff hatte sie sogar forsch verkündet, kein »Schoßkind« mehr zu sein, und nur George ab und an gestattet, sie auf den Knien zu schaukeln.

»*Wimbo wa watoto?* Hamunas Kinderlied?«

»Kein Kinderlied. *Matumbuizo.* Wie heißt das auf Deutsch, Mama?«

»Ein Wiegenlied, mein Schatz.«

Charlotte begann leise zu summen, fand dann die Worte und bemühte sich, die dunkle, ein wenig raue Stimme der schwarzen Kinderfrau nachzuahmen. Hamuna kannte zahllose Lieder, die alle recht ähnlich klangen, vermutlich hatte sie sie selbst erfunden. Sie erzählten von Mädchen, die mit Krügen zur Wasserstelle gingen, von boshaften Affen und sprechenden Hyänen, von einem Baobab-Baum, den der große Geist aus dem Boden gerissen und mit den Wurzeln nach oben in die Erde gesteckt hatte. Charlotte hatte oft über Hamunas Lieder gelächelt, nun aber spürte sie in der schlichten Melodik eine erlösende Kraft. Es war, als mischten sich altbekannte Klänge in das Rattern des Zuges, das rhythmische Händeklatschen der Schwarzen, die hohen, trillernden Rufe der Frauen, das dumpfe Geräusch der Trommeln. Afrika stieg aus den Gesängen auf und hüllte sie ein, ließ sie den Atem des Meeres und den zarten Duft der Muskatblüte atmen, wehte ihnen den heißen Staub der Savanne entgegen und den feuchten, erdigen Geruch der Urwälder.

Waren sie etwa eingeschlafen? Das Schnaufen und Pfeifen des ruckelnden Wagens verstummte, und plötzlich bohrte sich ein wohlbekanntes metallisches Kreischen in Charlottes ohnehin schmerzenden Schädel. Der Zug bremste und drückte Mutter und Tochter in den Sitz, um sie dann, als der Zug zum Stillstand gekommen war, mit einem Ruck wieder nach vorne zu schleudern.

»Leeeeeeer! Vorsicht an der Bahnsteigkante! Der Zug hat zehn Minuten Aufenthalt. Leeeeer! Vorsicht an der Bahnsteigkante. Der Zug hat …«

»Wir sind da, Elisabeth. Komm rasch!«

Charlotte schob das Zugfenster herunter und versuchte, in den grauen Dampfschwaden, die draußen vorüberzogen, etwas zu erkennen. Das Bahnhofsgebäude! Mein Gott, es schaute noch ebenso düster aus wie vor zehn Jahren, als sie hier mit Christian und Klara im Morgengrauen in den Zug gestiegen war, um die Stadt in aller Heimlichkeit zu verlassen. Auf der Flucht vor Christians Schulden und mit der Hoffnung im Herzen, in der Fremde einen glücklichen, neuen Anfang zu finden.

»Charlotte! Charlotte! Himmel, sie ist es! Schieb die Karre dort hinüber, Henrich! Nun mach schon, Junge, ja seid ihr denn alle blind? Dort am Fenster stehen sie doch. Charlotte!«

Die Stimme war Charlotte wohlbekannt, die füllige Person im hellblauen Kleid und mit dem weißen Hütchen wollte jedoch wenig zu ihren Erinnerungen passen.

»Die dicke Frau dort, die mit den Armen wedelt – gehört die etwa zu unserer Familie, Mama?«

»Das ist deine Tante Ettje!«

Charlotte winkte der stämmigen Gestalt zu, bei der es sich ganz offensichtlich um ihre ehemals so schmale Cousine Ettje handelte, dann fasste sie hastig ihre Reisetasche und wies Elisabeth an, ihren Beutel und den Schirm zu nehmen. Beide eilten sie zum Ausstieg, wo ein Dienstmann bereits ihren großen Reisekoffer aus dem Zug auf die von Ettje mitgebrachte Schubkarre hob.

»Ach, Charlotte! Du schaust noch genauso aus wie damals! Wie hübsch du bist! Wie fein angezogen! Und dieses Hütchen – so was findet man in ganz Leer nicht …«

Es musste in der Familie liegen, dieses übereifrige Geschwätz, wenn man sich nach langer Zeit wiedersah, auch Cousine Klara, die sonst so schweigsam war, redete bei solchen Gelegenheiten ohne Punkt und Komma. Charlotte fand sich an Ettjes üppiger Brust wieder, atmete den Geruch ihrer Kindheit ein, als die Kleider immer ein wenig nach feuchtem Moder, Küchendünsten und Mottenpulver gerochen hatten, und war tief gerührt über Ettjes ehrliche Wiedersehensfreude.

»Ich bin ein bisschen aus dem Leim gegangen, wie du siehst«, schwatzte Ettje, während sie die Cousine immer noch an sich drückte. »Das fing an, als Peter vor einigen Jahren so krank wurde, und jetzt will der Speck nicht mehr von meinen Hüften runter …«

»Du bist nur ein wenig runder als damals, aber sonst hast du dich nicht verändert, Ettje. Vergiss nicht, dass du drei hübsche, kräftige Jungen in die Welt gesetzt hast …«

»Und du eine bezaubernde kleine Tochter. O mein Gott, das Kind schaut aus wie eine Ostfriesin, so blond, und die Augen sind die von unserem Großvater, da gibt es gar keinen Zweifel …«

Elisabeth blinzelte noch verschlafen auf ihre drei Cousins, die sich an Taschen und Koffern zu schaffen machten, dann wurde sie unversehens an Ettjes Busen gepresst, die ihr mit rauer Hand durch das lockige Haar strich.

Der Weg zur Ulrichstraße war nicht weit und die Nachmittagssonne warm, also gingen sie die Strecke zu Fuß. Es hatte sich nicht viel veränderte, seit sie Leer verlassen hatte, dachte Charlotte. Hie und da war ein neues Haus zu sehen, das Hafenbecken war tideunabhängig ausgebaut worden, und die hässlichen braunen Handelsbaracken auf der Nesse inmitten der Ledaschleife waren mehr geworden. Immer wieder musste sie Ettje anschauen, die schwergewichtig neben ihr herstampfte. Die Cousine war jetzt vierzig Jahre alt, vier Jahre älter als sie selbst, und doch kam es Charlotte vor, als läge eine ganze Generation zwischen ihnen. Ettje war niemals hübsch oder elegant gewesen, auch jetzt störte sie sich nicht an ihrer Körperfülle, die sie älter und unvorteilhaft aussehen ließ. Cousine Ettje war stolze Mutter dreier Knaben und treu sorgende Ehefrau des früheren Nachbarsburschen Peter Hansen, seines Zeichens Beamter beim Zollamt – damit hatte sie ihre Bestimmung gefunden, mehr erwartete sie nicht vom Leben. Die Sehnsucht, die Charlotte von Kind an in die Ferne gezogen hatte, die verzehrende Liebe zu einem für sie unerreichbaren Mann, die Träume, die Hoffnungen, die Erfüllung in der Musik – all diese Dinge hatte Ettje niemals kennengelernt.

»Du wirst staunen, Charlotte«, plapperte sie eben. »Die Großmutter ist immer noch hellwach und lässt sich kein X für ein U vormachen. Paul und seine Frau Antje haben keinen leichten Stand in ihrem Haus! Nur die kleine Fanny, die wird von ihr nach Strich und Faden verwöhnt …«

Noch blühten einige Apfelbäume in den Gärten, doch die meisten Blütenblättchen lagen schon braun gerändert auf den Beeten und Wiesen verstreut. Windmühlen drehten ihre Flügel, jene scheußlichen Ungetüme, die der kleinen Charlotte in ihrer Kindheit eine solche Furcht eingejagt hatten. Wie unendlich fern war jener verhängnisvolle Tag im Mai, an dem sie mit Paul und Ettje vom Markt gekommen war, stolz die ersparten Pfennige im Schnupftuch eingebunden, um damit vor der Großmutter zu glänzen. An diesem Tag war unvermittelt der Tod in ihr Leben getreten. Es war so lange her, und doch spürte sie auf einmal wieder den Schmerz der Zehnjährigen, die sich beharrlich dagegen gewehrt hatte, an diesen finsteren Gesellen zu glauben, und bis zum Ende des Sommers hoffte, Papa, Mama und der kleine Jonny würden zurückkommen – vergeblich.

Elisabeth hatte zuerst die Hand ihrer Mutter gefasst, da ihr die neue Verwandtschaft noch reichlich unheimlich war, bald aber lief sie hinter der Schubkarre her, auf der Henrich, Ettjes ältester Sohn, die Koffer und Reisetaschen zur Ulrichstraße beförderte. »Pass doch auf«, wies sie den schwitzenden Knaben an, »da kommt ein Schlagloch. Dass ja der Koffer nicht herunterfällt, da sind nämlich die Geschenke für euch drin. Für jeden etwas – aber wenn du den Koffer von der Karre kippst, bekommst du nichts …«

Noch auf dem Bahnsteig hatte Tante Ettje ihre Brut der Reihe nach vorgestellt, wobei jeder der Knaben einen Diener hatte machen müssen. Henrich war dünn und sehnig, mit viel zu langen Armen und strackem blassblondem Haar. Er war letztes Jahr konfirmiert worden, schaute sehr ernst drein und schien sich wie ein Erwachsener vorzukommen. Der mittlere Sohn hieß Peter, er war schon fast so groß wie der ältere Bruder, aber sein Haar war rötlich und sein Gesicht voller hellbrauner Sommersprossen. Der Netteste war Jonny, fand Elisabeth, denn er lachte dauernd und schwatzte dummes Zeug, außerdem konnte er auf einem Grashalm blasen, wie es auch die Schwarzen daheim auf der Plantage verstanden.

»Ach, was für ein Jammer, dass du Klara nicht mitgebracht hast, Charlotte. Ich hätte sie so gern wiedergesehen! Meine kleine Schwester Klara mit dem Humpelbein. Wer hätte damals gedacht, dass sie einmal einen Missionar in Afrika heiraten und Mutter eines Sohnes sein würde …«

Das Haus der Großmutter war in Charlottes Erinnerung viel größer gewesen. Ganz niedrig erschien es ihr jetzt, der Backstein dunkel, das Dach schon ein wenig eingesunken – hatte sie in diesem Häuschen wirklich so viele Jahre gelebt? Und auch der Großvater, die Großmutter, Tante Fanny, die Cousinen Ettje und Klara, Cousin Paul – all diese Menschen hatten dort Platz gefunden. Dagegen war das Wohnhaus der Plantage am Kilimandscharo mit seinen dicken weißen Mauern, die noch aus den Zeiten der Araber stammten, fast ein Palast.

»Kommt herein!«, rief Ettje mit einer weit ausholenden Armbewegung und voller Besitzerstolz. »Wir haben Butterkuchen für euch gebacken. Und ihr dürft oben in unserer alten Schlafstube übernachten. Paul und Antje schlafen solange in den Betten der Großeltern, und die Großmutter zieht ins Arbeitszimmer um. Für ein paar Tage geht das schon.«

Nichts hatte sich verändert!, dachte Charlotte. Die Haustür mit dem Oberlicht war weiß gestrichen, und wie schon damals blätterte in der Mitte, dort, wo der Regen gegen die Tür prasseln konnte, die Farbe ab. Im Flur schlug ihr der Geruch nach feuchtem Holz und Bohnerwachs entgegen, sacht durchzogen von Kuchenduft. Auf der alten Kommode standen ein paar verstaubte Einmachgläser, die man gerade aus dem Keller geholt hatte. Großmutter Grete Dirksen saß in ihrem guten schwarzen Kleid und mit der wohlbekannten Spitzenhaube auf dem Kopf in der guten Stube. Kleiner war sie geworden und viel dünner, durch das einst glatte Gesicht zogen sich unzählige Linien und Fältchen. Ihre Augen schienen tiefer zu liegen, doch sie waren immer noch hell und hatten den wachen Blick der Hausherrin. Pauls Ehefrau mochte hier tatsächlich kein leichtes Leben haben.

»Die Lotte ist wieder da!«, rief die Großmutter und eilte zur Stubentür. »Bei Nacht und Nebel ist sie damals davongelaufen! Hat die arme Klara mitgenommen und Christian, den Nichtsnutz. Aus dem ist wohl nie mehr etwas geworden, auch nicht in Afrika, was?«

Statt einer Antwort nahm Charlotte die alte Frau in die Arme. Obgleich die Stimme der Großmutter noch kräftig war, fühlte es sich an, als stecke ein leichtes Vöglein unter der dicken Schicht aus Kleidern und Wäsche. Einzig die eiserne Willenskraft schien den Körper der Fünfundachtzigjährigen noch zusammenzuhalten.

»Lass mich mal deine Deern anschauen, Lotte. Nee – was für ein Blondschopf! Die Augen wie mein seliger Henrich, die gleichen, die dein Vater gehabt hat, Lotte. Das ist 'ne Dirksen, die Deern. Wie heißt sie? Elisabeth? Willst wohl hoch hinaus, wie? Lisa nennt sich das bei uns in Leer! Und jetzt rein mit euch in die Stube. Kaffee haben wir gekocht und Tee von Bünting …«

Auch die Stube war unverändert. Plüschsofa, Tisch und Sessel standen noch am gleichen Platz, die Vase mit den falschen Palmwedeln und die vielen Nippesfigürchen auf den Fensterbänken. Das weiße Kreuz aus Carrara-Marmor, das ihr Vater, Kapitän Ernst Dirksen, vor über dreißig Jahren aus Südamerika mitgebracht hatte, leuchtete im Licht der Nachmittagssonne. Und sogar die Photographie, auf der die damals zehnjährige Charlotte mit ihren Eltern und dem kleinen Jonny abgelichtet war, hing noch an der Wand. Die Jahre hatten die einst scharfen Konturen verwischt, die Farben in helle Braun- und Gelbtöne verwandelt, der einst schwarze Trauerflor war nun dunkelgrau und brüchig geworden.

»Mein Klavier …«, flüsterte Charlotte zärtlich und fuhr mit den Fingern über das glatte schwarze Holz des Instruments.

»Ja«, sagte Ettje, die den Kuchenteller hereintrug, lachend. »Der nutzlose Kasten steht hier immer noch herum. Wie oft haben Paul und ich darum gebeten, das Monstrum endlich verkaufen zu dürfen, denn Onkel Gerhard denkt gar nicht daran, es abholen zu lassen. Aber die Großmutter will es nun einmal nicht hergeben.«

Onkel Gerhard war der jüngste Sohn des Pastorenehepaars Henrich und Grete Dirksen, und er war, so hatte Charlotte schon als Kind aus ihren Reden schließen können, ein rechter Nichtsnutz. Nichtsdestotrotz hatte er einen Hang zur Musik, mit deren Unterricht er in Hamburg angeblich seinen Lebensunterhalt verdiente. Was aus ihm geworden war, konnte niemand sagen.

»Eines Tages steht der Gerhard vor der Tür und will sein Klavier haben«, beharrte die alte Frau jedoch dickköpfig. »Und das Klavier, das soll für ihn bleiben.«

Das Instrument war hoffnungslos verstimmt. Kein Wunder, im Winter wurde die Stube nur am Abend geheizt, tagsüber sparte man gern mit dem Holz und hielt sich in der Küche auf, wo der Herd ja sowieso brannte. Dieser ständige Temperaturwechsel war dem Klavier schlecht bekommen.

Eine junge Frau schob sich in die Stube, ein schüchternes, leicht vergrämt wirkendes Wesen mit wasserblauen Augen und vollen Lippen. Es war Antje, die Ehefrau von Cousin Paul. Sie zog ihre kleine Tochter Fanny hinter sich her, die mit einem weiten rosa Rüschenkittel und einer gestickten Haube herausgeputzt war. Die Haube verdeckte das dünne hellbraune Haar des Mädchens, das von seiner Mutter gleich eine Maulschelle erhielt, weil es vor Verlegenheit den Daumen in den Mund steckte.

Wie in alten Zeiten wurden Stühle aus der Küche herbeigetragen, damit alle Gäste an der Kaffeetafel Platz fanden. Früher war das Charlottes Aufgabe gewesen, jetzt taten Ettje und Antje diese Arbeiten. Nichts blieb für Charlotte übrig, nicht einmal den Tee durfte sie einschenken, das übernahm Antje. Sie schob auch Zucker und Sahne herum, während Ettje den Butterkuchen austeilte. Charlotte und Elisabeth waren Gäste hier im Haus der Großmutter, man bewirtete sie, gab ihnen ein Nachtlager, denn sie waren ja Verwandtschaft. Doch zu Hause waren sie hier nicht mehr, andere hatten ihren Platz eingenommen.

»Schmeckt es dir?«, wollte die Großmutter von Elisabeth wissen.

Die Sechsjährige thronte auf einem Küchenstuhl, dessen Sitz man durch zwei Federkissen erhöht hatte, so dass sie die gesamte Kaffeetafel überblicken konnte. Charlottes warnendes Stirnrunzeln war unnötig. Elisabeth erklärte, noch nie zuvor so guten Kuchen gegessen zu haben, und auch wenn sie mit vollem Mund sprach, war ihr von nun an die zärtliche Liebe ihrer Urgroßmutter gewiss.

»Gibt es in Afrika keinen Butterkuchen?«, wollte Ettje wissen.

»Es gibt andere Leckereien, die mit Bananen, Honig und Mango hergestellt und in Erdnussöl gebacken werden«, antwortete Charlotte.

Die anderen nickten sich mitleidig zu. In ranzigem Öl gebacken – da konnten sie sich ja denken, wie das schmeckte. Ohne gute Butter gab es doch kein anständiges Essen und schon gar keinen Kuchen. Da konnte Charlotte lange von knusprig ausgebackenen Maisküchlein und diesem indischen Zeug, den Samosa, erzählen – so was fraßen die Neger und die Inder, aber doch keine deutschen Christenmenschen.

»Ich habe euch Gewürze mitgebracht. Kurkuma und Muskatblüte. Und Galgant. Sogar Kreuzkümmel, weißen Pfeffer und Safranfäden!«

Die Ankündigung löste freundliches Kopfnicken und ein wenig Neugier aus, dann fragte Antje vorsichtig, ob sie auch Kaffee mitgebracht habe, und war enttäuscht, als sie erfuhr, dass es auf der Plantage am Kilimandscharo inzwischen fast nur noch Sisalpflanzen und kaum Kaffeebäume gab.

»Auf Bäumen wächst der Kaffee? Wie merkwürdig. Schüttelt man die Bohnen herunter, wenn sie reif sind?«

Elisabeth setzte sich in Szene, sie konnte genau erklären, wie der Kaffee gepflückt wurde. Misstrauisch hörte man ihr zu, vor allem Ettjes Söhne wollten der Sechsjährigen nicht glauben, dass der Kaffee in roten Beeren versteckt sei, und lachten laut heraus, doch Charlotte bestätigte Elisabeths Schilderung.

»Was für 'ne fixe Deern«, sagte die Großmutter, die jetzt nur noch Augen für die neue blonde Urenkelin hatte, und nickte anerkennend.

Die Gespräche plätscherten dahin. Charlotte begriff recht bald, dass ihre Berichte falsch verstanden wurden, dass es nahezu unmöglich war, ihren Verwandten das afrikanische Leben in all seiner Vielfalt und Faszination begreiflich zu machen. Ihre Vorstellungen von Afrika waren von der protestantischen Kirche geprägt, die immer wieder Gelder sammelte, um die armen Heidenkinder zum rechten, protestantischen Glauben führen zu können. Dazu las man hie und da einen Bericht in einem Journal oder im *Ostfriesenboten,* Artikel über die Missionsarbeit, die Sitten und Gebräuche der Neger oder über die kostbaren Rohstoffe, die in den afrikanischen Kolonien zu gewinnen waren. Die schwarzen Ureinwohner Afrikas waren für die Bewohner von Leer im besten Fall unwissende Heiden, für die man im Sommer Pulswärmer strickte, Im schlimmsten Fall aber waren sie bestialische Wilde, die ihre Opfer in großen Kesseln kochten und sie unter grausigen Ritualen verspeisten. Wer freiwillig unter solchen Unmenschen lebte, der war entweder ungewöhnlich fromm oder nicht ganz richtig im Oberstübchen und herzlich zu bedauern.

»Gott der Herr hat euch wieder in die Heimat geführt«, stellte Ettje mit tiefem Ernst fest. »Ich wünschte nur, dass auch Klara bald wieder in anständige Verhältnisse kommt.«

Charlotte, die nun endgültig resignierte, erwiderte lächelnd, dass Klara an der Seite ihres Mannes bleiben würde, was man mit traurig-verständnisvollem Kopfnicken zur Kenntnis nahm. Ja, gewiss, da gehörte eine Frau ja letztendlich auch hin.

Das Gespräch wandte sich jetzt den Neuigkeiten in Leer zu, und Charlotte musste sich eingestehen, dass nun sie es war, der das nötige Verständnis fehlte. Konnte man sich tatsächlich derart über den auffälligen Hut der Ehefrau des neuen Superintendenten aufregen? War es wirklich weltbewegend, dass der Holzmarkt von der Ortsmitte weiter nach Osten verlegt worden war? Dass die Tochter des Amtmanns Wagner freizügigen Umgang mit einem Auricher Studenten pflegte und mit ihm in den Wiesen gesehen worden war?

Als bald darauf Cousine Menna mit ihren beiden Töchtern Johanna und Grete die Stube betrat, schien das kleine Backsteinhaus förmlich aus allen Nähten zu platzen. War es früher auch so eng gewesen? Wenn ja, dann war es Charlotte einfach nicht aufgefallen. Ganz unbefangen schob man noch drei weitere Stühle zwischen die übrigen Sitzgelegenheiten und stellte Kuchenteller und Tassen auf. Die Teekanne schien unerschöpflich, genau wie der Kuchen und die runden Kekse, die die Großmutter aus einer Blechdose hervorholte.

Mennas Begrüßung war voll unbefangener Herzlichkeit, was Charlotte erleichterte. Menna war die Schwester von Marie, der geschiedenen Ehefrau ihres Mannes George Johanssen, und obgleich die Scheidung schon Jahre zurücklag und Marie längst glücklich in London verheiratet war, hatte Charlotte doch insgeheim befürchtet, Menna könne ihr etwas nachtragen. Doch Menna plauderte fröhlich über allerlei Alltäglichkeiten, lobte Charlottes Kleid und das bezaubernde Hütchen und zeigte sich entzückt von der hübschen, lebhaften Elisabeth – alles schien in bester Ordnung zu sein. Nun endlich verspürte Charlotte wieder die Wärme der großen Familie, die Sicherheit, die diese Zusammengehörigkeit ihr einst vermittelt hatte. Sieben Kinder wimmelten jetzt im Haus herum, spielten Fangen auf den Fluren, warfen Bälle im Gemüsegarten, zankten sich, zerrten einander an den Haaren, jammerten, plärrten und steckten gleich wieder mit heißen Wangen beieinander. Allen voran Elisabeth, die die Geschenke an die Kinder austeilen durfte und die Gelegenheit nutzte, sich vor den Älteren zu spreizen. Taschenmesser für die Jungen, einen roten Gummiball für die kleine Fanny, Puppen mit echten Haaren, angezogen wie vornehme Damen – nicht einmal zu Weihnachten gab es hierzulande solche Herrlichkeiten.

»Schließlich komme ich ja nur alle zehn Jahre heim«, scherzte Charlotte, die fast schon ein schlechtes Gewissen hatte.

Sie selbst hätte nicht so reichlich eingekauft; es war George gewesen, der sie gestern dazu gedrängt hatte. Charlotte verstand, was hinter seinem Wunsch steckte: George hätte seinen eigenen Kindern in London nur allzu gern Geschenke gebracht, sie wiedergesehen und in die Arme geschlossen, doch Marie, seine geschiedene Frau, hatte auf seine diesbezügliche Bitte eine sehr deutliche Antwort folgen lassen. Falls er die Absicht habe, mit seiner neuen Ehefrau und der kleinen Tochter nach London zu reisen, schrieb sie, so seien Charlotte und Elisabeth jederzeit herzlich in ihrem Hause willkommen. Ein Wiedersehen mit seinen Kindern käme für George Johanssen jedoch nicht in Frage.

Sie erhielten Maries Brief noch auf dem Schiff in Neapel. George hatte das Schreiben beim Frühstück geöffnet, es kurz überflogen und dann wortlos Charlotte gereicht. Sie hatte den Schmerz in seinen Augen gelesen und sich bemüht, ihn zu trösten. Es würde nicht immer so sein, Berta war schon achtzehn, in drei Jahren wäre sie volljährig, dann könnte sie selbst entscheiden, ob sie ihren Vater wiedersehen wollte. Johannes, der zwei Jahre jünger war als seine große Schwester, würde sich etwas länger gedulden müssen. Insgeheim aber war Charlotte unfassbar zornig auf ihre Cousine Marie, die sich vom Leben stets mit größter Selbstverständlichkeit nahm, was sie haben wollte. Marie verfügte über eine ganz wichtige Voraussetzung, um wahrhaft glücklich zu sein: Sie kannte kein Mitgefühl.

Jetzt aber, inmitten des fröhlichen Trubels im Haus der Großmutter, keimte in Charlotte die Hoffnung auf, dass George hier in Leer einen kleinen Ersatz für das Verlorene finden konnte. Hier waren sie willkommen, man nahm sie herzlich und ohne Vorbehalte in die große Familie auf, in das warme Nest, das ein Mensch so nötig brauchte, der aus der Fremde in die Heimat zurückkehrte.

Sie bestand darauf, Antje beim Abräumen des Geschirrs zu helfen, und ließ sich auch in der Küche nicht abweisen.

»Ich habe mich jahrelang darauf gefreut, diese Teller abwaschen zu dürfen«, erklärte sie lachend. »Meine Güte – wie viele Erinnerungen steigen auf, wenn ich in dieser Küche stehe!«

Gewiss waren es nicht nur angenehme Erinnerungen. Sie hatte mit ihrem ersten Ehemann Christian hier gesessen, zornig von ihm Aufklärung verlangt, als er nach dem beschämenden Konkurs wieder auftauchte, abgerissen und übernächtigt, ein Fremder und doch ihr Ehemann, dem sie bis zu diesem Tag vertraut hatte. Jetzt aber überwogen die schönen Erinnerungen, die Mahlzeiten in froher Runde, das heitere Schwatzen beim Gemüseputzen, die Eintracht mit Klara, die ihr immer so liebevoll und treu zur Seite gestanden hatte … Ach, wie sehr Klara ihr doch fehlte! Wie schade, dass sie jetzt nicht auch in Leer war.

Cousin Paul ließ sich erst gegen Abend blicken, als Menna schon an Aufbruch dachte und sie den Kindern, die vom Toben schon wieder hungrig waren, in der Küche ein paar Brote schmierte. Charlotte kannte ihn kaum wieder. Sein Haar war an der Stirn licht geworden, auch erschien er ihr steif und viel schweigsamer als damals. Die Zeiten, in denen Paul mit Lehmklumpen nach den Mädchen geworfen und Spaß daran gefunden hatte, Charlotte mit ihrem exotischen Aussehen, das sie ihrer indischen Mutter zu verdanken hatte, aufzuziehen, schienen endgültig vorbei zu sein. Aus Paul Budde war ein strebsamer Beamter geworden, einer von der Sorte, die offenbar in einer Amtsstube zur Welt gekommen waren und deren Gesichtshaut die Farbe des Schreibpapiers angenommen hatte. Die Begrüßung blieb flüchtig, denn kaum hatten sie ein paar Worte gewechselt, stolperte Elisabeth im Flur und schlug sich den Kopf an der Kommode an. Das Mädchen war von all dem Wirbel vollkommen überdreht und weinte so laut, dass die Großmutter schon nach dem Arzt schicken wollte. Ein nasses Tuch musste her, um die Beule zu kühlen, tröstende Worte prasselten von allen Seiten auf die Kleine ein, Peter, der an dem Unfall beteiligt gewesen war, rang sich eine Entschuldigung ab – dann endlich versiegten die Tränen. Elisabeth blinzelte vor Müdigkeit.

»Wo steht denn mein Bett, Mama?«

Charlotte stieg mit ihrer Tochter die Treppe hinauf. Die kleine Kammer, in der sie früher mit Klara, Ettje und Tante Fanny geschlafen hatte, rief tiefe Rührung in ihr hervor. Da stand tatsächlich noch das wackelige Bett ihrer Kindheit! Wie viele Träume hatte sie darin geträumt! Schöne, sehnsüchtige, auch kummervolle …

»Mama, das ist hier furchtbar rumpelig. Und es riecht so muffig.«

»Psst! Die Großmutter ist traurig, wenn du so etwas sagst, Elisabeth.«

»Ach, die hört doch nicht mehr gut …«

Charlotte half der Kleinen beim Ausziehen, streifte ihr das Nachthemd über und pustete noch einmal auf die böse Beule, damit sie bald wieder verschwand.

»Aber du kommst auch gleich schlafen, Mama, ja?«

»In ein paar Minuten. Wir sind unten in der Stube, du kannst uns hören …«

Die Zeremonie des Schlafengehens kürzte sich ab, da Elisabeth schon während des Nachtgebets die Augen zufielen. Sie sprach es auf Suaheli, denn es war Hamuna, die sie das Gebet gelehrt hatte. Das Lied, das Charlotte anschließend leise für ihre Tochter sang, hörte die Kleine nur noch im Schlaf.

Es gab immer noch kein elektrisches Licht im Haus der Großmutter, vermutlich hatte die alte Frau sich strikt geweigert, eine Leitung legen zu lassen. So ließ Charlotte vorsichtshalber die Petroleumlampe brennen, strich dem schlafenden Mädchen noch rasch eine verklebte Locke von der Wange und bemühte sich, die knarrende Tür möglichst leise zu schließen. Auf der Stiege war es jetzt dunkel, so dass sie die Stufen mit den Füßen ertasten musste. Sie staunte über sich selbst: Jede einzelne davon war ihr vertraut, sie wusste, wohin sie den Fuß setzen musste, damit sie nicht knackte, wo ein Nagel vorstand, wo das Holz schon ein wenig gesplittert war …

»Die Lotte wird das Geld bestimmt nicht wiederhaben wollen. Wozu denn auch? Sie hat reich geheiratet und braucht es nicht …«

Das war Ettjes Stimme, die aus der Küche drang. An wen hatte sie diese Worte wohl gerichtet? An Paul, der Charlotte einen Teil ihres Erbes schuldete? Jenes Geld, das der Großvater damals vom Vermögen ihres Vaters genommen hatte, um Paul studieren zu lassen. Ob die Großmutter das Schriftstück tatsächlich aufbewahrt hatte, das damals aufgesetzt worden war?

»Das heißt gar nichts. Die Großmutter ist imstande, ihr dieses alberne Blatt Papier auszuhändigen. Vor Gericht würde sie damit nicht weit kommen, aber es könnte mir trotzdem schaden. Ein guter Ruf ist schnell ruiniert, wenn die Leute etwas zum Reden haben …«

Das war Paul. Charlotte fröstelte plötzlich, es war kühl im Flur. »Sei doch leise«, warnte Ettje.

»Ach was – sie ist oben bei der Kleinen«, sagte Menna. »Was für ein verwöhntes Balg. Wie sie sich aufgespielt hat, als sie die Geschenke austeilte. Dabei ist doch alles von Georges Geld gekauft, Charlotte besitzt ganz sicher keinen Pfennig. Ich hätte ihr diese albernen Puppen am liebsten vor die Füße geworfen, aber das wollte ich meinen Mädchen nicht antun …«

»Du bist ungerecht …«

»Ach, sei still, Ettje. Ich weiß, was ich weiß. Unter Tränen hat mir meine arme Schwester Marie erzählt, wie Charlotte von Anfang an ihre Ehe zerstört hat. Briefe hat sie mit George gewechselt, diese falsche Schlange, jahrelang ging das so. ›Meine liebe kleine Charlotte‹, hat er geschrieben. Marie hat die Briefe alle gelesen, seine und ihre, das versteht sich …«

»Marie hat seine Post gelesen?«

»Natürlich, du Schäfchen. Meine Schwester ist doch nicht dumm, sie hat früh gemerkt, dass ihre Cousine Charlotte sich an ihren Mann heranmachte.«

»Das glaube ich nicht, Menna!«

»Meine Güte – unsere Cousine Charlotte hat zwei Männer unter die Erde gebracht. Findest du das normal? Und jetzt hat sie sich George geangelt und ihm noch dazu dieses Kind angehängt, das gar nicht von ihm ist. Der arme George wird schon bald merken, was er sich da aufgeladen hat. Hast du das Kostüm gesehen, das sie trägt? Das Hütchen? Mit vollen Händen wirft sie sein Geld hinaus. Nein, meine arme Schwester Marie ist wirklich zu bedauern. Nur gut, dass sie einen so anständigen Ehemann gefunden hat, als George auf und davon ging …«

»Ich dachte immer, es war Marie, die sich von George getrennt und die Scheidung verlangt hat …«

»Ich muss jetzt wirklich los, Ettje. Wir müssen uns beeilen, der Zug geht in zwanzig Minuten. Hanna! Grete! Wo bleibt ihr denn …«

Charlotte machte keinen Versuch, sich zu verstecken, als Menna aus der Küche in den Eingangsflur trat. Wie erstarrt stand sie da, unfähig, sich von der Stelle zu rühren. So musste sich ein Mensch fühlen, der unversehens in einen eisigen Abgrund gestürzt war. Taub und ohne Empfinden. Menna bemerkte sie nicht, sie war viel zu sehr damit beschäftigt, die Jacken ihrer Töchter zurechtzuzupfen und sie dann in die Stube zu treiben, wo sie der Großmutter Lebewohl sagen sollten. Kurz darauf erschienen alle drei wieder im Flur und verabschiedeten sich hastig von Paul und Ettje. Bei dieser Gelegenheit stellte Charlotte fest, dass auch Antje, Pauls Ehefrau, in der Küche gewesen war.

»Ach, Charlotte!«, rief Menna, die sie in diesem Augenblick auf der Treppe erblickte. »Na, schläft dein Töchterlein schon? Leider müssen wir schon fort, es wird zu spät für meine Deerns. Lass dich umarmen, es war so schön, dich wiederzusehen. Wir schauen noch einmal vorbei, wenn George hier ist. Er wollte doch die Tage kommen, nicht wahr?«

Charlotte riss sich zusammen. Wozu sich ereifern? Streiten? Es führte zu nichts. Boshafte Lügen und Verleumdungen schaffte man damit nicht aus der Welt.

»Ja, George wird bald hier eintreffen. Er wird sich freuen, dich zu sehen, Menna. Gute Reise.«

Nichts hatte sich geändert. Das warme Familiennest war voller Stacheln und Dornen, sie hätte es wissen müssen.

George ließ eine ganze Woche auf sich warten, sieben lange Tage, die Charlotte wie Jahre erschienen. Sie machte Spaziergänge durch Leer, entdeckte Altbekanntes und Neues, ließ Erinnerungen in sich aufsteigen und spürte doch, dass sie hier, in dieser kleinen Stadt, nicht mehr heimisch war. Das Häuschen ihres Klavierlehrers, des Kantors Pfeiffer, war abgerissen worden, Ohlsens Kolonialwarenladen in der Pfeffergasse eine Uhrmacherwerkstatt. Hatte sie tatsächlich zwei Jahre lang dort oben über dem Laden gewohnt? Aus diesen kleinen Fensterchen auf die grauen Dächer und hinunter in die Gasse geschaut? Hatte Christian, der nun schon seit neun Jahren in afrikanischer Erde begraben lag, wirklich einst in diesem Geschäft gestanden und die Leeraner Kundschaft mit Gewürzen, Reis und Kaffee bedient?

Manchmal nahm sie Elisabeth mit auf einen dieser Spaziergänge, um ihr von den vergangenen Zeiten zu erzählen, doch die Kleine zeigte viel mehr Interesse an den hin und wieder vorbeituckernden Automobilen als an Charlottes Erzählungen. Einen ausgestopften Löwenkopf hatte die Mama in diesem Schaufenster angestarrt? Was war daran Besonderes? Zu Hause auf der Plantage gab es Löwen- und Leopardenfelle im Wohnzimmer, dazu den Kopf einer Hyäne und Hörner von Gnus, weil ihr Papa ein großer Jäger gewesen war. Auch die Geschichten von den Erdmantjes, die im Plytenberg wohnen sollten, fand Elisabeth nicht aufregend – da waren Hamunas Geistergeschichten schon besser, denn diese Naturwesen konnte man sehen und spüren, sie waren im Wald und in den Eukalyptusbäumen, auf der Wiese am Teich und auch in den Bananenstauden. Die dummen Erdmantjes aber gab es gar nicht wirklich, das hatte Peter ihr erklärt.

»Wenn wir wieder nach Hause fahren, will ich Jonny mitnehmen«, verkündete Elisabeth entschlossen. »Er will unbedingt die Plantage und die Neger sehen. Und er will mir nicht glauben, dass es in der Savanne richtige Löwen und Elefanten gibt. Er darf doch mit, oder?«

»Ich fürchte, seine Eltern werden es nicht erlauben, Elisabeth.«

Die Kleine zog einen Moment lang die Stirn kraus, dann

schüttelte sie die Bedenken ab und erklärte strahlend, Jonny könne sich ja in ihrem großen Reisekoffer verstecken, und wenn er erst auf der Plantage sei, könnten Tante Ettje, Onkel Peter und die Brüder ihn besuchen.

Charlotte beließ es dabei. Es war nicht der geeignete Moment, dem Kind klarzumachen, dass eine Rückkehr nach Deutsch-Ostafrika nicht geplant war. George hatte recht gehabt, es geschah dort das Gleiche wie in Deutsch-Südwest, wo die deutschen Kolonialherren Dörfer niederbrannten, Brunnen zerstörten und Ernten vernichteten, um den Aufstand der Eingeborenen niederzuschlagen. Unzählige Menschen hatte man so dem Hungertod preisgegeben, andere hatte man in Lager gesperrt, wo sie langsam dahinsiechten, krank an Leib und Seele, ohne Hoffnung auf ein menschenwürdiges Leben. Max von Roden, Elisabeths Vater, hatte damals gesagt: »In Afrika ist Platz für alle, Schwarze und Weiße, Inder, Goanesen und Araber.« Charlotte hatte ihm geglaubt, doch die grausamen Geschehnisse des *maji-maji*-Aufstands in Deutsch-Ostafrika hatten ihr die Augen geöffnet. In Afrika war nur Platz für die Mächtigen, jene, die das Land mit Waffengewalt an sich brachten, ihm seine Schätze entrissen und seine Menschen unterjochten. Wer sich den weißen Kolonialherren widersetzte, bezahlte mit seinem Leben dafür. Sie bewunderte George, der unablässig Artikel für deutsche und britische Zeitungen verfasste und so wenigstens mit der Feder gegen das Unrecht ankämpfte. Was ihr selbst vielleicht gelungen wäre – Augen und Ohren zu verschließen und sich in ihr kleines Paradies, die Plantage am Kilimandscharo, zurückzuziehen –, war für George nicht möglich. Er hatte es ihr zuliebe versucht, doch sie hatte rasch begriffen, wie unglücklich er war. Sosehr sie Afrika liebte, sosehr es sie dorthin zurückzog – sie würden einen anderen Ort finden, einen Platz irgendwo auf der Welt, in Deutschland, in England oder wo auch immer, an dem sie alle drei guten Gewissens und zufrieden miteinander leben konnten.

Elisabeth, die zunächst solches Heimweh nach George gehabt hatte, dachte inzwischen nur noch wenig an ihn, sie war anderweitig beschäftigt. Die Sechsjährige hatte bisher nur selten mit weißen Kindern Kontakt gehabt, ihre Spielgefährten waren schwarze Jungen und Mädchen gewesen, die sich bereitwillig ihren Wünschen gefügt hatten, war sie doch die Tochter der *bibi* Roden. Charlotte hatte eigentlich erwartet, dass ihre Kleine alle naselang heulend zu ihr gelaufen käme, weil Ettjes Söhne keine Lust hatten, ihre Tyrannei zu ertragen, doch weit gefehlt. Die kleine Elisabeth hatte die drei Knaben von Anfang an unter ihrer Fuchtel, sie waren der Hofstaat der blonden Prinzessin aus Afrika und wetteiferten darin, ihre Befehle auszuführen. Freilich nur am Nachmittag, denn am Vormittag war Schule. Dann trieb sich Elisabeth bei Antje herum, spielte mit der kleinen Fanny, der sie allerlei Unsinn beibrachte, und Charlotte hatte Mühe, sie zu ein paar Rechenaufgaben und Diktaten zu überreden. Elisabeth hatte bisher noch keine Schule besucht, doch Charlotte hatte früh begonnen, ihre Tochter selbst zu unterrichten, wie es auf den einsam gelegenen Plantagen Afrikas üblich war.

Im Grunde war sie froh, dass das Mädchen sich so mühelos an das Leben in Leer anpasste, ihr selbst fiel dies sehr viel schwerer. Vielleicht war es sogar gut, dass George so lange fortblieb, so hatte sie Zeit, sich über ihr Verhältnis zu ihrer Familie klar zu werden. Mennas Hinterhältigkeit hatte sie tief verletzt, vor allem deshalb, weil sie selbst vollkommen arglos gewesen war. Schließlich waren George und Marie seit acht Jahren geschieden, und – da hatte Ettje vollkommen recht gehabt – es war tatsächlich Marie gewesen, die die Scheidung verlangt hatte. Die hübsche, kluge Marie hatte sich einen anderen Ehemann ausgesucht, einen wohlhabenden englischen

Adeligen, der ihr ein luxuriöses Stadthaus in London und einen großen Besitz auf dem Land bieten konnte und dessen Lebensführung ihren Vorstellungen von Familienleben besser entsprach als Georges rastlose Ortswechsel. Marie konnte im Grunde vollkommen zufrieden sein – doch offensichtlich war sie es nicht.

Schlimmer noch: Ihre hübsche Cousine Marie, die sie als junges Mädchen geliebt und bewundert hatte, verbreitete hinter ihrem Rücken solche boshaften Dinge. Noch vor einigen Wochen hatte dieselbe Marie geschrieben, sie würde Charlotte und Elisabeth gern in ihrem Haus empfangen, doch in Wirklichkeit hegte sie ganz andere Gefühle. Wie falsch Marie doch war, genau wie ihre Schwester Menna. Weshalb hatte sie das bisher nicht bemerkt? Wo hatte sie Augen und Ohren gehabt? Was für ein dummes Schaf sie doch gewesen war.

Aber es gab ja nicht nur Menna. Da waren noch andere Menschen in Leer, Menschen, die ihr zugetan waren und sie mit ehrlicher Freude aufgenommen hatten. Ettje vor allem und auch die Großmutter. Mit Paul würde sie reden, er sollte wissen, dass sie ihr Erbe nicht von ihm zurückfordern würde. Charlotte nahm sich vor, Menna in Zukunft freundlich, aber kühl zu behandeln – sie wusste nun, was sie von ihr zu halten hatte. Marie lebte in London, sollte sie dort glücklich werden, sie, Charlotte, würde ganz sicher keinen Briefwechsel mit ihr führen. Stattdessen suchte sie Ettjes Nähe, ging mit ihr einkaufen, machte sich in Haus und Garten nützlich und unterhielt sich mit Antje, die sich allerdings recht verschlossen und wortkarg zeigte. Wenn die Frauen im Garten hinter dem Haus arbeiteten, stellten sie für die Großmutter einen Stuhl bereit, damit die alte Frau ihnen zusehen konnte. Grete Dirksen vermochte zwar nicht mehr Hacke und Spaten zu führen, doch sie hatte immer noch ein scharfes Auge auf den Garten, bestimmte, wo in diesem Jahr die Zwiebeln gesetzt und die Karotten gesät werden mussten, und überwachte streng, ob ihre Anweisungen auch anständig ausgeführt wurden. Charlotte fügte sich schmunzelnd, und manchmal dachte sie darüber nach, ob ihre Tochter Elisabeth nicht ein wenig von der Herrschsucht ihrer Urgroßmutter abbekommen hatte.

»Die Deern muss in die Schule«, nörgelte die alte Frau. »So geht das nicht, die verwildert ja ganz und gar. Ich will mal Grit Sandhoff fragen, deren Sohn unterrichtet die Kleinen. Die Deern ist doch fix, die kann in die erste Klasse noch mit rein. An Ostern haben sie ja erst angefangen.«

»Aber wir wissen doch noch gar nicht, wo wir uns niederlassen werden, Großmutter. Ich möchte lieber warten, bis George kommt ...«

Sie begriff, dass die Großmutter hoffte, sie würden in Leer bleiben, damit die Enkelin in ihrer Nähe aufwuchs.

»Weshalb willst du denn schon wieder wegmachen? Oben in der Mühlenstraße sind Grundstücke zu haben. Da könnt ihr bauen, das ist gar nicht weit, da kann die Lütte am Nachmittag zu mir rüberlaufen ...«

Auch Ettje war von diesem Vorschlag angetan. Sie erinnerte Charlotte daran, wie sie sich früher an den Sonntagen gegenseitig besucht hatten, auf Feste und zum Gallimarkt gegangen waren. Und zur Kirche natürlich, fügte sie rasch hinzu, damit die Großmutter zufrieden war. Antje warf zögernd ein, es sei sicher teuer, ein neues Haus zu bauen, aber im Grunde sei das keine schlechte Idee, wo sich die Kinder doch so gut miteinander verstünden.

»Und deine Lisa schaut sowieso aus, als sei sie hier geboren«, fügte Ettje lachend hinzu. »Peter haben sie in der Schule schon gefragt, ob sie seine kleine Schwester sei.«

»Die ist eben eine Dirksen!«, beharrte die Großmutter. »Antje – was ist mit den Bohnen? Die kannst du jetzt stecken, es kommt kein Frost mehr. Ettje – hol mal die Stangen herbei …«

»Ja, Großmutter …«

Nachdenklich sah Charlotte den beiden Frauen zu und verspürte plötzlich wenig Lust, bei der Arbeit mitzuhelfen. Es hatte Nachbarn gegeben, die nicht glauben wollten, dass Elisabeth ihre Tochter war. So blond, so klare blaue Augen. Das konnte doch unmöglich das Kind von Charlotte sein, die schwarze Haare und dunkle Augen hatte, in denen es wie Bernstein funkelte. Das war das ungute Blut von der schönen Frau, die sich Kapitän Ernst Dirksen damals aus Indien mitgebracht hatte, Emily hatte sie geheißen. Deren Vater war zwar ein Engländer gewesen, die Mutter aber eine Eingeborene.

Vielleicht war es gut so, dass man Elisabeth die indische Großmutter nicht ansah. Zumindest hier in Leer.

Am späten Nachmittag kramte die Großmutter lange in ihrer Schlafkammer herum, dann rief sie Charlotte zu sich und überreichte ihr ein mehrfach zusammengefaltetes Papier – das Schreiben, das der Großvater damals verfasst hatte.

»Recht muss auch Recht bleiben, Lotte«, meinte die alte Frau. »Und wenn du es nicht selbst brauchst, dann kannst du das Geld ja für die Deern verwenden.«

Gerührt entfaltete Charlotte das Blatt, besah die eng geschriebenen Zeilen, die kleine, regelmäßige Handschrift ihres Großvaters. Wie deutlich konnte sie sich noch an jenen Tag erinnern, als der alte Mann sie in sein Arbeitszimmer gerufen hatte, um ihr diesen Text langsam und mit ganz offensichtlichem Unbehagen vorzulesen. Paul hatte sein Studium damals nicht abgeschlossen, er war durch die Prüfung gefallen – im Grunde war das Geld vergeudet gewesen. Genau wie der Rest ihrer Mitgift, das Erbe ihrer verstorbenen Eltern, das bei dem Konkurs von Christian Ohlsens Laden verloren gegangen war. Aber was zählte das jetzt noch? Dankbar umarmte sie die

Großmutter und versicherte ihr, dass dieses Schriftstück von nun an keinen Unfrieden mehr in der Familie stiften würde.

Welche Harmonie herrschte an diesem Abend in der Wohnstube der Großmutter! Paul war zu Tränen gerührt, als Charlotte das Papier vor seinen Augen in den kleinen Kanonenofen stopfte, er umarmte sie sogar und versicherte ihr, er hätte diese Schuld ganz sicher irgendwann abgetragen, sie habe ihm schwer auf der Seele gelegen. Doch momentan spare er, wo er nur könne, um auf einen grünen Zweig zu kommen, Antje sei in anderen Umständen, und sie hofften sehr, dass Gott ihnen ein weiteres Kind, möglichst einen Stammhalter, schenke. Sicher sei das nicht, denn Antje habe nach Fannys Geburt zwei Fehlgeburten erlitten, sie sei leider ein wenig schwächlich und müsse sich in der Schwangerschaft schonen.

Selten hatte sie Paul so geschwätzig und vertrauensselig erlebt; es war merkwürdig, dass man mit Geld das Herz eines Menschen gewinnen konnte. Auch Antje wirkte wie ausgewechselt, sie schenkte Charlotte Tee ein, lächelte dabei und erzählte eifrig, dass sie eine bescheidene Erbschaft zu erwarten habe, da ihre Eltern ein Häuschen und eine Schneiderwerkstatt besäßen. Nur habe man ihr nichts in die Ehe mitgeben können, das war nun einmal so, sie war die Älteste von sieben Geschwistern, und man lebe in kleinen Verhältnissen. Als Paul jedoch ihre Fehlgeburten erwähnte, senkte sie schuldbewusst die Augen und verstummte wieder.

Ettje, die gleich in der Nachbarschaft wohnte, kam mit ihrem Mann Peter Hansen herüber und schloss Charlotte impulsiv in die Arme, als sie hörte, was geschehen war.

»Ich wusste es, Paul. Habe ich dir nicht gesagt, sie wird das Geld nicht zurückhaben wollen? Ich kenne doch die Lotte, sie ist eine gute Seele …«

Auch die Großmutter war zufrieden. Wenn Charlotte schon nicht an ihre Deern denken wollte, dann würde der Verzicht wenigstens Paul und Antje zugutekommen und der kleinen Fanny, wohl auch dem Ungeborenen, das dieses Mal sicher ein Junge sein würde. Sie hatte den Willen ihres verstorbenen Mannes erfüllt, und das war ihr wichtig gewesen. Nur Peter Hansen, der Charlotte vor Jahren verehrt hatte und auch jetzt immer wieder zu ihr hinschauen musste, sagte leise, damit weder Paul noch Antje ihn hören konnten: »Hoffentlich bereust du das nicht einmal, Lotte.«

Seine Worte gingen im Redegewirr unter, das nun besonders angeregt war, weil Peter Hansen eine Flasche Wein mitgebracht hatte. Man besprach den Plan der Großmutter, Paul erbot sich, sich nach den Grundstückspreisen zu erkundigen, und riet dazu, nicht lange zu überlegen, Ettje beschrieb das neu gebaute Haus eines Fabrikanten, das sogar einen Balkon und einen säulengestützten Vorbau habe, dazu einen ganz allerliebsten Garten, fast ein kleiner Park mit einem gemauerten Brunnen und kleinen Figürchen aus weißem Stein. Dann berichtete sie, dass im kommenden Jahr in Leer ein großes Heimatfest anlässlich des vierhundertjährigen Bestehens des Gallimarkts stattfinden würde. Einen Umzug durch die Stadt wolle man machen, Herr Peters solle den Grafen Edzard in einer Ritterrüstung hoch zu Ross darstellen, und ihr Henrich dürfe als Bannerträger mitgehen.

Die Wogen schlugen so hoch, dass schließlich Elisabeth in ihrem langen Nachthemd an der Stubentür auftauchte, die kleine Fanny im Schlepptau.

»Ihr seid so laut«, beschwerte sie sich ungnädig. »Wir können nicht schlafen. Und dann hat Fanny auch Hunger.«

Die Großmutter humpelte in höchsteigener Person in die Küche, um für ihre beiden Lieblinge den Kuchen anzuschneiden, der eigentlich für morgen Nachmittag bestimmt war. Vollgestopft mit frischem Hefekuchen und Milch wurden die beiden Mädchen zurück in ihre Betten verfrachtet, und

Fanny – das konnte Charlotte deutlich durch die Wand hören – erhielt von ihrer Mutter zwei Backpfeifen, weil sie ohne Erlaubnis das Bett verlassen hatte. Elisabeth kroch daraufhin wieder unter ihrer Decke hervor und lief ins Nebenzimmer.

»Das war meine Schuld«, hörte Charlotte ihre Tochter laut verkünden. »Sie hat nicht gehen wollen, aber ich hab sie mitgenommen. Du darfst sie nicht schlagen, Tante Antje!«

Mit roten Wangen, aber zufriedener Miene kehrte sie in ihr Bett zurück, verlangte einen zusätzlichen Gute-Nacht-Kuss und drehte sich dann zur Wand, um rasch einzuschlafen. Charlotte wusste nicht recht, ob sie stolz auf ihr Mädchen oder ärgerlich sein sollte. Sie hatte Courage, ihre kleine Tochter, aber auch jede Menge Eigensinn und die Neigung, unter allen Umständen ihren Willen durchzusetzen. Vielleicht enthielt Mennas boshafte Bezeichnung »verwöhntes Gör« doch ein winziges Körnchen Wahrheit.

Früh am Morgen, als alle außer der Großmutter noch schliefen, läutete jemand an der Haustür. Charlotte fühlte sich weder für den Briefträger noch für einen Hausierer zuständig und drehte sich schlaftrunken auf die andere Seite. Verärgert spürte sie, wie Elisabeth über sie hinwegkrabbelte, um ans Fenster zu gelangen; gleich darauf wurde der Vorhang zurückgezogen.

»Mama, das blöde Fenster klemmt. Ich kriege es nicht auf!«

»Du musst es auch nicht öffnen, Elisabeth. Die Großmutter wird gleich zur Tür gehen.«

»Aber da unten steht doch George!«

»Was?«

Charlotte warf das Federbett zurück und riss im Verein mit ihrer Tochter an dem widerspenstigen Fensterflügel. Das aufgequollene Holz wehrte sich beharrlich und gab erst nach, als Charlotte den Flügel ein wenig anhob.

Er war es tatsächlich. Stand dort unten vor der Haustür in

seinem beigefarbenen Anzug, den Hut in der Hand, und blinzelte grinsend zu ihnen hinauf.

»Habe ich die Damen aus dem Schlaf geschreckt? Was für ein hübscher Anblick. Blonde und schwarze Locken, ungekämmt und ganz sicher nach warmem Schlummer duftend …«

»Du Witzbold! Weshalb hast du nicht telegraphiert? Wieso kommst du so früh am Morgen?«

Sie hörte ihn fröhlich lachen, gleich darauf wurde unten die Tür geöffnet, und die Großmutter stieß einen überraschten Ruf aus. Charlotte stürzte zu ihren Kleidern, während Elisabeth ungeniert im Nachthemd und auf bloßen Füßen die Stiege hinunterlief. George war gekommen, die quälende Zeit der Trennung war vorüber! Mit fahrigen Händen kleidete Charlotte sich an. Die enge Kammer schien vor Sonnenlicht zu bersten. Himmel, sie benahm sich wie ein junges Ding, das zum ersten Mal verliebt war – wie lächerlich, zugleich aber auch wundervoll und unendlich kostbar dieser Augenblick war! Ein vollkommener Moment des Glücks war ihr geschenkt worden, und sie nahm ihn an, wohl wissend, dass das Leben sparsam mit solchen Geschenken umging.

Als sie in die Stube trat, hielt George Elisabeth auf dem Arm, die aufgeregt auf ihn einredete, sein Blick war jedoch auf Charlotte gerichtet. In seinen grauen Augen lag immer noch jener Ausdruck, der sie schon als junges Mädchen verzaubert hatte, das intensive Bemühen, hinter den Dingen etwas zu entdecken, das bisher jedem anderen verborgen geblieben war.

»Ich konnte mich nicht früher losmachen«, erklärte er und bückte sich, um die Kleine wieder auf die Füße zu stellen. »So viele lästige Menschen, so viel nutzloses Gewäsch, vertane Zeit. Das einzig Positive an diesem Ausflug war die Erkenntnis, dass ich ohne dich nicht zurechtkomme, Charlotte.«

Er zog sie an sich, in seinem Kuss lag weit mehr Begehrlichkeit, als sie den Augen der Großmutter hätten zumuten dürfen, doch das war Charlotte in diesem Augenblick völlig gleichgültig. Sie spürte die Wärme seines Körpers, seinen raschen Herzschlag, spürte, dass auch er sie unendlich vermisst hatte – ein berauschendes Gefühl. Es war schwer, sich aus dieser ersten, intensiven Umarmung zu lösen. Beide taten es unwillig, fast gewaltsam, ohne die Hände des anderen loszulassen. Statt der vielen zärtlichen Dinge, die sie einander gern gesagt hätten, fragte George, wie sie die Tage in Leer verbracht habe.

»Oh, es war schön, meine Familie wiederzusehen. Man hat uns so herzlich aufgenommen, dass ich noch immer ganz gerührt bin …«

George lächelte. An ihrem Tonfall hatte er erkannt, dass sie nur die halbe Wahrheit sagte.

»Das freut mich sehr. Ich hatte schon Sorge, du würdest dich hier langweilen …«

In diesem Augenblick nahm die Großmutter das Zepter in die Hand. George Johanssen war erschienen, und wie schon damals, als er aus England zu Besuch nach Leer gekommen war, scheute sie weder Kosten noch Mühe, ihren Gast zu bewirten. Auch nach all den Jahren, selbst nach der Scheidung von Marie, wirkte Georges Zauber auf die Großmutter fort. Antje, die inzwischen angezogen war, wurde in die Küche befohlen, Charlotte und Elisabeth hatten dort ebenfalls Dienst zu tun, während Paul, der fast schon auf dem Weg ins Amt gewesen war, trotz der milden Maienluft die Wohnstube einzuheizen und dem Gast Gesellschaft zu leisten hatte, bis das Frühstück fertig war. Georges Bitte, seinetwegen keine Umstände zu machen, ignorierte die alte Frau schlichtweg.

Während des Frühstücks, zu dem auch Ettje rasch herbeigelaufen kam, erzählte George von den Wundern der Hauptstadt Berlin, wo außer Pferdedroschken und elektrischer

Trambahn jetzt zahlreiche Automobile auf den Straßen fuhren und sogar Omnibusse, die ganz ohne Pferde vorankamen, denn sie wurden wie die Automobile von einem Motor betrieben. Allerdings machten diese Gefährte einen solchen Lärm, dass der Passagier kaum sein eigenes Wort verstünde. Nein, den Kaiser habe er nicht gesehen, aber viele Offiziere und elegant gekleidete Damen, großartige Paraden und Knaben in weiß-blauen Matrosenanzügen. Wie gewöhnlich lauschte man seinen Berichten mit offenem Mund – wie schaffte George es nur immer wieder, mit solch belanglosem Geplauder die Herzen aller zu gewinnen? Ab und an sah er zu Charlotte hinüber, ohne im Reden innezuhalten, seine Blicke waren mal belustigt, mal fragend und zunehmend besorgt.

Das Frühstück verlief zur vollsten Zufriedenheit der Großmutter, vor allem weil George die selbst gekochten Marmeladen und den guten Tee lobte und sich über die eigens für ihn gebackenen Pfannkuchen begeistert zeigte. Zum Mittagessen waren sie bei Ettje eingeladen, am Nachmittag wollten sie – soweit das Wetter es erlaubte – im Garten der Großmutter Kaffee und Kuchen genießen. Morgen war Sonntag, da würde gewiss Menna mit Ehemann und den Töchtern zu Besuch kommen, die freuten sich schon seit Tagen darauf, George Johanssen wiederzusehen …

»Meine Frau und ich werden einen Spaziergang durch den Ort unternehmen«, verkündete George nach Tisch mit Bestimmtheit und durchkreuzte damit die Pläne der Großmutter, die angenommen hatte, er wolle sich bis zum Mittagessen in der Stube ein wenig aufs Ohr legen. Schließlich hatte er doch die Nacht im Zug verbracht. Elisabeth, die Spaziergänge verabscheute, überlegte ein Weilchen, dann lief sie mit Ettje hinüber ins Nachbarhaus, um beim Gemüseputzen zu helfen, außerdem würde Jonny bald aus der Schule kommen.

Charlotte und George verließen das Haus, folgten der

Ulrichstraße in raschem Tempo, ohne nach rechts oder links zu sehen, und verlangsamten ihre Schritte erst, als sie in die Mühlenstraße eingebogen waren. Schließlich blieben sie stehen und sahen einander an, der Schalk blitzte in Georges Augen auf, und sie begannen zu lachen.

»Wir sind auf der Flucht, Liebster!«

»Vor Pfannkuchen, Kohlgemüse und Blutwürsten …«

»Ja. Aber ich fürchte, sie werden uns einholen.«

Er legte den Arm um ihre Schulter, während sie den Weg entlangschlenderten. Linker Hand blitzte zwischen den Häusern hie und da das Wasser der Leda im Maienlicht, auf der Nesse grünte es um die Baracken, in den Vorgärten blühten Stiefmütterchen und gelbe Tagetes, sorgsam in Reihen gepflanzt. Die Flügel der Windmühlen bewegten sich rauschend und knarrend, als wollten sie die Vorübergehenden grüßen. Wie anders war es, an Georges Seite durch die altbekannten Straßen zu gehen. Seine Gegenwart fegte all die Erinnerungen, die wie ein düsterer Nebel in ihr aufgestiegen waren, beiseite, sein Arm wärmte sie, seine Heiterkeit breitete ein neues, glückliches Licht über die graue Stadt.

Sie nahmen einen Seitenweg zum Fluss hinunter, setzten sich unter eine Ulme und sahen den vorüberziehenden Segelbooten und Lastkähnen nach. Kinder spielten in der Nähe mit Murmeln und stritten miteinander, drüben bei einem Häuschen flatterten blaue Hemden und weiße Unterhosen auf der Wäscheleine.

»Du willst also ein Grundstück in der Mühlenstraße erwerben und dort eine Villa bauen«, stellte George schmunzelnd fest und verscheuchte eine Fliege, die sich auf seinem Knie niedergelassen hatte.

»Meine Güte – nein!«

»Oh, ich dachte, das sei bereits beschlossene Sache«, scherzte er. »Zumindest hat das deine Großmutter so dargestellt.«

Lächelnd schüttelte sie den Kopf und lehnte sich an ihn. Sie wollte ebenso wenig in Leer bleiben, wie er Lust hatte, sich in London niederzulassen.

Er begann, ihr von Berlin zu erzählen. Er hatte dort Verbindungen geknüpft, Gleichgesinnte getroffen und Pläne für ein neues Buch gefasst. Es sei durchaus möglich, dass ein anderer Geist einkehre, was das Vorgehen in den Kolonien betraf, Ministerialdirektor Bernhard Dernburg, der gegenwärtig die Kolonialangelegenheiten leite, erschiene vielen als Hoffnungsträger. Er selbst jedoch zweifle daran, denn Dernburg sei Ökonom, habe früher die Bank für Handel und Industrie geleitet, da liege es doch auf der Hand, welche Absichten er bezüglich der Kolonien hegte. Immerhin habe Dernburg wohl vor, Ostafrika zu bereisen – ein Zeichen, dass er seine Aufgabe ernst nähme.

Ein winziges Hoffnungsfünkchen glomm in ihrem Herzen auf, doch sie schwieg. Afrika war fern, vorerst führte kein Weg dorthin zurück. »Berlin ist eine faszinierende Stadt, Charlotte. Es würde dir dort gefallen, und auch für Elisabeth böten sich viele Möglichkeiten. Es gibt hübsche Seen und recht ländliche Regionen, wir könnten ein Haus mieten und sie auf eine gute Schule schicken …«

»Nein. Nicht nach Berlin, George.«

Er starrte sie einen Augenblick verwirrt an, dann hatte er begriffen.

»Max' Bruder und seine Schwägerin haben sich doch seit Jahren nicht mehr bei dir gemeldet, und auch Elisabeths Großeltern haben nichts mehr von sich hören lassen …«

»Ganz gleich«, beharrte sie aufgeregt. »Max' Bruder hat damals, nach Max' Tod, die Vormundschaft für Elisabeth beansprucht. Die Familie wollte, dass sie zu ihnen auf ihr Gut in Brandenburg kommt. Eine von Roden dürfe nicht in Afrika zwischen Negern und Affen aufwachsen! Nein, diese Leute sollen auf keinen Fall erfahren, dass sich das Mädchen in Deutschland befindet.«

Er atmete tief ein und aus, und sie spürte seine Unzufriedenheit. Plötzlich tat sich ein Riss zwischen ihnen auf – noch eben war sie bereit gewesen, ihm bis ans Ende der Welt zu folgen, jetzt stand etwas zwischen ihnen. Ihr Kind. Ihre wundervolle Tochter, die sie auf keinen Fall verlieren wollte, schon gar nicht an die Familie ihres verstorbenen Mannes, mit der sich dieser vor langer Zeit überworfen hatte.

»Ich könnte sie adoptieren«, schlug George vor.

»Das ist eine wundervolle Idee«, erwiderte sie gerührt. »Aber wird das nicht eine umständliche, komplizierte Angelegenheit sein?«

Ihre Bedenken waren nicht unbegründet. George war Brite, und auch Charlotte hatte durch ihre Heirat die britische Staatsbürgerschaft erhalten. Elisabeth jedoch war Deutsche wie ihr verstorbener Vater.

»Vielleicht möchtest du ja wieder nach Kairo gehen?«, schlug sie vor, bemüht, einen Ausweg zu finden. »Ich glaube, dort könnten wir recht gut miteinander leben.«

Er grinste, und da niemand außer den spielenden Kindern in der Nähe zu sehen war, küsste er sie auf die Wange und suchte dann ihren Mund.

»Du hättest wohl Lust, auf einem Kamel durch die Wüste zu reiten, hab ich recht? Gestehe, dass diese Idee dich immer noch umtreibt!«

»Es ist deine Schuld, George. Hättest du nicht diese wundervollen Briefe und Manuskripte geschickt …«

»Schmeichlerin.«

Lachend zog er sie an sich, hielt sie fest und wurde dann rasch wieder ernst. Sie waren heimatlos, hingen in der Luft mit herabbaumelnden Wurzeln, die versuchten, einen geeigneten Boden zu finden, mit dem sie verwachsen konnten. »Es ist mir gleich, Charlotte. Ich bin dort zufrieden, wo auch du glücklich bist. Aber ich denke, Elisabeth sollte eine deutsche Schule besuchen.«

Also in Deutschland, er hatte ja im Grunde nicht unrecht.

»Nenn mir einen Ort«, forderte er sie auf.

Sie zögerte und malte mit dem Fuß Kringel ins frische Gras, das sich jedoch gleich wieder aufrichtete.

»Emden?«

Dort hatte sie vor vielen Jahren mit ihren Eltern und dem kleinen Bruder gelebt. Es war nicht allzu weit von Leer entfernt, die Großmutter würde Elisabeth hin und wieder zu sehen bekommen, und auch Ettje konnten sie besuchen. Ein klein wenig Nestwärme, wenn auch auf die Entfernung. Menna würde sie sich schon vom Halse halten.

»Also Emden!«, rief er erleichtert. »Meinetwegen. Es ist ebenso gut wie jeder andere Ort!«

Oktober 1906

Graue Wolkenungetüme zogen über den Himmel wie endlose Herden fliehender Tiere, ballten sich zusammen, rissen auseinander, zerfaserten zu bleiernem Gespinst. Nur selten ließ die Sonne eine Welle im Emdener Hafenbecken aufblitzen, das Wasser blieb düster wie der Himmel, und die Fischerboote, die am Delft festgemacht hatten, erschienen Charlotte wie traurige Gefangene. Das Meer war weit. Dort, jenseits des Gewirrs aus Seen und Kanälen, Fabrikschloten und Hebekränen, suchte sich die Ems ihren Weg durch den flachen Dollart in die Nordsee. Dampfer und Frachtkähne konnten ihrem Lauf folgen und auch die Möwen, diese kühnen, freien Segler der Lüfte. Charlotte konnte es nicht, nicht einmal mit den Blicken.

Es war ganz sicher der Herbst, der ihr aufs Gemüt schlug. Ein heftiger Wind blies hier am Hafenbecken ungehindert in die Stadt hinein, bauschte Mantel und Kleid und zwang Charlotte, ihren Hut festzuhalten. Als sie jetzt eilig zur Rathausseite hinüberlief, kam ihr ein Junge entgegen, der eine zweirädrige Karre vor sich herschob. Er stemmte sich mit aller Kraft gegen sein Gefährt und hatte die Mütze so tief ins Gesicht gezogen, dass seine Augen kaum zu sehen waren. Sie war froh, als sie die schützenden Häuserreihen erreicht hatte, schlug fröstelnd den Mantelkragen hoch und besah die Auslagen der Geschäfte. Es gab wundervolle Läden in Emden, man konnte englische Stoffe und spanischen Wein erwerben, die neuesten Bücher und Journale, Leckereien aus aller Herren

Länder und dazu allerlei hübschen Krimskrams wie Lampen mit Perlenschnüren, bemalte Tabaksdosen, zierliches Teegeschirr oder Nippesfigürchen aus Porzellan. Wie merkwürdig, dass ihr beim Anblick der alten, großen Patrizierhäuser nicht selten lang verschüttete Erinnerungen durch den Kopf schossen. – Ihre Mutter, zart und dunkelhaarig, frierend in den Mantel gekuschelt – hatte sie mit ihr vor ebendiesem Geschäft gestanden, durch ebendieses Schaufenster neugierig auf rosenbemalte Teller und bunte Porzellanengelchen gestarrt? So rasch dieses Bild vor ihrem Inneren auftauchte, so schnell war es auch wieder verschwunden.

Die Schwangerschaft, dachte sie lächelnd. Damals, als ich Elisabeth in mir trug, fielen mir auch so viele Dinge aus meiner Kindheit wieder ein.

Vielleicht sollte sie diesen rosigen Engel aus bemaltem Wachs kaufen? Ach nein, George würde sie doch nur auslachen. Vermutlich wartete er in dem hübschen Haus in der Osterstraße schon ungeduldig auf sie, wie er es immer tat, wenn sie allzu lange in der Stadt herumlief und mit Einkäufen beladen zurückkehrte. Sie sollte nicht so schwer tragen, nur kurze Spaziergänge unternehmen, sich nach dem Mittagessen hinlegen, ein wenig lesen, Briefe schreiben oder auf dem Klavier spielen, das er für sie gekauft hatte. Gut – die Schwangerschaft war nicht ohne Probleme, sie hatte Schmerzen und sogar kleinere Blutungen gehabt, doch das war jetzt vorüber, sie war schon im vierten Monat und fühlte sich gesund. Dass sie noch einmal ein Kind empfangen hatte – sie war immerhin schon sechsunddreißig Jahre alt –, empfand Charlotte als ein großes Geschenk. Dieses Kind war die Erfüllung ihrer Liebe, mehr noch: Es war ein Triumph. George, der Sohn und Tochter in London nicht sehen durfte, würde wieder Vater werden, und dieses Mal sollte nichts und niemand ihn von seinem Kind trennen. Was Marie ihm angetan hatte, würde sie, Charlotte, wiedergutmachen.

Eine Weile zögerte sie und überlegte, ob sie nicht wenigstens den Teewärmer aus wattiertem Stoff kaufen sollte, der ein traumhaft schönes Muster aus dunklen und lindgrünen Efeublättern hatte, dann jedoch sagte sie sich zum wohl hundertsten Mal, dass sie Georges Geld nicht so leichtfertig ausgeben sollte, auch wenn er ihr niemals deshalb Vorwürfe machte. Im Gegenteil, er hatte lächelnd verfolgt, wie sie das gemietete Haus mit allerlei hübschen Dingen anfüllte, und wenn sie gemeinsam in der Stadt unterwegs waren, verschwand er hie und da in einem Geschäft, um ein Buch, ein Schmuckstück oder einen Notenband für sie zu erwerben. Auch Elisabeth, die inzwischen eine Schule besuchte, wurde von ihm reich bedacht, eigentlich zu reich; man hätte auch sagen können, er verwöhnte das Mädchen nach Strich und Faden.

Als es von der großen Kirche Mittag läutete, trug der Wind die ersten feinen Regentröpfchen heran, und Charlotte beschloss, nun doch nach Hause zu gehen. Zwei Knaben in Schuluniform und mit roten Mützen liefen an ihr vorbei – heute war Mittwoch, da war nachmittags frei im Gymnasium, und auch Elisabeth, die erst die Volksschule besuchte, würde dort bald von ihrem Hausmädchen abgeholt werden. Die Kleine war stets übervoll mit Schulerlebnissen, wenn sie nach Hause kam, und Charlotte fand es wichtig, ihrer Tochter geduldig zuzuhören, um notfalls helfen oder maßregeln zu können. Elisabeth hatte sich zwar überraschend schnell mit der neuen Situation abgefunden, doch sie war – wie erwartet – den Mitschülern weit voraus und langweilte sich im Unterricht, was dazu führte, dass sie allerlei Schabernack trieb. Weit problematischer erschien Charlotte allerdings, dass ihre Tochter einen Kreis ehrfürchtiger Freundinnen und Bewunderer um sich versammelt und dadurch den Neid einer ihrer Mitschülerinnen erweckt hatte. Es handelte sich um ein Mädchen namens Jule Böttcher, genannt Julchen, die Tochter eines wohlhabenden und einflussreichen Emdener Ratsherrn. Momentan herrschte Krieg im Klassenzimmer, die einen hielten zu Elisabeth von Roden, die anderen zu ihrer Gegenspielerin, die von Elisabeth nur als »blöde Angeberziege« bezeichnet wurde. Was im Einzelnen geschehen war, konnte Charlotte nicht immer aus Elisabeth herausbekommen, sicher war nur, dass das Mädchen verbissen um seine Position kämpfte.

»Du kannst ihr nicht helfen«, hatte George zu Charlottes Überraschung behauptet. »Sie muss lernen, wie weit sie gehen kann. Sobald sie ihre Kräfte gemessen haben, können sie und Jule Böttcher noch dicke Freundinnen werden.«

Charlotte wusste natürlich, dass George darauf bedacht war, jegliche Aufregung von ihr fernzuhalten, und die Lage deshalb herunterspielte. Nein, so einfach war das nicht. Elisabeth stand unter großer Anspannung und schlief unruhig. Vor einigen Wochen, ausgerechnet an ihrem siebten Geburtstag, hatte sie mit einer heftigen Angina und hohem Fieber im Bett liegen müssen. Wenn dieser Kleinkrieg in der Schule weiter anhielt, würde sie mit dem Lehrer sprechen müssen.

Nass und keuchend vom eiligen Lauf bog sie in die Osterstraße ein und hatte nun wenigstens den Vorteil, dass der Wind sie vor sich hertrieb. Das Haus, das sie gemietet hatten, war ein zweistöckiges Backsteingebäude mit rotem Ziegeldach und schmalen, hohen Fenstern, auf der Wiese im Vorgarten lag ein gewaltiger, verrosteter Anker. Ein Kapitän hatte das Anwesen vor Jahren erbauen lassen, jetzt gehörte es seinem Sohn, der das Elternhaus nicht verkaufen mochte und froh war, einen Mieter gefunden zu haben. Bei ihrem ersten Besuch in Emden hatte die Großmutter Charlotte auch das Gebäude gezeigt, in dem sie vor vielen Jahren mit ihren Eltern und dem kleinen Bruder gelebt hatte. Es lag nicht weit von ihrem jetzigen Domizil entfernt und schaute recht ähnlich aus, doch seltsamerweise hatte Charlotte keine Erinnerung mehr daran.

Vor der weiß lackierten Eingangstür musste sie einen Moment verweilen und tief durchatmen, damit sich das Herzklopfen etwas legte. Als sie in den Flur trat, kam Stine, das Hausmädchen, aus der Küche gelaufen, knickste ungeschickt – wer hatte dem Mädchen nur solch einen Blödsinn beigebracht? – und verkündete, Elisabeth sei im Kinderzimmer, wolle aber niemanden sehen und auch nichts zu Mittag essen.

»Ist sie krank?«

Das Hausmädchen war ein junges Ding, stämmig und ein wenig ungelenk, die Tochter eines Heringsfischers, die ihre breiten, roten Hände gern hinter dem Rücken versteckte. Doch Stine war nicht dumm, und sie besaß ein natürliches Gespür für Mensch und Tier.

»Krank ist sie nicht, gnädige Frau. Eher ist ihr bannig was über die Leber gelaufen. Die Schultasche hat sie mir vor die Füße geschmissen, und nun sitzt sie auf ihrem Bett und heult.«

Charlotte zog seufzend die Hutnadeln heraus und reichte dem Hausmädchen den feuchten Mantel.

»Ist Post gekommen?«

»Die liegt beim gnädigen Herrn auf dem Schreibtisch.«

»Danke, Stine. Du kannst dann das Essen auftragen.«

Das Mädchen nickte, überlegte kurz, ob es nachfragen solle, unterließ es aber besser.

»Drei Gedecke«, ergänzte Charlotte, die Stines Unsicherheit richtig gedeutet hatte. »Ich rede mit ihr, sie wird schon kommen.«

Tatsächlich war durch die geschlossene Kinderzimmertür Elisabeths Schluchzen zu vernehmen. Charlottes Mutterherz zog sich zusammen. Sie hatte ihre Tochter aus dem Paradies gestoßen, sie aus dem freien Leben auf der Plantage am Kilimandscharo herausgerissen, ihr Hamuna, die liebevolle Kinderfrau, genommen. Es war kein Wunder, dass Elisabeth unglücklich war und sich selbst in Schwierigkeiten brachte …

»Charlotte?«

George war aus seinem Arbeitszimmer getreten. Er setzte die goldgeränderte Brille ab, die er seit einiger Zeit zum Lesen benötigte, und musterte Charlotte vorwurfsvoll, dann umfasste er ihre Schultern und berührte mit den Lippen vorsichtig ihre Wange. Seit Neuestem ließ er sich wieder einen Bart stehen, auch wenn sie behauptet hatte, dieses blonde Gewächs kitzele sie ganz fürchterlich.

»Wieder mal so lange in Wind und Regen herumgelaufen«, schalt er sie. »Du schaust blass aus, indische Prinzessin. Setz dich und iss etwas, damit unser armes Baby nicht hungern muss …«

»Ich will nur noch rasch hinüber zu Elisabeth …«

»Nichts da! Du setzt dich jetzt hin. Ich kümmere mich um unsere bezaubernde, sture Tyrannin.«

»Sie ist keine Tyrannin, George!«

»Nur eine kleine«, beschwichtigte er sie grinsend. »Und seit heute vermutlich eine gestürzte. Aber damit wird sie fertig werden müssen – man kann nicht immer gewinnen im Leben.«

Charlotte verschwieg ihm, dass sie sich insgeheim große Vorwürfe machte. George sollte sich auf keinen Fall schuldig fühlen, weil sie ihm gefolgt war. Sie hatte Afrika um seinetwillen verlassen, und dazu stand sie, so schwer es ihr auch manchmal fiel.

Im Esszimmer rückte Stine noch umständlich Teller und Bestecke auf dem weißen Tischtuch zurecht und stellte bedächtig die Kristallvase mit den bunten Astern, die George gestern vom Markt mitgebracht hatte, auf die Anrichte. Sie gab sich große Mühe, alles, was man ihr auftrug, ordentlich zu erledigen, doch leider war sie dabei schrecklich langsam, was Charlotte nicht selten auf die Nerven ging. Dabei hatte sie bei ihren schwarzen Angestellten oft sehr viel mehr Geduld aufbringen müssen, aber die lohnten es ihr auch mit liebevoller Anhänglichkeit und heiterem Gemüt. Nein, sie war ungerecht und würde Stine auf keinen Fall zur Eile antreiben.

Stattdessen ging sie ins Arbeitszimmer hinüber, um nach der Post zu sehen. George hatte die Briefe bereits geordnet und die an ihn gerichteten Schreiben geöffnet, zwei Zeitschriften lagen noch mit Banderolen verschlossen auf der Seite, daneben zwei Umschläge, die an Charlotte Johanssen adressiert waren. Sie erkannte die Schrift sofort – einer trug Klaras schön geschwungene Handschrift und war in Daressalam aufgegeben, der andere stammte von Jacob Götz, einem der beiden Verwalter ihrer Pflanzung am Kilimandscharo. Mit seinem besten Freund Willi Guckes hatte der aus der Gegend um Kassel stammende Deutsche zunächst auf einer Kaffeeplantage in Usambara gearbeitet, dann waren die beiden Männer gemeinsam zu den von Rodens gekommen. Charlotte war froh, derart treue und fleißige Verwalter für ihren Besitz gefunden zu haben.

Sie griff zuerst nach Klaras Brief – der andere konnte warten, es würde sich vermutlich um die Abrechnung des diesjährigen Ernteertrages handeln, womöglich auch um neue Bauvorhaben oder andere Pläne, die die beiden eifrigen Verwalter beständig schmiedeten.

Stine hatte den silbernen Brieföffner auf Georges Schreibtisch blitzblank geputzt – das musste sie heimlich getan haben, denn Georges Schreibtisch durfte außer Charlotte niemand berühren. Zeichnungen fielen aus dem Umschlag, der Palmenhain am Immanuelskap, das Missionsgebäude mit den neuen Anbauten, eingeborene Kinder beim Schulunterricht. Der Blick aus dem Fenster des engen Raums in der evangelischen Mission, in dem Klara nun schon seit Monaten mit ihrem Mann und dem kleinen Samuel lebte. Auch ihren Sohn, der inzwischen schon fünfzehn Monate zählte, hatte Klara gezeichnet, ein zierliches Kind mit großen, ein wenig umschatteten Augen, die ernst und seltsam wissend blickten. Ihren Ehemann, den Missionar Peter Siegel, hatte Klara dieses Mal nicht mit dem Zeichenstift dargestellt.

Mit einem kleinen Seufzer zog sich Charlotte den gepolsterten Schreibtischstuhl herbei, lauschte noch einen Moment besorgt auf Georges Stimme, die aus dem Kinderzimmer herüberdrang, und begann dann, Klaras Brief zu lesen. Wie immer klang der Bericht ihrer Cousine bei oberflächlicher Lektüre ausgeglichen, fast fröhlich, doch Charlotte kannte Klara zu gut. Es waren die kleinen Nebensätze, die die Wahrheit offenbarten. Samuel würde jetzt tüchtig essen und sei kerngesund – hatte der Kleine vorher die Nahrung verweigert? War er krank gewesen? Klara hatte in früheren Briefen nichts davon erwähnt. Peter Siegel sei wohlauf und bemühe sich nach Kräften, die Angestellten der Mission bei ihren täglichen Verrichtungen zu unterstützen. Klaras Ehemann hatte nach dem Überfall auf seine Mission in Naliene lange krank darniedergelegen; er schien verwirrt, wochenlang war er nicht einmal ansprechbar gewesen. Charlotte machte sich Sorgen, ob Peter Siegel überhaupt je wieder als Missionar eingesetzt werden konnte, auch George bezweifelte dies. Eine Heimkehr nach Deutschland schien für ihn jedoch nicht in Frage zu kommen, das hatte Klara mehrfach betont. Nun schien er also einfache Arbeiten in der Mission zu erledigen, das war immerhin ein Fortschritt. Eine Perspektive für die kleine Familie konnte es auf Dauer jedoch nicht sein.

Nachdenklich betrachtete sie die Zeichnungen und fragte sich, weshalb Klara immer wieder solche Bilder schickte. Wusste sie nicht, wie schwer es Charlotte ums Herz wurde, wenn sie die schlanken Palmen, die dunklen Gesichter der Eingeborenen und den weiten Ozean erblickte? Klara war eine gute Zeichnerin, mit nur wenigen Strichen fing sie das Wesentliche einer Landschaft ein, und es schien Charlotte beim Betrachten, als könne sie das gleichmäßige Schlagen der Wellen vernehmen und die Wärme der afrikanischen Sonne spüren.

»Mama? Wir wollen jetzt essen. Die Suppe steht schon auf dem Tisch.«

George hatte ein Wunder vollbracht! Elisabeths Gesicht war zwar noch ziemlich rot und die Augen verquollen, doch in ihrer kindlichen Stimme lag Festigkeit.

»Ich komme, mein Schatz!«

»Och, bloß wieder Graupensuppe mit Rübchen drin!«, beschwerte sie sich gleich darauf, als Charlotte den Deckel von der Suppenterrine hob.

George saß mit bemüht ernster Miene am Tisch und entfaltete seine Serviette, doch Charlotte konnte ihm ansehen, dass er mit sich zufrieden war. Während Elisabeth mit gerunzelter Stirn ihre Suppe löffelte – wenigstens eine halbe Schöpfkelle war Pflicht, auch wenn ihr das Gericht nicht schmeckte –, schob Charlotte heimlich ihre Hand unter dem herabhängenden Tischtuch zu George hinüber und streichelte sein Knie. Das Gespräch drehte sich eine Weile um Belanglosigkeiten, George war die Tinte ausgegangen, im Garten musste Laub gefegt werden, und die Köchin hatte um einen freien Tag gebeten, da ihre Schwester in Bremen Hochzeit feiere.

»Ich geh morgen doch in die Schule«, platzte Elisabeth ohne Vorankündigung dazwischen.

George schwieg, als sei dies nicht weiter von Belang, und nahm sich zwei Scheiben Braten von der Platte. Charlotte konnte sich jedoch nicht mehr zurückhalten.

»Und weshalb wolltest du zu Hause bleiben?«

»Weil jetzt alle zu Ida halten und keiner mehr zu mir.«

»Findest du nicht, ihr solltet euch lieber vertragen?«

Elisabeth gab keine Antwort und kaute stattdessen eifrig. Ihre schmalen Augen und die gesenkten Brauen besagten allerdings deutlich, dass sie keineswegs friedliche Gedanken hegte. Zumindest noch nicht.

»Vielleicht«, nuschelte sie und schluckte den Brocken hinunter. »Wenn es gar nicht anders geht – dann schon.«

Charlotte war zwar ein wenig erleichtert, ihre Sorge aber blieb. Elisabeth wollte sich morgen der siegreichen Kontrahentin stellen, was unfassbar mutig von ihr war. Obwohl sie verloren hatte, lief sie nicht davon, sondern behauptete ihren Platz. Charlotte musste an Max denken, Elisabeths Vater, der sich mit seiner Familie bis aufs Blut zerstritten hatte und deshalb nach Deutsch-Ostafrika ausgewandert war. Max hatte sein Leben lang jeder Gefahr mutig ins Auge geblickt, doch eine Versöhnung mit seinen Eltern und seinem Bruder war ihm nicht gelungen. Vielleicht gehörte dazu eine andere Sorte Mut als jene, die den Tod verachtete: der Mut, sich selbst gegenüberzutreten.

»Klara hat geschrieben und eine Menge hübscher Zeichnungen beigelegt …«, berichtete sie, um sich von ihren Grübeleien abzulenken.

»Ist Sammi immer noch so hässlich?«, fragte Elisabeth sogleich aufgeregt. »Hat er immer noch keine Haare auf dem Kopf? Er ist bestimmt das unansehnlichste Kind auf dem ganzen Erdball …«

»So etwas solltest du nicht sagen, Elisabeth«, tadelte Charlotte, während George ungeniert grinste.

»Wieso denn nicht? Sie können es doch nicht hören. Tante Ettje hat neulich auch gesagt, Sammi sei ziemlich mager …«

»Im Vergleich zu Ettjes Söhnen ist er wirklich sehr zart«, pflichtete George seiner Ziehtochter bei. »Und doch hat er bereits einen gewaltigen Kampf bestanden, einen Kampf um Leben und Tod.«

Klaras Sohn war kurz vor einem von aufständischen Schwarzen auf die Mission verübten Überfall zur Welt gekommen, und es war Georges ärztlichem Geschick zu verdanken gewesen, dass der Säugling die Geburt überlebte. Er hatte verkehrt herum in seiner Mutter gelegen, die Nabelschnur um den Hals gewickelt, und auch Klara hätte dies fast nicht überstanden. Seine ersten Erdentage verbrachte der kleine Samuel im Busch, wo die Aufrührer den bei dem Angriff verwundeten Missionar Siegel mitsamt seiner Familie sowie einem schwarzen Diener ausgesetzt hatten. Nur mit viel Glück wurden sie rechtzeitig von den den Deutschen unterstehenden Askari-Truppen gerettet und nach Kilwa gebracht.

»Ich hoffe sehr, dass Tante Klara uns nicht besuchen kommt«, meinte Elisabeth mitleidslos, wie nur ein Kind es sein konnte. »Sonst müsste ich am Ende mit Samuel spazieren gehen, das wäre ziemlich unangenehm.«

Nach dem Mittagessen stürzte sie sich voller Neugier auf Tante Klaras Zeichnungen, nörgelte und bewunderte, fragte, wann Mama die Antwort nach Afrika schreiben wolle, und lief dann ins Kinderzimmer, um den lange vernachlässigten Zeichenblock hervorzukramen. Tante Klara lobte ihre Bilder in jedem Brief, deshalb wollte sie sofort ans Werk gehen.

George bestand energisch darauf, dass Charlotte sich für eine Stunde auf dem Sofa im Wohnzimmer ausstreckte, er selbst wollte noch ein Weilchen an seinem Buch arbeiten und ihr die Blätter am Abend zur Korrektur vorlegen.

»Ein Nachmittagsspaziergang fällt sowieso aus – schau dir dieses Regenwetter an«, meinte er, während er sie mit einer weichen Wolldecke zudeckte. »Zum Glück haben wir diesen Anker im Vorgarten liegen, so können die Regenfluten wenigstens nicht das Haus davonspülen.«

Richtig, draußen im Garten lag dieses eiserne Monstrum, das zehn Männer kaum anheben konnten. Es hatte einst zu einem stolzen Dreimaster gehört, der beim Aufkommen der Dampfschifffahrt für unrentabel befunden und von der Reederei aufgegeben worden war. Vermutlich hatte der Kapitän, in dessen Haus sie wohnten, den Segler vor Jahren befehligt und den Anker aus nostalgischen Gefühlen heraus erworben.

»Gib mir doch bitte die Zeitungen und den Brief von Jacob herüber«, bat Charlotte, die sich bei der ihr zwangsverordneten Mittagsruhe stets langweilte.

»Du sollst nicht lesen, du sollst dich ein wenig erholen«, widersprach ihr Mann und verließ mit scherzhaft gerunzelter Stirn das Zimmer.

Charlottes Herz klopfte immer noch rascher als gewohnt; eigentlich war sie müde, doch aus irgendeinem Grund wollte sie nicht zur Ruhe kommen. Nun ja, jede Schwangerschaft verläuft anders, dachte sie und schloss die Augen, um sich zu entspannen. Den Brief ihres Plantagenverwalters konnte sie auch später noch lesen.

Sie hörte, wie George leise in sein Arbeitszimmer ging. Unten in der Küche klapperte ein Blecheimer, und die Hintertür zum Garten wurde geöffnet, wahrscheinlich musste Stine trotz des Regenwetters die Gemüseabfälle auf den Kompost tragen. In Elisabeths Zimmer war alles still.

»Was hältst du davon, wenn ich einige von Klaras Zeichnungen in mein Buch aufnehme?«, fragte George, als er wieder zurückkehrte und ihr endlich die Zeitungen und den Brief reichte. »Ich würde sie natürlich dafür bezahlen, das versteht sich.«

Charlotte lächelte. George hatte ihr wiederholt angeboten, Klara und Peter finanziell unter die Arme zu greifen, doch sie wusste, dass Klara das nicht recht gewesen wäre.

»Sie würde wahnsinnig stolz sein, Liebster. Aber sie wird keinen Pfennig dafür haben wollen, du kennst sie doch.«

»Es ist üblich, dass Zeichner bezahlt werden.«

»Gewiss. Aber Klara hat leider kein bisschen Geschäftssinn, sie hat ihre Bilder bisher immer verschenkt. Ich mache mir Sorgen um die drei. Peter scheint immer noch unter dem Schock des Überfalls zu stehen.«

»Du brauchst dir keine Gedanken zu machen, Charlotte. Die Berliner Missionsgesellschaft wird schon für sie sorgen …«

Er zupfte die Decke zurecht und küsste sie auf die Wange, bevor er an seinen Schreibtisch zurückkehrte. Die Tür zum Wohnzimmer ließ er offen, um hin und wieder zu ihr hinüberzuschauen und ein flüchtiges Lächeln mit ihr auszutauschen.

Es war schön, mit ihm zu leben. Die glücklichsten Stunden verbrachten sie immer am Abend miteinander, wenn sie gemeinsam an seinen Texten schliffen. Dann tauchte sie ein in die faszinierende Welt seiner Gedanken, nahm an seinen Kämpfen und Hoffnungen teil, ließ sich von seinen Schilderungen verführen und ahnte doch zugleich, dass er ein Träumer war, der sein Lebtag für ein Paradies streiten würde, das nicht in diese Welt passte. Aber was wäre die Welt ohne Träumer?

Sie löste die Banderole von der *Ostafrikanischen Zeitung,* die ein gewisser Willi de Roy seit einigen Jahren in Daressalam herausgab, doch nachdem sie die ersten Überschriften gelesen hatte, legte sie das Blatt beiseite. Diese Dinge waren fern, außerhalb ihrer Reichweite, es war besser, sich nicht zu intensiv damit zu beschäftigen.

Die andere Zeitung, die *Zeitschrift für Tuberkulose,* die George abonniert hatte, herausgegeben von einer gewissen Lydia Rabinowitsch-Kempner, ließ sie ungeöffnet und riss stattdessen den Umschlag des Briefes auf.

Zu ihrer Überraschung befanden sich drei Schreiben von unterschiedlicher Hand darin, eines davon stammte von Jacob Götz, das zweite war in krakeliger Schrift in Suaheli geschrieben und schien von Hamuna zu stammen. Wer mochte es für sie verfasst haben? Weshalb war sie nicht zu Willi Guckes gegangen, der sonst Hamunas und Sadallas Mitteilungen aufschrieb? Vollends rätselhaft war der dritte Brief, denn er stammte von einem burischen Pflanzer, Josef Vosch, der sich vor drei Jahren in der Nähe ihrer Plantage niedergelassen hatte.

Ihre Hände zitterten plötzlich so heftig, dass sie nur mit Mühe Jacobs kurze Zeilen entziffern konnte.

Sehr geehrte Frau von Roden!
Ich habe noch keine Abrechnung gemacht, weil ich den Schaden, der durch den Brand bei den Lagerschuppen entstanden ist, vorerst nicht einschätzen kann. Die Arbeiten gehen voran, und ich werde die Zahlen bald schicken. Wir hatten wenig Regen, was für den Sisal gut war. Es muss Holz geschlagen werden, um Bretter zu sägen, auch brauchen wir Nägel und Stacheldraht. Ich lasse alles bewachen, besonders in der Nacht, weil man nie sicher ist in der Dunkelheit.
Ich lege einen Brief von Josef Vosch bei. Er gab ihn mir, weil er Ihre Adresse in Deutschland nicht kennt und ich sie ihm nicht geben will. Aber ich möchte den Brief auch nicht unterschlagen.

Ihr getreuer
Jacob Götz

Charlotte las das Schreiben mehrfach, ohne daraus recht schlau zu werden. Jacob hatte sich niemals gewählt ausdrücken können, er war ein einfacher Mensch ohne höhere Schulbildung, doch bisher hatten seine Nachrichten stets vernünftig und logisch geklungen. Diese aber erschien ihr vollkommen wirr. Ein Brand hatte die Lagerschuppen betroffen? Wie hatte das geschehen können? War jemand zu Schaden gekommen? Was war dabei vernichtet worden, doch nicht etwa die bereits verpackten Sisalfasern? Und wieso hatte er dem Buren ihre Adresse nicht nennen wollen?

Unsicher blickte sie zu George hinüber, der jedoch ganz und gar in seine Arbeit vertieft war. Sie beschloss, ihn nicht zu stören, und wandte sich dem nächsten Brief zu. Das Schreiben von Josef Vosch war zwar in fehlerhaftem Deutsch verfasst, der Inhalt war jedoch klar. Der Bure bedauerte den tragischen Unfall auf ihrer Plantage und bot zugleich eine nicht unbeträchtliche Summe für ihren Besitz. Er begründete sein großzügiges Angebot damit, dass die Pflanzung für ihn günstig gelegen sei, gleich in der Nachbarschaft, was es ihm ermögliche, die beiden Besitztümer ohne Schwierigkeiten zusammenzulegen.

Charlotte war unangenehm berührt von diesem Ansinnen. Gewiss, sie hatte darüber nachgedacht, die Plantage zu veräußern, als sie im März nach Deutschland reisten, aber inzwischen hing ihr Herz mehr denn je an diesem Stückchen afrikanischer Erde. Max hatte seine ganze Kraft in diese Pflanzung gesteckt, sie war Elisabeths Erbe, und das Kind betrachtete diesen Ort als seine Heimat. Nein, sie wollte die Plantage nicht verkaufen, schon gar nicht dem hageren, kargen Josef Vosch, der stets so frömmelnd daherkam, wenngleich ihm die pure Raffgier in den Augen stand. Diesem unangenehmen Kerl würde sie ihr Land auf keinen Fall überlassen, selbst wenn er es mit Gold aufwöge. Wie kam er überhaupt dazu, ihr ein solches Angebot zu unterbreiten?

Etwas in ihrem Inneren zog sich zusammen und wollte ihr schier die Luft abdrücken. Sie versuchte, sich zu beruhigen, wünschte sich, das dumme Herzklopfen würde endlich aufhören. Was war denn so ungewöhnlich an diesem Angebot? Vosch war schon lange darauf aus gewesen, seinen Besitz zu vergrößern, und jetzt, da sie nach Deutschland zurückgekehrt war, rechnete er sich offenbar gute Chancen aus, ihre Plantage zu kaufen. Geschäft war Geschäft, da musste man schnell sein und konnte keine Rücksicht nehmen. Das wusste sie selbst nur allzu gut, schließlich hatte sie einmal einen Laden geführt und war eine geschickte Händlerin.

Nachdenklich nahm sie sich Hamunas Brief vor. Einen Moment überlegte sie, ob sie Elisabeth in die Wohnstube rufen sollte, denn Hamunas Schreiben richteten sich meist an ihren Liebling, die kleine Tochter der *bibi* Roden, die sie so schmerzlich vermisste. Doch die fremde, seltsam verschnörkelte Schrift hielt sie davon ab.

An meine liebe bibi *Roden, meine gute Herrin, die immer für uns alle gesorgt hat. Wir sind in großem Unglück und ohne Hilfe, weinen jeden Tag nach unserer guten Herrin, die uns verlassen hat. Böse Menschen, besessen von* sheitani, *haben uns heimgesucht. Brachten uns Feuer mitten in der Nacht, das hat zwei Schuppen und alle Sisalballen gefressen.* Bwana *Jacob und* bwana *Willi haben den Sisal retten wollen, wir alle haben Wasser getragen und in die Flammen geschüttet – aber das Feuer war groß. Es hat vielen von uns Wunden und Blasen gemacht. Sadalla hat arge Schmerzen an Händen und Beinen, aber* bwana *Willi ist von den Flammen noch in der Nacht gestorben und seine Seele hinauf zu Gott gestiegen. Nun hat* bwana *Jacob große Trauer, er kann nicht essen und will auch nicht reden. Die Geister wollen ihn mit sich fortziehen, dorthin, wo bwana Willi ist, und wir wissen nicht mehr, wie wir unserem guten Herrn helfen können. Wir sind allein, und es gibt niemanden, der uns sagt, was wir tun sollen.*

Meine gute bibi *Roden, es ist Zeit, dass du zu uns zurückkommst. Wir werden tanzen vor Freude, wenn du wieder bei uns bist und auch meine kleine Herrin mitbringst.*

Hamuna, Sadalla, Kapande Mtitima

Das war es. Gütiger Gott – *das* waren die Geschehnisse, die Jacob Götz so verändert hatten und die er in seiner tiefen Verzweiflung nicht einmal hatte schildern können. Willi Guckes, der freundliche, fleißige Bursche, der Jacob so nahestand und der zum Entsetzen der Schwarzen bei der Arbeit meist ein Lied vor sich hin pfiff – Willi war bei diesem schrecklichen Brand ums Leben gekommen. Wie groß musste Jacobs Schmerz über den Verlust des Freundes sein – waren die beiden doch unzertrennlich gewesen. Jacob schien über dem Unglück den Verstand verloren zu haben und nicht länger fähig, die Plantage zu leiten.

Charlotte warf die Decke zurück und setzte sich auf. Es musste etwas geschehen. Jemand musste Jacob helfen, die Verwaltung der Plantage übernehmen, die Arbeiter einteilen, schauen, was nach dem Brand noch zu retten war. Auch an Geld würde es fehlen, scheinbar war die gesamte Ernte verbrannt. Aber wie sollte sie hier in Deutschland einen fähigen Verwalter finden? Jemand, der das Land kannte, der wusste, wie man eine Plantage leitete, die richtigen Entscheidungen traf …

»George! Ich muss zurück nach Ostafrika … Nur für kurze Zeit, bis ich die Dinge auf meiner Plantage geordnet habe …«

Sie wusste selbst, dass sie Unsinn redete, dennoch hastete sie auf ihn zu und streckte ihm aufgeregt die Briefe entgegen. George fuhr erschrocken hoch und sprang von seinem Stuhl auf.

»Um Himmels willen! Charlotte!«

Charlottes Ohren brausten wie das aufgewühlte Meer und der Wind, der draußen an der Ankerkette zerrte. Sie sah, wie George auf sie zuging, doch seine Bewegungen erschienen ihr ungewöhnlich langsam und schwankend, dann begriff sie, dass sie es war, unter der der Boden wankte. Schließlich gaben ihre Beine nach, die Dielen schienen sich zu öffnen, und sie stürzte metertief in eine lärmende, pochende Finsternis.

»Mama! Mama! So wach doch auf! Mama!«

»Keine Angst, Elisabeth. Sie ist schon wieder zu sich gekommen.«

Langsam schlug Charlotte die Augen auf und blinzelte. Über ihr hing ein goldener Kronleuchter mit hellgrünen Papierschirmchen. Woher kannte sie den? Richtig, sie hatte ihn selbst gekauft, er hing in ihrem Schlafzimmer. In dem gemieteten Haus in Emden. Jemand stützte ihren Kopf und hielt ihr ein Glas an die Lippen, sie schluckte klares kaltes Wasser. Jetzt erkannte sie Georges bärtiges Gesicht, den forschenden Blick seiner ernsten grauen Augen. Neben ihm stand Elisabeth, tief erschrocken und zugleich vorwurfsvoll.

»Mama, ich habe gedacht, du bist tot!«

»Was für ein Unsinn, Elisabeth. Ich war nur einen Augenblick … nicht bei mir.«

Elisabeth streichelte ihr mit warmer, klebriger Hand über die Wange. Zärtlich und beschwichtigend, als müsse sie ihre Mutter trösten.

»Ich weiß schon, Mama. George hat es mir erklärt. Das kommt alles nur von dem dummen kleinen Bruder. Ich wünschte mir, du würdest kein Kind bekommen …«

»Warte nur, bis es auf der Welt ist, dann wirst du anders darüber denken. Außerdem kann es genauso gut eine kleine Schwester sein …«

»Ich brauche keinen von beiden«, murrte Elisabeth naserümpfend. »Aber wenn es euch solche Freude macht, dann will ich mich daran gewöhnen.«

Charlotte fühlte sich matt. Nun fiel ihr auch wieder das Schreiben aus Afrika ein, das vermutlich der Grund für ihre plötzliche Ohnmacht gewesen war, doch um Elisabeth keine

Sorgen zu bereiten, schwieg sie vorerst. Das Mädchen lief hinüber ins Kinderzimmer, um der Mama die angefangene Zeichnung zu bringen, die es sehr dafür lobte. Weitschweifig erklärte die Kleine, was sie noch alles malen wolle, und versprach schließlich, sich auch an die Hausaufgaben zu machen.

»Die sind wieder mal nur etwas für Dummköpfe, zum Einschlafen«, erklärte sie, bevor sie sich wieder ins Kinderzimmer zurückzog.

Charlotte wartete, bis sich die Tür hinter ihr geschlossen hatte, dann setzte sie sich vorsichtig auf und ordnete ihr Haar.

»Du lieber Himmel«, sagte sie mit einem schiefen Lächeln. »Da habe ich euch wohl einen ziemlichen Schrecken eingejagt, nicht wahr?«

»Das kann man wohl sagen. Geht es wieder?«

»Alles in Ordnung. Hast du die Briefe gelesen?«

»Noch nicht.«

»Dann lies sie bitte, George. Ich möchte gern wissen, was du davon hältst.«

Er betrachtete sie mit kritischem Blick und erhob sich dann, um die Blätter vom Boden aufzuheben. Ungeduldig sah sie zu, wie er sich damit auf einem Sessel niederließ, die Brille aus der Jackentasche zog und die Briefe zuerst von beiden Seiten besah, bevor er sie las. Es machte sie nervös, zum ersten Mal, seitdem sie miteinander lebten, verspürte sie das Bedürfnis, ihn ärgerlich anzufahren. Musste er sie so auf die Folter spannen?

»Nun? Was meinst du dazu?«

Er ließ die Papiere auf den Schoß sinken und blickte sie über den Rand seiner Brille hinweg an. Eindringlich, wie er es immer tat, bestrebt, den tieferen Grund ihrer Aufregung zu erfassen.

»Nun, ich kann gut verstehen, dass du dich sorgst. Aber wir

sollten zuerst genauere Erkundigungen einziehen – diese Briefe geben viele Rätsel auf.«

Seine Gelassenheit steigerte nur ihre Unruhe. Was für Erkundigungen wollte er da noch einziehen? Die Lage war doch klar: Der arme Willi Guckes war tot, sein Freund Jacob deswegen zutiefst verzweifelt und unfähig, die Plantage zu leiten. Die Ernte war vernichtet, die Schar der Arbeiter verstört, der gierige Nachbar streckte die Hand nach ihrem Besitz aus …

»Ich muss etwas unternehmen, George. Es ist *meine* Plantage, ich bin dafür verantwortlich. Ein tauglicher Verwalter muss gefunden werden, keiner dieser unerfahrenen jungen Burschen, die sich einbilden, eine Plantage leite sich von selbst, sondern ein erfahrener Mann, der schon eine Weile in den Kolonien gelebt hat. Jemand, der die Verhältnisse kennt und weiß, worauf er sich einlässt. Vor allem aber jemand, der mit den schwarzen Arbeitern umgehen kann. Ich will auf keinen Fall, dass auf meiner Plantage geprügelt wird, verstehst du?«

Er hörte ihr geduldig zu und nickte immer wieder, doch sie wurde den irritierenden Eindruck nicht los, dass er sie nur beruhigen wollte. George konnte nicht verstehen, wie wichtig ihr dieses Stückchen Erde war, er war nicht geschaffen für ein Leben auf einer Plantage. George war überall zu Hause. Überall und nirgendwo.

Doch er bewies ihr sogleich, dass sie ihn falsch eingeschätzt hatte. Er hatte durchaus begriffen, was sie empfand.

»Was hältst du davon, wenn ich hinreise und die Angelegenheit für dich kläre?«, schlug er ihr vor.

»Du?«

Sie schämte sich ihres Misstrauens. Er wollte tatsächlich nach Deutsch-Ostafrika zurückkehren, in die Kolonie, die er voller Zorn und Abscheu verlassen hatte, da die deutschen Herren immer noch grausam gegen Eingeborene vorgingen. Es war ein rührender Vorschlag, doch sie konnte sich nicht darüber freuen. Stattdessen befiel sie ein ganz anderes Gefühl: eine absurde, nagende Eifersucht.

»Wenn schon, dann will ich mit dir reisen.«

Er stand von seinem Sessel auf, legte die Briefe auf die Kommode – ein Möbelstück aus dem Bestand des Kapitäns, ebenso wie das hölzerne Schiffsmodell, das darauf stand –, dann trat er ans Fenster und sah einen Moment hinaus in den verregneten Garten, bevor er sich zu ihr umdrehte.

»Bitte, Charlotte – ich möchte nicht, dass du in diesem Zustand eine solche Reise unternimmst. Ich will dir keine Vorschriften machen, das würde ich niemals tun, obgleich es ärztliche Gründe dafür gäbe. Aber ich liebe dich, und ich habe Angst um dich.«

Sie wollte aufbegehren, ihm erklären, sie fühle sich gut, es werde von jetzt an sicher keine Probleme mehr geben, Doch im selben Augenblick verspürte sie wieder einen leisen Schmerz im Rücken und schwieg beklommen. Vielleicht hatte George recht: Lohnte es wirklich, um der Plantage willen das Leben ihres Ungeborenen aufs Spiel zu setzen? Sie hatte schon einmal eine Fehlgeburt erlitten. Das war zwar schon über zehn Jahre her, aber diese fürchterliche Nacht würde sie niemals vergessen. Jetzt ging es um ihre Liebe zu George, sie wollte ihrem Mann dieses Kind schenken, ihr gemeinsames Kind, das ihnen niemand nehmen sollte.

»Ich will nicht, dass du allein nach Afrika reist, um dort meine Angelegenheiten zu regeln, George. Es ist schließlich meine Plantage, dennoch …«

Er war sichtlich erleichtert, dass sie so rasch nachgab.

»Dann werden wir eine andere Lösung finden. Vielleicht könnte uns ein Bekannter dort unten behilflich sein. Oder deine Cousine Klara.«

»Meine Güte, doch nicht Klara! Wie sollte sie wohl einen passenden Verwalter auswählen?«

Ausgerechnet die sanftmütige Klara mit ihrem zu kurzen linken Bein und dem Klumpfuß, die sich nie durch allzu großes Durchsetzungsvermögen ausgezeichnet hatte! Doch was sollten sie sonst tun? Eine Anzeige in verschiedenen Zeitschriften aufgeben? Die Bewerber könnten sich hier in Emden vorstellen. Nein, Charlotte verwarf diesen Vorschlag. Wer sich in den Kolonien bewährte, der kehrte nicht nach Deutschland zurück, er blieb in dem Land, das er lieben gelernt hatte.

»Wir müssen es ja nicht übers Knie brechen«, sagte George und setzte sich neben sie aufs Bett, um sie in die Arme zu schließen. »Lass uns gründlich nachdenken und die Sache überschlafen.«

Sie genoss seine Wärme, doch die Unruhe in ihrem Inneren legte sich keineswegs. Nein, sie wollte diese Angelegenheit geregelt wissen, bald, am besten noch heute. Ihre Plantage verfiel, und wenn der Schlendrian erst einmal eingekehrt war, würde ein Versäumnis tausend weitere nach sich ziehen. Von Deutschland aus konnte sie nur wenig tun. Plötzlich erschien ihr die Lage vollkommen aussichtslos. Wieso bloß hielt sie so verbissen an dieser Plantage fest?

»Bist du der Meinung, ich sollte den Besitz besser verkaufen?«, fragte sie mutlos.

Ihre plötzliche Kehrtwende überraschte ihn. Nachdenklich streichelte er ihr Haar und schwieg eine Weile, um sorgfältig zu überlegen, was er dazu sagen sollte.

»Es ist deine Entscheidung, Charlotte. Fälle sie nicht hastig, nimm dir Zeit, das Für und Wider abzuwägen.«

Aber genau das wollte sie auf keinen Fall tun. Ihr Puls beschleunigte sich, fing an zu rasen, als sie eine Entscheidung fällte: Ja, sie würde verkaufen, es war das einzig Sinnvolle, das sie unternehmen konnte. Ihr Platz war an Georges Seite, doch selbst wenn sie irgendwann zurück nach Deutsch-Ost gingen – ihr Mann würde niemals auf einer Plantage leben wollen. Schluss also mit der Gefühlsduselei – sie würde klare Verhältnisse schaffen.

»Wenn ich verkaufe, dann ganz sicher nicht an diesen Josef Vosch«, redete sie sich in Eifer. »Erinnerst du dich an ihn? Er hat uns einmal besucht, ein kaltherziger, gieriger Bursche.«

Auch George war dieser Meinung. Zudem fand er es unangenehm, dass Vosch so kurz nach dem tragischen Unfall sein Angebot unterbreitete.

»Du hast recht, George. Es ist fast so, als habe er darauf gewartet. Zeig mir noch einmal Hamunas Brief. Schrieb sie nicht, böse Menschen hätten sie heimgesucht und das Feuer zu ihnen getragen? Das klingt ja fast nach Brandstiftung.«

George musste zugeben, dass auch er daran gedacht hatte. Aber natürlich konnte Hamuna es auch anders gemeint haben, denn zerstörerisches Feuer kam für die Schwarzen von den *sheitani,* Teufeln oder übel wollenden Ahnengeistern. Er halte den frommen Buren zwar zu mancherlei Bosheit fähig, aber als Brandstifter könne er ihn sich nicht vorstellen.

»Er muss es doch nicht selbst getan haben«, beharrte Charlotte. »Er könnte jemanden bestochen haben. O George, das ist widerlich. Stell dir vor, vielleicht war es sogar einer meiner schwarzen Angestellten …«

George sah sie zutiefst besorgt an. Charlottes Wangen glühten vor Aufregung, doch als er ihre Hände fasste, waren diese eiskalt.

»Deine Phantasie geht mit dir durch, Liebling«, versuchte er sie zu beruhigen. »Wahrscheinlich ist der Brand durch eine Nachlässigkeit der Angestellten ausgebrochen. Du weißt doch, wie das ist. Eine brennende Laterne fällt um, und die Bastmatten oder Hanfseile, mit denen die Sisalballen verschnürt werden, fangen Feuer …«

»Und weshalb schreibt Jacob dann, er lasse das Gelände bewachen, vor allem in der Nacht? Jetzt fällt es mir wie Schuppen von den Augen: Er hat Furcht vor einer weiteren Brandstiftung!«

»Ich glaube, der arme Kerl ist ziemlich durcheinander – wer weiß, wovor er sich in der Nacht fürchtet. Was auch immer auf der Plantage geschehen ist, wir werden es nicht klären können, sieh das doch bitte ein, Charlotte …«

Sie stöhnte zornig auf und schüttelte seinen Arm ab. O wie gemein das alles war, wie hinterhältig! Weshalb saß sie hilflos hier in Deutschland, unfähig, sich gegen diese Verbrecher zur Wehr zu setzen? Wäre sie in Afrika, hätte sie kämpfen können, hätte Zeugen ausfindig gemacht, Anzeige erstattet, den Brandstifter vor Gericht gezerrt. Ihr wurde übel. Erschöpft ließ sie sich in die Kissen zurückfallen und atmete stoßweise aus, um den Aufruhr in ihrem Magen zu besänftigen. Wieder wurde sie von tiefer Mutlosigkeit erfasst.

»Wenn dieser Josef Vosch tatsächlich etwas mit dem Brand zu tun haben sollte«, sagte George leise und eindringlich, »dann gibt es nur eine Möglichkeit, ihm diese schändliche Tat heimzuzahlen: Du verkaufst deine Pflanzung an einen anderen.«

Sie nickte müde und spürte, wie die Übelkeit langsam nachließ. Ja, das war der richtige Weg. Josef Vosch sollte sich verrechnet haben: Er bekäme ihr Land nicht, sie würde einen anderen Käufer finden.

»Ich werde sofort eine Anzeige in der *Deutsch-Ostafrikanischen Zeitung* aufgeben, George.«

»Vielleicht ist das wirklich die beste Lösung.«

An seinem Tonfall, hörte sie, dass er nicht ganz davon überzeugt war, was sie stutzen ließ. Glaubte er etwa, sie habe übereilt und leichtfertig entschieden? Was wollte er wirklich? Sie verkaufte die Plantage seinetwegen, damit sie beide zusammenleben konnten, sollte das etwa nicht das Richtige sein?

»Du musst jetzt endlich zur Ruhe kommen, Charlotte. Diese unselige Geschichte hat dich viel zu sehr aufgeregt.«

Er legte ihr die Hand auf die Stirn, und sie schloss die Augen, spürte die leichte Berührung seiner schmalen Finger, die von ihrer Stirn über die rechte Schläfe glitten und sie schließlich ins Ohrläppchen zwickten.

»Au!«

Er grinste dreist und verkündete, er wolle rasch im Kinderzimmer nach dem Rechten sehen, damit Elisabeth die Hausaufgaben nicht vergesse. Sie solle ruhig noch ein Weilchen liegen bleiben, er werde Stine Bescheid geben, ihr eine Tasse Tee und etwas Gebäck zu bringen.

»Meinetwegen …«

Der Tag endete in Harmonie. Das Abendbrot zu dritt, Elisabeths munteres Geschwätz, ihre Bilder, die von allen gebührend bewundert wurden, ein paar Runden Halma zum Abschluss des Tages – alles verlief entspannt und in friedlicher Eintracht. Erst als Stine kam, um Elisabeth zu Bett zu bringen, wurde die Kleine quengelig, offenbar fürchtete sie sich vor dem morgigen Schultag.

»Erzähl mir genau, wie die Sache ausgegangen ist – ganz gleich, wie, ich will es hören«, sagte Charlotte, als sie an Elisabeths Bett kam, um ihr einen Gutenachtkuss zu geben. »Und zu Mittag gibt es Kartoffelpuffer mit Apfelmus – dein Lieblingsessen.«

Nachdenklich runzelte die Kleine die Stirn, doch sie schien neuen Mut zu fassen und drehte sich zum Einschlafen mit dem Gesicht zur Wand.

Charlotte kehrte ins Wohnzimmer zurück, schob die drei Briefe, die ihr so viele Sorgen bereitet hatten, zusammen und legte sie in die Kommodenschublade. Dann ging sie hinüber ins Arbeitszimmer, trat an Georges Schreibtisch und machte sich über die eng beschriebenen Blätter her. Entzückt tauchte sie bei ihren Korrekturen ins Landesinnere von Sansibar ein, besuchte geheimnisvolle, verfallene Paläste inmitten dichter Wälder, glaubte, den Duft der Muskatblüten zu riechen, und hatte wieder einmal große Mühe, den Rotstift anzusetzen.

In der Nacht plagten sie schwere Träume. Sie sah die Eukalyptusbäume auf ihrer Plantage, vollbesetzt mit karminroten Blüten. Leise wiegten sich die Zweige im Wind, zischelnd und knackend, die Blüten öffneten sich und offenbarten ihr farbenprächtiges Inneres. Dort loderte Gelb, die Stempel zuckten in leuchtend hellem Blau. Nun waren es keine Blüten mehr, sondern kleine Flämmchen, die sich vom Wind entfacht in eine gewaltige Feuersbrunst verwandelten. Das Flammenmeer brandete über das Grab unter den Bäumen, schwärzte den Stein und löschte den eingemeißelten Namen aus, es wälzte sich über die Wiese, verschlang den Teich, bewegte sich zum Wohnhaus hinüber. Die Akazien standen in Flammen, brannten in feuriger Blüte; rote Glut loderte aus dem weißen Gebäude, das einst der Araber erbaut hatte. Es gab kein Entrinnen, ihre Füße schienen am Boden festgewurzelt zu sein. Hamunas dunkles, trauriges Gesicht tauchte vor ihr auf, sie hörte ihr Rufen und konnte doch nicht zu ihr gehen; Sadalla hockte unter einem gewaltigen, zerklüfteten Baobab, Arme und Beine mit weißen Binden umwickelt. Er hielt eine kleine Puppe auf dem Schoß, ein hölzernes Ding mit blonder Perücke und einem weißen Kleidchen, wiegte es auf seinen bandagierten Knien, und plötzlich schien diese tote Puppe große Ähnlichkeit mit ihrem Kind zu haben. Elisabeth! Wo war sie? Gott im Himmel, sie musste irgendwo dort im Flammenmeer sein … Elisabeth! Lisa!

»Wach auf, Charlotte. Du hast einen Albtraum. Komm, nimm einen Schluck Wasser …«

Mit fiebrigen Fingern griff sie nach dem Glas, das George

ihr entgegenstreckte, und leerte es gierig in einem Zug. Dann erzählte sie ihm von dem Feuer, das sie gesehen hatte, von der scheußlichen Puppe, und er schlang die Arme um sie.

»Ich bin jetzt dein Traumwächter, mein Schatz. Sorge dich nicht, ich werde all die bösen Bilder fortjagen …«

Sie schmiegte sich an ihn, spürte wieder den sachten Schmerz in ihrem Rücken, doch sie fühlte sich geborgen an seiner Brust, atmete seinen Geruch und schlief erleichtert ein.

Am folgenden Tag hatte der Regen aufgehört, die Sonne ließ das feuchte Laub auf der Wiese im Vorgarten leuchten, und Charlotte fühlte sich wieder gesund und munter. Hektische Betriebsamkeit erfasste sie, sie besprach den Wochenplan mit der Köchin, ließ Stine die Betten frisch beziehen und ging höchstselbst zum Telegraphenamt, um die Anzeige per Telegramm nach Daressalam durchzugeben. Als sie auf dem Rückweg in die Osterstraße einbog, bot sich ihr ein überraschendes Bild. In einiger Entfernung, fast schon in Höhe ihres Hauses, erblickte sie zwei kleine Mädchen, jedes begleitet von einer Hausangestellten. Die blonden Zöpfe ihrer Tochter waren unverkennbar, das andere Kind, das, so erkannte Charlotte jetzt, von dem Hausmädchen des Ratsherrn Böttcher begleitet wurde, trug das rötliche Haar offen, mit einer weißen Schleife aus der Stirn gebunden. Die Kinder gingen eingehakt und waren in ein eifriges Gespräch vertieft, einmal blieben sie stehen, fassten einander bei den Händen und hüpften gleichzeitig über eine Pfütze hinweg.

Wie schön, dachte Charlotte beglückt. Alles wendet sich zum Guten.

Die Resonanz auf die Anzeige war erstaunlich. Noch vor einigen Jahren hatten viele den afrikanischen Kolonien misstraut und waren lieber nach Amerika ausgewandert. Jetzt aber gab es trotz der Aufstände zahlreiche Auswanderungswillige, die ihre Zukunft in Deutsch-Südwest oder in Deutsch-Ostafrika sahen. Mitte November fand sich ein Käufer, der ihnen zusagte und auch einen vernünftigen Preis bot. Ignaz Kummer stammte von einem großen Hof bei Lüneburg, den später sein Bruder übernehmen wollte, er selbst hatte schon immer davon geträumt, sich eine eigene Existenz in Afrika aufzubauen. Man handelte aus, dass er sich um Jacob Götz kümmern und ihm, sobald er sich erholt hatte, eine Beschäftigung auf der Plantage anbieten würde. Ende November reiste Ignaz Kummer nach Emden, um dort unter Aufsicht eines Notars den Kaufvertrag zu unterschreiben, blieb zum Mittagessen und hörte sich Charlottes Ratschläge aufmerksam an.

»Es ist ohne Zweifel ein wunderbares Land, und ich bin stolz darauf, das Werk Ihres verstorbenen Mannes fortführen zu dürfen«, sagte er beim Abschied.

Vom Fenster aus sah Charlotte ihn die Osterstraße hinuntergehen – ein mittelgroßer, sehniger Mann um die dreißig, der sich in Anzug, Hut und Mantel ganz offensichtlich unwohl fühlte. Die Hand, die er Charlotte zum Abschied gereicht hatte, war breit und fühlte sich hart und schwielig an – er war ein Bauer, er würde den afrikanischen Boden lieben und mit ihm verwachsen.

Am Nachmittag war Charlotte ausgelassener Stimmung, spielte mit Elisabeth Fangen im Garten und schlitterte lachend über den gefrorenen Gartenweg, wie sie es als Kind immer getan hatte. Früher hatten sie im Winter manchmal sogar auf der Leda eislaufen können, erzählte sie ihrer Tochter, und wer keine »Schöfels«, wie sie die Schlittschuhe nannten, besaß, der ging mit den anderen »bosseln« – ein typisches emsländisches Kugelspiel, das gerne auf gefrorenen Landstraßen gespielt wurde.

»Du wirst sehen, der Winter in Deutschland ist herrlich!«, rief sie voller Begeisterung aus.

Am Abend sprühte sie vor Ideen, machte George Vorschläge für neue Bücher, fügte seinen Manuskripten kleine Absätze hinzu, lachte über seine strenge Miene und stahl ihm die goldgeränderte Brille, um sie sich selbst auf die Nase zu setzen.

»Geh zu Bett, Kobold«, schalt er sie lächelnd. »Ich komme nach, sobald ich meine Blätter wieder sortiert habe.«

Als er später ins Schlafzimmer trat, lag sie schweißüberströmt und stöhnend vor Schmerz in den Kissen. Die Wehen überkamen sie in dichter Folge, pressten langsam und unerbittlich das Kind aus ihr heraus und störten sich nicht daran, dass sie verzweifelt darum kämpfte, das ungeborene Leben in ihrem Körper zu behalten.

Sie kam nur langsam wieder auf die Beine. Das Kind war groß gewesen, schon im fünften Monat, doch als es auf die Welt kam, war es bereits tot. George hatte sie zuerst in eine Klinik bringen wollen, es dann aber doch nicht getan, weil sie sich trotz aller Schmerzen eigensinnig dagegen sperrte. Er zeigte ihr das tote Kind nicht, sagte ihr nur, es sei ein Junge gewesen, und er habe schwarzes Haar gehabt.

Sie weinte nicht. Tagelang lag sie teilnahmslos in den Kissen und starrte zu der goldenen Lampe mit den grünen Schirmchen hinauf, sah den spinnenförmigen Schatten des Lüsters mit dem Tageslicht über die Zimmerdecke wandern und spürte nichts als dumpfe, trostlose Gleichgültigkeit. Selbst George, der seine Manuskripte vernachlässigte und stundenlang an ihrem Bettrand saß, um sie daran zu erinnern, dass ihnen zumindest ihre Liebe geblieben war, dass sie eine gesunde Tochter hatte – selbst George konnte die erdrückende Last der Trauer nicht von ihr nehmen. Nur wenn Elisabeth zu ihr hereinschaute, riss sie sich zusammen und sprach ein paar Worte, machte sogar den Versuch zu scherzen, was jedoch kläglich misslang.

»Mama, du bist ganz dünn geworden«, stellte Elisabeth fest und schüttelte den Kopf, als habe sie es mit einem störrischen Kind zu tun. »George hat gesagt, du musst essen, sonst pustet dich der Wind davon.«

Wie eine Schlafwandlerin ging Charlotte später an Georges Arm zum Friedhof, wo man den toten Sohn begraben hatte, starrte auf das kleine Holzkreuz und entzifferte seinen Namen.

Henrich Johanssen. Geboren am 27. November 1906 in Emden, gestorben am selbigen Tag.

Die grünen Kränze auf dem Kindergrab waren noch frisch, die Schleifen vom Regen durchnässt und vom Nordwestwind gebeutelt, so dass Charlotte die Aufschriften kaum entziffern konnte. Sie legte einen Strauß aus Tannenreisern und Lorbeer auf den kleinen Hügel, und erst jetzt löste sich ihre Erstarrung. Weinend lehnte sie sich an George, lag schluchzend an seiner Schulter und fühlte, wie seine Hände unablässig über ihren Rücken strichen.

»Na endlich«, flüsterte er. »Wein dich aus, mein Schatz. Es wird dir danach besser gehen.«

Er sollte nur teilweise recht behalten. Tatsächlich nahm sie nun ihren gewohnten Tagesablauf wieder auf, nahm an den Mahlzeiten teil, kümmerte sich um den Haushalt und überwachte sorgfältig Elisabeths Hausaufgaben. Die kleine Tochter hatte sich inzwischen glänzend in Emden eingelebt, alle Feindseligkeiten in der Schule waren ausgeräumt, sie besuchte am Nachmittag ihre Freundinnen, erhielt Gegenbesuche und wurde zu Geburtstagen eingeladen. Eis und Schnee, von denen die Mama erzählt hatte, ließen einstweilen noch auf sich warten, der Dezember war kalt und regnerisch, nur am frühen Morgen sah man glitzernde Kristalle auf Dächern und Zäunen, an Schlittschuhlaufen war jedoch nicht zu denken.

Charlotte, die noch vor Wochen so begeistert vom deutschen Winter gesprochen hatte, empfand die Zeit jetzt als düster und freudlos. Wie hatte sie vergessen können, dass die Tage so kurz waren? Kaum hatten sich die Morgennebel aufgelöst, da sank das Licht schon wieder in den Abend. Schwer drückte der Himmel auf die Stadt, und außer Grau und Schwarz schien es keine Farben zu geben.

George war nach wie vor fürsorglich, doch er zog sich mehr und mehr an seinen Schreibtisch zurück und versenkte sich in seine Manuskripte. Wenn sie am Abend zu ihm kam, lächelte er zerstreut, und nicht immer konnte er mit neuen Texten aufwarten. Er überarbeitete, korrigierte und schickte hin und wieder auch Artikel an Zeitschriften, ohne sie ihr vorher gezeigt zu haben.

»Du weißt ja sowieso, was darin steht«, sagte er entschuldigend, wenn sie das entsprechende Blatt auf seinem Schreibtisch entdeckte. »Es ist das Gleiche wie neulich, nur ein wenig angepasst und aktualisiert.«

Sie zeigte ihm nicht, wie verletzt sie war. Schließlich wollte sie sich nicht aufdrängen, zumal stets er es gewesen war, der sie gebeten hatte, seine Texte zu lesen. Auch nach dem Inhalt der vielen Briefe, die er erhielt, fragte sie nicht. Sie war nicht Marie, die heimlich die Post ihres Mannes durchsah, sie vertraute ihm und wusste, dass er ihr wichtige Dinge nicht verschweigen würde. Aber insgeheim bekümmerte es sie, dass er sie nicht an allem teilhaben ließ, was ihn beschäftigte.

Die Post, sie sie selbst erhielt, war nicht angetan, ihre Stimmung zu heben. Mit dreiwöchiger Verspätung flatterte eine Geburtsanzeige ins Haus, die man aus Rücksicht auf ihren »Missfall« hinausgezögert hatte: Antje war von einem gesunden Knaben entbunden worden, der den Namen Paul Johann Budde erhalten hatte. Natürlich gönnte sie Antje ihr Mutterglück, dennoch traf es sie schmerzlich, dass der kleine Paul Johann in derselben Nacht gesund und kräftig das Licht der Welt erblickte, in der ihr eigener Sohn hatte sterben müssen.

Auch von Klara gab es Nachrichten. Peter Siegel wollte in der lutherischen Missionsstation Hohenfriedeberg seine Arbeit wieder aufnehmen, was Grund zu neuen Hoffnungen gab. Klara würde nun also mit Mann und Kind ins Usambara-Gebirge ziehen, wo sich inzwischen recht viele Deutsche niedergelassen hatten. Charlotte selbst war nur bis Mazinde am Fuß des Gebirges gekommen, doch sie hatte Berichte über die fruchtbaren Böden und das gesunde Klima vernommen. Vor allem die Naturschönheiten der Landschaft wurden gepriesen, ein »afrikanischer Harz« sei diese Gegend, voller klarer Gebirgsbäche, steiler Felsen und romantischer Wasserfälle. Klara schrieb auch voller Freude über den »neuen Geist«, der die Kolonie durchwehe und der mit den Lehren der christlichen Kirchen so vortrefflich einhergehe, dass man in der Mission am Immanuelskap nun freudig und voller Zuversicht in die Zukunft blicke. Der neue Gouverneur von Rechenberg wolle Ostafrika zu einem Land für »Kaufleute, Händler und eingeborene Kulturen« machen. Die Inder, die in Daressalam häufig angefeindet und verdrängt worden waren, sollten sich nun wieder frei ansiedeln können, vor allem aber war es den weißen Siedlern verboten, Kulturland zu erwerben, das vorher einem Schwarzen gehört hatte. Der Herr von Rechenberg wolle dafür sorgen, dass auch die Schwarzen Plantagen anlegen und ihre Früchte verkaufen konnten.

Nun werden unsere schwarzen Brüder aus ihrer Armut erlöst und können die Güte des Herrn erkennen, von dem wir ihnen ohne Unterlass erzählen. Und wir können ihnen wahre Lehrer und Vorbilder sein, so wie wir es uns immer gewünscht haben. Ach, liebe Charlotte, ich blicke jetzt recht froh in die Zukunft, und der einzige Wermutstropfen in diesem Freudenkelch ist, dass Ihr nicht bei uns sein könnt. Aber ich weiß ganz sicher, dass Gott der Herr meine Gebete erhören wird und uns eines Tages wieder vereint. Bis dahin sei allerherzlichst gegrüßt und geküsst.

Deine Dich liebende Klara

Bitterkeit kam in Charlotte auf, als sie diese Zeilen las. Ein neuer Geist wehte also durch Deutsch-Ostafrika. Wie schön. Aber wer wusste schon, ob das auch der Wahrheit entsprach? Die gute Klara war sehr leichtgläubig, und die Berichte über das Sterben der Eingeborenen im Süden des Landes waren noch längst nicht verstummt.

Dennoch blieb sie sinnend am Fenster stehen, und statt der kahlen Zweige und dick vermummten Passanten sah sie grünende Berghänge, von Blüten und üppigem Blattwerk überwuchert, den taumelnden Flug der bunten Schmetterlinge, den glitzernden Wasserfall, in dessen Dunst sich das Licht vielfarbig brach. Usambara – wie melodisch dieses Wort klang, wie viele Farben und Düfte es in sich trug. Usambara. Wie konnte man dieses Land mit einem deutschen Gebirge vergleichen, schon der Name »Harz« klang abgehackt und dürr. Wie schön auch immer dieser Harz sein mochte, den sie nie gesehen hatte – Usambaras Hänge waren wilder, die Pflanzen üppiger, der Himmel weiter. Usambara war Afrika, ein grünendes Paradies, selbst die Nebel waren dort licht und voller Zartheit, und erst die Menschen …

»Mama, Mama! Wir müssen ganz schnell zu Mittag essen, weil ich doch auf Julchens Geburtstag eingeladen bin!«

Elisabeth war noch im Mantel, vom Wind zerzaust, die Wangen vor Aufregung rosig. Ungeduldig umarmte sie ihre Mutter, riss sich gleich wieder los und fragte, ob das Geschenk für die Freundin schon verpackt sei. Ob sie das neue Kleid mit den Rüschen am Kragen anziehen und das Haar offen tragen dürfe. Weshalb Stine ihr nicht das Haar mit der Brennschere kräusele, das sähe doch hübscher aus.

»Du hast Naturlocken, Elisabeth. Die muss man nicht noch kräuseln.«

»Aber die stehen immer in alle Richtungen …«

»Oh, die junge Dame möchte das Haar gekräuselt haben – da nehme ich doch höchstpersönlich die Brennschere zur Hand«, witzelte George, den Elisabeths helle Stimme aus seinem Arbeitszimmer gelockt hatte.

»Du?«, rief sie entsetzt. »Nee – besser nicht.«

»Aber ich würde es gern einmal versuchen«, neckte er sie grinsend.

»Aber nicht bei mir. Versuch es bei Mama.«

Er zwinkerte Charlotte zu, die sich zu einem Lächeln zwang.

»Ich fürchte«, seufzte er, »bei deiner Mama werde ich auch kein Glück haben.«

Später stand Charlotte am Fenster, um ihrer Tochter nachzuwinken, die an der Hand des Hausmädchens die Osterstraße hinunterging. Der Wind riss mächtig an Stines großem Schirm, mit dem sie vor allem das hübsch eingewickelte Geschenk vor Nässe schützen sollte. Elisabeth trug einen dunkelblauen Regenmantel über der wattierten Jacke, dazu einen breitkrempigen Hut aus gewachstem Stoff, der unter dem Kinn festgebunden werden konnte. Das offene, lange Haar steckte unter dem Mantel, damit Regen und Wind die Lockenpracht nicht verdarben. Die Kleine zerrte Stine ungeduldig voran, sprang über Pfützen, dass das Wasser hoch aufspritzte, und schien sich um Stines Schelte wenig zu kümmern.

»Wie rasch sie sich eingelebt hat«, meinte George, der hinter Charlotte stand und ihr über die Schulter sah.

»Ja …«

Sie zog den Fenstervorhang wieder zurecht und wies mit der Hand hinüber zum Klavier, wo sie ihre Post abgelegt hatte.

»Klara hat geschrieben.«

»Geht es ihr gut?«

»Lies selbst. Peter wird als Missionar im Usambara-Gebirge arbeiten.«

»Ach ja? Nun, dann ist er wohl genesen. Wie schön.«

»Ja, ich freue mich sehr darüber.«

Sie lächelte und spürte, wie unaufrichtig ihr Tonfall klang. George schien es nicht zu bemerken.

Was für ein Spiel spielten sie da? Charlotte schien es, als ginge sie über einen zugefrorenen See, hörte das leise Knacken, sähe feine Risse, die sich spinnenartig über die milchige Fläche ausbreiteten. Dennoch ging sie weiter. Und auch George bewegte sich über die dünne Schicht, gewandt, mit federleichten Schritten, die Risse meidend, bei jedem Knacken vorsichtig die Richtung ändernd. Nur nicht einbrechen, denn was dort unter dem Eis gurgelte und brauste, waren Strudel, die sie beide für immer auseinanderreißen konnten.

Nachdenklich betrachtete sie ihren Mann, der im Sessel Platz genommen hatte und Klaras Brief überflog. Er hatte die Beine angezogen und den Oberkörper vorgeneigt, als wolle er jeden Augenblick aufspringen, um davonzulaufen. Erst als er zu Ende gelesen hatte, löste er die angespannte Körperhaltung und lehnte den Rücken gegen die Polster. Ohne Kommentar legte er den Brief auf den Wohnzimmertisch. Kein Wort über das Biologisch-Landwirtschaftliche Forschungsinstitut Amani im Usambara-Gebirge, das er einst unbedingt hatte besuchen wollen, kein Wort über von Rechenberg, den neuen Gouverneur, und erst recht kein Wort über die angeblich veränderte Lage in Deutsch-Ost. Es war, als herrsche zwischen ihnen die stumme Übereinkunft, über diese Dinge zu schweigen.

»Es könnte sein, dass wir besseres Wetter bekommen«, sagte George in gewollt unbefangenem Ton. »Wir sollten einen Wagen mieten und ein wenig durch die Gegend fahren. Die klare Winterluft wird dir guttun.«

»Ja, das wäre schön …«

Er meinte es gut mit ihr, das wusste sie. Gewiss war sie ungerecht, wenn sie das Gefühl hatte, Emden sei grau und trübe. An schönen Tagen konnte der Himmel taubenblau sein, zarte weiße Wölkchen schwebten wie Flaumfedern darüber hinweg, und die bunt gestrichenen Fischkutter spiegelten sich im Hafenwasser. Die Stadt war voller Leben und liebenswerter Menschen, sogar die Marktfrauen hatten sich nach ihr erkundigt, als sie krank gewesen war, und auch die Nachbarn hatten ihr Mitgefühl ausgedrückt.

»Wir sollten Weihnachtsgeschenke besorgen, es ist höchste Zeit …«

»Natürlich, das hätte ich fast vergessen …«

Georges Zustimmung klang allzu begeistert, um ehrlich zu sein. Bei den wenigen Besuchen in Leer hatte Charlotte bald bemerkt, dass ihr Mann zwar nach wie vor seinen Zauber auf die Verwandtschaft ausübte, wenn sie jedoch am Abend heimfuhren, erschien er ihr abgespannt und froh, Grete Dirksens enges Häuschen endlich verlassen zu können. Er liebte diese Familientreffen nicht und absolvierte sie nur ihr zuliebe. Doch auch sie selbst fühlte sich bei diesen Besuchen zunehmend unwohler, die Freude des ersten Wiedersehens nach zehnjähriger Abwesenheit war längst verflogen, jeder war mit sich selbst beschäftigt. Ettje sorgte sich um ihren Mann, der immer noch kränkelte, Paul und Antje drehten jeden Groschen zweimal um, und einzig die Großmutter ließ immer wieder anfragen, wann sie denn zu Besuch kämen. Freilich ging es ihr vor allem darum, die Enkelin zu sehen. Gegenbesuche in Emden hatte es bisher nur einen einzigen gegeben, gleich im Sommer, als alle auf das neue Domizil in der Osterstraße neugierig gewesen waren. Auch Menna hatte sich damals angekündigt, doch Charlotte hatte ihr telegraphiert, sie sei mit so vielen Gästen überfordert, Menna solle doch einen anderen Termin wahrnehmen. Seitdem hatte sie zum Glück nichts mehr von der Cousine gehört.

Ein warmes Familiennest hatte sie nicht gefunden, nicht mal ein lauwarmes, das Nest war kühl. Nur Elisabeth gefiel es nach wie vor in Leer, wo sie von der Großmutter nach Strich und Faden verwöhnt wurde und mit Ettjes Söhnen durch die Umgebung streifte.

»Vielleicht lassen wir Elisabeth bei unserem Weihnachtsbesuch für ein paar Tage in Leer und holen sie später wieder ab«, schlug George vorsichtig vor.

Charlotte begriff, dass er keine Lust hatte, in der engen Schlafkammer zu übernachten, und dieses Mal teilte sie seine Meinung. Das kleine Zimmer stimmte sie traurig, erinnerte es sie doch an die Zeit, als sie dort mit Klara geschlafen hatte. Ihre kleine Cousine Klara, die nun wohl schon in der Missionsstation in Usambara lebte, war die Einzige ihrer Verwandten, die immer vorbehaltslos zu ihr gehalten hatte. Klara hatte niemals Sehnsucht nach der Ferne verspürt, nur aus Anhänglichkeit an Charlotte war sie damals mit ihr nach Afrika ausgewandert. Und sie war dort geblieben, während Charlotte nun wieder in Deutschland lebte.

Kurz vor den Feiertagen fiel zu Elisabeths großer Begeisterung ein wenig Schnee. Es waren dicke, feuchte Flocken, die langsam aus den Wolken sanken, kitzelnd an der Haut festklebten und bauschige Polster auf Dächern und Zäunen bildeten, am Boden aber bald wieder zu Wasser wurden. George trug das fertige Manuskript seines neuen Buchs eigenhändig zur Post und kehrte mit Schneeflocken an Hut und Mantel wieder zurück. In seiner Miene stand weder Stolz auf das abgeschlossene Werk noch Zufriedenheit, stattdessen erkannte Charlotte darin jene Unrast, die ihr schon früher an ihm aufgefallen war.

»Nun werde ich vorerst nichts mehr zu tun haben«, stellte er mit einem schiefen Grinsen fest und griff nach der Zeitung.

Sein Grinsen erschien ihr voller Selbstironie und hätte sie eigentlich stutzen lassen müssen, doch sie war ärgerlich auf ihn, denn er hatte das Originalmanuskript in einem Schreibbüro abschreiben lassen, anstatt ihr diese Arbeit zu überantworten.

»Dann geht es dir ja wie mir.«

Irritiert über ihren spitzen, fast angriffslustigen Ton ließ er die Zeitung sinken. Hatte er vielleicht geglaubt, ihre Tage seien ausgefüllt, nur weil sie sich um ihre Tochter kümmerte, ein wenig Klavier spielte und den Haushalt überwachte? War sie Marie, die niemals etwas anderes hatte tun wollen, als Kinder zu erziehen und ein großes Haus zu führen? Sie hatte ein Geschäft in Daressalam besessen und fünf Jahre lang eine Plantage geleitet.

Eine Plantage, die sie nun verkauft hatte. Max von Rodens Lebenswerk führte ein anderer weiter. Sie, Charlotte, besaß nichts als das Geld auf der Bank, das sie eigentlich für ihre Tochter hatte anlegen wollen, wozu sie sich aber noch nicht hatte durchringen können.

Sie begegnete Georges erschrockenem Blick, spürte plötzlich den Strudel unter der dünnen Eisdecke und die Angst, etwas unsagbar Wichtiges aufs Spiel zu setzen. Nein, kein Streit. Sie liebten einander.

»Nun, wenn du nichts schreibst, bin ich arbeitslos, weil ich nichts zu korrigieren habe«, lenkte sie ein.

»Jetzt lass erst mal die Feiertage vorübergehen, dann wird sich schon wieder etwas finden …«, beschwichtigte er sie erleichtert und vertiefte sich in einen Artikel. Charlotte konnte die Augen nicht von ihm wenden. Wie fremd er ihr jetzt erschien, in der gefütterten Hausjacke und mit der albernen Brille auf der Nase. War das derselbe Mann, dessen Briefe aus fernen Ländern sie damals zu sehnsüchtigen Träumen veranlasst hatten? George, der Weltverbesserer, der sich auf der Suche nach dem Schönen immer wieder an den Rand des Todes gewagt hatte, der zornige Kämpfer gegen alles, was ihm ungerecht erschien? Der Mann, der sie noch vor einem Jahr sicher und umsichtig durch die Savanne geführt hatte, vorbei an tödlichen Gefahren, der Mann, der ihr Mut zugesprochen hatte, wenn sie verzweifeln wollte? Der sie so leidenschaftlich unter dem sternenübersäten afrikanischen Himmel geliebt hatte?

Gewiss, er war derselbe, doch er trug eine Maske, die ihm wenig stand. Aber war denn sie selbst noch die Frau, die sie damals gewesen war? Stand sie nicht in fremden Schuhen am falschen Platz? Hatte sie nicht versucht, die treu sorgende Ehefrau und Mutter zu spielen und ihm ein behagliches Nest zu bereiten?

»Ja, lass uns die Feiertage abwarten«, pflichtete sie ihm müde bei und setzte sich ans Klavier, um Schubert zu spielen. Franz Schubert, der Komponist, der Trauer in Schönheit verwandeln konnte.

Zu Weihnachten war das Wetter mild, der Nordwestwind trieb feine Regentröpfchen heran, die die Kleidung durchdrangen und einen frösteln machten. Der Besuch in Leer war kurz, man tauschte Geschenke aus, trank miteinander Tee, und Charlotte hielt den kleinen Neffen im Arm, ein zartes, anfälliges Kind, das den Eltern Sorgen bereitete. George untersuchte den Säugling und verordnete zu Antjes Entsetzen einen täglichen Spaziergang, dick eingepackt, ganz gleich bei welchem Wetter. In der stickigen, feuchtwarmen Stube würde sich sein Leiden nur verschlimmern.

Elisabeth hatte schon ihr Gepäck in die Schlafkammer getragen, die sie sich nun für einige Tage mit der kleinen Fanny teilen würde.

»Fanny ist furchtbar anstrengend«, vertraute Elisabeth ihnen beim Abschied an. »Immer läuft sie hinter mir her, und wenn ich mit den Jungen weggehe, dann heult sie. Ich bin sehr froh, dass ich keine kleinen Geschwister habe!«

George und Charlotte fuhren mit der Bahn zurück nach Emden. Schweigend saßen sie einander gegenüber in den weichen Polstersitzen der ersten Klasse, ohne recht zu wissen, wohin sie schauen sollten. Die Landschaft draußen lag in der Dunkelheit, nur hie und da sahen sie die beleuchteten Fenster eines Hauses vorübergleiten, an den Bahnhöfen brannten elektrische Lampen, die grauen Striche des Regens im Lichtkreis der Scheinwerfer waren deutlich zu erkennen.

Regenzeit, dachte Charlotte und zog frierend den Mantel um sich. Still und kühl. Kein Donnerschlag, keine schwarzen Wolken, die über dem Land aufplatzten und die Wassermassen herabstürzen ließen. Keine dampfende Erde, aus der die Gerüche warmer Fruchtbarkeit aufstiegen … Nur kühler Nieselregen auf kaltes, matschiges Erdreich.

Sie sah, dass George die Augen geschlossen hatte. Er schlief jedoch nicht, sie erkannte es daran, dass seine Lider hin und wieder zuckten. Welche Bilder er wohl vor sich sah? Sie hätte viel darum gegeben, es zu wissen.

Die Tage ohne Elisabeth verbrachten sie in einer seltsam gezwungenen Zweisamkeit. George war redselig und bemühte sich um immer neue Gesprächsthemen, forderte sie auf, vierhändig mit ihm Klavier zu spielen, ging mit ihr durch die weihnachtlich geschmückte Stadt und forschte sie nach ihren Kindheitserinnerungen aus. An den Abenden behauptete er, noch nie in seinem Leben ein so gemütliches Heim gehabt zu haben, lobte ihren Geschmack, redete über neue Buchprojekte, bei denen er ihre Hilfe benötigen würde.

Charlotte ging auf alles ein, spürte seine Rastlosigkeit und wusste, dass er sich selbst etwas vormachte. Ernst gemeint war nur sein verzweifeltes Bemühen, sie nicht zu verlieren. Er hatte sie seit ihrer Fehlgeburt nicht mehr angerührt – jetzt schlief er wieder mit ihr. Am ersten Abend tat er es behutsam, als fürchte er, ihr wehzutun, in den folgenden Nächten nahm er sie leidenschaftlich mehrmals hintereinander, und bevor ihn der Schlaf übermannte, suchte er ihre Hand, um sie festzuhalten.

Etwas muss geschehen, dachte sie. Wir werden einander immer fremder, wenn wir so weitermachen. Warum fürchten wir uns davor, die Wahrheit auszusprechen?

Die Eisschicht, auf der sie sich so behutsam bewegten, brach auseinander, als Elisabeth zwei Tage nach Silvester wieder in Emden eintraf. Paul, der in der Stadt zu tun hatte, begleitete sie auf der Zugfahrt und schleppte ihren Koffer vom Bahnhof bis in die Osterstraße, weil er das Geld für einen Wagen sparen wollte. Sie aßen gemeinsam zu Mittag, schwatzten allerlei Belanglosigkeiten, und alle waren erleichtert, als Paul sich schließlich verabschiedete, um seine Besorgungen zu machen.

Elisabeth hatte sich auf die neue Puppe gestürzt, ein Weihnachtsgeschenk von George, das sie nicht nach Leer hatte mitnehmen dürfen. Die Puppe trug den Namen »Fräulein Mine«, sie hatte ein feines Gesicht aus bemaltem Porzellan, und ihre Arme und Beine ließen sich mit Hilfe von Kugelgelenken bewegen. Man konnte dem Fräulein die Kleider ausziehen, es trug richtige Wäsche und eine Spitzenhose, am besten aber gefiel Elisabeth das lange braune Haar, das unbedingt gekämmt werden musste.

»George?«, wandte sich Elisabeth fragend an ihren Ziehvater, während sie mit dem Kamm an dem Puppenhaar herumrupfte. »Ist es wahr, dass Mama vom lieben Gott bestraft wurde, weil sie dich geheiratet hat?«

Charlotte wäre beinahe das Herz stehen geblieben. Sie wechselte einen Blick mit George, der die Augen zu schmalen Schlitzen verengte, lauernd, als ahne er eine wohlbekannte Gefahr.

»Wer behauptet denn so etwas?«

»Der Großonkel aus Aurich, der der Pfarrer ist und immer so viel redet. Beim Kaffeetrinken hat er das zur Großmutter gesagt.«

»Großonkel Harm? Der Mann von Tante Edine?«

»Ja der, glaub ich. Er hat behauptet, der liebe Gott habe meinen kleinen Bruder wieder zu sich genommen, weil … weil … irgendwas von Gottes Müller … oder Mühlen …, weil meine Mama doch Tante Marie den Mann weggenommen hat.«

Charlotte war nicht in der Lage, eine Antwort zu geben. Pfarrer Harm Kramer war der Vater von Marie und Menna. Vermutlich hatte er sich niemals damit abfinden können, dass die Ehe seiner Tochter Marie geschieden wurde, schließlich hatte er seine Töchter im Geist des Herrn erzogen. Die Scheidung konnte also unmöglich Marie zuzuschreiben sein, es musste Teufelswerk dahinterstecken, eine teuflische Verführerin …

»Das ist vollkommener Unsinn, Elisabeth«, hörte sie George mit ruhiger Stimme sagen. »Der liebe Gott hat mich und deine Mama füreinander bestimmt und zusammengeführt – so ist das gewesen.«

Elisabeth fuhr unbeeindruckt fort, Fräulein Mines braune Haarpracht zu bändigen.

»Die Großmutter hat auch gesagt, das sei dummes Zeug. Sie ist richtig wütend geworden und hat laut geschimpft. Der Großonkel Harm hat kein Wort mehr gesagt, aber Tante Edine ist aufgestanden und hat dabei den Kaffee umgeschüttet. Später ist die Großmutter in ihre Schlafstube gegangen, und

Tante Ettje hat mich und Fanny mit nach drüben genommen, weil die Großmutter ihre Ruhe brauchte.«

»Deine Urgroßmutter ist eine kluge Frau, Elisabeth. Sie hat recht, das alles war nichts als dummes Geschwätz.«

»Das habe ich mir schon gedacht. Aber wieso muss ich sie immer Großmutter nennen, wo sie doch meine Uroma ist ...«

Elisabeth gab die nutzlose Kämmerei auf und band das widerspenstige Puppenhaar mit einer ihrer eigenen Haarspangen zusammen. Für sie war das Thema damit erledigt.Charlotte gelang es nur mühsam, ihre Aufregung vor dem Kind zu verbergen, und sie war froh, dass George sich den Rest des Tages über mit Elisabeth beschäftigte. Als die Kleine im Bett lag und die Gutenachtzeremonie beendet war, stand Charlotte noch einen Augenblick im dunklen Flur, den Rücken an die Kinderzimmertür gelehnt. Dann ging sie entschlossen hinüber in Georges Arbeitszimmer.

Er hatte sie schon erwartet. Erst jetzt erkannte sie, wie aufgewühlt er war.

»Ich weiß sehr wohl, woher diese Verleumdungen stammen, Charlotte. Ich habe es dir nicht sagen wollen, aber Marie hatte immer schon eine scharfe Zunge, ganz besonders was dich betraf ... Es ist mehr als boshaft, es ist niederträchtig ...«

»Das ist alles nicht mehr wichtig, George!«

Er ging auf sie zu, um sie in die Arme zu nehmen, doch sie entzog sich ihm. Schluss mit den Lügen – heute war der Tag der Wahrheit.

»Ich will fort von hier«, forderte sie. »Und ich weiß, dass du es auch willst.«

Er widersprach nicht, ließ die Arme sinken und wirkte plötzlich hilflos.

»Woher weißt du das?«, murmelte er.

»Ich spüre es doch. Du bist auf dem Sprung. Alles, was du

tust, beweist es mir. Dein Blick, deine Bewegungen, das, was du sagst, und vor allem das, was du mir verschweigst.«

»Und wenn es tatsächlich so wäre?«

»Dann würde ich mit dir gehen. Ohne zu zögern. Ganz gleich, wohin.«

Er starrte sie eine Weile an, als suche er nach etwas, das ihm bislang verborgen geblieben war, dann stieß er tief die Luft aus, als habe er soeben einen folgenschweren Entschluss gefasst. »Ich hatte ein Angebot«, sagte er und riss einige Schubladen seines Schreibtisches auf, um in den Papieren herumzuwühlen.

»Was für ein Angebot?«

Er hielt innc. Als er ihre Ungeduld bemerkte, schienen ihm Bedenken zu kommen.

»Der Herzog von Mecklenburg will im kommenden Jahr eine Expeditionsreise durch Afrika unternehmen. Dazu hat er mehrere namhafte Wissenschaftler und Ärzte eingeladen, darunter auch mich. Er hat einige meiner Bücher gelesen ...«

Sie zitterte vor Aufregung. Afrika. Er wollte nach Afrika. Und er hatte diese Absicht vor ihr verborgen.

»Eine Expeditionsreise? Wohin genau?«

»Quer durch den Kontinent. Von Mombasa durch Britisch-Ostafrika bis zum Viktoria-See, dann weiter auf deutschem Kolonialgebiet durch Ruanda und schließlich den Kongo hinab zur Westküste.«

»Aber – das ist großartig, George. Eine seltene Gelegenheit, an der Seite so vieler Fachleute das Land zu erforschen. Und eine wundervolle Anerkennung für dich als Arzt und Schriftsteller!«

Er unterbrach seine Suche und stützte sich mit beiden Armen auf die Schreibtischplatte.

»Ich habe abgelehnt«, teilte er mit, ohne sie anzusehen.

»Du hast abgelehnt? Aber wieso?«

Er zuckte mit den Schultern und begann wieder nervös in

den Schubladen herumzutasten. Die Papiere fielen zu Boden, der Brief, den er suchte, wollte sich jedoch nicht finden lassen. Oder wollte er ihn gar nicht finden?

»Mein Gott, Charlotte, verstehst du denn nicht? Es ist noch kein Jahr her, da habe ich dieser Kolonie voller Abscheu den Rücken gekehrt. Ich habe unablässig Zeitungsartikel gegen die dort herrschenden Zustände verfasst, ein Buch geschrieben. Soll ich jetzt – nur weil mich der Herzog von Mecklenburg persönlich zu seiner Expedition einlädt – alle meine Prinzipien über den Haufen werden und nach Ruanda reisen?«

Natürlich – wie hatte sie das vergessen können. Er hatte Sorge, sich vor seinen Anhängern unglaubwürdig zu machen. Der Herzog von Mecklenburg war ein aufgeschlossener, unternehmungslustiger Mann – als Kritiker an der ostafrikanischen Kolonialregierung und ihrer Politik der verbrannten Erde war er bisher jedoch nicht aufgetreten. Eher als begeisterter Großwildjäger.

»Aber ... die Verhältnisse haben sich doch geändert«, wandte sie vorsichtig ein. »Im Reichstag setzen sich neue Ansichten durch, Bernhard Dernburg will die Aussöhnung mit den Afrikanern. Das musst du doch in der Zeitung gelesen haben, George. Man sieht bereits erste Auswirkungen in den Kolonien, zumindest zeugen davon Klaras Briefe ...«

»Das mag wohl so sein, und doch werden alle Reformen nur darauf hinauslaufen, auf irgendeine Weise Geld aus den Kolonien zu pressen. Wenn nicht mit Gewalt, dann mit falschen Versprechungen. Man wird die Menschen dort entwurzeln, sie missionieren, zivilisieren und schließlich als billige Arbeitskräfte missbrauchen.«

Er schien versucht, den ganzen Papierkram mit einem Fußtritt in die Ecke zu befördern, doch er tat es nicht, stieß nur die Schubladen kräftig wieder zu. Dann sah er sie mit einem traurigen Lächeln an.

»Es zieht dich dorthin, nicht wahr?«, fragte er leise. »Du sehnst dich nach Afrika und willst es mir nicht eingestehen. Glaubst du, ich hätte nicht bemerkt, dass du geflissentlich alle Kolonialwarenläden gemieden hast, wenn wir in der Stadt unterwegs waren?«

Er hatte sie also mindestens ebenso gut beobachtet und verstanden wie sie ihn. Aber auch er hatte geschwiegen.

»Deine Gründe sind mir begreiflich, George. Es gibt noch andere Orte auf der Welt – wir müssen nicht nach Afrika zurückkehren. Und schon gar nicht nach Deutsch-Ost.«

Er schüttelte bekümmert den Kopf.

»Du hast deine Plantage verkauft, die dir so sehr ans Herz gewachsen war«, fuhr er fort. »Du hast es um meinetwillen getan, das weiß ich nur zu gut. Und ich hatte nicht die Kraft, es zu verhindern. Mein Gott – vielleicht wäre unser Kind noch am Leben, wenn wir in Afrika geblieben wären …«

»Wie kannst du so etwas behaupten!«

Seine Selbstvorwürfe bekümmerten sie, aber zugleich war sie zornig auf ihn. Die Dinge hatten sich nun einmal so entwickelt – was nutzte es, Schuld auf sich zu nehmen und trostlose Mutmaßungen anzustellen?

»Hör zu, George«, sagte sie mit mühsam erzwungener Ruhe. »Ich habe Afrika freiwillig verlassen, niemand hat mich dazu gezwungen, auch du nicht. Es war richtig, nach Deutschland zu reisen, denn hier hast du Verbindungen geknüpft, deine Erfahrungen eingebracht, und wer weiß, ob die momentane Kehrtwende nicht zu einem kleinen Teil auch deiner publizistischen Arbeit zu verdanken ist …«

Sie hatte sich in Rage geredet und hielt nun für einen Augenblick inne, um die Wirkung ihrer Worte zu prüfen. Es lag ein schwacher, ironischer Zug um seinen Mund, doch seine Augen waren mit großem Ernst auf sie gerichtet.

»Gut, es ist mir schwergefallen, die Plantage zu verkaufen«, fuhr sie fort. »Aber ich hatte meine Entscheidung getroffen, und du hättest mich nicht zurückhalten können, selbst wenn du es versucht hättest. Hast du das verstanden? Du bist nicht für mein Handeln verantwortlich, selbst dann nicht, wenn es aus Liebe zu dir geschieht!«

Er war nicht fähig zu antworten, doch die Ironie um seinen Mund war nun verschwunden. Er starrte sie an, als sähe er sie zum ersten Mal, forschend, staunend, mit aufkommender Bewunderung.

»Und noch etwas«, erklärte sie energisch. »Falls du dich entschließen solltest, doch an dieser Expedition teilzunehmen, dann werde ich dich begleiten. Wir werden Elisabeth solange in der Missionsstation bei Klara unterbringen und später entscheiden, wie und wo wir leben werden.«

Das war zu viel. Aus der Bewunderung wurde Heiterkeit, er begann zu lachen, übermütig und unendlich erleichtert zugleich.

»Du willst mich sogar begleiten? Du verrückte Person, du!«

»Glaubst du etwa, ich lasse dich …«

Sie konnte nicht weitersprechen, denn er hatte sie trotz aller Gegenwehr in seine Arme gerissen und presste sie an sich.

»Wie kannst du dich nur an einen so wankelmütigen Menschen wie mich hängen?«, flüsterte er ihr ins Ohr. »Ein windiger Bursche, ein unzuverlässiger Kerl ohne Prinzipien, der dich in die Irre führt …«

»Das ist meine Entscheidung, George Johanssen. Du musst gleich morgen telegraphieren, versprich mir das, ja? Wann will der Herzog von Mecklenburg aufbrechen? Im Frühjahr? Ach du meine Güte – Klara wird wieder einmal behaupten, der Herr habe ihre Gebete erhört … George, so pass doch auf, jetzt hast du mir einen Knopf abgerissen …«

Teil II

März 1907

Am Morgen war der Atlantik noch eine blaugrüne, leicht wogende Fläche gewesen, kleine Wellen verschäumten zu Gischt, wenn der Bug des Dampfers sie durchschnitt, in der Ferne sah man die grauweißen Felsen der bretonischen Küste. Dann erwachte das Ungeheuer tief unten auf dem Grund des Ozeans, es regte sich, bäumte sich auf, brüllte und peitschte die See mit seinem mächtigen Schweif.

Wie ein Spielzeug wurde die *Feldmarschall* emporgehoben, auf die schäumende Kuppe der Woge getragen, um von dort in die Finsternis des Wellentals hinabzustürzen. Der Bug des Dampfers bohrte sich tief ins graugrüne Meer, schwer schlug die See über das Vordeck, und selbst den erfahrenen Seeleuten war bang, ob nicht die nächste Welle ihre Fahrt für immer beenden würde.

Die Zustände an Bord waren entsetzlich. Im Salon der ersten Klasse rutschten Möbelstücke durch die Räume und schlugen splitternd gegeneinander, aus den Regalen fielen trotz der Halterungen Flaschen und Gläser und zerschellten im allgemeinen Durcheinander. Niemand kümmerte sich darum, die Stewards hatten alle Hände voll zu tun, die seekranken Passagiere zu versorgen, die sich verzweifelt an ihre Betten klammerten, um nicht hinausgeschleudert zu werden. Vielen war so elend, dass sie nur noch sterben wollten, in die kalten Wogen sinken, nichts mehr wissen, nichts mehr spüren, nur endlich von diesen Qualen erlöst sein. Oben auf der Brücke und unten im Maschinenraum kämpfte die Besatzung währenddessen verzweifelt gegen die harte See. Den Kurs zu halten war Illusion, wichtig war nur, die Angriffe des aufgewühlten Ozeans heil zu überstehen.

Charlotte zählte zu den wenigen Passagieren, die von der Seekrankheit verschont blieben, außer ihr hatten nur noch zwei betagte Engländerinnen dieses Glück: Miss Jane Marwin und ihre jüngere Schwester Rose, die ihren Bruder in Südafrika besuchen wollten. Trotz der starken Schiffsbewegungen ließen es sich die beiden Damen nicht nehmen, durch die Flure zu laufen, um ihre Fläschchen mit Pfefferminzlikör anzubieten – ein vortreffliches Mittel gegen die Seekrankheit, mit dem sie sich vor ihrer Abreise reichlich eingedeckt hatten. Auch der Schiffsarzt und zwei Krankenschwestern waren unermüdlich in der ersten und zweiten Klasse im Einsatz, wo insgesamt über hundertachtzig Passagiere zu versorgen waren, doch weder Validol noch Kampfer konnten die Leiden lindern. Um die Passagiere in der dritten Klasse, etwa achtzig an der Zahl, kümmerte sich kaum jemand, und um die im Zwischendeck, noch einmal fast hundert Menschen, die eng zusammengedrängt in ihren hölzernen Stockbetten hockten, schon gar nicht, man überließ sie einfach ihrem Schicksal. Charlotte kannte die Zustände dort unten, sie selbst war vor zehn Jahren zusammen mit Klara und Christian im Zwischendeck gereist, und obgleich sie mit den Unglücklichen dort unten mitfühlte, war sie doch froh, jetzt diese helle, hübsch eingerichtete Kabine der ersten Klasse zu bewohnen. Vor allem deshalb, weil ihre Tochter, die auf der Hinreise so großartige »Seebeine« bewiesen hatte, dieses Mal sterbenskrank war.

»Mama, ich will nach Hause!«, jammerte das Mädchen.

»Der Sturm ist bald vorbei, mein Schatz«, tröstete Charlotte. »Dann wird es dir besser gehen …«

Elisabeth war so bleich, dass Charlotte fürchtete, sie könne das Bewusstsein verlieren. Immer wieder begann sie zu würgen, obgleich ihr Magen längst völlig entleert war. Charlotte hielt ihre Tochter in den Armen, versuchte, die heftigen Schiffsschwankungen mit ihrem eigenen Körper auszugleichen, wischte ihr die Stirn mit einem feuchten Tuch und hielt ihr eine Schale vor den Mund, wenn sie sich übergeben musste. Sie hörten, wie die Brecher immer wieder donnernd und tosend über das Vorderschiff schlugen, wenn ein Stahltau riss, klang es wie ein Peitschenknall. Der Dampfer schlingerte, die Maschine arbeitete mit aller Kraft, und der stählerne Rumpf schien zu stöhnen wie ein Mensch in tiefer Bedrängnis.

George lag in der Kabine nebenan, auch er war der Seekrankheit zum Opfer gefallen, doch er weigerte sich stur, ihre Hilfe in Anspruch zu nehmen.

»Kümmere dich um Elisabeth«, knurrte er Charlotte an. »Ich brauche keine Krankenschwester. Und komm ja nicht auf die Idee, mit einem Fläschchen Pfefferminzlikör bei mir aufzutauchen.«

Er, der stets für alle Kranken sorgte, konnte es nicht ausstehen, selbst gepflegt zu werden, wenn es ihm schlecht ging. George machte die Krankheit lieber mit sich allein aus, wollte sich keinem Arzt anvertrauen und konnte auch die hilflosen Blicke seiner Frau nur schwer ertragen.

Charlotte fügte sich. Während sie das jammernde Kind auf dem Schoß hielt, starrte sie zu dem kleinen Fenster hinüber, das nur wenig größer als ein Bullauge war. George hatte Kabinen im obersten Teil des Schiffsaufbaus gemietet, damit sie einen guten Ausblick auf Meer und Land hatten. Jetzt sah man dort nur graue, kochende Wassermassen mit schäumender Gischt, die den Dampfer von allen Seiten umtosten, manchmal wehte ein Zipfel der abgerissenen Balkonbespannung vorüber.

»Mama, ich will nach Hause …«

»Sieh auf meine Schulter, Elisabeth, du musst auf einen festen Punkt schauen, dann hört das Schwanken auf …«

»Ich wünschte, wir wären in Emden geblieben!«

»Es dauert nicht mehr lange, dann sind wir in Afrika. Erinnerst du dich nicht mehr, wie schön es dort war?«

»Nein!«

Die letzten beiden Monate in Emden hatte Charlotte in einer Art Rausch verbracht, so glücklich war sie gewesen, als endlich feststand, dass sie Deutschland wieder verlassen würden. Sie hatte sich gefühlt wie ein Mensch, der in einer dämmrigen Stube das Fenster öffnet und in eine lichtdurchflutete, blühende Maienlandschaft schaut. Die Antwort des Herzogs von Mecklenburg war bald eingetroffen, er nahm Dr. Johanssen nur allzu gern als Begleiter in die Expedition auf und schickte eine Liste der übrigen Wissenschaftler und ihrer Ausrüstung. George solle rasch telegraphieren, ob irgendein Instrument oder ein für ihn wesentlicher Ausrüstungsgegenstand fehle, damit man diesbezüglich Abhilfe schaffen könne. Im Übrigen rechne der Herzog damit, dass der bekannte Reiseschriftsteller Dr. George Johanssen ihm im Anschluss an die Expedition behilflich sein werde, die gewonnenen Erfahrungen und Erkenntnisse in einem Buch zu veröffentlichen. Diese Hilfe sei dringend nötig, da er selbst sich bisher niemals schriftstellerisch betätigt habe; er sei zum Soldaten erzogen und auf dem Rücken des Pferdes groß geworden.

»Schau an – da also steckt der Pferdefuß«, hatte George gewitzelt.

Doch es hatte seiner Begeisterung für das bevorstehende Abenteuer keinen Abbruch getan. Auch Charlottes Optimismus blieb ungebrochen – der Herzog hatte zwar höflich darauf hingewiesen, dass es unmöglich sei, eine Frau auf dieser langen und gefahrvollen Reise mitzunehmen, sie war jedoch fest entschlossen, einen Weg zu finden.

Nur Elisabeth war kreuzunglücklich, kein Zureden half, keine Versprechungen, auch nicht die Erinnerung daran, dass sie noch vor einigen Monaten solche Sehnsucht nach Hamuna und der Plantage gehabt hatte. Nein, sie wollte auf keinen Fall ihre Freundinnen verlieren, schon gar nicht ihre Cousins in Leer und die kleine Fanny. Sie sei hier in Emden zu Hause. Und die Plantage habe die Mama ja sowieso verkauft.

In der Großmutter, die erbittert um die heiß geliebte Urenkelin kämpfte, hatte sie eine energische Bundesgenossin gefunden.

»Wenn ihr zwei schon zurück zu den Negern und Affen wollt, dann lasst doch die Deern wenigstens bei uns. So ein Leben hat das Kind nicht verdient ...«

Charlotte tröstete sich damit, dass die Kleine sich in Afrika bald wieder einleben würde. Klara hatte einen vor Freude überschäumenden Brief geschrieben, und natürlich hatte sie auf die Kraft ihrer Gebete verwiesen, die nun erhört worden waren. Außerdem würden in der Missionsstation Hohenfriedeberg auch europäische Kinder unterrichtet, und zwar getrennt von den schwarzen, darauf legten die deutschen Siedler großen Wert. Dennoch ging Charlotte der Kummer ihrer Tochter zu Herzen, erinnerte er sie doch an die Zeit, in der das Haus ihrer Eltern in Emden verkauft worden und sie selbst zutiefst betrübt gewesen war. Auch George und sie hatten nach und nach die angeschafften Möbel veräußert, die hübschen Lampen, die Vasen, das Geschirr. Vieles hatten sie großzügig an Ettje und Paul verschenkt, anderes war verpackt worden, weil sie es nach Afrika mitnehmen wollten. Wo auch immer sie dort ihr Quartier aufschlagen würden, ein paar schöne Stücke aus der alten Heimat wollten sie sich bewahren. Auch Charlottes Klavier lag jetzt auseinandergebaut und sorgsam in Kisten verstaut unten im Bauch des Dampfers, wo es nun hoffentlich keinen Schaden nahm.

»Mama, wann hört der Sturm denn endlich auf?«, stöhnte das Kind auf ihrem Schoß.

»Er wird schon schwächer, Lisa. Merkst du es nicht?«

Die Ausläufer eines Brechers prallten donnernd gegen das Fenster und straften Charlotte Lügen – das Schiff hob sich, sank wieder hinab, hob sich erneut, vibrierte, knirschte, schlingerte, Taue schlugen mit lautem Knall gegen die Reling, und über allem brüllte tausendstimmig die aufgewühlte See.

»Werden wir untergehen? Es knackt so komisch, Mama …«

»Das Schiff ist aus starkem Stahl gebaut, Lisa. Und es hat eine mächtige Dampfmaschine im Bauch …«

Das Mädchen begann wieder zu würgen, und Charlotte hielt ihm die Stirn, während es sich über die Schale beugte. Gleich darauf wurde die Kabinentür einen Spalt geöffnet, das scharf geschnittene Profil und die weißen Löckchen von Miss Jane Marwin erschienen.

»Meine Schwester und ich begeben uns jetzt in den Speisesaal, liebe Frau Johanssen. Ich wollte Sie fragen, ob Sie uns begleiten möchten …«

»Das würde ich sehr gern tun, Miss Marwin. Aber ich bin nicht sicher, ob heute pünktlich serviert wird.«

»Oh, da haben wir volles Vertrauen«, gab Miss Marwin lächelnd zurück. »Immerhin ist die *Feldmarschall* ein deutsches Schiff …«

Charlotte musste über das feste Vertrauen in die deutsche Pünktlichkeit schmunzeln, doch sie konnte sich nicht vorstellen, dass man bei diesem Seegang auch nur ein Rührei zubereiten würde. Vermutlich herrschte in der Bordküche ein heilloses Chaos.

»Ach, die arme Kleine!«, rief Miss Marwin mitleidig aus. »Sie ist so furchtbar blass. Ein Tässchen Hühnerbrühe würde ihr gewiss guttun.«

Die freundliche Engländerin musste sich fest an die Türfüllung klammern, denn das Schiff hob sich soeben ächzend aus dem Wellental empor. »Ich glaube nicht, dass sie etwas zu sich nehmen möchte, liebe Miss Marwin«, gab Charlotte zu bedenken.

Diese hatte sich mit erstaunlicher Geschicklichkeit auf den Beinen gehalten, die beiden englischen Fräulein waren überhaupt viel sportlicher, als man vermutet hätte. »Aber deine Puppe ist gewiss hungrig, Elisabeth«, beharrte die Engländerin entschieden.

»Nein, Miss Marwin …«, murmelte die Kleine, die unter Georges Anleitung schon recht gut Englisch gelernt hatte.

»Aber natürlich, mein Kind. Ich sehe doch, wie blass sie ist! Sie stirbt vor Hunger. Meinst du, ich sollte sie mit in den Speisesaal nehmen?«

»Das ist Fräulein Mine, und sie möchte nichts essen …«

»Oh, ich glaube, sie hat mir eben zugeblinzelt, Elisabeth. Sie würde sehr gern mit uns gehen, sie traut sich nur nicht ohne ihre Puppenmama …«

Elisabeth verzog das Gesicht und schielte zu Fräulein Mine hinüber, die Charlotte unter der Zudecke eingeklemmt hatte, damit sie nicht aus dem Bett fiel.

»Na schön«, seufzte die Kleine. »Aber Fräulein Mine kann Ihnen gar nicht zugeblinzelt haben, Miss Marlow. Sie liegt doch auf dem Bauch.«

Der Geruch auf den Fluren war keineswegs dazu angetan, den Appetit auf das Mittagessen zu heben. Aber immerhin lief Elisabeth brav an Charlottes Hand und stolperte kein einziges Mal, da sie die Schiffsbewegungen intuitiv mit ihrem Körper ausglich. Ein Steward kam ihnen schwankend entgegen, ein Tablett mit heißem Kamillentee balancierend, und Miss Marwin erfuhr, dass man heute ausnahmsweise eine halbe Stunde später speisen würde.

»Das ist bedauerlich, aber eingedenk der Umstände durchaus akzeptabel ...«

Der opulent ausgestattete Speisesaal der ersten Klasse hatte in der schweren See ziemlich gelitten. Künstliche Palmen waren aus den Töpfen gekippt, Stühle umgefallen, nur die auf Podesten festgeschraubten Tische mit den verrutschten Tischdecken befanden sich noch an Ort und Stelle. Ein Angestellter versuchte, die Scherben auf den Teppichen zusammenzukehren, musste sich bei dieser Arbeit jedoch immer wieder rasch an einer der schmalen bronzefarbenen Säulen festhalten, um nicht zu stürzen. Der einzige Gast, Miss Rose Marwin, thronte an seinem gewohnten Platz, hielt Teller und Essbesteck mit beiden Händen fest und lächelte ihnen aufmunternd entgegen. Sie war größer und fülliger als ihre Schwester und trug das Haar auf die gleiche Weise aufgesteckt, doch sie bevorzugte glitzernde Haarspangen, die mit Federn besetzt waren.

»Wie es scheint, sind wir die vier Aufrechten unter den Passagieren«, begrüßte sie Charlotte. »Nun, wir Briten sind eine Seefahrernation. Es wäre lächerlich, wegen eines kleinen Sturms eine Mahlzeit auszulassen.«

Charlotte widersprach nicht, obgleich Elisabeth Deutsche war und sie selbst die britische Staatsbürgerschaft allein durch ihre Heirat mit George erworben hatte. Aber immerhin konnte sie auf einen britischen Großvater in Bombay verweisen, auch wenn sie ihn niemals kennengelernt hatte.

»Wir sind fünf Aufrechte«, bemerkte Elisabeth. »Sie haben Fräulein Mine nicht mitgezählt ...«

»Oh, ich bitte um Verzeihung – in der Tat, wir sind fünf an der Zahl.«

Ein Steward eilte herbei, um ihnen die Stühle zu richten, und Charlotte stellte erleichtert fest, dass Elisabeth sich ganz selbstverständlich an den Tisch setzte und nun sogar nach der Puppe griff, die Charlotte für sie getragen hatte.

»Es ist nett von dir, dass du Fräulein Mine zum Essen begleitest …«

Miss Rose Marwin zog die Brille heraus, um die Menükarte zu studieren, stellte jedoch enttäuscht fest, dass es sich um die gestrige Ausgabe handelte.

»Ich habe ja nur noch Fräulein Mine als Freundin. All meine anderen Freundinnen sind in Emden geblieben …«

»Ach, du armes Kind!«, klagte Miss Jane Marwin. »Du hast alle deine Freundinnen zurücklassen müssen. Das ist wirklich hart.«

»Ja, alle.« Elisabeth nickte und schielte vorsichtig zu Charlotte hinüber, unsicher, ob sie diese Interna preisgeben durfte. »Pauline Klopp und Minna Springemann und Thilda Baumfalk und Julchen Böttcher …«

»So viele Freundinnen hast du!«

»Noch viel mehr! Da sind außerdem …«

Es folgte eine lange Aufzählung, die die beiden englischen Fräulein mit großem Ernst anhörten und dazu nickten. Als bald darauf ein Kellner erschien, um ihre Wünsche entgegenzunehmen, bestellte Elisabeth Nudelsuppe. Für Fräulein Mine. Die Erwachsenen schlossen sich ihr an.

Täuschte sie sich, dachte Charlotte, oder wurde das Schlingern langsam schwächer? Nach wie vor kämpfte das Schiff gegen die Wellen an, doch unten auf Deck waren Kommandos zu vernehmen, Seeleute begannen, die losgerissenen Taue einzufangen und zu befestigen. Also schlugen die Brecher nicht mehr ganz so heftig über das Vordeck.

»Dann werden deine Freundinnen dir gewiss lange Briefe schreiben …«

»Thilda Baumfalk bestimmt nicht. Sie macht schrecklich viele Fehler beim Schreiben, leider ist sie sehr dumm. Minna und Pauline schon eher, und Julchen sowieso …«

Elisabeth redete ohne Pause, hielt dabei die Puppe auf ihrem Schoß und schaffte es sogar, aus Charlottes Glas Limonade zu trinken, ohne dabei zu kleckern. War sie am Ende nur aus Heimweh seekrank geworden? Erholte sie sich jetzt, weil sie mitleidige Zuhörer fand, denen sie ihre Sorgen anvertrauen konnte?

»Ja, ich bin oft sehr traurig. Nachts muss ich manchmal weinen. Aber jetzt geht es schon besser. Weil ich doch Mama und George habe. Und auch Fräulein Mine …«

Die Nudelsuppe wurde in kleinen Schüsseln serviert, und Elisabeth beschloss, Fräulein Mine beim Essen behilflich zu sein. Mit Bewunderung verfolgten die fünf Damen – Kind und Puppe eingeschlossen – die akrobatischen Leistungen der Kellner, die die Mahlzeit trotz des schwankenden Schiffsbodens sicher an den Tisch trugen. Der Sturm hatte tatsächlich nachgelassen. Weitere Passagiere fanden sich im Speisesaal ein: zwei junge Herren aus Hamburg, die für ihre Firma nach Ostafrika reisten, ein schnauzbärtiger, pensionierter Oberst aus Berlin und das ältere Ehepaar aus Bremen, das jedoch nur Kamillentee und trockenen Zwieback zu sich nahm. Die Palmen waren inzwischen wieder an Ort und Stelle, die Teppiche sauber gekehrt, nur die Stühle wollten noch nicht an Ort und Stelle bleiben.

Als der Hauptgang serviert wurde, der umständehalber nur aus Kartoffelbrei, gemischtem Salat und kurz gebratenem Fleisch bestand, ließ sich auch George blicken. Er sah bleich aus, und sein Gang war eher zögerlich, aber er hatte immerhin sein fröhliches Grinsen wiedergefunden.

»Doktor Johanssen!«, rief Jane Marwin aus. »Wir haben Sie vermisst! Wieder einmal waren es die Damen, die bei Sturm und Wellen die Fahne unserer großen Seefahrernation hochgehalten haben.«

George betrachtete unsicher die Speisen auf dem Tisch, stellte fest, dass Elisabeth eifrig mit Messer und Gabel an einem Fleischstück herumsäbelte, und setzte sich weitab ans andere Ende der Tafel.

»Ich bedaure zutiefst, die britische Nation so schlecht vertreten zu haben«, sagte er an die beiden Engländerinnen gewandt. »Es muss daran liegen, dass es in meiner Ahnenreihe auch einige Dänen und sogar einen deutschen Großvater gibt.«

»Nun, das ist ja keine Schande, lieber Doktor. Ich gestehe es nur ungern, aber in unserer Ahnenreihe befindet sich sogar eine schottische Urgroßmutter. Dennoch erfüllt es mich mit Stolz, dass wir Briten die Weltmeere beherrschen – eine Tatsache, an der der deutsche Kaiser Wilhelm gewiss nichts ändern wird, und wenn er noch so viele Hochseeschiffe bauen lässt …«

»Nun, er ist ein Enkel der großen Viktoria …«

Das Gespräch drehte sich um den Aufbau der deutschen Hochseeflotte, in den Augen der beiden Engländerinnen eine Anmaßung des deutschen Kaisers, die nun – Gott sei es gedankt – durch den Stapellauf der *Dreadnought* in Portsmouth ihr Ende gefunden hatte. Ein Schlachtschiff wie die *Dreadnought* – eine Meisterleistung britischer Konstrukteure – sei allen bisher gebauten Kriegsschiffen mit Abstand überlegen, Kaiser Wilhelm könne seine Kriegsflotte getrost verschrotten lassen.

»Seien Sie vorsichtig, meine Damen. Vielleicht baut der Kaiser ja aus all dem Schrott eine deutsche *Fürchtenichts* zusammen. Eine gewaltige Konservendose mit Batterieantrieb und vielen Löchern für die Geschütze …«

»Ein Unterseeboot? Aber lieber Doktor Johanssen, solch ein albernes Ding wird niemals seetauglich sein. Die armen jungen Männer, die in diesen Blechbüchsen auf den Meeresgrund sinken, um nie wieder aufzutauchen …«

»Nun – angesichts der augenblicklichen Wetterlage säßen wir jetzt in einem U-Boot doch wesentlich komfortabler.«

Charlotte sah ihm an, dass es ihm noch ziemlich schlecht ging, doch selbst in diesem Zustand gelang es ihm, die Damen zu unterhalten. Er bestellte Rotwein und dazu Weißbrot, was die Schwestern Marwin höflich ignorierten, und fragte Elisabeth nach Fräulein Mines Befinden.

»Es geht ihr gut. Sie hat schon ein halbes Kotelett und drei Löffel Kartoffelbrei gegessen. Nur den Salat mag sie nicht.«

George nippte an seinem Rotwein und drehte Brotkügelchen, plauderte über eine Reise durch Schottland, die er vor Jahren unternommen hatte, und zauberte sanfte Röte auf die Wangen der Schwestern Marwin. Als die Damen zum Nachtisch Früchte, Käse und Kompott bestellten, erhob er sich, um – wie er behauptete – ein wenig frische Luft zu schöpfen. Er hatte nur ein halbes Glas Wein getrunken und von dem Brot keinen einzigen Bissen zu sich genommen.

Charlotte ließ vorsorglich eine Kanne Kamillentee in seine Kabine bringen und begab sich mit Elisabeth aufs Promenadendeck, wo zwei Matrosen die Bänke trocken wischten. Einige Passagiere lehnten an der Reling, in dicke Mäntel gehüllt, die Gesichter blass und leidend. Das Meer war unruhig, und der Wind zerrte an Mänteln und Kopfbedeckungen, doch sie durften Hoffnung schöpfen. Nach all den vermischten Gerüchen auf den Fluren war es eine Wohltat, die kühle, frische Meeresluft einzuatmen.

Sie fanden George in seiner Kabine auf dem Bett sitzend, ein aufgeschlagenes Buch auf den Knien. Neben ihm stand ein Tablett mit Kanne und Tasse, er hatte sich tatsächlich von dem Tee eingeschenkt und schien sogar einige Schlucke getrunken zu haben.

»Ich werde Wasserproben aus Seen und Flüssen entnehmen, um sie mikroskopisch zu untersuchen«, erklärte er ihr, als sie in die Kabine trat. »Die Abende werden mit Arbeit ausgefüllt sein.«

Er war also schon wieder mit der Expedition beschäftigt – ein gutes Zeichen.

»Keine Sorge, ich werde dir dabei helfen.«

Zerstreut schlug er das Buch zu und trank etwas Tee, dann verzog er angewidert das Gesicht und spottete über die typisch deutsche Angewohnheit, bei jedem Leiden Kamillentee zu sich zu nehmen.

»Wie geht es Elisabeth?«

»Hervorragend. Sie liegt mit Fräulein Mine im Bett und schläft.«

George ließ sich zurücksinken, verschränkte die Arme hinter dem Kopf und sah zur Kabinendecke empor. Er atmete tief durch, dann hob er den Kopf ein wenig, um sie anzusehen.

»Wir haben eine wunderbare kleine Tochter, Charlotte«, sagte er lächelnd. »Und dieses ›wir‹ meine ich in vollstem Ernst, denn Elisabeth ist für mich wie ein eigenes Kind.«

Charlotte war ein wenig überrascht über die eindringliche Art dieser Feststellung, wusste sie doch, dass er Elisabeth liebte, und auch die Kleine, die sich an ihren leiblichen Vater nicht mehr erinnern konnte, hatte George von Anfang an akzeptiert. Es war wunderbar, dass er es geschafft hatte, noch vor ihrer Abreise nach Afrika alle erforderlichen Papiere zu unterzeichnen und sie tatsächlich zu adoptieren. Charlottes Sorge, Max von Rodens Bruder könne seine Drohung wahrmachen und seine Vormundschaft durchsetzen, war damit weitestgehend aus der Welt geschafft. Dennoch war ihr unwohl, wenn sie an die adeligen Herrschaften aus Brandenburg dachte, doch bei jeder Seemeile, die die *Feldmarschall* in Richtung Afrika stampfte, legte sich ihre Furcht.

»Sie wird sich in Afrika rasch wieder einleben«, sagte George soeben. »Klara wird wie eine Mutter für sie sein. Allerdings braucht Elisabeth eine energische Hand, und dafür ist deine kleine Cousine gewiss nicht die Richtige.«

»Worauf willst du hinaus?«, fragte Charlotte mit klopfendem Herzen.

George ließ den Kopf wieder zurückfallen und legte eine Hand auf seinen Magen.

»Die Expedition kann ein ganzes Jahr oder sogar noch länger dauern, Charlotte. Hast du das bedacht?«

Sie wartete bis zum folgenden Nachmittag, um ihm die Frage zu stellen. Es sollte keinen Streit zwischen ihnen geben, schon gar nicht, solange er seekrank war. Dennoch war sie fest entschlossen, nie wieder ein so zerstörerisches Schweigen zwischen ihnen aufkommen zu lassen wie in Emden. Von jetzt an würde sie offen aussprechen, was sie dachte und empfand, und sie erwartete, dass er das Gleiche tat.

Die Gelegenheit ergab sich, als Elisabeth mit den Schwestern Marwin auf dem Sportdeck eine Runde Shuffleboard spielte – ein Vergnügen, an das gestern niemand auch nur zu denken gewagt hätte. Der Atlantik zeigte sich heute freundlich, am Morgen hatten die Sportbegeisterten unter den männlichen Passagieren bereits ihre Dauerlaufrunden absolviert, und auch eine kleine Gruppe fortschrittlicher Damen hatte wieder ihre viel belächelte und besonders von einigen ihrer Geschlechtsgenossinnen heftig geschmähte Morgengymnastik absolviert. Der Himmel war zwar bedeckt und die französische Küste nur ein grauer Schemen in weiter Ferne, doch der Reichspostdampfer bewegte sich ruhig auf dem vorgeschriebenen Kurs.

Charlotte und George hatten der Shuffleboard-Partie eine Weile amüsiert zugesehen, dann waren sie zum Promenadendeck hinübergegangen, das gut besucht war, da sich viele Passagiere an der frischen Seeluft von den gestrigen Strapazen erholten. Ab und an blieben sie stehen, um sich mit einigen flüchtigen Bekannten über das werte Befinden auszutauschen, den schrecklichen Sturm und die so entstandene mögliche Verzögerung im Fahrplan zu beklagen und nicht zuletzt die Tüchtigkeit der deutschen Reichspostdampfer zu loben. Wieder einmal fiel Charlotte auf, wie mühelos George die Sympathien der Mitreisenden – besonders der weiblichen – gewann. War es diese seltsame Kombination aus Leichtigkeit und Ernst, die ihn so anziehend machte? Seine Komplimente an die Damen hatten immer eine heitere Nuance, klangen aber aufrichtig und waren auch so gemeint. In längeren Gesprächen konnte er unglaublich witzig sein, unbeschwert, schlagfertig – und doch lag in seinen Scherzen ein tieferer Sinn, der sein Gegenüber zum Nachdenken herausforderte. Oft wirkte er müde nach solchen Gesprächen; einmal hatte er ihr gestanden, dass ihn all diese Leute unglaublich anstrengten und er froh sei, wenn man ihn in Ruhe ließ. Doch bei nächster Gelegenheit verhielt er sich in gewohnt charmanter Weise. Sie hatte in dieser Nacht viel über ihn nachgedacht und sich gefragt, was sie eigentlich von George Johanssen wusste. Ohne Zweifel war der Mann, den sie liebte, ein Spieler, doch tief in seinem Inneren war er ein Mensch, der an sich und an der Welt litt.

»Setzen wir uns ein Weilchen.«

Sie wies auf eine der Bänke, die ein älteres Ehepaar gerade verlassen hatte. Trotz der Decken und wärmenden Getränke, mit denen die Stewards die Passagiere versorgten, hielt man es bei dem kühlen, feuchten Wind nicht lange auf einem Sitzplatz aus.

»Wenn du willst …«

Ahnte er, was sie vorhatte? Sorgfältig zog er die Decke über ihre Knie und lehnte sich dann zurück, wobei er den Arm um ihre Schultern legte. Die Geste hatte etwas Zärtliches, sie hatte sie immer genossen, liebte es, seine Wärme zu spüren. Heute schien es ihr, als suche er ihre körperliche Nähe ganz besonders innig, er zog sie sogar ein wenig zu sich hinüber, wobei ihn die Blicke der anderen Passagiere keineswegs störten.

»Ich möchte dir eine Frage stellen, George. Nicht weil ich dich kritisieren oder mit dir streiten will. Ich wünsche mir einfach Klarheit, das ist alles.«

Sie spürte, wie sich seine Finger auf ihrer Schulter bewegten.

»Wozu die lange Einleitung, mein Schatz? Frag einfach, und ich werde antworten.«

Sie hatte eine ironische Bemerkung gefürchtet und atmete auf, als sie seinen ernsthaften Ton hörte.

»Möchtest du überhaupt, dass ich dich auf dieser Expedition begleite?«

Fragend blickte sie ihn von der Seite an, versuchte seine Antwort schon im Voraus in seinem Mienenspiel zu erkennen, doch sie fand nichts als Nachdenklichkeit.

»Ich wünsche mir sehr, all diese Erlebnisse mit dir zu teilen, Charlotte«, erwiderte er nach einer Weile bedächtig. »Das erregende Gefühl, als erster Europäer den Fuß auf diese Pfade zu setzen, die unendliche Schönheit der Natur zu genießen, ja auch das Abenteuer, das Unerwartete, die Gefahren …«

Sein Lächeln war begeistert. Er freute sich auf diese Expedition, schien es kaum erwarten zu können, dass die Karawane endlich aufbrach.

»Aber?«, hakte sie nach.

»Nun – natürlich habe ich auch Sorge um dich. Eine Expedition ins Innere des afrikanischen Kontinents ist voller Gefahren. Ich weiß, du reist nicht das erste Mal mit einer Karawane, aber bisher warst du noch nie in einer vollkommen unerforschten Gegend. Noch dazu als einzige Frau unter so vielen Männern …«

Er redete weiter, wobei er unablässig ihre Schulter streichelte, sprach von Eingeborenenstämmen, die ihnen möglicherweise feindlich gesinnt waren, von Gewaltmärschen in unwirtlicher Gegend, von giftigen Insekten, Krankheiten, Todesfällen. Von schrecklichen, vielleicht auch grausigen Erlebnissen, die er ihr lieber ersparen wolle.

»Ich habe keine Angst davor, George. Meine Angst wäre viel größer, wenn ich irgendwo auf dich warten müsste, ohne zu wissen, wie es dir geht. Ob du gesund bist oder überhaupt noch am Leben …«

Er lachte leise, presste sie noch dichter an sich und murmelte, er sei längst nicht mehr der verrückte Bursche von damals, der seine Kräfte mit der tödlichen Weite der Sahara messen wolle. Er sei ein erfahrener Waldläufer und habe auch in der Steppe Erfahrung, sein Leben sei zäh wie das einer Katze, die siebenmal sterben müsse, bis der Tod sie endlich besiege.

Sie fragte sich, ob er wieder fiebern würde. Das war ganz normal, war immer schon so gewesen – alle Expeditionsteilnehmer erkrankten früher oder später am Fieber, die meisten sogar mehrfach, und manch einen erwischte es so hart, dass er die Expedition abbrechen musste. Im besten Falle wurde er dann in eine von Weißen bewohnte Gegend geschafft, wo bessere klimatische Bedingungen herrschten, im schlimmsten dagegen …

»Außerdem bin ich nicht der einzige Arzt der Truppe«, fuhr George fort, doch Charlotte bezweifelte, dass er sich den Händen seiner Kollegen anvertrauen würde, solange er sich noch irgendwie auf den Beinen beziehungsweise im Sattel halten konnte. Sie würden auf Maultieren und einheimischen Eseln reiten, müssten also höchstens kurze Strecken zu Fuß gehen. Außerdem bestand immer auch die Möglichkeit, sich von den Schwarzen tragen zu lassen. Jede Reisegruppe führte zu diesem Zweck Tücher oder auch Stühle mit sich. Trotzdem schauderte es Charlotte bei dem Gedanken, dass es so weit kommen könne.

Aber sie hatte ja von vornherein gewusst, dass er es nicht

lange an einem Ort aushielt. Nur hatte sie geglaubt, sein ruheloses Leben teilen zu können. Sie starrte hinaus aufs Meer, versuchte, im Dunst die Konturen der Küste zu erkennen, doch sie sah nur eine graue, verwaschene Linie, die genauso gut ein Nebelstreif oder einfach eine Sinnestäuschung sein konnte.

George deutete ihr Schweigen auf seine Weise und schnitt nun vorsichtig das Thema Elisabeth an, die sich in der Mission vielleicht zuerst fremd fühlen würde. Charlotte hörte ihm nur mit halbem Ohr zu. Er sagte ihr nichts Neues, auch ihr war klar, dass sie ihr Kind nicht so lange allein lassen konnte. In der ersten rauschhaften Freude des Aufbruchs hatte sie angenommen, die Expedition des Herzogs von Mecklenburg könne höchstens ein, zwei Monate dauern. Aber ein ganzes Jahr?

»Lassen wir die Sache einfach auf uns zukommen«, schlug er vor. »Vielleicht kannst du ja einen Teil der Reise mitmachen. Mit der Uganda-Bahn bis zum Viktoria-See und von dort mit dem Schiff bis Entebbe und Bukoba. Das ist eine wundervolle Strecke, es würde mir gefallen, sie mit dir gemeinsam zu erleben.«

»Aber von Bukoba aus beginnt ja erst die richtige Expedition.«

»Es ist ja nur ein Vorschlag, mein Schatz. Du selbst wirst entscheiden, was du tust. Und ich weiß, dass du die richtige Entscheidung fällen wirst.«

Der Steward bot ihnen Kaffee und belegte Brote auf einem Tablett an, doch beide lehnten dankend ab. Dafür griffen andere Passagiere zu, es wurde zwar in einer guten Stunde zu Abend gegessen, doch sie hatten gestern nicht viel zu sich nehmen können und mussten das deshalb nachholen. Es gab Passagiere – besonders ältere Ehepaare –, die ungeduldig auf jede Mahlzeit warteten und deren Gespräche sich hauptsächlich um die genossenen Speisen drehten.

»Vielleicht sollten wir einmal schauen, was unsere Kleine macht«, schlug George vor, als Charlotte schwieg.

»Vermutlich hat sie schon alle Siegestrophäen abgeräumt. Da könnte es nicht schaden, wenn sie sich an einem ernsthaften Gegner messen muss.«

Er grinste unternehmungslustig und schien sich bei der Aussicht auf ein ausgelassenes Spiel in einen unbeschwerten Knaben zu verwandeln, doch er täuschte sie nicht. Seine grauen Augen blickten besorgt, er wusste ihr Schweigen zu deuten.

Charlotte schob die Decken beiseite und erhob sich, ein Signal für andere Passagiere, den frei werdenden Platz einzunehmen. Man hatte noch keine Liegestühle aufgestellt, es hieß, das Schiffspersonal müsse zuvor die ausrollbaren Sonnenjalousien ersetzen, die der Sturm abgerissen hatte.

Wortlos ging sie an Georges Seite, der jetzt eilig dem Sportdeck zustrebte und die freundlichen Zurufe einiger Mitreisender erwiderte. Sie selbst nickte nur zerstreut und lächelte, als genieße sie diesen ruhigen Nachmittag an der Seite ihres Ehemannes. In Wirklichkeit verspürte sie tiefe Enttäuschung. Wozu hatte diese Aussprache geführt? George hatte sich ihrer Frage nicht verweigert, er hatte sie ausführlich beantwortet, seine Argumente waren vernünftig. Und doch blieb das unschöne Gefühl, dass er lediglich diplomatisch um die Wahrheit herumgeredet hatte. Im Grunde wollte er lieber ohne sie auf Expeditionsreise gehen; es störte ihn keineswegs, dass sie ein ganzes Jahr lang getrennt sein würden.

Während der folgenden drei Wochen mieden sie das Thema, doch Charlotte kam nach und nach zu der Überzeugung, dass sie ihm unrecht tat. Hatte er die Teilnahme an dieser Expedition nicht zuerst abgesagt? Hätte sie ihn nicht so energisch gedrängt – George wäre bei ihr und Elisabeth in Emden geblieben. Nein, er war sehr glücklich an ihrer Seite, er liebte sie und ihre kleine Tochter, sie waren seine Familie, in der er sich geborgen fühlte. Ganz sicher steckte hinter seinem Zögern nur die Sorge, sie könne den Strapazen nicht gewachsen sein; außerdem lag ihm Elisabeths Wohlergehen am Herzen. Trotzdem, so nahm sie sich vor, würde sie eine Lösung finden; ihr Wunsch, ihn zu begleiten, war einfach übermächtig.

Als ahnte er, was in ihr vorging, zeigte sich George von nun an noch aufmerksamer, wich kaum noch von ihrer Seite, und die Bücher, die er zur Vorbereitung der Expedition eingepackt hatte, verschwanden in seinem Reisekoffer. Sie standen eng nebeneinander an der Reling, um aufs Meer zu schauen, gerieten in Begeisterung, als immer wieder neue, bezaubernde Küstenlandschaften in Sicht kamen. In Neapel gingen sie an Land und mieteten einen Wagen, um die Stadt gemeinsam mit Elisabeth zu erkunden, ritten auf Eseln durch die blühende Landschaft zu Füßen des Vesuvs. In Kairo liefen sie zu dritt durch Gassen und Basare, er kaufte ihr fein gearbeitete silberne Ohrgehänge, Elisabeth wünschte sich eine Halskette mit blauen Steinen. Später zeigte er ihr das Haus, in dem er mit Marie und seinen Kindern gelebt hatte, die Dachterrasse, auf der er am Abend gesessen und an seine »liebe, kleine Charlotte« in Leer geschrieben hatte. Sie sprachen von der Zeit, in der sie noch getrennt gewesen waren, und er offenbarte ihr manches, das er bisher verschwiegen hatte. Seine Betroffenheit, als er von ihrer Heirat mit Christian Ohlsen erfuhr, seine Resignation nach seinem Besuch auf der Plantage Max von Rodens am Kilimandscharo, wo sie so glücklich und zufrieden an der Seite ihres Mannes schien. In den Nächten trat er oft leise in die Kabine, in der sie mit Elisabeth schlief, und beugte sich über sie, um sie aus dem Schlaf zu küssen. Seine Kleider rochen nach frischer Seeluft, weil er auf Deck herumgelaufen war, bis er sicher sein konnte, dass die Kleine eingeschlafen war. Dann schlichen sie auf Zehenspitzen wie zwei unartige Kinder hinüber in seine Kabine, schlossen die Tür und liebten einander. Er war in jeder Nacht ein anderer, wusste sie mit ständig neuen Berührungen zu erregen. Mehr als sein Körper jedoch verzauberten sie seine Worte, das leise Murmeln, in dem er süße, schamlose Phantasien in ihr erweckte. Wenn sie dann erschöpft von der Liebe ausruhten, schmiedete er Pläne für ihre Zukunft, erzählte ihr von einem weißen Haus nach Art der Araber, das er für sie in Daressalam bauen wolle, von einem Brunnen und einem rechteckigen Teich im Innenhof des Gebäudes, von kühlenden Lehmwänden, mit Teppichen behängt, einer Dachterrasse, die von hellen Tüchern beschattet wurde. Er würde als Arzt an der Klinik für Einheimische arbeiten und nebenbei Zeit finden, weitere Bücher zu verfassen. Vielleicht habe sie Lust, wieder einen Laden zu führen wie damals in der Inderstraße in Daressalam, er wisse doch, was für eine passionierte Händlerin sie sei. Was er niemals erwähnte, war die Tatsache, dass dieses gemeinsame Leben erst beginnen würde, wenn er von der Expedition zurückgekehrt war, sollte sich tatsächlich keine Lösung finden, die es ihr ermöglichte, mit ihm zu kommen. In den kurzen Stunden dieses intimen Zusammenseins schien es ihr jedoch, als sei dieses Unternehmen nichts als ein Phantom, das angesichts ihrer glücklichen Zukunftspläne verblasste.

Sie passierten die schwarzen Felsen von Aden an der Südspitze des Sinai – kahles Gestein, von gleißendem Licht überflutet, als habe der Vulkan es gerade erst aus dem tiefblauen Meer gehoben. Elisabeth fand den Ort hässlich und war entsetzt, als George scherzhaft vorschlug, ein wenig dort herumzuklettern. Am Abend saßen sie auf dem Promenadendeck und beobachteten, wie der Sonnenball im Meer verschwand und dabei Himmel und Wellen rotgold färbte. Wie weit entfernt waren doch die endlose graue Morgendämmerung und die tristen Abendstunden ihrer deutschen Heimat! Hier lichtete sich das nächtliche Dunkel innerhalb weniger Minuten zu strahlendem Sonnenschein, und gegen sechs Uhr abends stürzte der Tag mit einem grandiosen Feuerwerk in die stockfinstere Nacht. Dort, wo die Sonne ins Meer sank, lag Ostafrika – ein Gedanke, der in Charlotte einen Freudentaumel auslöste. Nur noch wenige Tage. War sie jemals so reich gewesen? Ihr Kind, ihr Geliebter und ihre afrikanische Heimat. Es war, als hätte ihr das Leben alles gegeben, was sie sich je erhofft hatte.

Als die Hafenstadt Tanga in Sicht kam, stellte jemand ein Grammophon auf dem Promenadendeck auf. Eine Orchesterfassung der deutschen Kaiserhymne »Heil dir im Siegerkranz« ertönte. Nur wenige Passagiere lauschten den scheppernden Tönen, die fast gänzlich im Stampfen der Maschine untergingen. Die Menschen standen an der Reling und machten sich gegenseitig auf die Sehenswürdigkeiten aufmerksam, lobten den weißen, im maurischen Stil erbauten Leuchtturm von Ulenge, wiesen auf den hellen Bau daneben – eine Erholungsstation für Weiße –, der so malerisch von Kokospalmen beschattet wurde. Es herrschte allgemeines Bedauern darüber, dass die Landschaft in dichten Dunst gehüllt war, der die hübschen Bauwerke und den üppigen Bewuchs der Küste nur erahnen ließ. Doch das liege nun mal an der Regenzeit und lasse sich leider nicht ändern.

»Spürst du es auch, mein Schatz?«, fragte George, als das Schiff langsam an schroffen Korallenriffen vorbei ins Hafenbecken einlief. »Dieses Land ist voller Magie. Mir scheint, aus diesen fruchtbaren Nebeln stiegen die ersten Wesen, die unsere Welt bevölkerten, und irgendwann, wenn das Ende aller Zeiten eingeläutet ist, wird alles dorthin zurückkehren. Afrika ist die Mutter alles Lebens, die Nahrung, das Lachen, die Liebe, in ihren Gesängen wohnen die Ungeborenen neben den Geistern der Verstorbenen.«

Sie konnte vor Ergriffenheit nicht sprechen, hatte sie doch

tatsächlich ebenso empfunden. Es gab keinen Ort auf der Welt, der eine so ursprüngliche Kraft ausstrahlte wie dieses Land. Wie oberflächlich war doch das Geschwätz der Reisenden, die den Nebel und die Regenzeit beklagten! Dieser Nebel war das Elixier der Fruchtbarkeit, er spendete Feuchte und Kühlung, unter ihm blühte und wucherte es. Ach, sie konnte es kaum erwarten, die dichten Palmenhaine wiederzusehen, die blühenden Akazien, die Mangroven an den Flussufern, die ihr graues Wurzelgespinst ins Wasser eintauchten. Die Afrikaner, die sie niemals ganz und gar verstehen würde und die doch auf ihre Art so klug und fröhlich waren.

»Gestern in Mombasa hat natürlich niemand daran gedacht, ›Rule, Britannia‹ abzuspielen«, hörte sie Jane Marwin auf Englisch bemängeln. »Man merkt doch sehr, meine Liebe, dass wir uns auf einem deutschen Schiff befinden. Es fehlt an einer gewissen sportlichen Gerechtigkeit, finde ich.«

»Ach, ich habe gar nicht hingehört ...«, erwiderte Charlotte lächelnd. »Eigentlich ist es doch albern – dieses Land gehört weder den Briten noch den Deutschen. Afrika gehört sich selbst, finden Sie nicht?«

Miss Marwin kräuselte die Stirn, um über diese im Grunde empörende Aussage nachzudenken. Doch wenn sie von einer so sympathischen Person wie Frau Johanssen kam ...

George hatte Elisabeth ein Stück hochgehoben, damit sie besser sehen konnte und nicht etwa auf die Idee kam, auf die Reling zu klettern.

»Schau, Lisa! Dort hinten, diese bläulich grünen Hügel – das ist das Usambara-Gebirge.«

Elisabeth reckte den Hals, was jedoch nicht allzu viel helfen wollte. Pflanzen und Gebäude an der Küste waren in zarte Nebel gehüllt, durchsichtige Schleier, die die Sonne jetzt mehr und mehr golden färbte, bis sie schließlich durchbrach, was wunderschön aussah – fast so schön wie auf der Plantage am Kilimandscharo. Doch dort waren die feuchten Nebelgeister hoch in die Berge gestiegen, hatten die Pflanzungen der Dschagga eingehüllt und sich mit dem Dunst vereinigt, der den Regenwald umgab. Und manchmal war der gewaltige Berg vor ihren Augen aufgetaucht, und es hatte ausgesehen, als schwebe er in den Wolken. Auf seinen Gipfeln glänzte der Schnee. Richtiger Schnee, nicht solche klebrigen Flöckchen wie in Emden, die auf der Hand zu Wassertröpfchen zerschmolzen und auf der Erde zu Matsch wurden.

»Usambara«, murrte sie. »Was ist das schon? Nichts als ein paar kleine Hügelchen. Ein Glück, dass wenigstens Tante Klara dort wohnt.«

Die Bucht von Tanga tat sich hellblau schimmernd vor ihnen auf, flacher Sandstrand, hie und da eine dunkle, abgeschliffene Koralleninsel, weiße Kolonialgebäude mit geschnitzten Arkaden und hohen Fenstern. Rote Dächer glänzten nebelfeucht in der Sonne. Eine Flotte Dhaus, kleine Schiffe mit weißen oder kunterbunt gebauschten Segeln, kam dem Dampfer entgegen, der ein gutes Stück vom Ufer entfernt vor Anker gehen musste, auch Ruderboote glitten über das Wasser auf sie zu. Gleich würde das übliche Gezänk um Passagiere und Gepäck losgehen.

»Ich glaube, da drüben ist Peter Siegel«, sagte Charlotte überrascht und deutete Richtung Land.

George blinzelte gegen die Sonne, Elisabeth fest im Arm. »Peter? Wo?«

»Dort, vor dem Hafengebäude. Siehst du die vielen Arkaden zwischen den beiden weißen Türmen? Von dem geschnitzten Portal in der Mitte führt eine Treppe zum Strand hinunter. Der weiß gekleidete Mann zwischen den Eingeborenen.«

George hatte scharfe Augen, doch wie Charlotte Peter Siegel aus dieser Entfernung erkennen wollte, war ihm ein Rätsel. Der Weiße trug zwar Bart und Kleidung nach Art der Missionare, doch sein Gesicht wurde von der breiten Hutkrempe beschattet.

»Ganz sicher ist er das. Seine steife Haltung ist unverkennbar.« George stellte Elisabeth auf den Boden und schärfte ihr ein, sich auf keinen Fall zu weit nach vorn zu lehnen, auch nicht, um nachzusehen, ob die Matrosen vielleicht ein Fallreep eingehängt hatten. Dann winkte er dem Unbekannten zu, der seine Begrüßung jedoch nicht erwiderte.

Der Abschied von den Mitreisenden, die sie unterwegs kennengelernt hatten, stand an. Viele hatten eine Rundfahrt gebucht, die hinunter zum Kapland und dann auf der Westseite Afrikas über Swakopmund in Deutsch-Südwest wieder zurück in die Heimat führte. Die Schwestern Marwin waren ganz besonders traurig, ihre »liebsten Reisegefährten« zu verlieren, und versprachen, obgleich nun rettungslos in der Minderzahl, die Ehre der britischen Nation hochzuhalten. Schon am gestrigen Abend, als sie miteinander Abschied feierten, hatten sie Geschenke ausgeteilt: ein Taschentuch für George mit fein eingesticktem Monogramm, ein kleines Kästchen, zusammengesetzt aus unzähligen bunten Stoffröllchen, für Charlotte, und für Elisabeths Puppe ein bezauberndes Kleid aus buntem Baumwollstoff mit einer breiten, rüschenbesetzten Passe, das dem Fräulein Mine ganz vorzüglich stand. Während die Passagiere der ersten Klasse in den schwankenden Booten bereits dem Strand entgegengerudert wurden, hielt Jane Marwin immer noch Charlottes Hand fest und bat sie zum wiederholten Mal, doch im kommenden Jahr nach England zu reisen, um sie in Yorkshire zu besuchen.

»Bezaubernde Mädchen«, scherzte George, als sie endlich zwischen ihrem Handgepäck in einer der kleinen Dhaus saßen und zum Schiff zurückwinkten.

»Das sind doch keine Mädchen. Eher Großmütter«, wunderte sich Elisabeth.

»Gewiss. Genau deshalb sind sie ja so liebenswert.«

Vor dem Hafengebäude hatten sich jetzt jede Menge Menschen verschiedenster Hautfarbe eingefunden, zahlreiche Rikschas für die Passagiere der höheren Klassen standen bereit. Weiße Geschäftsleute begrüßten ihre Bekannten, eine nicht mehr ganz junge Deutsche wurde von ihrem Bräutigam, einem schnauzbärtigen Beamten, abgeholt, zwei Herren aus Bayern, die zu einer Großwildjagd angereist waren, schalten lautstark über die verfluchten Neger, die das Gepäck noch nicht ausgeladen hatten. Sie würden sich noch eine Weile gedulden müssen, da man zuerst die Passagiere, danach deren Gepäck und die Postsäcke und schließlich die aus Deutschland mitgeführten Waren ausschiffte.

»Er ist es tatsächlich«, stellte George fest. »Komm, gehen wir hinüber.«

Peter Siegel war nicht zum Strand hinuntergelaufen, um ihnen entgegenzugehen; er stand immer noch am selben Fleck, fächelte sich mit dem Hut Kühlung zu und hob nur sacht den Arm, um auf sich aufmerksam zu machen.

Die Begrüßung war freundlich, doch nicht überschwänglich. Der Missionar schüttelte ihnen die Hände und erklärte, dass Gottes unerforschlicher Ratschluss sie wieder nach Afrika geführt habe. Der Weisheit und Güte des Herrn müsse sich jeder Mensch anvertrauen. Seine Worte klangen noch pathetischer und inhaltsloser als früher, fand Charlotte.

»Wo ist denn Tante Klara?«, wollte Elisabeth wissen. »Und euer häss … euer heiß geliebter …Sohn?«

Peter Siegel richtete seine braunen, ein wenig umflorten Augen auf Elisabeth, die sich erschrocken auf die Lippen gebissen hatte. Dieses Mädchen ist frech und verwöhnt, schien sein Blick zu sagen, er habe es ja immer schon gewusst. »Klara ist mit Samuel in Hohenfriedeberg geblieben. Eine solche Reise wäre für sie viel zu anstrengend. Auch ich selbst bin nur hierhergefahren, weil ich einige Waren in Empfang nehmen und zur Mission bringen muss.«

»Nun, was für eine glückliche Fügung, dass du uns bei dieser Gelegenheit gleich mitnehmen kannst«, antwortete George mit leiser Ironie, während Charlotte betreten schwieg. Wenn sie gerade eben noch geglaubt hatten, Peter Siegel sei eigens gekommen, um sie zu begrüßen und nach Hohenfriedeberg zu geleiten, dann waren sie jetzt eines Besseren belehrt.

»Ja, eine glückliche Fügung«, stimmte Peter zu, der ihre Betroffenheit nicht zu bemerken schien.

Trotz seiner seltsam kühlen Art tat der Missionar Charlotte leid. Peter Siegel wirkte abgemagert, die Nase trat scharf aus seinem bärtigen Gesicht hervor, die Lippen waren schmal und trocken. Er hatte etwas von einem traurigen Raubvogel an sich.

Was war aus dem ehrgeizigen Prediger geworden, der ihr damals in Naliene voller Stolz seine neu gegründete Mission gezeigt hatte? »Das kleine Paradies«, wie Charlotte es genannt hatte, war bei dem Überfall der aufständischen Schwarzen während der sogenannten *maji-maji*-Revolte vernichtet worden; Peter Siegel hatte eine schwere Kopfverletzung davongetragen, von der er sich offenbar nie mehr ganz erholt hatte. Geduldig ließen sie seine Klagen über die Hitze und das ungesunde Küstenklima über sich ergehen und erfuhren, dass er bereits zwei Tage auf den Reichspostdampfer *Feldmarschall* hatte warten müssen, da das Schiff mit Verspätung eingetroffen sei. Nun wolle er auf dem schnellsten Wege zurück in die Mission.

Es wurde nichts aus ihrem schönen Plan, zuerst einige Tage in Tanga zu verbringen und dort in aller Ruhe eine Möglichkeit zu suchen, ihre Kisten zu lagern. Es gab einige Möbelstücke, unter anderem auch das Klavier, die sie auf keinen Fall hinauf in die Usambara-Berge schaffen wollten. Aber da Peter

Siegel zur Eile drängte, vertrauten sie ihren Besitz Hals über Kopf einem indischen Geschäftsmann an, der ihnen für den Transport vom Hafen zu seiner Lagerhalle nebst Einlagerung einen völlig überhöhten Preis abnahm. Als sie gehetzt und unzufrieden zum Hafen zurückkehrten, wartete Klaras Ehemann schon ungeduldig auf sie. Zehn junge Afrikaner, die er aus Usambara mitgebracht hatte, standen bereit, die Waren für die Mission zum Bahnhof zu tragen.

»Du willst heute noch nach Mombo?«

»Es sind nur fünf Stunden Zugfahrt. Von Mombo aus schaffen wir es mit ein bisschen Eile zur Mission Wuga und steigen gleich morgen früh hinauf in die Berge.«

Diese Hast gefiel Charlotte überhaupt nicht, sie gehörte nicht zu Afrika, wo alle Menschen Zeit im Überfluss hatten.

»Wir werden noch ein paar Träger anmieten müssen, um euer Gepäck zum Bahnhof zu schaffen. Ich frage mich, weshalb drei Leute so viele Koffer benötigen …«

»Wir sind vier, Onkel Peter. Du hast Fräulein Mine nicht mitgezählt.«

Jetzt bedauerte Charlotte ernsthaft, nicht auf George gehört zu haben, der kopfschüttelnd vorgeschlagen hatte, in ein paar Tagen nach Hohenfriedeberg nachzukommen und Peter Siegel voranreisen zu lassen. Zumal der Missionar ohnehin nicht ihretwegen nach Tanga gekommen sei. Doch sie hatte den Schwager nicht brüskieren wollen, und außerdem wartete Klara ganz sicher voller Ungeduld auf sie.

Der Weg vom Hafen zum Bahnhof war zwar mit Randsteinen eingefasst und geschottert, dennoch waren immer wieder breite Pfützen zu umgehen, und wer sich nicht vorsah, versank im rötlichen Schlamm. Der Maultierkarren eines indischen Händlers war vom Weg abgekommen und zur Seite gekippt, wobei einige der Bündel und Töpfe in den Matsch gefallen waren. Der Inder hatte sämtliche orientalische Gelassenheit verloren, schimpfte lauthals und drohte seinen schwarzen Angestellten alle möglichen Strafen an, falls die Waren verdorben sein sollten. Direkt vor ihnen ging eine Gruppe junger Afrikaner, unternehmungslustige Burschen mit kahl geschorenen Schädeln, die Baumwollhosen mit einem Strick um die Taille gebunden, darüber ein wehendes buntes Hemd oder eine zerfetzte Jacke. Ganz offensichtlich waren es Arbeitssuchende, die sich in Usambara Geld verdienen wollten.

»Sodom und Gomorra«, ließ sich Peter Siegel ärgerlich vernehmen. »Die Gier nach Geld hat sie erfasst, sie laufen dem Mammon hinterher, verfallen den Verführungen der Küste, anstatt sich zum christlichen Glauben zu bekehren, der allein selig macht. Man sieht schon Schwarze, die mit Zylinderhüten und ledernen Stiefeln herumstolzieren, und die Weiber tragen bunte Röcke mit Rüschen daran.«

Missbilligend starrte er auf die vielen schwarzen Frauen, die den Reisenden auf dem Bahnsteig gefüllte Fladen, Erdnüsse und Bananen verkauften. Die Stadt Tanga sei während des vergangenen Jahres zu einem Sündenpfuhl geworden und laufe Daressalam in dieser Hinsicht den Rang ab. Die ganze Küste sei ihm zuwider, dort herrsche die babylonische Hure, er sei froh, endlich in die Mission zurückzukehren.

Charlotte und George wechselten zweifelnde Blicke, doch beide beschlossen, Peters Reden vorerst unkommentiert zu lassen.

Es dauerte eine ganze Weile, bis die Kisten und Säcke, die für die Mission Hohenfriedeberg bestimmt waren, in einem der drei Güterwaggons verstaut waren. Fasziniert sah Charlotte den schwarzen Trägern dabei zu. Sie ließen sich von Missionar Siegel keineswegs zur Eile antreiben, die Vorstellung, der Zug könne zu einer bestimmten Zeit abfahren, schien ihnen vollkommen fremd. Gemächlich reichten sie einander die Lasten, postierten sie sorgfältig und ruckelten noch einmal daran, damit auch ja nichts umfiel. Nur wenige von ihnen schienen Suaheli zu verstehen, sie unterhielten sich miteinander in einer fremden Sprache, die Peter ganz offensichtlich nur ansatzweise beherrschte. Wenn er einen von ihnen beim Namen rief, dann nannte er ihn »Johannes« oder »Noah«, einen auch »Hiob«. Sie waren also Christen, die bei ihrer Taufe einen biblischen Namen erhalten hatten.

»Wir sollten jetzt einsteigen, sonst müssen wir mit den schlechtesten Plätzen vorliebnehmen«, drängte er sie nun wieder einmal zur Eile.

Die beiden Personenwagen waren schon gut besetzt. Die meisten Reisenden waren Afrikaner, dazwischen leuchteten die weißen Turbane einiger Inder, hie und da erblickte man den Tropenhelm eines Europäers. Alle saßen eng aneinandergedrängt auf den hölzernen Bänken, Handgepäck stand im Weg: lederne Koffer, zerschlissene Körbe, mit Bindfaden zusammengeschnürte Bündel. Sie fanden noch drei freie Plätze, was zu Elisabeths Ärger bedeutete, dass sie auf Charlottes Knien sitzen musste.

»Was regst du dich auf, Lisa? Fräulein Mine muss ja auch auf deinem Schoß sitzen, oder?«

»Aber die ist doch noch klein!«

George stieg als Letzter in den Zug. Er hatte einer der schwarzen Frauen die gefüllten Fladen mitsamt dem Korb abgehandelt, dazu eine Tüte Erdnüsse und zwei reife Mangos. Peter Siegel machte große Augen und fragte, wann er dies alles zu essen gedenke.

»Ich habe es als Wintervorrat eingekauft«, erwiderte George grinsend und zwinkerte Elisabeth zu.

Peter Siegel fehlte der Sinn für solche Scherze, dafür lachte sein Sitznachbar, ein Weißer, der die deutsche Unterhaltung verstanden hatte. Er mochte um die dreißig sein, war sehr hellhäutig und bis auf einen kleinen Oberlippenbart glatt rasiert. Redselig stellte er sich als Horst Meier vor, Ingenieur und Angestellter bei der Firma Bleichert & Co. aus Leipzig. Er sei mit der Konstruktion einer Seilbahn im Usambara-Gebirge befasst, eine ganz einmalige und spannende Aufgabe, für die er sich freiwillig gemeldet habe. Der Auftrag sei von der Plantagengesellschaft Wilkins & Wiese erteilt worden, es gehe darum, die ganz hervorragenden Hölzer aus dem Schummewald nach Mkumbara zu schaffen. Mkumbara sei eine weitere Station der Usambara-Bahn, die sich momentan allerdings noch im Bau befinde, bisher ende die Strecke leider in Mombo.

»Sie machen sich keine Vorstellung von den Reichtümern des Usambara-Gebirges. Teakholz und Mahagoni wachsen dort – der Festmeter wird zu hundertfünfundvierzig Mark gehandelt. Noch kostbarer allerdings ist die Zeder, aus der man Bleistifte, Pinselstiele, Pfeifenrohre und auch Kameras für die Tropen herstellt.«

Die Gesellschaft habe bereits einige Sägewerke eingerichtet, das größte stehe in Neu-Hornum, gleich in der Nähe des Schummewaldes.

»Und wo befindet sich dieser Schummewald?«, wollte Charlotte wissen.

»Am westlichen Rand des Usambara-Gebirges. Eine großartige Gegend, liebe Frau Johanssen. Manche behaupten, Usambara ähnele dem Schwarzwald, aber das ist völliger Unsinn. Es ist eine ganz eigene, wildromantische Landschaft mit dichtem Urwald und schroffen Felsabhängen. An manchen Stellen geht es über tausend Meter in die Tiefe …«

Draußen auf dem Bahnsteig gellte ein lauter Pfiff, aufgebrachte, zornige Rufe ertönten. Der schwarze Bahnangestellte schimpfte wie ein Rohrspatz, weil ein verspäteter Reisender kurzerhand noch aufgesprungen war. Dann wehten dichte Dampfwolken über den Bahnsteig, und das strohgedeckte Lagergebäude, die Frauen mit ihren Lebensmittelkörben und sogar der rot uniformierte Bahnangestellte mit der weißen Schirmmütze verschwanden im Dunst. Der Zug ruckelte ein paarmal kräftig beim Anfahren, Gepäckstücke fielen um, eine wollhaarige Afrikanerin kreischte auf, weil ihr ein Korb voller Hühnerküken vom Schoß gerutscht war. Alle Passagiere bückten sich eifrig und angelten mit den Händen nach den piepsenden Ausreißern, ein paar schwarze Kinder krochen auf allen vieren herum und verfolgten die flauschigen Küken, die zwischen die Beine der Reisenden flüchteten. Es wurde geschimpft und gelacht, die Besitzerin der Küken hatte sich allerlei Witze und heitere Ratschläge anzuhören, doch als sie all die gelben Federbällchen endlich wieder in ihrem Korb hatte, war sie selbst es, die am meisten über ihr Missgeschick lachte.

Elisabeth gelang es, fünf Küken zu erwischen, wobei sie sich etliche dunkle Flecken auf ihrem hellen Kleid einhandelte und mit zwei schwarzen Kindern Bekanntschaft schloss. Sie sprachen zwar nur wenige Worte Suaheli, aber die Verständigung klappte dennoch ohne Schwierigkeiten. Es dauerte nicht lange, da hockten alle drei auf dem Boden, wiegten sich sanft im Rhythmus des Zuges und aßen Erdnüsse, die Elisabeth großzügig austeilte.

»Nehmen Sie es mir nicht übel«, flüsterte Ingenieur Meier Charlotte zu. »Aber es ist nicht gut, allzu vertrauten Umgang mit den Schwarzen zu pflegen. Das kann leicht dazu führen, dass sie den Respekt verlieren. Sie werden das schon noch lernen, wenn Sie längere Zeit im Land sind.«

»Gewiss«, gab George schmunzelnd zurück. »Wer mit offenen Augen und Ohren in ein fremdes Land geht, der kommt aus dem Lernen nicht mehr heraus. Ist es nicht so?«

Horst Meier nickte begeistert. Ja, er sei inzwischen schon ein ganzes Jahr in Afrika, zuerst an der Küste in Daressalam und nun schon eine ganze Weile in Neu-Hornum. Afrika biete für einen Techniker ganz großartige Möglichkeiten, weil man völlig neu planen und denken müsse. Holz zum Beispiel sei für den Bau einer Seilbahn völlig ungeeignet, es werde in null Komma nichts von den Termiten gefressen. Deshalb müsse jede Schraube, jeder Träger, jede Verstrebung aus gutem Stahl sein und aus dem Mutterland importiert werden.

Peter Siegel beteiligte sich nicht an dem Gespräch. Man hatte ihm den Fensterplatz eingeräumt, dort saß er, den Ellenbogen auf die Fensterbank gestützt, und starrte auf die vorüberziehende Landschaft. Sisalpflanzungen waren zu sehen, ausgedehnte Flächen voller bläulich grauer Agaven, die ihre fleischigen Blätter wie Schwerter emporreckten. Dazwischen tauchten einzelne Wohnhäuser im Kolonialstil mit roten Dächern auf, Kokoshaine, kleinere Felder, auf denen Mais, Bohnen und Bananen wuchsen, außerdem die strohgedeckten, runden Hütten der Eingeborenen, umgeben von Palmen und schlankem Zuckerrohr. Manchmal gab der dichte Mangrovenwald den Blick auf den Pangani-Fluss frei, der silbern aufblitzte, wenn Sonnenstrahlen darauf fielen. Jetzt allerdings standen dunkle Wolken am Himmel, und das Wasser des breiten Flusses erschien bräunlich.

»Gut, dass wir im Zug sitzen«, bemerkte Horst Meier. »Es scheint wieder mal einen Guss zu geben. Diese Regenzeiten sind schon lästig, besonders für die Verkehrsverbindungen, die Wege sind dann kaum noch passierbar. Einige Plantagenfirmen haben angefangen, Stichbahnen zu bauen, eine gute Sache. Aber wenn erst die Seilbahn in Betrieb ist, dann können wir …«

Ein heftiger Donner krachte über ihnen, als sei in den Wolken ein Felsblock zerborsten. Einige Zuginsassen, die bei dem gleichmäßigen Rattern sanft eingenickt waren, fuhren erschrocken auf und schauten aus dem Fenster. Die ersten Tropfen fielen auf das Wagendach, hinten im Waggon entbrannte ein Streit, ob man die Fenster schließen oder offen lassen sollte. Gleich darauf stürzte der Regen wie aus Eimern herab, trommelte ohrenbetäubend aufs Dach, und überall wurden hastig die Fenster hochgeschoben.

»Da, schauen Sie sich nur die armen Kerle an«, sagte der deutsche Ingenieur aus Leipzig und wies nach draußen. Im dichten Regen war undeutlich eine Karawane zu erkennen, die sich längs des Pangani in Richtung Usambara bewegte: vierzig bis fünfzig schwarze Träger mit mehreren beladenen Maultieren, die wegen des Unwetters scheuten und nur mit Mühe gehalten werden konnten.

»Es gibt Pflanzer, die die Usambara-Bahn wegen der hohen Frachtkosten boykottieren und lieber einheimische Träger anmieten. Billiger kommen sie deshalb nicht weg, vermutlich zahlen sie sogar mehr, von dem Warenschwund unterwegs – die Neger sind alle Langfinger – einmal ganz abgesehen. Aber es geht ihnen ums Prinzip ...«

Ein Blitz erhellte die Landschaft, so dass man die dunklen, regennassen Gestalten nun deutlich erkennen konnte. Sie hatten sich in kleinen Grüppchen zusammengeschart und suchten unter dem Blätterdach der Palmen Schutz vor dem Unwetter.

»Es ist kein Spaß, bei einer solchen Sintflut durch den Matsch zu stapfen ...«, seufzte der Ingenieur mitfühlend.

Der Donner hörte sich an, als krachten riesige Holzkisten mit voller Wucht aufeinander. Die schwarzen Kinder steckten sich die Finger in die Ohren und kniffen die Augen zu, Elisabeth ließ die Erdnusstüte fallen und kletterte vorsichtshalber auf Georges Knie.

Die Gespräche im Waggon verstummten, alle lauschten dem Prasseln des Regens, das sogar die Zuggeräusche übertönte. Plötzlich war Peter Siegels Stimme zu vernehmen, heiser und seltsam dumpf.

»Eine Sintflut über dieses Land. Der Himmel öffne seine Schleusen, und die Erde gebe ihre Gewässer frei. Kein Hügel, kein Felsen, nicht der höchste Berg soll aus den Fluten ragen. Herr, schicke eine Sintflut über Afrika, damit alles Leben ersäuft!«

Die Reisenden starrten ihn entsetzt an, selbst die Afrikaner und Inder, die so gut wie kein Wort verstanden hatten. Charlotte sah, wie der Bart des Missionars auf seltsame Weise zuckte, dann wandte er sich wieder zum Fenster und brach in höhnisches Gelächter aus.

Den Rest der Bahnfahrt über sprach er kein Wort mehr. Mürrisch starrte er aus dem Zugfenster, wies die Teigfladen zurück, die George freigebig allen Umsitzenden anbot, und seufzte ungeduldig, wenn die Bahn an einer der vielen Haltestellen stoppte, um Reisende aus- und einsteigen zu lassen. Wenn die Güterwagen geöffnet und Waren ausgeladen wurden, wanderte sein Blick hinauf zur Wagendecke, und Charlotte war sich sicher, dass er ein Stoßgebet zum Himmel schickte. Die Zeit lief ihnen davon, sie würden weit mehr als fünf Stunden bis Mombo benötigen, was Peter Siegels Reiseplänen ganz und gar zuwiderzulaufen schien.

Horst Meier verabschiedete sich in Korogwe, wo er bei einem befreundeten Plantagenbesitzer die Nacht verbringen wollte. Bis Wilhelmsthal würden sie es heute gewiss nicht mehr schaffen, das sei von der letzten Bahnstation Mombo aus gut zwanzig Kilometer entfernt, also knapp vier Stunden Fußweg, auf diesen aufgeweichten Wegen sogar länger. Er habe keine Lust, in die Dunkelheit zu geraten oder in einem Negerdorf zu übernachten.

»Ich hoffe sehr, wir begegnen uns bald wieder«, sagte er beim Abschied zu Charlotte. »Es gibt so wenige deutsche Frauen hier in der Gegend. Ich meine, es gibt schon einige

Frauen, tüchtige Personen, die ich sehr respektiere. Die Ehefrauen der Pflanzer und der Missionare, auch einige Gemeindeschwestern und Diakonissen sind hier im Einsatz, sogar eine Lehrerin. Aber ...« Der Ingenieur zog Charlottes Hand an seine Lippen und warf George einen entschuldigenden Blick zu.«...aber ich habe noch nie eine so anmutige Dame wie Sie hier in der Wildnis getroffen. Ich hoffe wirklich, bei Gelegenheit wieder mit Ihnen plaudern zu können ...«

Draußen ertönte der schrille Pfiff des schwarzen Stationsvorstehers. In letzter Minute riss Horst Meier mit einem heftigen Ruck die Waggontür auf und sprang auf den Bahnsteig. Der Zug setzte sich in Bewegung, und er blieb stehen und winkte ihnen mit seinem Hut hinterher.

Der Regen hatte aufgehört, überall blitzten Pfützen, rötlich gelbe Rinnsale schossen gurgelnd über die aufgeweichte Erde und zwangen die Reisenden an der Bahnstation, mit geschickten Sprüngen darüber hinwegzusetzen. Grau und felsig erhoben sich die Hänge von Ost-Usambara, Nebel dampfte aus den Tälern, das üppige Grün der Hochebenen war in zarte weißliche Schleier gehüllt. Links der Bahnstrecke breitete sich die Savanne aus, eine grünende, blühende Ebene, von Buschwerk und kleinen Bergkuppen unterbrochen, in der Ferne sah man das dunkelgrüne Band des Pangani-Flusses. Rote Lilien und blaue Malven wiegten sich im Wind zwischen tausenden anderer vielfarbiger Blüten, deren Namen Charlotte nicht kannte.

»Ist es nicht ein Paradies, George?«

»Ja«, bestätigte dieser lächelnd. »Für ein paar Wochen ist es in der Tat ein Garten Eden.«

Es war schon fast vier Uhr nachmittags, als sie endlich in Mombo ankamen. Die vorläufige Endstation der Bahnlinie befand sich auf einer viereckigen Rodung inmitten eines dichten Waldes, es gab einen befestigten Bahnsteig und ein geräumiges Lagerhaus aus Stein, das mit einem Wellblechdach versehen war. Vermutlich hätten sie hier auch die Nacht verbringen können, wenig bequem zwar, aber immerhin trocken und einigermaßen sicher. Doch Peter Siegel schien plötzlich zu neuem Leben zu erwachen, und auch seine schwarzen Begleiter hatten es seltsamerweise eilig, die Waren aus dem Güterwaggon zu hieven und unter sich aufzuteilen.

»Wir gehen nach Wuga«, verkündete Peter. »Sie kennen den Weg, bis zum Einbruch der Dunkelheit sind wir dort.«

»Wie weit ist es denn bis dorthin?«, erkundigte sich George.

»Nun, ein paar Kilometer müssen wir schon zurücklegen, aber es ist längst nicht so weit wie nach Wilhelmsthal.«

Gegen sechs Uhr senkte sich üblicherweise die Dunkelheit nieder, es war also nicht sinnvoll, lange zu diskutieren. Peter war ortskundig, auch wenn Charlotte zu wissen glaubte, dass Wilhelmsthal im Westen gelegen war, also auf dem Weg zur Mission Hohenfriedeberg. Der Missionar aber zeigte nach Osten, als er von Wuga redete.

George war zu einigen Afrikanern gegangen, die an der Station herumlungerten und ganz offensichtlich darauf warteten, als Träger angeheuert zu werden. Er kehrte mit zweien von ihnen zurück, ein dritter eilte davon, um im nahegelegenen Dorf zwei Maulesel als Reittiere zu besorgen – eine Maßnahme, über die Peter Siegel wieder einmal den Kopf schüttelte, zumal sie die Gruppe kostbare Minuten kostete.

»Ich schätze, wir werden in einem Eingeborenendorf übernachten müssen«, flüsterte George Charlotte zu, als er ihr in den Sattel half. »Soweit ich die Schwarzen verstanden habe, braucht man gut drei Stunden bis Wuga.«

Elisabeth saß stolz auf dem Rücken des zweiten Maultiers, sie war von Kind auf geritten und fand sich schnell zurecht. George ging zu Fuß wie die anderen Männer auch. Bald stellte sich heraus, dass George klug daran getan hatte, ihnen Reittiere zu besorgen, denn der schmale Pfad war schlüpfrig vor Nässe und stieg bald recht steil bergan. Die kleine Karawane bewegte sich in raschem Tempo, und Charlotte bewunderte die schlanken, schwarzhäutigen Burschen, die die schweren Lasten ohne Pause über glitschigen Fels und loses Gestein immer höher hinaufschleppten. An manchen Stellen war der Pfad vom rötlichen Wasser eines Bachlaufs überschwemmt, dann wieder versperrte ein umgestürzter Baum den Weg – ein Opfer der reißenden Fluten, die sein Wurzelwerk schon jahrelang unterspült und ihm nun den letzten Halt genommen hatten. Alle waren froh, dass sich momentan kein weiterer Gewitterregen ankündigte, sonst wäre dieser Aufstieg kaum möglich gewesen.

Zu Anfang schwatzte Elisabeth munter drauflos, beklagte, ihre beiden schwarzen Freundinnen nicht mehr sehen zu können, fragte, ob sie heute noch zu Tante Klara kämen, und wollte dann von George wissen, ob er ihnen ein Impala zum Abendbrot schießen wolle. George, der sein Gewehr aus der Umhüllung genommen und umgehängt hatte, erklärte grinsend, er habe schon darüber nachgedacht, aber bei so vielen Leuten müsse es wohl schon ein Elefant sein, sonst würden sie nicht alle satt.

»Du darfst keinen Elefanten schießen, das ist verboten! Du darfst das nur, wenn du dafür Geld bezahlst.«

»Kluges Mädchen. Wenn sich nur alle daran halten würden.«

Tatsächlich hatte die deutsche Gouverneursverwaltung den Abschuss von Elefanten eingeschränkt. Den Einheimischen war er ganz und gar untersagt, die vielen Großwildjäger allerdings waren finanzkräftig genug, die Gebühr zu bezahlen. Und bei höhergestellten Persönlichkeiten oder guten Freunden nahm man es sowieso nicht so genau.

»Mama, die Felsen sind alle aus Silber!«

Es war Glimmerschiefer, der noch vom Regen feucht war und nun im Sonnenlicht silbrig glänzte. Der Pfad wand sich schlangengleich an schrundigen Felsüberhängen vorbei, führte durch Wiesen und lichten Bewuchs hinauf in die dicht bewaldete Bergregion. Üppige Farne und blühende Gräser bedeckten die Berghänge, dazwischen ragten Palmen empor, Akazien, schlanke afrikanische Laubbäume, die bisher noch niemand genauer benannt und untersucht hatte. Oft waren sie bis in die Kronen von wuchernden Lianen umschlungen, rosige, tulpenartige Blüten und längliche Früchte von grüner und gelblicher Farbe ragten aus dem Blättergewirr. Schmetterlinge flatterten in hellblauen oder dunkelroten Schwärmen von den Blüten auf, wenn sich die Gruppe näherte, ab und an streiften ihre zarten Flügel die erhitzte Haut der Reisenden. Überall war das Geräusch fließenden Wassers zu vernehmen, manchmal nur ein sachtes Rieseln, dann wieder ein kräftiges Rauschen, das anschwoll, bis man hinter der nächsten Wegbiegung einen glitzernden Wasserfall erblickte, der sich in Kaskaden den Hang hinabstürzte.

Hätte Peter Siegel sie nicht ständig zur Eile angetrieben, wäre dieser Ritt durch das regenfeuchte, vor Fruchtbarkeit berstende Gebirge ein großartiges Erlebnis gewesen. Doch Charlotte war nur teilweise in der Lage, die Naturschönheiten zu genießen. Immer wieder musste sie ihr Maultier antreiben, darauf achten, dass es nicht ausglitt oder scheute, und an einigen Stellen, die allzu steil und rutschig waren, half nichts anderes, als abzusteigen und das Tier am Zügel zu führen. Sie war froh, dass George sich um Elisabeths Maultier kümmerte und es in schwierigen Situationen am Halfter nahm.

Mittlerweile waren sie schon gut eineinhalb Stunden im Urwald unterwegs, und noch immer wand sich der Pfad in scharfen Kehren bergauf. Lag Wuga etwa auf einem Berggrat? Wenn sich der Blick für eine kurze Weile öffnete, konnte man an den Hängen die Pflanzungen der Eingeborenen sehen, lindgrüne Bananenhaine, dunkelgrüne Maisfelder, auch grau schillerndes Zuckerrohr. Die Dörfer befanden sich meist auf kleinen Bergkuppen, ein zusammengedrängtes Häuflein schilfgedeckter Hütten, von einem breiten Zaun aus grünem Buschwerk umfriedet, das die Einwohner vor den Angriffen wilder Tiere schützte. Ob sie durchreisende Europäer wohl friedlich empfingen und ihnen ein Nachtlager in einer ihrer Behausungen gewährten?

Der Himmel flammte in hellem Rot, als sie endlich den Bergrücken erklommen hatten. Trotz der Anstrengung fröstelten sie, denn im Schatten des Waldes herrschte feuchte Kühle. Auf dem felsigen Grat bot sich ihnen ein grandioser Anblick. Vor ihnen lag eine weite Talmulde, von kleineren Gebirgszügen und tiefen Schluchten zerrissen, durch die sich ein weißlich schäumender Fluss schlängelte.

»Dort ist die Missionsstation Wuga«, sagte Peter Siegel und streckte den Arm aus.

Auf einer halbkugelförmigen Erhebung waren Gebäude zu erkennen, vom Schein der untergehenden Sonne in loderndes Orange getaucht. Eine Kirche schien nicht zur Mission zu gehören. »Bis dahin ist es noch eine gute Stunde Fußmarsch«, schätzte George. »Wir sollten besser in einem der Dörfer um ein Nachtlager bitten.«

»Es sind Heiden, die uns nicht bei sich dulden werden«, gab Klaras Mann zu bedenken.

»Das käme auf einen Versuch an«, widersprach George.

»Unnötig, so kurz vor dem Ziel. Gott wird uns leiten.«

George war nicht der Einzige, dem Peter Siegels Absicht missfiel, auch die drei Träger, die er in Mombo angeheuert hatte, weigerten sich zunächst, den Weg bei Dunkelheit fortzusetzen.

»Wald ist voller Geister in der Nacht. *Mpepo* wohnt in Fels und schläft in Baum, kommt daraus hervor, wenn es dunkel ist. Auch Dämonen von Tieren haben Macht, wenn Sonne am Himmel zu Asche verbrannt …«

»Jesus Christus, der Herr über alle Geister und Dämonen, ist mit uns. Unter seinem Schutz kann uns niemand etwas anhaben, nicht einmal eine böse Zauberin. Gehen wir also voran im Namen des Herrn!«, rief der Missionar pathetisch. Die von ihm mitgebrachten Träger, die bekehrte Christen waren, setzten sich in Bewegung, und die von George gemieteten Schwarzen schlossen sich ihnen an, nachdem sie einige trockene Äste als Fackeln angezündet hatten. Peter Siegel reichte George eine von zwei mitgebrachten Blendlaternen. Der Abstieg ins Tal begann.Elisabeth hielt sich großartig auf ihrem Maultier. Die Siebenjährige behauptete, kein bisschen müde zu sein, und wies Georges Vorschlag, sich hinter sie zu setzen, damit sie in seinen Armen ein wenig schlafen könne, empört von sich.

»Setz dich doch zu Mama, die mag bestimmt bei dir schlafen.«

Charlotte war der Urwald nicht fremd. Auch am Kilimandscharo gab es dichte Wälder, die sie oft durchritten hatte, niemals jedoch bei Nacht. Alles um sie herum schien sich verändert zu haben, das Geschrei der kleinen Affen in den Zweigen war verstummt, die Vogelrufe schwiegen, nur das Rieseln und Rauschen der unsichtbaren Wasserläufe begleitete ihren Weg. Nachtblühende Pflanzen öffneten ihre Kelche und sandten süße und fahle Düfte aus, dem Boden entstieg ein seltsam erdiger, modriger Dunst. War es tagsüber schon dämmrig unter dem hohen Dach der Urwaldriesen gewesen, so herrschte nun bald vollkommene Finsternis. Der gelbliche Schein der Fackeln ließ seltsam zitternde Gestalten aus der Dunkelheit erstehen, dünne Stämme reckten sich wie ausgezehrte Arme, graue Blätter bekamen verzerrte Menschengesichter, herabhängendes Geäst bewegte sich so sacht, dass Charlotte zuerst glaubte, eine Baumschlange ließe sich zu ihnen herunter. Der nächtliche Wald schlief nicht, im Gegenteil: Er war voller Leben. Nachtvögel strichen wie Schatten an ihnen vorüber, Boten aus dem *kuzimi,* dem Reich der Geister, in das nach dem Glauben der Schwarzen die Gestorbenen eingingen; dämonisch funkelnde Augen starrten die Fremden aus der Finsternis an.

Die Träger, die an der Spitze der Gruppe gingen, um mit Stöcken und Buschmessern den Pfad freizuschlagen, begannen, in ihrer jeweiligen Sprache leise vor sich hin zu plappern. Hin und wieder benutzten sie ein Wort, das es auch auf Suaheli gab, und Charlotte begriff nach einiger Zeit, dass sie auswendig gelernte Bibelworte aufsagten. Peter Siegel blieb stumm, er hatte sich eines der Buschmesser genommen und schlug damit wütend auf das Gestrüpp ein. Trotz seines kränklichen Aussehens hatte er sich als ausdauernder Wanderer erwiesen, es schien mehr Kraft in ihm zu stecken, als es den Anschein hatte.

Waren sie überhaupt noch auf dem Pfad, oder schlugen sie sich inzwischen ihren eigenen Weg quer durch den Urwald? Sie hatten jetzt die Talsohle erreicht, irgendwo in der Nähe hörten sie das Rauschen von Wasser, es musste der Fluss sein, den sie vom Berggrat aus gesehen hatten. Vor ihnen war nichts als Blattwerk, durchzogen von Lianen, immer dichter standen die Bäume, an manchen Stellen mussten sie Umwege machen, um die Maultiere mitnehmen zu können.

»Ich glaube, wir sind schon an Wuga vorbei«, rief George dem Missionar zu. »Meiner Meinung nach müssen wir uns links halten, Richtung Fluss. Der Hügel liegt dicht an …«

Er konnte den Satz nicht beenden, weil Charlottes Maultier in diesem Augenblick so heftig stieg, dass sie sich nur mit viel Mühe auf seinem Rücken halten konnte.

»Mama!«, schrie Elisabeth angstvoll.

Das Tier tat wilde Sprünge und wäre beinahe den Pfad zurückgelaufen, hätte George nicht rasch das Halfter gefasst. Es kostete ihn alle Kraft, das Maultier zu halten, doch dann kamen ihm zwei der schwarzen Träger zu Hilfe, und Charlotte konnte absteigen. Es stellte sich heraus, dass das Tier eine blutende Wunde am rechten Vorderbein davongetragen hatte, woher sie stammte, konnte niemand genau sagen.

»Wozu musstest du diese Viecher auch unbedingt mitschleppen!«, schimpfte Peter. »Du siehst doch, dass sie uns nur aufhalten!«

George schwieg verbissen und bemühte sich, die Wunde zu verbinden, während der besorgte Besitzer des Maultiers, einer der drei Männer aus Mombo, besorgt das Halfter hielt. Es sah nach einem Biss aus. Hatten die eifrigen Stockschläger eine Schlange aufgeschreckt, die sich bedroht gefühlt und zugebissen hatte? Doch dazu war die Wunde eigentlich zu groß.

»Steig bei Elisabeth auf«, riet George Charlotte schließlich. »Wir binden das verletzte Maultier mit einem Seil an dem anderen fest, so wird es schon mitlaufen. Hier, nimm das.«

Er reichte ihr sein Gewehr, und sie hängte es sich über den Rücken, ohne irgendwelche Fragen zu stellen. So schrecklich es auch wäre – wenn es sich um den Biss einer Giftschlange oder eines giftigen Reptils handelte, würden sie das unglückliche Geschöpf nicht leiden lassen.

George begab sich an die Spitze der kleinen Karawane, nahm einem der Eingeborenen die Fackel aus der Hand und wies ihn an, den Weg nach links freizuschlagen.

»Was soll das?«, empörte sich der Missionar. »Ich habe diese Männer mitgebracht, sie sind gute Christen und hören auf meine …«

»Es reicht«, knurrte George. »Ich habe keine Lust, mir die

Nacht im Urwald um die Ohren zu schlagen. Wir gehen jetzt in die Richtung, die ich bestimme!«

Auf diese ruppigen Worte wagte Peter Siegel nichts zu erwidern, doch die Geste, die er machte, sprach Bände. Seine Gefolgschaft kümmerte das wenig, die Männer taten, was George ihnen auftrug, und es hatte fast den Anschein, als seien sie froh darüber, einen entschlossenen Führer gefunden zu haben. Langsam setzte sich die Reisegesellschaft wieder in Bewegung, die Blendlaternen hatten längst ihren Dienst aufgekündigt, und immer wieder mussten sie auf die Suche nach trockenen Hölzern gehen, um sich mit neuen Fackeln zu versorgen. Die Marschordnung war nun eine andere, vorn gingen drei Männer mit Stöcken und Buschmessern, danach folgte George, der sich ebenfalls mit einem Buschmesser bewaffnet hatte. Peter hielt sich zwischen den Trägern in der Mitte des Zuges, die beiden Maultiere bildeten den Schluss.

»Mama?«

Charlotte hatte die Arme um ihre Tochter geschlungen, die Kleine war todmüde, doch die Aufregung wollte sie nicht schlafen lassen.

»Was ist denn?«

»Dort ist ein Gesicht zwischen den Gräsern. Hast du es gesehen?«

Sie streckte den Arm aus, doch Charlotte konnte nichts erkennen, der Fackelschein war längst an der Stelle vorübergezogen.

»Das wird ein merkwürdig geformter Stamm oder ein Farnbüschel sein, Elisabeth. Ich bin vorhin auch darauf reingefallen.«

»Das war ganz sicher kein Farnkraut, Mama. Ich habe es genau gesehen, aber du hast schlechtere Augen als ich, deshalb erkennst du nichts. Es schaute aus wie ein afrikanischer

Krieger, mit braunen und schwarzen Strichen hier und da und weiß umrandeten Augen. Und die Nase war ganz schwarz angemalt …«

Charlotte versuchte, ihre Unruhe zu verbergen. Konnte es sein, dass sie von kriegerischen Eingeborenen ausgespäht wurden? Aber doch nicht mitten in der Nacht! Außerdem hatte es geheißen, die Waschamba seien eher friedlich gesinnt …

»Schlaf ein wenig, Lisa. Ich halte dich fest.«

»Sind wir bald in Wuga?«

»Sicher, mein Schatz. George führt uns hin.«

»Dann sind wir bestimmt gleich da!«

Die Kleine lehnte sich gegen ihre Mutter und schien nun tatsächlich ein wenig schlummern zu wollen. Charlotte hatte sich immer wieder umgedreht, um nach dem verletzten Maultier zu sehen, das bisher wacker hinter ihnen hergehumpelt war. Jetzt plötzlich spürte sie, wie ihr eigenes Maultier unruhig wurde, und auch das verwundete drängte sich eng an sie heran. Irgendetwas dort hinten in der undurchdringlichen Finsternis des Pfades musste die Tiere erschreckt haben.

»Heb die Fackel hoch«, rief sie dem zuletzt gehenden Träger auf Suaheli zu. »Da ist was.«

Der Mann reagierte nicht sofort, vielleicht hatte er sie nicht richtig verstanden, doch als er die Fackel endlich hob, glühten im flackernden Lichtschein zwei Augen auf. Blitzschnell riss Charlotte das Gewehr von ihrem Rücken, und Elisabeth schrie auf, als der Schaft dabei ihren Kopf streifte. Für den Bruchteil einer Sekunde blickte Charlotte dem Herrn des Urwalds ins Antlitz, das schön gezeichnet war und schrecklich zugleich, in seinen Augen glomm das Feuer des Todes, während er sich auf die Beute stürzte. Dann peitschte der Schuss durch die Stille des nächtlichen Waldes.

»*Chui!*«

Affen kreischten über ihnen in den Bäumen, Charlottes

Maultier wieherte panisch und bäumte sich auf vor Angst. Elisabeth klammerte sich angstvoll an seiner Mähne fest.

»*Chui!*«

Nach dem ersten Schrecken liefen alle zusammen, Schreie gellten durch die von zuckenden Fackeln erhellte Nacht. Zwei der Träger besaßen Gewehre und feuerten auf den Flüchtenden. Elisabeth heulte laut vor Schmerzen. George hob sie vom Maultier und wiegte sie tröstend in den Armen.

»Verdammter Bursche. Er muss schon eine ganze Weile hinter uns hergeschlichen sein. Hast du ihn erwischt?«

»Was für eine Frage. Natürlich nicht. Ich würde es niemals fertigbringen, einen Leoparden zu töten.«

Charlotte zitterte am ganzen Leib. Sie wusste, dass sie Unsinn redete. Natürlich hätte sie das Raubtier getötet, wenn es ihr Kind oder sie selbst angegriffen hätte, doch in der Eile hatte sie gar nicht zielen können. Der Leopard hatte den Sprung gut angesetzt und trotz seines Schreckens über den Schuss noch eine Hinterbacke des unglücklichen Maultiers mit der Pranke gestreift.

»Gott der Herr hat seine schützende Hand über uns gehalten«, murmelte Missionar Siegel mit bebenden Lippen. »Wir wollen ein Gebet sprechen.«

Weder George noch Charlotte schien dies der rechte Augenblick zum Beten. Die Maultiere drängten davon, und Elisabeth, die nun völlig übermüdet war, weinte noch immer bitterlich. Aber dieses Mal gehorchten die Schwarzen dem Missionar. Sie dankten Jesus Christus für seinen Schutz, der alle Dämonen besiegte und sogar den *chui,* den mächtigen Todbringer, vertrieb, den Herrn des Urwalds.

Charlotte hatte ebenfalls die Hände gefaltet, während der Missionar das Vaterunser auf Suaheli sprach, George hielt die Kleine auf dem Arm, schaffte es aber gleichzeitig, sein Gewehr an sich zu nehmen. Sie konnten keinesfalls sicher sein, ob es der Leopard nicht ein zweites Mal versuchen würde. Als das Amen gesprochen war, hatte auch Elisabeth sich beruhigt. Die Maultiere schnaubten leise, die meisten Fackeln waren niedergebrannt und mussten ersetzt werden.

»Still!«, sagte George, als einer der Schwarzen das Buschmesser hob, um einen trockenen Ast abzuschlagen. »Hört doch mal!«

Man vernahm das Rauschen des Flusses, hin und wieder keckerte ein Affe, der im Schlaf gestört worden war, ein Schwarzer hustete, der Rauch der Fackel war ihm in die Nase gestiegen. Dann plötzlich wehte der Nachtwind befremdliche Töne zu ihnen herüber. Sie klangen wie ein abgerissenes, weit entferntes Klagen, und Charlotte brauchte eine kleine Weile, um die Melodie zu erkennen.

»Macht hoch die Tür, die Tor macht weit, es kommt der Herr der Herrlichkeit …«

»Das … das ist ein deutsches Weihnachtslied«, murmelte sie.

Es war vollkommen verrückt, diese Melodie hier inmitten des Urwalds zu vernehmen, zwischen all den geheimnisvollen Wesen, den duftenden Pflanzen, dem magischen Zauber der afrikanischen Wildnis.

»Dort entlang«, befahl George hochzufrieden. »Genau wie ich gesagt habe!«

Nur eine Viertelstunde später erklommen sie den Hügel und erreichten die Missionsgebäude, wo die beiden Missionare mit ihren Schwarzen deutsche Kirchenlieder übten.

Der Morgenhimmel war von hellen Schleierwolken überzogen, ein mildes und doch klares Licht lag auf der Landschaft und zeigte sie in sanfter Schönheit. Was Charlotte noch gestern als steiler Berggrat erschienen war, glich nun einer Kette weicher Hügel, von dunkelgrünen Wäldern bedeckt, aus denen nur gelegentlich ein grauer, zerklüfteter Fels herausstach. In der Talmulde reihten sich kleine Erhebungen aneinander, eine Kette geschwungener Linien, die in der Entfernung immer schwächer und zarter wurden. Die Kuppen dieser Hügel waren mit Gras bewachsen, kleine Büsche und Farnkräuter waren zu sehen, auch einzelne mächtige Bäume ragten empor wie übrig gebliebene Urwaldriesen. Auf einigen dieser Hügelkuppen konnte man die Hütten der Eingeborenen erkennen und auch die bunten Rechtecke ihrer Felder, auf denen sie Mais, Bohnen, Tabak und Zuckerrohr pflanzten. Nach Westen hin, vom Dunst der Wolken umweht und bläulich gefärbt, lagen die höchsten Gipfel des Usambara-Gebirges, einige davon waren über zweitausend Meter hoch.

»Was hätte man aus diesem romantischen Fleckchen Erde alles machen können«, sagte Peter Siegel mit einem tiefen Seufzer. »Aber die Sache der Mission schreitet hier in Wuga leider nicht so recht voran …«

Sie saßen im ersten Stock des Missionsgebäudes an einem aus Kisten zusammengezimmerten Tisch, auf dem ihnen ein junger Afrikaner gerade das Frühstück serviert hatte. Stolz hatte er eine bemalte Teekanne aus Porzellan vor sie hingestellt, vermutlich der größte Schatz der Missionarsfrau, den sie wie ihren Augapfel hütete. Die Tassen dazu waren schon etwas angeschlagen, der Teller, auf dem mehrere Stücke trockenes Gerstenbrot und in Öl gebackene Bananenküchlein lagen, war aus Ton. Dazu gab es wilden Honig und eine rote, ungeheuer aromatische Marmelade, die Charlotte noch nie zuvor gegessen hatte.

»Aber es tut sich doch sehr viel hier, Peter«, wandte sie ein. »Schau nur, was für ein Gewimmel dort unten im Hof herrscht. Sie haben sogar eine Druckmaschine, die die Schwarzen bedienen können.«

Das Missionsgebäude war im Grunde ein Flickwerk. Vermutlich hatte es zuerst nur ein Häuschen aus gebrannten Ziegeln mit schilfgedecktem Spitzdach gegeben, dann hatte man ein zweites erbaut und die Gebäude miteinander verbunden. Jetzt befand sich dort sogar ein mit Wellblech gedeckter Vorbau, in dem die Druckmaschine stand. Außer dem Missionshaus gab es einige lang gestreckte Ziegelbauten, die als Wohnungen der Schwarzen und als Schulstube dienten, eine Kirche oder Kapelle fehlte jedoch. Alle Gebäude gruppierten sich um einen grasbewachsenen Hof, auf dem tagsüber das Kleinvieh umherlief. Bäume und Buschwerk schützten den Hof in den Gebäudelücken, hin und wieder diente eine aufgespannte Strohmatte dazu, Menschen und Vieh notdürftig vor den Raubzügen der Urwaldbewohner zu schützen.

Peter Siegel schob die Teetasse zurück und bedachte Charlotte mit einem mitleidigen Blick. Gewiss, man habe hier in Wuga eine Druckerei, es würden Sammlungen biblischer Geschichten in der Sprache der Waschamba gedruckt und neuerdings sogar das Evangelium.

»Wozu aber soll das alles dienen, wenn die schon bekehrten Christen wieder dem Teufel anheimfallen? Hast du nicht gehört, was Pastor Franz Gleiß gestern Abend erzählt hat? Über zwanzig Seelen gingen während der vergangenen Monate wieder an das Heidentum verloren. Was andere glücklich aufgebaut haben, das zerfließt ihm unter den Händen …«

Charlotte nickte zu seinen Worten, weil sie keine Lust auf eine Diskussion verspürte. Franz Gleiß hatte eigentlich einen guten Eindruck auf sie gemacht, er war zwar ein wenig umständlich und auch nicht gerade mit männlicher Schönheit gesegnet, doch er verstand die Sprache der Waschamba hervorragend und übersetzte Texte aus der Bibel für die Eingeborenen. Seine Frau hatte harte Gesichtszüge, die durch das straff zurückgebundene Haar noch schärfer hervortraten. Charlotte wurde aus ihr nicht schlau, sie war ein schweigsamer Mensch, und es hatte fast den Anschein, als sei sie über den nächtlichen Besuch nicht sonderlich erfreut gewesen. Schon früh am Morgen war sie mit zwei schwarzen Frauen zum Fluss hinuntergelaufen, um die Wäsche zu waschen. Charlotte trank einen Schluck Tee und lauschte zum Nebenzimmer hinüber. Es war immer noch nichts von Elisabeth zu hören, das Mädchen war gestern vollkommen übermüdet gewesen und erst spät eingeschlafen.

»Tee trinken sie. Vielleicht auch noch Kaffee. Ein Missionar sollte sich von dem ernähren, was auch seine Schutzbefohlenen essen. Mais, Bohnen, Honig, Eier und Ziegenmilch …«

»Eigentlich bin ich froh, dass es Tee und keine Ziegenmilch zum Frühstück gibt.«

Auf seinen vorwurfsvollen Blick hin fügte sie rasch hinzu: »Aber ich bin ja auch keine Missionarsfrau.«

»Das allerdings nicht!«

Peter Siegel hatte längst begriffen, dass George nicht viel von der Bekehrung der Heiden hielt. Sie hatten zwar niemals darüber gesprochen, doch die ironischen Bemerkungen von Charlottes Ehemann waren dem Missionar nicht entgangen. Dr. George Johanssen war in seinen Augen ein hochnäsiger und gottloser Mensch, und die Ereignisse der vergangenen Nacht hatten diese Meinung auf schlimmste Weise bestätigt.

Charlotte kaute an einem Stück Gerstenbrot, das sie in Honig getaucht hatte, und schaute dabei amüsiert durchs Fenster in den Hof hinunter. Fensterglas gab es nicht, aber oben an der hölzernen Einfassung baumelte eine aufgerollte Bastmatte, die man bei schlechtem Wetter herunterließ.

Zwischen Hühnern, Enten und Ziegen liefen schwarze Kinder umher, die offenbar aus den Dörfern gekommen waren, um die Missionsschule zu besuchen. Es waren ausschließlich Knaben, einige von ihnen trugen stolz einen fleckigen Tornister aus Leder auf dem Rücken. An einem steinernen Wassertrog trank eine Stute mit ihrem Fohlen, daneben hockten die Träger aus Hohenfriedeberg, aßen Maisfladen und reichten eine Kalebasse von einem zum anderen. Nicht weit von ihnen rupften drei afrikanische Kühe die frisch gesprossenen Gräser ab und schienen auch Interesse an einigen Farnwedeln zu zeigen. Es war eine heitere, ländliche Szene, die sich jetzt weiter belebte, als George mit Missionar Gleiß aus einem der Nebengebäude trat, gefolgt von dem schwarzen Träger, dem das verletzte Maultier gehörte.

»Dieses Vieh macht nichts als Scherereien! Wahrscheinlich will der schlaue Bursche den Verlust ersetzt haben.«

»Möglich. Ein Maultier ist immerhin ein wertvoller Besitz für einen Schwarzen.«

Neben Georges hoher, schlanker Gestalt wirkte der stämmige Pastor Gleiß mit dem kahl geschorenen Schädel ziemlich bäurisch. Charlotte betrachtete ihren Mann mit zärtlichen Blicken. George hatte noch in der Nacht die Wunden des Maultiers versorgt, hatte sich um das verschreckte Geschöpf genauso sorgsam gekümmert wie um einen verletzten Menschen. Jetzt schien er eifrig mit dem Besitzer und dem Missionar zu verhandeln, und sie war neugierig, was dabei herauskommen würde. Die drei Träger aus Mombo hatten gestern Nacht energisch ihren Lohn gefordert, wahrscheinlich fürchteten sie, eine weitere Nachtwanderung mitmachen zu müssen. Sie wollten auf keinen Fall bis Hohenfriedeberg gehen, sondern noch heute nach Mombo zurückkehren.

Peter Siegel hatte sein karg bemessenes Frühstück inzwischen beendet. Jetzt stand er auf und ging nachdenklich in dem kleinen Raum umher, besah sich die aus Brettern zusammengezimmerte Kommode, das hölzerne Kreuz an der gekalkten Wand und ließ dann den Blick über die Buchrücken in den Hängeregalen schweifen.

»Geographie, Sprachforschung, Botanik – wo sind die Werke, die uns geistige Nahrung geben? Nicht mal eine der Schriften von Pfarrer Bodelschwingh ist hier zu finden!«

Charlotte spülte das trockene Gerstenbrot mit etwas Tee hinunter. Der Appetit war ihr vergangen. Es hätte so schön und friedlich hier sein können ohne Peters beständiges Genörgel. Arme Klara! Wie viel Geduld brauchte eine Ehefrau, um es mit solch einem Menschen auszuhalten! Sie verspürte große Lust, Peter zu widersprechen, ihn herauszufordern und zu widerlegen, doch sie besann sich eines Besseren. Nichts sollte ihr herzliches Verhältnis zu Klara trüben, um ihretwillen würde sie sich zusammenreißen und jeglichem Streit mit Peter aus dem Weg gehen. Ernst nehmen konnte sie diesen Menschen sowieso nicht.

»Weißt du, was sie mit dem Zuckerrohr machen, das sie da drüben am Hang anbauen?«, fragte er hämisch und wandte sich von den Büchern ab.

»Ich glaube, sie machen eine Art Schnaps daraus.«

»So ist es!«, rief er mit flammender Empörung. »Oh, der Teufel ist überall, er läuft umher wie ein brüllender Löwe, und wer sich ihm nicht entgegenstellt, der ist ein schlechter Hirte! Wie kann ein Missionar so etwas dulden und noch dazu selbst ein Beispiel von Trunkenheit geben?«

Charlotte antwortete nicht. Unten war eine Gruppe grauer Äffchen blitzschnell aus den Ästen gesprungen und hatte sich auf einen Korb Eier gestürzt, den ein schwarzes Mädchen auf dem Fenstersims abgestellt hatte. Es gab viel Geschrei, das Federvieh gackerte und stob auseinander, die eilig herbeigelaufenen Schwarzen warfen Steine nach den Dieben – vergeblich.

»Hat er gestern Abend nicht Alkohol ausgeschenkt und auch selbst welchen getrunken?«, fuhr Peter Siegel leiser fort, denn soeben kam der schwarze Junge, um den Tisch abzuräumen.

»Ein kleines Gläschen Weinbrand zur Begrüßung – na und?

Es war wirklich eine Wohltat nach all den aufregenden Ereignissen, ich glaube nicht, dass das jemandem geschadet hat.«

»Wenn man dem Teufel den kleinen Finger reicht, so wird er stets die ganze Hand nehmen und die Seele noch dazu! Es ist jammerschade, ein guter Missionar könnte aus dieser Station einen wahren Garten Eden machen, Gottes Reich auf Erden …«

»Entschuldige mich, ich möchte rasch nach Elisabeth schauen. Sie scheint den Tag verschlafen zu wollen.«

»Weck sie nur auf – wir müssen uns bald auf den Weg machen! Es ist schon nach acht Uhr.«

Unten hatten Georges Verhandlungen inzwischen Früchte getragen. Er hatte erreicht, dass das kranke Maultier in der Missionsstation bleiben konnte, dafür erhielt der Besitzer einen Esel, der zur Mission gehörte. Dieser wirkte nicht so ganz glücklich über den Tausch, besah das Grautier immer wieder von allen Seiten, schaute ihm ins Maul, in die Ohren, untersuchte die Hufe, aber schließlich schien er einzusehen, dass ein gesunder Esel besser war als ein krankes Maultier.

Mit einem zufriedenen Grinsen schaute George hinauf zum Fenster und winkte Klaras Ehemann zu.

»Wenn ihr beide euer Frühstück beendet habt, können wir aufbrechen. Missionar Gleiß stellt uns freundlicherweise drei Maultiere und einen Träger zur Verfügung.«

»Dafür danken wir ganz herzlich!«, rief Peter nach unten. Charlotte hatte schon die Tür zum Nebenzimmer geöffnet, doch sie hörte ihn noch brummeln, dass drei Träger und ein Maultier besser gewesen wären.

Eine halbe Stunde später stand die Karawane schon wieder zum Abmarsch bereit. Die Einzige, die überhaupt keine Lust auf die Weiterreise hatte, war Elisabeth. Charlotte hatte sie aus dem Schlaf reißen müssen, auch das Frühstück war nicht nach dem Geschmack der jungen Dame gewesen, und zu allem Überfluss hatte die Mama sich strikt geweigert, Fräulein Mine aus dem Koffer zu nehmen. Die Puppe konnte herunterfallen, wenn Elisabeth sie unterwegs im Arm hielt, deshalb würde sie ihren Liebling erst am Abend in Hohenfriedeberg bekommen.

Missionar Gleiß schüttelte Charlotte und George die Hände und strich der heulenden Elisabeth mitleidig über die tränenfeuchte Wange. Verlegen bat er sie, seine Frau zu entschuldigen. Sie sei zurzeit leider sehr unglücklich, weil sie vor einigen Wochen ein Kind verloren hatten.

»Unsere kleine Bertha war noch keine zwei Jahre alt, als Gott sie zu sich nahm. Wir müssen Gottes Willen in Demut akzeptieren, aber für meine Frau ist es besonders hart. Es ist schon das dritte Kind, das uns genommen wird, deshalb schmerzt sie der Anblick von Kindern. Bitte nehmen Sie das nicht persönlich …«

»Natürlich nicht«, erwiderte Charlotte betroffen. »Richten Sie ihr bitte aus, dass ich sie gut verstehen kann. Auch ich habe kürzlich ein solches Unglück erlitten.«

Dunkle Wolken hatten sich über ihnen zusammengezogen, und sie hatten Eile, wenigstens den Urwald zu erreichen, wo sie vor dem drohenden Platzregen besser geschützt wären. Zusammen mit Trägern und Maultieren folgten sie einem gewundenen Eingeborenenpfad in nordwestlicher Richtung und erreichten nach einer guten Stunde eine Hochebene. Hier gab es zu ihrer Freude eine Straße.

»Die führt zur Domäne Kwai«, erklärte Peter Siegel.

Die 1886 aufgebaute biologisch-landwirtschaftliche Teststation, in der unter anderem der deutsche Mediziner und Mikrobiologe Robert Koch an der Erforschung verschiedener Tropenkrankheiten arbeitete, war schon bald zur Staatsdomäne erklärt worden und für die Kolonie von ziemlicher

Bedeutung. Dennoch war die Straße eher ein Feldweg, von zwei tiefen Fahrrinnen durchzogen, in denen jetzt nach dem Regen das Wasser floss. Sie mieden die schlammigen Rinnen und bewegten sich in der Mitte, wobei sie darauf achteten, die Füße auf Grassoden zu setzen, um möglichst wenig im Matsch zu versinken. Trotzdem waren schon nach einer knappen Viertelstunde die Beine von Mensch und Tier mit rötlichem Schlamm verklebt, einer der Träger war sogar knietief im Morast versackt. Elisabeth hatte sich wieder beruhigt, Fräulein Mine war vergessen, dafür kicherte sie schadenfroh über Georges schlammbespritzte Hose.

Trotz aller Widrigkeiten besah Charlotte neugierig die Landschaft. Hier hatte man den Urwald in großem Stil gerodet, breit angelegte Felder, auf denen sogar Kartoffeln und Hafer angebaut wurden, öffneten sich dem Blick. Auf den Weiden sah sie große Herden brauner und gefleckter Kühe, die ganz offensichtlich prächtig gediehen, hölzerne Unterstände boten den Hirten und Arbeitern Schutz vor den tropischen Regenfällen.

»Manche Pflanzgesellschaften besitzen zehn und mehr Plantagen«, ließ sich Peter Siegel wieder vernehmen. »Sägewerke legen sie an, ziehen Stichbahnen durch den Urwald, roden einen Acker nach dem anderen. Sie nutzen die Schwarzen als billige Arbeitskräfte, aber ihre Seelen, die kümmern sie nicht.«

»Gibt es denn nicht auch kleinere Plantagen?«

»Gewiss, aber viele kommen als Glücksritter hierher und geben wieder auf, wenn der erwartete Reichtum in den ersten Jahren ausbleibt. Wir Deutschen zeigen den Eingeborenen, dass der Mammon die Welt regiert – wie sollen sie da zu wahrem christlichem Glauben finden?«

Diesmal hatte Peter Siegel nicht ganz unrecht, dachte Charlotte. Mit fachmännischem Blick begutachtete sie die Pflanzungen und stellte fest, dass die Kaffeebäume ziemlich mickrig waren. Kein Wunder, es gab kaum Schattenspender auf den Feldern, nur vereinzelt eine Akazie oder eine einsame Bananenstaude. Möglicherweise war der Boden auch schon ausgelaugt.

»Nun, mein Schatz?«, hörte sie Georges heitere Stimme. »Überlegst du, wie du dieser Plantage aufhelfen könntest? Ich sehe es dir an der Nasenspitze an.«

»Das würde mir schon gefallen«, gestand sie. »Aber ich weiß ja, dass ein gewisser Dr. George Johanssen auf einer solchen Plantage nicht gedeihen kann.«

»Oh, es ist recht hübsch und ländlich hier«, witzelte er. »Kühe in Mengen, und wären da nicht die Berge, so könnte man meinen, in Ostfriesland zu sein.«

»Nur dass sich aus dieser Kuhmilch keine Butter herstellen lässt.«

»Aber Tabak kann man pflanzen. Zumindest die Eingeborenen tun es.«

»Ja – Tabak und Zuckerrohr.«

»Schnaps und Rauch«, stellte er grinsend fest. »Vielleicht finde ich eines Tages ja doch noch Gefallen am Landleben!«

Charlotte lachte über seinen Scherz und war zugleich froh, dass Peter Siegel an der Spitze der Gruppe ging und ihr Gespräch nicht mit anhören konnte.

Eine gute Weile folgten sie dem Fahrweg, den man mit hohen Baumreihen gesäumt hatte, dann endete die Straße am Hoftor einer Plantage. Charlotte wäre gern dort eingekehrt, um die Besitzer kennenzulernen und sich ein wenig umzuschauen, doch Peter Siegel schüttelte den Kopf.

»Wo denkst du hin? Sie werden uns bewirten und überall herumführen, und dann müssen wir den Abend mit ihnen verbringen und uns ihre Geschichten anhören. Wir würden einen ganzen Tag verlieren.«

Weshalb war er nur immer so gehetzt? Was bedeutete schon

ein Tag? Sie waren in Afrika, wo man Zeit im Überfluss hatte. Aber der Missionar schien besessen von dem Gedanken, heute noch Hohenfriedeberg zu erreichen. So blieb nur Zeit für eine kurze Rast, bei der sie die Maultiere tränkten und einen kleinen Imbiss zu sich nahmen, dann brach die Karawane wieder auf. Es war eine schweißtreibende Reise, manchmal zog sich der Weg in spitzen Kehren den Fels hinauf, führte über weite Strecken am Berghang entlang und senkte sich dann wieder ins Tal hinab. Farne wuchsen an den Hängen in nie gekannter Üppigkeit, in den Wiesen blühten weiße Orchideen und wilde Disteln, kleine lila Veilchen bildeten dichte, wunderbar duftende Polster – Usambara-Veilchen.

Früh am Nachmittag mussten sie unter hohen Bäumen Zuflucht vor einem Regenguss suchen, dann jedoch klarte der Himmel auf, und die Sonne ließ die Feuchtigkeit als zarte Nebel über den Wäldern emporsteigen. Als sie wieder in den Urwald eintauchten, begleitete sie das leise Knistern und Flüstern der Wassertropfen, die von den Blättern herabrollten, an den Stämmen entlangrannen und im feuchten Boden versickerten. Buschaffen balgten sich über ihnen im Blattwerk und ließen kleine Regengüsse auf sie herabfallen, einmal brach eine Herde hellbrauner Antilopen aus einem dichten Gebüsch und floh in weiten Sprüngen vor ihnen davon. Nur selten gestatteten sie sich eine Rast, kämpften sich immer neue Anhöhen hinauf, kletterten über glitschiges Felsgestein, überstiegen umgestürzte Bäume, schlugen sich den Weg mit den Buschmessern frei. Bald fürchtete Charlotte, die Träger könnten unter ihren schweren Lasten zusammenbrechen, doch die Eingeborenen schienen übermenschliche Kräfte zu besitzen. Sie setzten die bloßen Füße sicher auf kahlen Fels und schlammigen Urwaldboden, balancierten die Lasten geschickt aus und hatten dabei noch die Kraft, mit Stöcken oder Buschmessern zu hantieren.

Auch George zeigte wenig Ermüdungserscheinungen, Peter

Siegel dagegen keuchte hörbar, wollte sich jedoch nichts anmerken lassen. Am Nachmittag begann Elisabeth, die sich bisher gut gehalten hatte, zu jammern, ihr schmerze der Po von dem harten Maultierrücken, was Charlotte durchaus nachvollziehen konnte.

»Pass auf, hinter der nächsten Biegung sehen wir die Mission«, munterte George sie auf.

»Das sagst du schon die ganze Zeit! Aber hinter der nächsten Biegung kommt immer noch eine Biegung und noch eine und noch eine …«

»Schau, das Äffchen dort oben lacht dich aus!«, rief Charlotte, um die Kleine abzulenken.

»Der blöde Affe ist mir egal, ich will nach Hause. Zu meinen Freundinnen und zur Großmutter und zu Tante Ettje und den Jungen …«

Charlotte wurde ungehalten, doch George nahm die Kleine kurzerhand auf seinen Rücken und trug sie, während er seiner Frau das Halfter des reiterlosen Maultiers in die Hand drückte. Es ging wieder steil bergan, neue Kehren waren zu bewältigen, immer höher wanden sich die Pfade den Berg hinauf, bis sich Zedern und Fichten unter die Laubbäume mischten. Charlotte fürchtete schon, es stünde ihnen eine weitere Nachtwanderung bevor, als sich vor ihnen plötzlich der Blick in ein weites, fruchtbares Tal öffnete – nach all den Strapazen ein erlösender Anblick. Die grünende Talmulde war von hohen Bergen eingeschlossen und ähnelte der Talsenke von Wuga, auch hier erhoben sich kleine Hügel und Bergkegel aus dem Grasland. Dörfer waren zu sehen, an die rechteckige Felder grenzten, an den Ufern des schäumenden Flusses weideten Schafe und braune Rinderherden.

»Dort«, keuchte Peter Siegel und zeigte mit ausgestrecktem Arm auf einen der Bergkegel. »Dort ist Mlalo! Und da liegt Hohenfriedeberg!«

Mlalo war eine Ansammlung von etwa siebzig Rundhütten, die sich auf der Kuppe eines steilen Bergkegels zusammendrängten. Ein Ring aus dichtem Buschwerk und Bananenstauden schützte das Dorf vor Eindringlingen, am Fuß des Bergkegels bildete das Flüsschen einen malerisch glitzernden Wasserfall, dessen Rauschen weithin zu hören war.

Die Missionsstation befand sich jenseits des Flusses und lag ebenfalls auf einer Anhöhe, die jedoch flacher und von hohen Bäumen bestanden war. Hohenfriedeberg schien wesentlich ausgedehnter als Wuga zu sein, zwischen den Bäumen leuchteten mehrere weiße Bauten, man erkannte das strohgedeckte Langhaus und den spitzen Turm einer Kirche.

»Ein wahrer Garten Eden«, behauptete Peter Siegel. »Ihr werdet schon sehen, wie viel hier gelungen ist.« Jetzt, da sie ihr Ziel schon vor Augen hatten, war alle Erschöpfung vergessen. Elisabeth ließ sich brav wieder auf ihr Maultier setzen, Peter Siegel schritt mit neuen Kräften voran, und die Träger begannen munter miteinander zu schwatzen. Die Pfade, die von nun an bergab führten, waren ihnen wohlbekannt, wahrscheinlich freuten sie sich darauf, bald wieder mit ihren Familien vereint zu sein. Einzig die Maultiere ließen sich nicht von der allgemeinen Aufbruchsstimmung anstecken; sie zeigten sich sogar besonders störrisch und hatten nach dem anstrengenden Tag wenig Lust, rascher zu gehen als unbedingt nötig.

Tatsächlich glich Hohenfriedeberg mit seinen vielen Gebäuden eher einem Dorf als einer Missionsstation. Dazu war es der Mittelpunkt verschiedener Neusiedlungen, die von bekehrten Eingeborenen auf den umliegenden Hügeln errichtet worden waren. Peter Siegel kannte sie alle und zählte fröhlich die Namen auf. Dort liege Ararati, den Namen habe der Gründer der Siedlung selbst ausgewählt, da man ihm den Taufnamen »Noah« gegeben habe. Auf der anderen Seite liege Betania, und dort drüben befinde sich Kana. Es gebe aber auch Siedlungen, die Namen aus der Waschamba-Sprache trügen, Kialilo oder Tschumbageni zum Beispiel, was auf Deutsch so viel wie »Hoffnungshöhe« und »Freudenhöhe« bedeute.

»Weshalb haben diese Leute ihre alten Siedlungen verlassen und neue gebaut?«, wollte Charlotte wissen.

Sie sah, dass George die Augenbrauen hochzog und schmunzelte – er schien die Antwort zu kennen. Peter Siegel war jedoch erfreut, sein Wissen weitergeben zu können.

»Nun – die bekehrten Eingeborenen leben zwar in Frieden mit ihren heidnischen Verwandten, aber sie gehören nicht mehr zu ihrer alten Dorfgemeinschaft. Das ist auch besser so, ansonsten könnte das Heidentum wieder Besitz von ihnen ergreifen. Daher haben sie sich eigene, christliche Siedlungen gebaut.«

Die Wiesen waren von unzähligen schmalen und breiteren Bachläufen durchzogen, die von den Bergen herab dem Fluss zuströmten. Immer wieder musste die Reisegruppe einen dieser Zuflüsse überqueren, viele waren nur kleine Rinnen, die man einfach übersteigen konnte, andere schossen breit und reißend über flaches Gestein, so dass man sehr vorsichtig sein musste, um nicht den Halt zu verlieren und ins eisige Wasser zu stürzen. Bald liefen ihnen die ersten Eingeborenen entgegen, vor allem Kinder jeglichen Alters, die kaum einen Fetzen am Leib trugen und sie mit großen, neugierigen Augen betrachteten. Später kamen auch die Frauen der Träger, die ihre Männer mit hellen, trillernden Rufen begrüßten. Diese wechselten ein paar schnelle Worte mit ihnen, und manch einer strich mit der Hand über die geschorenen Köpfe seiner Sprösslinge, doch keiner kam auf die Idee, stehen zu bleiben.

Als die Sonnenkugel schon die westlichen Gipfel berührte und ihren rosigen Schein über den Himmel schickte, erklommen die Reisenden den Hügel von Hohenfriedeberg. Auch hier eilten ihnen Eingeborene entgegen: junge Frauen, die bunte Stoffe um den Körper gewickelt hatten, Männer in weiten Hemden, unter denen sie dunkle Röcke trugen, doch vor allem Kinder, die hier mit hellen Kitteln bekleidet waren. Zwischen all den schwarzen leuchteten auch blonde Haarschöpfe. Elisabeth wollte es kaum glauben – hier lebten tatsächlich weiße Kinder! Halbwüchsige Knaben in kurzen Hosen, braun gebrannt, das blonde Haar schulterlang, um den empfindlichen Nacken vor der heißen Sonne zu schützen. Drei kleine Mädchen, alle jünger als Elisabeth, in hübsche, bodenlange Kleidchen gewandet, die auch in Deutschland Mode waren, nur die Sandalen an den bloßen Füßen wären in der Heimat ungewöhnlich erschienen. Das Jüngste hatte noch den Daumen im Mund.

Charlotte spähte aufgeregt nach Klara, doch in dem Gewimmel, das in dem lang gestreckten, verwinkelten Hof herrschte, konnte sie ihre Cousine nicht entdecken. Hühner, Ziegen und Schafe liefen zwischen den Menschen umher, Eingeborene halfen den Trägern, ihre Lasten abzustellen, eine schwarze Frau reichte Charlotte einen Becher mit köstlicher, kühler Limonade. George hatte Elisabeth vom Maultier gehoben und wandte sich dann zu Charlotte um, die mit steifen Beinen aus dem Sattel rutschte.

»Hast du sie schon gesehen?«, fragte er verschmitzt und wies zu dem zweistöckigen Missionshaus hinüber.

Eine zierliche Frau im hellblauen Kleid stand dort am Fenster und hielt ein Kind im Arm. Klara hatte sich ein weißes Tuch ums Haar gebunden, und ihr Gesicht erschien Charlotte sehr klein und blass. Auf Sammis Köpfchen war ein rosiger Flaum zu sehen – der Kleine schien rotes Haar zu bekommen.

»Klara!«, brüllte jemand neben ihr. »Was stehst du da? Komm herunter, ich bin durstig und müde!«

Peter Siegels Miene, die eben noch freudig und stolz gewesen war, hatte jetzt einen leidenden Ausdruck angenommen.

»Für alle hat sie Zeit, nur für mich nicht«, fügte er erklärend hinzu, als er Charlottes erstaunten Blick bemerkte.

Der große Raum, in dem man gemeinsam die Abendmahlzeit einnahm, war sehr schlicht gehalten, nur ein dunkles Holzkreuz und ein Bild von Pastor Bodelschwingh schmückten die gekalkten Wände, das Mobiliar bestand aus selbst gezimmerten Stühlen, einem langen Tisch und einem Lesepult, das für die Bibelstunden und Andachten verwendet wurde. Die eingeborenen Frauen hatten den Tisch mit Zweigen und Blüten geschmückt, und auch die Speisen waren schmackhaft zubereitet. Gebratene Bananen mit Nüssen und Ananas, Hühnerfleisch mit Ingwer gewürzt, eingelegte Bohnen, Kompott aus Mango und Kürbis, mit dem Aroma reifer Zitronen – man konnte gar nicht alles aufzählen, was an diesem Abend aufgetischt wurde. Dennoch fühlte sich Charlotte befangen, eine Empfindung, die sie sich nicht so recht erklären konnte, zumal Elisabeth, die mitten unter den Kindern saß, bester Laune war. Eigentlich konnte sie glücklich sein, ihre Tochter schien sich leicht zurechtzufinden. Sie selbst jedoch hatte Schwierigkeiten, sich unter den vielen freundlichen Christen schwarzer und weißer Hautfarbe wohlzufühlen.

»Lasset uns nun noch einmal Gott dem Herrn danken, der euch auf dieser gefahrvollen Reise treu geleitet und sicher zu uns gebracht hat …«

Missionar Becker wiederholte den Satz in einer für Charlottes Ohren ungewohnten Mischung aus Suaheli und der Sprache der Waschamba, damit auch die schwarzen Diakone ihn verstehen konnten. Seine Stimme war sehr hell und klang ein wenig gepresst, ansonsten war er ein liebenswerter älterer Herr, weißbärtig, die Nase kräftig, der Hals ein wenig dünn. Er erinnerte Charlotte an einen Gartenzwerg.

Sie faltete die Hände und senkte den Kopf, während der

Missionar betete, konnte sich aber nicht verkneifen, heimlich zu Klara hinüberzuschauen. Sie hatten sich nur kurz, viel zu kurz begrüßen können, eine einzige Umarmung, aus der sich Klara – ganz anders als früher – rasch wieder löste, als habe sie Angst, sich allzu sehr ihrer Rührung hinzugeben. Auch das endlose Reden und Schluchzen, das ihre Cousine in solchen Momenten immer überfiel, war dieses Mal ausgeblieben. Weshalb? Hatte Klara ihr übel genommen, dass sie ohne sie nach Deutschland gereist waren? Aber das war doch ihre eigene Entscheidung gewesen. Oder etwa nicht?

Klara hatte sich nicht neben sie an den Tisch gesetzt, sie saß schräg gegenüber bei ihrem Mann und hielt den kleinen Sammi auf dem Schoß. Tatsächlich, Klaras Sohn hatte einen zarten hellroten Flaum auf dem Köpfchen. Ansonsten sah er genauso aus wie auf ihren Zeichnungen, das Gesichtchen schmal, die Augen sehr groß und ein wenig umschattet.

Klara hatte ihren Blick gespürt und schaute nun ebenfalls zu ihr hinüber. Ein kleines Lächeln huschte über ihr Gesicht, dann senkte sie die Augen, und ihre Züge nahmen wieder einen ernsten Ausdruck an. Aber Charlotte war getröstet – es war das altvertraute Lächeln ihrer Cousine, schüchtern und zugleich unendlich herzlich. Nein, Klara war ihr nicht böse, es hätte auch gar nicht zu ihr gepasst.

Das Gebet des Missionars wurde mit einem allgemeinen »Amen« beendet, danach erhob sich der zweite Missionar der Station, Paul Wohlrab, und sprach ein Gebet für seinen Kollegen Gleiß in Wuga, der – so hatte Peter Siegel eifrig berichtet – momentan einen so schweren Kampf gegen das wiedererstarkte Heidentum führen musste. Als Charlotte schon fürchtete, Peter Siegel würde nun auch mit ihnen beten, erhob sich Frau Wohlrab, um die Kinder zu Bett zu bringen. Zwei schwarze Frauen halfen ihr dabei, und Charlotte war verblüfft, wie gehorsam die Kleinen folgten. Sogar Elisabeth wollte freiwillig ins Bett gehen, sie lief zu Charlotte, um ihr gute Nacht zu sagen, küsste George auf die bärtige Wange und lief dann hinter den anderen her.

»Keine Sorge«, meinte die füllige Frau Wohlrab, als Charlotte fragte, ob denn überhaupt noch Platz für ihre Tochter sei. »Die Betten von meinen beiden Ältesten sind noch frei, wir schieben eines davon ins Mädchenzimmer – das wird schon gehen.«

»Das ist sehr freundlich – aber Elisabeth kann auch bei mir und meinem Mann im Gästehaus schlafen.«

»Ach, Sie sehen doch, dass sie sich bei meinen Mädchen wohlfühlt.«

Frau Wohlrab hatte sieben Kinder zur Welt gebracht, dazu hütete sie noch zwei kleine Nichten, die jüngsten Töchter ihrer Schwester, die ebenfalls mit einem Missionar verheiratet war. Der Schwager war von Hohenfriedeberg nach Ruanda geschickt worden, und seine Frau war ihm dorthin gefolgt, die zehn Kinder hatte das Ehepaar jedoch nicht mitnehmen können. Zwei Mädchen blieben bei den Wohlrabs in Hohenfriedeberg, vier weitere Kinder hatte man in Deutschland auf die Verwandtschaft verteilt, die älteren Söhne waren ohnehin schon dort, damit sie ein Gymnasium besuchen konnten.

Charlotte musste daran denken, was wohl die Großmutter in Leer dazu gesagt hätte. Grete Dirksen hätte niemals eines ihrer Kinder und auch keinen ihrer Enkel freiwillig aus dem Haus gegeben. Aber Pfarrer Henrich Dirksen hatte auch nicht den Ehrgeiz gehabt, die armen Heiden in Übersee zu missionieren.

Klara blieb neben ihrem Ehemann sitzen und hielt ihren schlafenden Sohn auf dem Schoß. Ob sie ihn immer mit sich herumschleppte? Der Kleine musste doch eigentlich schon laufen können, aber sie hatte ihn bisher kein einziges Mal auf die Füße gestellt. Ach, sie hätte so gern mit Klara gesprochen, es gab so unendlich viel zu erzählen, zu fragen, zu erklären, doch die Unterhaltung am Tisch war lebhaft, und Klara wurde voll und ganz von ihrem Ehemann mit Beschlag belegt. Offensichtlich erzählte er ihr allerlei ärgerliche Dinge, denn er fuchtelte aufgeregt mit den Händen und schüttelte immer wieder den Kopf. Klara lächelte ihm mitfühlend zu, warf hin und wieder ein paar bestätigende Worte ein, die meiste Zeit jedoch schwieg sie. Charlotte ärgerte sich zunehmend, nicht nur über Peter Siegel, der seiner Frau das Zusammensein mit ihr nicht gönnte, sondern auch über Klara, die zu feige war, um sich ihrem Ehemann gegenüber durchzusetzen.

Es half nichts, der Abend war für sie und Klara verloren. Stattdessen eröffnete Missionar Becker ihr, dass in den Kisten, die Peter Siegel in Tanga abgeholt und bis hierhergebracht hatte, ein Harmonium verpackt sei. Man würde nun darangehen, das Instrument zusammenzubauen, damit die Gottesdienste in der Kirche in einem würdigen, heimatlichen Rahmen gefeiert werden könnten. Er selbst sei leider vollkommen unmusikalisch, Missionar Wohlrab habe jedoch eine musikalische Ausbildung und könne Choräle begleiten. Ob es wahr sei, dass sie Klavier spiele?

»Ein wenig«, gestand sie vorsichtig.

»Sie würden uns eine große Freude machen, Frau Johanssen. Hier in der Mission hat jeder seine Aufgaben. Ihre Cousine zum Beispiel malt uns ganz wundervolle Bilder, die wir für unsere Missionspredigten so nötig brauchen. Außerdem näht sie für uns alle und flickt die zerrissenen Sachen. Gott der Herr hat ihr zwar ein zu kurzes Bein gegeben, aber er hat sie auch mit vorzüglichen Gaben ausgestattet, vor allem ihre Sanftmut und ihre hingebungsvolle Liebe zu ihrem Kind. Natürlich auch zu ihrem Ehemann, aber das versteht sich ja von selbst.«

Charlotte versprach, sich dem Harmonium nach Kräften

zu widmen, und hoffte dabei inständig, dass das Zusammensetzen des Instruments recht lange dauern möge. Sie hasste diese Wimmerkisten, auf denen man keine vernünftige Musik, sondern höchstens Choräle und gefühlstriefende Kirchenkompositionen spielen konnte. Aber wenn sie hier eine Weile leben wollte, konnte sie sich einer solchen Aufgabe nicht entziehen.

Wollte sie hier tatsächlich bleiben, bis George von der Expeditionsreise zurückgekehrt war? Wäre Klara nicht gewesen, wäre sie bei nächster Gelegenheit mit Elisabeth nach Daressalam abgereist.

Als Missionar Becker sie endlich in Ruhe ließ, blieb sie schweigend auf ihrem Stuhl sitzen und knabberte ein paar übrig gebliebene Nüsse. Es war schade, dass man von den lebhaften Gesprächen zwischen Missionar Becker und den schwarzen Diakonen so wenig verstand. Nur hin und wieder schnappte sie ein paar Worte auf Suaheli auf, es schien um eine Frau zu gehen, die nach langem Widerstreben nun doch »zu Jesus« gekommen sei. Alle drei Diakone waren junge Männer, die hier in Hohenfriedeberg die Schule besucht und danach eine Ausbildung zum Lehrer und Gemeindehelfer absolviert hatten. Sie waren mit Feuereifer bei der Sache, lachten und unterbrachen sich gegenseitig bei ihren Schilderungen, und Charlotte kam zu dem Schluss, dass sie die Geschichte der bekehrten Frau immer wieder und in allen Einzelheiten erzählten.

Ich muss diese Sprache lernen, dachte sie, sonst bin ich von allem abgeschnitten, was hier geschieht. Sie fühlte sich plötzlich todmüde, was nach dem anstrengenden Tag auch kein Wunder war. Jetzt würde sie erst einmal ausschlafen, morgen würde die Welt schon ganz anders aussehen. Im Grunde waren diese Menschen doch alle sehr liebenswert, eine richtige, große Familie, Schwarz und Weiß saßen gemeinsam am Tisch – wo sonst fand man solche Verhältnisse in Deutsch-

Ostafrika? Nicht auf den Plantagen und schon gar nicht in den Küstenstädten, wo die Kolonialbeamten zwar schwarze Angestellte in allerlei Ämtern beschäftigten, in ihrer Freizeit jedoch stets unter sich blieben.

Sie sah George fragend an, da sie gern mit ihm gemeinsam ins Gästehaus gegangen wäre, doch der war jetzt ganz und gar in ein Gespräch mit Missionar Wohlrab vertieft. Wohlrab war im Gegensatz zu seinem Kollegen Becker von angenehmem Äußeren, ein gut gewachsener, schlanker Mann, der sich mit einem dunklen, etwas zerzausten Schnurrbart schmückte. Charlotte lehnte sich zurück und überlegte, ob sie unauffällig Georges Arm berühren sollte, um ihn auf sich aufmerksam zu machen, doch als sie seinen interessierten Gesichtsausdruck bemerkte, beschloss sie, noch ein wenig zu warten.

»Sie glauben nicht, lieber Dr. Johanssen, wie schwierig die Anfänge hier bei den Waschamba gewesen sind. Die Neger sind in ihrem Heidentum vollkommen stumpf, sie leben so, wie ihre Ahnen es taten, und mögen über nichts nachdenken. Sie haben unseren Predigten zwar zugehört und auch unsere mitgebrachten Bilder bestaunt, doch es hat schwere Arbeit und viel Geduld gekostet, bis die ersten von ihnen bereit waren, ihren Ahnenglauben zu hinterfragen.«

»Die Waschamba haben also so etwas wie einen Glauben?«, fragte George scheinbar erstaunt. »Haben Sie herausfinden können, woran sie glauben?«

»Gewiss«, rühmte sich der Missionar. »Das ist schließlich eine unserer wichtigsten Aufgaben, denn wenn man die Neger bekehren will, muss man wissen, was in ihren Köpfen vor sich geht. Nun – was wir herausgefunden haben, ist recht schlimm: Diese armen Menschen sind in Todesmächten gefangen.«

»Todesmächte? Wie schrecklich. Dann müssen sie doch ständig in großer Angst leben!«

Wohlrabs Augen leuchteten, er fühlte sich verstanden und ging nun daran, die Glaubenswelt der Waschamba zu beschreiben. Da wären vor allem die Geister der Verstorbenen, die beständig beschwichtigt werden müssten. Dazu glaube der Neger an unheimliche Mächte, die in Bäumen und Tieren, in Felsen, Flüssen und in der Steppe ihr Unwesen trieben. Das Schlimmste aber seien ihre Zauberer, die ihnen einredeten, sie könnten das Böse durch teuflische Magie bannen.

»Und? Können sie das wirklich?«

George erntete einen irritierten Blick des Missionars und erfuhr, dass der Wilde Orakel befrage und Opfer bringe, anstatt die Gottesgemeinschaft mit Jesus Christus zu suchen. Amulette und Fetische hingen in jeder Hütte.

»Grauenhaft sind ihre Feiern, zu denen sie uns manchmal einladen. Tieropfer und blutige Beschwörungen eröffnen das Fest, und es endet stets in wilden Tänzen und Akten größter Schamlosigkeit …«

George, der sich während seiner Reisen sehr viel mit fremden Glaubenswelten befasst hatte, schüttelte scheinbar missbilligend den Kopf und meinte dann, die Eingeborenen müssten doch eigentlich in Scharen zur Mission laufen, um die befreiende Botschaft des Evangeliums zu vernehmen. Die Ironie, die in diesem Satz steckte, entging dem Missionar vollkommen.

»Nun – inzwischen können wir einige Erfolge verbuchen, lieber Dr. Johanssen. Die Ersten, die die Taufe von uns begehrten, waren neun junge Burschen, von denen leider nur fünf getauft werden konnten. Die anderen wurden von ihren Familien gezwungen, sich wieder von uns abzukehren. Man sagte ihnen, sie dürften niemals wieder in ihr Dorf zurückkehren und würden auch keine Frau bekommen.«

»Das ist hart«, erwiderte George nachdenklich. »Ich bewundere Sie sehr, Missionar Wohlrab. Sie nehmen eine große Verantwortung auf Ihre Schultern, denn Sie führen diese Menschen auf einen fremden Weg …«

»Wir sagen ihnen immer, dass auch die Jünger Jesu einst alles hinter sich ließen, um dem Herrn nachzufolgen …«

»Das ist klug gesprochen, doch gilt es zu bedenken, dass der Weg Jesu geradewegs zum Kreuz führte …«

»Und vom Kreuz zum Sieg, lieber Dr. Johanssen.«

»Zum Sieg über die Heiden – gewiss.«

Das Gespräch brach ab, weil der Missionar nun doch langsam misstrauisch wurde und sich lieber an Peter Siegel wandte, um ihn noch einmal über die Lage in Wuga auszufragen. Charlotte musste sich ein Lächeln verkneifen. George war nicht nur ein Missionsgegner, er war auch kein überzeugter Christ, sondern eher ein Zweifler. Es störte sie nicht, obgleich sie selbst streng protestantisch erzogen worden war. Im Gegenteil, es war spannend, mit ihm über solche Dinge zu sprechen, zumal er niemals versuchte, ihr seine Überzeugungen aufzuzwingen. Heute Abend war sie mehr als stolz auf ihn und fühlte sich als seine Komplizin. Sie begriff nun den Grund für ihr Unbehagen: Sie und George waren Fremde hier, sie konnten den naiven Glauben der Missionare und ihrer schwarzen Diakone nicht teilen.

»Unsere Gäste werden nun rechtschaffen müde sein«, sagte Missionar Becker, der Charlotte wohl schon eine Zeitlang beobachtet hatte. »Lasst uns ein Abendgebet sprechen und noch einige Lieder singen, bevor wir zur Ruhe gehen.«

Einer der Diakone leuchtete ihnen mit der Blendlaterne den Weg zum Gästehaus, entzündete dann die Petroleumlampe in ihrem Zimmer und wünschte ihnen eine gesegnete Nacht. Charlotte und George blieben noch eine Weile draußen in der Dunkelheit stehen und lauschten auf das Rauschen des Wasserfalls, das bis hierher zu hören war. Der Himmel war wolkenverhangen, kein einziger Stern zeigte sich, dafür ließ ein kalter Nordostwind sie beide frösteln. George zog Charlotte an sich und umschloss sie mit beiden Armen, um sie zu wärmen, doch sie zitterte trotzdem vor Kälte.

Schweigend betraten sie das liebevoll zurechtgemachte Zimmer im Gästehaus der Mission. Zwei hölzerne Betten erwarteten sie, dazu ein kleineres Lager für Elisabeth, das zumindest in dieser Nacht leer bleiben würde. Des Weiteren gab es einen Tisch, zwei Stühle und einige Kleiderhaken an den Wänden. Ihre Koffer standen für sie bereit, auf dem Tisch fanden sie ein Tongefäß mit Wiesenblumen sowie einen Krug mit frischem Wasser, daneben lag eine deutsche Bibel.

»Sie haben sich wirklich Mühe gegeben«, murmelte Charlotte, während sie die Decken zurückschlug. »Das sind sogar Federkissen.«

George hantierte an den Koffern, klappte sie auf und nahm einige Dinge heraus; seine Bücher, die er mit einer Schnur zusammengebunden hatte, ließ er unbeachtet. Dafür hängte er Gewehr und Patronengürtel an einen der Haken.

»Ich glaube ja nicht, dass wir uns verteidigen müssen«, scherzte er. »Wie ich die frommen Missionare kenne, haben sie sogar den Herrn des Urwalds zum Christentum bekehrt. Hier liegt der Leopard friedlich neben dem Zicklein, und die Hühner laufen ihm über die Pranken. Wir sind im Paradies angekommen, mein Schatz.«

Sie lächelte und begann sich auszuziehen, löste das aufgesteckte Haar und spürte, wie er sie dabei beobachtete.

»Lass um Himmels willen dieses scheußliche Nachthemd liegen, ich will dich so sehen, wie du gerade vor mir stehst. Nur mit deinem langen Haar bekleidet …«

Seine Liebkosungen hatten etwas Tröstliches, und er schien zu begreifen, wie sehr sie sich nach seiner Wärme sehnte. Er ließ sich Zeit, verbarg seine eigene Leidenschaft und streichelte sie wie ein trauriges Kind. Erst als er spürte, dass die

Glut auch sie erfasste, wurde sein Griff fester, seine Zärtlichkeit hastiger, und es wurde offenbar, wie ungeduldig er sie begehrt hatte. Der Höhepunkt kam für beide rascher als erwartet, ein wilder Ausbruch aufgestauter Gefühle, so stark, wie sie es schon lange nicht mehr erlebt hatten. Obwohl sie solche Lust empfand, musste Charlotte weinen.

Hatte er es bemerkt? Sie spürte seine Hand, die über ihre Wange strich und der Spur ihrer Tränen über die Schläfe bis ins Haar hinein folgte. George sagte nichts, hielt sie nur lange Zeit fest, den Kopf an ihre Schulter gelehnt.

»Wie lange wirst du noch hierbleiben?«

Er musste sich räuspern, bevor er sprechen konnte.

»Vier Wochen mindestens. Vielleicht auch länger.«

Sie wusste, dass das großzügig geschätzt war. Sie hatten Ende April, in der letzten Maiwoche wollten sich die Teilnehmer der Expedition in Mombasa zusammenfinden, um gemeinsam mit der britischen Uganda-Bahn zum Viktoria-See zu fahren.

»Bis dahin hat sich Elisabeth vollkommen eingewöhnt. Wir werden eine wundervolle Landschaft zu sehen bekommen, Charlotte. Die Fahrt mit dem Schiff geht am Ufer des Viktoria-Sees entlang über mehrere Anlegestellen – das wird für uns zwei wie eine nachgeholte Hochzeitsreise werden.«

»Ja«, murmelte sie und strich dabei sacht über seinen Rücken. Sie konnte die Narbe spüren, die er sich damals eingehandelt hatte, als er sie in Naliene aus dem brennenden Missionshaus schleppte.

»Nur wir beide«, flüsterte er zärtlich. »Die anderen gehen uns nichts an. Diese Reise wird uns gehören, Charlotte.«

Sie konnte nicht verhindern, dass ihre Tränen wieder flossen, und war zornig auf sich selbst. Weshalb war sie so schwach? Wie sollte er sie lieben, wenn sie sich so jämmerlich an ihn klammerte? Sie biss sich auf die Lippen und spürte, wie er ihre Schläfe küsste und ihre Tränen mit der Zunge auffing.

»Ich werde kein ganzes Jahr fortbleiben, Liebste. Glaubst du, ich könnte mich so lange von dir trennen? Lass mich nur ein paar Monate in Ruanda umherstreifen, dann komme ich zu euch zurück. Auf keinen Fall werde ich die Fahrt den Kongo hinab zum Atlantik mitmachen ...«

Sagte er das aus eigener Überzeugung oder nur, um sie zu trösten? Im dämmrigen Schein der Petroleumlampe ließ sich der Ausdruck in seinen Augen nur schwer deuten.

»Mach dir keine Sorgen, mein Schatz. Ich komme schon zurecht. Das habe ich bisher immer geschafft«, flüsterte sie, um einen zuversichtlichen Tonfall bemüht.

»Das weiß ich, Charlotte. Ich weiß, dass du mich verstehst. Genau darauf vertraue ich.«

Juni 1907

Die kleinen Metallzungen waren in Reih und Glied befestigt, eine dicht neben der anderen, ein ganzes Regiment schmaler, glänzender Plättchen, die durch den Luftstrom der Blasebälge in Schwingung versetzt wurden. Die schwarzen Helfer hatten die Rahmen mit den goldschimmernden Zungen voller Andacht ausgepackt und sich angestrengt bemüht, das blanke Metall auf keinen Fall mit den Fingern zu berühren, um die Himmelszungen nicht zu verstimmen. Sie klangen trotzdem nicht gerade angenehm, fand Charlotte.

Das Harmonium war schneller aufgebaut, als sie gehofft hatte, das Ergebnis schlimmer als befürchtet.

»Die Blasebälge sitzen nicht fest«, nörgelte sie. »Es geht Luft verloren, und zwar geräuschvoll.«

Missionar Wohlrab war weniger anspruchsvoll. Das Harmonium gab Töne von sich, man konnte die Liturgie und die Kirchenlieder begleiten und sogar einige der eindrucksvollen Stücke von Silcher spielen, die sich in seinem Notenbuch befanden. Seine eigenen Fähigkeiten waren begrenzt, er hatte ein wenig Klavier gelernt und später drei, vier Orgelstunden erhalten, was für das Nötigste reichte. »Ich bitte Sie ganz herzlich, liebe Schwester Charlotte. Gott hat Ihnen die Gabe der Musik geschenkt – stellen Sie dieses Licht nicht unter den Scheffel.«

Sie genoss die Gastfreundschaft dieser Menschen – also zeigte sie sich dankbar. Jeden Vormittag saß sie in der Kirche, betätigte die Tretschemel des Harmoniums mit den Füßen und versuchte, dem Instrument annehmbare Klänge zu entlocken. Es war harte Arbeit, die Töne klangen unrein, da konnte sie machen, was sie wollte. Wenn sie im Spielen innehielt, drangen die hellen Stimmen der Schüler zu ihr herein, die nebenan von einem schwarzen Lehrer unterrichtet wurden und immer wieder Worte und Sätze im Chor nachsprechen mussten. Sie taten es mit viel Begeisterung und bemühten sich, so laut wie möglich zu brüllen. Einmal hatte sie versehentlich die Kirchentür offen gelassen, und prompt hatten sich Hühner und Ziegen zwischen die Bänke verirrt. Es hatte sie einige Mühe gekostet, die Eindringlinge wieder aus dem Kirchenraum zu vertreiben.

Die Regenzeit war längst vorbei, inzwischen brannte die Sonne heiß vom Himmel herunter, auf den Wiesen um die Mission zirpten die Grillen. Unten am Pangani-Fluss würde die Savanne nun bald grau werden, hier oben jedoch blieb die Landschaft üppig und grün, auf den Feldern der Missionsstation gediehen Mais, Bananen und Ananas, man hatte sogar Salat und Radieschen gesät. Im September würden die Bohnen geerntet, danach brach bald die zweite Regenzeit an, die bis Ende Dezember dauerte. Nach Weihnachten würde es wieder heiß werden, erst im März begannen die nächsten Regenfälle. März, April, Mai … ein Jahr hatte zwölf lange Monate, jeder Monat teilte sich in unendlich viele Tage, die nicht vergehen wollten. Die Tage wiederum bestanden aus zähen Stunden, doch noch hartnäckiger als diese Stunden am Tag waren die Stunden in der Nacht …

George war fort, auf Abenteuer ausgezogen, und sie musste mit ihrer Sehnsucht zurechtkommen. Weshalb ließ sie sich derart davon vereinnahmen? Wenn George so gut ohne sie leben konnte, dann würde sie es auch schaffen.

Sie begann wieder die Tretschemel zu bearbeiten, als ihr plötzlich eine Melodie in den Sinn kam. Vielleicht war dieses widerspenstige Instrument ja doch zu etwas nütze. Die Melodie klang zwar ungewöhnlich und hatte wenig mit den rührseligen deutschen Stücken zu tun, die die Missionare und die Waschamba so liebten, aber sie zu spielen machte ihr Spaß.

Charlotte war so in ihre Musik versunken, dass sie nicht einmal den Lichtschein bemerkte, der für einen kurzen Moment in die dämmrige Kirche fiel. Jemand hatte die Tür geöffnet.

»Es klingt sehr schön, Charlotte. Was ist das?«

Klaras Gesicht war verschwitzt und ein wenig gerötet, es stand ihr gut und ließ sie jünger aussehen. Sie führte ihren Sohn an der Hand, der jetzt unbedingt laufen wollte.

»Ich weiß selbst nicht so genau«, erwiderte Charlotte lächelnd. »Es kam mir so in den Sinn.«

In Wirklichkeit war ihr inzwischen klar geworden, dass sie sich von den Gesängen und Rhythmen der Waschamba hatte inspirieren lassen. Nicht von den frommen Christenliedern, die die bekehrten Eingeborenen sangen, sondern von den Klängen, die sie bei ihren Ausflügen mit George in die weiter entfernten Dörfer gehört hatte. In den zwei Wochen, die er hier auf Hohenfriedeberg verbracht hatte, waren sie oft zu zweit unterwegs gewesen.

Sammi stolperte einige Schritte auf Charlotte zu, und sie streckte ihm die Arme entgegen. Er lief sehr langsam und vorsichtig, auch ein wenig steif, doch er schaffte es bis zu ihr hin und fasste ängstlich ihre Hände.

»Es sind Leute von der Pflanzung Neu-Kronau gekommen. Sie haben die Post für die Mission mitgebracht.«

Klara reichte Charlotte einen Brief, und sie erkannte Georges Handschrift. Erleichterung stieg in ihr auf, wenn auch keine Freude. Stattdessen verspürte sie einen stechenden Schmerz in der Magengrube.

»Wo ist Peter?«, lenkte sie ab und hob den kleinen Sammi auf ihren Schoß.

Es war ungewöhnlich, dass Klara zu ihr in die Kirche kam,

meist steckte sie mit ihrem Ehemann zusammen, der ständig irgendwelche Wünsche an sie hatte. Nur selten war es ihr möglich, für eine kleine Weile mit der Cousine allein zu sein, und auch dann wollte sich die alte Vertrautheit nicht einstellen. Peter Siegel stand zwischen ihnen – und Klara schien nicht gewillt, etwas daran zu ändern.

»Peter bereitet eine Ansprache vor«, berichtete sie. »Stell dir vor, der arme Karl Manger ist nun doch gestorben. Wir hatten so sehr für ihn und seine junge Frau gebetet, aber der Herr hat es anders entschieden, und wir müssen uns seinem Willen beugen.«

Die Pflanzung Neu-Kronau war eine kleinere Kaffeeplantage nördlich der Domäne Kwai. Der Besitzer war beim Roden eines Waldstückes unter einen umstürzenden Baum geraten, George hatte ihn behandelt und ihm absolute Ruhe verordnet. Karl Manger hatte sich mehrere Rippen gebrochen, auch Lunge und Milz waren verletzt. Doch George war vor zwei Wochen abgereist und hatte nicht mehr nach dem Kranken sehen können …

»Das tut mir sehr leid«, erwiderte Charlotte beklommen. »Und nun soll Peter also die Beerdigung abhalten?«

Klara nickte. Obgleich auch sie über den Todesfall bekümmert war, glänzten ihre Augen hoffnungsvoll. Peter Siegel wurde von den Missionaren Wohlrab und Becker zwar mit brüderlicher Fürsorge, aber keineswegs gleichberechtigt behandelt. Weshalb das so war, hatte Charlotte noch nicht herausgefunden, erschien ihr Klaras Mann doch körperlich gesund und voller Tatendrang, trotzdem durfte er weder Wohlrab noch Becker begleiten, wenn sie auszogen, um in den Dörfern zu predigen. Missionar Peter Siegel war es gestattet, hin und wieder die Bibelstunde oder die Sonntagsandacht zu halten, ansonsten war er dafür zuständig, die deutschen Kinder zu unterrichten, was er allerdings nur ungern tat. Nun also hatte man ihm gestattet, den armen Karl Manger zur letzten Ruhe zu geleiten.

»Er wird noch heute zur Plantage Neu-Kronau aufbrechen. Ich wünschte, ich könnte ihn begleiten.«

Sammi streckte verlangend die Arme nach den Tasten des Harmoniums aus, und Charlotte betätigte eifrig die Tretschemel, um das Instrument mit Luft zu füllen. Der Kleine schaukelte freudig jauchzend auf ihren Knien, hieb auf die Tasten ein und jubelte auf, wenn es ihm gelang, dem großen Kasten ein paar Töne zu entlocken.

»Ich glaube, er ist musikalisch«, scherzte Charlotte, als der Krach kaum noch auszuhalten war.

»Nimm ihn um Gottes willen herunter, Charlotte. Wenn Missionar Wohlrab das hört! Dies ist immerhin eine Kirche!«

»Ach was! Das ist auch eine Art, Gott den Herrn zu loben.«

»Bitte, Charlotte! Ich möchte auf keinen Fall Anlass zu Verstimmungen geben. Peter hat es schon schwer genug ...«

Klara beugte sich vor und hob Sammi von Charlottes Knien. Der Kleine jammerte kläglich, fügte sich aber erstaunlich schnell in sein Schicksal und starrte Charlotte mit großen, bekümmerten Augen an. Warum um alles in der Welt gönnte Klara ihrem Kleinen diese Freude nicht?

»Weshalb sollte Peter Schwierigkeiten bekommen, weil ich deinen Sohn auf dem Harmonium spielen lasse?«

»Bitte sei nicht zornig, Charlotte. Ich sorge mich um Peter und möchte nichts tun, was ihm schaden könnte. Das ist die Pflicht einer jeden guten Ehefrau ...«

»Lieber schadest du deinem Sohn!«, entfuhr es Charlotte.

Charlotte bereute ihre Worte, noch bevor sie sie ganz ausgesprochen hatte, aber nun standen sie im Raum, und sie sah, dass Klaras Augen sich mit Tränen füllten. Wie sehr sie ihrer Mutter ähnelte! Das war Tante Fannys verhärmter Ausdruck und auch ihr vorwurfsvoller Blick.

»Ich habe es nicht so gemeint. Entschuldige bitte. Es war nur … er hatte so viel Spaß …«

Klaras Miene war immer noch verbittert, doch ihr Kummer galt nicht ihr selbst, sondern ihrer Cousine, die heute wieder so fürchterlich reizbar war.

»Du musst dich nicht entschuldigen, Charlotte. Ich weiß doch, wie schwer es für dich ist. Ach, du hättest George zum Viktoria-See begleiten sollen. Eine Ehefrau sollte immer an der Seite ihres Mannes sein.«

Was für ein großartiger Satz, vor einigen Wochen hatte sie selbst noch daran geglaubt. Gleich würde Klara ihr noch das wunderbare Beispiel von Frau Wohlrabs Schwägerin vorhalten, die ihre zehn Kinder fortgegeben hatte, um ihrem Mann in die Wildnis zu folgen.

»Danke, dass du mir die Post gebracht hast«, sagte sie kühler als beabsichtigt. »Ich möchte noch ein wenig für Sonntag üben.«

»Oh, du wirst wieder wundervoll spielen, Charlotte. Johannes Kigobo sagte mir neulich, er habe Jesus und alle seine Apostel singen hören, als du das Eingangsstück spieltest …«

Johannes Kigobo war einer der Diakone, ein kleinwüchsiger Bursche mit einer besonders breiten Nase und tiefliegenden Augen. Wie alle bekehrten Schwarzen hatte er bei seiner Taufe einen christlichen Namen erhalten, den er seinem Waschamba-Namen voranstellte. Er war ehrgeizig, unterrichtete die schwarzen Kinder und ging häufig mit Pfarrer Becker auf Missionsreisen, um seine Stammesbrüder zu Jesus zu bekehren. Charlotte mochte ihn nicht besonders, aber sie musste anerkennen, dass er musikalisch war, denn er klimperte gar nicht übel auf einem selbst gebauten Saiteninstrument, einer Art Laute, die aus einer leeren Kalebasse und drei gedrehten Schweinedärmen hergestellt war.

Sie spielte noch einige Takte, doch die musikalischen Ideen, die sie vorhin so begeistert hatten, wollten sich nicht mehr einstellen. Im Grunde wartete sie nur, bis Klara mit dem kleinen Sammi endlich die Kirche verlassen hatte und die Tür hinter ihnen zuschlug. Danach ließ sie die Hände sinken und hörte auf zu treten. Bitterkeit stieg in ihr auf. »Eine Ehefrau sollte immer an der Seite ihres Mannes sein« – Klara hatte gut reden. Peter Siegel klebte förmlich an ihr, niemals wäre es ihm in den Sinn gekommen, sich freiwillig für ein ganzes Jahr von seiner Frau zu trennen.

Ihr waren nur drei Wochen mit George auf Hohenfriedeberg vergönnt gewesen. Drei wunderbare Wochen, in denen sie gemeinsam durch die Wälder gestreift und in den Dörfern der Eingeborenen zu Gast gewesen waren und kleine Seen und prächtige Wasserfälle entdeckt hatten. Wenn sie in dem eiskalten Wasser badeten, waren sie albern und glücklich wie die Kinder gewesen. Dann aber war ein Bote mit einem Schreiben des Herzogs von Mecklenburg in der Mission erschienen, und von diesem Augenblick an war George wie ausgewechselt gewesen. Die alte Rastlosigkeit hatte wieder Besitz von ihm ergriffen, er vertiefte sich in seine Bücher, zeichnete Karten, machte Notizen über seine wissenschaftlichen Vorhaben, und wenn sie miteinander redeten, spürte sie, dass er ihr nur halb zuhörte. In den Nächten war er voller Leidenschaft, weckte sie kurz vor Morgengrauen mit neuer Begehrlichkeit und wollte sie kaum aus seinen Armen lassen, doch sie ahnte, dass auch dies eine Art Abschied war. Er trennte sich nur schweren Herzens von ihr, aber es gab etwas, das ihn von ihr fortzog, eine ihr nicht ganz unbekannte Sehnsucht, die mit dem Gefühl von Abenteuer und Freiheit einherging.

War er enttäuscht gewesen, als sie ihm ihre Entscheidung mitteilte? Er hatte sie inständig gebeten, diesen ersten Teil der Reise mit ihm gemeinsam zu erleben. Aber sie war hart geblieben. Sein Vorschlag war ein Zugeständnis an sie gewesen, er sollte sie trösten, aber sie brauchte keinen Trost. Wenn er ein Jahr fortbleiben wollte, dann sollte er das tun. Sie aber hatte wenig Lust, sich in Bukoba unter den Augen der Expeditionsteilnehmer von ihm zu verabschieden, um danach allein und mit wehem Herzen die Rückreise anzutreten.

George hatte ihre Entscheidung akzeptiert, hatte sogar behauptet, er könne sie verstehen. Bald darauf war er mit zwei eingeborenen Begleitern davongezogen, um rechtzeitig seine Ausrüstung in Tanga abzuholen und anschließend nach Mombasa weiterzureisen. Unten in der Talsenke hatte er noch einmal zur Mission hinaufgewinkt, und Elisabeth hatte wie verabredet ein buntes Kopftuch geschwenkt. Charlotte aber hatte reglos danebengestanden, vor Kummer wie erstarrt, gequält von bösen Erinnerungen an einen ähnlichen Abschied.

Nun schloss sie den Tastendeckel des Harmoniums und schimpfte leise vor sich hin, weil das Holz sich trotz der Trockenheit verzog, und der Deckel klemmte. Sie erhob sich, fasste den Brief mit spitzen Fingern und drehte ihn mehrfach hin und her. Er war in Bukoba aufgegeben, ein dicker Umschlag, in dem er vermutlich auch erste Reiseberichte schickte. Nun – sie würde sie sorgfältig aufbewahren, aber momentan hatte sie keine Lust, seine Schilderungen zu lesen.

Sie öffnete die Kirchentür und tauchte ins gleißende Sonnenlicht ein. Die schwarzen Schüler plapperten im Schulgebäude fröhlich durcheinander. Der Unterricht war beendet, nun teilte eine Helferin Schüsseln mit Maisbrei, Bananen und gekochtem Gemüse aus. Danach würden sie nach Hause laufen, um ihren Eltern auf den Feldern zu helfen. Leider kamen nur wenige Mädchen zur Schule, vor allem die Mütter misstrauten den Missionaren und fürchteten, sie könnten ihre Töchter für die Ehe verderben, aber immerhin wurden hier, anders als in der Missionsstation Wuga, nicht nur Knaben unterrichtet. Kaum hatten die Kleinen Charlotte erblickt, liefen schon die ersten aus dem Schulhaus und bettelten um eine »Singstunde«. Sie hatte mit ihnen einige Male deutsche und englische Kinderlieder gesungen, bei denen man in die Hände klatschen und manchmal auch tanzen durfte. Es hatte großen Spaß gemacht, schließlich waren auch die deutschen Kinder herbeigelaufen, allen voran Elisabeth, die sonst recht wenig Neigung zum Singen zeigte. Faszinierend war, wie rasch die schwarzen Kinder diese Lieder erlernten, sie merkten sich sogar die fremden Worte, deren Sinn ihnen verschlossen blieb, und wenn sie tanzten, ließen sie die weißen Kinder in ihrem Rhythmusgefühl weit hinter sich. Natürlich waren diese spontanen »Singstunden« nicht verborgen geblieben. Missionar Wohlrab lobte die leichte Hand, mit der Charlotte die Kinder zur Musik brachte, und schlug ihr vor, den Kleinen und den älteren Schülern täglich Unterricht zu geben. Im Grunde war sie gar nicht abgeneigt – die Beschäftigung mit den Kindern machte ihr Freude –, doch es gefiel ihr nicht, dass man sie auf diese Weise kaum merklich immer fester in das Netz des Gemeindelebens einspann.

Sie setzte sich zu den Kleinen und spielte mit ihnen den »Bi-Ba-Butzemann«, der bei allen sehr beliebt war, danach übte sie den »Bruder Jakob« im Kanon. Sie schafften es ohne Probleme, morgen würde sie versuchen, ihnen ein zweistimmiges Lied beizubringen.

Die deutschen Kinder schienen heute länger Unterricht zu haben, vermutlich war Missionar Wohlrab für Peter Siegel eingesprungen. Drüben in einem Fenster des Missionshauses sah sie Elisabeths blonden Schopf auftauchen. Ihre Tochter winkte ihr zu, zog eine Grimasse und verschwand wieder – Missionar Wohlrab war energisch und ließ sich nicht auf der Nase herumtanzen. Elisabeth war als Wildfang bekannt, da sie während des Unterrichts leider viel Unsinn anstellte, was nicht nur daran lag, dass sie völlig unterfordert war und sich schrecklich langweilte, sie hatte auch eine starke Abneigung gegen Peter Siegel. Noch vor einigen Tagen hatte Charlotte von ihrem Schwager zu hören bekommen, ihre Tochter sei eine »Heidin«, sie lache laut, während er aus der Heiligen Schrift vorlese, und stelle »dumme Fragen«, die sich schädlich auf die anderen Kinder auswirkten.

Auf dem Weg zum Missionshaus musste sie sich der gefräßigen Ziegen erwehren, da sie einmal den Fehler gemacht hatte, sie mit trockenem Haferbrot zu füttern. Im Stall waren zwei Schwarze mit Ausmisten beschäftigt – die Pferde und Maultiere grasten zwar tagsüber auf den Weiden um die Mission, in der Nacht holte man die Tiere jedoch in den Stall. Den Mist sammelten die Angestellten in Eimern und trugen ihn hinüber in den Garten, wo er aufgehäuft, mit Erde gemischt und einmal pro Jahr untergegraben wurde. Charlotte hatte bald begriffen, dass das scheinbar so freundschaftliche Miteinander von Schwarz und Weiß nur oberflächlich war. Man nahm die Mahlzeiten gemeinsam ein, ging miteinander in die Kirche, saß an manchen Abenden sogar zusammen, um zu singen und zu plaudern, doch im Grunde waren die Aufgaben nicht anders aufgeteilt als auf einer Plantage: Die Weißen bestimmten, die körperlichen Arbeiten wurden von den Schwarzen erledigt. Sie bestellten die Felder, sorgten für die Tiere, halfen im Haus, reinigten die Kirche und kümmerten sich um die Aussätzigen, die in einem Häuschen am Rande der Mission betreut wurden. Einige waren Angestellte der Mission, für viele aber waren diese Dienste Teil des Schulunterrichts, den sie hier genossen. Die weißen Missionare ließen sich bis ins Kleinste bedienen, und auch Frau Wohlrab war ausschließlich mit der Sorge für ihre Kinder beschäftigt, wobei sie von mehreren schwarzen Frauen unterstützt wurde.

Am Eingang des Missionshauses lief Charlotte Missionar Becker in die Arme. Er musste sie durchs Fenster beobachtet haben, denn er trat genau in dem Augenblick aus dem Arbeitszimmer, als sie ins Haus ging.

»Meine liebe Schwester Charlotte! Mir geht immer das Herz auf, wenn ich Sie umringt von unseren schwarzen Kindern sehe. Gerade kam mir eine wundervolle Idee, darf ich sie Ihnen so einfach im Vorübergehen anvertrauen?«

»Warum nicht?«, entgegnete sie voller düsterer Vorahnungen.

Missionar Becker hatte vom ersten Tag an eine besondere Schwäche für sie gehabt; seitdem George die Missionsstation verlassen hatte, konnte sie sich kaum noch vor seiner fürsorglichen Aufmerksamkeit retten. Er war Witwer, seine unglückliche Frau war vor Jahren in Daressalam an einem Fieber verstorben.

»Nun, ich werde die Tage zu einer kleinen Reise aufbrechen, um unsere treuen Christen in ihren Dörfern zu besuchen, mit ihnen zu sprechen und sie in ihrem Glauben zu stärken. Was halten Sie davon, mich zu begleiten? Sie haben doch inzwischen genügend Waschamba gelernt, um sich verständlich zu machen.«

Er wollte sie auf eine der in regelmäßigen Abständen durchgeführten Missionsreisen mitnehmen, bei denen man die bereits bekehrten Eingeborenen aufsuchte und andere, die noch nicht zum Glauben gefunden hatten, missionierte. Sosehr sich Charlotte für das Leben der Waschamba interessierte, sie hatte weder Lust, bei der Missionsarbeit mitzuwirken, noch mochte sie eine solche Reise ausgerechnet zusammen mit Missionar Becker unternehmen.

»Ich weiß nicht recht … ich fürchte, für eine so verantwortungsvolle Aufgabe tauge ich nicht. Vielleicht nehmen Sie besser einen der Diakone mit oder auch Missionar Siegel …«

Ihre Zurückhaltung konnte das joviale Lächeln auf seinem Gesicht nicht vertreiben. Er tadelte sie für ihre Selbstzweifel und erklärte, dass sie dem Anliegen der Mission auf diese Weise unendlich viel Nutzen bringen könne. Es lasse sich nun mal nicht leugnen, dass eine Frau viel leichter mit den Waschamba-Frauen in Kontakt komme als ein Missionar. Darum werde er weiter in sie dringen, sie könne ihm ebenso wenig entfliehen wie Jonas, der im Bauche des Walfisches vor Gottes Willen Versteck nehmen wollte.

»Nun, liebe Schwester Charlotte, ich weiß, dass Sie Post von Ihrem Ehemann empfangen haben. Gehen Sie nur, ich verstehe, wie sehr Ihnen dieses Schreiben in den Händen brennt.«

Sie beeilte sich, vor seinem gönnerhaften Lächeln in das kleine Zimmer zu fliehen, das sie seit Georges Abreise bewohnte. Es gab darin nicht viel mehr als ein Bett und einen Stuhl, dazu ihre Reisekoffer und eine große Kiste, die sie als Tisch benutzte. Als sie die Tür hinter sich geschlossen hatte, musste sie sich wieder gegen den aufkommenden Ärger wehren.

... ich verstehe, wie sehr Ihnen dieses Schreiben in den Händen brennt ...

Natürlich war die Post zuerst zu den Missionaren gebracht worden, die sie dann verteilten. Also wusste inzwischen jeder in der Mission, dass George ihr geschrieben hatte, man würde sie darauf ansprechen, sich nach dem werten Befinden ihres Ehemanns erkundigen und dann mit besorgtem Lächeln anmerken, dass sie die lange Zeit der Trennung am besten mit Tätigkeiten überbrücke. »Wir sind hier eine große Familie«, hatte Frau Wohlrab ihr versichert, und das war die Wahrheit. Nichts, aber auch gar nichts blieb den anderen verborgen, die Herren Missionare mischten sich in alles ein.

Aufseufzend setzte sich Charlotte auf ihr Bett und versuchte, ihre trübe Stimmung niederzukämpfen. Weshalb war sie nur so gereizt? Alle waren um sie besorgt – daran gab es nichts auszusetzen. Sie musste sich wirklich zusammennehmen, um anderen Menschen nicht unrecht zu tun.

Entschlossen öffnete sie den Umschlag und zog die zusammengefalteten Blätter heraus. Wie schon vermutet, hatte er ihr einen langen Brief geschrieben und viele eng gefüllte Seiten mit ersten Reisenotizen beigefügt. Er hatte sogar Bleistiftzeichnungen angefertigt, kleine, akribisch genaue Abbildungen, die er – so hatte sie inzwischen festgestellt – blitzschnell und scheinbar ohne sich darauf zu konzentrieren während eines Gesprächs aufs Papier werfen konnte.

Die Blätter zitterten in ihren Händen – wusste er nicht, wie weh er ihr damit tat? Jahrelang hatte sie solche Manuskripte von ihm erhalten, sie voller Sehnsucht und Begeisterung gelesen, sich daran berauscht und doch zugleich gewusst, dass der Verfasser dieser Schilderungen für sie unerreichbar war. Nun gehörten sie einander, und doch saß sie wieder fern von ihm in einem engen Zimmer und hatte nichts als seine Briefe.

Bukoba, den 16. Juni 1907 – ein Tag vor dem Aufbruch der Karawane

Meine süße, dickköpfige Ehefrau,

heute ist nun der Tag gekommen, an dem wir voneinander hätten Abschied nehmen müssen, wäre alles nach meinem Willen gegangen. Du hast anders entschieden – vielleicht hattest Du recht damit, es wäre nicht leicht gewesen, einander in all diesem Trubel auf die rechte Weise Lebewohl zu sagen. Muss ich Dir schreiben, wie sehr ich Dich vermisse? Dass mich der Gedanke, Dich in einigen Monaten wieder in meine Arme zu schließen, auf allen Wegen wie eine leuchtende Fackel begleitet? Ich habe nicht wenige Fehler in meinem Leben begangen und vielen Menschen, die mir teuer waren, Kummer bereitet. Nun also auch Dir, meine Liebste. Und doch vertraue ich darauf, dass die Liebe in unseren Herzen tief genug verwurzelt ist, um alle Widrigkeiten zu überstehen. Bin ich ein Narr, wenn ich mich dieser Hoffnung hingebe …

Die Tür flog auf, und Elisabeth stürzte herein, braun gebrannt, das Haar verwuschelt, Begeisterung strahlte aus ihren Augen.

»Mama, Mama! Wir haben heute die Apostelgeschichte durchgenommen. Das war richtig aufregend. Und Bilder durften wir malen. Ach ja, Tante Klara hat gesagt, du sollst mal rasch zu ihr kommen. Und Missionar Wohlrab hat mich gelobt, weil ich so gut aufgepasst habe. Nur zweimal hat er schimpfen müssen, das war, als mich Ernestine an den Haaren gezogen hat und ich ihr dafür …«

Sie hielt mitten im Satz inne und betrachtete ihre Mutter eindringlich.

»Hast du geweint, Mama?«

»Wie kommst du denn darauf? Mir ist etwas in die Augen geraten, es ist momentan fürchterlich staubig auf dem Hof.«

»Ist das ein Brief von George? Darf ich ihn lesen?«

»Ja … später.«

Neben dem Eingang zerrte eine schwarze Angestellte an einem Glockenseil, ein schrilles, ohrenbetäubendes Läuten ertönte.

»Es gibt Mittagessen, Mama. Kommst du?«

»Gleich, mein Schatz. Geh schon mal vor, ja?«

Elisabeth nickte. Sie hatte die blonden Brauen zusammengezogen und schien verstimmt.

»Wenn der Brief von George traurig ist, will ich ihn lieber nicht lesen«, stellte sie klar und lief hinaus. Charlotte schloss die Tür hinter ihr.

Das Missionshaus füllte sich mit Leben, fröhliches Gelächter und Satzfetzen in der Sprache der Waschamba glitten an ihrer Tür vorüber – aus allen Richtungen strömten die Menschen zur Mittagsmahlzeit zusammen.

Hastig überflog sie Georges Zeilen, doch weitere Liebesgeständnisse fand sie nicht. In gewohnt ironischer Weise beschrieb ihr Mann die Fahrt über den Viktoria-See mit der englischen Yacht *Sibyl* und mokierte sich über den festlichen Empfang im Palast des Gouverneurs von Entebbe, der Hauptstadt Ugandas. Man habe die deutschen Gäste mit Whisky und Gin förmlich überschwemmt, was natürlich nicht ohne Folgen blieb – so gab es einige Patienten unter den Expeditionsteilnehmern, als sie am folgenden Morgen bei einem schweren Gewitterschauer die Anker lichteten. Die Yacht brauchte einen ganzen Tag von Entebbe bis Bukoba, erst in der Abenddämmerung schob sich das Schiff an der Toteninsel vorbei in die Hafeneinfahrt der deutschen Kolonialstadt. Küste und Insel waren durch ein bengalisches Feuerwerk in ein seltsam flackerndes Schattenspiel verwandelt. »Gespenstergleich«, habe der Herzog gemurmelt. Er sei ein leutseliger Mensch, ganz und gar dem Soldatischen verpflichtet, jedoch mit einer geradezu blauäugig romantischen Seite geschlagen. Es sei unfassbar, welcher Aufwand beim Empfang eines Herzogs von Mecklenburg getrieben wurde, allein in Bukoba seien an die siebentausend Menschen angetreten, allen voran die schwarzen Großsultane mit ihren Truppen, dann aber auch die für die Expedition angeworbenen Leute und nicht zuletzt die Askari der siebenten Kompanie der deutschen Schutztruppen. Der Herzog habe diesen Aufmarsch einen »stolzen Gruß deutscher Machtentfaltung« genannt, besonders habe ihn gefreut, dass die englischen Offiziere und die Besatzung der *Sybil* davon sehr beeindruckt waren.

Du weißt ja, dass ich solche Machtdemonstrationen aus tiefstem Herzen verachte, und zum Glück sind auch andere Mitglieder der Expedition dieser Meinung. Morgen also ist damit endgültig Schluss, wir werden uns auf unbekannten Pfaden bewegen und Menschen treffen, die den erlauchten Namen unseres Herzogs noch nie zuvor vernommen haben.

Ich fiebere dem Aufbruch entgegen und fürchte sehr, heute Nacht wenig Schlaf zu finden. Wenn Du dieses Schreiben bekommst, meine süße Frau, werden wir schon weit ins Gebirge des …

Dieses Mal wurde ihre Tür leise aufgezogen, dennoch sah sie ärgerlich von ihrer Lektüre auf.

»Charlotte«, flüsterte Klara. »Bitte hilf mir – ich weiß mir keinen Rat mehr.«

Erschrocken warf Charlotte den Brief auf ihr Bett. Klaras Züge waren entsetzlich blass, die angstweit geöffneten Augen flackerten. Sie sah aus, als sei ihr ein Gespenst begegnet.

»Was … was ist los?«

»Komm.«

Die Mittagsmahlzeit unten in der kleinen Halle hatte noch nicht begonnen, man hörte Missionar Becker mit heller Stimme ein Gebet sprechen, danach hatten alle noch ein Lied zu singen, bevor sie endlich essen durften. Klara hatte Charlottes Hand gefasst und zog sie an der halb geöffneten Tür der Halle vorbei zur Treppe.

»Ist etwa Sammi krank geworden?«

»Sei leise, Charlotte, ich flehe dich an. Nein, Sammi geht es gut. Es ist … ich kann es dir nicht sagen. Niemand soll es wissen, er hat mir verboten, davon zu sprechen. Aber nun weiß ich nicht mehr, was ich tun soll. Ich habe solche Angst, Charlotte. Nicht einmal damals, als wir ganz allein im Urwald zurückblieben, habe ich mich so schrecklich gefürchtet …«

Sie konnte nicht aufhören zu reden, flüsterte die Worte vor sich hin, ohne Charlotte dabei anzusehen, doch ihre kalten Finger umklammerten das Handgelenk der Cousine in größter Verzweiflung. Vor der Kammer, die sie mit Mann und Kind bewohnte, blieb sie stehen, ihr Atem ging rasch.

»Du darfst es niemandem sagen, versprich es mir, Charlotte …«

»Schon gut. Nun mach endlich auf.«

Trotz der grellen Mittagssonne war es dämmrig in dem kleinen Raum, die Bastmatte vor dem Fenster heruntergelassen. Sammi schlief friedlich in seinem handgezimmerten Kinderbett. In der gegenüberliegenden Ecke, halb von der Kleiderkiste verborgen, hockte zusammengekauert ein zitterndes Bündel Mensch. Peter Siegel war kreideweiß, Schaum hatte sich vor seinem Mund gebildet, seine Augen erschienen im Dämmerlicht wie zwei schwarze Höhlen.

»Es fing nach dem Überfall an«, flüsterte Klara. »Zuerst befiel es ihn sehr oft, dann immer seltener. Wir alle hofften, er sei nun davon geheilt …«

Charlotte starrte auf den kauernden Mann, der jetzt das Gesicht verzerrte und ein heiseres Lachen ausstieß, höhnisch, wie damals während der Fahrt mit der Usambara-Bahn. In diesem Augenblick sah Peter Siegel tatsächlich wie ein Gespenst aus.

»Satan«, krächzte er. »Seht ihr ihn nicht? Schwarz wie die Nacht, jetzt bleckt er die Zähne nach mir … Er folgt mir überall hin, er will meine unsterbliche Seele …«

Der Anfall hatte ihn erfasst, während er an seiner Ansprache schrieb. Er hatte fieberhaft gearbeitet und immer wieder alles durchgestrichen, um neu zu beginnen, dann – mitten im Satz – hatte er den Stift sinken lassen und zur Tür gestiert. Klara kannte diesen Blick, dieses hilflose Grauen in seinen Augen, sie hatte ihren Mann umschlungen und schützend die Bibel vor ihn gehalten. Als er darauf nicht reagierte, hatte sie auf ihn eingeredet, ihm Wasser eingeflößt, ihn geschüttelt. Doch alles war umsonst gewesen – der Anfall schien sogar schlimmer als alle vorherigen zu sein.

»Wir müssen den Arzt herbeischaffen, Klara«, sagte Charlotte mit ruhiger Stimme.

Es gab einen Missionsarzt, Dr. Prölß, der jedoch meist unterwegs war, da auch die anderen Missionsstationen und die Pflanzer seine Hilfe benötigten. Wo er sich momentan aufhielt, wusste niemand.

»Ein Arzt kann ihm nicht helfen«, stöhnte Klara unglücklich. »Du hörst doch – Satan will in ihn fahren. Nicht einmal die Heilige Schrift kann ihn schützen – und er hat mir streng verboten, Missionar Becker und Missionar Wohlrab davon zu erzählen …«

Erst jetzt begriff Charlotte. Klara hielt diesen Zustand nicht für eine Geisteskrankheit, sondern für den Angriff einer teuflischen Macht. Deshalb hoffte sie, die Missionare könnten Peter helfen, doch damit hätte sie sein Verbot übertreten müssen.

»Du kannst es doch nicht vor ihnen geheim halten. Er wollte nach Neu-Kronau aufbrechen, um den armen Karl Manger zu beerdigen, spätestens nach dem Mittagessen wird man nach ihm fragen. Glaubst du wirklich, dass der Anfall bis dahin vorbei sein wird?«

Nein, erklärte ihr Klara. Diese Zustände hatten meist einige Stunden, manchmal sogar eine ganze Nacht angehalten. Danach war Peter stets in einen tiefen, todesähnlichen Schlaf gefallen, wenn er daraus erwachte, zog er sich tagelang zurück, nur Klara durfte bei ihm bleiben. Er weinte dann viel und kehrte erst nach und nach wieder ins Leben zurück.

»Wohlrab und Becker werden ohnehin davon wissen«, vermutete Charlotte. »Ganz sicher wurden sie von Daressalam aus informiert, wie es um Peter steht. Bleib bei ihm – ich gehe hinunter.«

Klara war sichtlich froh, dass ihr die Entscheidung abgenommen wurde, doch sie bat Charlotte inständig, die Nachricht so zu überbringen, dass nur die Missionare, aber kein anderer davon erfuhr. Dann kniete sie sich neben ihren Mann und streichelte seine zuckenden Schultern.

Wohlrab und Becker behandelten den Fall mit großer Diskretion. Missionar Becker machte sich sofort auf den Weg zur Plantage Neu-Kronau, während Wohlrab dem Kranken einen Besuch abstattete. Er las einige Bibelstellen, rief Satan auf, im Namen des allerhöchsten Gottes von diesem Ort zu weichen, und als Peter Siegel daraufhin ein schreckliches Lachen hören ließ, schüttelte Wohlrab bekümmert den Kopf.

»Wir können nichts tun«, seufzte er. »Worum immer es sich handeln mag – eine Krankheit oder eine teuflische Besessenheit –, wir haben nicht die Macht, ihn davon zu heilen. Uns bleibt nur, für ihn zu beten.«

Er bat Charlotte, ihrer Cousine beizustehen, bis Missionar Siegel den Anfall überwunden hatte – was dann geschehen sollte, würde man später gemeinsam beratschlagen.

»Lassen Sie nichts nach außen dringen«, flüsterte er Charlotte zu, bevor er den Raum verließ. »Vor allem die Schwarzen dürfen nichts davon erfahren.«

Missionar Wohlrab sah noch einmal scheu auf den Kranken, der immer noch die Kiefer malmte, so dass weißlicher Schaum aus seinem Mund quoll, dann eilte er die Stiege hinab, um die Bibelstunde für die Diakone zu halten.

»Sing irgendwas«, schlug Charlotte vor. »Ein Schlaflied oder ein Kinderlied – vielleicht hilft es ihm.«

Mit leiser, zitternder Stimme begann Klara »Jesu, geh voran« zu singen, und als der Kranke die Töne vernahm, hob er tatsächlich den Kopf. Ein leises Klopfen an der Tür ließ die angstgepeinigte Cousine jedoch gleich wieder verstummen.

»Wer ist da?«

»Johannes Kigobo.«

Charlotte öffnete die Tür nur so weit, dass sie hindurchschlüpfen konnte, und schloss sie dann wieder.

»*Bwana* Siegel ist krank – du kannst nicht zu ihm, Johannes Kigobo.«

Der junge Schwarze war einige Schritte zurückgetreten, als fürchte er sich vor ihr. Seine Miene zeigte Mitleid, zugleich aber auch eine seltsame Überlegenheit.

»Johannes Kigobo hat feine Ohren. *Bwana* Siegel ist verzaubert von Medizinmann. Reist mit Wind in andere Welt und sieht bösen Geist. Starker Zauber, böser Zauber …«

»Was redest du denn da?«, flüsterte Charlotte erschrocken. »Wie kannst du solche Dinge sagen, wo du doch Christ geworden bist und Jesus nachfolgst?«

»Jesus ist Herrscher von diese und von andere Welt. Aber Satan und böse Zauberer haben viel Macht über uns, und manchmal kann auch Jesus nicht helfen …«

»Und was hat das mit *bwana* Siegel zu tun?«

Johannes Kigobo schwieg und sah sie traurig an. Er war felsenfest von der Wahrheit seiner Vermutung überzeugt.

»*Bwana* Siegel muss zu gutem Medizinmann von Waschamba. Johannes Kigobo weiß, wo guter Zauberer wohnt, führt *bwana* Siegel zu ihm, wird ihn heilen …«

»Du irrst dich, Johannes Kigobo. Missionar Siegel hat ein wenig Fieber – das ist alles. Geh jetzt.«

Der junge Schwarze schien enttäuscht, wiegte den Kopf besorgt hin und her, als fürchte er ein schlimmes Unglück, dann ging er langsam die Stiege hinunter. Durch das Fenster konnte Charlotte ihn gleich darauf im Hof sehen, er schlenderte hinüber zum Schulgebäude, wo Missionar Becker Bibelstunde hielt.

Woher hatte er nur erfahren, wie es um Peter Siegel stand? Hörte dieser Bursche das Gras wachsen?

»Was wollte er?«, fragte Klara, als sie wieder ins Zimmer trat. Charlotte fand, es sei nicht der rechte Moment, ihrer Cousine die Wahrheit zu sagen, weshalb sie behauptete, Johannes Kigobo habe um Unterricht im Harmoniumspielen gebeten.

Sie blieb den Rest des Tages und die ganze Nacht bei Klara, kümmerte sich um Sammi, tröstete die unglückliche Cousine, sang mit leiser Stimme alte Kinderlieder, die den Kranken tatsächlich beruhigten. Erst spät in der Nacht löste sich Peters verkrampfte Körperhaltung, und die beiden Frauen konnten ihn aufs Bett legen. Er würde nun schlafen – der Anfall war vorüber.

Jetzt endlich war die alte Vertrautheit zwischen den beiden Frauen wieder da. Sie saßen nebeneinander auf dem Fußboden, den Rücken gegen die Wand gelehnt, und flüsterten miteinander, wie sie es schon als Kinder getan hatten. Das schlimme Geheimnis war gelüftet – Klara musste nicht länger schweigen. Sie schüttete Charlotte ihr ganzes Herz aus, ließ sich von ihr in die Arme nehmen und weinte.

»Was soll nur aus uns werden? Wie soll er von Gott predigen, wenn er doch vom Teufel verfolgt wird? Die Missionsgesellschaft hat ihm vorgeschlagen, nach Deutschland zurückzukehren, aber das kann er doch gar nicht. Seine Eltern sind schon alt und so stolz auf ihren einzigen Sohn, der in Afrika als Missionar die Heiden bekehrt. Es würde ihnen das Herz brechen, wenn sie von seinem Zustand erführen …«

»Es wird sich schon eine Lösung finden, Klara.«

Es war unbequem auf dem blanken Fußboden, und der kühle Nordostwind, der Hohenfriedeberg am Abend heimsuchte, riss an der Bastmatte vor dem Fenster. Dennoch blieb Charlotte bei Klara sitzen, lauschte ihrem Jammer und hegte insgeheim einen immer heftigeren Groll gegen ihren unglücklichen Schwager. Wie konnte ein Mensch so namenlos ehrgeizig sein? In Hohenfriedeberg hatte man versucht, ihn zu schonen, ihm eine Aufgabe zu geben. Aber der Herr Missionar war dafür keineswegs dankbar gewesen, im Gegenteil.

Peter Siegel mochte nicht die zweite Geige spielen, er wollte selbst eine Missionsstation leiten. Weshalb hatte er Pastor Gleiß in Wuga so heruntergemacht? Natürlich – Peter Siegel hatte gehofft, man würde diesen versetzen, damit er selbst die Missionsstation übernehmen konnte! Das war kein schöner Zug von ihm. Nun, diese Hoffnung konnte er jetzt wohl getrost begraben.

»Am schlimmsten sind die gotteslästerlichen Reden, die er führt, wenn er in diesem Zustand ist. Ach, Charlotte, er hat die heiligsten Dinge verlacht, ich kann gar nicht wiederholen, was er Furchtbares gesagt hat. Der Teufel redete aus ihm …«

»Unsinn. Hör bloß mit diesem dummen Zeug auf! Peter ist krank, das ist es. Er hat den Überfall auf die Mission in Naliene nicht verkraftet. Ich bin fest davon überzeugt, dass er Ruhe braucht und sich erholen muss, dann wird er schon wieder gesund werden.«

»Glaubst du? Ach, wenn du nur recht hättest, Charlotte!«

»Natürlich habe ich recht!«

Charlotte sprach im Brustton der Überzeugung, um Klara ein wenig Mut zu geben. In Wirklichkeit jedoch erschien es ihr höchst fraglich, ob Peter Siegel je wieder sein Amt als Missionar ausüben konnte.

»Ach, Charlotte, wenn du nicht bei mir wärest, würde ich ganz und gar verzweifeln! Und dabei hast du doch genug eigenen Kummer, du Arme.«

Tatsächlich aber spürte Charlotte, dass der Schmerz, den Georges Brief erneut aufgerissen hatte, sehr viel schwächer geworden war. Klara brauchte ihre Hilfe, das allein war wichtig, alles andere zählte jetzt nicht.

Erst gegen Morgen schlich sie die Treppe hinunter in ihr Zimmer, doch trotz aller Erschöpfung wollte sich der Schlaf nicht einstellen. Mit offenen Augen lag sie auf ihrem Bett, lauschte auf das Zirpen der Grillen und die Rufe der Nachtvögel, während ihre Gedanken unablässig um Klara kreisten. Als sie endlich in einen traumlosen Schlaf gefallen war, schrillte schon wieder die Morgenglocke. Missmutig drehte sie sich auf die Seite. Wieso hasste sie dieses Gebimmel eigentlich so sehr? Auf ihrer Plantage am Kilimandscharo hatte eine ebensolche Glocke den Arbeitsbeginn und den Feierabend eingeläutet, und auch bei anderen Gelegenheiten war sie eingesetzt worden. Die Glocke hatte in ihren Ohren fröhlich geklungen, ganz anders als diese hier, die herrisch klang, fordernd. Achtung, jetzt gibt es Frühstück! Herbeigeeilt, wir halten jetzt die Morgenandacht! Kommt schnell, der Schulunterricht beginnt! Die Bibelstunde fängt gleich an! Das Mittagessen ist fertig, wer nicht kommt, geht leer aus! Auf zur Arbeit in Feld und Garten! Achtung, bereit machen zur Abendandacht! Heute ist Sonntag, alle guten Christen finden sich zum Gottesdienst ein …

Die beiden Missionare hatten den Tagesablauf genauestens geregelt, es klappte zwar nicht immer alles nach Plan, aber an afrikanischen Verhältnissen gemessen glich diese Mission fast einem Kasernenhof. Charlotte beschloss, das Frühstück und die Morgenandacht für heute ausfallen zu lassen und später, anstatt wie üblich im Garten zu helfen, zu Klara hinüberzugehen. Doch kaum war sie wieder eingeschlafen, da läutete die Kirchenglocke, und ihr fiel siedend heiß ein, dass heute Sonntag war. Sie musste das elende Harmonium spielen.

Weder Klara noch Peter Siegel erschienen zur Andacht, nur der kleine Sammi saß auf Frau Wohlrabs Schoß, doch er weinte fast die ganze Zeit. Nach der durchwachten Nacht verspürte Charlotte eine vollkommene Leere in ihrem Innern, der Klang des Harmoniums ging ihr fürchterlich auf die Nerven, und sie hoffte, dass dieser Gottesdienst so rasch wie möglich vorbeigehen möge. Was ihre Hände auf dem Instrument zustande brachten, nahm sie nur teilweise wahr, doch ihr fiel auf, dass Missionar Wohlrab die Stirn kräuselte und etliche der Waschamba-Christen verwirrte Mienen zeigten. Allein Johannes Kigobo, der in der zweiten Reihe saß und heute die ehrenvolle Aufgabe hatte, die Bibeltexte vorzulesen, grinste glückselig vor sich hin.

Nach dem Mittagessen bat Missionar Wohlrab Charlotte zu einem Gespräch ins Arbeitszimmer der beiden Missionare. Es war ein schmuckloser, rechteckiger Raum im Erdgeschoss, gleich links neben der Eingangstür gelegen und mit hohen Fenstern ausgestattet, damit die Herren das Geschehen auf dem Hof jederzeit verfolgen konnten. Regale mit Büchern und Papierstapeln füllten eine Wand, ein großer Tisch war mit Papieren und allerlei Schreibutensilien bedeckt, ein hölzernes Kreuz aus dunklem Holz, eine besonders schöne Eingeborenenschnitzerei, stand in der Mitte des Tisches.

»Wir warten noch auf Ihre Cousine«, erklärte Missionar Becker, der zwei Stühle herbeigetragen hatte. »Es erscheint uns wichtig, auch mit ihr zu sprechen, da sie großen Einfluss auf ihren Ehemann hat. Ach, ich kann gar nicht sagen, wie sehr mir dieses unselige Geschehen auf der Seele liegt. Es sind schwere Zeiten, liebe Schwester Charlotte. Auch gestern habe ich trösten müssen, wo eigentlich nur Gott der Herr allein Trost geben kann …«

Er schwatzte von der Beerdigung auf der Plantage in Neu-Kronau, wo er die junge Witwe und die Angestellten mit seiner Ansprache zu Tränen gerührt hatte. Frau Manger habe ihm herzlich gedankt und eine Spende für die Mission überreicht. Dabei sei sie selbst in Nöten, weil noch eine Menge Schulden auf der Pflanzung lägen …

Klara erschien an der Seite von Pastor Wohlrab. Als sie Charlotte erblickte, hellte sich ihre bekümmerte Miene ein wenig auf, und sie setzte sich neben die Cousine.

»Er schläft«, berichtete sie leise. »So tief und fest, als wollte er nie wieder aufwachen.«

Missionar Wohlrab wechselte einen Blick mit Becker, dann ließ er sich auf dem freien Stuhl nieder und eröffnete das Gespräch mit der Versicherung, dass man den kranken Bruder Siegel in jeder Weise hilfreich unterstützen werde. Wie das geschehen könne, wolle man nun miteinander beratschlagen.

Klaras hoffnungsvolle Miene schmerzte Charlotte, da sie fürchtete, dass die beiden geistlichen Herren ihre Entscheidung längst getroffen hatten.

»Man ließ uns zwar wissen, dass Missionar Siegel unter Krämpfen leidet, doch die wahre Natur seiner Krankheit wurde uns nicht mitgeteilt«, begann Becker das Gespräch. »Es hieß, er befinde sich auf dem Wege der Besserung.«

Klara nickte eifrig und bestätigte, dass ihr Mann seit fast einem Jahr keinen so schlimmen Anfall mehr erlitten habe.

»Dann ist der gestrige Vorfall umso bedauerlicher ...«

»Er braucht Ruhe«, erklärte Klara und schaute dabei Charlotte hilfesuchend an. »Ein paar Wochen Schonung werden ihn wieder gesund machen. Das Nichtstun wird ihm zwar schwerfallen, aber ich werde unerbittlich sein, das verspreche ich Ihnen.«

»Gewiss, Ruhe und Schonung sind wichtig«, pflichtete ihr Missionar Wohlrab bei. »Es stellt sich nur die Frage, ob Hohenfriedeberg der rechte Ort für seine Genesung ist. Meiner Ansicht nach wäre unser Mitbruder viel besser in einem Sanatorium aufgehoben.«

»Aber er will unter keinen Umständen nach Deutschland zurückkehren!«

»Aber liebe Schwester Klara. So sehr wir es bedauern würden, Sie zu verlieren – Sie müssen auch an sich und an Ihr Kind denken. Ihr Mann muss genesen, und dafür ist eine Missionsstation in Afrika nicht der rechte Ort.«

Charlotte war nicht bereit, es den beiden so leicht zu machen.

»Ist nicht die Pflege der Kranken ein ganz besonderes Anliegen von Pfarrer Bodelschwingh?«, warf sie harmlos ein.

»Nicht in solch einem Fall, liebe Schwester Charlotte. Wir pflegen die Leprakranken, wie Sie wissen. Auch der Irrsinnigen und Blöden werden wir uns annehmen, sobald wir ein Haus für sie erbaut haben. Aber Bruder Siegels Anfälle sind anderer Natur und bedürfen einer ganz speziellen Behandlung.«

»Was für einer Behandlung?«

Missionar Wohlrab zog tief die Luft ein – die Antwort fiel ihm nicht leicht.

»Nun, ich kann nicht darüber befinden, das müssen berufene Männer der Kirche tun. Doch ich frage mich, ob in diesem Fall nicht eine Teufelsaustreibung durchgeführt werden sollte. Verstehen Sie mich recht, liebe Schwester Klara. Die protestantische Kirche pflegt solche katholische Praktiken eigentlich nicht – doch es gibt Ausnahmen …«

Klara starrte ihn mit vor Entsetzen geweiteten Augen an. Eine Teufelsaustreibung – das war furchtbar, und doch erschien es ihr wie ein Hoffnungsschimmer.

»Dazu müsste sich Ihr Mann nach Deutschland begeben, liebe Schwester Klara. Es ist durchaus möglich, dass eine solche Behandlung ihn heilen kann.«

»Das ist der richtige Weg, da bin ich mir sicher«, ließ sich nun auch Becker vernehmen. »Mir scheint, es wäre grausam, unseren armen Bruder noch länger leiden zu lassen, wenn es doch eine Hoffnung für ihn gibt.«

Klaras Tränen flossen reichlich, sie dankte den beiden Missionaren und versprach, nichts unversucht zu lassen, um ihren Mann zur Abreise zu überreden. Im Gegenzug versicherten ihr Wohlrab und Becker, dass sie auf Peter Siegel Einfluss nehmen wollten – gemeinsam würde man ihn seiner Heilung entgegenführen. Nur rasch müsse es gehen, am besten noch in dieser Woche.

Charlotte hatte den Ausführungen der beiden Missionare mit wachsender Verblüffung zugehört. Eine Teufelsaustreibung – das war stark! Aber natürlich – die beiden wollten Peter Siegel so schnell wie möglich loswerden, weil seine Krankheit ihre Missionsarbeit behinderte. Wie sollte man den Schwarzen erklären, dass einer der Missionare ganz offensichtlich vom Teufel besessen war und Jesus Christus ihm nicht helfen konnte?

»Vielleicht braucht mein Schwager zu dieser Zeremonie ja gar nicht nach Deutschland zu reisen«, sagte sie scheinbar hoffnungsfroh. »Gestern noch nannte mir einer der Waschamba einen Medizinmann, der den bösen Geist aus Peter Siegel vertreiben könne …«

Die Wirkung ihrer Worte übertraf all ihre Erwartungen. Beckers Gesicht gefror zu einer Grimasse, Wohlrab blieb der Mund offen stehen, er hatte Mühe, Luft zu holen.

»Wenn das ein Scherz sein sollte, dann ist er gottlos und abgeschmackt!«, empörte er sich in scharfem Ton.

»Aber nein, ich meine es ernst. Der junge Mann wollte Peter Siegel helfen. Er glaubt, ein böser Medizinmann habe den bedauernswerten Missionar verzaubert. Gegen einen solchen Zauber sei Jesus Christus machtlos. Nur ein guter Medizinmann könne den Bann lösen.«

Missionar Becker hatte sich jetzt wieder im Griff, ohne sein Lächeln wirkte er unangenehm und kalt.

»Wer war dieser Bursche, und wieso wusste er davon? Haben Sie den Schwarzen etwa erzählt, dass Missionar Siegel den Teufel sieht?«

Klara verneinte und wandte die Augen ängstlich ihrer Cousine zu. Am liebsten hätte Charlotte laut aufgelacht. Wie lächerlich die beiden Missionare doch waren! »Oh, ich glaube, die Schwarzen haben für solche Dinge einen besonderen Instinkt – sie hören das Gras wachsen, wie man so schön sagt …«

»Da haben wir es!«, murmelte Missionar Becker dumpf. »Diese unglückliche Geschichte hat schon Verwirrung in ihren Gemütern gestiftet. Ein Missionar, der vom Teufel besessen ist – Schlimmeres konnte uns kaum passieren!«

Vom Hof her drangen helle Kinderstimmen in den Raum, schwarze und weiße Knaben übten sich im Bockspringen, die Mädchen schauten zu und lachten, wenn einer der lebenden Böcke umgerissen wurde. Missionar Becker erklärte das Gespräch für beendet.

»Wir werden wie verabredet verfahren und rechnen auf Ihre Unterstützung, liebe Schwester Klara. Sie wissen, dass wir nur das Beste für Ihren Mann wollen, und deshalb muss er Hohenfriedeberg so schnell wie möglich verlassen.«

Charlotte verbrachte den Rest des Tages bei Klara, sah nur hin und wieder nach ihrer Tochter, die fröhlich mit den anderen Kindern spielte und später brav zur Bibelstunde ging. Peter Siegel schlief bis zum Abend, dann erfasste ihn ein heftiger Schüttelfrost, und er war für kurze Zeit ansprechbar.

»Es ist nur ein Fieber«, murmelte er. »Ich bin gleich wieder auf dem Damm. Leg meinen Talar zurecht, Klara. Und den Hut. Die hellen Schuhe …«

Er redete von der Beerdigung, die er gleich halten würde, und Klara machte ihm vor, alles sei bereit, um ihn ja nicht aufzuregen. Kurze Zeit später war er schon wieder eingeschlafen. In der Nacht erwachte er mehrmals und trank etwas Wasser, gegen Morgen fragte er, welcher Wochentag heute sei.

»Es ist Montag.«

»Montag …«, wiederholte er langsam.

Er schloss die Augen, und Charlotte ahnte, dass ihm erst jetzt bewusst wurde, was mit ihm geschehen war. Trotz allem tat er ihr unendlich leid – wie verzweifelt musste sich ein Mensch fühlen, der glaubte, vom Teufel besessen zu sein!

Sie nahm an der Morgenandacht teil und bat im Anschluss Johannes Kigobo und Jonas Sabuni, sie auf einen Ausritt zu begleiten. Als man ein Pferd und zwei Maultiere auf den Hof führte und sattelte, ließ Missionar Becker seine Schüler im Stich, auch Wohlrab tauchte am Eingang des Missionshauses auf.

»Sie wollen ausreiten? Es wäre wohl besser, Sie stünden Ihrer Cousine bei, die Sie jetzt so nötig braucht.«

»Ich brauche etwas Abstand, Missionar Becker.«

»Ich rate Ihnen dringend, hier in der Missionsstation zu bleiben!«

Hatten die geistlichen Herren etwa Sorge, sie könne den empfohlenen Medizinmann aufsuchen? Offenbar schon, denn Beckers »dringender Rat« klang wie eine Drohung. Charlotte war drauf und dran, eine heftige Antwort zu geben, doch in diesem Augenblick geschah etwas Unerwartetes. Eine Gruppe afrikanischer Christen aus der Missionsstation Mtai traf in Hohenfriedeberg ein, und alle liefen aufgeregt zusammen, um sie zu begrüßen. Man hörte die hellen, trillernden Rufe der Frauen, Getränke für die durstigen Wanderer wurden herbeigebracht, die Hühner gackerten und flatterten erschrocken auf, die Ziegen meckerten, und die Kinder strömten aus der Bibelstunde auf den Hof hinaus. Ein solcher Besuch war immer Grund, den gewohnten Alltag zu unterbrechen und ausgiebig zu feiern. Manchmal fanden sich bei solchen Gelegenheiten auch Paare zusammen, eine neue Familie wurde gegründet, die sich in der Gemeinde ansiedelte. Nach wie vor gaben die Waschamba ihre Töchter nicht an einen bekehrten Christen, und viele junge Männer lebten unfreiwillig als Junggesellen.

Charlotte nutzte das Getümmel, um mit ihren beiden Begleitern unbemerkt aus der Missionsstation zu reiten. Was sie vorhatte, war bisher nur eine vage Idee, gegen die sie selbst nicht wenige Vorbehalte hatte. Und doch wollte sie es wenigstens versuchen.

»Wohin du willst, *bibi* Johanssen?«, fragte einer ihrer schwarzen Begleiter, Johannes Kigobo, neugierig.

»Nach Süden. Dorthin, wo die Domäne Kwai liegt«, antwortete Charlotte.

»Aber das weit ist. Wir bis zum Abend nicht zurück sein werden.«

»Wir reiten nicht ganz bis dorthin, Johannes Kigobo. Nur bis Neu-Kronau.«

»Ah, Jonas Sabuni versteht«, schaltete sich nun sein Kamerad ein. »*Bibi* Johanssen will weiße Frau trösten.«

»Du bist klug, Jonas Sabuni!«

Es war ein heißer Tag, die Nebel über den Urwäldern hatten sich früh gehoben, und die Landschaft erschien in einem klaren, hellen Licht. Ein vielfarbiger Bogen aus funkelnden Tröpfchen wölbte sich über dem Wasserfall zu Füßen des Dorfes Mlalo, schwarze Frauen und Mädchen hockten am Fluss, lachten und schwatzten, während sie die Wäsche über flache Steine rieben. Auf den bewaldeten Höhen schien jeder Baum, jeder Zweig wie mit dem Stahlstift gezogen, silbern glitzerte das Felsgestein, Bäche und schmale Rinnsale rieselten von den Bergen hinab durch das Wiesengrün, um sich in den Fluss zu ergießen. Es war ein gesegnetes Land, voller Licht, Farben und Töne, ein fruchtbares Land, das die Menschen ernährte wie der Garten Eden.

Schweigend ritten sie hintereinander, zuerst Johannes Kigobo, ihm folgte Charlotte auf dem Pferd, den Schluss bildete Jonas Sabuni. Im Urwald scheute das Pferd vor dem Dämmerlicht und den ungewohnt schmalen Pfaden, auch hatte es Mühe mit den trockenen Bachbetten, die man jetzt, in der heißen Jahreszeit, als Wege nutzen konnte. Die Maultiere waren weniger empfindlich, sie stiegen gleichmütig über umgestürzte Bäume und setzen die Hufe auf den glatten Steinen so sicher, als bewegten sie sich über einen breiten Weg.

Gegen Mittag endlich erreichten sie eine staubige Fahrstraße, die zwischen Weiden und einem frisch gerodeten Landstück hindurch einige Kilometer nach Süden führte. Auf der Rodung lagen noch gefällte Stämme und Äste in wildem Durcheinander, Vögel hockten auf den Stümpfen und pickten im frisch geborstenen Holz.

»Da drüben es ist gewesen«, sagte Johannes Kigobo und zeigte auf einen umgestürzten Stamm, dessen Krone noch belaubt war.

Charlotte begriff. Dort war der unglückliche Pflanzer zu Tode gekommen.

»Friede seiner Seele«, murmelte sie, und die beiden Schwarzen wiederholten ihre Worte.

Johannes Kigobo und Jonas Sabuni ritten mit gesenkten Köpfen und warfen scheue Blicke zu dem mächtigen Baum hinüber, der im Sterben denjenigen tötete, der ihn geschlagen hatte. Charlotte wusste, was sie dachten – das neu erworbene Christentum konnte den uralten Glauben in ihren Köpfen nicht auslöschen. Die Geister der Toten waren lebendig, sie waren erzürnt und hatten Macht über die Lebenden. Sie zögerte, dann zügelte sie ihr Pferd und stieg ab, um ein paar Blätter von einem Busch zu reißen und auf die Rodung zu werfen. Die beiden Waschamba sahen ihr stumm dabei zu, dann glitten sie von ihren Maultieren und folgten ihrem Beispiel, um die Totengeister zu beschwichtigen. Charlotte hatte kein schlechtes Gewissen, obgleich ihr Großvater, Pfarrer Henrich Dirksen, sie dafür vermutlich aus der Gemeinde ausgeschlossen hätte. Sie hatte schon vor Jahren gelernt, dass man gut daran tat, die Geister Afrikas zu respektieren.

Ein Gatter aus breiten Holzbrettern tauchte auf, dahinter schlängelte sich ein Weg durch niedriges Buschwerk und Wiesen zum Wohnhaus der Plantage. Es war ein schlichtes Ziegelgebäude, mit roten Schindeln gedeckt, daneben befand sich ein kleinerer Bau, der vermutlich als Vorratsraum und Waschküche diente. Blumenbeete mit allerlei Staudengewächsen schmückten den Eingang, eine Kinderschaukel hing von einem Holzgestell herab. Als sie das Gatter erreicht hatten, entdeckten sie dahinter einen braunen Felsbrocken, in den die Worte *Pflanzung Neu-Kronau. Besitzer: Karl Manger* eingemeißelt waren.

Der Fels war ganz sicher vom Gebirge hierhergeschafft worden, man hatte ihn ein Stück in den Boden eingegraben und an einer Seite glatt geschliffen, um die Aufschrift anbringen zu können. Karl Manger musste es sehr wichtig gewesen sein, seinen Besitz für alle Zeiten festzuschreiben.

In der Nähe des Wohnhauses waren zwei schwarze Frauen zu sehen, die zwischen mehreren Blechschüsseln auf dem Boden saßen und Gemüse putzten. Auf Charlottes Wink hin öffnete Johannes Kigobo das Gatter, und sie ritten langsam auf das Wohnhaus zu. Es war tatsächlich sehr klein, wenn auch zweistöckig, auf der Westseite gab es ein hölzernes Vordach, darunter eine gemauerte Terrasse, die jedoch vor sich hin bröckelte. Der Besitzer schien sämtliche Energie auf die Landwirtschaft gerichtet zu haben, der Komfort für sich selbst und seine Familie musste zurückstehen.

Ein großer Teich, von einem Bach gespeist, reflektierte gleißend das Sonnenlicht, auch einige gemauerte Wasserbecken, die bei der Gewinnung der Kaffeebohnen gebraucht wurden, waren vorhanden. Momentan schien niemand zu arbeiten, nur ein Häuflein bunter Enten saß am Teichufer und blickte den Gästen misstrauisch entgegen. Dann entdeckte Charlotte einen rotbraunen Hund auf dem Weg dicht vor der Eingangstreppe, einen ungewöhnlich großen Burschen mit dichtem Fell, der so reglos am Boden lag, dass er fast mit dem rötlichen Staub verschmolz. Es schien sich nicht um einen einheimischen Hund zu handeln, vermutlich hatte der Pflanzer ihn aus Europa mitgebracht.

Niemand kam den Gästen entgegen, um sie willkommen zu heißen. Die beiden schwarzen Frauen putzten weiter ihre Karotten und schnippelten grüne Blätter in die Schüsseln, doch hin und wieder warfen sie der kleinen Truppe einen besorgten Blick zu. Der Hund hob den Kopf von den ausgestreckten Vorderpfoten, blickte sie gleichmütig an und döste weiter. Das Tier hatte einen mächtigen Kopf mit breiter Schnauze, seine wuscheligen Hängeohren waren schwarz gerandet.

»Simba«, scherzte Charlotte, Löwe, und erreichte damit, dass die Furcht ihrer beiden schwarzen Begleiter noch stieg.

»Weshalb er nicht bellt?«, fragte Johannes Kigobo unsicher.

»Vielleicht gefallen wir ihm.«

»Hund wartet, bis wir an Tür sind. Dann er springt auf und frisst uns wie Löwe.«

»Ein Hund merkt genau, ob du Angst vor ihm hast, Jonas Sabuni. Nur dann greift er an.«

»Jonas Sabuni weiß das. Jonas Sabuni geht nicht zu Tür, weil Jonas Sabuni hat Angst.«

Auch Johannes Kigobo misstraute dem rotbraunen Löwenhund, also stieg Charlotte ab und näherte sich allein der Eingangstür, die besorgten Blicke der beiden Waschamba im Nacken. Auch jetzt regte sich nichts im Haus. Der große Hund öffnete die Augen und schaute sie müde an.

»Simba?«, fragte Charlotte leise. »Du heißt bestimmt Simba, hab ich recht?«

Vorsichtig streckte sie die Hand aus, der Rotbraune hob den Kopf und beschnupperte sie ausgiebig, dann wirbelte er mit dem Schwanz ein wenig Staub in die Höhe. Immerhin – er hatte gewedelt, wenn auch nur schwach. Ob er um seinen Herrn trauerte?

Sie fasste Mut und ging an ihm vorbei, stieg die drei Stufen zur Eingangstür hinauf und zog an der Glocke. Das Läuten bewirkte, dass sich der Hund auf seine Aufgabe als Wächter besann, aufstand und bellte – ein tiefes, lautes Bellen. Die beiden Schwarzen erstarrten, dann stieg Johannes Kigobo von seinem Maultier ab und schien todesmutig entschlossen, Charlotte beizustehen. In diesem Augenblick öffnete eine schwarze Angestellte die Tür, und der Hund verstummte.

»*Karibu.* Willkommen.«

Die Dienerin trug ein helles Kleid, das vermutlich einst ihrer Herrin gehört hatte, auf ihrem Kopf saß eine seltsam spitze Haube, wie sie Charlotte noch nie zuvor gesehen hatte. Die Frau war nicht mehr jung, was man allerdings nur an den eingefallenen Wangen und tiefliegenden Augen erkennen konnte, denn ihre Haut war glatt, ohne eine einzige Falte.

»Die Herrin schläft, Kinder auch. Kommt herein, wir uns freuen! Ich bringen Gästen Limonade. Kommt herein!«

Während Charlotte sich bedankte und in den schmalen Flur trat, rief die Angestellte mit lauter Stimme mehrere Namen, doch nur ein dünnbeiniger, alter Mann im zerrissenen Jutekittel kam hastig aus dem Nebengebäude gehumpelt und machte Anstalten, sich gemeinsam mit Johannes Kigobo und Jonas Sabuni um die Reittiere zu kümmern.

Der Wohnraum war nicht allzu groß und ähnelte den Wohnzimmern aller Plantagenbesitzer. Es gab einen gemauerten Kamin, einen Tisch mit mehreren Stühlen, Regale an den Wänden, in denen allerlei Krimskrams, aber kaum ein Buch stand, dazu ein aufwendig geschnitztes Vertiko aus dunklem Holz, vermutlich aus Deutschland mitgebracht. Die gerahmten Bilder an den Wänden zeigten deutsche Landschaften, auf dem Vertiko standen Photographien, Eltern und Verwandte aus der Heimat. Die schwarze Angestellte war inzwischen verschwunden, wahrscheinlich meldete sie Frau Manger die

Ankunft der Gäste. Charlotte ärgerte sich, weil sie nicht ausdrücklich gesagt hatte, sie brauche ihre Herrin ihretwegen nicht aufzuwecken. Schließlich hätte sie auch ein wenig warten können. Unzufrieden setzte sie sich auf die Kante eines Ohrensessels, ein ziemlich steifes Möbelstück mit grünem Bezug, das dicht neben dem Kamin stand. Es war keine gute Idee gewesen, so überstürzt hierherzureiten, sie kam ungelegen und störte die junge Frau in ihrem Kummer.

Erst jetzt bemerkte sie, dass sie nicht allein war. Der rotbraune Löwenhund war hinter ihr hergelaufen und beschnüffelte nun ausgiebig ihre Schuhe, dann schnaubte er so heftig, dass seine Lefzen flatterten, und ließ sich vor ihr auf dem Fußboden nieder. Nicht etwa langsam und bedächtig, sondern mit einem kräftigen Plumps, dem ein wohliges Ächzen folgte. Was für ein seltsamer Bursche.

»Du gehörst wohl auch nicht hierher, wie? Deinem Pelz nach solltest du irgendwo in Norwegen wohnen …«

Er schaute aus runden Augen zu ihr auf, schob dann den Löwenkopf ein wenig vor und legte seine feuchte Schnauze auf ihre Schuhe. Charlotte, die sein Verhalten nicht recht zu deuten wusste, blieb in steifer Haltung sitzen und wagte nicht, ihre Füße zu bewegen, bis sie bemerkte, dass der Hüter des Hauses schon wieder eingeschlummert war.

»Schnapsi! Großer Gott – entschuldigen Sie bitte. Schnapsi, steh auf!«

Der Hund regte sich um keinen Zentimeter. Charlotte wunderte es nicht, dass er auf einen so albernen Namen nicht reagierte – wie konnte man einen so kräftigen Burschen nur »Schnapsi« nennen?

Frau Manger kam Charlotte sehr jung vor – fast wie ein Mädchen, das gerade das Pensionat verlassen hatte. Bestimmt war sie hübsch, wenn sie sich ein wenig zurechtmachte, doch jetzt hatte sie das dunkelblonde Haar achtlos am Hinterkopf zusammengerollt, und ihr blasses Gesicht mit dem spitzen Kinn schien zu schmal für die großen, umschatteten Augen. Sie sprach mit einer hohen Kinderstimme, die in der Aufregung schrill klang.

»Verzeihen Sie, dass ich Sie so schlecht empfange ...«

»Ich bitte Sie ... Ich weiß doch, in welcher Lage Sie sich befinden. Ich will Sie nicht lange belästigen ...«

»Aber nein. Ich freue mich über Ihren Besuch. Es ist angenehm, mit jemandem reden zu können. Hier gibt es nur die Schwarzen, und mit denen kann man sich doch nur zum Teil verständigen ... Weiße Gäste sind selten, vor allem Frauen. Sie sind Frau Dr. Johanssen, nicht wahr? Ich habe von Ihnen gehört ...«

Der Druck ihrer kühlen Hand war erstaunlich fest. Charlotte stellte fest, dass sie trotz des warmen Wetters ein wollenes Tuch um die Schultern gelegt hatte. Sie verstand das gut – Einsamkeit und Kummer konnten einen Menschen selbst bei Wärme frösteln lassen.

Die schwarze Angestellte brachte einen Krug Limonade, und Frau Manger holte die guten Kristallgläser aus dem Vertiko, ein kostbarer Schatz, wie sie stolz betonte, der Teil ihrer Mitgift gewesen sei.

»Ich heiße Ida – darf ich Sie Charlotte nennen?«

Ida Manger war gesprächig und schien tatsächlich froh, sich einer Weißen anvertrauen zu können, offenherzig erzählte sie Charlotte ihr halbes Leben. Sie habe ihre Kindheit in Frankfurt am Main verbracht, der Vater sei Beamter bei der Schulbehörde. Ja, sie habe schon früh davon geträumt, der Enge zu entfliehen und auszuwandern, ihre Brüder seien beide in Amerika, der eine besitze eine Straußenfarm, der andere handele mit landwirtschaftlichen Geräten in Iowa. Ihre Eltern seien damals nicht über ihre Heirat erbaut gewesen, schließlich war der Bräutigam nur Schreinermeister und dazu noch fünfzehn Jahre älter als sie. Aber sie habe an ihm festgehalten.

»Wir sind vor fünf Jahren hierhergekommen. Mein Gott – ich hätte nicht geglaubt, dass es so hart sein könnte. Wir hatten nicht einmal ein Haus, nur eine Hütte aus Zweigen und Lehm, wie sie die Eingeborenen bauen. Das Schlimmste waren die Ratten, die überall herumliefen und alles anknabberten. Als unser Ältester geboren wurde, hat mir eine Schwarze geholfen, der Arzt kam erst drei Tage später zu uns …«

Charlotte hörte geduldig zu. Karl Manger schien kein zärtlicher Ehemann gewesen zu sein, er hatte seiner jungen Frau eine Menge zugemutet. Erst vor zwei Jahren hatte er ein festes Haus aus Ziegeln erbauen lassen, und als seine Frau einige wenige Möbelstücke und Geschirr aus dem Besitz ihrer Eltern schicken ließ, war er wütend über die hohen Frachtkosten gewesen. Ihre Mitgift gab er allein für das Gedeihen der Plantage aus, kaufte teure Gerätschaften, Sämereien, Vieh und Zugtiere, bezahlte die Löhne der Arbeiter.

»Zuerst haben wir das Land von der Ostafrikanischen Gesellschaft gepachtet, das kostete nicht viel. Dafür hatten wir die Auflage, jährlich mindestens fünfzig Hektar zu kultivieren; wer ein Viertel des gepachteten Landes kultiviert hatte, durfte es von der Gesellschaft kaufen. Mein Mann war ehrgeizig – er konnte die Pflanzung schon im vergangenen Jahr erwerben. Viele andere Pflanzer brauchen dafür weitaus länger und kaufen auch nur einen Teil des Landes. Dabei ist der Preis eigentlich spottbillig, drei Rupien pro Hektar …«

Das war nicht viel, der Verkauf eines Zentners Kartoffeln erbrachte schon sieben Rupien, das entsprach nach deutscher Währung ungefähr neun Mark. Dennoch hatte sich Karl Manger bei einem Geldverleiher in Tanga verschuldet – er hatte den Besitz unbedingt sein Eigen nennen wollen, obgleich die Mitgift seiner Frau schon aufgebraucht war. In einem Jahr habe er das Geld leicht verdient, hatte er behauptet. Zwar trugen die Kaffeebäume erst nach sieben Jahren die ersten Früchte, doch er hatte sich auf die Ackerfrüchte verlassen. Dann hatte ihm die Kartoffelfäule einen Strich durch die Rechnung gemacht.

»Er nimmt schrecklich hohe Zinsen, dieser widerliche Mensch. Es muss ein Jude sein – ach, liebe Charlotte, diese Leute sind das Verderben der Menschheit.«

Die Tür knarrte, und ein kleiner Junge lugte scheu durch den Spalt. Als Charlotte ihm zulächelte, schob er die Tür ganz auf und lief zu seiner Mutter.

»Willi heult«, meldete er und sah verlangend auf die blinkenden Gläser mit Limonade.

»Will auch.«

Er bekam einen Tonbecher – das schöne Kristall war nicht für Kinderhände bestimmt –, dann schickte Ida Manger die schwarze Angestellte nach oben, um nach dem Jüngsten zu sehen.

»Sie sind faul, die Schwarzen«, seufzte sie. »Alles muss man ihnen auftragen, nie kommen sie von selbst auf die Idee, mit anzupacken. Mein Mann war oft jähzornig, hat sie geprügelt und bestraft, aber geholfen hat es wenig. Sie kennen weder Treue noch Pflichtbewusstsein – stellen Sie sich vor, die Burschen sind einfach weggelaufen, und wir standen ohne Arbeiter da …«

Karl Manger schien in der Tat ein hartherziger Mensch gewesen zu sein, sinnierte Charlotte, auch wenn man nicht schlecht über einen Toten denken sollte. »Ich kann gut verstehen, wie Ihnen jetzt zumute ist, Ida. Sehen Sie, mich traf vor sieben Jahren das gleiche Schicksal …«

Sie erzählte von Max, der die Plantage am Kilimandscharo mit so viel Energie und Optimismus geführt hatte und ganz plötzlich aus dem Leben gerissen wurde. Max von Roden und

Karl Manger hatten außer ihrem frühen Tod nicht viel gemeinsam, doch das erwähnte sie nicht.

»Und was haben Sie getan, als Sie unversehens allein mit dem Besitz dastanden?«

»Ich habe mich damals entschlossen, die Pflanzung weiterzuführen.«

Ida Manger blickte sie voller Bewunderung an, dann fing sie geschickt den Tonbecher auf, den ihr Sohn gerade von der Tischkante schob. Von oben war jetzt lautes Gebrüll zu hören, sogar Schnapsi, der schläfrige Löwenhund, zuckte mit den Ohren, ohne seinen Kopf von Charlottes Schuhen zu nehmen. »Aber wie haben Sie das geschafft?«

»Zuerst war es schwer. Später fand ich zwei tüchtige Verwalter …«

Ida Manger schüttelte mutlos den Kopf. Es gehe alles drunter und drüber, sie habe nicht einmal die Papiere ihres Mannes gesichtet, er habe doch immer alles allein machen wollen, sie wisse nicht einmal, wie hoch die Schulden seien. Sie hänge zwar an diesem Land, in das ihr Mann all seine Hoffnung gesetzt hatte, aber von der Plantagenwirtschaft verstünde sie nichts. Vielleicht könne Charlotte ihr einen guten Verwalter nennen?

»Im Moment wüsste ich niemanden – aber so schwer wird es nicht sein, eine geeignete Person zu finden. Es sollte keiner dieser Abenteurer sein, sondern ein ernsthafter Mensch, der schon einige Erfahrungen gesammelt hat …«

Sie hielt inne und überlegte kurz, dann entschied sie kurz entschlossen, alles auf eine Karte zu setzen.

»Hören Sie, Ida, ich möchte Ihnen helfen, deshalb werde ich Ihnen ein Angebot unterbreiten.«

Es war nicht das, was sie eigentlich vorgehabt hatte, aber im Augenblick erschien es ihr als eine gute Lösung.

»Ich kaufe Ihnen einen Teil des Besitzes ab – sagen wir die

Hälfte. Dann können Sie Ihre Schulden begleichen und haben sogar noch Geld übrig, um einen Verwalter und neue Arbeiter zu bezahlen. Was halten Sie davon?«

In diesem Augenblick erschien die schwarze Angestellte mit dem heulenden Jüngsten in der Tür. Ida Manger schob ihren älteren Sohn vom Schoß, um sich dem kleinen Willi zu widmen, der große Bruder war darüber verärgert und ließ seinen Unmut an Schnapsi aus. Der Hund ließ sich zwei Tritte gefallen, dann knurrte er den Angreifer drohend an. Ida schrie auf und zerrte ihren Sprössling am Hosenbund zurück, der dabei das Gleichgewicht verlor und rücklings auf den Fußboden stürzte. Ohrenbetäubendes Gebrüll erfüllte den kleinen Raum, während sich die junge Witwe verzweifelt bemühte, Ruhe und Ordnung zu schaffen. »Die Kinder sind völlig außer Rand und Band«, stöhnte sie, »und dieser Hund ist eine Plage. Mein Mann hat ihn damals unbedingt mit nach Afrika nehmen wollen, doch da war der Kerl noch ein süßer kleiner Welpe. Niemand hätte geglaubt, dass ein solcher Riese aus ihm wird, er frisst uns die Haare vom Kopf und hat schon drei Enten erlegt …«

Charlotte streichelte den rotbraunen Riesen und musste sich das Schmunzeln verkneifen. Drei Enten – nun ja, wie sie Karl Manger einschätzte, hatte er an Futter gespart, unter dem dichten Fell des Hundes fühlte sie nicht viel mehr als Muskeln und Knochen.

»Es war schön, Sie kennenzulernen, Ida, aber ich muss bis zum Abend zurück in Hohenfriedeberg sein. Wenn Sie möchten, überlegen Sie sich meinen Vorschlag. Aber auch sonst bin ich jederzeit bereit, Ihnen mit Rat und Tat zur Seite zu stehen.«

Der letzte Satz ging im neu aufbrandenden Kindergeschrei unter. Willi zappelte im Arm seiner schwarzen Kinderfrau, weil er zu seiner Mama wollte, doch der kleine Tierquäler machte ihm diesen Platz streitig. Man konnte den Kindern ihre Verstörtheit unter diesen Umständen nicht verübeln, und auch Ida Manger stand ganz sicher noch unter Schock. Plötzlich schämte sich Charlotte, dass sie versucht hatte, der armen Frau ihr Land abzuhandeln. Ach, sie hatte Klara so gern helfen wollen, aber was wäre das für eine Hilfe gewesen, die aus dem Unglück anderer Menschen erwuchs?

»Bleiben Sie doch noch, Charlotte, die Kinder werden sich gleich beruhigt haben. Ich lasse Ihnen ein Essen herrichten. Sie können doch hier auf der Plantage übernachten, wir stellen ein Bett für Sie im Wohnzimmer auf …«

»Ich komme wieder, das verspreche ich. Aber heute muss ich leider zurückreiten, meiner Cousine geht es schlecht.«

Ida Manger fragte nicht, was Charlottes Cousine fehlte, momentan fehlte ihr die Kraft, sich auch noch für die Sorgen anderer Leute zu interessieren. Immerhin begleitete sie ihren Besuch bis vors Haus und nahm die Gelegenheit wahr, die beiden Frauen anzufahren, die immer noch bei ihren Blechschüsseln saßen.

»Sie sollten längst die Mahlzeit kochen. Alles muss man ihnen sagen, nichts tun sie von selbst. Ach, meine Liebe, es ist so schrecklich, von diesen Kreaturen umgeben zu sein. Wann werden Sie wiederkommen? Nächste Woche? Das wäre wundervoll! Ich werde Tee kochen lassen und Nusskekse backen, so wie ich sie aus meiner Kindheit kenne.«

Johannes Kigobo und Jonas Sabuni saßen mit dem alten Mann vor dem Nebengebäude und rauchten. Sie hatten Pferd und Maultiere unter einem Baum angebunden, damit sie ein wenig Schatten bekamen, und ihnen Haferkörner gegeben. Vor den Tieren standen Wassereimer, die diese jedoch längst geleert hatten.

»Kein guter Mann«, sagte Johannes Kigobo, als er neben dem grauen Stein mit Karl Mangers Namen abstieg, um das

Gatter zu öffnen. »Gott muss viel Gnade haben für seine Seele.«

»Sprichst du von dem Plantagenbesitzer?«, fragte Charlotte neugierig.

»Nicht schlecht reden von totem Mann«, sagte Jonas Sabuni und verzog sorgenvoll das Gesicht.

Johannes Kigobo spuckte aus und schnitt eine angewiderte Grimasse.

»*Bibi* Johanssen hat gesehen, wie alter Mann humpelt?«, fragte er Charlotte. »*Bwana* hat ihn mit Stock geschlagen, da ist Bein gebrochen und Hüfte war krank. Kein guter Mann. Jesus muss geben viel von seinem Blut für Sünden von *bwana* Manger.«

Als sie die Stelle passierten, an welcher der Deutsche zu Tode gekommen war, bückten sich alle drei und rissen Blätter von den Büschen, um den Geistern ihren Wegzoll zu entrichten. In diesem Augenblick bemerkte Charlotte eine Bewegung hinter ihnen im aufgewirbelten Staub des Weges. »Geh nach Hause!«, rief sie laut.

Der rotbraune Hund setzte sich zwischen die beiden Fahrrinnen und bedachte sie mit einem vorwurfsvollen Blick.

»Du kannst nicht mitkommen! Verschwinde!«

Schnapsi regte sich nicht, doch als sie weiterritten, folgte er ihnen. Jonas Sabuni stieg ab und sammelte Steine auf, um sie nach dem Tier zu werfen. Der Hund jaulte, als er getroffen wurde, dann drehte er sich um und trottete zurück.

»Geh Enten jagen!«, rief Charlotte hinter ihm her.

Sie verließen die Fahrstraße und ritten eine Weile durch den Wald, dann folgten sie einem ausgetrockneten Bachbett und erklommen einen der größeren Hügel. Seine Kuppe war mit Gras und niedrigen Büschen bewachsen, so dass man weit über die Landschaft sehen konnte. Charlotte ließ den Blick über die bläulichen Berge im Westen schweifen und schaute dann hinunter ins Tal, wo die Äcker und Kaffeefelder von Neu-Kronau lagen. Wie ein hellgrünes Meer bogen sich die Gerstenähren im Wind, Kartoffelpflanzen und Gemüse standen in langen Reihen, und an den Hängen wuchsen die buschigen, jungen Kaffeebäumchen zwischen hohen Bananenstauden. Sie spürte, wie ihr Herz rascher schlug. In zwei Jahren schon würde man die ersten Kaffeebeeren ernten können. Ob all diese bewaldeten Hügel noch zur Plantage gehörten? Es war zu vermuten. Aber im Grunde konnte ihr das gleichgültig sein.

»Da!«, rief Jonas Sabuni und deutete mit dem Finger auf einen Busch. Charlotte konnte gerade noch den rotbraunen, dicken Kopf sehen, dann war er verschwunden.

»Verflixter Kerl! Er ist uns doch gefolgt.«

»Ja. Schlau und leise wie *simba.*«

Der Hund hielt mit ihnen Einzug in die Missionsstation Hohenfriedeberg, wo er großes Aufsehen und nicht wenig Ängste erregte. Charlotte war gezwungen, ihn mit in ihr Zimmer zu nehmen, wo sie ihn mit Brot und dickem Maisbrei fütterte – eine Mahlzeit, die er gierig verschlang. Danach streckte er sich neben ihrem Bett aus und begann leise zu schnarchen.

Juli 1907

»Meine liebe Freundin Charlotte Johanssen,
Sie werden gewiss erstaunt sein, dass ich mich auf diese Weise bei Ihnen in Erinnerung rufe. Ich hatte so sehr gehofft, Sie noch einmal als meinen Gast begrüßen zu dürfen, doch ich wartete wochenlang vergebens auf Ihren Besuch. Nun haben sich die Ereignisse überschlagen, und ich bedarf Ihres Rates mehr denn je. Sie sind eine erfahrene, kluge Frau, liebe Charlotte, Sie haben das gleiche Schicksal erlebt, das auch mich getroffen hat, und wenn diese Gründe nicht schon genug wären, so möchte ich noch hinzufügen, dass ich von Anfang an eine große Zuneigung zu Ihnen gefasst habe. Deshalb vertraue ich mich Ihnen vorbehaltslos an und hoffe auf Ihre Hilfe.
Vor einigen Tagen überraschte mich ein Schreiben meines älteren Bruders Georg. Erzählte ich Ihnen nicht, dass er schon in unserer Kindheit stets mein Beschützer war? Und so ist es geblieben. Er schickte mir drei Fahrkarten für die Reise nach New York und weiter in den Süden bis Steamboat Rock, sie müssen ihn ein Vermögen gekostet haben. Georg will meine Kinder und mich in seine Familie aufnehmen, wir werden in Iowa eine neue Heimat finden. Sie glauben ja nicht, wie erlöst ich war, als ich diese Post erhielt, denn die Sorgen um unsere Zukunft hatten sich wie ein riesiger Berg vor mir aufgetürmt.
Zuvor allerdings muss ich Neu-Kronau veräußern, und da ich wenig erfahren in solchen Dingen bin, hoffe ich auf

Ihre Unterstützung. Stellen Sie sich vor – dieser scheußliche Mensch aus Tanga hat mir durch einen Boten mitteilen lassen, er wolle mich vor Gericht bringen, weil die Schuld nicht bezahlt ist. Doch damit nicht genug: Hinterhältig bot er an, mir die Plantage für eine geringe Summe abzukaufen, womit die Schuld erloschen sei. Weigere ich mich, seinem Vorschlag zuzustimmen, so wird er mein Vieh und die Ernte pfänden lassen.

Liebe Freundin, ich meine mich zu erinnern, dass Sie mir anboten, einen Teil meiner Plantage zu kaufen. Vielleicht wäre es aber auch möglich, dass Sie den gesamten Besitz erwerben und die Schuld für mich begleichen?

Ich warte ungeduldig auf Ihre Antwort, da mir nicht viel Zeit bleibt. Die Fahrkarten müssen schon in zwei Wochen eingelöst werden, ansonsten verfallen sie …

Heute habe ich das Grab meines Mannes mit Amaryllis und Akazienzweigen geschmückt – wir haben alle geweint, es ist so schwer, diesen Ort zu verlassen. Und doch ist mein Herz schon ein Stück bei meinem geliebten Bruder in Iowa, der so großzügig für uns alle sorgen wird.

In tiefer Freundschaft und Dankbarkeit
Ida Manger

PS *Ich habe mich geirrt, der Geldverleiher in Tanga ist kein Jude, sondern ein Inder mit Namen Kamal Singh. Es ist, wie mein seliger Mann immer sagte: Die Inder sind die Juden Afrikas.*

Charlotte dachte wieder an den Brief, der sie vor gut zwei Wochen erreicht hatte, als sie jetzt durch die Straßen von Tanga spazierte, den rotbraunen Löwenhund an ihrer Seite. Es war kaum zu fassen, aber dieser so gefährlich aussehende Bursche folgte ihr treu ergeben auf Schritt und Tritt. Befand sie sich bei Klara und Peter im Zimmer, dann wartete er geduldig vor der Tür, bis sie wieder hinaustrat. Während der gemeinsamen Mahlzeiten lag er hinter ihrem Stuhl, und jeder, der vorüberging, machte einen respektvollen Bogen um ihn. Er trottete hinter ihr her ins Schulhaus, ja sogar in die Kirche, wo er sich gottergeben zwischen die Bänke legte. Der Klang des Harmoniums schien ihm Schmerzen zu bereiten, denn er zuckte immer wieder mit den Ohren, während sie übte. Manchmal lief er dann zu ihr hinüber und berührte ihren Arm mit seiner feuchten Nase, als wolle er sie bitten, mit diesem Lärm aufzuhören. Missionar Becker hatte versucht, den Hund aus dem Gotteshaus zu jagen, seine Absicht auf dessen wütendes Knurren hin jedoch schnell wieder aufgegeben.

Elisabeth war die Einzige, die den rotbraunen Gesellen mochte, sie war furchtlos herbeigelaufen, um ihn zu streicheln, doch der Hund erwies sich nicht als fröhlicher Spielgefährte, lief keinem Stock hinterher und hatte auch keine Freude daran, mit den Kindern herumzutollen. Seine Neigung galt allein Charlotte, sie musste in der Tiefe seiner Hundeseele eine Saite angeschlagen haben, die das Tier veranlasste, ihr wie ein Schatten zu folgen.

Es blieb ihr nichts anderes übrig, als die Rolle zu akzeptieren, die er ihr zugedacht hatte. Sie nannte ihn »Simba«, ihren Löwen.

Auf dem Weg hinunter nach Mombo trat er sich einen Dorn in die Pfote, und Charlotte machte ihm einen Verband, den er während der Nacht auffraß. In Mombo musste sie für ihn eine Fahrkarte lösen, da es unmöglich war, ihn im Güterwagen anzubinden – er biss einfach das Seil durch. Auf dem Markt in Tanga riss er zwei Stände um und stahl ein Huhn, das er seiner Herrin stolz vor die Füße legte. Verärgert kaufte sie ihm ein Halsband, um gegen weitere unangenehme Überraschungen gefeit zu sein, und hielt ihn auch jetzt fest an der Leine.

Die Adresse, die Ida Manger ihr angegeben hatte, befand sich in einer belebten Ladenstraße. Kamal Singh war längst aus Sansibar zurückgekehrt und hatte seine Netze auf dem Festland gesponnen. Für ihn war es leichter denn je, gute Geschäfte zu machen, da die Kolonialregierung die indischen Geschäftsleute seit Neuestem nicht mehr verdrängte, sondern förderte. Kamal Singh hatte Charlotte damals in Daressalam zu einem Laden verholfen und sie nach Kräften gefördert, gleichzeitig aber hatte er sie auch hintergangen, denn die Waren, die er in ihrem Laden versteckte, waren unverzollt gewesen. Eines Tages hatte überraschend die Polizei in der Inderstraße gestanden und Kamal Singhs Besitz beschlagnahmt; sie selbst hatte nachweisen können, dass sie mit dem Betrug nichts zu tun hatte, der Inder aber hatte sich nach Sansibar abgesetzt, von wo aus er seine Geschäfte weiterbetrieb. Charlotte hatte nie ergründen können, wie dieser Mann eigentlich zu ihr stand, doch heute würde sich das wohl herausstellen.

Der Laden führte die üblichen Waren, die in den größeren Städten angeboten wurden, allerdings fiel Charlotte auf, dass außer dem billigen Tand, den die Eingeborenen kauften, auch eine Menge teurer Artikel im Sortiment waren. In einem Nebenraum hatte man seidene Teppiche und reich bestickte Stoffe ausgestellt, Porzellan aus China, Silberschmuck und sogar zwei nagelneue Grammophone. Ein junges Paar in lächerlich neuer Tropenkleidung ließ sich Verschiedenes zeigen und unterhielt sich darüber in englischer Sprache – es schien sich um Reisende zu handeln, vielleicht waren sie mit dem Überseedampfer zu einer Afrika-Umrundung unterwegs. Die wohlhabenden Touristen wurden von den indischen Angestellten mit großer Liebenswürdigkeit bedient, obgleich sie schlussendlich nur einen kleinen silbernen Anhänger kauften.

Charlotte hatte Simba vor dem Laden angebunden, doch

da er sich quer vor die Tür gelegt hatte, wagte niemand mehr, das Geschäft zu betreten.

»Ich möchte zu Kamal Singh«, sagte sie auf Englisch zu der zierlichen Inderin, die im Hintergrund des Ladens saß und Tee kochte.

»Er ist nicht hier«, kam die gleichmütige Antwort.

»Aber ich wurde ihm brieflich angekündigt. Mein Name ist Charlotte Johanssen.«

Die Inderin goss seelenruhig kochendes Wasser in die Teekanne und setzte mit ihren beringten, zartgliedrigen Fingern den Deckel darauf.

»Warten Sie bitte, Frau Johanssen.«

Simba zerrte an der Leine und stieß seltsam knurrende Laute aus – der hölzerne Türflügel, an dem Charlotte ihn festgebunden hatte, bewegte sich knarrend.

»Worauf soll ich warten? Sie sagten doch, Kamal Singh sei nicht hier.«

»Man wird Sie zu ihm führen.«

Endlich bequemte sich die Frau, von ihrem Sitz aufzustehen, und verschwand hinter einem hellblauen Vorhang. Gleich darauf schlüpfte ein Junge von irgendwoher in den Laden, ein braunhäutiger Bursche mit glattem schwarzem Haar und wulstigen Lippen. Sein Hemd und die halblange Khakihose waren reichlich mitgenommen – ganz offensichtlich verdiente er sich hier als Laufbursche ein paar Pesos.

»Menos führt Sie zu Kamal Singh«, sagte er mit ernster Miene und machte eine Verbeugung.

In respektvollem Abstand sah er zu, wie Charlotte den großen Hund losband, dann ging er todesmutig neben ihr her und wandte immer wieder besorgt den Kopf nach dem rotbraunen Riesen. Der Wind, der um diese Jahreszeit kräftig vom Meer her wehte, war dem Hund lästig, besonders wenn er von hinten kam und sein langes Fell bauschte. Dann schüttelte er sich unwillig, dass ihm die Ohren um den dicken Kopf flatterten.

»Schöner Hund«, sagte Menos nach einer Weile. »Sie brauchen vor niemandem Angst zu haben, Lady. Er wird Sie sogar vor einem Löwen beschützen.«

»Er frisst auch so viel wie ein Löwe«, gab sie lächelnd zurück. »Vor allem liebt er Hühner und Enten.«

Menos führte sie in nordöstlicher Richtung durch die Stadt, bis sie zwischen den Palmen hindurch das smaragdgrüne Wasser der Bucht sehen konnte.

»Dort ist das Haus von Kamal Singh, Lady. Ich bringe Sie bis zum Eingang.«

Das Gebäude, auf das sein brauner Finger deutete, befand sich hinter einer weißen Mauer und war teilweise von den grünen Wipfeln der Palmen und Akazien verdeckt. Charlotte sah hohe Fensterbögen, geschmückt mit orientalischen Schnitzereien, und zwei viereckige, zinnenbewehrte Türmchen. Kamal Singh schien in einer Art Palast zu leben.

Ein zweiflügeliges Tor verwehrte dem ungebetenen Besucher den Eintritt. Es war aufwendig aus Eisen geschmiedet und sah aus wie eine Reihe von Speeren, deren vergoldete Spitzen in den Himmel wiesen. Ein kräftig gebauter Schwarzer stand auf der anderen Seite des Tores, lehnte den Rücken gegen die Mauer und rauchte eine Zigarette. Als er sie kommen sah, löschte er die Zigarette sorgsam im trockenen Sand und nahm Haltung an. Ob er früher bei den Schutztruppen als Askari gedient hatte? Die phantasievolle Kleidung und die Mütze wiesen darauf hin.

»Frau Johanssen?«

Die Worte klangen seltsam aus seinem Mund, obgleich er sich große Mühe gab, sie richtig auszusprechen. Charlotte erklärte ihm auf Suaheli, dass Kamal Singh sie erwarte, er nickte dienstfertig und hob den schweren Türriegel.

Sie gab Menos zwei Rupien, die er mit einer tiefen Verbeugung annahm und in der Hosentasche versenkte, dann warf er einen letzten Blick auf Simba und lief eilig davon. Der Torwächter trat ehrfurchtsvoll zurück, als sie mit dem angeleinten Hund das Tor passierte, auch ihm war der mächtige Bursche suspekt. Charlotte blieb schon nach wenigen Schritten stehen, um die märchenhaft schöne Anlage zu bewundern. Ein Garten, wie in *Tausendundeine Nacht* beschrieben, umgab die Villa. Auf Marmorpodesten standen Pflanzkübel, rechteckige Wasserbecken, durch Kanäle miteinander verbunden, spiegelten das Sonnenlicht und schufen doch die Illusion von Kühle. Längs der Mauer wucherte Buschwerk, dazwischen erhoben sich Palmen, Maulbeerbäume und Orangenbäume, in einer Ecke des Gartens befand sich ein dunkelgrüner Bambushain. Wie musste dieser Park erst nach der Regenzeit aussehen, wenn er schon jetzt, in der trockenen Phase des Jahres, eine solche Oase war?

Ein Diener mit weißem Turban empfing sie an der Eingangstür. Charlotte band Simba vor dem Haus fest, da es zu unhöflich gewesen wäre, die Villa in Begleitung eines Hundes zu betreten. Sie hörte ihn ärgerlich bellen, während sie dem Diener durch die Eingangshalle folgte und eine breite Treppe in den ersten Stock hinaufstieg.

Kamal Singh hatte sich nicht ganz so fürstlich eingerichtet, wie sie zuerst vermutet hatte, doch allein die vielen Teppiche, welche die Böden dicht an dicht bedeckten, waren vermutlich ein Vermögen wert. Diener und junge weibliche Angestellte waren überall zu sehen, sie taten jedoch nicht viel, sondern saßen herum und schienen auf Anweisungen zu warten. Im oberen Geschoss durchquerten sie einen lang gestreckten schmalen Raum, an dessen Wänden zu beiden Seiten verglaste Bücherschränke standen, einer neben dem anderen, alle mit braunen und schwarzen Lederfolianten bestückt. Ein schwarzbärtiger junger Mann im seidenen Kaftan kam ihnen entgegen, starrte Charlotte hochmütig aus goldblitzenden Augen an, und als er an ihnen vorüberging, glaubte sie, einen feindseligen Zug in seiner Miene zu erkennen. Wer war er? Einer von Kamal Singhs Söhnen? Ein Geschäftspartner? Ein Schwiegersohn? Sie war verwirrt. Etwas in diesem Haus nahm ihr den Atem und ließ Bilder und Erinnerungen in ihr aufsteigen, von denen sie bisher nichts geahnt hatte. Dort der geschnitzte Schrank, in dem Jagdwaffen aufbewahrt wurden – hatte sie ihn schon einmal gesehen? Dieses goldgerahmte Bild, das einen Tempel zeigte – kannte sie das nicht?

Ich werde es irgendwo in einem Buch gesehen haben, sagte sie sich. Aber dann verblüffte sie ein dunkelroter, weiß und silbern bestickter Wandschirm, auf dem zwei Kraniche zwischen zartem Pflanzenwerk dargestellt waren. Er schien aus einem ihrer Träume zu stammen.

Ich bin verrückt, dachte sie. Etwas in meinem Gehirn ist durcheinandergeraten. Und doch – sie war zwei Jahre alt gewesen, als ihre Mutter sie von Bombay nach Deutschland brachte. Konnte man sich so weit zurückerinnern?

Kamal Singh empfing sie in einem schmucklosen quadratischen Raum, in dem es nur einen eingelegten Tisch und einige schön geschnitzte Sessel gab. Dafür war der Blick aus den drei gewölbten Fenstern umso großartiger, denn man sah direkt aufs Meer hinaus.

Er blieb sitzen, als sie eintrat, und hob nur leicht die Hand, um dem Diener anzudeuten, dass er verschwinden solle. Kamal Singhs Gesicht unter dem großen Turban schien kleiner geworden zu sein, die Haut war immer noch glatt, doch die Augen lagen tiefer, und der Bart war nicht mehr grau, sondern weiß. Seine Gestalt wurde von dem weiten gelben Kaftan fast ganz verhüllt, nur die Hand, die auf dem Intarsientisch ruhte, kam ihr hell und faltig vor.

»Frau Charlotte … Johanssen«, sagte er mit leisem Spott. »Wir haben uns lange nicht gesehen. Seien Sie mir willkommen.«

Er wies auf einen Sessel und klatschte dann in die Hände. Eine junge Dienerin trug ein Tablett herein, auf dem zwei Porzellantassen mit heißem, duftendem Tee und mehrere Schalen mit allerlei Backwerk standen.

»Verzeihen Sie, dass ich Sie nicht selbst bediene, wie ich es früher so oft getan habe … Man wird bequem mit dem Alter, Frau Johanssen.«

»Ich denke gern an die Zeit in Daressalam zurück«, sagte sie, um Freundlichkeit bemüht. »Sie haben mir sehr geholfen – später allerdings …«

Er lächelte und beugte sich über seine Tasse, um den Duft des Tees einzuatmen.

»Lassen wir die alten Zeiten ruhen. Es hat sich alles zum Besten gewendet, sowohl für Sie als auch für mich. Schauen Sie hinaus, Charlotte. Was sehen Sie?«

Er hob den Arm und zeigte zu den Fenstern hinüber, der weite Ärmel seines Kaftans glitt ein wenig hinauf und gab sein dünnes Handgelenk frei.

»Das Meer. Türkis in der Nähe des Ufers, weiter draußen tiefblau, und in der Ferne blitzt es silbern.«

»Nichts sonst?«

»Schiffe. Kleine Dhaus mit weißen, im Wind gebauschten Segeln. Ein Dampfer, der den Hafen gerade verlassen hat und Kurs nach Süden nimmt. Und ganz in der Ferne scheint ein Segler zu fahren, vielleicht sogar ein Dreimaster …«

»Unwichtige Dinge, Charlotte. Wissen Sie, was ich sehe, wenn ich hier sitze und hinausschaue?«

Seine Stimme hatte einen träumerischen Klang angenommen, auch der war neu, früher hatte er niemals in diesem Ton gesprochen. Plötzlich ahnte sie, was er meinte.

»Indien.«

Er zeigte keine Überraschung, dass sie seine Gedanken erraten hatte.

»Es liegt ein ganzer Ozean dazwischen, und doch können meine Augen die Berge und den heiligen Fluss sehen. Wundert Sie das nicht, Charlotte?«

»Nein.«

Charlotte trank einen Schluck Tee und wollte dann vorsichtig auf den Zweck ihres Besuchs zu sprechen kommen, doch der Inder kam ihr zuvor.

»Johanssen …«, sagte er mit veränderter Stimme. »Der Mann, der damals im Regen in Ihren Laden lief, nicht wahr?«

Wie konnte er das wissen? Hatte er sie damals von seinem eigenen Laden aus beobachtet? Unsinn – bestimmt hatte er Klara ausgefragt.

»Dr. Johanssen ist mein Ehemann, ganz recht. Er hat vor zwei Jahren in Daressalam in der Klinik für Einheimische gearbeitet.«

»Und was tut er jetzt?«

War das freundschaftliches Interesse, oder wollte er sie aushorchen? Eigentlich ging es ihn nichts an – schließlich fragte sie ihn auch nicht nach seiner Familie.

»Er nimmt an der Expedition des Herzogs von Mecklenburg nach Ruanda teil.«

Charlotte beschloss, endlich auf den eigentlichen Grund ihres Besuchs zu sprechen zu kommen.

»Ich bin hier, um die Schulden von Karl Manger zu bezahlen.«

»Weshalb tun Sie das?«

Seine Frage klang fast vorwurfsvoll. Ihr fiel ein, dass er damals versucht hatte, sie in seine Geschäfte einzubeziehen. War er immer noch ärgerlich, dass sie sich nicht darauf eingelassen hatte?

»Ich habe die Plantage von seiner Witwe gekauft, das hat sie Ihnen doch geschrieben. Ich kenne die Höhe der Schuld und habe sie übernommen.«

Sie kannte auch die Zinsen, die er für die dreitausend Rupien forderte, sie waren horrend, fast ein Drittel, und sie hoffte, ein wenig mit ihm handeln zu können.

»Wozu brauchen Sie eine Plantage, Charlotte?«

Er hatte die dunklen Brauen hochgezogen und betrachtete sie mit einer Mischung aus Mitleid und Spott. Charlotte spürte, wie Ärger in ihr aufstieg.

»Ich brauche sie vor allen Dingen für meine Cousine Klara und ihre Familie«, stellte sie klar. »Aber auch für mich. Sehen Sie, ich sehne mich nach einem Ort, an dem ich zu Hause bin. Ein Stück dieser wundervollen Landschaft gehört jetzt mir, ich werde darauf ein Haus erbauen, Kaffeefrüchte ernten, vielleicht Sisal anpflanzen, Kartoffeln, Mais, Getreide … Ich liebe das Leben auf einer Plantage.«

Draußen fing Simba ungeduldig an zu bellen, doch Kamal Singh schien den Lärm nicht zu bemerken. Charlotte bat ihn, ihr die Summe zu nennen, und schlug ihm lächelnd vor, den Zinssatz noch einmal zu überdenken. Doch Kamal Singh blieb hart und rechnete ihr den Betrag auf Rupie und Heller aus. Es blieb ihr nichts anderes übrig, als zu bezahlen. Sie schrieb ihm einen Scheck auf die Ostafrikanische Bank in Tanga aus, wo George für sie vor seiner Abreise ein Konto eingerichtet hatte. Sie hatte davon auch eine größere Summe an Ida Manger gezahlt – später wollte sie George das Geld zurückgeben, sie würde es von Elisabeths Erbe nehmen.

»Ich wünsche Ihnen Glück und Frieden«, sagte Kamal Singh mit ernster Miene, dann steckte er ihren Scheck sorgfältig zwischen seine Papiere und zerriss vor ihren Augen den Schuldschein. »Und wenn Sie dennoch einmal in Not geraten sollten, Charlotte, dann denken Sie an Ihren Freund

Kamal Singh. Er wird für Sie da sein, solange er auf dieser Erde lebt.«

»Ich danke Ihnen«, gab sie mit kühler Freundlichkeit zurück. »Auch meine guten Wünsche begleiten Sie. Leben Sie wohl.«

Schon in der Halle rief sie laut Simbas Namen. Sofort hörte er auf zu bellen. Draußen beschnüffelte er sie begeistert, und sein Schwanz beschrieb wilde Kreise in der Luft. Natürlich hatte er die Leine zerrissen – sie würde eine Kette besorgen müssen.

September 1907

Der Wind trieb die schwarzen Rauchwolken direkt auf sie zu – beißend drang der Qualm in Augen und Lungen und ließ sie husten, als hätten sie die Schwindsucht. Am Morgen war ein wenig Regen niedergegangen und hatte die lodernden Flammen gelöscht, doch auf dem Boden und unter den Ästen schwelte noch die Glut, wenn es bis zum Mittag trocken blieb, würde der Brand neu entfacht.

»Viel Wald hat sterben müssen in Feuer«, keuchte Johannes Kigobo. »Asche fliegt auf und macht Gesicht schwarz wie Gesichter von Waschamba!«

Charlotte konnte nicht antworten, weil ein Hustenanfall sie schüttelte, doch sie gab ihrem Maultier die Fersen, um möglichst schnell aus der stetig rauchenden Rodung hinauszugelangen. Es wäre dumm gewesen, die schon gefällten Bäume liegen zu lassen, also hatte sie Leute ausgeschickt, um die Äste abzuschlagen, dann hatten sie Feuer gelegt. Die Reste des verbrannten Holzes würden später mühsam abtransportiert werden müssen, danach konnten sie darangehen, die Wurzeln und Steine zu entfernen und die Rodung langsam in Ackerboden zu verwandeln. Im kommenden Jahr wollte Charlotte die ersten Sisalpflanzen setzen lassen.

Simba lief ihnen ausnahmsweise voran, auch er hatte es eilig, den Rauchschwaden zu entkommen. Er kannte den Weg, den seine Herrin inzwischen mehrmals in der Woche zurücklegte, und hinterließ seine feuchte Markierung gern an Felsen oder Bäumen, um darzutun, dass dieses Revier ihm gehörte.

Sie verließen den Fahrweg und folgten einem engen Pfad, der sich durch den Wald bergan schlängelte. Das Rauschen des Baches begleitete sie auf ihrem Ritt, manchmal entfernte es sich, dann wieder nahm es an Intensität zu, und das Bachbett trat glitzernd zwischen Bäumen und Buschwerk hervor. Der Bach hatte viele Gesichter, er strömte glatt über flaches Gestein, schoss in Wirbeln zwischen Felsbrocken und gestürzten Stämmen hindurch, am großartigsten aber war er, wenn sein Wasser von einer Anhöhe herabstürzte, tosend und schäumend, von weißlicher Gischt umnebelt. Oben auf dem Berggrat wand sich der Pfad durch ein kahles Geröllfeld, um auf der anderen Seite in scharfen Kehren talwärts zu führen. Man konnte schon aus der Entfernung das Rufen und Schwatzen der Arbeiter hören, sie schienen tatsächlich fleißig zu sein. Es war auch kein Wunder, denn die Ziegel, die sie dort in der Lehmgrube formten, waren für ihre eigenen Häuser bestimmt. So hatte es Max von Roden damals auf seiner Plantage am Kilimandscharo gehalten, und Charlotte wusste, dass es eine kluge Maßnahme gewesen war. Schwarze Arbeiter, die mit ihren Familien in einem festen Haus wohnen durften und dazu noch Feld und Garten erhielten, hatten wenig Lust, sich einen anderen Ort zu suchen. Sie blieben auf der Plantage. Auf diese Weise gedachte sie sich einen festen Arbeiterstamm zu schaffen, damit sie nicht – wie Karl Manger – auf die unzuverlässigen Burschen angewiesen war, die mal auf einer Plantage, dann wieder bei der Bahn anheuerten und schließlich an die Küste zogen, um dort ihren Verdienst in aller Kürze durchzubringen.

Zwei verlässliche Angestellte besaß sie bereits – Johannes Kigobo und Jonas Sabuni waren trotz aller Bedenken der Missionare in Hohenfriedeberg mit ihr nach Neu-Kronau gezogen. Jonas Sabuni hatte seine Frau und die drei Kinder mitgebracht, er wäre der Erste, der eines der neu gebauten Häuser beziehen würde. Johannes Kigobo, der bisher noch Junggeselle war, teilte sich einen Raum im Anbau des Wohnhauses mit drei anderen Angestellten.

Ihre Ankunft bei der Lehmgrube löste Jubel aus, die Schwarzen ließen die Bottiche und hölzernen Ziegelformen stehen und liefen ihr entgegen. Kein Wunder, sie hatte zwei Packpferde dabei, die Reis, Bananen und Gemüse, aber auch Zuckerrohr und Tabak trugen. Die meisten Arbeiter wohnten hier für mehrere Tage, einige hatten Frau und Kinder bei sich, und Charlotte hatte angeordnet, Zelte für sie aufstellen zu lassen. Der einzige festere Bau war ein Unterstand aus Stämmen und Zweigen, er diente als Regenschutz für die geformten Lehmziegel, die der Regen nicht aufweichen durfte, bevor sie in dem Brennofen gestapelt wurden. Den Ofen hatte Karl Manger bauen lassen – er war aus behauenen Steinen gemacht und im Inneren mit Backsteinen ausgemauert.

»Fleißig gearbeitet«, lobte Charlotte, als sie die aufgestapelten rötlichen Steine begutachtete. Nur bei sehr wenigen davon war zu bemängeln, dass der Lehm nicht sorgfältig genug im Bottich getreten worden war, so dass sie an den Ecken bröckelten.

Johannes Kigobo, der sich als eine Art Vorarbeiter fühlte, überwachte das Abladen der Lebensmittel und passte genau auf, dass jeder die bestellten Dinge auch bezahlte. Charlotte war aufgefallen, dass die Preise der indischen Geschäfte in Wilhelmsthal gern in horrende Höhen schnellten, sobald es einen Engpass gab, also hatte sie selbst Reis, Bohnen, Mehl, Tuche und Tabak eingekauft, um sie zu einem anständigen Preis an ihre Angestellten weiterzugeben.

Sie setzte sich auf einen Stapel fertiger Steine und streichelte Simba über das dichte Nackenfell. Der Hund beschnüffelte sie liebevoll. Er hatte am Bach getrunken, und seine Schnauze hinterließ feuchte Flecken auf ihrer Jacke. Die zufrieden grinsenden Gesichter der Schwarzen und ihre Eile, die erworbenen Waren rasch in ihre Zelte zu bringen, stimmten sie vergnügt und erfüllten sie nach langer Zeit mit echter Zufriedenheit. Vielleicht hatte sie ja doch die rechte Entscheidung gefällt, auch wenn die Anfangsschwierigkeiten größer als erwartet gewesen waren und sie es kaum jemandem hatte recht machen können.

Gleich nach ihrer Rückkehr aus Tanga war sie mit ihrer Tochter, Klara, Peter Siegel und dem kleinen Samuel zu ihrem neuen Domizil aufgebrochen und hatte die Plantage nahezu menschenleer vorgefunden. Nur wenige Arbeiter waren geblieben, vor allem die kranken, und einige Frauen mit ihren Kindern, die arbeitsfähigen Männer hatten sich anderweitig umgetan. Auch das Wohnhaus war wenig einladend, Frau Manger hatte es bis auf einige selbst gezimmerte Stühle und eine wacklige Kommode vollständig leer geräumt, und das, obgleich Charlotte ihr eine zusätzliche Summe für Möbel und Gerätschaften gezahlt hatte. Vermutlich hatte sie alles, was sie zu Geld machen konnte, an die Nachbarn und Eingeborenen verkauft: Die Betten und Matratzen fehlten, die Vorhänge an den Fenstern waren fort, und im Grunde konnte Charlotte froh sein, dass ihre liebe Freundin Ida nicht auch noch die verglasten Fenstereinsätze verscherbelt hatte. Besonders ärgerlich war, dass auch viele der von Karl Manger neu angeschafften Maschinen und Werkzeuge fehlten, darunter der Pflug, die Anlage, die Strom erzeugt hatte, und eine Menge Hacken und Spaten. Was Ida von dem Vieh veräußert hatte, war schwer abzuschätzen, doch Kerefu, der alte Mann mit der kranken Hüfte, erzählte ihr, dass einige Kühe und eine erkleckliche Anzahl von Schafen und Ziegen den Besitzer gewechselt hatten.

Sollte sie glücklich damit werden! Charlotte hatte den bösen Verdacht, dass der fürsorgliche ältere Bruder die teuren Fahrkarten nicht ohne Hintergedanken geschickt hatte. Auch in Amerika waren Auswanderer nicht immer auf Rosen gebettet, Arbeitskräfte, die zur Familie gehörten, waren billig, denn sie arbeiteten letztlich nur für Kost und Logis.

Zum Glück befand sich Peter Siegel noch in einer Phase tiefer Niedergeschlagenheit, so dass er keine Einwände gegen den Ortswechsel erhob, ja, er fragte nicht einmal, wohin man ihn brachte. Widerspruchslos zog er mit Frau und Kind ins obere Stockwerk des Hauses ein, stand dort bis tief in die Nacht am Fenster und starrte auf das wirbelnde Lichterspiel der Glückwürmchen in den Büschen. Erst als sich der Mond am Horizont erhob und der Sternenhimmel mit großer Klarheit über der Plantage aufging, löste er sich von seinem Beobachtungsplatz und legte sich auf die Wolldecken, die Klara in Ermangelung eines Bettes auf dem Boden ausgebreitet hatte.

Elisabeth dagegen machte aus ihrer Enttäuschung keinen Hehl. Das sollte eine Plantage sein? Dieses kümmerliche Häuschen, in dem es nur vier Zimmer gab, die außerdem noch vollkommen leer waren?

»Und wo sind dic Schwarzen? Es ist kein Mensch hier, Mama. Du hast eine leere, hässliche Plantage gekauft. Ich will hier nicht bleiben, ich will zurück zur Mission!«

Die erste Nacht war so schrecklich, dass Charlotte tatsächlich bereute, diesen überstürzten Kauf getätigt zu haben. Ein gewaltiges Gewitter hatte sich über dem Land zusammengebraut, die Atmosphäre war so aufgeladen, dass Charlotte jedes Haar auf ihrem Kopf spürte und selbst Elisabeth aufhörte zu lamentieren. Gewaltige Donnerschläge krachten am Himmel, wenn die Blitze aufzuckten, sah man Bäume und Hügel für Sekunden in einem seltsam bläulichen Licht – ein starres, gespenstisches Bild, das einem eine Gänsehaut über den Rücken jagte. Auf einem nahen Hügel wurde ein großer Urwaldriese vom Blitz getroffen, sie hörten den gewaltigen Einschlag und zuckten angstvoll zusammen. Kurz darauf sahen sie Flämmchen in der Dunkelheit aufzüngeln, doch dann öffnete der Himmel seine Schleusen und brachte das Feuer augenblicklich zum Erlöschen.

Es stellte sich heraus, dass das Dach an zwei Stellen undicht war, so dass sie im strömenden Regen mit der Blendlaterne hinüber ins Nebengebäude laufen mussten, um nach Gefäßen zu suchen. Schließlich fanden sie zwei leere Petroleumbehälter aus Blech – Ida Manger hatte selbst die Futtereimer zu Geld gemacht.

In dieser Nacht schlief Elisabeth dicht an ihre Mutter gekuschelt unter einem Stapel Kleidern. Auf der anderen Seite lag Simba, der wegen des Gewitters noch anhänglicher war als gewöhnlich, was ihn nicht daran hinderte, früh am folgenden Morgen aus dem Haus zu laufen und zwei Enten zu erlegen, die er seiner Herrin stolz vor die Füße warf. Offenbar steckte ein großer Jäger in diesem europäischen Löwen.

Klara, die Charlottes Entschluss zuerst voller Dankbarkeit und Freude aufgenommen hatte, war nach dieser Nacht mit ihren Nerven am Ende. Zwei Koffer waren vollkommen durchweicht, Wände und Fußboden im oberen Stock erwiesen sich bei näherer Untersuchung als schimmelig, und um das Maß voll zu machen, hatte Sammi Fieber, er musste sich erkältet haben.

»Glaubst du wirklich, wir können hier leben? Du weißt so gut wie ich, dass George niemals auf einer Plantage bleiben würde. Und Peter auch nicht – schließlich ist er Pfarrer und kein Pflanzer.«

Charlotte, die selbst nicht gut geschlafen hatte, musste sich schwer zusammenreißen, um der Cousine nicht tiefste Undankbarkeit vorzuwerfen. Weshalb hatte sie diese verdammte Plantage eigentlich gekauft? Doch nur, um Klara und Peter eine Existenz zu ermöglichen!

»Peter wird sich hier erst einmal erholen können«, sagte sie mit mühsam erzwungener Ruhe. »Die Plantage wird euch ernähren, und Peter hat Zeit, über seine Zukunft nachzudenken.«

»Da bin ich mir aber gar nicht sicher, die Umstände sind hier sind alles andere als erholsam, der Schimmel, Sammis Erkältung …«

Das Maß war voll. Dass ausgerechnet die sanfte Klara jetzt mit Vorwürfen über sie herfiel, brachte das Fass zum Überlaufen.

»Meine Güte«, schimpfte Charlotte. »Siehst du nicht, dass die Sonne scheint? Mach die Fenster auf und häng die nassen Sachen zum Trocknen in den Hof. Und hör auf, Sammi so zu verpimpeln, ein kleiner Schnupfen wird ihn schon nicht umbringen!«

Elisabeth hatte eines der Maultiere aus dem Stall geführt und mit einem Bündel beladen. Darin befanden sich ihre Bücher, die lange vernachlässigte Puppe Fräulein Mine und ein einzelner brauner Schuh, dessen Gegenstück nicht auffindbar gewesen war.

»Was hast du vor?«

»Ich reite zurück nach Hohenfriedeberg, Mama. Wir haben gleich Bibelkunde bei Missionar Wohlrab …«

»Du bleibst hier!«

»Ich will nicht hierbleiben«, heulte das Mädchen. »Ich will zu meinen Freunden. Hier hab ich ja nicht mal ein Bett …«

Charlotte griff energisch nach dem Halfter des Maultieres, auch Simba mischte sich kläffend ein – nur die Ankunft einer kleinen Gruppe Schwarzer, die in diesem Augenblick am Eingangsgatter der Plantage auftauchte, verhinderte eine weitere Auseinandersetzung. Es handelte sich um Johannes Kigobo und Jonas Sabuni, der seine Frau und die drei Kinder mitbrachte. Aus eigenem Entschluss waren sie in aller Frühe in Hohenfriedeberg aufgebrochen, um *bibi* Johanssen nach Neu-Kronau zu folgen und für sie zu arbeiten.

Für Charlotte war ihr Erscheinen wie eine Erlösung. »Jesus will dir helfen, *bibi* Johanssen«, sagte Jonas Sabuni. »Schickt dir Jonas Sabuni und Martha Mukea und dazu auch noch Johannes Kigobo, obgleich der faul ist und lieber schwatzt als arbeitet. Jetzt wir viel Spaß haben!«

Tatsächlich ging es von nun an besser. Die kleine, hagere Martha Mukea besaß eine naive Fröhlichkeit, die eine andere Stimmung ins Haus zauberte. Ihre Söhne waren nur wenig jünger als Elisabeth, die Tochter Ontulwe zählte erst vier Jahre. Das Mädchen war ein sanftes Püppchen und zugleich ein Schelm, sie hängte sich sofort an Elisabeth, die nun auf einmal »die Große« war und Verantwortung übernehmen sollte. Zu Charlottes Überraschung gefiel der widerspenstigen Tochter diese Rolle, zumindest für eine Weile wurde Elisabeth zur besorgten großen Schwester.

Martha Mukea ging Klara zur Hand, sie wusch die Wäsche, fütterte die Ziegen und half Charlotte, den Gemüsegarten zu erweitern. Jonas Sabuni erwies sich als begabter Koch, der niemanden außer seiner Frau in der Küche duldete und aus Mais, Bohnen, Kartoffeln und Ziegenfleisch leckere Mahlzeiten zusammenstellte. Wenn man allerdings nachfragte, was er in die Speisen hineingetan hatte, erhielt man keine Antwort.

Auch Johannes Kigobo war willig, doch es stellte sich schon bald heraus, dass er zwei linke Hände hatte, zu praktischen Arbeiten war er kaum zu gebrauchen. Dafür war er eine wahre Händlernatur, erledigte die Einkäufe in Wilhelmsthal und rechnete anschließend auf Heller und Rupie mit Charlotte ab. Er war stolz darauf, dass sie ihm Geld anvertraute, und schwor, seine Herrin niemals zu betrügen. Eine solche Sünde würde Jesus ihm nur schwer vergeben können …

Die Arbeiter bei der Lehmgrube hatten inzwischen alle ihre Lebensmittel erhalten und bezahlt, doch nur wenige machten sich wieder ans Werk, vielmehr schien es, als wollten sie erst einmal eine Ruhepause einlegen. Charlotte schob Simbas Schnauze von ihrem Schoß und gab Anweisung, einen Teil der fertigen Ziegel in Bastmatten zu wickeln, um sie auf die Maultiere zu laden. Weitere Steine wurden in Körbe gelegt, die sich drei der Arbeiter auf den Rücken banden – es wäre einfacher gewesen, das Baumaterial mit einem Pferdekarren nach Neu-Kronau zu schaffen, doch dazu war der Pfad zu schmal und die Steigung zu stark.

Bevor Charlotte aufbrach, legte sie das Arbeitspensum für die folgenden beiden Tage fest und berichtete, dass gestern schon das Wellblech für die Dächer mit der Bahn gekommen sei. Nur noch wenige Tage, dann würden die ersten Häuser einzugsbereit sein. Ihre Worte beflügelten den Eifer der Waschamba nur wenig, sie versprachen zwar, viele Ziegel zu formen, doch erst einmal sei *pumsika* – Pause.

Der Rückweg ging wegen der Träger und der mit Ziegeln schwer beladenen Maultiere langsamer vonstatten als der Hinweg. Charlotte spürte, wie sie von bleierner Müdigkeit erfasst wurde. Hätte sie nicht immer wieder die Bewegungen des Maultieres ausgleichen müssen, wäre sie vermutlich im Sattel eingeschlafen. Während der vergangenen Wochen waren ihre Nächte kurz gewesen und die Tage übervoll mit Arbeit, so dass ihr kaum Zeit geblieben war, über die Trennung von George unglücklich zu sein. Sie hatte Freude daran, die Plantage »auf Vordermann zu bringen«, zugleich aber wusste sie auch, dass sie einen Verwalter einstellen musste, denn wenn George zurückkehrte, würde sie mit ihm nicht hier, sondern an der Küste leben. Sie hatte eine Anzeige in verschiedenen Zeitungen aufgegeben, doch keiner der Männer, die sich auf der Plantage vorstellten, erschien ihr für den Posten des Verwalters geeignet.

Die einen hatten keine Erfahrung, die anderen erschienen ihr zu rechthaberisch, ein Däne erschien mit der Schnapsflasche in der Hosentasche, ein junger Bure versuchte sogar, ihr die Plantage abzuhandeln. Sie hatte an Ignatz Kummer geschrieben und nach Jacob Guckes gefragt, doch die Antwort war nicht die erhoffte. Mit der Plantage am Kilimandscharo stand es gut, Jacob Guckes war jedoch schon im vergangenen Jahr fortgegangen. Kummer hatte nie wieder etwas von ihm gehört, was bedeutete, dass Charlotte allein zurechtkommen musste. Die Kartoffellese begann, der Hafer wurde reif, Mais und Bohnen mussten geerntet werden. Eine Weile beschäftigte sie einen Zimmermann aus Bremen, der das Dach des Wohnhauses in Ordnung brachte, die feuchten Holzböden herausriss und durch neue Bretter ersetzte. Der Mann war fleißig und anständig, doch er zog nach getaner Arbeit weiter, einen Hühnerstall und eine Umzäunung wollte er nicht bauen. Dazu brauche sie keinen gelernten Handwerker – jeder Dummkopf könne so etwas zusammenzimmern. Es sei ohnehin eine Schande, dass sie die Hühner hinter einem Zaun halten müsse – ein Hund, der auf Federvieh ginge, gehöre erschossen.

Erfreulich waren die Besuche der Nachbarn. Man ermutigte sie, gab gute Ratschläge und brachte nützliche Geschenke – anders als am Kilimandscharo schienen sich hier zwischen den Plantagenbesitzern echte Freundschaften zu entwickeln. Besonders das Ehepaar Krüger aus Westfalen, das mehr als zehntausend Hektar Land sein Eigen nannte und mehrere Parzellen durch Verwalter bearbeiten ließ, half uneigennützig mit Pflug und Gerätschaften aus und schickte ihr sogar Arbeiter.

»Wissen Sie – wir möchten auf keinen Fall schlecht über den armen Karl Manger reden, er war ein fleißiger Mensch und hat eine Menge auf die Beine gestellt. Aber so recht warm konnten wir mit ihm nicht werden, ich glaube, er legte auch keinen Wert auf eine gute Nachbarschaft.«

Die Krügers hatten ihren Besitz schon vor über zehn Jahren gekauft und verschiedene Krisen durchlebt, nicht zuletzt den Verfall der Kaffeepreise, der sie heftig zurückgeworfen hatte. Jetzt bauten sie außer Kaffee auch Sisal an, hatten Zedern gepflanzt und ernteten kleine Mengen Kautschuk. Auch mit Tee hatten sie Versuche gemacht, die jedoch nicht von Erfolg gekrönt waren, da die aus Indien eingeführten Sorten hier nur schlecht gediehen. Allein die Schweinezucht hatte sich bewährt, die Eheleute besaßen eine Metzgerei und verkauften Schinken und Würste an die Küstenstädte.

»Meine Liebe, alles wird für Sie leichter werden, wenn Ihr Gemahl wieder heimgekehrt ist. Eine Plantage braucht nun einmal einen Mann. Gott gebe, dass Sie fürs Erste einen fähigen Verwalter finden. Diese Leute sind ja oft so unzuverlässig – wir können ein Lied davon singen …«

Außer den Nachbarn trafen immer wieder Gäste auf der Plantage ein. Die meisten blieben nur wenige Tage. Da das kleine Wohnhaus kein Gästezimmer bieten konnte, mussten sie in Zelten schlafen. Eine englische Jagdgesellschaft, die Anfang September bei ihnen einfiel, hielt es nur eine einzige Nacht in Neu-Kronau aus. Die Damen und Herren lagerten mit ihren schwarzen Trägern auf den Wiesen um das Wohnhaus, luden die Plantagenbesitzer am Abend großzügig zu Gazellenbraten und allerlei mitgebrachten Leckereien ein und waren verblüfft, dass keiner der Gastgeber mehr als einen der angebotenen Drinks annehmen wollte. Ganz und gar ungewöhnlich fanden sie die Tatsache, dass es in Neu-Kronau weder Whisky noch Brandy gab, nicht einmal deutschen Schnaps, der doch in jeder Lebenslage hilfreich war, ganz gleich ob bei Fieber, Durst oder Schnittwunden.

Als die Gesellschaft am folgenden Morgen davonzog, war man in Neu-Kronau erleichtert, denn die munteren Herrschaften zählten nicht zu den Besuchern, die man für längere

Zeit beherbergen wollte. Erst gegen Mittag brachte der alte Kerefu die Nachricht, dass einer der Engländer den Anschluss verpasst hatte. Es handelte sich um einen jungen Burschen namens Jeremy, der am Abend ziemlich heftig dem Whisky zugesprochen und im Stall seinen Rausch ausgeschlafen hatte. Er war Charlotte am Abend reichlich lästig geworden, weil er beständig ihre Nähe suchte und eine Jagdgeschichte nach der anderen erzählte. Dass es Menschen gab, die seine Leidenschaft nicht teilten, schien für ihn nicht vorstellbar, und so hatte er ihre zurückhaltende Reaktion auf sich selbst bezogen und im Whisky Trost gesucht. Er war ein hübscher Bursche mit eisblauen Augen und welligem rotblondem Haar, das kleine Bärtchen um Kinn und Wangen stand ihm gut. Soweit Charlotte verstanden hatte, war er in Afrika, um das Abenteuer und sich selbst zu suchen.

Jetzt sah er ziemlich jämmerlich aus, als er am späten Nachmittag im Wohnhaus erschien. Da er ihr leid tat, spendierte sie ihm eines der kostbaren Kopfschmerzpulver und unterhielt sich ein Weilchen mit ihm. Bald schon verkündete er, die Jagdgesellschaft habe ihm ohnehin nicht gefallen, und fragte, ob er für einige Wochen auf der Plantage bleiben dürfe, er wolle sich gern nützlich machen. Charlotte blieb nicht viel anderes übrig, als einzuwilligen, obgleich sie sich nicht viel davon erhoffte. Doch sie täuschte sich gewaltig. Der jagdbegeisterte junge Mann zimmerte einen vortrefflichen Hühnerstall samt Umzäunung und mauerte sogar einige Wände der Arbeiterwohnungen.

»Die Schwarzen werden ja doch alles wieder verkommen lassen«, sagte er anschließend grinsend und spuckte einen der Grashalme aus, an denen er gern kaute. »Anstatt den Negern Luxuswohnungen zu bauen, sollten Sie besser Ihr eigenes Wohnhaus vergrößern. Ich hätte da eine gute Idee …«

Sie gab nicht viel auf seine Einfälle, die für ihre Verhältnisse viel zu ausufernd waren. Sie brauchte ein praktisches, einfaches Wohnhaus und keine Villa im englischen Landhausstil. Aber es war amüsant, sich mit ihm zu unterhalten, er konnte gut zuhören und zudem sehr lebhaft erzählen. Außerdem hatte er keinen Tropfen Alkohol mehr angerührt, seit er für sie arbeitete.

Sie hatten den Rauch schon aufsteigen sehen, als sie über das Geröllfeld ritten – nach dem kurzen Morgenregen war es heiß geworden, und der Wind hatte das Feuer in der Rodung wieder entfacht. Als sie die Fahrstraße erreichten, nahmen sie Halstücher und Jackenzipfel vor die Gesichter, um sich vor den glühend heißen Rauchschwaden zu schützen. In einigen Tagen würde das meiste Gestrüpp verbrannt sein, vielleicht schaffte sie es ja noch, vor Beginn der Regenzeit die verkohlten Reste fortbringen zu lassen. Wichtiger war jedoch, die Mauern hochzuziehen und darauf die Wellblechdächer zu setzen – sie hatten jetzt Ende September, im November würde die große Regenzeit beginnen.

Auf der Plantage war Leben eingekehrt. Schwarze Kinder liefen ihnen entgegen und öffneten mit viel Gezerre und Geschiebe das Gatter, die Enten am Teich flogen auf, als sie Simba bemerkten, der jedoch tat, als habe er sie gar nicht gesehen. Über die Terrasse hatte man ein Segeltuch gespannt, um ein wenig Schatten zu haben, dort saß Klara, mit einer Näharbeit beschäftigt, während Sammi mit Martha Mukeas Kindern auf der Wiese herumlief. Peter Siegel und Johannes Kigobo schienen sich wieder einmal als Schreiner zu betätigen, denn immer noch fehlte es an den einfachsten Möbelstücken. Die beiden verstanden sich zwar ausgezeichnet, und ihre guten Absichten konnten nicht hoch genug gewertet werden, die Ergebnisse waren jedoch mehr als fragwürdig. Dennoch war Charlotte sehr froh, dass Peter Siegel sich langsam erholte und sogar praktische Betätigung suchte. Er hatte keinen neuen Anfall erlitten und schien sich auch nicht nach seiner missionarischen Arbeit zu sehnen. Stattdessen verbrachte er die Abende und Nächte an seinem selbst gezimmerten Tisch, um beim Schein der Petroleumlampe Seite um Seite zu füllen. Was er schrieb, bekam niemand außer Klara zu lesen, und die schwieg darüber. Charlotte war der Meinung, dass er ruhig schreiben sollte, vielleicht war das ja eine Methode, um mit sich selbst ins Reine zu kommen.

Soweit konnte sie eigentlich zufrieden sein. Der einzige Wermutstropfen war, dass Elisabeth während der Woche in Hohenfriedeberg lebte, um dort die Schule zu besuchen. Sie kehrte nur am Wochenende auf die Plantage zurück. Es sollte eine vorläufige Regelung sein, die sowohl ihr als auch ihrer Tochter immer weniger gefiel. Sobald sie einen annehmbaren Verwalter gefunden hatte, würde sie ihre Tochter wieder selbst unterrichten.

Klara winkte ihr schon von Weitem entgegen, sie schien ganz außer sich zu sein vor Freude, und Charlotte erkannte bald, dass sie einen Briefumschlag in der Hand hielt, einen jener dicken grauen Umschläge, die George benutzte, wenn er seine Manuskripte verschickte. Ihr Herz machte einen Sprung – Gott sei Dank, er hatte geschrieben! Sie hatte zwei Monate lang keine Nachricht von ihm erhalten, und obgleich sie wusste, dass sich die Expedition fernab aller Postwege befand, hatte sie schon begonnen, sich Sorgen zu machen.

»So viele Ziegelsteine!«, rief Klara ihr fröhlich entgegen. »Man könnte glauben, du willst eine ganze Stadt bauen, Charlotte. Schau, was der Postbote vorhin gebracht hat!«

»Wo ist eigentlich Jeremy?«, wollte Charlotte wissen. »Ich habe ihn heute früh noch gar nicht zu Gesicht bekommen.«

»Oh, ich glaube, er wollte auf die Jagd reiten. Er hat drei

von den schwarzen Arbeitern mitgenommen, sein Gewehr geschultert, und fort war er.«

Drüben ertönte ein Schmerzensruf, gefolgt von einem Fluch – tatsächlich, der Missionar Peter Siegel hatte ein »Gottverdammich« ausgesprochen. Klara warf die Post und die angefangene Näherei von sich und humpelte eilig zu den beiden Möchtegern-Schreinern hinüber, um den angeschlagenen Daumen zu begutachten.

»Finger ist jetzt rot wie Sonne am Abend, bald wird er sein gelb wie Sonne am Mittag und grün wie Blatt von Kaffeebaum. Dann er wird Farbe von blauem Himmel haben ...«

»Sei still, Johannes Kigobo. Das ist nicht zum Lachen. Es kann sein, dass sich der Nagel lösen wird. Martha Mukea! Bring eine Schüssel mit kaltem Wasser und einen Lappen ...«

Kopfschüttelnd ließ sich Charlotte auf einem Stuhl nieder, schaute noch einmal prüfend zur Baustelle hinüber, um festzustellen, ob die Ziegel dort auch ordentlich aufgeschichtet wurden, dann griff sie nach der Post. Rechnungen, Einladungen der Nachbarn, zwei Zeitungen aus Deutschland – natürlich mit wochenlanger Verspätung –, die neueste Ausgabe des *Pflanzer*, ein Brief von Ettje aus Leer ... O weh, darin würde wenig Gutes berichtet werden, die Großmutter lag schon seit Wochen zu Bett.

Sie hob sich Georges dicken Umschlag, der den Umweg über Hohenfriedeberg gemacht hatte, bis zum Schluss auf und öffnete erst einmal die Rechnungen, prüfte sie genau und trennte sie in zwei Stapel. Ettjes Schreiben enthielt tatsächlich eine schlimme Nachricht, Pastor Harm Kramer – Mennas und Maries Vater – war überraschend an einem Schlaganfall gestorben. Charlotte war zwar betroffen, aber ihr Kummer hielt sich in Grenzen. Die Großmutter hatte sich wieder aufgerafft, humpelte im Haus umher und schien Antje nach wie vor das Leben schwer zu machen.

Während Klara immer noch Peters Finger kühlte und Johannes Kigobo schon wieder einige vorsichtige Hammerschläge tat, riss Charlotte Georges Brief auf. Zum Vorschein kam ein dicker Packen eng beschriebener Seiten, versehen mit Aufstellungen und Zeichnungen und sorgfältig nummeriert. Der Brief an sie schien mit hastiger Feder geschrieben, die Buchstaben weit auseinandergezogen und unregelmäßig, so als habe er das Papier dabei auf den Knien gehalten.

Meine geliebte Charlotte,
lange hatte ich keine Gelegenheit, diese Post an Dich abzusenden, nun hoffe ich, dass meine Aufzeichnungen, die ich nicht einmal kopiert habe, sicher bei Dir ankommen werden. Wir haben aufregende Erlebnisse hinter uns, auch einige kleine Unfälle, die zum Glück glimpflich verlaufen sind. Das Klima in Ruanda ist dem im Usambara-Gebirge nicht unähnlich, die Malaria ist hier nahezu unbekannt, wie ich durch Blutuntersuchungen an den Eingeborenen feststellen konnte …

Er schien ganz und gar von seinen Erlebnissen erfüllt zu sein. Ausführlich berichtete er über das Zusammentreffen mit dem Watussi-Sultan Msinga, dem mächtigsten Mann in Ruanda. Die deutsche Kolonialregierung war zwar nominell Eigentümerin des Landes, ließ den Sultan jedoch schalten und walten, ohne sich in seine Regierung einzumischen. Aus gutem Grund – er herrschte über etwa eineinhalb Millionen Menschen, darunter eine große Zahl hervorragender Krieger, mit denen sich die deutschen Schutztruppen lieber nicht anlegen wollten. Dieser Sultan war vor seinen Gästen mit großem Pomp erschienen, ließ sich in einer Bastmatte tragen und beschenkte seine Gäste mit gewaltigen Herden von Rindern, Ziegen und Schafen.

Die Watussi ähneln äußerlich den Massai, sie sind hochgewachsen und sehr schlank. Ihre Gesichter sind schmal, die Augen groß – es handelt sich um ungewöhnlich schöne Menschen. Doch man sollte sich nicht täuschen lassen – diese edlen Krieger haben die Ureinwohner des Landes, die Wahutu, vor Jahren grausam unterjocht. Ich selbst wurde Zeuge einer unangenehmen Szene, als man bei der Ankunft des Sultans die neugierigen Wahutu wie Leibeigene mit Stockschlägen beiseitetrieb. Die Wahutu sind Bauern – gegen das Hirten- und Kriegervolk der Watussi sind sie machtlos. Großartig war in diesem Zusammenhang der Einfall unseres Herzogs, dem Watussi-Sultan als Gastgeschenk ausgerechnet eine Jagdbüchse samt Patronentasche zu verehren …

Enttäuschung erfasste sie, als sie auch die folgenden Zeilen überflog. Hatte er ihr nichts weiter mitzuteilen als die ethnologischen Erkenntnisse, die er in Ruanda gewonnen hatte? Das hätte sie auch in seinen Manuskripten nachlesen können. Sie wendete die Seite um und stellte fest, dass Georges Schrift immer nachlässiger wurde. Hatte er bei schlechtem Licht geschrieben, so dass er seine eigenen Buchstaben auf dem weißen Papier kaum noch hatte erkennen können? Aha, wenigstens die letzten Zeilen schienen ein paar zärtliche Worte zu enthalten.

Ich denke oft an Dich, meine süße Frau, und auch an unsere kleine Elisabeth. Wird sie mich vielleicht sogar vergessen haben, wenn ich bärtig und von der Sonne verbrannt zu Euch zurückkehre? Und Du? Was wirst Du zu dem ausgezehrten, erschöpften Burschen sagen, der in der Missionsstation erscheinen wird und behauptet, Dein Ehemann zu sein? Ich sitze an den Abenden oft vor dem Zelt und sehe in den Sternenhimmel. Ist es wirklich schon zwei Jahre her, dass sich die

gleiche Lichterkuppel über uns beiden wölbte, als wir neben dem Tamarindenbaum beieinanderlagen?
Nur noch einige Wochen, dann haben wir uns wieder, Du meine große, meine einzige Liebe.
George

Nur noch einige Wochen, dachte sie bitter. Er weiß selbst, dass die Expedition weitaus länger dauern wird, und er genießt sie in vollen Zügen.

»Frau Johanssen? Geruhen Sie anzusehen, was ich Ihnen ergebenst zu Füßen lege?«

Jeremys fröhlich-ironische Anrede riss sie aus ihrer Trübsal. Sie hob den Blick von Georges Brief und erstarrte vor Entsetzen.

»Gefällt er Ihnen? Ein kapitaler Bursche, ich habe ihn den ganzen Tag lang verfolgt. Jetzt gehört er Ihnen, sein Fell wird sich über dem Kamin gut ausnehmen.«

Man hatte den Leoparden schon gehäutet und das Fleisch den wilden Tieren übergeben. Das gefleckte Fell mitsamt dem mächtigen Kopf hing über einer Stange, die von zweien ihrer Arbeiter getragen wurde. Jeremy hatte sich daneben aufgestellt, streifte sich mit vier Fingern das Haar aus der Stirn und blickte sie herausfordernd an.

»Wie kommen Sie dazu, drei meiner Arbeiter auf Ihre lächerliche Jagd mitzunehmen?«, fuhr sie ihn an.

Sein Gesicht versteinerte, jetzt sah er aus wie ein trotziges Kind.

»Ich bin den ganzen Tag herumgelaufen, um Ihnen diese Beute zu bringen …«

»Habe ich Sie darum gebeten? Ich hasse es, wenn jemand ein so schönes Tier ohne ersichtlichen Grund abschießt!«

Drüben starrte Klara erschrocken zu ihnen hinüber, auch Johannes Kigobo und Peter hatten die Köpfe gehoben, die

Kinder, die eben noch fröhlich gelacht und gespielt hatten, verstummten und schauten auf das blutige Fell des Leoparden. Simba, der wie üblich neben Charlottes Stuhl saß, hatte sich aufgerichtet und knurrte die Jagdbeute feindselig an.

»Wenn das so ist«, sagte Jeremy und nahm das Leopardenfell an sich. »Dann bin ich hier wohl am falschen Ort. Leben Sie wohl, Lady!«

Nur zehn Minuten später ritt er davon.

Januar 1908

»Es ist seltsam – um diese Zeit wird mir immer ganz weich ums Herz, und ich denke an unsere deutsche Heimat. Dabei sind wir hier doch vollkommen glücklich und zufrieden. Aber das deutsche Weihnachtsfest ist etwas ganz Besonderes …«

Erdmute Krüger hatte Zedernzweige zu einem Bäumchen zusammengebunden und mit silbernen Kugeln, Glasvögelchen und Lametta geschmückt. Der improvisierte Christbaum nahm sich sehr festlich auf dem schönen Büfett zwischen zwei silbernen Leuchtern aus. Der Wohnraum der Krügers war mit dunklen gedrechselten Möbeln und hohen Sesseln ausgestattet, die sie aus Deutschland hatten kommen lassen. Nebenan gab es noch ein ähnlich eingerichtetes Esszimmer und einen Raum, in dem das Ehepaar seine Besucher empfing.

»Ja, die deutsche Weihnacht ist mit keiner anderen zu vergleichen«, meinte auch Peter Siegel. »Und doch kam Christus in die Welt, um allen Menschen auf Erden ein Licht in der Finsternis ihrer Sünde zu sein.«

Es war schon fast Mitte Januar und Weihnachten längst vorüber, doch Charlotte hatte den versprochenen Besuch wegen der starken Regenfälle erst heute machen können. Sie wurde von Elisabeth und Peter Siegel begleitet, Klara hatte es vorgezogen, auf der Plantage zu bleiben. Sie fand die Krügers zwar sehr nett, aber sie scheute sich auch vor ihnen, da sie ihrer Meinung nach einer anderen Welt angehörten. Gustav Krüger war früher Major der deutschen Schutztruppe gewesen, und seine Frau stammte aus einer reichen Gutsbesitzerfamilie.

»Es sind diese schönen, alten Bräuche, die man in anderen Ländern nicht findet«, mischte sich Charlotte ein und streichelte Simba, der neben ihr auf dem Boden lag, über den großen Kopf. Erdmutes Punsch duftete aromatisch, Zimtsterne schwammen in der Kanne, kleine Nelken, die man zu Hause »Nägelchen« nannte, außerdem Orangen- und Zitronenschalen. »Als Kinder haben wir Christbaumschmuck aus buntem Papier ausgeschnitten, und wenn es kalt genug war, sind wir auf der Leda Schlittschuh gelaufen.«

Erdmute nickte begeistert und erzählte von vergoldeten Nüssen und einer gewaltigen Tanne, die man in der Eingangshalle des Gutshauses aufstellte, mit Äpfeln und Strohsternen geschmückt. »Dort wurden unsere Angestellten beschert. Die Frauen erhielten einen schönen Stoff, die Männer Leder für neue Schuhe, auch die Kinder wurden nicht vergessen …«

Charlotte lächelte versonnen, obgleich sie selbst kaum in nostalgischen Erinnerungen an das Weihnachtsfest in Leer schwelgte. Es bestand aus Putzen, Küchendienst und Gottesdienst, die Geschenke waren mager, nur wenn die Verwandtschaft zu Besuch kam, herrschte im Haus für eine Weile fröhliches Treiben. Aber das behielt sie besser für sich. Es war angenehm, in dem weichen Sessel zu sitzen, sich mit gutem Essen und leckerem Punsch verwöhnen zu lassen, alle Sorgen zu vergessen und die Wärme dieser Umgebung zu genießen. Nicht die äußere Wärme – im Januar herrschten ohnehin sommerliche Temperaturen im Usambara-Gebirge –, sondern die Freundschaft der blonden Erdmute, die nur zehn Jahre älter als Charlotte war und sie dennoch mit mütterlicher Zuneigung behandelte. Der stämmige Gustav Krüger, der seinen Angestellten gegenüber ziemlich ruppig sein konnte, vergötterte seine Frau und fügte sich im Haus vollkommen ihrem Willen. Er hatte damals hart um seine Erdmute kämpfen müssen, war immer wieder abgewiesen worden, und erst als er sich militärische Lorbeeren in Deutsch-Ostafrika verdient hatte, erhielt er die Erlaubnis, die Braut heimzuführen. Vermutlich war er ein guter Offizier gewesen, er war ein Mensch, der immer alles im Blick hatte und voller Tatendrang steckte. Auch am heutigen Abend kam er bald auf neue Projekte zu sprechen.

»Wir sind beide von Ihrem Vorhaben begeistert, Pfarrer Siegel, und möchten Ihnen gern einen Vorschlag machen. Setzen wir das Bauwerk an eine Stelle, die auch von uns aus gut erreichbar ist, und wir beteiligen uns daran. Ich kann Arbeiter abstellen und Handwerker beschaffen, außerdem behauene Steine liefern. Was sagen Sie dazu?«

Peter Siegels Genesung war ausgezeichnet vorangeschritten. Er unterrichtete bereits die schwarzen Kinder auf der Plantage und drängte Charlotte, eine Kapelle zu erbauen.

»Das ist wunderbar, Herr Krüger. Gottes Segen ruht auf diesem Vorhaben, das spüre ich schon jetzt. Diese Kapelle wird für uns alle – Schwarze und Weiße – ein Ort der Besinnung und der Vereinigung mit dem Herrn sein.«

»Dann sollten wir nicht lange zögern. Ich denke da an einen Hügel, einige Kilometer westlich von hier, nicht weit vom Fahrweg gelegen. Es ist felsiger Grund, genau wie Christus sagte: ›Du bist Petrus, und auf diesen Felsen werde ich meine Kirche bauen, und die Mächte der Unterwelt werden sie nicht überwältigen.‹ Wir sollten uns die Gegend morgen einmal anschauen …«

Charlotte war nicht gerade begeistert. Sie hatte Klara gegenüber zwar einmal gesagt, Peter könne ja eine Kapelle errichten, wenn er unbedingt predigen wolle, nur ganz so konkret hatte sie sich das nicht vorgestellt. Aber Klara musste es Peter erzählt haben, und er war sofort Feuer und Flamme gewesen.

Eine eigene Kapelle, wo ihm niemand Vorschriften machen konnte, wie und was er predigte! Auch den Krügers hatte diese Idee sofort gefallen, vermutlich hatte es auf dem Gutshof von Erdmutes Eltern ebenfalls eine Privatkapelle gegeben.

»Wir sollten besser nichts überstürzen«, fuhr Erdmute sanft, aber entschieden dazwischen, und ihr Mann stellte sofort sein Glas ab, um sich bequem im Sessel zurückzulehnen. »Erst einmal steht bei Ihnen gewiss ein Anbau an das Wohnhaus an, nicht wahr, Charlotte? Schließlich wohnen zwei Familien in diesem Haus – Ihr Mann wird bald wieder zurückkehren, und dann sind die Verhältnisse schon ein wenig beengt, nicht wahr, meine Liebe?«

»Das ist richtig«, pflichtete Charlotte ihr dankbar bei. »In diesem Jahr werde ich neben allen anstehenden Arbeiten wohl kaum noch an einer Kapelle bauen können.«

Peters Gesicht zog sich voller Selbstmitleid in die Länge. Es war deswegen schon zu Streitereien gekommen, denn jedes Mal wenn Peter nicht seinen Willen bekam, glaubte Klara, sich für ihn einsetzen zu müssen. Sie verwöhnte nicht nur ihren kleinen Sohn nach Strich und Faden, auch ihr Mann erinnerte immer mehr an einen verzogenen kleinen Jungen.

»Nun – den Bauplatz können wir ja schon einmal festlegen«, brummte Krüger und blinzelte vorsichtig zu Erdmute hinüber. »Und wenn Sie nichts dagegen haben, Charlotte, dann würden wir auch gleich die Fundamente setzen. Wir haben hier in Usambara Erfahrungen gesammelt, die uns allen zugutekommen werden.«

Die Krügers hatten ein dreiflügeliges Wohnhaus mit einem säulengeschmückten Eingangsportal erbaut und den Sockel ganz und gar aus behauenen Steinen gemauert. Es war ein geräumiges und zugleich anmutiges Gebäude, das tatsächlich Ähnlichkeit mit einem englischen Landhaus besaß.

»Ich fände es besser, wenn wir Charlotte unsere Erkenntnisse und tätige Hilfe zuerst einmal bei der Erweiterung des Wohnhauses zur Verfügung stellten. Meinst du nicht auch, Gustav, dass eine junge Familie einen angemessenen Ort zum Leben braucht? Zumal hier in Usambara, wo man den Schwarzen schon zeigen sollte, was deutsche Wohnkultur bedeutet.«

»Du hast wie immer recht, mein Herz.«

Gustav Krüger gab sich geschlagen und hielt seiner Frau das leere Punschglas hin. »Wer könnte solch einer großartigen Frau wie dir auch widersprechen!«

Charlotte nahm sich erleichtert eine der köstlichen Weihnachtsmakronen, die Erdmute aus heimischen Nüssen und Mandeln hergestellt hatte. Eine Kapelle mitten im Urwald – das hätte ihr gerade noch gefehlt!

»Die große Regenzeit war dieses Mal recht ergiebig«, schnitt Erdmute nun ein anderes Thema an, »ich bin froh, dass sie jetzt zu Ende ist. Man ist doch sehr von aller Welt abgeschnitten, wenn diese Güsse heruntergehen und alles aufweicht. Es kommen kaum Besucher, und die wenigen, die trotz Regen unterwegs sind, entpuppen sich oft als recht seltsame Zeitgenossen …«

Sie berichtete von einem Großwildjäger, der Anfang November auf die Plantage kam und sich für drei Tage einquartiert hatte. Ein gut aussehender junger Mann sei er gewesen, ein Engländer – aber leider vollkommen haltlos.

»Er war unterhaltsam und witzig«, berichtete Gustav Krüger. »Wir hatten an den Abenden unseren Spaß. Aber dem Burschen war anzusehen, dass er weder Selbstdisziplin noch eine vernünftige Lebenseinstellung besaß. Während der drei Tage, die er bei uns verbrachte, war er kaum eine Stunde nüchtern.«

»Leute wie dieser Jeremy Brook, so hieß er, wenn ich mich recht erinnere, sind zu bedauern«, schaltete sich nun wieder

Erdmute Krüger ein, »und leider vermitteln sie den Schwarzen ein völlig falsches Bild von uns.«

Sie unterhielten sich über verschiedene Schicksale, die sich in Deutsch-Ostafrika im Guten oder auch im Bösen erfüllt hatten. Charlotte war schweigsam, obgleich sie einiges dazu hätte beitragen können, doch sosehr sie die Krügers auch mochte, sie hatte keine Lust, aus ihrer Vergangenheit zu plaudern. Ein ungutes Gefühl beschlich sie. Jeremy musste nach seinem zornigen Aufbruch im September noch mindestens zwei Monate lang irgendwo in der Umgebung unterwegs gewesen sein. Es war lachhaft, aber Klara hatte im Scherz zu ihr gesagt, der junge Mann sei ihr sehr zugetan und habe offenbar ein Auge auf sie geworfen. War sie zu hart gewesen? Wahrscheinlich schon. In Neu-Kronau hatte er sich nützlich gemacht und keinen Tropfen getrunken, nun aber schien er wieder dem Alkohol verfallen zu sein.

Ich bin schließlich nicht seine Mutter, dachte sie gereizt und versuchte, das nagende Schuldgefühl, das sie beschlich, von sich zu schieben. Er ist ein erwachsener Mann und muss wissen, was er tut.

Drüben im Esszimmer erhoben sich jetzt streitende Kinderstimmen, natürlich war es Elisabeth, die am lautesten krakeelte. Sie spielte mit dem jüngsten Sohn der Krügers Halma. Ein Wunder, dass es so lange still geblieben war, denn Elisabeth war eine schlechte Verliererin. Der Türvorhang wurde auseinandergeschoben, und der blonde Schopf von Charlottes Tochter tauchte auf. Ihre Wangen glühten vor Empörung.

»Wilhelm schummelt!«

Der zehnjährige Junge war einen Kopf größer als Elisabeth, stämmig wie der Vater, der Schädel rundlich, die abstehenden Ohren waren heiß vor Zorn.

»Das ist gelogen!«, wehrte er sich.

»Du hast meinen Stein verschoben!«

»Habe ich nicht!«

»Elisabeth!«, rief Charlotte in scharfem Ton. »Wir sind hier zu Gast, und ich erwarte, dass du dich benimmst!«

Auch von der Gegenseite wurden Erziehungsmaßnahmen ergriffen. Oberst Krüger befahl den Jüngsten vor seinen Sessel und schickte sich an, den Sachverhalt zu klären.

»Sieh mir in die Augen, Wilhelm!«

Der Junge blinzelte ins helle Licht der Deckenlampe. Die Krügers hatten eine eigene Anlage, die elektrischen Strom produzierte.

»Du sollst nicht in die Lampe, sondern auf mich schauen, Wilhelm!«, klang es nun schon drohender.

Der Zehnjährige nahm allen Mut zusammen und begegnete dem väterlichen Blick. Er hielt ihm jedoch nur kurze Zeit stand, dann irrten seine Augen im Raum umher und blieben einen Augenblick lang an der Mutter hängen, bevor er zu Boden sah.

»Du hast also nicht geschummelt? Kannst du mir darauf dein Ehrenwort geben?«

»Das … das war so, Papa. Ich … ich bin mit dem Ärmel an dem Stein hängen geblieben, und da hat er sich verschoben. Aber nicht mit Absicht … nur aus Versehen. Elisabeth hat behauptet, der Stein habe ein Feld weiter vorn gestanden. Aber das war …«

»Ich will keine Ausreden hören!«

Der Junge verstummte und schaute wieder hilfesuchend zu seiner Mutter hinüber, doch die schien nicht bereit, sich einzumischen. Der Kleine tat Charlotte leid. Die Krügers hatten drei Söhne, die beiden älteren gingen in Deutschland aufs Gymnasium und wohnten bei Verwandten, der jüngste – so hatte Erdmute ihr anvertraut – sei ein wenig langsam beim Lernen, deshalb hatten sie beschlossen, ihn hierzubehalten.

»Wenn du mir dein Ehrenwort nicht guten Gewissens geben kannst, Wilhelm, dann spricht das für sich. Geh hinauf ins Schlafzimmer – wir wollen dich heute nicht mehr sehen!«

»Ja, Papa …«

»Wie heißt das?«

»Danke für die Strafe, Papa.«

Elisabeth hatte das Verhör mit offenem Mund verfolgt. Sie war Charlottes energischen Ton gewohnt, die Mutter konnte wohl auch zornig werden, aber niemals hatte sie sich für eine Strafe auch noch bedanken müssen. Und mit George war es sowieso ganz anders, der hatte niemals Strafen verhängt, der schaffte es auch so, dass sie tat, was er wollte.

Als Wilhelm mit gesenktem Kopf an ihr vorbeilief und den Vorhang auseinanderschob, wurde ihr klar, dass sie für diesen Abend ihren Spielkameraden verloren hatte.

»Bitte …«, stotterte sie und lief zu Gustav Krüger, um sich vor ihm aufzustellen. »Es … es war ja nicht so, dass Wilhelm direkt geschummelt hätte. Es war eher so, dass wir beide nicht mehr genau wussten, wo der Stein gestanden hatte. Jawohl, so war es. Und da … da haben wir eben gestritten.«

»Oho!«, meinte Gustav Krüger schmunzelnd. »Die junge Dame legt ein Veto ein? Schau einmal einer an.«

Er nahm einen weiteren Schluck Punsch und betrachtete die Siebenjährige mit Wohlwollen. Elisabeths blaue Augen waren schmal, die Lippen vorgeschoben, ihre Körperhaltung kämpferisch. Sie schien fest entschlossen, die Lage zu wenden.

»Eben gerade hast du noch behauptet, Wilhelm habe geschummelt!«, warf Charlotte ärgerlich dazwischen. »Ich mag es nicht, wenn du schwindelst, Elisabeth!«

»Ich hab nicht geschwindelt, Mama. Es war so: Wir haben beide geglaubt, im Recht zu sein. Aber das ist jetzt vorbei. Es tut mir leid, dass wir gestritten haben, und Wilhelm tut es auch leid. Und jetzt spielen wir weiter, ja?«

Wilhelm war stehen geblieben, er schielte zu seinem Vater hinüber. Elisabeth sah jetzt bittend zu Gustav Krüger auf, ein Blick, der Steine erweichen konnte und hinter dem schon fröhliche Siegesgewissheit schlummerte. Krüger konnte diesem Ansturm nicht lange standhalten.

»Eine mutige junge Dame!«, knurrte er. »Ich glaube, wir sollten Gnade vor Recht ergehen lassen – was meinst du, Erdmute?«

»Ich bin ganz deiner Meinung.«

Elisabeth hatte nichts anderes erwartet. Sie packte den verblüfften Wilhelm beim Ärmel und zog ihn hinüber ins Esszimmer. »Du bist dran mit Steine aufstellen!«, drang ihre helle Befehlsstimme zu ihnen herüber.

Peter Siegel hatte sich in diese Szene nicht einmischen wollen, dennoch kam er nicht umhin, das Gesicht missbilligend zu verziehen. Er hatte Charlotte schon mehrfach vorgeworfen, ihre Tochter sei herrisch, was für ein Mädchen eine schlimme Untugend war.

»Eine hübsche junge Dame«, meinte Gustav Krüger lächelnd. »Und klug dazu. Sie können stolz auf dieses Kind sein, liebe Charlotte.«

»Ich muss aufpassen, dass sie mir nicht das Wort im Munde verdreht«, gab Charlotte leicht ungehalten zurück, doch sie lächelte dabei.

»Ach, Unsinn. Die Kleine weiß, was sie will. In ein paar Jahren werden die jungen Männer ihr zu Füßen liegen.«

Nun lachte Charlotte und lenkte das Gespräch auf ein anderes Thema. Der Gedanke, dass Elisabeth in wenigen Jahren ein junges Mädchen sein würde, gefiel ihr überhaupt nicht. Sie war doch noch nicht mal acht. Ein richtiges Kind. Ihre kleine Tochter, die jetzt endlich wieder Tag und Nacht bei ihr war, denn die Regenzeit hatte dem Pendeln nach Hohenfriedeberg ein Ende gemacht. Elisabeth hatte sich in Neu-

Kronau eingelebt und wurde von Peter Siegel und ihrer Mutter unterrichtet.

Schon am folgenden Mittag wurden die Weihnachtsgeschenke der Krügers auf den Wagen geladen und die beiden Maultiere vorgespannt. Johannes Kigobo, der die Lasten gemeinsam mit Krügers Angestellten verstauen musste, behauptete schwitzend, dass all diese Sachen bestimmt nicht mehr in das kleine Wohnhaus in Neu-Kronau passen würden. Das Kinderbett, in dem zuletzt Wilhelm gelegen hatte, war für Sammi bestimmt. Elisabeth hatte eine hölzerne Puppenwiege für Fräulein Mine erhalten, ein kostbares, reich geschnitztes Stück aus Erdmutes Kindheit, das sie in der Hoffnung, eine Tochter zur Welt zu bringen, mit nach Afrika genommen hatte. Des Weiteren hatten sie mehrere Meter bunten Baumwollstoff für Klara zu verstauen, dazu weißes Leinen, aus dem sie für Peter Jacke und Hose nähen konnte. Charlotte hatte eine wunderschöne Tischdecke aus Damast erhalten, die mit weißer Spitze umrandet war. Peter war sogleich der Ansicht gewesen, sie gehöre nicht in ein Wohnzimmer, sondern auf einen Altar.

Der Abschied war überaus herzlich, man umarmte sich, und die Krügers kündigten einen baldigen Gegenbesuch an. Auch Elisabeth konnte sich nur schwer von ihrem Spielkameraden trennen. Als sie später über die Fahrstraße rumpelten, gerieten sie in einen verspäteten Regenguss und waren froh, unter der gewachsten Zeltplane zu sitzen, welche den Wagen überspannte. Der arme Simba, der neben ihnen herlief, wurde klatschnass, und auch Johannes Kigobo, der vorn auf dem Kutschbock hockte und die Maultiere lenkte, erging es nicht besser. Doch er machte sich nichts daraus, sondern sang laut eines der Kirchenlieder, die er auf Hohenfriedeberg gelernt hatte. Peter Siegel stimmte mit ein, und auch Elisabeth trällerte fröhlich mit. Charlotte dagegen hatte wenig Lust, sich an der musikalischen Darbietung zu beteiligen. Sie saß eingeklemmt zwischen Kinderbett und Stoffballen und glaubte, jeden Stein und jede Unebenheit des Weges zu spüren. Noch beim gemeinsamen Frühstück auf der überdachten Terrasse hatte sie fröhlich von Sammi erzählt, der eine große Leidenschaft für die kleine Ontulwe entdeckt hatte und den ganzen Tag über Hand in Hand mit ihr herumlief. Jetzt aber, da man gen Neu-Kronau fuhr und der Regen auf das gewachste Tuch prasselte, verflog ihre heitere Stimmung, und sie spürte, wie sie erneut von dunkler Traurigkeit übermannt wurde. Charlotte lehnte den Kopf gegen den Tuchballen und schloss die Augen, damit die anderen glaubten, sie wolle schlafen. Sie wollte die anderen nicht mit ihrem Kummer belasten, schon gar nicht Elisabeth, die so häufig nach George fragte und der sie immer wieder erzählte, George sei mitten im Urwald unterwegs, dort, wo es keine Poststellen gab. Seit seinem Schreiben im September hatte sie keine Nachricht mehr von ihm erhalten. Gewiss, die Regenzeit hatte die Wege im Usambara-Gebirge unpassierbar gemacht, aber hin und wieder wurde selbst dann Post ausgetragen. Jetzt war es schon Mitte Januar, die Landschaft barst geradezu vor Fruchtbarkeit, Blüten in allen Farben bedeckten die Wiesen, und der Briefträger war schon zweimal in Neu-Kronau gewesen. Von George kam allerdings keine Nachricht. Lag es daran, dass er seine Post immer noch nach Hohenfriedeberg versandte? Aber die beiden Briefe, die sie bereits von ihm erhalten hatte, waren doch auch angekommen!

»Mama, schläfst du?«

Sie gab ein leises Ächzen von sich, als habe Elisabeth sie in tiefem Schlummer gestört, und die Kleine wandte sich ab, um die Mama in Ruhe schlafen zu lassen. Es war feige, dieses Theater zu spielen, normalerweise tat Charlotte so etwas nie, sie bewahrte sich ihren Kummer für die Nacht auf und versuchte tagsüber, allen gerecht zu werden.

Eine böse Vorahnung beschlich sie. Vielleicht lag es daran, dass sie auf einem schwankenden Gefährt einen aufgeweichten, unsicheren Weg befuhren? Oder daran, dass seine Handschrift so merkwürdig fahrig gewesen war? Die Gegend, in der er sich befand, war frei von Malaria, eine gesunde Landschaft, ähnlich dem Usambara-Gebirge – hatte er das nicht selbst geschrieben? Ach, ihr Ärger über diesen letzten Brief war schon lange verflogen, sie hatte alle seine Manuskripte mehrfach gelesen und sogar schon Bemerkungen und kleine Korrekturen eingefügt. Wenn sie nur Nachricht von ihm hätte, nur einen winzigen Brief, so kurz er auch sein mochte, ein paar Zeilen! Ein Lebenszeichen. Alles in ihr sagte ihr, dass er in Gefahr war.

»Mama, wach auf, du Schlafmütze! Wir sind gleich da. Martha Mukea kommt schon gelaufen, um das Gatter aufzumachen.«

Charlotte hob die Plane an und blinzelte in ein Feuerwerk sonnenbeschienener Wassertröpfchen, die von einem großen Farnbüschel perlten. Der Himmel hatte sich aufgeklart, zarte Nebel stiegen aus den Tälern in die Höhe, über ihr in den Zweigen der Akazien turnten die grauen Meerkatzen.

Martha Mukeas nackte Füße waren rot verschmiert vom Matsch, sie raffte das Kleid mit einer Hand, damit es nicht schmutzig wurde, und kämpfte beharrlich mit dem widerspenstigen Gatter. Gras und allerlei Buschwerk wucherten so heftig, dass man des Wildwuchses kaum mehr Herr wurde, auch der braune Stein, den Karl Manger hatte aufstellen lassen, war längst von Pflanzen verdeckt, die Inschrift nicht mehr zu lesen. Afrika ließ sich nicht besitzen, es gab sich nur für eine Weile hin, doch wenn die Zeit gekommen war, nahm es sich seine Freiheit zurück.

Charlotte schüttelte die trübe Stimmung nun endgültig ab

und kroch unter der Plane hervor, um sich neben Johannes Kigobo zu setzen. Kritisch schaute sie über die Felder, soweit sie von hier aus zu übersehen waren – sie würde gleich ein paar Leute aussenden, um Unkraut zu jäten. Die kleinen Reispflänzchen mussten gesetzt werden, morgen würde man einige Äcker pflügen, um Kartoffeln, Karotten und Bohnen in die Erde zu bringen, im Garten sprossen schon die ersten Radieschen.

Eine Horde schwarzer Kinder näherte sich mit fröhlichem Geschrei, mitten unter ihnen, an der Hand von Ontulwe, lief Sammi, noch ein wenig wackelig, aber voller Selbstvertrauen. Er sah ulkig aus in seinem weißen Kittel, die zarte Haut sonnengebräunt, das feuerrote Haar zwischen den schwarzen Schöpfen der anderen Kinder leuchtend wie ein Flämmchen.

Wenn Klara doch nur endlich aufhören würde, ihrem Sohn solch affige Kleider zu nähen! Wozu brauchte ein Junge spitzenbesetzte Nachthemdchen? Zum Glück streifte er sich die Sonnenhüte, die unter dem Kinn gebunden wurden, gleich wieder ab.

Natürlich musste Simba sich genau in dem Augenblick schütteln, als sie vor dem Wohnhaus aus dem Wagen stiegen. Elisabeth kreischte, da das schöne Kleid, das sie für den Besuch bei den Krügers angezogen hatte, nun voller rötlicher Lehmspritzer war. Charlotte wies den hinkenden Kerefu an, zuerst den Hund abzutrocknen und danach die Maultiere auszuspannen. Jonas Sabuni lief aus der Küche herbei, um Johannes Kigobo beim Abladen des Gepäcks zu helfen, Peter Siegel hatte sich seinen schmutzverkrusteten Sohn gegriffen und trug den heulenden Nachwuchs ins Haus, gefolgt von Ontulwe, die ihren kleinen Freund nicht im Stich lassen wollte. Gleich würde Peter der armen Klara vorwerfen, das Kind zu vernachlässigen, wie er es immer tat, wenn er sich über irgendetwas geärgert hatte. Dieses Mal war es der Bau der Kapelle, der nun doch nicht so rasch vonstattengehen würde, wie er es sich erhoffte.

»Ein Bote ist gekommen, *bibi* Johanssen«, erzählte Jonas Sabuni eifrig. »Hat einen Brief gebracht und ihn *bibi* Siegel gegeben. Ich habe guten Maisbrei mit Banane und Hühnerfleisch zu ihm getragen, aber er hat Gesicht schief gezogen und gesagt, in Tanga er bekommt besseres Essen.«

Ein Brief aus Tanga? Vermutlich kam der Brief von der evangelischen Missionsgesellschaft, die sich nach Peter erkundigte – die beiden Missionare von Hohenfriedeberg hatten ganz sicher ausführlich Bericht über ihn erstattet. Ob man ihn am Ende aufforderte, Afrika zu verlassen, um sich in Deutschland einer Behandlung zu unterziehen? Charlotte seufzte – schon wieder ein Problem. Nun ging es Klaras Mann endlich besser, die kleine Familie hatte sich in Neu-Kronau eingelebt und fühlte sich hier wohl. Die Missionsgesellschaft sollte ihn am besten einfach in Ruhe lassen.

Sie überließ es Jonas Sabuni, die Geschenke provisorisch im Haus unterzustellen, und lief, gefolgt von Elisabeth, hinüber zu den Wohnungen der Arbeiter. Dort waren die Frauen in den eigenen Feldern und Gärten fleißig, während die Männer beisammenhockten, rauchten und eine Kalebasse mit selbst gebrautem Zuckerrohrschnaps herumgehen ließen.

»Mama, die faulenzen schon wieder!«

Charlotte war unzufrieden, was sie die Arbeiter spüren ließ – hatte sie nicht befohlen, dass täglich Unkraut gejätet und auch die Äcker gepflügt werden sollten?

»Wie können wir bei diesem Regen arbeiten, *bibi*? Niemand kann das. Die Geister sind zornig, schicken uns Blitz und Donner, wollen nicht, dass wir den Boden hacken …«

»Schaut hinauf zum Himmel! Was seht ihr?«

»Die Sonne.«

»Na also. Kibwando teilt die Hacken aus. Nehmt euch die

Kaffeebäumchen neben der großen Rinderweide vor. Das Unkraut werft wie immer auf einige große Haufen, damit wir es morgen oder übermorgen verbrennen können …«

Sie würde Frauen zu den Weiden aussenden müssen, einige ihrer Kühe hatten gekalbt, und sie sollten gemolken werden. Es wurde Zeit, dass sie endlich einen Verwalter fand, denn die Hoffnung, dass Peter Siegel sich irgendwann für die Leitung der Plantage interessieren würde, konnte sie getrost begraben. Der Herr Missionar hatte nur seine Schule und die geplante Kapelle im Kopf, vermutlich war der schöne Garten in Naliene damals ganz allein Klaras Werk gewesen.

Simba schnupperte auf der Wiese herum, er schien eine Spur gefunden zu haben, die ihn schnurstracks zum Hühnerstall führte.

»Schau dir das an, Mama! Da hat wer gewühlt! Man kann es nicht mehr genau erkennen, weil der Regen die Spuren verwischt hat!«, rief Elisabeth aufgeregt.

Tatsächlich – innerhalb des mit einem Drahtzaun gesicherten Auslaufs, ganz dicht am Hühnerhaus, war ein Loch zu sehen. Irgendein Tier hatte in der Nacht mühelos den zwei Meter hohen Drahtzaun überwunden und versucht, in den Hühnerstall einzudringen – nur gut, dass Jeremy die Hölzer tief im Boden verankert hatte. Was für ein Räuber auch immer es gewesen war, ob Zibetkatze oder Leopard, er käme gewiss wieder. Wenn sie nicht all ihre Hühner verlieren wollte, würde sie sich mit Johannes Kigobo auf die Lauer legen müssen.

Charlotte lächelte bitter – für Jeremy wäre es ein ganz besonderes Vergnügen gewesen, aber Jeremy war fort und würde sich vermutlich niemals wieder auf der Plantage blicken lassen.

»Darf ich dabei sein, wenn du den Leoparden abschießt, Mama?«

»Nein, auf keinen Fall. Und überhaupt – wer sagt, dass es ein Leopard war?«

»Was denn sonst?«, maulte das Mädchen. »Ich würde ihn schon erwischen, wenn du mir das Gewehr gibst.«

Sprach da etwa Max von Rodens Tochter? Lag Elisabeth die Leidenschaft für die Jagd genauso im Blut wie ihrem Vater? Das Mädchen rannte davon, um sich unter die schwarzen Kinder zu mischen, gleich darauf hörte Charlotte es mit lauter Stimme ein Spiel ankündigen.

Im Wohnraum erwartete sie eine Überraschung: Auf dem Tisch lag der Brief – und er war gar nicht an Peter Siegel, sondern an sie gerichtet. Die Hoffnung, es handele sich um eine Nachricht von George, traf sie wie ein Blitz. Kam der Brief etwa aus Tanga? Vielleicht war die Post fehlgeleitet worden, so etwas kam in Afrika hin und wieder vor. Hastig kletterte sie über die Teile des Kinderbettes und die Stoffballen hinweg, die Johannes Kigobo vorerst in ihrem Wohnzimmer abgestellt hatte, doch schon als sie die Hand nach dem Brief ausstreckte, schwand ihre Hoffnung. Das war nicht Georges Schrift, diese zierlichen, anmutig geschwungenen Buchstaben hatte ein anderer geschrieben – jemand, mit dem sie nicht nur gute Erinnerungen verband. Enttäuscht ließ sie sich auf einen der beiden Stühle sinken und warf das Schreiben zurück auf den Tisch. Aus dem oberen Stockwerk drang Peter Siegels aufgeregte Stimme, Sammi weinte, hin und wieder waren Klaras leise Einwände zu vernehmen, die neuerliche Zornausbrüche ihres Ehemannes herausforderten. Charlottes Stimmung sank auf den Nullpunkt. Weshalb ließ sich Klara das gefallen? Wenigstens für ihr Kind hätte sie kämpfen können. Doch sie war Tante Fannys gehorsame Tochter und hatte gelernt, dass in jedem Fall der Ehemann, der Vater und Ernährer, an erster Stelle stand, dann erst kamen die Söhne, danach die Töchter, und ganz zuletzt folgte sie selbst.

»Johannes Kigobo! Bring dieses Kinderbett hinauf zu *bibi* Siegel.«

So würde Peter Siegel etwas zu tun bekommen, und ihre Cousine hätte ein wenig Ruhe.

Charlotte drehte den Brief hin und her, starrte die Buchstaben an, und plötzlich kam ihr eine Szene in den Sinn, die Jahre zurücklag: Meeresrauschen, drei Schwarze, die mit einem Boot anlandeten, ein junger Bursche mit flatterndem weißem Hemd, der ihr einen Zettel zusteckte …

Auch das noch! Was mochte Kamal Singh wohl von ihr wollen? War er am Ende mit dem gezahlten Geld nicht zufrieden?

Mit klopfendem Herzen riss sie den Umschlag auf und entfaltete den Brief. Er war mit dunkelblauer Tinte auf teures Papier geschrieben, das an der oberen linken Ecke den Briefkopf des Inders trug. Oben rechts erkannte man eine eingestanzte Lotosblüte.

Liebe Freundin,
ich hoffe sehr, Sie genießen die Vorzüge einer blühenden Plantage in den schönen Usambara-Bergen, ohne das Meer zu vermissen, das uns beide von Indien trennt.
Eine eilige Angelegenheit veranlasst mich, Ihnen dieses Schreiben per Boten zukommen zu lassen. Sie erinnern sich vielleicht an einen Knaben, den Sie vor Jahren – gegen meinen Rat – bei sich aufnahmen. Er hat Ihre Freundlichkeit schlecht gelohnt, indem er Ihnen davongelaufen ist.
Es ist einige Jahre her, dass er in meinem Haus auf Sansibar um Arbeit bat, und ich war leichtsinnig genug, ihn zu beschäftigen. Ein anstelliger, gar nicht dummer Bursche, der nur den einen Fehler hat: Er ist ein Schlitzohr. Was er trieb, nachdem ich ihn davonjagte, weiß ich nicht, doch einer meiner Geschäftspartner vermeldete mir gestern, der kleine Gauner stecke in Daressalam im Gefängnis: Er hat seinen Herrn bestohlen.
Möglicherweise ist Ihnen sein Schicksal gleichgültig, da ich

aber mit dem Alter ein wenig sentimental werde, habe ich den Verdacht, Sie könnten um Schammi besorgt sein.

Ich grüße Sie und verbleibe als
Ihr väterlicher Freund
Kamal Singh

Der Nordostwind trieb kleine, blau schillernde Wellen dem Festland zu, hie und da zeigte sich ein weißer Wellenkamm, in Ufernähe erschien das Wasser türkisfarben, kühl, klar. Charlotte lehnte sich gegen die Reling des Küstendampfers und starrte hinüber zu der nebelumwölkten Insel, die in der Ferne wie ein graugrüner Schemen vorüberglitt. Sansibar, die Unbefangene, die Schöne, jenes Eiland, das heiße Sehnsüchte zu wecken wusste, das Land der Verheißung, der Ort, an dem Träume wahr werden konnten.

Als sie Afrika vor knapp zwei Jahren verlassen hatten, war auf dieser Zauberinsel die Pest ausgebrochen. Kein ausländisches Schiff hatte das Wagnis eingehen wollen, den Hafen von Sansibar-Stadt anzulaufen, was den Küstenstädten der Deutschen zu neuer Bedeutung verholfen hatte; vor allem Tanga hatte von der Quarantäne profitiert. Doch das war mittlerweile Vergangenheit, die Gewürzinsel hatte ihre alte Vorrangstellung wieder eingenommen, und kein Ort auf der Welt hätte ihr diese streitig machen können. Wehte jetzt nicht der Wind den Duft von Muskatblüten und Anissternen zu ihnen herüber? Ach, das war Unsinn – hier, an Bord des vollbesetzten Küstendampfers, roch es nur nach Schiffslack und Teer, vermischt mit dem unterschwelligem Gestank nach fauligem Fisch, den der feuchte Monsunwind mit sich trug.

Sansibar war eine ferne Erscheinung am Horizont, unerreichbar wie jener Tag vor elf Jahren, an dem sie mit George dorthin unterwegs gewesen war, Sehnsucht im Herzen und zugleich voller Furcht. George … Nichts hatte sich geändert.

»Wenn Schammi damals in der Missionsschule am Immanuelskap geblieben wäre, hätte ihn sein Weg zu Gott geführt«, sagte Peter Siegel neben ihr vorwurfsvoll. »Ich habe um diesen jungen Menschen gekämpft, aber er wollte dir und deinem Mann folgen. Und so nahm das Unglück seinen Lauf …«

Charlotte wollte nicht mit ihm streiten und schwieg, obgleich sie anderer Ansicht war. Schammi, der kleine, verlorene Knabe auf dem Markt von Daressalam, sein schmales Gesicht, die großen Augen. Er war ein Schlitzohr, das hatte auch sie feststellen müssen. Er war eitel, schoss übers Ziel hinaus, überschätzte sich. Als Max so plötzlich aus dem Leben gerissen wurde, sein geliebter Herr, sein großes Vorbild, war Schammi davongelaufen. Das war nun schon über sieben Jahre her – er musste jetzt etwa zwanzig sein, ein junger Mann. Aber dass ein Dieb aus ihm geworden war, mochte Charlotte nicht glauben.

»Er war kein Dummkopf, er hätte die Schule abschließen und Diakon werden können«, schwatzte Peter Siegel weiter. »Er hätte gewiss einen Posten bei der Verwaltung bekommen. Aber so ist er dem Sog der Küste verfallen, dem Schmutz, dem Abschaum. Sansibar – dieser Sündenpfuhl hat ihn verschlungen!«

Hinter ihnen erhob sich schrilles Lachen – eine Gruppe schwarzer Frauen hockte auf den Schiffsplanken, die abenteuerlich verschnürten Bündel um sich ausgebreitet –, vermutlich wollten sie in Daressalam auf Arbeitssuche gehen. Zwei weiße Postbeamte saßen auf bequemen Stühlen und rauchten, nicht weit von ihnen entfernt kauerte ein zerlumpter Afrikaner und reinigte sich mit einem Stäbchen die Zehennägel. Simba, der Charlotte auch jetzt wie ein Schatten folgte, lag lang ausgestreckt auf den Planken, den Kopf auf die Pfoten gelegt. Nur hin und wieder äugte er vorwurfsvoll zu seiner Herrin hinauf, als frage er sich, warum um alles in der Welt sie ein so grauenhaftes, schwankendes Ding bestiegen hatte.

Kamal Singhs Brief hatte zumindest dafür gesorgt, dass sich Peter Siegels schlechte Laune mit einem Schlag legte, er sah seine Voraussagen bestätigt und schritt unvermutet forsch zur Tat: Als Mann Gottes war er bereit, an die Küste zu reisen und den Abtrünnigen aus seiner schlimmen Lage zu befreien.

Auch Charlotte hatte Mitleid mit dem unglücklichen Schammi, dennoch war ihr die Angelegenheit lästig, da sie die Plantage wegen der anstehenden Arbeiten nur ungern verließ. Auf der anderen Seite konnte sie Peter Siegel auf keinen Fall allein fahren lassen, einmal, weil sie seinem Verhandlungsgeschick nicht traute, und dann hatte Klara sie angefleht, ihren Mann auf jeden Fall zu begleiten. Schließlich konnte er unterwegs wieder einen seiner Anfälle bekommen.

Wie durch eine glückliche Fügung jedoch schickten die Krügers gerade jetzt einen Mann auf die Plantage, der ihnen als Verwalter für Neu-Kronau geeignet erschien. Björn Husdahl war Norweger und machte auf Charlotte zunächst einen ziemlich desolaten Eindruck – der baumlange Kerl war so hager, dass sie schon glaubte, er sei von einer auszehrenden Krankheit befallen. Auch sein Gesicht, das zum großen Teil unter dem dunkelblonden Vollbart verborgen war, erschien ihr schrecklich eingefallen, doch seine hellblauen Augen nahmen sie für ihn ein. Sie hatten den weiten, scharfen Blick der Menschen, die mit der See lebten.

Sein Englisch war kaum zu verstehen, Norwegisch konnte niemand auf der Plantage, und Deutsch schien Husdahl nur im äußersten Notfall zu sprechen. Immerhin konnte er Suaheli, das er jedoch nur im Gespräch mit den Afrikanern benutzte. Er schien überhaupt kein großer Redner zu sein, sondern verständigte sich lieber durch Gesten, die er mit wenigen abgehackten Worten unterstützte. Trotzdem hatte Charlotte ein gutes Gefühl. Sie bot ihm an, einige Tage zu bleiben – danach würden sie sich zusammensetzen und Nägel mit Köpfen machen.

Der weiße Gouverneurspalast von Daressalam leuchtete zwischen Palmen, der Küstendampfer drosselte jetzt die Maschine, um langsam in den Kanal zum Hafen einzufahren. Das Schiff glitt dicht an den vorgelagerten Koralleninseln vorbei, rechts erschienen jetzt die üppigen Palmenhaine von Immanuelskap, dem Sitz der evangelischen Mission, dann wurde der Blick auf die weite Hafenbucht frei. Kleine Dhaus mit weißen, schwellenden Segeln glitten über das Wasser, ein Überseedampfer, der in der Bucht vor Anker gegangen war, sah zwischen all den Fischerbooten aus wie ein schlafender Riese. Malerisch dehnte sich die Hauptstadt der deutschen Kolonie entlang der geschwungenen Linie der Bucht, ließ zwischen Palmen und Akazien die hellen Kolonialgebäude und die neu erbaute Kirche erkennen. Dazwischen, von Buschwerk halb verdeckt, lagen die braunen Hütten der Afrikaner, die grauen Lagerschuppen, die verfallenen Baracken, in denen Menschen aus allerlei Ländern hausten, die die Hoffnung an die afrikanische Küste getragen hatte.

Der Küstendampfer legte am Landungssteg vor dem Zollgebäude an, und Charlotte hatte Mühe, Peter Siegel davon abzuhalten, als Erstes die evangelische Mission aufzusuchen.

»Bei einem solchen Unternehmen kann die Fürsprache der örtlichen Missionare viel bewirken!«, wandte er störrisch ein.

»Wir versuchen es erst einmal auf eigene Faust!«, beharrte sie energisch.

Wie naiv war er eigentlich? Schließlich wusste man hier über seine Wahnvorstellungen Bescheid und hätte ihn vermutlich gar nicht ernst genommen. Nein, sie wollte diese unglückselige Geschichte möglichst rasch hinter sich bringen – die Missionare in Immanuelskap würden die Sache nur verzögern.

Peter Siegel war es nicht gewohnt, sich dem Willen einer Frau zu fügen. Beleidigt stand er eine Weile am Strand und schien seinen Plan allein ausführen zu wollen, bevor er endlich nachgab, nicht zuletzt deswegen, weil der Weg vom Hafen hinauf zum Immanuelskap zu Fuß mindestens eine halbe Stunde dauerte und er kein Geld hatte, eine Rikscha zu mieten. Während er sie zum Stadthaus begleitete, schimpfte er auf Simba, der seiner Meinung nach besser auf der Plantage geblieben wäre, dann hörte er kopfschüttelnd zu, wie sie sich durchfragte. Man schickte sie zum Stützpunkt der deutschen Polizei, von dort zum Gefängnis, das gleich hinter dem Zollgebäude lag, und schließlich, nach scheinbar ewiger Warterei, fand Charlotte einen Beamten, der ihr bestätigte, dass ein gewisser Schammi tatsächlich in Haft säße. Wenn sie etwas für den Burschen tun wolle, müsse sie sich beeilen, der Gerichtstermin, bei dem das endgültige Urteil verkündet werde, sei für morgen früh angesetzt. Das Gefängnis für Eingeborene sei voll von Dieben, Hehlern und anderen Gaunern, eine lästige Sache, in früheren Zeiten habe man dieses Gesindel einfach kräftig mit der Nilpferdpeitsche durchgeprügelt. Jetzt aber gelte das deutsche Kolonialgesetz, man müsse die Kerle auf Regierungskosten füttern und ihnen einen Prozess machen, bei dem weiter nichts als ein paar Monate Zwangsarbeit herauskämen.

»Es wäre zu freundlich, wenn Sie mir Namen und Adresse des Klägers mitteilen könnten«, fiel ihm Charlotte liebenswürdig ins Wort.

Die deutsche Bürokratie bewährte sich auch hier – nach einigem Suchen fand ein schwarzer Angestellter die Unterlagen und notierte das Gewünschte in schön geschwungenen Lettern auf einen Zettel:

Machmet Gupta
Inderstraße
Hausnummer 56

»Steht dort auch, was gestohlen wurde?«, erkundigte sie sich und verdrehte den Hals, um selbst einen Blick auf die Papiere werfen zu können.

Der schwarze Angestellte bemühte sich, den handschriftlichen Eintrag zu entziffern, zog die Stirn in Falten und hielt das Blatt näher an die Augen.

»Ein S-w-a-s-w-a-n-d …«, buchstabierte er und hob unsicher die Schultern.

»Ein was?«

Er unternahm einen neuen Versuch, und plötzlich fing er an zu strahlen.

»Ein *clock* Swaswand …«

»Eine Uhr!«, warf Peter Siegel mit bekümmerter Miene ein. »Er hat eine Uhr geklaut. Möglicherweise sogar mehrere. Was mag denn nur ein ›Swaswand‹ sein?«

Charlotte wollte es nicht glauben, es war wirklich zu skurril. Schammi hatte eine Schwarzwalduhr entwendet. In Hamburg hatte sie eine solche in einem Geschäft entdeckt, doch sie hatte ihr ganz und gar nicht gefallen. Ein Häuschen mit einem Paar in Schwarzwälder Tracht und einem Kuckuck, der zu jeder vollen Stunde lärmend aus einem kleinen Fenster schnellte. Die eisernen Gewichte am Ende der Ketten für das Zugwerk hatten die Form von Tannenzapfen. Hatte Schammi diesem Wunderwerk nicht widerstehen können?

»Gehen wir.« Energisch wandte sich Charlotte um und strebte zur Tür. Peter Siegel folgte ihr verständnislos.

Er hatte keine Ahnung, warum Klaras Cousine, kaum hatte sich die Tür hinter ihnen geschlossen, in helles Gelächter ausbrach. Als sie es ihm erklärte, fand er die Sache keineswegs komisch.

»Sie sind wie die Kinder«, murmelte er. »Jeder eitle Tand verführt sie. Wir müssen sie leiten, sonst sind sie verloren.«

Die Inderstraße war um die Mittagszeit wenig belebt, doch Charlotte fiel auf, dass viele der alten Gemäuer und Schuppen abgerissen worden waren, um Platz für neue Häuser zu schaffen. Zwischen diesen weißen Gebäuden hatten kleine Händler und Handwerker ihre Hütten errichtet, die meist nur aus einem einzigen Raum und einem Vordach aus Stoff bestanden. Es waren vor allem Afrikaner, die sich die Miete für einen besseren Standort nicht leisten konnten.

Machmet Gupta war keiner dieser armen Burschen. Sein Geschäft befand sich in einem zweistöckigen Haus. Schon von Weitem war es an der orangeroten Markise zu erkennen, die sich wie ein Segel im Wind bauschte. Eiserne Gitter, die jetzt zurückgeklappt waren, zeugten davon, dass er seinen Besitz vor Neidern zu schützen wusste. Vor dem Laden hatte er Tische mit allerlei Waren aufgebaut, die die Kundschaft anlocken sollten, vor allem blitzende Teekessel, Figuren aus blank poliertem Messing und ein Grammophon, dessen enormer Trichter jeden Vorübergehenden beeindruckte. Ein schwarzer Junge hatte die Aufgabe, die Waren zu bewachen, er lehnte gegen das Eisengitter, die Arme übereinandergeschlagen, sein langes weißes Gewand flatterte in der steifen Nordostbrise. Mit großen Augen verfolgte er, wie Charlotte Simba am Gitter festband und dann mit ihrem Begleiter den Laden betrat.

Drinnen war der Besitzer im Gespräch mit einer umfangreichen Goanesin, die – so vermutete Charlotte – ebenfalls einen Handel betrieb und mit Machmet Gupta ein Geschäft abschließen wollte. Die Frau war lebhaft, rutschte mit ihrem fülligen Körper auf dem ihr angebotenen Stuhl hin und her und fuchtelte mit den Händen, dass ihre silbernen Armreifen klirrten. Weder Peter noch Charlotte verstanden das Kauderwelsch, das die beiden sprachen, doch Charlotte hielt es für ungeschickt, ihre Angelegenheit in Gegenwart dieser Frau vorzubringen. Stattdessen sah sie sich neugierig im Laden um.

Machmet Guptas Warenangebot richtete sich ganz sicher nicht an die Eingeborenen, denn die hätten sich weder seidene Teppiche noch goldene Buddhafiguren noch eingelegte Tische aus Ebenholz leisten können. Auch schien er einen schwunghaften Handel mit afrikanischen Schnitzereien zu führen: Götterfiguren, Tiere, ja sogar kunstvoll geschnitzte Wandschirme. Und – tatsächlich – gleich in der Nähe des Eingangs konnte man eine Schwarzwälder Kuckucksuhr an der Wand bestaunen. Auf welch abenteuerlichen Wegen dieses gute Stück wohl nach Daressalam gelangt sein mochte?

»Womit kann ich Ihnen dienen?«

Der Ladenbesitzer unterbrach die Verhandlung und erhob sich von seinem Sitz. Jetzt wurde offenbar, dass er kleinwüchsig war, das bärtige Gesicht unter dem weißen Turban verriet nur wenig über sein Alter, doch er mochte etwa um die vierzig sein. Charlotte fragte nach verschiedenen Preisen und bemerkte, wie die schwarzen Augen des Mannes sie dabei taxierten. Die Preise waren enorm hoch – er schien sie für wohlhabend zu halten.

Erst als die Goanesin den Laden verlassen hatte, kam Charlotte auf ihr Anliegen zu sprechen.

»Schammi? Sie kennen diesen Burschen? Ein Halunke, der mich bestohlen hat …«

Nein, er sei unter keinen Umständen bereit, die Anzeige zurückzuziehen, der elende Dieb habe seine Strafe verdient. Er, Machmet, habe ihn aufgenommen, wie ein Vater für ihn gesorgt, ihm Arbeit gegeben – dafür habe er nun den Schaden.

»Was bringt es Ihnen, wenn er zu Zwangsarbeit verurteilt wird?«

Der Händler sprach von der irdischen Gerechtigkeit, die der Gerechtigkeit Allahs vorangehen müsse, im Übrigen sei das Schicksal eines jeden Menschen im Buch des Lebens festgeschrieben – niemand könne etwas daran ändern. Er schien kein Sikh, sondern Anhänger der Lehren Mohammeds zu sein.

»Lehrt Ihr Glaube nicht, dass man dem reuigen Sünder vergeben soll?«, versuchte es Peter Siegel.

Er hatte kein Glück. Schammi sei keineswegs ein reuiger Sünder, er habe sich mit der Beute bei Nacht davongemacht und sie tags darauf verkauft. Das wisse er genau, er kenne den Käufer. Darauf habe sich Schammi mehrere Tage lang in der Klinik für Einheimische versteckt, aber schließlich sei es gelungen, den Dieb zu fassen.

»Der Käufer ist nicht zufällig ein gewisser Kamal Singh?«, hakte Charlotte nach.

Machmet verbarg seine Verblüffung, indem er mit dem Finger unter den Turban fuhr und sich ausgiebig hinter dem Ohr kratzte.

»Kamal Singh? Wie kommen Sie auf Kamal Singh?«

»Nun es wäre nicht verwunderlich. Schammi kennt ihn, er hat früher einmal für ihn gearbeitet.«

Es konnte gar nicht anders gewesen sein. Woher hätte Kamal Singh sonst von der Verhaftung des Jungen erfahren?

»Wie dem auch sei – die Uhr ist fort, und ich habe den Schaden.«

Möglich, dass Kamal Singh ein gutes Geschäft gemacht hatte – auch er war ein Schlitzohr. Aber es war genauso gut möglich, dass er Machmet Gupta das Diebesgut zurückgegeben hatte. In diesem Fall war die Uhr, die dort neben dem Eingang hing, das Corpus Delicti. Leider war es unmöglich, Machmet diesen Schwindel zu beweisen – Kamal Singh würde sich ganz sicher nicht als Zeuge zur Verfügung stellen. Aber vielleicht konnte sie Machmet Gupta überlisten.

»Nun – ich bin eine gute Freundin von Kamal Singh und könnte ihn bitten, die Uhr zurückzugeben.«

Ihre Worte zeigten Wirkung – der Ton des Händlers wurde aufgeregt, seine Stimme klang schrill.

»Kamal Singh, Kamal Singh! Er hat mit der Sache doch überhaupt nichts zu tun. Gar nichts! Jemand anders hat die Uhr gekauft!«

Er hob die kurzen Arme und schimpfte lauthals über das Diebesgesindel, das den Geschäftsleuten in dieser Stadt das Leben schwer mache. Eine silberne Kanne habe man ihm entwendet, zahllose andere Kleinigkeiten, darunter auch zwei goldene Ringe und sogar eine Nähmaschine aus Deutschland.

Simba fing an zu knurren und bellte zweimal aus tiefster Brust, weil er glaubte, der wild fuchtelnde Zwerg bedrohe seine Herrin.

»Nun, ich bin der Ansicht, wir sollten uns einigen«, unterbrach ihn Charlotte. »Sie möchten Ihren Verlust ersetzt haben, und ich möchte meinen Angestellten Schammi mit auf meine Plantage nehmen. Was halten Sie davon, wenn ich den Schaden begleiche?«

Sie rannte offene Türen ein. Machmet erklärte, die entwendete Uhr sei ein kostbares Stück gewesen – gar nicht zu vergleichen mit dem Tand, der dort neben dem Eingang hänge. Diese dort schlüge nur die Stunden, jene aber habe alle Viertelstunde ein allerliebstes Vöglein zwitschern lassen, dazu sei zur vollen Stunde ein weiterer Vogel, ein Kuckuck, aus der Uhr geschnellt und habe mit kräftiger Stimme gesungen. Ein Meisterwerk deutscher Technik, nach dem man in Afrika lange suchen müsse.

»Schon gut. Nennen Sie mir den Preis.«

Er verdrehte die Augen zur Decke und behauptete, ein so seltenes Stück sei mit Geld gar nicht zu bezahlen, dann verlangte er kühn zweitausend Rupien.

»Er belügt uns«, flüsterte Peter Siegel auf Deutsch. »Schau doch – diese Uhr dort hat zwei Klappen, also auch zwei Vögel – es muss dieselbe sein. Leider geht sie nicht, sonst könnte man diesen Gauner überführen.«

»Der Preis erscheint mir ziemlich hoch«, entgegnete Charlotte, an den Zwerg gewandt.

»Was sind schon zweitausend Rupien für eine gute Tat, Gnädigste?«, fragte dieser durchtrieben. »Sie wollen dem Burschen doch helfen, nicht wahr? Schammi liegt im Gefängnis in Ketten – dafür habe ich höchstpersönlich gesorgt.«

Charlotte fasste Peter Siegel am Arm, der in gerechtem Zorn lospoltern wollte. Es hatte wenig Zweck, sich aufzuregen.

Stattdessen unternahm sie einen neuen Vorstoß.

»Das ist wohl wahr, Sahib Machmet. Nur komme ich von meiner Plantage im Usambara-Gebirge und kenne die Preise an der Küste nicht. Ich denke, ich werde mich mit meinem Freund Kamal Singh darüber beraten, er ist ein erfahrener Geschäftsmann.«

Die erneute Erwähnung von Kamal Singh schien Machmet Gupta zu verunsichern. Wieder einmal zeigte sich, welch großen Einfluss dieser undurchsichtige Inder besaß: Kamal Singh hielt viele Fäden in den Händen.

»Wozu sich beraten? Die Zeit drängt, schon morgen ist Gerichtstag, und wenn der Bursche erst einmal rechtmäßig verurteilt ist …«

»Ich werde den Fernsprecher benutzen, das dauert nicht lange.«

Der Händler knabberte verärgert an den Lippen und funkelte sie aus seinen schmalen, dunklen Augen zornig an.

»Was bieten Sie mir?«

»Fünfzig Rupien – und keinen Peso mehr!«

»Darüber lohnt es sich nicht zu verhandeln.«

»Fünfzig Rupien – aber vorher gehen Sie mit mir zur Polizeistation und ziehen Ihre Anklage zurück. In diesem Fall werde ich meinen guten Freund Kamal Singh mit dieser Lappalie nicht behelligen …«

Diese fünf Worte zeigten die gewünschte Wirkung: *Mein guter Freund Kamal Singh.* Machmet schnaufte tief durch und ließ die Arme sinken. Noch einmal beäugte er Charlotte abwägend, dann wanderte sein Blick zu Peter Siegel, dessen Kehlkopf sich unter dem spitzen Bart nervös auf- und niederbewegte. Vor dem Laden fing Simba an, wütend zu bellen und am Gitter zu zerren.

»Ich werde verzeihen«, murmelte Machmet Gupta schließlich. »Möge Allah es mir dereinst anrechnen, wenn der Jüngste Tag hereinbricht. Und nun nehmen Sie endlich diesen Hund fort, er ruiniert mir noch das Eisengitter!«

Er rief den schwarzen Jungen herbei und befahl ihm, den Laden zu schließen, dann drehte er höchstselbst den Schlüssel im Vorhängeschloss herum und rüttelte noch einmal an den Gittern, um zu sehen, ob alles gut gesichert war.

Der zuständige Beamte machte Mittagspause, Charlotte und Peter Siegel mussten zusammen mit Machmet Gupta im Flur vor seinem Amtszimmer warten. Sie waren nicht allein, drei Afrikaner saßen bei ihrer Ankunft bereits geduldig auf dem Boden, ein junges, goanesisches Paar lehnte an der Wand, die beiden Stühle waren von zwei Indern besetzt, die den Händler mit einer leichten Verbeugung und undurchsichtigem Lächeln begrüßten. Dennoch waren sie die Ersten, die in die Amtsstube gerufen wurden, man ließ deutsche Landsleute nicht unnötig warten. Machmet Gupta führte eine großartige Komödie auf. Er schilderte die Seelenqualen, die Schammis anstehende Verurteilung in seinem Gemüt ausgelöst hätten, und erklärte, die Anzeige zurückziehen zu wollen, um sein Gewissen nicht mit dem Unglück eines jungen Mannes zu belasten. Der deutsche Beamte zeigte sich wenig beeindruckt. Ein Dieb sei nun einmal ein Dieb und müsse verurteilt werden, wo käme man denn hin, wenn man so einen zuerst einsperre und dann wieder laufen lasse? Die Angelegenheit zog sich, bis Charlotte ungeduldig verkündete, dass Schammi ihr Angestellter sei und sie für den Schaden bezahlt habe.

»Ich hoffe nur, Sie haben sich nicht über den Tisch ziehen lassen, Frau Johanssen«, sagte der Beamte mit einem schrägen Seitenblick auf den Inder. »Aber gut – wenn Sie den Burschen ins Usambara-Gebirge mitnehmen wollen, dann schlagen wir die Sache nieder und fertig.«

Charlotte hatte Mühe, Schammi wiederzuerkennen. Er schwankte, als er aus dem schmalen Eingang in den Gefängnishof trat, ein hochgewachsener, unsagbar magerer junger Bursche, nur mit einer zerrissenen und verdreckten Hose bekleidet, die seine dünnen Waden unbedeckt ließ. Als er den Kopf hob, erkannte sie sein schmales Gesicht und die übergroßen braunen Augen. Eine Narbe, wohl von einem Peitschenhieb, zog sich schräg über seine Stirn und die rechte Wange, er hatte noch Glück gehabt, dass das Auge unversehrt geblieben war.

»Schammi!«, rief Peter Siegel voller Mitleid. »Was auch immer du getan hast – du wirst von nun an wieder zu uns gehören. So wie auch der verlorene Sohn in der Bibel von seinem Vater in Freuden aufgenommen wurde!«

Schammi starrte Charlotte an, als sei sie eine Erscheinung. Sie hatte das Gefühl, er schäme sich vor ihr, zumal er zunächst Anstalten machte, einfach davonzulaufen. Dann aber blieb er stehen, und sie sah, dass Tränen über sein Gesicht strömten.

»Ich brauche einen fleißigen Arbeiter, Schammi«, sagte sie, bemüht, ihre Rührung nicht zu zeigen. »Du bist mit der Arbeit auf einer Plantage vertraut – möchtest du bei mir anfangen?«

Der junge Mann schwieg und wischte sich mit dem Handrücken über die Wangen. Seine Bewegung war ungewöhnlich langsam, fast tastend, als wäre er noch steif von den Ketten.

»Schammi kann nicht arbeiten.«

»Weshalb nicht?«

»Schammi ist krank. Sein Rücken ist kaputt und will nicht heilen.«

»Dein Rücken?«

Er drehte sich nicht um, deshalb trat sie hinter ihn und betrachtete seinen nackten Rücken. Wie sie befürchtet hatte, war er von Striemen bedeckt, die so dicht beieinanderlagen, dass breite Wundstreifen entstanden waren. Einige waren schon verschorft, andere hatten sich entzündet und eiterten. Jetzt begriff sie, weshalb er in der Klinik gewesen war.

»Hat das Machmet Gupta getan?«, fragte sie erschüttert.

»Sahib Gupta – ja.«

»Das ist unmenschlich«, empörte sich Peter Siegel. »Dieser Kerl gehört angezeigt! Und wir haben ihm noch fünfzig Rupien gezahlt …«

Charlotte schwieg. Eine Anzeige würde nicht viel Erfolg haben – die Inder galten nicht als »Eingeborene« und hatten vor Gericht einen besseren Stand als die Afrikaner. Was immer das Schlitzohr Schammi da ausgefressen hatte – es musste Machmet in wahnsinnige Wut versetzt haben, doch das rechtfertigte keineswegs ein derart widerwärtiges Verhalten. »Ich werde dir eine Arbeit geben, bei der du deinen Rücken schonen kannst, bis er geheilt ist. Willst du mit uns kommen? *Bibi* Klara wartet auf dich.«

Bei der Erwähnung von Klara huschte ein schwaches Lächeln über Schammis Gesicht. Er nickte und wischte sich wieder über die Wangen. Der Bann war gebrochen, und auf einmal fing er an zu reden und konnte gar nicht mehr damit aufhören.

Ja, er wollte mitgehen und arbeiten, niemals wieder würde er davonlaufen und seiner *bibi* Charlotte Schande machen. Sie sei ihm wie eine Mutter, und *bwana* Roden sei ihm ein guter Vater gewesen. Als der *bwana* starb, habe auch sein eigenes Herz aufgehört zu schlagen. Aber seit heute schlüge es wieder. Er wolle fleißig arbeiten für *bibi* Charlotte und auch für *bwana* Siegel, ganz besonders aber für *bibi* Klara, die nicht gut laufen könne und immer an der Nähmaschine gesessen habe …

Peter Siegel schlug vor, in der Mission am Immanuelskap zu übernachten, dort gäbe es einen Arzt, der Schammis Rücken behandeln könne. Doch Charlotte hatte wenig Lust, noch länger in Daressalam zu bleiben. Die Stadt war ihr plötzlich zuwider, sie wollte lieber heute als morgen nach Tanga zurückkehren. Vielleicht kamen sie ja noch rechtzeitig zur Abfahrt des Küstendampfers in der Hafenstadt an.

Diese Hoffnung erfüllte sich nicht, der kleine Küstendampfer hatte gerade abgelegt, als sie zum Hafen kamen. Aber der Überseedampfer würde noch heute in Richtung Europa abfahren, man schiffte bereits die Passagiere ein – sie würden zwar etwas mehr bezahlen müssen, doch sie könnten gleich mit an Bord gehen.

Schammis Redseligkeit kannte keine Grenzen, er weinte immer wieder, lachte dann plötzlich und schien vollkommen überwältigt von dem unverhofften Glück, das ihm widerfahren war. Während sie am Strand nach einem Ruderboot suchten, das bereit war, drei Menschen und einen großen Hund zum Dampfer hinüberzurudern, stand sein Mund keinen Augenblick still.

»Schammi wird Hamuna wiedersehen und Sadalla und auch Juma … Jetzt wird kein Streit mehr zwischen uns sein, denn Schammi ist ein anderer geworden …«

Charlotte begriff, dass sie ihm einige Dinge erklären musste.

»Hör zu, Schammi. Wir fahren nicht auf die Plantage am Kilimandscharo. Sie gehört nicht mehr mir, ich habe sie verkauft. Wir reisen ins Usambara-Gebirge, dort besitze ich eine andere Plantage.«

Der junge Mann war grenzenlos enttäuscht. Erst als Peter Siegel ihm versicherte, die Plantage sei sehr schön und werde ihm gewiss gefallen, legte sich sein Bedauern. Die Hauptsache war, dass er bei seiner Herrin war und auch bei *bibi* Klara und *bwana* Siegel.

»Außerdem …«

Charlotte zögerte, weil sie wusste, dass Schammi die nächste Eröffnung noch weniger gefallen würde. Aber es war besser, nicht zu lange damit zu warten.

»Außerdem habe ich inzwischen wieder geheiratet, Schammi. Vielleicht kannst du dich an den Mann erinnern, der damals im Regen in unseren Laden kam? Dr. Johanssen ist sein Name.«

Er schluckte und blickte sie mit großen Augen vorwurfsvoll an.

»So ist Leben«, sagte er schließlich und seufzte tief. »Frau kann nicht bleiben allein ohne Mann. Dr. Johanssen … Dann ist er jetzt mein *bwana.* Dr. Johanssen … Dr. Johanssen …«

Peter Siegel verhandelte mit einem schwarzen Bootsbesitzer, der sie zum Dampfer hinüberbringen sollte, und winkte ihnen zu. Offensichtlich waren sie sich einig geworden – es wurde auch Zeit, das gewaltige Überseeschiff hatte die Maschine längst angeworfen, man sah eine dünne graue Rauchsäule aufsteigen und hörte sein heiseres Tuten.

»Ja. Dr. George Johanssen, das ist mein Ehemann. Ich heiße

also Charlotte Johanssen, Schammi. Komm, wir müssen jetzt ins Boot steigen – Peter wird dir helfen.«

»Dr. Johanssen«, wiederholte Schammi und schüttelte den Kopf. »Es gibt einen *bwana daktari* in der Klink, der diesen Namen hat.«

»Ja, mein Mann hat früher dort gearbeitet. Nun komm schon, Simba! Sei nicht so stur!«

Charlotte musste den widerstrebenden Hund hinter sich herziehen, der arme Kerl hasste Schiffsplanken, ganz gleich, ob es sich um ein Ruderboot oder um einen Dampfer handelte.

»Nein, *bibi* Charlotte. *Daktari* Johanssen ist immer noch in Klinik. Schammi hat ihn gesehen. *Daktari* George Johanssen liegt mit viel Fieber in Klinik.«

Sie hatte nur mit halbem Ohr hingehört, weil sie dem starrköpfigen Hund zureden musste, doch nun wurde ihr mit einem Schlag die Bedeutung von Schammis Worten klar.

»Was redest du da, Schammi? Das kann gar nicht sein, mein Mann ist auf einer Expedition in Ruanda …«

Schammi zuckte unsicher mit den Schultern.

»Dann armer Schammi ist ganz und gar verrückt. Dr. Johanssen ist großer, dünner Mann mit blondem Haar und Bart. Viel Fieber. Hat immer nur geredet auf Englisch und Sprache von Araber. Manchmal auch deutsche Sprache und viele Worte, die Schammi nicht kennt …«

Alles passte zusammen. Und dennoch, es konnte gar nicht sein. George war in Ruanda. Wäre er krank geworden, dann hätte man ihn doch in eine Klinik dort in der Nähe gebracht … nach Bukoba oder Entebbe … Sie hätte Nachricht erhalten … Oder etwa nicht?

»Peter! Steig wieder aus dem Boot – wir nehmen eine Rikscha zur Sewa-Hadschi-Klinik!«

»*Daktari* Johanssen arbeitet nicht hier.«

»Das weiß ich. Ich suche einen Patienten, der so heißt.«

Die schwarze Angestellte saß hinter einem Glasfenster und hatte die Aufgabe, Anmeldungen entgegenzunehmen und Auskünfte zu erteilen. Sie hatte wenig zu tun – die meisten Besucher und Patienten liefen einfach an ihr vorbei.

»Ein Engländer?«

Charlottes Herz setzte einen Schlag aus. Also doch.

»Ja, er ist Engländer. Ich bin seine Frau, Charlotte Johanssen.«

Die Schwarze stand von ihrem Stuhl auf, ohne eine Antwort zu geben, und schlenderte gemächlich aus dem Raum. Hinter Charlotte zog eine Familie mit mehreren Kindern vorüber, das jüngste wurde von der Mutter getragen und weinte laut, zwei Goanesinnen hatten eine alte Frau in die Mitte genommen und schleppten sie unter fortwährendem Zureden in die Klinik.

Wohin ging diese schwarze Angestellte? Wieso gab sie ihr keine Auskunft? Charlotte krallte die Finger in das schmale Holzbrett, das man unter der Glasscheibe angebracht hatte, und bemühte sich, die aufkommende Panik im Zaum zu halten. Hatte Schammi nicht von Fieber gesprochen? O Gott – George hatte auch vor zwei Jahren schrecklich hoch gefiebert, damals hatte sie um sein Leben gefürchtet. War er vielleicht sogar …

Draußen kläffte Simba. Der anhängliche Hund war ihr im Augenblick unglaublich lästig. Sie hatte ihn am Stamm einer Palme festgebunden, doch weil er heftig an der Leine zerrte, musste Peter Siegel in seiner Nähe bleiben. Schammi, der vor dem großen Hund eine ziemliche Furcht hatte, stand neben Charlotte und starrte beklommen vor sich hin. Er war unglücklich, weil er seiner Herrin einen solchen Schrecken versetzt hatte.

»Vielleicht Schammi hat den Namen falsch gehört«, sagte er leise. »*Daktari* hat ihn zu Schwester gesagt – aber Schammi hat viel Schmerzen und Brausen in den Ohren wie von Meer.«

Charlotte schwieg und starrte auf den Eingang zu den Krankenzimmern und Operationsräumen, in dem so viele Leute einfach verschwanden. Wieso stand sie hier herum?

»Zeig mir, wo du ihn gesehen hast, Schammi!«

In diesem Moment schob sich eine weiß gekleidete, zierliche Krankenschwester durch die hereinströmenden Menschen, ihr suchender Blick traf Charlotte und blieb mit einem seltsam abschätzigen, unwilligen Ausdruck an ihr hängen.

»Sie haben nach Dr. Johanssen gefragt?«

Ihre Worte klangen mehr als abweisend. Charlotte konnte sich diese kühle Anrede nicht erklären, doch sie steigerte ihre Angst.

»Allerdings. Ich möchte zu ihm.«

»Das ist nicht möglich.«

»Weshalb nicht?«

Die Krankenschwester wandte den Blick nicht ab. Sie hatte ein schmales, kantiges Gesicht und übergroße braune Augen. Feindselige Augen. Charlotte schwieg verwirrt. Weshalb wollte man ihr keine Auskunft geben? Sie nicht zu ihrem Mann lassen? Oder war er tatsächlich schon tot?

»Es darf niemand zu ihm.«

»Ich bin seine Frau!«

Das Gesicht der jungen Krankenschwester wurde hart, ihr Mund verzog sich zu einem hässlichen Strich.

»Er hat keine Frau.«

Jetzt hatte Charlotte genug. »Ich will sofort einen der Ärzte sprechen!«, verlangte sie mit forscher Stimme.

»Es hat niemand Zeit.«

»Dann werde ich meinen Mann eben allein finden!«

Die Schwester wich zurück, als Charlotte zornig an ihr vorbeistürmte, dann jedoch lief sie hinter ihr her, überholte sie und stellte sich ihr in den Weg.

»Sie können nicht zu ihm!«, rief sie mit schriller Stimme. »Er will niemanden sehen. Auch keine Frau. Er hat keine Frau. Gehen Sie. Er will Sie nicht sehen …«

»Geben Sie den Weg frei! Ich will zu meinem Mann! Sofort!«

Jetzt endlich erschien einer der Ärzte, auch er ein Inder, ein schlanker Mann, dem man die Erschöpfung eines langen Arbeitstages ansah.

»Shira! Was ist los?«

Die Angeredete verstummte, wich jedoch nicht von der Stelle.

»Ich habe ihr gesagt, dass Dr. Johanssen niemanden sehen möchte.«

»Es ist gut, Shira«, entgegnete der Arzt müde. »Geh hinüber zu Dr. Colbert, er braucht Hilfe bei einer Wundbehandlung. Nun mach schon.«

Einen Augenblick blieb die Schwester unschlüssig stehen, dann bedachte sie Charlotte mit einem hasserfüllten Blick und ging langsam davon.

»Sie sind Frau Johanssen?«, erkundigte sich der Arzt freundlich, dann lächelte er Schammi zu, anscheinend erkannte er ihn wieder. »Was macht der Rücken? Eitert? Wir sehen gleich mal nach, du wirst dich allerdings ein wenig gedulden müssen, es sind noch andere Patienten da …«

Ohne Charlottes Antwort abzuwarten, führte er sie durch den Flur und erzählte dabei, dass Dr. Johanssen auf dem Weg der Besserung sei, sie solle allerdings nicht erschrecken, man sehe ihm die Strapazen noch an.

»Es … es geht ihm also besser?«, stammelte sie.

»Den Umständen entsprechend, wie man so schön sagt. Das hat er Ihnen doch geschrieben, oder nicht?«

Eine unendlich schwere Last fiel von ihr ab. Er lebte, er war auf dem Weg der Genesung. Alles andere war jetzt erst einmal unwichtig. Er hatte ihr geschrieben – gewiss war sein Brief noch unterwegs, denn Post hatte sie keine von ihm erhalten.

Im Flur lagerten zahlreiche Menschen, aßen und tranken, Frauen stillten ihre Säuglinge, andere hatten sich zum Schlafen niedergelegt. Es waren Besucher aus entfernten Siedlungen, die ihre kranken Angehörigen nicht verlassen wollten und ihnen täglich das Essen brachten, manche kauften auch Medikamente, die die Klinik nicht beschaffen konnte. Der indische Arzt wurde immer wieder angesprochen, hörte sich geduldig die Klagen und Bitten an, sprach ein paar aufmunternde Worte, manchmal scherzte er auch und löste sich dann rasch, um weiterzugehen.

»Sie harren hier wochenlang aus«, erklärte er Charlotte. »Schlafen auf dem Boden und wachen bei ihren Kranken oder tragen die Toten fort, um sie zu begraben. Aber es gibt auch viele Patienten, um die sich niemand kümmert, manchmal kennen wir nicht einmal ihre Namen …«

Der Krankensaal für Männer war ein lang gezogener Raum mit hoch angesetzten Fenstern, so dass man von außen nicht hineinsehen konnte. Die Betten standen dicht nebeneinander in zwei langen Reihen, dazwischen saßen Angehörige und Besucher auf dem Boden, auch der Mittelgang, der eigentlich frei bleiben sollte, war mit allerlei Bündeln und Taschen zugestellt, die den Kranken oder ihren Familien gehörten. Trotz der hohen Decke war die Luft entsetzlich – eine stickige Mischung aus menschlichen Ausdünstungen, Essensgerüchen, Urin, Parfüm und dem ekelerregenden Geruch eiternder Wunden. Jetzt begriff Charlotte, weshalb George sie damals nicht in die Klinik auf Sansibar hatte mitnehmen wollen – er hatte ihr dieses Elend ersparen wollen.

Wie betäubt folgte sie dem Arzt durch den Mittelgang, stolperte über ein Bündel und musste sich an einem eisernen Bettpfosten festhalten. Der junge Mann auf dem Lager bewegte sich nicht, sein nackter Körper sah auf dem weißen Betttuch aus wie ein mit schwarzer Haut überzogenes Skelett, der Kopf war mit Binden umwickelt, die nur die Augen frei ließen.

»Viel schlimm hier«, murmelte Schammi, der hinter ihr ging. »Aber *daktari* gut arbeiten – viel Kranke wieder gesund.«

Sie nickte und versuchte zu lächeln, während ihre Augen von Bett zu Bett wanderten und nach George Ausschau hielten. Es war nicht gerade leise in diesem Krankensaal, immer wieder ertönten Schmerzenslaute und Stöhnen, aber einige Kranke kauerten auch mit gekreuzten Beinen auf den Betten und schwatzten mit ihren Angehörigen. Es wurde sogar gelacht, während im Nebenbett ein Kranker reglos auf den Tod wartete.

»Er ist dort!«, sagte der Arzt und wies auf einen weißen Vorhang im Hintergrund des Saals. »Wir haben ihn ein wenig abgeschirmt. Zum einen, weil er der einzige Weiße ist, zum anderen, weil er sofort anfing, uns ins Handwerk zu pfuschen, sobald es ihm ein wenig besser ging.«

Er zog den Vorhang ein kleines Stück beiseite und glitt ins Innere des abgegrenzten Raumes, Charlotte hörte ihn hinter den weißen Tüchern leise sprechen, doch Georges Antwort hörte sie nicht.

»Kommen Sie bitte«, forderte Dr. Kalil sie auf.

Die Metallringe des Vorhangs rasselten über die Stange, und Charlotte erblickte das weiß lackierte Bett, dahinter eine kahle Wand. George saß mit hochgezogenen Beinen auf seinem Lager, ein Tablett auf den Knien, das er als Schreibunterlage benutzte, in der Hand hielt er einen Blcistift.

»Charlotte!«, flüsterte er, als habe er Mühe, sie zu erkennen.

Das mit Papieren bedeckte Tablett glitt herab. Rasch wollte er es auffangen, doch er schwankte und musste sich wieder zurückfallen lassen.

»Ich habe schon geglaubt, du hättest mich ganz und gar vergessen. So viele Briefe und keine Antwort … Aber nun bist du ja da …«

Sie näherte sich ihm langsam, setzte sich auf den Bettrand und fasste seine Hände. Wie schmal und knochig sie waren! Sie konnte den Fieberschauer spüren, der ihn jetzt überfiel, und fing unweigerlich an zu schluchzen.

»Wie … wie kannst du so etwas sagen, George? Ich wusste doch gar nicht, wo du bist … Mein Gott, es war ein unglaublicher Zufall, dass ich dich überhaupt gefunden habe. Schammi hat dich hier gesehen …«

»Schammi?«

Er hatte seine Hände aus ihren gelöst und strich ihr sanft über die Wangen, seine Finger waren heiß und zitterten. Wenn er sich auf dem Weg der Besserung befand – wie schlimm musste es vorher um ihn gestanden haben?

»Du hast hohes Fieber, George …«

»Sorge dich nicht, mein Schatz«, tröstete er sie. »Ich bin hier in guten Händen – Dr. Kalil ist ein großartiger Arzt …«

»Ich hätte ein viel besserer Arzt sein können, wenn Sie sich an meine Anweisungen gehalten hätten«, warf der indische Doktor ein. »Leider sind Sie ein äußerst schwieriger Patient. Kaum geht es Ihnen ein bisschen besser, da laufen Sie schon herum und wollen Wunden verbinden oder sogar Operationen durchführen.«

»Ja, ich bin störrisch«, scherzte George und ließ erschöpft den Kopf zurücksinken. »Ich vertraue keinem meiner Kollegen und mag nicht bemitleidet werden, wenn es mich erwischt hat.«

Charlotte beugte sich über ihn, berührte sacht seine Schultern und küsste ihn. Seine Lippen waren rau und aufgesprungen, und er erwiderte ihren Kuss nur schwach.

»Noch ein paar Tage, dann können Sie ihn mitnehmen«,

hörte sie Dr. Kalil aufmunternd sagen. »Er nimmt den anderen nur den Platz weg und weiß alles besser. Wir sind froh, wenn wir ihn loswerden.«

Neigte ein Mensch, der tagtäglich mit dem Tod umgehen musste, zu einem derart schwarzen Humor? Sie konnte jedenfalls nicht über seine groben Scherze lachen. Ihre düsteren Ahnungen waren nicht grundlos gewesen, das wurde ihr jetzt klar, sie hatte die ganze Zeit über gespürt, dass George in Gefahr war, und sie hatte recht behalten. Selbst wenn er in einigen Tagen genesen sollte, so war sein Leben noch längst nicht gerettet, trug er doch den Keim dieses Fiebers schon lange in sich. Es konnte immer wieder ausbrechen, und irgendwann, wenn sein Körper nicht mehr stark genug war, sich zu wehren, würde es ihn besiegen.

Sie verbrachte den Rest des Tages an seinem Bett und übernachtete mit Schammi und Peter Siegel nun doch in der Missionsstation am Immanuelskap, da man Simba in keinem der Hotels dulden wollte. Am folgenden Tag entschied sie, dass der Missionar zusammen mit Schammi nach Neu-Kronau reisen sollten, sie selbst würde mit George später nachkommen. Simba wich nicht von ihrer Seite, so dass sie die Gastfreundschaft der Missionare auch weiterhin in Anspruch nehmen musste. Sie waren rücksichtsvoll, nahmen sie freundlich in ihrer Mitte auf und vermieden es bei ihren abendlichen Gesprächen, über Peter Siegel zu reden. Die Missionare schienen froh zu sein, dass er unter Charlottes Fürsorge auf der Plantage genas, was weiter mit ihm werden sollte, war entweder noch ungeklärt oder nicht für ihre Ohren bestimmt.

Am Morgen machte sie mit Simba Einkäufe, sorgte für sein Futter und ihren eigenen Magen, dann begab sie sich zur Klinik und band den Hund vor dem Eingang fest. Der hatte inzwischen begriffen, dass er warten musste, bis sie wiederkam, denn er winselte nur kurze Zeit, streckte sich dann aus und legte den Kopf auf die Vorderpfoten. Doch anstatt zu schlafen, behielt er aufmerksam den Eingang des Krankenhauses im Auge, um ja nicht zu verpassen, wenn sein Frauchen wieder herauskam.

Als Charlotte sich den weißen Vorhängen näherte, die Georges Bett vom Rest des Krankensaals abschirmten, schlüpfte die zierliche Inderin heraus, die Dr. Kalil mit Shira angeredet hatte. Sie trug ein Tablett mit kleinen Schälchen darauf und ging eilig und ohne sie anzusehen an ihr vorüber. Am zweiten Tag fand Charlotte ihren Mann ohne Bekleidung auf dem Bett sitzend, er wusch sich und tauchte den Lappen in eine Wasserschüssel, die Shira für ihn hielt. Die Inderin starrte Charlotte mit undurchdringlichem Blick an, während sie George ein sauberes Tuch reichte, dann raffte sie die verschmutzte Wäsche zusammen, nahm die Schüssel und trug alles hinaus.

Georges Körper war so ausgezehrt, dass man seine Rippen sehen konnte, und er beeilte sich, Hemd und Hose anzuziehen. Schämte er sich etwa vor ihr, seiner Frau? Nun – vor der Krankenschwester hatte er sich nicht geschämt.

Auch wenn sie sich dagegen wehrte, verspürte Charlotte, wie ihr dieser Gedanke einen Stich ins Herz versetzte. Die kleine Inderin hatte Zugang zu ihm, wann immer sie es für nötig hielt, durfte mit ihm reden und seinen Körper berühren, wie es zu den Aufgaben einer Pflegerin gehörte. Aber Shira war mehr als eine Pflegerin – es war offensichtlich, dass sie – weshalb auch immer – Besitzansprüche an Dr. George Johanssen stellte. Und noch eines wurde Charlotte klar: Die Briefe, die George in der Klinik an sie geschrieben hatte, waren niemals abgeschickt worden. Dafür konnte nur Shira gesorgt haben.

Auch George musste das inzwischen begriffen haben, doch er sprach nicht darüber. Er erklärte, viel schlafen und gut essen zu wollen, freute sich über die Früchte und leckeren Speisen, die Charlotte ihm mitbrachte, und fragte sie nach Elisabeth und ihrem Leben im Usambara-Gebirge aus.

»Du hast also eine Plantage gekauft? Ich wusste es doch! Schon als wir an der Domäne Kwai vorüberritten, war mir klar, dass es dir in den Fingern juckt …«

»Aber nein, ich habe es nur getan, weil ich einen Ort für Klara, Peter und Sammi suchte …«

Er lachte sie aus und streichelte ihr Haar, hatte Spaß daran, den langen, aufgesteckten Zopf zu lösen, und behauptete, schon sehr neugierig auf Neu-Kronau zu sein. Die Gespräche dauerten nicht lange, meist schlief er recht bald vor Erschöpfung ein. Im Schlaf verschwand alle Heiterkeit aus seinen Zügen, sie wurden hart und zeigten eine tiefe Resignation, die Charlotte erschreckte. Wenn er träumte, quälte er sich und warf sich stöhnend hin und her, doch nur selten erfasste ihn noch ein Fieberschub, die Träume mussten andere Ursachen haben.

Als sie ihn fragte, erzählte er von einem Ausbruch des Namlagira, eines tätigen Vulkans, der nördlich des Kiwa-Sees in Belgisch-Kongo gelegen war. Mitten in der Nacht, als sie schon in den Zelten gelegen hatten, vernahmen sie plötzlich ein gewaltiges Brausen gleich den Wogen der Meeresbrandung. Eine rote Feuersäule erschien in der Ferne, zerteilte sich in Tausende kleiner Fünkchen und stürzte gleich einem Heer goldener und rot glühender Sterne hernieder. Unfassbare Schönheit, die zugleich Zerstörung und Tod mit sich brachte.

Nachdem er geendet hatte, vertraute er ihr einen kleinen Lederkoffer an, in dem sich seine Manuskripte befanden. Sie solle ihn bei den frommen Missionaren abstellen und von ihrem so gefährlich aussehenden Löwenhund bewachen lassen. »Simba ist wirklich ein passender Namen für den Burschen. Es erleichtert mich, dass du einen Beschützer gefunden hast«, witzelte er.

»In der Tat, er folgt mir, wohin ich auch gehe.«

»Das sollte dir doch gefallen, oder?«

George lächelte schief und sah sie mit dem altgewohnten, eindringlichen Blick an. Sein Lächeln war spitzbübisch, und doch lag darin noch etwas anderes, ein Hauch von Trauer und schlechtem Gewissen. Nein, *daktari* Johanssen hatte nichts mit diesem treuen Hund gemein, er war keiner, der ihr folgte und immer in ihrer Nähe sein musste. Er ging seiner eigenen Wege, die – so hatte er einmal behauptet – immer zu ihr zurückführten.

Er hatte ihr inzwischen auch erzählt, wie er von Ruanda in die Klinik in Daressalam gelangt war. Sein Bericht klang lückenhaft, vieles ließ er aus, vermutlich um sie zu schonen, doch sie begriff, dass er schon zu Beginn der Reise die ersten Fieberanfälle erlitten hatte. Eine Weile hatte er versucht, sich selbst zu kurieren, später schlug das Chinin nicht mehr an, und er war von einigen schwarzen Trägern zurück nach Bukoba in die dortige Klinik gebracht worden. Doch anstatt sich in die Hände der dort ansässigen Ärzte zu begeben, war er schon wenige Tage später mit dem Dampfer über den Viktoria-See gefahren, um mit der Uganda-Bahn zurück nach Mombasa zu gelangen. Was ihn antrieb, war die Hoffnung, in Daressalam mit dem deutschen Kolonialstaatssekretär Bernhard Dernburg zusammenzutreffen, der auf einer Besuchsreise in Deutsch-Ostafrika weilte. Es wäre die einmalige Gelegenheit gewesen, diesem von ihm sehr geschätzten Politiker persönlich über die Lage in Ruanda zu berichten und dabei auch die Gräuel zu erwähnen, die sich in Belgisch-Kongo abspielten. Doch das Fieber machte ihm einen Strich durch die Rechnung. Kaum in Mombasa angekommen erfasste ihn ein neuer Schub, der ihn zwang, mehrere Tage und Nächte untätig in einem Hotelzimmer zu liegen.

»Das Ganze war eine verrückte Idee, einer Fieberphantasie

entsprungen«, gab er selbst zu. »Dernburg war längst abgereist, als ich in Daressalam ankam; ich hatte ihn um Wochen verpasst. Also begab ich mich in die Obhut meines Freundes Dr. Kalil, schrieb dir zärtliche Briefe und verbrachte meine Zeit damit, auf dich zu warten, mein Schatz.«

Am Morgen des dritten Tages behauptete er, sich in der Klinik tödlich zu langweilen, er sei gesund und wolle endlich das »gelobte Land« kennenlernen, das sie in seiner Abwesenheit klammheimlich erworben habe.

»Ich sehne mich förmlich nach dem abgeschiedenen Leben auf einer Pflanzung, meine Liebste. Die Gesänge der Arbeiter auf den Feldern, das Muhen der Kühe, die frische Milch, Bananen, Mais und dazu noch eigene Kartoffeln. Du wirst mich innerhalb weniger Wochen dick und fett gefüttert haben.«

Dr. Kalil hatte ihr erzählt, dass George trotz seiner Mahnung Patienten behandelt hatte, was zu Ärger mit den Klinikärzten geführt habe. George selbst erwähnte diese Tatsache nur am Rande, aber Charlotte konnte gut verstehen, dass er das Elend der Kranken nicht tatenlos hatte mit ansehen können. Als sie die Klinik verließen, zahlte er großzügig für seinen Aufenthalt, fügte noch eine Spende dazu und erklärte grinsend, sie sollten sich nur nicht einbilden, ihn für immer los zu sein.

»Eines Tages komme ich wieder, meine Freunde.«

Seine Ankündigung klang unheilvoll in Charlottes Ohren, doch ganz sicher meinte er, dass er hier irgendwann wieder als Arzt arbeiten wollte. Die zierliche Shira zeigte sich an diesem Morgen nicht, und Charlotte fragte auch nicht nach ihr.

Simba begrüßte sein Frauchen mit zärtlichem Schnaufen, stupste sie mit der feuchten Nase, und als sie in Richtung Hafen gingen, zog er an der Leine, als habe er es eilig, diesen Ort zu verlassen. George ignorierte er vollkommen.

»Ein gewaltiger Bursche«, bemerkte der. »Bei dieser Hitze

muss es schlimm sein, einen solchen Pelz mit sich herumzutragen.«

Der Hund schien ihn zu faszinieren. Auf der Fahrt mit dem Küstendampfer von Daressalam nach Tanga saß George auf einem Stuhl, den Charlotte für ihn herbeigeschafft hatte – der rasche Gang zum Hafen hatte ihn angestrengt. Zwischen den Gepäckstücken lag Simba, flach an den Boden gepresst, ganz offensichtlich hatte er mit der Seekrankheit zu kämpfen. Immer wieder beugte sich George vor, um dem Hund sacht über den Rücken zu streicheln, doch Simba nahm ihn so wenig wahr wie den Wind, der sein wolliges Fell zauste.

»Hat er vielleicht Durst?«

»Er bekommt zu trinken, wenn wir angekommen sind. Was ich ihm jetzt gebe, kommt sofort wieder heraus.«

»Ach herrje! Das bedeutet wohl, dass wir von nun an keine längeren Seereisen mehr unternehmen dürfen.«

»Im Usambara-Gebirge gibt es wenig Gelegenheit dazu.«

»Das hast du dir schlau ausgedacht, mein Schatz!«, erwiderte er lachend.

Auf der Fahrt mit der Usambara-Bahn schliefen Mann und Hund, George auf dem Sitz neben ihr, Simba zu ihren Füßen. Sorgenvoll überlegte Charlotte, ob Peter Siegel ihr Telegramm wohl erhalten hatte und mit einem Maultierwagen in Mombo zur Stelle war. Jetzt, da sie George einigermaßen genesen wieder an ihrer Seite hatte, machte sie sich auch wieder Gedanken um ihre Pflanzung. Ob sich der neue Verwalter überhaupt bewährte? Vielleicht war er längst davongelaufen, und in Neu-Kronau ging alles drunter und drüber. Ach, sie war so stolz auf ihre Plantage und hätte sie George gern in gutem Zustand präsentiert. Beklommen sah sie aus dem Zugfenster. Man konnte im Vorüberfahren schon die ersten Rodungen an den Berghängen erkennen, hellgrüne, graue und rötliche Rechtecke, die sich in die dunklen Waldungen einschnitten:

Kaffeepflanzungen, Sisalfelder, Äcker, auf denen Mais, Gemüse und Kartoffeln gediehen. Dort hinten in den Bergen Ost-Usambaras befanden sich die Anlagen der Versuchsstation Amani, wo man nach den bestgeeigneten Pflanzen für die Plantagen und neuen Möglichkeiten der Düngung forschte, gleich in der Nähe der Prinz-Albrecht-Plantage und den Pflanzungen von Wilkins & Wiese. All diese Anwesen wurden von engagierten Verwaltern oder den Besitzern selbst geleitet, unablässig waren die schwarzen Arbeiter damit beschäftigt, die jungen Pflanzen von Unkraut zu befreien, den Boden aufzuhacken und die letzte Saat in die Böden zu bringen. Nur in Neu-Kronau tat sich vermutlich nicht viel – diese Schlamperei würde sich bald bitter rächen.

»Hund ist müde«, sagte einer der beiden Eingeborenen, die mit angezogenen Beinen ihr gegenüber auf der Bank hockten. »Schöner Hund. Schlaf, schöner Hund. Schlaf …«

Er sprach leise und hielt die ausgebreiteten Hände über den schnarchenden Simba, als wolle er ihn beschwören, ja nicht aufzuwachen. Charlotte hatte sich bei ihnen entschuldigt und ihren Reiseproviant mit ihnen geteilt, zum Glück hatten sich die zwei als freundliche, umgängliche Burschen entpuppt. Beide waren unterwegs nach Mazinde, von dort wollten sie weiter zum Sägewerk von Wilkins & Wiese, um beim Bau einer Drahtseilbahn mitzuhelfen.

»Trägt Holz an Drahtfaden in der Luft. Dicker Stamm festbinden an Draht – macht ssssss … fliegt wie Wind über Berge und ist schon unten in Sägewerk. Großer Zauber – Deutsche sind große Magier …«

Vierzig Heller bekamen sie pro Tag ausgezahlt – das war nicht wenig, kein Wunder, dass Charlotte um ihre Plantagenarbeiter kämpfen musste. Sie zahlte ihnen nur fünfunddreißig, aber dafür erhielten sie bei ihr ein festes Haus und ein Stück Land, dazu die wichtigsten Grundnahrungsmittel zu billigen Preisen. Ihre Eingeborenen konnten durchaus zufrieden sein.

George erwachte bei jeder Station, räusperte sich und setzte sich neu zurecht. Bevor er wieder einschlief, warf er einen raschen Blick auf Simba zu seinen Füßen, dann lächelte er Charlotte an, als wolle er sich entschuldigen, ein so schlechter Gesellschafter zu sein.

»Ruh dich nur aus – wir haben noch eine halbe Tagesreise vor uns«, sagte sie zärtlich.

Wenn er sich im Schlaf gegen sie lehnte, schien er ihr hilflos wie ein Kind, das sich ganz und gar ihrer Fürsorge auslieferte. Sie wollte für ihn sorgen, immer für ihn da sein und darüber wachen, dass das Fieber, das in seinem Körper schlummerte, keine Macht über ihn gewann.

»Mombo! Mombo!«

Niemand im Zug hatte es mit dem Aussteigen eilig, nur Simba hob den Kopf und spähte aufmerksam zu Charlotte hinüber. Im weißlichen Qualm der Lokomotive erkannte Charlotte undeutlich das ausgedehnte Lagergebäude und den Bahnhof, ein paar Schwarze standen mit ihren Maultieren herum, die sie zu vermieten hofften. Mehrere Pferdewagen warteten vor der Lagerhalle, vermutlich befanden sich in den Güterwagen verschiedene Baumaterialien, vornehmlich Eisen und Zement.

»Mama! George!«

Das war Elisabeths ungeduldige Stimme. Charlotte fiel ein Stein vom Herzen – sie hatten also doch einen Wagen geschickt. Nun erkannte sie Johannes Kigobo, der den Hals nach seiner Herrin reckte, neben ihm hüpfte ihre Tochter ungeduldig auf der Stelle. Sie reichte ihrem schwarzen Begleiter schon bis zur Schulter.

Als sie ausstiegen, stürzte sich Elisabeth zuerst auf George. Er nahm sie tatsächlich hoch, drehte sich mit ihr im Kreis und stellte sie wieder ab, dann behauptete er keuchend, von dieser Kraftanstrengung vollkommen erschöpft zu sein. Elisabeth lachte fröhlich. Er hatte dieses Spiel schon früher mit ihr getrieben, doch Charlotte wusste, dass es dieses Mal ernst war.

Das Maultiergespann wartete hinter der Lagerhalle, auf dem Wagen saß nicht Peter Siegel, sondern Björn Husdahl. Auch das bedeutete für Charlotte eine angenehme Überraschung – er war also geblieben, vielleicht hatte er seine Sache ja sogar gut gemacht. Der Norweger hockte gleichmütig auf der Kiste, die als Kutschbock diente, und rauchte seine Pfeife. Als Charlotte auf ihn zutrat, um ihn zu begrüßen, nickte er ihr nur kurz zu und wies mit der Pfeife hinter sich in den Wagen. Man hatte das Zeltdach entfernt, da kaum noch Regen fiel, und aus Decken eine Art Bett bereitet. Charlotte hatte telegraphiert, dass George noch krank sei.

Dieser jedoch verschmähte das Krankenlager und hatte nichts Eiligeres zu tun, als sich einige Gepäckstücke zurechtzurücken und sich neben den Norweger zu setzen. An seiner Stelle ließ sich Simba auf dem improvisierten Lager nieder, Charlotte und Elisabeth nahmen neben ihm Platz, während Johannes Kigobo nur hin und wieder aufsaß und meist neben dem Gefährt herlief.

Eitel ist er, dachte Charlotte verärgert. Natürlich will er sich nicht wie ein Schwerkranker transportieren lassen, aber er hätte sich ja auch auf das Lager setzen können, um seine Kräfte zu schonen. Stattdessen hockt er jetzt da vorn auf dem schwankenden Bündel und versucht, aus dem schweigsamen Husdahl ein paar Sätze herauszupressen. Konnte George etwa Norwegisch? Zumindest ein paar Brocken, die er mit Englisch mischte – die beiden schienen sich zu verstehen.

Als sie Wilhelmsthal passiert hatten und auf der Fahrstraße weiter nach Norden rumpelten, hatte Elisabeth ihrer Mutter bereits die wichtigsten Neuigkeiten mitgeteilt. Auf der

Plantage werde schrecklich viel gearbeitet, jeden Tag schicke Björn Husdahl die Leute auf die Felder, und er könne ziemlich eklig werden, wenn sie nicht gehorchten. Dann brülle er urplötzlich ganz laut, und alle bekämen Angst. Das geschehe aber recht selten, sonst sei er ganz still, rede kaum ein Wort, nur Tante Klara, die würde er mögen, sie begrüße er stets mit einer kleinen Verbeugung, wobei er immer auch den Hut abnehme.

»Sprich nicht so laut, Lisa. Er kann dich doch hören …«

»Ach, der versteht nicht viel Deutsch, Mama. Außerdem sage ich ja nichts Schlechtes über ihn …«

»Und wie kommt er mit Peter Siegel zurecht?«

»Gut. Onkel Peter hat am Sonntag eine Andacht gehalten, da sind alle Arbeiter gekommen und Björn Husdahl auch. Hinterher hat er sich bei Onkel Peter sogar bedankt und ihm die Hand geschüttelt. Und vor Tante Klara hat er wieder seine komische Verbeugung gemacht. Du, Mama! Es ist schrecklich langweilig, wenn Onkel Peter mich unterrichtet, einfach zum Auswachsen. Immer soll ich bloß Geschichten aus der Bibel nachschreiben, und Rechnen will er gar nicht mit mir …«

»Jetzt ist George ja wieder da, Elisabeth!«

»Was für ein Glück!«

Später setzte sich George neben Charlotte und erzählte Elisabeth von einem Bienenstock in einer Akazie, unter der die Teilnehmer der Expedition sich ahnungslos gelagert hatten. Kaum hatte man es sich dort gemütlich gemacht, waren die Bienen auch schon über die Gruppe hergefallen.

»Hihi – haben sie dich gestochen, George?«

»Leider.«

»Und auch den Herzog von Mecklenburg?«

»Den auch. Auf seinen Adelstitel haben die keine Rücksicht genommen!«

»Und habt ihr versucht, an den Honig zu kommen?«

»Wo denkst du hin? Wir sind weggelaufen, so schnell wir konnten!«

Er fragte sie aus und brachte sie zum Lachen, versprach, mit ihr Ausflüge zu unternehmen und ihr von nun an täglich schwere Rechenaufgaben zu stellen. Erst als sie nicht mehr weit von Neu-Kronau entfernt waren und die Sonne tief über den Berggipfeln im Westen stand, wurde er schweigsamer und lehnte den Rücken gegen die niedrige Bretterwand des Wagens. Charlotte spürte mit aufsteigender Zärtlichkeit, wie sehr ihn diese Gespräche angestrengt hatten, und hätte ihn gern in ihre Arme genommen, doch sie wusste, dass er das auf keinen Fall geduldet hätte.

Sie erreichten das Gatter von Neu-Kronau in dem Augenblick, als der weißgelbe Sonnenball hinter den Bergen versank und rötlich schimmerndes Feuer über Wälder und Himmel schickte. Jubel tönte ihnen entgegen, die Schwarzen hatten ungeduldig auf die Rückkehr ihrer *bibi* Johanssen gewartet und machten sich einen Spaß daraus, das Fuhrwerk bis zum Wohnhaus zu eskortieren. Georges Beine zitterten ein wenig, als er aus dem Gefährt kletterte, und er musste sich an einem Wagenpfosten festhalten, doch er verbarg diese Schwäche geschickt und sah grinsend zu, wie Charlotte ihre Leute begrüßte.

»Du scheinst so etwas wie ihre *mama* zu sein«, witzelte er später, als sie im Wohnraum beim Essen saßen. »Dein Verwalter ist kein übler Bursche, und ich glaube, dass er sein Handwerk versteht. Aber die Eingeborenen fürchten ihn eher, als dass sie ihn lieben.«

Das hatte Charlotte inzwischen auch bemerkt, und Klara bestätigte es ihr.

»Er ist ein harter Mensch, Charlotte. Aber er hat einen weichen Kern und ist ein gläubiger Christ.«

Björn hatte es abgelehnt, mit ihnen gemeinsam zu essen. Er

nahm seine Mahlzeiten für sich allein in einem kleinen Haus ein – nicht viel mehr als eine Hütte –, das er in ihrer Abwesenheit hatte errichten lassen. Es war auf die Art der Eingeborenen aus Hölzern und Lehm gefertigt, die Wände standen bereits, auch die Tür war eingesetzt, nur das Dach fehlte noch, was ihn jedoch nicht davon abhielt, dort einzuziehen. Er hatte George erklärt, lieber allein in einer Eingeborenenhütte als in dem gemauerten Nebengebäude zu wohnen, wo er nur eine Holzwand zwischen sich und den anderen habe. Er sei in der Einsamkeit groß geworden und brauche nach einem langen Arbeitstag seine Ruhe.

»Er ist ein knorriger Bursche, aber er gefällt mir«, sagte George und hob sein Wasserglas. »Wir werden uns hier alle miteinander sehr gut verstehen. Trinken wir auf eine frohe Zeit in Neu-Kronau!«

Er bückte sich, um Simba zu streicheln, der sich in der Nähe des Tisches ausgestreckt hatte, und versuchte, ihn mit einem Stück Hühnerfleisch zu bestechen. Simba nahm den Bissen gnädig an, drehte sich aber gleich wieder von George weg und beschnüffelte liebevoll Charlottes Schuhe.

März 1908

»*Bibi* Johanssen! Schnell kommen – *bwana* Husdahl wirft neues Haus um!«

Charlotte beschattete die Augen mit der Hand und blinzelte zum Waldrand hinüber. Dort stand Jonas Sabuni mitten auf dem staubigen Fahrweg und winkte mit beiden Armen, als sei ein schlimmes Unglück geschehen. Seufzend wendete sie ihr Maultier und warf einen letzten Blick auf das Kaffeebäumchen, das doch tatsächlich schon in diesem Jahr die ersten weißen Knospen hervorgebracht hatte, zart noch und gewiss ohne Aussicht auf eine kräftige Blüte, aber immerhin. Sie ritt nun fast täglich hinaus auf die Kaffeefelder, um die Bäumchen auf die gefährlichen Bohrkäfer und Wanzen zu überprüfen, welche auf anderen Plantagen großen Schaden angerichtet hatten.

»Was ist denn nun schon wieder los, Jonas Sabuni?«, rief sie unwillig, während sie zu ihm hinüberritt.

»Viel zornig, *bwana* Husdahl. Ganzen Tag wir haben Steine gemauert, und er macht alles kaputt. Komm und schau, *bibi* Johanssen.«

»Ihr werdet eben schief gemauert haben.«

»Mauer nicht krumm. Nur ein wenig Bauch wie dicker Mann. Solche Mauer hält gut – besser als gerade Wand …«

Jetzt würde sie wieder die Wogen glätten müssen – wie satt sie das hatte! Keine Frage, Björn Husdahl war ein tüchtiger Mann, aber seine Art, mit den Schwarzen umzugehen, war wenig geschickt. Tagelang verständigte er sich mit ihnen nur durch Gesten und wenige, kurz hingeworfene Worte, dann plötzlich passte ihm etwas nicht, und er polterte los. Was er den Schwarzen da in einer Mischung aus Suaheli, Norwegisch und Englisch an die Köpfe warf, verstand wohl keiner von ihnen so genau, doch sie hatten große Angst vor seinen jähzornigen Ausbrüchen. Zweimal hatte er heftig zugeschlagen, woraufhin Charlotte ihn zu einem ernsthaften Gespräch ins Wohnhaus geladen hatte, da sie nicht wollte, dass ihre Arbeiter geprügelt wurden. Vermutlich hätte Husdahl sie gar nicht ernst genommen – seiner Meinung nach verstand eine Frau nicht, wie man mit den Schwarzen verfahren musste –, doch sie hatte Peter Siegel und vor allem George an ihrer Seite gehabt, und Husdahl hatte sich knurrend gefügt.

Es war heiß, und der Staub wirbelte eine rötliche Wolke auf, als sie sich nun den Fahrweg entlang zum Wohnhaus hinbewegten. Simba lief unverdrossen hinter ihnen her; er schaute jetzt tatsächlich aus wie ein Löwe, denn Charlotte hatte ihm das lange Fell gestutzt und nur die Haare um den Nacken stehen lassen. Die Gipfel im Westen ragten klar in den taubenblauen Himmel, aus den Tälern stiegen graue Schwaden auf – kein Nebel, sondern Rauch, daran ließ der strenge Brandgeruch keinen Zweifel. Diesmal waren es die Eingeborenen, die den Wald abbrannten, um neue Felder zu gewinnen. Inzwischen gab es auch schon einige Plantagen, die sich im Besitz von Afrikanern befanden – ein Ergebnis der »negerfreundlichen« Politik des neuen Gouverneurs Rechenberg, der den deutschen Pflanzern ein rechter Dorn im Auge war.

Als sie sich dem Haus näherten, stellte Charlotte fest, dass tatsächlich der neu aufgemauerte Teil der Südwand fehlte, welche Teil des neuen Anbaus war. Die dicken Holzbohlen, die man für die Fensterstürze verwendet hatte, lagen mitten in dem Trümmerhaufen. Johannes Kigobo hockte verdrossen im Schatten des alten Wohnhauses, die anderen Arbeiter waren nicht zu sehen, ebenso wenig der Verwalter. Nur Schammi stand bei dem Neubau und stocherte mit einem Stock in den Trümmern herum.

»Viel Arbeit umsonst!«, rief er Charlotte entgegen. »Warum er nicht schon gestern alles zerschlagen? Jetzt ist Mörtel fest, und Ziegel sind zerbrochen.«

Es waren nicht wenige Ziegel zu Bruch gegangen – ein Zeichen dafür, dass sie nicht fest genug gebrannt worden waren. Auch das hatte der Verwalter vor einiger Zeit bemängelt und seinem Zorn bei einem Kontrollbesuch in der Ziegelgrube Luft gemacht.

Sie würde die Angelegenheit später mit Husdahl allein bereden, jetzt musste sie trösten und die Scherben zusammenkehren. Und das auf diplomatische Art, schließlich konnte sie nicht die Autorität ihres Verwalters untergraben.

»Wo sind die anderen?«

Johannes Kigobo warf ihr einen vorwurfsvollen Blick zu, doch Schammi beeilte sich zu berichten, dass alle, die so schlecht gemauert hätten, jetzt in der Ziegelgrube arbeiten müssten.

»Viel Zorn«, sagte er traurig. »Warum? Wir wollen gut arbeiten für neues Haus von *bibi* Charlotte. Du selbst hast gestern Abend Mauer angeschaut – war sie krumm? Sie war gerade wie Schnur, die *bwana* Husdahl hat gespannt.«

Nun ja – ganz so gerade war die Wand nicht gewesen, das hatte sie auch bemerkt. Aber sie hatte geglaubt, man könne die Sache noch retten.

»Nun – *bwana* Husdahl ist eben sehr genau und will, dass das Haus nicht beim nächsten Sturm umfällt ...«

Es tat ihr weh, weil sie genau wusste, wie viel Mühe sich ihre Schwarzen mit der Mauer gegeben hatten. Natürlich waren sie keine gelernten Maurer, und in ihrem Eifer hatten sie wohl leider gepfuscht. Sie schickte Schammi aus, zwei Arbeiter herbeizuholen, die gemeinsam mit Johannes Kigobo den Schutthaufen beiseiteräumen und den Mörtel von den heil gebliebenen Ziegeln schlagen sollten, damit wenigstens diese noch weiter verwendet werden konnten.

Schammi hatte sich gut in Neu-Kronau eingelebt, führte mit Eifer die Listen der Arbeiter, half Peter Siegel in der Schule und war zu jedweder Arbeit zu gebrauchen, die wenig Körpereinsatz erforderte. Natürlich hatte er seinen Rücken vorgeschützt, doch der war inzwischen verheilt, auch wenn ihm die breiten Narben immer noch zu schaffen machten. Charlotte war klar, dass Schammi grundsätzlich lieber mit Papieren, Büchern und Bleistiften umging, als praktische Arbeiten zu erledigen.

Es war schon Mittagszeit, daher lohnte es nicht, noch einmal hinauszureiten. Charlotte gab das Maultier in Johannes Kigobos Obhut und ging hinüber zum Haus, um mit den anderen zu essen.

George hatte sich mit Elisabeth in den kühlen Wohnraum zurückgezogen, dort saßen die beiden am Tisch, über verschiedene Zeichnungen gebeugt. Vermutlich war George mit dem Mädchen wieder einmal unterwegs gewesen, um nach der Natur zu zeichnen; Elisabeth war begabt, und George hatte behauptet, sie dürfe dieses Talent auf keinen Fall verkümmern lassen. Charlotte nahm den Tropenhelm ab und bewunderte die Kunstwerke ihrer Tochter, dann setzte sie sich zu ihnen an den Tisch. George sah sie mit einem kleinen Lächeln von der Seite an, doch er sagte nichts. Erst nach dem Essen, als Elisabeth mit ihren Zeichnungen hinauf zu Klara gelaufen war, erzählte Charlotte ihm von den unschönen Ereignissen des Vormittags.

»Nun wirst du deinen Verwalter wohl wieder einmal zurechtweisen müssen«, sagte George seufzend und streichelte mitfühlend ihre Hand.

»Er hatte nicht unrecht, doch seine Reaktion war viel zu heftig und unbeherrscht«, gab sie kurz angebunden zurück und nahm sich die *Deutsch-Ostafrikanische Zeitung* vor, die vor einigen Tagen mit der Post gekommen war.

Sie war enttäuscht; in ihren Ohren klang seine Bemerkung ironisch. Noch gestern Abend hatten sie darüber gestritten, weshalb sie eigentlich einen Verwalter benötige, da sie doch ohnehin den ganzen Tag über auf der Plantage unterwegs sei und am liebsten alles allein bestimmen wolle.

Während der vergangenen Wochen hatte es immer wieder kleinere Meinungsverschiedenheiten zwischen ihnen gegeben, die sie zuerst lachend, später mit aufkommendem Unmut und seit einigen Tagen im Streit austrugen. Das gestrige Gespräch hatte Charlotte verletzt, und Georges Reaktion, so aufrichtig sie auch gemeint sein mochte, trug nicht gerade zu einer Versöhnung bei. Natürlich hatte er in gewisser Weise recht: Seitdem er wiederhergestellt war, widmete sie ihrer Plantage sehr viel Zeit, meist blieben für George nur die Abende, und dann war sie erschöpft. George hingegen war ein Nachtarbeiter, oft schrieb er bis weit nach Mitternacht, und wenn Charlotte beim ersten Morgenlicht aufstand, schlief er noch tief und fest. Natürlich war ihr das nicht neu, und doch enttäuschte es sie, dass er sich so wenig für das interessierte, was sie selbst ganz und gar erfüllte. Er spazierte zwar über die Wiesen, besah sich den Teich, inspizierte die Wohnungen ihrer Arbeiter und schwatzte mit ihnen, ritt mit Elisabeth über die Felder, zählte die Kühe und Kälber auf den Weiden und machte ironische Bemerkungen über die Gemüsepflanzungen. Es schaue aus wie im Garten ihrer Großmutter, behauptete er stets grinsend, doch er ging nie darauf ein, wenn sie von blühenden Kaffeebäumen, Bohrwürmern, Kartoffelkäfern oder Sisalpflänzchen berichtete. Er schwatzte mit Peter Siegel über die Bedeutung der Bergpredigt, spielte mit Sammi und brachte es fertig, sich von Klara erklären zu lassen, wie man einen doppelten Saum nähte. Für alles Mögliche zeigte er Interesse, er lernte sogar die Sprache der Waschamba, fragte sie nach ihren religiösen Gebräuchen und machte sich darüber Notizen.

Sie hatte ihn auf seine Expedition ziehen lassen und monatelang auf ihn gewartet, sie las seine Manuskripte und zollte ihnen Bewunderung, aber hatte er ihre Arbeit auf der Plantage auch nur einziges Mal mit Lob bedacht? Dabei war es doch seine Entscheidung gewesen, eine Weile mit ihr hier in Neu-Kronau zu verbringen!

Charlotte raschelte mit der Zeitung, um die Stille zu unterbrechen. Das Schweigen lastete auf ihnen. Hoffentlich kamen bald Klara und Peter zum Essen herunter. Doch es war nichts zu hören, wahrscheinlich hielten sie sich mit Elisabeths Zeichnungen auf. Auch draußen auf der Baustelle herrschte Stille – vermutlich würden die Arbeiter erst am Nachmittag mit dem Steineklopfen beginnen. Charlotte blätterte um, und das Knistern des Papiers erschien ihr unangenehm laut.

»Dieses Blatt sollte wirklich verboten werden«, platzte George in die Stille hinein.

Auch das ärgerte sie, schon weil die Krügers diese Zeitung über den grünen Klee lobten und behaupteten, endlich würden die Sorgen der Pflanzer einmal deutlich ausgesprochen.

»Nun ja, vielleicht ist das Ganze ein bisschen zu dick aufgetragen«, sagte sie gedehnt und blickte über den Rand des Blattes zu ihm hinüber.

»Ich finde es einfach nur abgeschmackt«, schimpfte er. »Was für eine Bosheit, Gouverneur von Rechenberg eine ›negrophile Veranlagung‹ vorzuwerfen. Und weshalb? Weil er sich entgegen der Interessen der raffgierigen weißen Pflanzer für die Rechte der Schwarzen einsetzt. Von Rechenberg ist ein hervorragender Mann, nie hat die Kolonie einen besseren

Gouverneur gehabt. Dieser Willy von Roy ist kein Journalist, sondern ein gekaufter Schmierfink.«

Im Grunde stimmte sie ihm zu, auch sie hatte sich über diesen Artikel ziemlich geärgert. Aber etwas hielt sie heute zurück, George recht zu geben. Vielleicht war es die ungewohnte Schärfe, mit der er sich ausdrückte und die sie seiner allgemeinen Unzufriedenheit zurechnete.

»Aber es ist auch nicht in Ordnung, dass der Gouverneur nun überhaupt kein Land mehr an deutsche Einwanderer geben will. Weshalb denn nicht? So viele Menschen im Reich haben keine Arbeit, leben in Not, ihre Familien hungern – warum will er ihnen den Weg in eine bessere Zukunft verstellen?«

George sah nur kurz zu ihr auf, sein Blick war voller Bitterkeit.

»Weil dieses Land den Afrikanern gehört, Charlotte«, erwiderte er mit ungewohnt harter Stimme. »Siehst du nicht, was hier in Usambara geschieht? Wie sie den Wald in großen Parzellen roden, die Wiesen abweiden, die Zedern oben im Gebirge fällen, um Bleistifte daraus zu machen?«

»Meine Güte – die Eingeborenen roden die Wälder doch auch! Das haben sie schon immer getan, du brauchst nur die Nase nach draußen zu stecken, dann kannst du den Brandgeruch riechen.«

»Es wäre unsere Aufgabe, sie zu warnen, aber nicht, in großem Stil mitzutun! Reden wir nicht immer von der Überlegenheit der weißen Rasse? Wenn dem tatsächlich so ist – und in einigen Punkten entspricht diese Behauptung tatsächlich der Wahrheit –, dann sind wir für die Eingeborenen dieses Landes verantwortlich.«

Charlotte stöhnte auf. Der streitbare Geist, der zwischen ihnen gewachsen war, trieb sie beide voran, und keiner von ihnen schien gewillt einzulenken.

»Weshalb tust du immer so, als seien die Afrikaner arme, hilflose Waisenkinder? Weißt du nicht, weshalb die Waschamba auf den steilen Bergkegeln siedeln? Weil sie sich vor den räuberischen Massai schützen müssen. Mord und Totschlag gibt es auch zwischen afrikanischen Stämmen, die einen unterdrücken die anderen, und das weiß Gott nicht mit sanften Mitteln. Hast du mir nicht selbst von den Watussi erzählt, die den Stamm der Wahutu schon vor Jahren unterjocht und diese zu ihren Arbeitssklaven gemacht haben?«

Sie sah, wie sich seine Finger um die Tischkante krallten, und erschrak, weil seine Knöchel dabei weiß, fast bläulich aussahen.

»Ich habe niemals behauptet, dass die Afrikaner bessere Menschen seien als die Europäer«, gab er mit einer Ruhe zurück, hinter der ein Sturm lauerte. »Aber dieses Land ist ihr Land, wir haben kein Recht, uns hier niederzulassen.«

Simba hatte sich erhoben und begann zu bellen. Als sich niemand darum kümmerte, ging er zu Charlotte und legte seine Schnauze auf ihr Knie. Gereizt schob sie ihn zur Seite.

»Dann glaubst du also, ich hätte kein Recht, hier in Usambara eine Plantage zu besitzen? Ist es das?«

»Genau das ist es, Charlotte!«

Wütend stand sie auf und lief hinaus, dicht gefolgt von Simba. Das war stark! Aber natürlich – George Johanssen brauchte seinen Lebensunterhalt nicht mit seiner Hände Arbeit zu verdienen, die Mittel flossen ihm aus seinem Besitz in England zu, ohne dass er jemals etwas dafür hätte tun müssen. Offenbar kam er gar nicht auf den Gedanken, dass sie diese Pflanzung nicht für sich selbst, sondern für ihre Cousine und deren Familie gekauft hatte. Dass dieser Besitz später das Erbe ihrer Tochter sein würde. Ach, all diese Überlegungen konnte er gar nicht nachvollziehen – er stammte aus einer reichen Familie, tat, wozu er Lust hatte, reiste, wohin es ihm passte, und schrieb Bücher, die ihm kaum etwas einbrachten. So einer konnte leicht von einer gerechteren Welt reden! Niemals hatte er die Not und die Ungerechtigkeiten dieser Welt am eigenen Leibe zu spüren bekommen. Afrika gehöre den Afrikanern? Was für ein Unsinn! Hatte Max nicht damals schon gesagt, in diesem Land sei Platz genug für sie alle? Verdammt – er hatte recht gehabt!

Aufgelöst lief Charlotte hinüber zur Weide und schreckte den alten Kerefu aus seinem Mittagsschläfchen auf. Er solle ihr ein Maultier satteln, aber rasch. Als sie aufsaß, hörte sie, dass die Tür des Wohnhauses geöffnet wurde, doch sie wandte sich nicht um.

»Mama! Willst du denn nichts essen?«

»Ich esse später!«

Der rötliche Staub stob um die Beine des Maultiers, das in einen leichten Trab fiel. Simba rannte an ihnen vorbei, kehrte wieder um und umkreiste sie, als wolle er sie zum Wohnhaus zurücktreiben.

»Verschwinde! Lass mich in Ruhe!«

Doch der Hund verstand sie nicht und lief hinter ihr her.

George machte keinen Versuch, sie zurückzurufen – sie hätte ohnehin nicht darauf reagiert. Selbst dann nicht, wenn er ihr nachgelaufen wäre, aber so etwas kam für einen George Johanssen nicht in Frage. Er lief keiner Frau nach, das hatte er nicht nötig. Mit Bitterkeit dachte sie an Shira, die zierliche indische Krankenschwester, die mit solcher Beharrlichkeit um ihn gekämpft hatte. Sie hatte mit George niemals darüber gesprochen. Auch sie hatte ihren Stolz – er brauchte nicht zu wissen, dass sie auf diese grässliche Person maßlos eifersüchtig gewesen war.

Sie folgte dem Fahrweg so lange, bis sich der erste Zorn gelegt hatte, dann stellte sie fest, dass ihr Maultier nur noch im langsamen Schritt ging, und spürte, wie der Kummer über diesen unseligen Streit in ihr aufstieg. Monatelang hatte sie sich nach ihm gesehnt, hatte tausend Ängste um ihn ausgestanden, als er krank war – wie konnte es da sein, dass sie einander jetzt so verletzten? Einen Moment lang war sie versucht, umzukehren und ihn um Vergebung zu bitten, doch sie tat es nicht. Besser war, den Nachmittag für einen Ritt über ihren Besitz zu nutzen und am Abend, wenn sie beide ruhiger urteilen konnten, ein ehrliches Gespräch mit ihm zu führen. So jedenfalls konnte es nicht weitergehen.

Die Wege waren ausgetrocknet, in den Wiesen konnte man den dunkelgrünen Rand der kleinen Bachläufe erkennen, wo Gras und Kräuter üppiger gediehen. Die Trockenheit machte sich auch auf den Äckern bemerkbar, besonders wenn sich der Wind erhob und den fruchtbaren Boden als rötliche Wolke davontrug. In wenigen Tagen schon konnten die ersten Regenfälle einsetzen, das würde ihren Äckern guttun. Aber die kleine Regenzeit blieb auch manchmal aus, dann musste sie Bewässerungsgräben ziehen lassen, damit das Gemüse nicht verdorrte. Für den Anbau ans Wohnhaus allerdings konnte sie keinen Regen gebrauchen; wenn die Tropengewitter niedergingen, würden sie die Ziegelproduktion einstellen müssen. War es nun gut oder schlecht, wenn der Regen kam?, überlegte Charlotte, doch sie merkte bald, dass sie keinen klaren Gedanken fassen konnte.

Verwirrt trieb sie das Maultier zu einer schnelleren Gangart an, ohne recht zu wissen, wohin sie reiten wollte. Als sich der Fahrweg mit dem zur Domäne Kwai vereinigte, lenkte sie ihr Reittier auf einen schmalen Wiesenpfad, der hügelauf in westlicher Richtung verlief. Es war einer der verschlungenen Trampelpfade, die die Eingeborenen angelegt hatten, manche führten auf ihre Felder, andere waren Verbindungswege zu befreundeten Stämmen und wurden auch für die Jagd genutzt. Diesem Pfad war sie vor einiger Zeit zusammen mit George bis in ein kleines Wiesental gefolgt – ein romantisches Fleckchen Erde, das Charlotte an eine Alm erinnerte. Graue Felsbrocken lagen verstreut, als habe ein Riesenkind seine Bauklötze fortgeworfen, üppige Farne und bunte Blumen gediehen zwischen den Gräsern, und als sie näher heranritten, erhoben sich Myriaden bunter Schmetterlinge aus dem feuchten Gras. Damals waren sie umgekehrt, weil der Bach im Talgrund zu breit und zu reißend gewesen war, um ihn zu durchreiten. Sie hatte dies bedauert, da die bewaldete Bergregion auf der anderen Seite des Tals zu ihrem Besitz gehörte und sie die Gegend gern erkundet hätte.

Heute führte der Bach viel weniger Wasser; Charlotte ließ das Maultier trinken und trieb es dann auf die andere Seite. Simba lief mit großem Behagen durch das klare Nass. Er war schon ein seltsamer Hund, wenn es regnete, suchte er eiligst ein Überdach, damit er nicht nass wurde, aber in Bächen oder Flüssen badete er mit Vergnügen. Am anderen Ufer schüttelte er sich ausgiebig, beschnupperte einen Weidenbusch und hob das Bein, um das Gebiet jenseits des Wasserlaufs in Besitz zu nehmen.

Der Pfad schlängelte sich zwischen den Steinbrocken der Talmulde hindurch und verschwand im niedrigen Gehölz, das den Fuß des gegenüberliegenden Berges bedeckte, den sie schon aus der Ferne voller Neugier bewundert hatte. Zwischen den Urwaldriesen an seinen Hängen blitzten zerklüftete Wände aus Glimmerschiefer, möglicherweise gab es auch kleine Gebirgsmulden, in denen das Wild gern Zuflucht vor Raubtieren suchte. Verärgert dachte sie daran, dass sie den Bach auch damals hätten durchreiten können, gar so wild, wie George behauptete, war die Strömung nicht gewesen. Sie hatte nicht darauf bestanden, weil sie Rücksicht auf ihn nehmen wollte. Es war ihr erster Ausflug nach seiner Krankheit gewesen, und sie fürchtete, er könne sich überanstrengen. Jetzt aber fiel ihr ein, dass er auch bei früheren Ausritten am Kilimandscharo übertrieben vorsichtig gewesen war. Er suchte nicht das Abenteuer, wenn er gemeinsam mit ihr unterwegs war, das tat er nur allein, auf seinen Reisen und Expeditionen. Hatte sie tatsächlich einmal davon geträumt, an seiner Seite durch die Wüste zu reiten, Sandstürme zu bestehen, den tödlichen Gefahren der gewaltigen Sanddünen zu trotzen? All das war nichts als Illusion gewesen – bisher hatte er dafür gesorgt, dass ihre Ausritte nicht abenteuerlicher waren als der Nachmittagsausflug einer Schulklasse.

Sie hatte soeben die ersten Bäume erreicht, da hörte sie Simba knurren und blickte sich suchend um. Witterte der Hund eine Gefahr? Sie war unbewaffnet, wie meist, wenn sie durch die Felder ritt – die Waschamba verhielten sich friedlich, und außer Leoparden gab es keine gefährlichen Raubtiere.

Simbas Knurren wurde drohender, und jetzt hörte sie es auch. Seltsame Geräusche drangen aus dem Bergwald zu ihnen herüber. Es klang wie Tiergebrüll, Charlotte glaubte, einen Stier zu erkennen, dann wieder den Schrei eines Leoparden, Vogelrufe, das Gezeter eines Hundsaffen … War ihr die Hitze zu Kopf gestiegen? Diese Rufe konnten unmöglich von Tieren stammen – wie sollte wohl ein Stier dort hinauf auf den Berg gelangen? Sie zuckte zusammen, als sie eine Bewegung zwischen den Bäumen bemerkte. Ein merkwürdiges Wesen sprang dort umher, ein Faun mit gebogenen Hörnern, halb Mensch, halb Stier, eine magische Ausgeburt des Waldes. Das Maultier war erschrocken zur Seite gewichen, und sie musste es hart zügeln, damit es nicht durchging. Simba duckte sich ins Gras und starrte mit glänzenden Augen auf die unheimliche Erscheinung.

Eine Maske! Großer Gott – sie hatte sich ins Bockshorn jagen lassen! Es war ein Eingeborener, vermutlich ein Medizinmann, ein Zauberer der Waschamba, der eine Stiermaske über den Kopf gestülpt hatte. Ein mächtiges Ding, aus braunem Leder gefertigt und mit riesigen, aufgemalten Augen, in denen sich Sehschlitze befanden. Die Hörner, welche die Maske krönten, waren überdimensional groß und krümmten sich gegeneinander, so dass in der Mitte ein Kreis entstand.

Das Geheule und Gebrüll wurde lauter, doch es handelte sich eindeutig um menschliche Stimmen, die allesamt Tierlaute nachahmten. Jetzt zeigte sich ein zweiter Eingeborener mit einem Leopardenfell über dem Rücken. Er hatte sein Gesicht kunstvoll mit weißer und schwarzer Farbe bemalt und trug den Kopf des *chui* wie eine Mütze auf dem kahl geschorenen Schädel. Weitere Schwarze erschienen, Männer, nur mit Lendenschurzen bekleidet und mit Amuletten behängt, und Frauen, die sich rötliche Tücher um den Körper gewickelt hatten. Fast alle hatten ihre Ohrläppchen durchstochen, um irgendwelche runden Gegenstände in das Loch zu stecken, bei vielen war die Haut gerissen und hing in Fetzen herunter.

Die Waschamba zogen an Charlotte vorüber, ohne sich weiter um sie zu kümmern, die wenigen Blicke in ihre Richtung waren weder freundlich noch unfreundlich, sie waren leer. Kehrten sie von einer Beerdigung zurück, einer dieser geheimen Zeremonien, von denen ihr die Missionare in Hohenfriedeberg voller Abscheu erzählt hatten? Die Waschamba glaubten, dass sich die Geister von Bäumen und Tieren, ja selbst Felsen in menschlicher Gestalt zeigen konnten. Ebenso gab es auch Menschen, die sich in Tiere verwandelten. Vor allem ihre Zauberer verstanden sich auf diese Kunst, sie konnten zu den Geistwesen der anderen Welt Verbindung aufnehmen, um sie für die Seele des Verstorbenen günstig zu stimmen. Bei derartigen Ritualen benutzten sie Masken, zumindest hatte man ihr das so erklärt.

Reglos verharrte sie, bis die unheimliche Prozession an ihr

vorübergezogen war, nur hin und wieder rief sie leise den knurrenden Hund zur Ordnung, da sie fürchtete, er könne einen der maskierten Männer angreifen. Diesen Eingeborenen war das Christentum vollkommen fremd, sie lebten in ihrer eigenen, von Medizinmännern geprägten Glaubenswelt, und Charlotte fühlte sich wie ein ungebetener Eindringling. Zwar gehörte dieser Berg zu ihrem Besitz, sie hatte ihn gekauft – doch was bedeutete das schon? Die Verbindung der Waschamba zu diesem Ort war ungleich intensiver: Hier lebten die Geister ihrer Toten, hier sprachen sie mit den Seelen der Bäume und Felsen, hier streiften sie in Tiergestalt durch die Wälder und versammelten sich zu magischen Ritualen an den nächtlichen Feuern.

Sie zögerte, ob sie weiterreiten sollte. Vielleicht war es besser, diesem Pfad nicht zu folgen, weil er vermutlich an einen ihrer Kultorte oder zu einer Begräbnisstätte führte, doch gleichzeitig war sie neugierig, wie ein solcher Ort wohl aussehen mochte. Sie würde nichts anrühren, kein Hälmchen krümmen, keinen Stein versetzen – nur einfach die Stätte betrachten und dann wieder fortreiten. Später konnte sie vielleicht Johannes Kigobo und Jonas Sabuni über die Bedeutung des Gesehenen ausfragen; womöglich hatte sie Glück, und die beiden zum Christentum bekehrten Schwarzen gaben ihr Auskunft.

Vorsichtshalber wartete sie, bis die Prozession durchs Tal gezogen und auf der Kuppe des Hügels verschwunden war, erst dann ritt sie weiter. Die Eingeborenen hatten sie so wenig beachtet wie einen Stein am Wegrand, weniger sogar, denn ein Stein hatte, wie sie wusste, eine Seele. Dennoch war sie unsicher, ob es ihnen gefallen würde, wenn sie jetzt nach ihrem verborgenen Kultplatz suchte.

Das Maultier stieg willig den Pfad hinauf. Charlotte blinzelte nach der Sonne, die sich gen Westen neigte, dann schlug das Blätterdach über ihr zusammen. Es war angenehm kühl im Wald, nach einer Weile fror sie sogar und war froh, wenn der Pfad aus den Bäumen tauchte und über einen sonnenbeschienenen Felsvorsprung führte. Je höher sie kam, desto großartiger war der Blick hinab in die Tiefe; bald entdeckte sie sogar einige Kaffeefelder ihrer Plantage, dann auch das Wohnhaus, klein wie ein Spielzeug.

An manchen Stellen tropfte Wasser vom Gestein herab, jetzt waren es nur harmlose Rinnsale, doch in der Regenzeit würden sie zu reißenden Wasserfällen werden. Vogelrufe waren zu hören, dieses Mal stammten sie tatsächlich von Vögeln. Auch die unvermeidlichen Meerkatzen rumorten im Geäst, einmal sah sie dicht über ihrem Kopf eine Baumschlange, einer grünen Liane gleich, und sie duckte sich rasch, um das Tier nicht aufzuschrecken.

Wenn dieser Kultplatz hier irgendwo im Wald verborgen war, dann vermutlich nicht direkt am Pfad, sondern abseits, in einer Mulde oder auf einem Felsplateau. Aber es mussten doch Spuren auszumachen sein, schließlich waren eine Menge Leute hier gegangen, die vielleicht auch einen Toten mit sich geführt hatten … Sie schaute nach ihrem Hund, doch Simba folgte ihr ohne großes Interesse für seine Umgebung. Ab und an hob er das Bein oder knurrte leise, dann befahl sie ihm, still zu sein, und er gehorchte.

Bald war ihr klar, dass sie an den Rückweg denken musste, wenn sie nicht die Nacht im Freien verbringen wollte. Unschlüssig starrte sie auf den vor ihr liegenden Pfad, der nun offenbar wieder einer felsigen Stelle zustrebte, denn sie sah helle Lichtstrahlen durch das Blattwerk blitzen. Eigentlich müsste sie in Kürze den Gipfel erreicht haben, aber das war schwer auszumachen, da sich der Weg in scharfen Kehren mal bergauf, dann aber auch wieder bergab schlängelte.

Wahrscheinlich wird es nun sowieso zu steil für das Maultier, dachte sie resigniert. Dennoch trieb sie es an, um zumindest den Felsen zu erreichen und von dort aus einen letzten Blick auf die Umgebung zu werfen. Die steinerne Wand, die sich jetzt zu ihrer Linken erhob, bestand aus mehreren, schräg übereinanderliegenden Schichten von Glimmerschiefer, welche nun, da die Sonne weit im Westen stand, nur noch schwach schimmerten. Staunend besah sie den grauen Stein und spürte ein leises Vibrieren im Körper. Was war nur los mit ihr? Plötzlich verspürte sie den dringlichen Wunsch, diese Felswand zu berühren, als könne sie damit etwas von der magischen Kraft des Felsens in sich aufnehmen. Sie lenkte das Maultier in das Geröll hinein, das sich dicht am Felsen angesammelt hatte, und blinzelte gegen das Licht, da sie meinte, den Umriss eines Stieres in der zerklüfteten Bergwand zu erkennen. Oder war es eine Antilope? Ein Gnu? Sie streckte die Hand aus und befühlte den noch sonnenwarmen, schrundigen Fels, glitt mit den Fingern über die Unebenheiten des Gesteins, versuchte, die eben gesehenen Linien nachzuzeichnen. Auf einmal hörte sie Simba wütend kläffen und spürte gleichzeitig, wie das Maultier unter ihr zusammenzuckte. Etwas Dunkles, Großes schlug krachend dicht neben ihr auf den Pfad, das Maultier machte einen panischen Satz, und sie rutschte aus dem Sattel.

In ihren Ohren dröhnte es, als stürze der ganze Berg über ihr zusammen. Sie glitt in die Tiefe, spürte, wie sie über das harte Gestein rollte, gegen Kanten schlug und, von dünnen Stämmen für einen kleinen Moment aufgehalten, unaufhaltsam in den Abgrund fiel. Sie fühlte keinen Schmerz, wusste nur, dass sie sich irgendwo festhalten musste, um nicht tief unten an den Felsen zerschmettert zu werden, doch ihr Körper wollte ihr nicht gehorchen. Endlich prallte sie gegen ein mächtiges Hindernis und blieb liegen. Ein Hagel von kleinen Steinen, die sie bei ihrem Sturz gelöst und mitgerissen hatte, ergoss sich über sie, doch sie spürte ihn kaum. Ihr Kopf dröhnte, ihr war schwindlig und übel. Fast hätte sie das Bewusstsein verloren, bemerkte kaum, dass ihr eine feuchte Hundezunge über das Gesicht leckte. Sie hörte Stimmen, kreischend, brummend, flüsternd, Worte, die sich überschnitten, die wehten wie lange Bänder im Wind, die sich verknoteten, wieder auseinanderrissen und davonflatterten. Nach einer scheinbaren Ewigkeit wurden die Stimmen leiser, unhörbar fast, nur das Dröhnen in ihrem Kopf blieb, auch die Übelkeit, dazu verspürte sie jetzt ein tückisches Brennen und Ziehen am ganzen Körper.

Vorsichtig öffnete sie die Augen und sah graue Schatten. Mondlicht. Hatte sie tatsächlich so lange hier gelegen? Sie erkannte dürres Geäst dicht vor ihrem Gesicht, dahinter die dunkle Form eines großen Hundes. Simbas glänzende Augen. Er reckte den Kopf und berührte mit seiner kalten Nase ihre Wange. Dann spürte sie brennend seine warme Zunge auf ihrer Haut. Sie musste vollkommen zerkratzt sein und überall Hautabschürfungen haben, hoffentlich hatte sie sich nichts gebrochen.

»Simba, guter Hund. Lauf nach Hause. Hol Hilfe …«

Er leckte ihren Hals, dann ihren Arm. Als sie versuchte, sich ihm zu entziehen, spürte sie den harten Stamm im Rücken. Er war unregelmäßig, die Rinde rau, trockenes Geäst umfing sie und hatte ihr vermutlich einige Verletzungen zugefügt. Aber der gefallene Riese in ihrem Rücken hatte ihr das Leben gerettet, er lag quer über dem felsigen Hang und hatte verhindert, dass sie in den Talgrund gestürzt war.

Mühsam versuchte sie zu begreifen, was eigentlich passiert war. Irgendetwas war den Berg hinab auf den Pfad gefallen, etwas Schweres wie ein großer Ast oder ein Stein, vermutlich ein Felssturz. Er hatte ihr Maultier so erschreckt, dass es scheute und sie abwarf. Das Maultier! Wo war es geblieben?

Lag die arme Kreatur etwa mit zerschmetterten Gliedern unten im Tal? Oder war sie mit leerem Sattel zurück zur Plantage gelaufen? Wie auch immer – man würde nach ihr suchen. Es gab einige Schwarze, die sich auf die Kunst des Spurenlesens verstanden, auch George konnte das. George …

Bei dem Gedanken an ihren Mann stiegen ihr die Tränen in die Augen. Vorsichtig versuchte sie, sich aus der Umschlingung der Äste zu lösen, doch sobald sie den Kopf ein wenig anhob, setzte ein scheußlicher Drehschwindel ein, und die Übelkeit nahm ihr alle Kraft.

Eine Gehirnerschütterung. Sie musste heftig mit dem Kopf auf den Fels geschlagen sein. Langsam hob sie den Arm und betastete ihren Schädel, richtig, da war eine Schwellung am Hinterkopf. Sie fühlte etwas Feuchtes, Klebriges an den Fingern – Blut. Auch ihr Arm war voller blutiger Schrammen. Vorsichtig versuchte sie, die Beine zu bewegen. Es schien alles in Ordnung zu sein, nur der linke Knöchel schmerzte, wenn sie den Fuß drehte. Ob sie beim Fallen im Steigbügel hängen geblieben war?

Erschöpft lauschte sie auf das Dröhnen in ihrem Kopf, in das sich jetzt leise die Geräusche des nächtlichen Bergwaldes mischten. Nachtvögel riefen mit seltsam menschenähnlichen Stimmen, ein kleines Wesen huschte über den Baumstamm und stieß dabei einen zischenden Laut aus, dann erschreckte sie ein Blöken, der Schrei eines kleinen Springbocks in Todesnot. Sie hatte offene Verletzungen, schoss es ihr plötzlich durch den Kopf. Was, wenn ein Leopard das Blut roch und sie als hilflose Beute ansah?

Simba lag neben ihr, die Augen geduldig auf sie geheftet. Hin und wieder schob er sich ein wenig näher an sie heran und stieß sie mit der Nase an, forderte sie auf, endlich von hier fortzugehen. Als sie nicht reagierte, legte er den breiten Kopf wieder auf die Pfoten und schnaufte bekümmert. Nein,

Simba würde nicht zurück zur Plantage laufen, um Hilfe zu holen, er würde hier bei ihr bleiben und sie bewachen. Jetzt war sie froh darüber.

Der Mond war rund und der Sternenhimmel so hell, dass sie die Umgebung gut erkennen konnte. Wenn nur dieser lästige Drehschwindel nicht wäre! Vielleicht könnte sie sich bis zum Fahrweg schleppen, auch wenn ihr Fuß Probleme machte und sie bezweifelte, ob sie es den steilen Abhang hinauf bis zu dem Pfad schaffte. Ich muss Geduld haben, warten, bis sich mein Kopf wieder beruhigt, dachte sie, doch das kann ein paar Stunden dauern. Ich werde einfach hier liegen bleiben und mich ausruhen. Bis zum Morgengrauen Kräfte sammeln. Sie hob den Kopf, um den Pfad auszumachen, der sich ein ziemliches Stück über ihr befand. Prompt setzte der Drehschwindel wieder ein, stärker noch als vorher, doch das lag vielleicht auch daran, dass ihr der Hang ungeheuer steil und glatt vorkam. Selbst wenn sie auf allen vieren kroch, würde es nicht einfach werden.

Hilflos blieb sie liegen, wo sie war, wenngleich sie sich bemühte, zumindest eine bequemere Lage einzunehmen. Jetzt machte sich der Schmerz bemerkbar, peinigte sie überall, ihre Haut brannte wie Feuer. Ihre Hüfte tat weh, genau wie das Fußgelenk und der linke Arm, die Beule an ihrem Kopf pochte beharrlich. Um sich abzulenken, dachte sie daran, dass man spätestens gegen sechs Uhr, wenn das gemeinsame Abendbrot eingenommen wurde, auf die Suche nach ihr gegangen war. Klara hatte sich ganz sicher bei den Angestellten nach ihr erkundigt, und George würde mit einigen Schwarzen den Fahrweg entlanggeritten sein, ausgerüstet mit Laternen und Fackeln. Hatten sie ihre Spuren entdeckt, die ins Wiesental führten?

Simba knurrte warnend, und er sträubte drohend das Nackenfell. Charlotte erfasste eisige Furcht. Etwas war in der

Nähe, eine lautlose Gefahr, die der Hund über seine feinen Sinne wahrnahm. Ein Leopard konnte mühelos über den umgestürzten Baumstamm laufen, und seine Krallen leisteten ihm selbst auf dem Fels hervorragende Dienste.

Der Hund erhob sich, sein Knurren wurde tiefer. Charlotte sah Simbas Augen glitzern, er hatte die Lefzen hochgezogen, so dass seine weißen Zähne sichtbar wurden. War da etwa ein leises Knacken zu hören, als wäre ein Zweig abgebrochen? Bewegte sich etwas über den Stamm auf sie zu? Charlotte zog scharf die Luft ein, und jetzt roch sie es auch – den stechenden Geruch einer großen Raubkatze.

Der Hund sprang mit einem drohenden Knurren über sie hinweg, die Laute, die aus seinem Brustkorb drangen, dunkel und wild, hatten nichts mehr mit dem Wesen zu tun, das ihr so vertraut war. Zitternd kauerte sie sich zusammen. Schmerz spürte sie keinen mehr, auch der Schwindel war verschwunden, ihre Gedanken waren einzig und allein beherrscht von der Angst, sie oder der Hund könnte von dem Raubtier getötet werden. Voller Panik versuchte sie, Simbas Hinterläufe zu fassen, um ihn zurückzuhalten, als sie plötzlich ein Geräusch vernahm, das einem Schuss ähnelte. Hatte sie sich getäuscht? Simba bellte jetzt, sein Gegner schien zurückzuweichen, und der Hund machte nun tatsächlich Anstalten, ihn zu verfolgen. »Simba! Nein! Bleib hier!«, rief Charlotte mit letzter Kraft.

Ein zweiter Knall mischte sich in das geifernde Bellen des Hundes, und dieses Mal war sie sicher, einen Gewehrschuss gehört zu haben. Simba wollte sich nicht beruhigen, im Gegenteil: Der Knall schien seine Wut noch zu steigern.

»Simba!«, klang da eine Stimme aus der Ferne. »Charlotte!«

Oben auf dem Pfad tauchten Lichter auf.

»Wir sind hier unten!«, rief sie ungläubig. »Passt auf, es hat einen Felssturz gegeben …«

Mehr brachte sie nicht heraus. Ein Schüttelfrost erfasste sie mit solcher Heftigkeit, dass ihre Zähne laut klappernd aufeinanderschlugen.

Jonas Sabuni kletterte zu ihr hinunter und wäre um ein Haar von dem aufgeregten Hund angegriffen worden. Er war mit einem Seil um die Hüfte gesichert, und Charlotte klammerte sich an seinen Rücken, während er den Hang wieder hinaufstieg. Oben angekommen, verließen sie auch ihre letzten Kräfte, und sie sackte ohnmächtig von Jonas Sabunis Rücken in Georges ausgebreitete Arme. Wie sie in ihr Bett gelangte, wusste sie später nicht mehr. Sie erinnerte sich nur daran, dass George sie schweigend untersuchte, Wunden verband und ihr Wasser und ein Mittel gegen den Kopfschmerz einflößte. Er deckte sie zu und saß an ihrem Bettrand, starrte sie wortlos mit verzweifelten Augen an, dann legte er sich neben sie, den Kopf zu ihr gewendet.

»Es ist meine Schuld«, flüsterte er heiser.

»Nein, George«, widersprach sie. »Ich wusste doch, dass du auf einer Plantage nicht leben kannst.«

»Ich bin nicht der Mann, den du verdienst, Charlotte. Ich wünschte nichts mehr, als dir gerecht werden zu können. Aber ich bringe es nicht fertig …«

»Hör auf!«

Sie schwiegen eine Weile, dann streckte sie langsam ihre Hand nach ihm aus. Er fasste sie, vorsichtig, wegen einer Wunde am Handrücken, und streichelte ihre Finger.

»Ich brauche keine Plantage, George.«

»Und ich brauche keine Expeditionsreisen, Charlotte.«

»Nie mehr?«

»Nie mehr, verdammt noch mal!«

Teil III

Juli 1908

Daressalam war eine schillernde, launische Schönheit, malerisch im weißen Sand der Küste ruhend. Der Schauplatz zackiger Paraden vor eintönigen weißen Kolonialgebäuden. Ein brodelndes, kunterbuntes Menschengewimmel zwischen bunten Marktständen. Ein zarter Traum von Palmen und Akazien in den aufsteigenden Morgennebeln. Nie hatte Charlotte diese Stadt so intensiv betrachtet wie jetzt, da sie, vom Jagdfieber gepackt, durch die Straßen lief und nach geeigneten Motiven suchte.

Sie steuerte auf den afrikanischen Markt hinter der Inderstraße zu, wo sie versuchen wollte, eine der schwarzen Marktfrauen samt ihren aufgestapelten Früchten zu photographieren, hielt jedoch in einem schmalen Durchgang zwischen zwei Gebäuden inne und blickte prüfend durch das Objektiv ihrer Drexler & Nagel-Handkamera. Ob das Photo dieses Bild so wiedergeben würde, wie ihre Augen es sahen? In der Gasse saß ein alter Mann auf den Eingangsstufen seines Hauses, neben ihm ein Kissen, auf dem ein Säugling schlief. Nicht weit davon wuchs ein zartes Bäumchen in einem Steintrog und warf filigrane Schatten auf den Lichtstreifen in der Mitte der Gasse. Sie hatte zwölf Platten in ihrer Kamera, zwei davon hatte sie schon für Aufnahmen am Strand verbraucht. Sie konnte es einfach nicht lassen, den Blick zwischen den Palmen hindurch aufs Meer festzuhalten, obgleich die Ergebnisse niemals so wurden, wie sie es sich erhoffte.

Sie bemühte sich, so ruhig wie möglich zu stehen, um das

Bild auf keinen Fall zu verwackeln, drehte das verstellbare Objektiv in die günstigste Position und betätigte den Auslöser, der an einem Schnürchen herabhing. Wie einfach das war mit diesem leichten Modell, das nicht mehr als hundertfünfundsiebzig Gramm wog und unter dem Namen *Contessa Nr. 1* gerade erst auf den Markt gekommen war! Sie dachte daran, was für ein Aufwand damals im Fotoatelier betrieben wurde, als ihre Eltern sich mit Jonny und ihr ablichten ließen. Ach, wie lange war das her – aber die verblasste Photographie hing immer noch in der Wohnstube der Großmutter unter dem mittlerweile brüchigen Trauerflor.

Wenn sie sich beeilte, konnte sie auf dem Markt noch ein paar gute Bilder machen, es hatte am Morgen geregnet – eine Seltenheit in der Trockenperiode –, da würde ihr der lästige Staub vorerst nicht in die Quere kommen. Sie betätigte den kleinen Hebel, um die Glasplatte zu wechseln. Jetzt hatte sie noch neun Aufnahmen – es war wichtig, sorgsam mit diesem Schatz umzugehen.

Sie hatte George ausgelacht, als er ihr diese Kamera schenkte. »Was soll ich denn damit?«, hatte sie gefragt und im Spaß die Augen verdreht.

»Photographien machen. Du wirst schon sehen, wie viel Freude du dabei haben wirst.«

»Photographien? Ich?«

Er hatte auch das Zubehör aus Deutschland bestellt, richtete eine Dunkelkammer ein und entwickelte die Platten. Beim Licht einer Stofflaterne saß sie neben ihm und starrte in die flache Schale mit Entwicklerflüssigkeit, in der der Photokarton schwamm. Langsam, wie durch Zauberhand, zeichneten sich darauf die Konturen des Bildes ab, zuerst nur schwach, dann immer schärfer, bis endlich die fertige Photographie zu sehen war. George holte sie mit einer Zange aus dem Bad und legte sie in eine andere Flüssigkeit, wo sie fixiert wurde.

Danach musste das Bild nur noch trocknen, und man konnte es in die Hand nehmen, herumzeigen, in ein Album oder einen Bilderrahmen stecken. Seit einigen Tagen besaßen sie sogar einen Kopierapparat, mit dem man die Photographie vervielfältigen konnte, so oft man wollte. Sie konnte die Bilder an Klara oder an Ettje nach Leer schicken und trotzdem ein Exemplar für sich aufbewahren.

Zu Anfang war sie enttäuscht gewesen. Nicht nur, dass viele Bilder verwischt waren, sie zeigten auch niemals das, was sie an einer Landschaft oder einer Situation so fasziniert hatte. Sie brauchte einige Zeit, um zu begreifen, dass sie mit dem Auge des Objektivs sehen musste, das weder Farben noch Bewegungen noch Düfte einfangen konnte. Dafür zeichnete es messerscharfe Konturen, gab Licht und Schatten wieder und konnte mit Grautönen spielen. Oft zeigten die Bilder ihr Details, die sie mit bloßem Auge gar nicht gesehen hatte, was George, der ein begeisterter Zeichner war, zum Schmunzeln brachte.

»Hättest du dich hingesetzt, um dieses Gebäude zu zeichnen, wären dir all diese Dinge aufgefallen. So nimmt der Apparat dir die Arbeit ab.«

»Du hast das alles gesehen, als wir davorstanden?«

»Nun ja, nicht alles. Ich hatte ja auch weder Block noch Stift dabei …«

Vor allem aber war sie von den Porträtaufnahmen beeindruckt, ja fast erschüttert. Es waren meist Bilder von Einheimischen, die sie zufällig traf und die sie bat, sich von ihr photographieren zu lassen. Wenn sie die Bilder später betrachtete, schien es ihr, als gäben die Aufnahmen unendlich viel von diesen unbekannten Menschen preis. Selbst das, was sie vor aller Welt verborgen halten wollten, ihren Kummer, ihre Leidenschaft, ihre Verzweiflung, ihre Hoffnungen erfasste das gläserne Auge des Objektivs mit erbarmungsloser Präzision.

Sie überquerte die Inderstraße, zögerte einen Augenblick,

ob sie die kleine Werkstatt eines Kesselschmieds aufnehmen sollte, dann war sie plötzlich von einer Gruppe Europäer umgeben, die, ebenfalls mit Kameras ausgerüstet, die gleichen Absichten hegten. Es waren hauptsächlich Deutsche, doch auch einige französische und englische Sätze waren aus dem Stimmengewirr herauszuhören, und da sie wenig Lust hatte, sich unter die Reisegruppe zu mischen, ging sie rasch davon. Natürlich würden sie auf Safari gehen, zumindest die Herren, dieses Vergnügen ließ sich kaum ein wohlhabender Europäer nehmen, der sich eine Reise nach Afrika leistete. Ein Löwe musste es schon sein, vielleicht auch ein Nashorn und ein paar Antilopen – am besten natürlich ein Elefant, auch wenn man für die Abschusslizenz teuer bezahlen musste. Erst als sie schon mehrere Häuser entfernt war, drehte sie sich noch einmal um, nicht in der Absicht, die weiß gekleideten Herrschaften mit den brandneuen Tropenhelmen zu beobachten, sondern weil dort in der Nähe einst ihr alter Laden mit der Wohnung darüber gestanden hatte. Sie dachte daran, wie sie vor nunmehr zwölf Jahren mit ihrem damaligen Ehemann Christian Ohlsen und ihrer kleinen Cousine hier angekommen war und mit viel Ausdauer und Geschick und nicht zuletzt mit der Unterstützung des zwielichtigen Inders Kamal Singh ein florierendes Geschäft aufgebaut und allen Widrigkeiten getrotzt hatte. Bis Kamal Singh des Zollbetrugs überführt worden war. Ach, ihr Laden … Die deutsche Kolonialverwaltung hatte das Haus nach der Beschlagnahmung abreißen lassen. Wie schade, dass sie damals keine Kamera besessen hatte, dann hätte sie jetzt wenigstens noch eine Photographie zur Erinnerung. Ihr Blick streifte die europäische Reisegruppe, und plötzlich stach ihr ein junger Mann ins Auge. Ein schlanker, sehniger Bursche mit halblangem Haar, das unter seinem Tropenhelm hervorquoll und in der Sonne wie Kupfer leuchtete. Als sie sein Gesicht genauer in Augenschein nehmen wollte, drehte er sich abrupt um und zog den Tropenhelm tiefer in die Stirn. Hatte er ihren Blick bemerkt und fühlte sich von ihr belästigt? Oder wendete er sich bloß einem Bekannten zu?

Wie auch immer – sie war nicht darauf erpicht, Jeremy Brooks wiederzusehen. Vielleicht deshalb, weil sie ihm gegenüber ein schlechtes Gewissen hatte. Allerdings konnte sie sich jetzt damit beruhigen, dass der junge Engländer keinesfalls ganz und gar dem Alkohol verfallen war. Im Gegenteil: Er schien sich wieder gefangen zu haben und verkehrte mit den reichen Schnöseln, die nach Afrika reisten, um dort ihre Dummheit und ihren Hochmut zu Markte zu tragen.

Plötzlich bot sich ihr ein wundervolles Motiv, als zwei Askari bei einer afrikanischen Fladenverkäuferin stehen blieben und mit lebhaften Gesten einen Preis für die mit Hühnerfleisch gefüllten Pasteten aushandelten, und Jeremy Brooks war vergessen. Hoffentlich war das Bild nicht verwackelt, sie hatte extra den Schlitzverschluss benutzt, der angeblich für die besten Momentaufnahmen sorgte. Später photographierte sie zwei indische Händler vor ihren aufgetürmten Früchten, eine Gruppe schwarzer Kinder, die zwischen den Häusern mit Murmeln und Stöckchen spielten, und schließlich konnte sie es nicht lassen, eine Rikscha aufs Bild zu bannen, in der sich ein katholischer Missionar von einem jungen Afrikaner über den Markt fahren ließ.

Die restlichen beiden Platten verbrauchte sie am Hafen – einem ihrer Lieblingsorte, wenn sie auf Motivsuche war –, auch wenn weder die Gerüche noch der Lärm und schon gar nicht die blaugrün schillernde Farbe des Wassers festzuhalten waren. Doch sie liebte das Gewimmel, wenn ein großer Reichspostdampfer oder ein anderes Schiff vor Anker ging und die Einheimischen hastig ihre Ruderboote in die Wellen schoben, um Gepäck und Reisende an Land zu bringen. Die malerischen

Palmen und die Missionsgebäude am Immanuelskap waren leider eine Enttäuschung gewesen, wie in so vielen Fällen verschwand der exotische Zauber dieses Ortes auf den schwarzweiß-grauen Photographien. Auch die Aufnahmen der Stadt, vom Hafen aus gesehen, wirkten reichlich nüchtern – Häuser, Buschwerk, die Türme der evangelischen und der katholischen Kirche und die schmalen Minarette, im Vordergrund das weiße Zollgebäude –, Bilder, die nichts von der Faszination wiedergaben, die diese Stadt auf sie ausübte.

Als mit dumpfem Knall die Mittagskanone ertönte, hatte sie alle Platten verbraucht und machte sich auf den Rückweg. Er führte in östlicher Richtung am Strand entlang, dann musste sie an einer günstigen Stelle die Abbruchkante hinaufklettern und stand nach wenigen Schritten vor dem eingezäunten Anwesen, das sie und George vor einigen Monaten gemietet hatten.

Das Haus war im arabischen Baustil errichtet. Schmucklos nach außen, entfaltete es seine Schönheit erst, wenn man durch das Tor in der Mauer ging und den Innenhof betrat. Hier war ein Garten um ein quadratisches Wasserbecken angelegt, Orangen- und Zitronenbäumchen blühten in Kübeln, ein Maulbeerbaum beschattete die Beete, in denen feuerrote Stauden und weiße Iris wuchsen. Der Eingang zu den Wohnräumen wurde von einem säulengestützten Vordach beschirmt, daran rankte sich eine Pflanze mit hellgrünen, zart gefiederten Blättern empor, die immer wieder zurückgeschnitten werden musste. Sie trug süß duftende weiße Blüten, die zu roten Beeren wurden. Schön waren auch die geschnitzten Fensterumrandungen des Gebäudes, in deren verschlungenen Mustern sich die Pflanzen des Gartens wiederfanden und die Charlotte an die Geschichten von *Tausendundeine Nacht* erinnerten. Manchmal kamen ihr die Kulissen in den Sinn, die die Schausteller damals in Leer auf dem Gallimarkt aufgebaut hatten und die ihr seinerzeit so wundervoll orientalisch erschienen waren. Heute wusste sie, wie scheußlich diese überladenen, schreiend bunt bemalten Holzwände gewesen waren.

Im Innenhof lief ihr Jim, der *boy,* mit wehendem Gewand entgegen, das runde, kindliche Gesicht voller Zerknirschung.

»*Bibi* darf mich nicht schelten, bitte. Jim wollte *bibi* begleiten, wie *bwana* Johanssen gestern noch gesagt hat. Aber Jim war in der Küche, um Teller zu waschen, und hat nicht gesehen, wie *bibi* fortging ...«

Sie schmunzelte und erklärte dem aufgeregten Schwarzen, dass sie mit voller Absicht allein fortgegangen sei, sie brauche keinen *boy,* wenn sie photographiere. Er beruhigte sich ein wenig, bat sie aber, *bwana* Johanssen zu erklären, dass er nicht aus Faulheit zu Hause geblieben sei.

George war seit ihrem Unfall überbesorgt und ließ sie ungern allein durch die Stadt streifen, zumal sie Simba heute befohlen hatte, zu Hause zu bleiben. Der Hund hatte gehorcht, allerdings sehr unwillig und nur, weil er in Georges Nähe sein konnte. Außer Charlotte war George inzwischen der einzige Mensch, zu dem der Hund Vertrauen gefasst hatte. George, der sich schon von Anfang an um Simba bemüht hatte, hatte ihn wahrhaft ins Herz geschlossen und seufzte mitunter zutiefst bekümmert, dass er immer nur die Nummer zwei in Simbas Hundeleben spielen würde, auch wenn er dabei schelmisch mit den Augen zwinkerte.

»Er wäre für dich in den Tod gegangen, Charlotte«, hatte er wiederholt zu ihr gesagt. »Wären wir nicht in der Nähe gewesen und hätten sein Bellen gehört – wer weiß, ob er eine Chance gegen den Leoparden gehabt hätte. Der Schuss hat die Raubkatze vertrieben ...«

Jetzt fand sie ihren Mann im Morgenmantel bequem in einem Sessel sitzend, einen Stapel Post auf dem Schoß. Grinsend betrachtete er ihre staubige Kleidung, die Kamera, die an einem Riemen um ihren Hals hing, ihre triumphierende Miene.

»Wieder mal allein auf der Jagd gewesen? Was hast du dieses Mal erlegt?«

Sie musste sich des Hundes erwehren, der schwanzwedelnd auf sie zulief und seinen Kopf an ihrer Hüfte rieb.

»Zwei indische Händler, einen alten Mann mit Säugling, zwei Askari und eine afrikanische Fladenverkäuferin«, vermeldete sie, während sie Simbas Ohren kraulte. »Dazu einige Palmen vor dem blauen Meer und den Reichspostdampfer *Kaiser.*«

George betrachtete sie mit grauen, durchdringenden Augen, forschend, und zugleich voller Zärtlichkeit.

»Gute Ausbeute«, witzelte er und legte den Stapel Briefe und Zeitungen beiseite. »Wobei ich jedoch fürchte, dass das blaue Meer dich wieder einmal enttäuschen wird.«

»Aber die Silhouetten der Palmen sind grandios!«

Er lachte und erhob sich, nahm ihr die *Contessa Nr. 1* ab und trug sie hinüber in die Dunkelkammer, um die Platten herauszunehmen. Wenn sie sich beeilten, konnten sie noch ein oder zwei Bilder entwickeln, bevor er zur Arbeit in die Klinik ging.

Das Photographieren war eine Leidenschaft, die sie noch enger miteinander verband. Sie waren schon im April in dieses Haus eingezogen, hatten ihre Möbel aus Tanga bringen lassen, einiges dazugekauft und sich wohnlich eingerichtet. Elisabeth besuchte eine Regierungsschule für weiße Kinder, George arbeitete wieder in der Klinik für Einheimische, und Charlotte verbrachte ihre Zeit mit vollkommen neuen Beschäftigungen, zu denen George sie anregte. Es war nicht nur das Photographieren – er hatte sie auch ermutigt, kleinere Artikel zu schreiben, lobte sie beständig und sorgte dafür, dass einige dieser Berichte veröffentlicht wurden. An den Abenden spielten sie vierhändig Klavier, und obgleich Charlotte die bessere Spielerin war, wartete George mit ungewöhnlichen Interpretationen auf, die Charlotte teils zögernd, teils begeistert übernahm.

Nie zuvor waren sie sich so nahe gewesen wie in diesen glücklichen Tagen. Sie redeten sich die Köpfe heiß über Bilder und Texte, stritten lachend um einen Punkt oder ein Komma, gaben schließlich beide nach und behaupteten sich doch voreinander. Die Liebe, die so lange Zeit nur eine unausgesprochene Sehnsucht zwischen ihnen gewesen war, begann sich nun endlich auch in ihrem Zusammenleben zu entfalten, und oft erschien es Charlotte, als lerne sie ihren Mann erst jetzt wirklich kennen. Es war ein aufregendes Kennenlernen, ein Abenteuer, das sie mit viel Furcht und Hoffnung begonnen hatte und das ihr nun täglich beglückende Erkenntnisse schenkte. Nein, sie hatte sich all die Jahre über nicht getäuscht – George war der Mensch, der für sie bestimmt war. Er konnte sie täglich mit neuen Ideen und Gesprächen faszinieren, er gab ihr Wärme und Halt, und er war Elisabeth ein liebevoller Vater. Auch die Nächte mit ihm waren beglückend, und sie öffnete sich seinen Zärtlichkeiten voller Neugier und Hingabe. Ihr Glück wurde nur von einem einzigen Wermutstropfen getrübt: Sie wurde nicht schwanger. Möglicherweise hing es mit der Fehlgeburt zusammen, aber das wollte sie nicht glauben. Sie hatte auch früher nicht leicht empfangen, was einerseits ein Segen war, andererseits aber auch ein Fluch. Ein Kind von George gesund auf die Welt zu bringen war ihr sehnlichster Wunsch. Sie war jetzt achtunddreißig Jahre alt – viel Zeit blieb ihr nicht mehr.

»Das Bild in der Gasse!«, rief sie in Richtung Dunkelkammer, in der George schon verschwunden war. »Und dann die Photographie mit den Askari, ich will wissen, ob ich sie wieder mal verwackelt habe.«

»Ganz wie die Dame es wünscht!«

Leider hatte sie den Moment verpasst, mit ihm gemeinsam in die Kammer zu schlüpfen, jetzt würde sie warten müssen, weil die Tür während des Entwickelns auf keinen Fall geöffnet werden durfte. Mit einem kleinen Seufzer ließ sie sich auf einem Sessel nieder und griff nach einem Stapel Manuskriptblättern, die sich jedoch nicht als neue Produktion, sondern als Georges Reinschrift eines bereits korrigierten Textes erwiesen. Es waren Beobachtungen, die er während der Expedition mit dem Herzog von Mecklenburg notiert hatte und die vor allem die Vorgänge im Kongo betrafen, welche so unfassbar grausam waren, dass es Charlotte beim Lesen schauderte. Auch die Deutschen hatten die Eingeborenen Afrikas nicht immer sanft behandelt, doch seit dem *maji-maji*-Aufstand versuchte man hierzulande, einen besseren Weg einzuschlagen. Im Kongostaat hingegen bedienten sich angeheuerte Söldner immer noch schlimmster, mittelalterlicher Methoden, um die Menschen zu unbezahlter Arbeit zu zwingen. Wer nicht für die weißen Herren Kautschuk sammeln oder Elefanten jagen ging, der wurde erschossen, ganze Dörfer waren auf diese Weise ausgerottet worden, und zum Beweis ihres Erfolges wiesen die Söldner die abgehackten Hände der Toten vor. Solche unpopulären Praktiken hatte man vor dem Herzog von Mecklenburg und seinen Begleitern selbstverständlich nicht erwähnt, stattdessen prahlten die Verantwortlichen mit einer monatlichen Produktion von achthundert bis neunhundert Kilo Kautschuk, der beim Bau von Automobilen inzwischen reißenden Absatz fand. Gar nicht zu reden von den gewaltigen Mengen an Elfenbein – die Gegend war überreich an Elefanten.

Sie ließ die Blätter sinken – sie noch einmal zu lesen war ebenso unnötig wie belastend. Eine Weile hatte sie überlegt, ob nicht diese Erfahrungen zu Georges Fieberanfällen beigetragen hatten, auch wenn sie wusste, dass der Arzt Dr. George Johanssen sie dafür ausgelacht hätte. Es wären die körperlichen Anstrengungen, Entbehrungen und nicht zuletzt die ungenügende Ernährung, die das Fieber zum Ausbruch brachten, lautete sein Standpunkt. Gefühle wie Kummer, Verzweiflung oder Grauen hätten damit nichts zu tun, nur eine Frau könnte auf solche Ideen kommen.

»Das Bild von der Gasse ist grandios geworden, mein Schatz!«, vermeldete George triumphierend. »Meine Güte – du bist eine wahre Künstlerin!«

»Du willst dich wohl über mich lustig machen!«, rief sie zweifelnd, doch sie bedauerte nun doppelt, in der Dunkelkammer nicht dabei gewesen zu sein.

»Ich meine es ernst, Charlotte. Du hast einen guten Blick für geeignete Motive. Es macht wirklich Freude, diese Bilder zu entwickeln.«

»Aber bei den anderen will ich zusehen!«

»Natürlich. Das machen wir heute Abend in aller Ruhe. Ich muss sowieso gleich los.«

Sie griff zu den Briefen und Zeitschriften, die mit der Post gekommen waren, und blätterte sie durch. Ja, inzwischen konnte sie George verstehen. Er stand mit zahllosen Leuten in Kontakt, verschickte beständig Artikel und Manuskripte und erhielt Nachrichten aus aller Welt. Auf der Plantage im Usambara-Gebirge kam die Post bestenfalls alle zwei Wochen, hier in der Hauptstadt jedoch wurden die Briefe täglich ausgetragen. Ob wohl Artikel von ihr erschienen waren? Vermutlich ja, denn sie erhielten zwei englische Zeitungen, den *Guardian* und den *Observer*, die sie nicht abonniert hatten, außerdem die *Berliner Morgenpost*. Sie freute sich, ließ die Zeitungen jedoch ungeöffnet, um sie gemeinsam mit George zu lesen und vor allen Dingen zu prüfen, ob man die Texte im Original abgedruckt oder – was ärgerlich war – gekürzt hatte.

Ein Brief aus Leer fiel ihr in die Hände. Wie schön, endlich wieder Nachrichten aus der alten Heimat zu erhalten!

Hoffentlich stand nichts Schlimmes darin. Sie riss den Umschlag auf und überflog Ettjes Zeilen. Nun – gar so furchtbar schienen sie nicht zu sein. Ettjes Mann Peter Hansen, der damalige Nachbarsbursche aus Leer, der einst so beharrlich Charlotte den Hof gemacht hatte, war wieder einmal krank gewesen. Er hatte es mit der Lunge, hustete oft und war kurzatmig. Jetzt im Sommer habe er sich aber gut erholt. Der älteste Sohn Henrich war bei einem Schreiner in der Lehre, tat sich aber dort schwer und träumte von einem besseren Leben in Amerika. Der zweite, den man nach seinem Vater benannt hatte, hatte die Schule beendet und wollte zur See fahren, Jonny, der Jüngste, war jetzt vierzehn und in der Schule der Beste. Es sei schade um ihn, sagten seine Lehrer, er hätte auch fürs Gymnasium getaugt, doch dafür sei kein Geld da gewesen. Die Großmutter hatte viel im Garten gesessen, mitten in der prallen Sonne in ihrem schwarzen Kleid, aber es hatte ihr gutgetan, denn das Rheuma sei seitdem viel besser. Von Paul und Antje und den beiden Kindern schrieb Ettje wenig, erwähnte nur beiläufig, dass sie gesund seien. Hatte es etwa Streit gegeben?

Charlotte musste daran denken, dass die Großmutter nicht mehr lange leben würde, ein Gedanke, der sie schmerzte. Ihr Cousin Paul freute sich sicher schon sehr auf das Erbe und würde nichts unversucht lassen, seine Schwester Ettje auszubooten. Aber auch Ettje war nicht dumm und ihr Mann Peter Hansen noch weniger. Eine große Familie war ein sicherer Hort und zugleich eine tückische Falle, das hatte Charlotte bei ihrer Rückkehr nach Deutschland am eigenen Leibe erfahren. Sosehr sie bedauerte, Ettje und die Großmutter nicht sehen zu können, so froh war sie doch, wieder hier in Afrika zu leben.

Sie stieß auf zwei Briefe, die an George gerichtet waren, einer kam aus Ägypten, der andere aus Berlin. Dann runzelte sie die Stirn – diese Handschrift kannte sie inzwischen gut: Kamal

Singh hatte ihr schon mehrfach geschrieben, seitdem sie in Daressalam wohnten – wie er ihren Aufenthaltsort herausbekommen hatte, blieb sein Geheimnis. Da er sich nach Schammi erkundigte, hatte sie ihm geantwortet, und so entspann sich ein Briefwechsel, der von ihrer Seite nur der Höflichkeit halber geführt wurde. Kamal Singhs Briefe kamen mit schöner Regelmäßigkeit ins Haus, sie waren unverändert freundschaftlich, jedoch in einigen Punkten recht merkwürdig.

»Er wird alt und macht sich Gedanken um sein Weiterleben nach dem Tode«, hatte George schulterzuckend befunden.

Er mochte den Inder nicht besonders, obgleich Kamal Singh ihm selbst niemals Schwierigkeiten bereitet hatte. Charlotte hatte die abwegige Vermutung geäußert, Kamal Singh habe gewusst, dass George in der Klinik für Einheimische lag und sie nicht nur Schammis wegen nach Daressalam gelockt, sondern auch, damit sie ihren Mann dort wiederfand. George hatte sich sehr darüber amüsiert und sie eine spitzfindige Denkerin genannt. Kamal Singh sei zwar schwer zu durchschauen, ein solches Revolverstückchen traue er ihm jedoch nicht zu.

Einmal hatte der Inder angefragt, ob Charlotte eines seiner Geschäfte in Daressalam übernehmen wolle, er wisse sicher, dass sie die richtige Person dafür sei. Das Angebot hatte sie tagelang beschäftigt, zumal George sie erstaunlicherweise dazu ermutigte, doch letztendlich hatte sie Kamal Singh eine Absage erteilt. Ihr war es unangenehm, dass er ständig auf ihre alte Freundschaft zu sprechen kam und sie immer wieder einlud, ihm in Tanga einen Besuch abzustatten. Mit unguten Gefühlen erinnerte sie sich an den feindseligen Blick jenes jungen Mannes, dem sie in Kamal Singhs Haus begegnet war. Nach wie vor ging sie davon aus, dass es sich um einen seiner Söhne oder Schwiegersöhne handelte, denn es war gut möglich, dass Kamal Singhs Familie seine beharrliche Freundschaft zu Charlotte Johanssen mit Misstrauen verfolgte.

Mit einem Seufzer riss sie den Umschlag auf und entfaltete das Schreiben, das wie immer auf feinstem Papier verfasst war und die eingepresste Form eines Lotosblattes trug.

Meine liebe Freundin,
es ist eine seltsame Sache mit dem Kreislauf alles Lebendigen, denn er wird nicht von uns bestimmt, sondern von dem selbst erleuchteten, einigen Gott. Er wirft uns sündige Menschen zurück in die Unvollkommenheit, ohne Erinnerung an Vergangenes, ohne Hoffnung auf Zukünftiges, bis wir eines fernen Tages über alle Irrtümer und Leidenschaften erhaben sind und Erlösung finden.
Aber ich will Sie nicht mit dem Gejammer eines alten Mannes langweilen. Ich freue mich, dass Sie eine neue Leidenschaft, das Photographieren, entdeckt haben und verstehe, dass Ihr Leben mit Musik, Liebe und der Fürsorge für Ihre Tochter bis zum Rand gefüllt ist. Es ist schade, dass Sie keine Zeit fanden, mich in meinem Haus in Tanga aufzusuchen, denn nun ist es zu spät.
Wenn Sie diesen Brief lesen, werde ich nicht mehr in Afrika sein. Das Meer, das ich so oft durch meine Fenster betrachtet habe, trägt mich nach Osten jenem Ort zu, an den mich meine Erinnerung bindet. Vierzig Jahre harter Arbeit haben diese Erinnerung nicht auslöschen können, nun aber werde ich sie mit meinen Händen berühren, damit sie vergeht wie ein Gebilde aus Staub, das der Wind davonträgt.
Leben Sie wohl, Charlotte. Dass sich unsere Lebenswege kreuzten, war mir lange Zeit das größte Rätsel, vor das mich der einige Gott gestellt hat. Nun werde ich auch diese Klammer lösen, um meine Seele unbelastet von Liebe und Hass zu bewahren. Meine guten Wünsche aber sollen Sie weiterhin begleiten.
Ihr Freund Kamal Singh

Charlotte las den letzten Absatz zweimal und konnte trotzdem nichts damit anfangen. Überhaupt war dieser Brief ziemlich rätselhaft – klar war nur, dass Kamal Singh nach Indien abgereist war. In seine Heimat – was sollte daran so seltsam sein?

Die Tür zur Dunkelkammer wurde geöffnet, und sie hörte George leise schelten, weil Simba so dicht vor der Tür gelegen hatte, dass er fast auf ihn getreten wäre.

»Du kannst dir die Bilder jetzt anschauen, Schatz«, hörte sie seine fröhliche Stimme. »Was ist los mit dir? Schlechte Nachrichten?«

»Lies selbst und mach dir einen Reim darauf!«

Er überflog den Brief hastig und ohne Brille, weil er spät dran war und sich für die Klinik noch umkleiden wollte. Auch er stutzte beim letzten Absatz, kniff dann die Augen zusammen und schüttelte den Kopf.

»Es hört sich so an, als habe er irgendeine alte Sache in Ordnung zu bringen.«

»Aber wieso war es ihm ein Rätsel, dass sich unsere Lebenswege kreuzten? Was habe ich mit alldem zu tun?«

Er zuckte mit den Schultern und küsste sie. Dann zwinkerte er ihr zu und sagte scherzhaft: »Wer weiß? Mir scheint, er hat eine ganz besondere Schwäche für dich, meine rätselhafte indische Prinzessin.«

Oktober 1908

Auf dem Platz vor dem Gouverneurspalast marschierten die Askari der zehnten Kompanie in tadellos sauberen khakifarbenen Uniformen, die Gesichter verkniffen in dem Bemühen, trotz des aufwirbelnden Staubs einen entschlossenen Ausdruck zur Schau zu tragen. Die Parade machte ihnen Spaß, das sah man den schwarzen Soldaten deutlich an. Mit Stolz präsentierten sie Gewehre und Munitionsgürtel, und das »Heia Safari« der Militärkapelle geriet so lautstark, dass die schwarzen Offiziere ihre Befehle aus Leibeskräften brüllen mussten, um gegen die Bläser und Trommler anzukommen.

Trotz all der Begeisterung um sie herum konnte Charlotte dieser Parade nicht viel abgewinnen, sie erschien ihr ungereimt und lächerlich. Sosehr man die schwarzen Soldaten auf stramme Haltung und zackige deutsche Disziplin drillte – ihre Bewegungen konnten die lässige Geschmeidigkeit der Afrikaner nicht verleugnen.

»Ist das nicht großartig?«, rief die junge Ehefrau eines Leutnants der Schutztruppe euphorisch. »Und was wir für ein Glück mit dem Wetter haben!«

»Allerdings«, bemerkte George mit einem ironischen Grinsen. »Ein Platzregen hätte die Parade gründlich verdorben.«

Dass Gouverneur von Rechenberg und seine Gäste genau wie die weißen Offiziere unter Oberstleutnant von Schleinitz in diesem Fall unter den strahlend weißen Kolonnaden des Palastes Zuflucht gesucht hätten und allein die Askari klatschnass geworden wären, ließ er unerwähnt.

Charlotte beteiligte sich nicht an den Gesprächen der geladenen Gäste, sie hatte ihre liebe Not mit Simba, der unter keinen Umständen bereit gewesen war, allein zu Hause zu bleiben. Jetzt saß er neben ihr, die Ohren zurückgelegt wegen der lauten Blasmusik, und obgleich er sich friedlich verhielt, war die Anwesenheit eines Hundes, noch dazu in dieser Größe, den übrigen Gästen des Gouverneurs befremdlich. Schon weil man zur heutigen Geburtstagsfeier der Kaiserin Auguste Viktoria in der besten Kleidung erschienen war, die Herren in weißen Anzügen oder Paradeuniformen, die Damen in hellen Kleidern mit Spitzeneinsätzen. Einige trugen sogar die in Europa inzwischen so beliebten lockeren Blusen und dazu schmale, lange Röcke, doch keine der Damen wagte es, ohne ein stützendes Mieder in der Öffentlichkeit zu erscheinen. Auch Charlotte, die auf dieses lästige Kleidungsstück gern verzichtete, hatte sich heute geschnürt.

»Du wirst ihn draußen festbinden müssen, wenn wir in den Empfangssaal gehen«, meinte George und fügte leise hinzu: »Dann haben wir wenigstens einen Vorwand, uns frühzeitig davonzustehlen.«

»Pssst!«, machte Charlotte, obwohl sie bei dem Lärm der Blasmusik ohnehin niemand gehört hätte.

Zum Ende der Parade stellte sich die schweißbedeckte Truppe salutierend vor dem Gouverneur auf, dazu spielte die Kapelle »Heil dir im Siegerkranz, Retter des Vaterlands …«. Von Rechenberg dankte der Truppe in einer kurzen Ansprache auf Suaheli, danach richtete auch Oberstleutnant von Schleinitz, der Kommandeur der Schutztruppe, einige Worte an seine Askari, wobei Charlotte feststellte, dass von Rechenbergs Rede zwar weniger »schneidig« klang, dafür aber in ausgezeichnetem Suaheli gehalten wurde. Der Gouverneur war auch von seinem Äußeren her alles andere als ein Offizier: Gesicht und Gestalt waren eher klobig untersetzt, der gewaltige, dunkle

Schnurrbart verunstaltete ihn mehr, als dass er ihn schmückte. Dennoch war er ein gewandter Politiker und Afrikakenner, der vor Jahren Bezirksrichter in Deutsch-Ost gewesen war und später das Amt eines Konsuls in Sansibar bekleidet hatte. Anlässlich eines offiziellen Besuchs in der Klinik für Einheimische war von Rechenberg mit Dr. George Johanssen zusammengetroffen, und es hatte sich herausgestellt, dass der Gouverneur ein begeisterter Leser seiner Bücher und Artikel war. George hatte sich eine Weile mit ihm unterhalten und Charlotte später anerkennend berichtet, von Rechenberg beherrsche nicht nur fließend Suaheli, sondern auch Arabisch und Gujarati, die Sprache vieler Inder. Diesem halbstündigen Gespräch verdankten sie beide die Einladung zu dem heutigen Empfang im Gouverneurspalast.

Die Askari-Truppe löste sich auf. Man würde den Geburtstag der großen Kaiserin Auguste Viktoria später mit Wettbewerben in allen möglichen Disziplinen begehen, außerdem gäbe es Sonderzuteilungen an Schnaps und Lebensmitteln. Die Feiern zu den Geburtstagen des deutschen Kaiserpaares am siebenundzwanzigsten Januar und zweiundzwanzigsten August erstreckten sich über die gesamte Kolonie, sie wurden von den Deutschen eifrig befördert und von den Schwarzen bereitwillig angenommen.

Die geladenen Gäste wurden nun in den Festsaal im Erdgeschoss gebeten, wo Diener alkoholische Getränke und kleine Leckereien auf silbernen Tabletts anboten. Charlotte zog es wenig dorthin, denn schon aus der Entfernung war zu erkennen, dass die Sitzplätze an den kleinen Tischen vor allem für die Damen und Angehörigen der höheren Ränge reserviert waren, während sich die anderen mit Stehplätzen begnügen mussten.

»Ich bin froh, wenn ich wieder draußen bin«, raunte Charlotte ihrem Mann zu. »Ich möchte bald wieder zu Hause sein.

Hoffentlich stellt Elisabeth keine Dummheiten an – sie hat schulfrei und wird sich langweilen.«

»Sie hat doch ihre Freundinnen.«

»Das ist es ja eben. Sie wird irgendwohin laufen, und ich weiß nicht, wo sie steckt …«

»Jetzt komm, mein Schatz«, drängte George und schob sie weiter in den Saal hinein. »Lass uns etwas zu essen nehmen, sonst schnappt man uns noch all die leckeren Sachen weg. Ich habe Kaviar gesehen, auf hart gekochten Eiern …«

Drinnen wurden bereits die ersten Reden gehalten. George nahm zwei Gläser von einem Tablett und reichte Charlotte eines davon. Es war frischer Ananassaft, gemischt mit irgendeinem scharfen alkoholischen Getränk, aber es schmeckte ausgezeichnet. Sie spürte, wie er unbefangen den Arm um ihre Schultern legte, und da sie weit hinten zwischen den indischen Geschäftsleuten standen, lehnte sie sich verstohlen an ihn. Sie lauschten den schwülstigen Worten eines Kolonialbeamten, der die Kaiserin als Beschützerin der deutschen Kolonien bezeichnete und zugleich die großen Errungenschaften der Verwaltung in Deutsch-Ost hochhielt.

»Hast du gesehen?«, wisperte George ihr ins Ohr. »Dieser Willy de Roy hat sich tatsächlich unter die Gäste gemischt. Dort rechts steht er mit Block und Bleistift, die Ohren gespitzt.«

Der Mann, auf den George mit dem Kinn deutete, wirkte auf Charlotte völlig unscheinbar, auf der Straße hätte sie ihn vermutlich übersehen. Das also war der gefürchtete Herausgeber der *Deutsch-Ostafrikanischen Zeitung,* der den Gouverneur als »Negerfreund« diffamiert, die Afrikaner »reine Arbeitstiere« genannt und den Bestrebungen von Rechenbergs, die Landwirtschaft der Afrikaner zu fördern, einen erbitterten Kampf angesagt hatte. Willy de Roy hatte die deutschen Pflanzer hinter sich und schürte fleißig deren Hass auf den

Gouverneur, der nur wenig Mittel hatte, sich gegen die boshafte Feder des Journalisten zu wehren.

Sie leerte ihr Glas und spürte, dass der Alkohol ihr in den Kopf stieg. Was für eine eigenartige Menschenansammlung sich in diesem schmucklosen Raum zusammengefunden hatte! Ja, schmucklos war das rechte Wort, einzig und allein eine Handvoll Gemälde deutscher Landschaften und Persönlichkeiten der Geschichte verliehen den weiß getünchten Wänden ein wenig Farbe, allen voran die Bilder des Kaiserpaares, die heute von frischem Lorbeer umkränzt waren. Auch die Europäer sorgten mit ihrer Kleidung nicht gerade für Frische, sie waren fast ausnahmslos in Weiß gekleidet, wohingegen bei den Indern und den wenigen Arabern bunte, das Auge erfreuende Farben und glänzende Seidenstoffe vorherrschten. Afrikaner befanden sich nicht unter den geladenen Gästen; die einzigen Schwarzen waren die Diener, die lange weiße Gewänder und Kappen trugen und mit ihren Tabletts zwischen den Gästen umhereilten.

Die zum Glück letzte Rede hielt Gouverneur von Rechenberg, sie war als einzige Ansprache auch an die indischen Kaufleute gerichtet. Er dankte ihnen für ihr zahlreiches Erscheinen und sprach von einer europäisch-indischen Gesellschaft der Gewerbetreibenden.

Als ob sie das noch nötig hätten, dachte Charlotte. Kamal Singh fiel ihr ein, der trotz aller Anfeindungen durch die deutsche Kolonialbürokratie so unfassbar reich geworden war.

Die Veranstaltung nahm ihr offizielles Ende mit einem dreifachen »Hurra« auf das Kaiserpaar, jemand stimmte »Heil dir im Siegerkranz« an, und ein Teil der Anwesenden sang nach Kräften mit, während der andere Teil betreten schwieg.

»Was er will, ist unter den gegebenen Umständen vielleicht das Beste«, bemerkte George und drückte ihr ein zweites Glas in die Hand. »Aber ich fürchte, es wird eine Illusion bleiben.

Eine Gesellschaft, in der Afrikaner, Inder, Araber und Deutsche gleichberechtigt miteinander leben – du meine Güte!«

Charlotte trank durstig, diesmal Mangosaft, der ein wenig bitter und stark nach Alkohol schmeckte.

»Weshalb sollte das nicht möglich sein?«

»Weil keine der Parteien das wirklich will. Am wenigsten die Deutschen.«

Inzwischen wurde schon eifrig Bier konsumiert, das auch einige Damen dem angebotenen Tee vorzogen. Es waren hauptsächlich Ehefrauen und Töchter deutscher Kolonialbeamter oder Offiziere, nur einige Engländerinnen und Französinnen befanden sich darunter, die in Begleitung ortsansässiger Geschäftsleute erschienen waren. Weder Inder noch Araber hatten ihre Frauen mitgebracht.

»Wir könnten jetzt doch eigentlich gehen, oder?«, flüsterte Charlotte.

Tatsächlich strebten bereits einige Gäste dem Ausgang zu, vor allem die Geschäftsleute, die nach ihren Läden sehen wollten. »Einen kleinen Augenblick noch, mein Schatz. Ich möchte dem Gouverneur gern meine bezaubernde Ehefrau vorstellen …«

»Deine bezaubernde Ehefrau hat einen Schwips …«

»Umso besser!«

George führte Charlotte zwischen den Gästen hindurch, die sich inzwischen zu Grüppchen zusammengefunden hatten. Man blieb unter sich, indische und goanesische Geschäftsleute tauschten Neuigkeiten aus, arabische Händler unterhielten sich in ihrer Heimatsprache, die niedere deutsche Beamtenschaft mischte sich nicht unter die höheren Ränge. Nur die Damen saßen zwanglos beieinander, doch auch hier schien es eine ganz bestimmte Rangfolge zu geben, die sich in Haltung und Sprechweise ausdrückte und die ohne Zweifel mit der Position des Ehemannes zusammenhing. George kümmerte sich wenig darum, er grüßte im Vorübergehen allerlei Bekannte, gleich welcher Herkunft und Position, schüttelte seinem indischen Kollegen Dr. Kalil die Hand und begrüßte einen der schwarzen Diener, dessen Mutter er vor einigen Tagen in der Klinik behandelt hatte. Niemand schien es ihm zu verübeln. Charlotte hatte die Gewandtheit, mit der George sich in Gesellschaft bewegte, immer bewundert – es fiel ihm leicht, Sympathien zu gewinnen, und doch wusste sie, dass er in Wahrheit keinen einzigen wirklichen Freund besaß. George Johanssen schottete sein Innerstes sorgfältig ab, selbst die Frau, die er liebte, ließ er nur zögernd in diese verbotenen Kammern eintreten.

Der Gouverneur befand sich im Gespräch mit zwei jungen Offizieren, einem Oberstleutnant und einem Leutnant, die offensichtlich frisch aus der deutschen Heimat gekommen waren. Man redete über den neuen Stern am Opernhimmel, Enrico Caruso, dessen phänomenales hohes C auf dem Grammophon wie flüssiges Silber klang. Dann ging man zu der österreichischen Annektierung Bosniens und Herzegowinas über, gegen die England, Russland und Serbien schärfsten Protest eingelegt hatten. Deutschland unterstützte die Donau-Monarchie – ein kluger Schachzug, um den Russen und Serben die Machtgelüste zu verleiden.

»Es sind immer dieselben, die keine Ruhe geben«, empörte sich der junge Leutnant. »Aber wenn die Serben sich nicht fügen, werden wir ihnen mit Leichtigkeit eins aufs Maul hauen!«

Von Rechenberg schien anderer Meinung zu sein, doch er unterbrach die Diskussion, um sich Dr. George Johanssen und seiner Gattin zuzuwenden. Trotz seines unschönen Aussehens besaß der Gouverneur ein gewinnendes Lächeln und küsste Charlotte mit einer leichten, fast anmutigen Bewegung zur Begrüßung die Hand. Von Rechenberg war schon Ende vierzig, aber immer noch unverheiratet, was seinen Gegnern zu allerlei boshaften Vermutungen Anlass gab.

»Aus Ostfriesland kommen Sie, gnädige Frau? Das hätte ich, ehrlich gesagt, nie erraten. Und wie ich hörte, schreiben Sie auch?«

»Gelegentlich …«, erwiderte Charlotte, die sich große Mühe gab, sich ihren Schwips nicht anmerken zu lassen.

Von Rechenberg fragte sie geschickt aus und hatte schon bald herausgefunden, dass sie vor Jahren einen Laden in der Inderstraße geführt und später auf einer Plantage am Kilimandscharo gelebt hatte. Nun besaß sie also eine Pflanzung in den Usambara-Bergen, was sie denn da anbaue? Kaffee? Soso. Sie wolle es auch mit Sisal versuchen? Sehr gut. Weshalb nicht mit Kautschuk? Ob sie denn einen tüchtigen Verwalter habe? Einen Norweger? Ja, diese alten Wikinger kämen viel herum …

Sein Lachen klang abgehackt, als gönne er sich nur einen kurzen Augenblick der Heiterkeit, um sich gleich darauf wieder auf das Gespräch zu konzentrieren. Vermutlich führte er eine Art innere Kartei, in der er all diese Informationen festhielt und bei Bedarf wieder hervorholte. Auch George musste sich seinen Fragen stellen, seine Antworten fielen jedoch weniger präzise aus, und Charlotte begriff, dass ihr Mann – obgleich er von Rechenberg doch schätzte – nicht bereit war, allzu viel über sich selbst preiszugeben.

»Ich schätze Ihre Artikel außerordentlich, Dr. Johanssen. Vor allem Ihre ärztliche Tätigkeit auf Sansibar …«

Der Gouverneur berichtete ein wenig über seine Zeit als Konsul auf der Gewürzinsel und flocht geschickt neue Fragen an George ein, die dieser jedoch klug umschiffte. Die Zeit verstrich, und Charlotte wurde langsam nervös.

»Haben Sie von den vielen Pockenfällen gehört, Dr. Johanssen? Besonders am Kilimandscharo und in Usambara häufen sie sich in letzter Zeit. Auch im Gebiet der Zentralbahn sind Epidemien aufgetreten …«

»Ja, ich hörte davon. Es werden auch immer wieder Pockenkranke in die Klinik gebracht – tragisch, denn wenn die Krankheit einmal ausgebrochen ist, kommt unsere Hilfe zu spät. Das Einzige, was wir tun können, ist, die Angehörigen zu impfen. Aber leider erreichen wir nur wenige ...«

»Richtig. Wir planen für das kommende Jahr eine groß angelegte Impfaktion, um so viele Eingeborene wie möglich zu schützen. Dazu brauchen wir natürlich genügend Freiwillige, vornehmlich Ärzte ...«

Charlotte erschrak. Wollte er George tatsächlich nötigen, mit einer Gruppe Kollegen umherzureisen, um die Eingeborenen gegen die Pocken zu impfen? Großer Gott, so notwendig und verdienstvoll diese Arbeit auch sein mochte – George war nicht gesund, das Fieber konnte auf solch einer anstrengenden Reise leicht wieder ausbrechen.

»Nun – ich halte das für eine gute Sache. Wenn meine Tätigkeit in der Klinik es zulässt, stehe ich gern zur Verfügung.«

»Das soll ein Wort sein, Dr. Johanssen. Frau Johanssen – ich wäre erfreut, Sie bald wiederzutreffen, Feste und Feiern gibt es ja zum Glück genügend bei uns. Es war mir ein großes Vergnügen ...«

Er deutete eine Verbeugung an, griff nach einem neuen Glas und wandte sich dann einem Inder zu, der geduldig auf die Chance, mit ihm zu sprechen, gewartet hatte. Charlotte spürte Georges Arm, der sich leicht um ihre Schultern legte und sie zum Ausgang des Festraums dirigierte.

»Musstest du ihm das versprechen?«

»Nur wenn meine Arbeit in der Klinik es zulässt, mein Schatz. Und ich glaube nicht, dass das der Fall sein wird.«

Von draußen drang Hundegebell zu ihnen herein, doch nicht nur das: Ein dumpfes Grollen kündigte ein nahendes Unwetter an.

»Wem gehörte diese verdammte Töle?«, brüllte ein junger

Offizier mit heiserer Stimme. Er hatte ganz offensichtlich ein paar Gläser zu viel getrunken, sein Gesicht war gerötet, sein Blick glasig. »Wenn das Biest nicht gleich zu jaulen aufhört, knalle ich es ab!«

»Der Hund gehört mir«, wandte sich Charlotte an den Betrunkenen. »Falls Sie es wagen, die Waffe auf ihn zu richten, kratze ich Ihnen die Augen aus!«

»Nehmen Sie sich in Acht, junger Freund«, fügte George grinsend hinzu. »Sie tut es wirklich.«

Unter dem säulengetragenen Vorbau des Gouverneurspalastes warteten einige Gäste auf ihre schwarzen Diener, die sie ausgeschickt hatten, eine Rikscha oder wenigstens einen Regenschirm zu besorgen. Der Himmel, noch vor einer Stunde zartblau, hatte sich mit unheilschwangeren Wolken bezogen. Krachende Donnerschläge näherten sich vom Meer her und übertönten das Knattern eines Automobils, das über den Paradeplatz zum Palast des Gouverneurs getuckert kam. Einer der Funktionäre der Deutsch-Ostafrikanischen Handelsgesellschaft ließ sich von seinem Chauffeur abholen.

Charlotte band Simba los, der freudig seine Schnauze gegen ihren Bauch drückte und ihr so das Kleid verdarb, dann stürmten sie los, in der Hoffnung, die kurze Strecke zu ihrem Haus noch trockenen Fußes zurückzulegen, doch der herabstürzende Regen erwischte sie, bevor sie das rettende Tor in der Mauer erreichten.

Charlotte genoss diese himmlische Sintflut, die seltsam befreiend auf sie wirkte. Mochte es donnern und blitzen, mochten sich die Palmen unter dem Unwetter biegen und ihre vielblättrigen Häupter schütteln – es war ungemein schön, von diesem gewaltigen Tropenregen bis auf die Haut durchnässt zu werden. Die Wasser des afrikanischen Himmels spülten die unselige Anspannung dieses Empfangs von ihr ab, all das überflüssige Geschwätz, die uniformierten Herren und geschnürten Damen, die weißen Kleider und bunten Seidengewänder, die Lorbeerkränze um die Bilder des Kaiserpaares, die neugierigen Fragen und irritierend blauen Augen des Gouverneurs.

Simba, der Regen nicht ausstehen konnte, sprang ihnen eilig voraus. George fasste Charlottes Hand und rannte vergnügt neben ihr her, das Gesicht zum Himmel gedreht, um das Regenwasser mit dem Mund aufzufangen. Charlotte riss sich den Hut vom Kopf, der nasse Rock klatschte im Laufen gegen ihre Beine, doch das machte ihr nichts aus. Triefend und lachend liefen sie in den Innenhof ihres Hauses, wo der Regen das Wasserbecken in ein brodelndes Meer verwandelt hatte, und blieben keuchend in der Eingangshalle stehen. Das Wasser rann aus ihren Haaren über ihre Gesichter, Simba schüttelte sich energisch und bespritzte die herbeigeeilten Angestellten mit einem Tropfenregen. Betreten blickten die Schwarzen von einem zum anderen – waren der *daktari* und *bibi* Johanssen vielleicht betrunken oder sogar krank?

Im Schlafzimmer streiften sie die nassen Kleider ab und liebten sich ungestüm, Körper und Haar noch feucht von der warmen Flut, das Geräusch des Donners und des herabprasselnden Regens in den Ohren. Später, als George ein Laken über sie beide zog, stellten sie fest, dass sie nicht einmal die Bambusjalousien herabgelassen hatten, und kicherten.

»Maaama!«

Charlotte richtete sich seufzend auf. Sie spürte Georges Hände, die über ihren Rücken glitten und ihre Taille umfassten, als wolle er sie nur ungern aus seinen Armen entlassen.

»Wir sind gleich bei dir, Elisabeth«, rief er zur Tür hinüber.

»Maama! George! Jetzt kommt doch endlich. Simba frisst einen Löwen!«

»Das Kind hat wahrhaftig eine blühende Phantasie«,

brummte George und versuchte, sie wieder zu sich herabzuziehen.

»Aber es scheint zu stimmen – hörst du nicht, wie er knurrt?«, gab Charlotte zurück.

Sie zogen sich an, George fuhr sich mit den Fingern durchs feuchte Haar, Charlotte steckte die aufgelösten Locken mit Haarnadeln auf. Bevor sie aus dem Zimmer traten, küsste er sie auf den bloßen Nacken.

Im Wohnraum stand Elisabeth hilflos vor dem wütenden Hund, der ein Löwenfell mit den Zähnen gepackt hatte in der offenkundigen Absicht, dieses totzuschütteln.

»Simba! Aus!«

Selbst der geliebten Herrin gehorchte er nicht sofort, zu groß war sein Eifer, diesen mächtigen Gegner zu beuteln. Schließlich ließ er die reichlich zerzauste Trophäe widerwillig fahren, behielt sie aber genau im Auge, um sofort wieder zuzufassen, falls sich der Löwe bewegen sollte.

»Woher kommt dieses scheußliche Ding?«

»Ein Bote hat es hier abgegeben«, erklärte Elisabeth aufgeregt. »Er hat gesagt, es sei ein Geschenk für dich, Mama, sieh mal, der Umschlag gehört auch noch dazu. Darf ich aufmachen?«

Charlotte schüttelte den Kopf und nahm das Schreiben mit spitzen Fingern an sich. Sie hatte kein gutes Gefühl bei der Sache.

Verehrteste,
vor einiger Zeit brachte ich Ihnen einen Leoparden, den Sie mir mit trotziger Miene vor die Füße warfen. Heute sende ich Ihnen einen Löwen, vielleicht habe ich Ihren Geschmack ja nun besser getroffen.
Um Ihr Gewissen zu erleichtern: Der Löwe war ein alter Einzelgänger, der einem jüngeren Konkurrenten hatte

weichen müssen. Zudem trug er seit Wochen die Kugel eines schlechten Schützen im Rücken – es war ein Akt der Barmherzigkeit, ihn mit einem guten Schuss ins Land der ewig grünen Savannen zu befördern.
In der Hoffnung, dass meine Gabe diesmal in Gnaden aufgenommen wird

Jeremy Brooks, passionierter Nimrod ohne vernünftige Lebenseinstellung

»Der Kerl gefällt mir«, bemerkte George grinsend. »Reichlich unverschämt – aber er hat Humor.«

Februar 1909

Die Hütten der Waschamba drängten sich auf einem kahlen Bergkegel aneinander, dazwischen herrschte ein unübersichtliches Durcheinander von Hühnern, Ziegen, Hunden und umherlaufenden Kindern. Neben der Behausung des Häuptlings gediehen einige Bananenstauden, darunter saßen die Gäste, die aus Platzmangel eng zusammenrücken mussten. Junge Krieger, mit Speeren und Stöcken bewaffnet, bewegten sich in kleinen Gruppen zwischen den Hütten. Scheinbar gleichmütig besahen sie die Ankömmlinge, schweigend, abwartend und mit einer Spur von Misstrauen. Vorhin, als sie ihren Besuchern entgegenzogen, um sie ins Dorf zu geleiten, waren es nur zehn oder fünfzehn gewesen, jetzt aber schienen immer mehr dieser nackten Burschen aus dem Boden zu wachsen.

Die fünf Askari schwitzten in ihren Uniformen, mit halbherzigen Bewegungen wehrten sie die Fliegen ab und starrten missmutig auf die Versammlung der Dorfältesten, wo über Für und Wider des Ganzen immer noch lebhaft gestritten wurde. George hatte sich mit Charlotte in den spärlichen Schatten einer Bananenstaude verzogen, neben ihnen hockte der Dolmetscher, in einiger Entfernung hatte sich Simba in den Staub gelegt. Die übrigen Begleiter waren am Fuß des Hügels bei den Reittieren zurückgeblieben. George hätte liebend gern auf Askari und Dolmetscher verzichtet, doch die Gouverneursregierung hatte sie ihnen zugeteilt, und aller Widerspruch war erfolglos geblieben.

»Sie sagen, die Ahnen haben sie geschützt«, sagte der Dolmetscher, der selbst ein Waschamba war. In einer Missionsstation hatte er Suaheli und sogar ein wenig Deutsch gelernt. Er trug eine abgelegte weiße Uniformjacke und dazu arabische Pluderhosen, sein größter Stolz aber war ein zerfranster Strohhut, der in Deutschland hergestellt worden war.

»Wenn sie sich jetzt impfen lassen, kann sein, Ahnen werden böse …«

George nickte – er hatte sich mit der Sprache der Waschamba schon in Neu-Kronau beschäftigt und verstand sie recht gut. Dieses abgelegene Dörfchen war bisher von den Pocken verschont geblieben, doch auch in den von der Epidemie betroffenen Gegenden waren sie nicht immer mit offenen Armen empfangen worden. Anders als andere Ärzte zwang George niemanden zur Impfung – er setzte auf sein entschiedenes Auftreten und seine Überredungskünste.

Die schwarzen Kinder mieden ihre Nähe und beäugten sie aus sicherem Abstand. Es waren hübsche Kinder, neugierig und verschmitzt, ganz ohne Angst und doch vorsichtig, wie man es ihnen beigebracht hatte. Charlotte hätte sie gerne photographiert, doch ihre Platten waren längst verbraucht.

Frauen waren nicht zu sehen, sie hielten sich in den Hütten versteckt und beobachteten die Vorgänge vermutlich durch deren Ritzen. Hin und wieder trieb der Wind eine Staubwolke empor und bewegte die Blätter der Bananenstauden, das trockene Laub vor den Eingängen der Hütten raschelte. Ein gelber Hund wagte sich bis auf zwei Schritte an Simba heran, doch dieser ignorierte ihn völlig, es war viel zu heiß, um unnütz Energie aufzuwenden.

Seit vier Wochen waren sie im Norden Usambaras unterwegs, um die Eingeborenen gegen die Pocken zu impfen. George hatte sich der dringenden Anfrage des Gouverneurs schließlich gefügt, doch dieses Mal bat er Charlotte, ihn zu begleiten. Sie war sich zunächst nicht sicher gewesen, ob dieses Angebot ernst gemeint oder nur ein Vorwand war – hatte er ihr doch versprochen, keine Expeditionen mehr unternehmen zu wollen. Doch als sie einwilligte, war seine Freude darüber so offensichtlich, dass sie sich ihres Misstrauens schämte.

»Es ist zwar kein Ritt durch die Sahara, aber immerhin eine Reise durch ein wenig erforschtes Gebiet. Wundere dich nicht, wenn wir von den dort lebenden Eingeborenen angefeindet werden.«

»Von den Waschamba? Du liebe Zeit …«

Er grinste, weil er selbst nicht so recht daran glaubte. Dann aber wurde er ernst.

»Wir werden viel Elend zu sehen bekommen, Charlotte. Pockenkranke Kinder sind kein schöner Anblick. Ich sage das nur, damit du darauf vorbereitet bist.«

»Ich weiß, wie ein Pockenkranker aussieht, George. In Leer gab es damals trotz der Impfungen mehrere Krankheitsfälle, einige Eltern behaupteten sogar, ihre Kinder seien durch das Impfen an den Pocken erkrankt.«

»Das ist nahezu unmöglich«, widersprach er leicht verärgert. »Die Lymphe wird aus dem Schorf der Kuhpocken hergestellt, von denen Menschen gar nicht befallen werden können. Man nennt es Vakzination …«

»Wann brechen wir auf?«

»Denk nur nicht, dass es eine Abenteuerreise wird, mein Schatz. Du wirst mich bei meiner Arbeit unterstützen, und dazu werde ich dich anleiten.«

Sie war begeistert, hörte sich aufmerksam seine Erklärungen an und besah voller Ehrfurcht die Instrumente, die Verbände und die kleinen Glasfläschchen mit der Lymphe. Ihre Aufgabe war es, all diese Dinge auf einem weißen Tuch aufzustellen und ihm das Nötige zu reichen. Später hatte sie die Fläschchen wieder zu verschließen, die Lanzetten zu reinigen und alles zu verpacken. Es war keine große Sache, aber sie hatte teil an seiner Arbeit, und das machte sie stolz. Außerdem gedachte sie, ihre Kamera mitzunehmen und eine Reihe ungewöhnlicher Aufnahmen mit nach Hause zu bringen.

Ende Januar, als die Wege im Gebirge nach der Regenzeit wieder gangbar waren, reisten sie mit der Usambara-Bahn durch die blühende Savanne. In Mombo wartete Schammi mit dem Maultierwagen, um Elisabeth nach Neu-Kronau zu bringen. Dort würde sie solange bleiben, bis Charlotte und George von ihrer Mission zurückkehrten und sie mit zurück nach Daressalam nahmen. Schammi war Charlotte ungewöhnlich wortkarg erschienen. Sie meinte, einen stummen Vorwurf in seinen Augen zu lesen – doch in ihrer glücklichen Aufregung kümmerte sie sich nicht darum. Vermutlich hatte er den Zorn des Verwalters Husdahl auf sich gezogen und einen seiner unkontrollierten Wutausbrüche über sich ergehen lassen müssen. Nun – Klara würde ihn schon zu trösten wissen.

Der Ritt in den Norden des Gebirges war anstrengend, denn George verabscheute die Fahrstraßen und führte die Reisegruppe stattdessen auf den Pfaden der Eingeborenen durch unwegsames Gelände. Überwältigend schön, in zarte Morgennebel gehüllt, tat sich die Natur vor ihnen auf. Kein Weißer konnte die Pflanzen und Baumarten benennen, die in den unberührten Wäldern wucherten, auch die bunten Blumen, die die Bergwiesen bedeckten, waren ihnen nur zu einem kleinen Teil bekannt. In den dichten, kühlen Wäldern wanden sich Blütenranken an den Urwaldriesen empor und betäubten die Reisenden mit einem süßlichen Duft, der an Hyazinthen oder Jasmin erinnerte. Wasser tropfte von den Felsen herab und versickerte mit leisem Glucksen zwischen den Farnen; farbenprächtige Eidechsen sonnten sich auf dem grauen Felsgestein, und immer wieder lockte das Rauschen eines

Wasserfalles die Reisenden. Nie zuvor hatte Charlotte derart üppige Farbenspiele wie die schimmernden Regenbögen über den Katarakten gesehen. In zarten, weißlichen Bändern stürzte das Wasser den Berg hinab, verschwand zwischen dem grünen Blattwerk, tauchte an anderer Stelle wieder auf, um sich erneut in die Tiefe zu ergießen, und wurde schließlich am Fuß des Berges zu hoch aufschäumenden Wolken, die schon aus weiter Ferne zu sehen waren. Trotz aller Strapazen, Insektenstiche, zerkratzten Gliedern und anderen Unannehmlichkeiten empfand Charlotte ein unbeschreibliches Glücksgefühl. Sie teilte mit George all diese Schönheit, aber auch alle Gefahren, sie spürte sein Bemühen, sie zu schützen, und versuchte doch zugleich, ihm hilfreich zur Seite zu stehen. In den Nächten lagen sie beieinander im Zelt, lauschten auf das Knistern des niederbrennenden Feuers und die leisen Gespräche ihrer Begleiter, bis auch diese verstummten und nur noch die Rufe der Nachtvögel und das Knarren der hohen Bäume zu hören waren, die der Wind leise bewegte.

Wieder lernte sie ihren Mann von einer neuen Seite kennen. George leitete die kleine Reisegruppe äußerst umsichtig, bei wichtigen Entscheidungen pflegte er sowohl die Meinung der Askari als auch die der übrigen Begleiter einzuholen, welche in der Mehrzahl christianisierte Waschamba waren. Dann erst erteilte er leise und mit ruhiger Stimme seine Anweisungen, die auf der Stelle befolgt wurden. In den Dörfern hatte er sich nur zu Anfang auf den Dolmetscher verlassen, später sprach er die Bewohner selbst an, erklärte ihnen, weshalb er gekommen war, und vergaß niemals, seine Dienste als *daktari* anzubieten. Er zeigte Respekt vor den Heilmethoden der Medizinmänner, und wenn es zu einer Begegnung kam, begrüßte er sie als gleichwertige Kollegen. Häufig versorgte er Wunden und verabreichte Mittel gegen Durchfälle und Krämpfe, gestand jedoch auch ein, dass er gegen die Schlafkrankheit und andere tropische Seuchen kein wirksames Medikament besaß. Wenn er einen Kranken behandelte, war er mit großer Ernsthaftigkeit bei der Sache, und die wenigen kleinen Missstimmungen zwischen ihnen entstanden nur dann, wenn Charlotte nicht schnell genug die verlangten Medikamente, Verbände oder Instrumente herbeischaffte.

Jetzt endlich schien die Entscheidung im Rat der Ältesten gefallen zu sein, denn ein Teil der Greise erhob sich, während der Häuptling – ein kleiner, ausgemergelter Mann, der außer einem ledernen Schurz nichts am Leibe trug – auf seinem Platz vor der Hütte verharrte.

»Ich glaube, du kannst gleich unsere Kiste auspacken«, meinte George, der ein sicheres Gespür für solche Situationen besaß und den Entschluss vorausahnte. Tatsächlich schickte der Häuptling gleich darauf einen jungen Krieger zu ihnen mit der Bitte, sein Volk vor den Pocken zu schützen. Die gespannte Haltung der Askari löste sich, die Männer griffen zu den mitgebrachten Wasserflaschen und genehmigten sich einen Schluck, die Gewehre griffbereit auf den Knien. George schickte einen von ihnen hinunter zu den wartenden Begleitern, damit die Medikamentenkisten herbeigetragen wurden, danach erklärte er dem Häuptling, er könne keine Kranken impfen, die Gesunden aber sollten den linken Arm sauber waschen und sich der Reihe nach aufstellen.

Während Charlotte Serum, Lanzetten und Verbände auspackte und ein weißes Tuch über die Kiste warf, um alles darauf aufzustellen, wurde sie von zahlreichen Augenpaaren misstrauisch beobachtet. Sie ließ sich nichts anmerken, doch in Wirklichkeit war sie gespannt, wie die Zeremonie dieses Mal vonstattengehen würde.

Der Gehorsam der Eingeborenen hing von der Autorität ihres Häuptlings ab. War er von allen akzeptiert, dann fügten sich die meisten ohne Widerspruch; einzig die Frauen, die um ihre Kinder fürchteten, wagten immer wieder den Aufstand. Manche versteckten ihre Kleinen, andere mussten mit Gewalt aus ihren Hütten hervorgezerrt werden, und selbst der Zorn ihrer Männer konnte sie nicht dazu bringen, die Säuglinge dem *daktari* aus *uleia* auszuliefern. War der Dorfälteste jedoch schwach, dann ließen sich nur wenige impfen, die anderen schauten mit düsteren Mienen dabei zu, einige spuckten sogar auf den Boden und verwünschten den weißen *daktari,* der ihren Stammesbrüdern in den Arm schnitt und erklärte, dass diese kleine Wunde bald zu einer Eiterpustel würde, die später austrocknete und abfiel. Wie sollte denn eine solche Geschwulst vor den Pocken schützen? Viel wahrscheinlicher war, dass man davon krank wurde und starb.

In diesem Dorf wollte der Häuptling die Prozedur mannhaft als Erster über sich ergehen lassen, doch zu Charlottes Überraschung stand er dazu nicht auf – George musste sich neben ihn knien und ihm die Impfung im Sitzen verabreichen. Inzwischen waren fast alle Dorfbewohner auf den Beinen, auch die Frauen hatten die Hütten verlassen und drängten sich voller Neugier um ihren Häuptling, um zu sehen, was der weiße *daktari* mit ihm tat. Der Stammesoberste ertrug den Schmerz, ohne eine Miene zu verziehen, hielt den Arm unbewegt, während George den mit Serum getränkten Baumwollfaden in die Wunde legte und schließlich den Verband darumwickelte. Die dünne Binde diente nur dazu, die Verletzung einigermaßen sauber zu halten, morgen oder vielleicht schon am heutigen Abend würde sie sowieso abgerissen werden, schon deshalb, weil der Geimpfte sehen wollte, ob die angekündigte Eiterpustel tatsächlich wuchs. Wenn das geschah, so hatte der *daktari* ihnen erklärt, war die Impfung erfolgreich gewesen.

Zögernd waren nun auch die anderen bereit, sich der Prozedur zu unterziehen, zuerst die jungen Krieger, die sich jedoch weniger mannhaft als ihr Häuptling zeigten und bei dem kleinen Schnitt die scheußlichsten Grimassen zogen. Schlimmer war es, als die Kinder geimpft wurden, besonders die Kleinen im Arm der Mütter begannen regelmäßig zu weinen, manche heulten schon, bevor sie überhaupt an der Reihe waren. Charlotte hätte ihnen gern die Angst genommen und zuerst ein wenig mit ihnen gespielt, wie sie es in Hohenfriedeberg oft getan hatte, doch diese Waschamba waren scheu und flüchteten vor ihr, was vermutlich daran lag, dass Simba seine geliebte Herrin auf Schritt und Tritt begleitete. Immerhin waren die meisten nach überstandener Impfung erleichtert, einige liefen stumm davon, andere aber begannen zu tanzen und zu lachen und präsentierten den noch Wartenden stolz die weiße Binde um ihren Oberarm. Charlotte schaute immer wieder besorgt auf die Glasschale mit den Baumwollfädchen. Es war das letzte Dorf auf ihrer Reise – hoffentlich reichte der Vorrat, um alle Einwohner mit der Impfung zu versehen.

Als sie gegen Nachmittag fertig waren, blieben nur fünf kleine Fäden in der Schale übrig.

George wurde gebeten, eine der Frauen des Häuptlings zu besuchen, die krank in der Hütte lag – ein großer Vertrauensbeweis. Er nahm seinen Arztkoffer, doch als Charlotte ihm folgen wollte, schüttelte er den Kopf.

»Pack die Sachen zusammen!«, sagte er ein wenig ungehalten.

»Aber – du brauchst mich vielleicht …«

»Tu bitte, was ich gesagt habe, Charlotte.«

Sie fügte sich, obgleich es sie kränkte. Weshalb wollte er sie schützen, während er sich selbst der Gefahr aussetzte? Vermutlich war die Krankheit der armen Frau ansteckend, aber hatte Shira, die indische Krankenschwester, ihm in der Klinik in Daressalam nicht auch in solchen Fällen Beistand geleistet?

Einen kurzen Augenblick lang stieg erneut die Eifersucht in ihr auf, dann aber begriff sie, dass George sie aus Liebe schützen wollte, und schämte sich.

Der weiße *daktari* blieb nicht lange in der Hütte, und Charlotte nahm beklommen an, dass er nichts hatte ausrichten können. Sie hatte richtig vermutet, das sah sie an seinen harten Gesichtszügen, als er wieder zu ihr ins Freie hinaustrat; trotz des kurzen blonden Barts konnte sie deutlich die beiden senkrechten Furchen rechts und links seiner Lippen erkennen, die sich tief in seine Wangen eingegraben hatten.

Das Angebot, im Dorf zu übernachten, lehnte er mit großer Beredsamkeit ab. Auch Charlotte verstand einige Sätze des Waschamba-Dialekts, und sie begriff, dass er heute noch eine Wegstrecke bergab in Richtung Neu-Kronau zurücklegen wollte. Die Reise war zu Ende – wenn alles nach Plan verlief, würden sie schon morgen Nachmittag auf ihrer Plantage sein. Obgleich sie sich auf Klara und Elisabeth freute und neugierig war, wie man in Neu-Kronau vorankam, empfand sie eine unerklärliche Trauer, als sei mit dem Ende dieser Reise etwas Kostbares unwiderruflich verloren gegangen.

Das kurze Gespräch mit George während des Weiterritts war nicht dazu angetan, ihre Stimmung zu heben.

»Was war mit der Frau in der Hütte? Hatte sie die Schlafkrankheit?«, fragte sie vorsichtig.

Zum ersten Mal auf dieser Reise wirkte George erschöpft, dennoch bemühte er sich, ein müdes Lächeln zustande zu bringen.

»Nein, Charlotte. Ich vermute, dass sie die Syphilis hat. Vermutlich schon seit einigen Jahren, die Unglückliche ist von Geschwüren bedeckt.«

»Aber dann …«

Er nickte beklommen und kniff die Augen wie im Zorn zusammen.

»Gewiss. Sie wird nicht die Einzige sein. Der Dorfälteste hat vier Frauen, und er selbst ist ebenfalls erkrankt.«

»Ist er deshalb nicht aufgestanden?«

»Vermutlich ist sein Rücken verkrümmt, so dass er nicht mehr stehen kann. Es ist tragisch, Charlotte. Wir versuchen, sie gegen die Pocken zu schützen, aber wir haben kein Mittel gegen die zahlreichen Tropenkrankheiten, auch nicht gegen die Syphilis und die Tuberkulose, die wir vermutlich selbst nach Afrika eingeschleppt haben. Wer wollte die aufwendige Kur für diese Frau bezahlen? Nicht einmal für ihre gemeinsamen Kinder, die ohne Zweifel ebenfalls infiziert sind, können wir etwas tun.«

Sie spürte seinen hilflosen Zorn, der sich nicht nur gegen die hohen Preise für Medikamente und die Einfältigkeit weißer Ärzte richtete. Sein Zorn galt Gottes Schöpfung an sich, die die einen zum Leiden verdammte und den anderen ein angenehmes Leben im Luxus schenkte.

»Vermutlich wird die Impfung bewirken, dass die Syphilis umso rascher im Körper des alten Häuptlings fortschreitet. Möglicherweise stirbt er sogar in den nächsten Tagen …«

Charlotte schwieg. Die Impfung strapazierte den Körper, manche hatten tagelang Fieber, in diesem Zustand konnten andere Krankheiten ausbrechen, die in dem Geimpften schlummerten. Genau aus diesem Grund vermied man es, kranke Menschen gegen die Pocken zu impfen. In diesem Fall jedoch hatte George sich dazu durchringen müssen, andernfalls hätte sich das ganze Dorf geweigert.

»Wie schrecklich«, murmelte sie bestürzt. »Aber so werden wenigstens die anderen vor der Epidemie geschützt sein. Im Grunde ist es doch großartig, dass die Regierung diese Maßnahme durchführt. Du hattest recht, George, dieser von Rechenberg ist zwar etwas merkwürdig, aber er ist ein fähiger Mann.«

»Gewiss«, gab er mit bitterem Lächeln zurück. »Aber glaub nicht, dass wir aus reiner Menschlichkeit so viel Geld ausgeben. Es sind die schwarzen Arbeitskräfte, die sich die Regierung erhalten muss – wie sollte die Kolonie sonst irgendwann Gewinn abwerfen?«

Sie übernachteten auf einer Bergwiese am Ufer eines klaren Wasserlaufes, noch einmal wurden die Zelte aufgebaut, der Koch häutete die beiden Kaninchen, die die Askari geschossen hatten, und bereitete daraus eine Mahlzeit, zu der Maisbrei und hart gekochte Eier gereicht wurden. Die Askari rauchten mitgebrachte Zigaretten und schwatzten fröhlich – schon übermorgen würden sie wieder bei ihren Familien sein. Auch die übrigen Begleiter waren gut gelaunt, sie saßen lange am Feuer und sangen die Lieder, die man ihnen in der Missionsstation beigebracht hatte. Nur selten hörte man eine der einfachen Melodien der Waschamba – sie schienen ihnen nicht mehr zu gefallen.

George zog sich früh ins Zelt zurück, füllte beim Schein der Petroleumlampe die letzten Regierungslisten aus und machte sich Notizen. Als Charlotte, die noch beim Feuer gesessen und mit dem Dolmetscher geredet hatte, eine Weile später unter die Plane kroch, fand sie ihren Mann auf dem Lager vor.

»Komm zu mir.«

Er streckte die Arme nach ihr aus, und sie näherte sich ihm lächelnd, in der Erwartung einer letzten, wundervollen Liebesnacht unter diesem Zeltdach inmitten der Wildnis. Doch sie sah sich enttäuscht. Seine Umarmung war innig und ungewohnt sanft, eine schwermütige Zärtlichkeit lag darin, die sie erschreckte. Sie begriff plötzlich, wie hilflos er sich fühlte in dieser Welt, die er als boshaft empfand und die er doch nicht ändern konnte. Fast erschien er ihr wie ein Kind, das bei ihr Schutz suchte. Nie zuvor, nicht einmal während seiner Fieberanfälle, hatte sie ihn so erlebt. Gerührt schmiegte sie sich an ihn, strich mit den Fingern durch sein wirres Haar, küsste seine Schläfen, seine Augenlider.

»Nun, wie hat dir unsere Reise gefallen?«, murmelte er mit einem Hauch altvertrauter Ironie. »War es das große Abenteuer, das du an meiner Seite erleben wolltest?«

Er hatte die Lampe gelöscht, doch sie konnte seine Augen glitzern sehen. Sie waren schmal und schienen ihr sehr hell.

»Das war es, George. Es war unendlich schön und zugleich auch traurig und voller Schrecken. Aber ich bin sehr glücklich, dass ich dies alles mit dir gemeinsam erleben durfte.«

Er barg sein Gesicht an ihrer Schulter und verharrte dort lange reglos, so dass sie schon glaubte, er sei eingeschlafen. Dann jedoch hörte sie ihn leise flüstern.

»Du bist der Anker, der mich hält. Das Haus, das mich birgt. Der Herd, der mich wärmt. Ohne dich bin ich ein Verlorener, Charlotte.«

Er atmete tief, küsste ihren Hals, ihre Schulter, und sie spürte das hastige Schlagen seines Herzens. George Johanssen hatte in diesem Augenblick so viel vor sich preisgegeben wie nie zuvor.

»Ich liebe dich«, flüsterte sie und fühlte, dass diese Worte nicht annähernd ausdrücken konnten, was sie empfand. »Ich werde dich nicht verlassen, solange ich lebe.«

Er presste sie fest an sich, dann löste er sich unvermittelt von ihr und drehte sich auf den Rücken. Der Augenblick war vorüber.

»Lass uns ein paar Tage auf deiner Plantage bleiben«, schlug er vor. »Ich hätte Lust, überall mit dir herumzureiten und nach dem Rechten zu sehen. Wenn du magst, werde ich auch meinen Senf dazugeben – aber du bist die Chefin, mein Schatz.«

Am folgenden Abend erreichten sie den Fahrweg, der nach Neu-Kronau führte, und die ersten Pflanzungen taten sich rechts und links des Weges auf. Die Reiter hatten die untergehende Sonne im Rücken, ihre Schatten zogen sich schmal und lang vor ihnen her. Wenn die Straße eine Biegung machte, legten sich ihre dunklen Silhouetten über die Zäune und Gatter der Weiden. Alles machte einen guten Eindruck, die jungen Sisalpflanzen hatten den Regen überstanden, braune Kühe und Schafe rupften gelassen das Weidegras, und als sie die ersten Kaffeepflanzungen erreichten, glitt Charlotte aus dem Sattel, um sich die jungen Bäumchen aus der Nähe anzusehen.

»Sie haben Knospen angesetzt«, jubelte sie, während sie aufgeregt zwischen den Pflanzreihen umherlief und immer wieder den einen oder anderen Zweig herabbog. »Ganze Bündel von Knospen. Wenn in ein paar Wochen der Regen kommt, werden sie blühen!«

»Wir sollten Klara einen großen Strauß davon als Willkommensgruß pflücken«, bemerkte George grinsend und freute sich über Charlottes Entrüstung. Kein Zweiglein durfte an ihren Bäumchen gebrochen werden, die kostbaren weißen Knospen sollten samt und sonders zu Blüten und roten Beeren werden.

Nicht alle Kaffeepflanzen hatten gleichermaßen üppig angesetzt, einige von ihnen schwächelten und hatten nur zwei oder drei Knospen hervorgebracht, die meisten jedoch zeigten ganze Büschel und Reihen davon, und Charlotte glaubte schon, den bittersüßen Duft der filigranen Blüten riechen zu können.

»Wie schön, dass ich eine reiche Plantagenbesitzerin geheiratet habe!«, witzelte George. »Aber lass uns jetzt zum Wohnhaus reiten, mein Schatz. Ich glaube, niemand von uns hat Lust, die Nacht zwischen deinen Bäumchen zu verbringen, mögen sie auch noch so hübsch sein, und Kaffeeknospen zum Abendessen zu knabbern.«

Gut gelaunt stieg sie wieder auf ihr Pferd und lachte über

seine Scherze. Den bekümmerten, hilflosen Mann der gestrigen Nacht gab es nicht mehr, George hatte sie noch vor Morgengrauen mit zärtlichem Begehren geweckt, die kurze Liebesbegegnung war eine der heftigsten gewesen, die sie je miteinander erlebt hatten. Danach war wenig Zeit zu einem intimen Gespräch geblieben, weil draußen vor dem Zelt schon die Angestellten herumeilten und der Koch das Frühstück brutzelte. Nun war George wieder der ironische Spötter, zugleich aber auch der verlässliche Pfadfinder und Führer der kleinen Reisegruppe, und Charlotte schwor sich, jenen kurzen Augenblick, in dem er ihr seine Schwäche offenbart hatte, für immer in ihrem Herzen einzuschließen.

Die Askari und die schwarzen Angestellten würden diese Nacht in Neu-Kronau verbringen, um morgen hinunter nach Mombo zu reiten und von dort aus auf Regierungskosten mit der Usambara-Bahn nach Tanga zurückzukehren.

Beim Schein der untergehenden Sonne kamen sie vor dem Eingangsgatter der Plantage an. Die weiß gekalkten Wohngebäude schimmerten rosig, Buschwerk und Akazien hoben sich dunkel vor dem roten Himmel ab.

»Der Anbau ist fertiggestellt!«, rief Charlotte begeistert. »Und dazu noch ein weiteres Nebengebäude auf der anderen Seite.«

»Ein tüchtiger Mann, dieser Norweger«, bemerkte George. »Wenn auch ein wenig sonderbar … Pass auf – jetzt haben sie uns entdeckt!«

Martha Mukea war aus dem neuen Nebengebäude getreten, einen Eimer in der Hand, hinter ihr humpelte der alte Kerefu, der nun die Augen mit der Hand beschattete, um im schrägen Licht der Abendsonne besser zu sehen. Was die beiden redeten, konnten sie nicht verstehen, doch Martha Mukea stellte den Eimer ab und lief eilig ins Wohnhaus, während Kerefu mit den Armen wedelte und offensichtlich jemanden herbeirief.

Zwei junge Burschen tauchten aus dem Stall auf, einer von ihnen war Jonas Sabuni, den anderen kannte Charlotte nicht. Gleich darauf erschien Elisabeth auf der Schwelle des Wohnhauses, an ihren Rock klammerten sich zwei Kinder, der weiße Samuel mit dem flammend roten Kraushaar und die schwarze Ontulwe.

Simba rannte ihnen kläffend voraus, wirbelte den Staub auf der Zufahrt auf, überquerte die rot beschienenen Wiesen und scheuchte die Enten am großen Teich aus ihrer Abendruhe. Schnatternd und quakend flatterte die Schar auf, einige retteten sich ins Wasser, die meisten flogen über den Teich und ließen sich am gegenüberliegenden Ufer nieder.

Die Hausangestellten kamen herbeigelaufen, um *bibi* und *daktari* Johanssen zu begrüßen, vor den fünf bewaffneten Askari hielten sie jedoch respektvollen Abstand.

»*Jambo, bibi* Johanssen! *Jambo!* Wie schön, dass du endlich zu uns kommst!«

»*Jambo, bibi* Johanssen! Wir viel geweint um dich. *Jambo, daktari. Karibu.* Was für ein Glück.«

»Wir haben schon gedacht, du hast uns ganz vergessen!«

»Jetzt ist alles wieder gut! *Bibi* Johanssen uns wird sagen, was wir tun! Unsere gute Herrin ist wieder bei uns!«

Charlotte konnte in dem Stimmengewirr zunächst wenig verstehen, doch die Freude ihrer Schwarzen schien dieses Mal ganz besonders groß zu sein. Am Hauseingang war jetzt auch Klara aufgetaucht – neben dem hoch aufgeschossenen Schammi, der mit einem knöchellangen Kaftan angetan war, wirkte ihre Cousine noch kleiner und zerbrechlicher.

Elisabeth hielt Charlottes Pferd, während sie abstieg, und fiel der Mutter um den Hals, kaum dass sie aus dem Sattel war.

»Mama, was ein Glück, dass ihr kommt! Es ist alles ganz furchtbar. Onkel Peter hat diesmal wirklich recht gehabt, aber dieser verdammte Kerl hat gebrüllt wie ein Irrer. Stell dir vor, er hätte Onkel Peter mit der Peitsche geschlagen, wenn Tante Klara und ich nicht dazwischengegangen wären …«

»Wie bitte? Von wem redest du überhaupt?«

Charlotte schob das Mädchen ein Stück zurück, um ihr ins Gesicht sehen zu können. Elisabeths blaue Augen waren zusammengekniffen vor Zorn, ihre Züge drückten gerechte Empörung aus.

»Von wem ich rede? Na, von dem Herrn Husdahl – von wem denn sonst? Was für ein Glück, dass er fort ist.«

»Björn Husdahl ist fort? Aber wieso? Seit wann?«

»Seit einer Woche. Und Onkel Peter ist ganz schlimm krank. Keiner darf zu ihm, nur Tante Klara. Und das alles bloß, weil Onkel Peter die Schwarzen in seiner Schule unterrichtet hat, damit sie lesen und schreiben lernen …«

Charlottes hilfloser Blick wanderte zu Klara, in deren schmalem Gesicht aller Schmerz der Welt vereint schien. Peter hatte einen Rückfall erlitten – alle Hoffnung auf Heilung war vergebens gewesen.

»George!«, rief Elisabeth impulsiv und riss sich von Charlotte los, um sich in die Arme ihres Adoptivvaters zu werfen. »Ach, George, wenn du hier gewesen wärst, wäre das alles nicht passiert. Du hättest diesen Kerl bestimmt zur Vernunft gebracht!«

»Du hast ja viel Vertrauen in meine Fähigkeiten, kleines Fräulein. Aber lass die staubigen Reisenden doch erst mal eintreten, dann wirst du mir alles ganz genau erzählen, ja?«

»Du musst gleich nach Onkel Peter schauen, George. Das ist das Wichtigste …«

Charlotte hielt Klara umfangen, die auf der Stelle in Tränen ausbrach. Nein, sie habe nicht geweint, die ganze Zeit über habe sie sich nichts anmerken lassen, vor allem Peter dürfe ihren Kummer nicht sehen, aber auch die Kinder und die Angestellten …

»Ach, Charlotte, ich bin so froh, dass du nun da bist. Jetzt wirst du die Verantwortung für uns alle übernehmen, zusammen mit George. Herr Jesus, hilf mir, aber wenn der gute Schammi nicht gewesen wäre, ich hätte Lust gehabt, mich in den Teich zu stürzen …«

»Wie kannst du so etwas sagen, Klara! Du hast einen Mann und einen kleinen Sohn …«

»Nein, nein, das würde ich doch nicht wirklich tun … ich dachte nur manchmal, dass alles so viel leichter wäre … ich kann doch gar nichts ausrichten, Charlotte. Nicht einmal Peter kann ich helfen … Er spricht kein einziges Wort mit mir …«

»Du musst Geduld haben, Klara. Du weißt doch besser als ich, dass er nur langsam wieder auf die Beine kommt.«

Die Erschöpfung des langen Rittes war verflogen, Charlotte war die Herrin der Plantage, es war an ihr, die Zügel in die Hand zu nehmen, und sie tat ohne Zögern, was von ihr erwartet wurde. Mit fester Stimme erteilte sie Anweisungen, das Gepäck abzuladen und unterzustellen. Die Pferde zu versorgen. Ein Abendessen für sie alle zuzubereiten. Nachtlager für die Askari und ihre schwarzen Reisebegleiter zurechtzumachen. Wieso waren die Lampen nicht aufgefüllt? Wer hatte vergessen, den Hühnerstall zu schließen? Weshalb waren die Sättel nicht geputzt, warum standen in der Küche eimerweise ungeschälte Bohnen herum, wieso war das Wohnzimmer nicht ausgefegt?

»Was ist das für eine Schlamperei? Wieso tut hier keiner seine Pflicht, ohne dass man ständig dahintersteht? Wir sind durstig, Schammi! Martha Mukea, bring die Kleinen ins Bett!«

Ihre schwarzen Angestellten hasteten davon, um die Aufträge auszuführen, doch auf ihren Gesichtern lag ein zufriedenes Lächeln. Keiner nahm ihr die Schelterei übel – so war sie eben, ihre *bibi* Johanssen, sie konnte ärgerlich werden, aber sie konnte auch loben. Sie hatte alles im Blick, passte auf jeden auf, sorgte für jeden Einzelnen wie eine *mama*.

Nur Elisabeth war nicht begeistert, fiel ihr doch die Aufgabe zu, Sammi von seiner heiß geliebten Freundin Ontulwe zu trennen, was jedes Mal ein lautes Heulkonzert hervorrief. Doch Tante Klara hielt es so, wie es auch in Hohenfriedeberg bei Frau Wohlrab ehernes Gesetz gewesen war: Weiße Kinder durften zwar mit den schwarzen spielen, sie schliefen jedoch stets von ihnen getrennt.

»O Mama!«, stöhnte Elisabeth. »Ich hatte solche Sehnsucht nach dir. Aber kaum bist du da, muss ich mich schon wieder über dich ärgern.«

George hatte geholfen, sich um das Gepäck zu kümmern, nun trug er seinen Arztkoffer und die Tasche mit den Papieren ins Wohnzimmer. »Klara ist oben bei Peter«, teilte Charlotte ihm mit. »Es wäre gut, wenn du gleich einmal nach ihm sehen würdest.«

George deponierte die Papiere an sicherer Stelle auf der Kommode und grinste Charlotte an.

»Du bist die Chefin, mein Schatz. Da will ich mal schauen, was ich tun kann …«

»Nur wenn du es für sinnvoll hältst, George!«, rief sie ihm nach, doch er lief bereits die Stiege hinauf. Nur Klara und Elisabeth erschienen zum Essen, George blieb oben bei Peter Siegel.

»Es ist ein Wunder, Charlotte. Er hat ihn zum Reden gebracht. Ach, du hast einen großartigen Mann geheiratet, George ist so einfühlsam, und er weiß genau die richtigen Dinge zu sagen …«

»Das merkst du erst jetzt, Tante Klara?«, rief Elisabeth erstaunt dazwischen. »George kann alles, und er weiß auch alles.«

Charlotte sah lächelnd in die triumphierende Miene ihrer Tochter und musste an den gestrigen Abend denken. Wie seltsam, dass ein Mann wie George, der mit so vielen Fähigkeiten ausgestattet war, dennoch insgeheim an sich und der Welt verzweifelte. Bei all seiner Klugheit besaß er doch nicht die einfache Gabe, das Leben so zu nehmen, wie es nun einmal war.

»Was ist denn nun zwischen Peter und Björn Husdahl geschehen?«

Ihre Frage rief große Gefühlsaufwallungen bei allen Anwesenden hervor: Klara bekam rote Augen und konnte nur mit Mühe die Tränen unterdrücken, Elisabeth umklammerte kampflustig ihre Gabel, und zu allem Überfluss mischte sich auch noch Schammi ein, der ihnen die Speisen brachte. Es wurde wenig Gutes über den Norweger gesprochen, er habe die Leute so hart behandelt, dass eine Menge Arbeiter davongelaufen seien. Auch die Übrigen hätten ständig Angst vor dem Verwalter gehabt, der stets mit einer *kiboko,* einer Nilpferdpeitsche, herumgelaufen sei, seitdem Charlotte und George die Plantage verlassen hatten.

»Bwana Husdahl lange Zeit nicht geredet, nur mit den Augen geblitzt. Aber dann, wenn keiner daran denkt, er uns anbrüllt wie ein Teufel und schlägt zu. Das ist kein guter Mann. Warum er gebaut ganzes Haus für sich allein? Weil er dort nicht gestört wird, wenn er schwarze Frau mitnimmt.«

»Was sagst du da?«, fragte Charlotte entsetzt. »Ist das wahr, Klara?«

Klaras Wangen hatten sich bei Schammis letztem Satz gerötet, nun nickte sie zögernd. Ja, sie habe vom Fenster aus gesehen, dass an den Abenden schwarze Mädchen in Husdahls Hütte schlichen. Vermutlich habe er sie bezahlt oder gar gezwungen; freiwillig seien die armen Dinger ganz sicher nicht zu ihm gegangen.

»War das der Grund für den Streit?«

Es hatte viele Ursachen gegeben. Zunächst war Peter Siegel entsetzt gewesen über Husdahls harte Umgangsweise mit den Schwarzen, dann hatte er sich darüber aufgeregt, dass der Verwalter neue Arbeiter einstellte, die er von arabischen Schleppern bezog. Diese Leute machten gemeinsame Sache mit geldgierigen Stammeshäuptlingen: Sie kauften ihnen ihre eigenen Leute ab und zwangen sie, in den Plantagen für billiges Geld zu arbeiten. Es war eine neue Art von Sklavenhandel, die leider Gottes von vielen Plantagenbesitzern genutzt wurde.

»Peter tat es vor allem leid um die vielen Schwarzen, die von der Plantage davonliefen. Er hatte schon etliche von ihnen zum christlichen Glauben bekehrt, doch was würde nun aus ihnen werden?«

Tatsächlich hatte Peter Siegel in seiner Naivität wieder auf den Bau der Kapelle gedrungen, zumal der Verwalter jeden Sonntag zum Gottesdienst in der Schule erschien. Husdahl hatte auf dieses Ansinnen nicht einmal reagiert, stattdessen hatte er dem Missionar vorgeworfen, die Schwarzen von der Arbeit abzuhalten. Wozu sollten sie Lesen und Schreiben lernen? Die Bibel auswendig kennen? Bei irgendwelchen überflüssigen Andachten mitten in der Woche deutsche Kirchenlieder plärren? Bäume sollten sie roden, Unkraut jäten, Sisal pflanzen und Kartoffeln setzen. Dazu taugten die Schwarzen, mit all dem anderen Zeug könne man sie getrost in Ruhe lassen. Der liebe Gott würde schon für sie sorgen, dafür brauche er keine Missionare.

Diese letzte Äußerung hatte zum endgültigen Zerwürfnis geführt, da sich Peter Siegel in seiner Ehre als Geistlicher verletzt fühlte. Er hatte dem Verwalter eine ungewohnt scharfe Antwort entgegengeschleudert, ein Wort gab das andere, und plötzlich hatte Husdahl die Peitsche gezogen.

»Er hielt sie in der Faust, Charlotte«, erzählte Klara mit zitternder Stimme. »Ich weiß nicht, ob er tatsächlich zugeschlagen hätte, aber allein sein rotes Gesicht und der verzerrte

Mund … Ich habe mich vor Peter gestellt, und auf einmal stand deine Tochter neben mir …«

Charlotte schwieg. Wie tapfer die beiden gewesen waren, und doch hätte sie ihnen am liebsten Vorwürfe gemacht. Ein so unbeherrschter Mensch wie Björn Husdahl war zu allem fähig.

»Am nächsten Morgen war er nicht mehr da«, vervollständigte Schammi den Bericht. »Zuerst wir haben gefürchtet, er reitet nach Mombo, weil er mit Fernsprecher zu *bibi* Charlotte reden will. Aber am Nachmittag er war immer noch fort. Da Martha Mukea hat in seine Hütte geschaut. Alle seine Sachen waren weg, nur das Bett und den Eimer er dagelassen …«

Was für ein seltsamer Mensch. Er hatte doch noch Lohn zu bekommen, aber das schien ihm vollkommen gleich zu sein.

»Es lässt sich nicht ändern«, seufzte Charlotte. »Wir müssen uns nach einem Nachfolger umsehen.«

Björn Husdahl war ein tüchtiger Mann gewesen, es würde nicht einfach sein, wenn nicht gar unmöglich, einen ähnlich qualifizierten Verwalter zu finden. Erst nach Stunden, als Elisabeth schon längst eingeschlafen war und auch Charlottes und Klaras leises Gespräch fast erstarb, erschien George wieder im Wohnraum. Er sah blass und sehr hungrig aus, aber obgleich seine grauen Augen ernst blickten, konnte man den Anflug eines Lächelns um seinen Mund erkennen.

»Er hat nach dir gefragt, Klara.«

Charlottes Cousine fuhr von ihrem Stuhl auf und starrte ihn mit großen, hoffnungsvollen Augen an.

»Geht es ihm besser?«

»Ein wenig. Wir haben lange geredet, ich glaube, ihm ist jetzt leichter ums Herz. Er wird nun sicher Schlaf finden.«

»Ach, George«, flüsterte Klara glücklich. »Ich weiß gar nicht, wie ich dir danken soll.«

Sie machte eine ungeschickte Bewegung, als wolle sie ihm

um den Hals fallen, doch sie wagte es nicht und humpelte stattdessen mit einem leise gemurmelten »Gute Nacht« aus dem Zimmer. Charlotte lauschte auf die langsamen Schritte, mit denen Klara die Treppe hinaufstieg. Sie setzte zuerst den gesunden Fuß auf die Stufe, dann zog sie sich am Geländer hoch und holte das kranke Bein nach. Wie oft hatte sie dieses Geräusch damals im Haus der Großmutter gehört, als sie beide noch Kinder waren. Immer hatte sie das Gefühl gehabt, Klara beschützen zu müssen, und so war es bis heute.

Schammi war noch wach und brachte George ein Tablett mit allerlei Gerichten, die er in der Küche für ihn aufgehoben hatte. Während er die Schüsseln auf den Tisch stellte, lächelte er Charlotte an – seine Sorgfalt galt nicht eigentlich George Johanssen, sie galt dem Ehemann seiner *bibi* Charlotte.

»Zu Anfang hat er eine Menge verrücktes Zeug geredet«, erzählte George kauend. »Aber je länger das Gespräch dauerte, desto klarer wurde er.«

»Er hat doch nicht etwa wieder den Teufel gesehen?«

»Ich weiß es nicht. Er sprach von Fratzen und schwarzen Geistern. Ich habe nicht weiter gefragt.«

Sie sah zu, wie er sich hungrig über die in Honig eingelegte Mango hermachte, den dicken Maisbrei rührte er nicht an, dafür nahm er sich ein Stück Gerstenbrot, das Martha Mukea gebacken hatte.

»Aber worüber habt ihr gesprochen?«

Er blickte sie mit nachdenklichen Augen an, während er an dem knochenharten Gerstenbrot knabberte.

»Über Gott und die Welt. Afrika und Europa. Seine Eltern. Seine Ausbildung zum Pfarrer. Am Schluss redete er auch über Naliene und den Überfall. Das verlorene Paradies, die schwarze Macht des Teufels …«

»Du Ärmster«, seufzte sie und strich ihm über die bärtige Wange. »Das alles hast du dir stundenlang anhören müssen.«

Er hielt ihre Hand fest und presste sie für einen Moment an seine Schläfe.

»Er hat seinen Glauben verloren, Charlotte«, sagte er bekümmert. »Das hat er mir zwar nicht gesagt, aber aus allem, was er mir erzählte, muss ich das schließen. Er zweifelt an der Existenz eines gütigen Gottes, was für ihn eine Ungeheuerlichkeit ist, die er niemandem gegenüber eingestehen möchte, am wenigsten aber sich selbst.« »Bist … bist du dir sicher? Er will schließlich eine Kapelle bauen und hält jeden Sonntag einen Gottesdienst, versucht, die Schwarzen zum Christentum zu bekehren …«

»Ich weiß. Aber in seinen Wahnvorstellungen sieht er seine Zweifel in der Fratze des Teufels.«

Charlotte holte tief Luft. Georges Erklärung wollte ihr nicht so recht einleuchten. Es litten auch andere Menschen unter Glaubenszweifeln, ohne dass sie gleich dem Irrsinn verfielen. Viel naheliegender schien ihr, dass irgendetwas in Peter Siegels Oberstübchen nicht ganz in Ordnung war, ähnlich wie bei einer Nähmaschine, bei der der Faden riss, wenn man die Pedale aus Versehen in der falschen Richtung trat. Aber George war der Arzt, wahrscheinlich hatte er recht mit seiner Vermutung.

»Ich bin todmüde«, bekannte ihr Mann jetzt und reckte Arme und Beine, dass der wacklige Stuhl bedenklich knarrte. »Lass uns schlafen gehen.«

Sie zogen sich beim Schein der Lampe aus, schlüpften in die von Martha Mukea vorbereiteten Betten und kuschelten sich schlaftrunken aneinander.

»Du wirst hierbleiben müssen, bis ein vernünftiger Verwalter gefunden ist«, murmelte George.

Sie wusste, dass er recht hatte, aber der Gedanke gefiel ihr ganz und gar nicht.

»Nein, ich reise in wenigen Tagen mit dir und Elisabeth nach Daressalam.«

Er grunzte, es hörte sich an wie ein kleines Lachen.

»Glaubst du vielleicht, ich käme ohne dich nicht zurecht, mein Schatz?«

Genau das glaubte sie tatsächlich, doch sie hütete sich, es auszusprechen. Stattdessen suchte sie seine Lippen und küsste ihn.

»Und was ist mit mir?«, murmelte sie vorwurfsvoll. »Glaubst du vielleicht, ich könnte es wochenlang ohne dich aushalten?«

April 1909

Die Fliegen waren eine rechte Plage an diesem Nachmittag. Vermutlich zog sie der Duft der Zitronenlimonade an, oder es lag einfach an der feucht-schwülen Luft, dass sie in ganzen Schwärmen umhersurrten. Sie krochen über die bunten Kissen, die Klara für die Terrassenstühle genäht hatte, sie umschwirrten die blühenden Pflanzen in den Töpfen und krabbelten frech über das aufgeschlagene Rechnungsbuch, in das Charlotte gerade ihre Eintragungen machte. Klara hatte sich ein Stück Papier zu einem Fächer gefaltet und versuchte, die zudringlichen Biester damit abzuwehren, doch die aufdringliche, brummende Schar hatte wenig Respekt vor ihrer Waffe.

»Es wird wohl wieder Regen geben.«

Klara musste sich ein wenig zur Seite beugen, um den Himmel zu betrachten, da das hölzerne Überdach der Terrasse die Wolken verdeckte. Charlotte dagegen hob nicht einmal den Kopf – das schwindende Licht und die vorüberziehenden Schatten sagten ihr deutlich, dass sich dort oben etwas zusammenbraute. Warum auch nicht? Es sollte nur kräftig regnen, damit die Knospen an ihren Kaffeebäumchen aufblühten.

Seufzend nahm Klara ihre Näharbeit wieder zur Hand. Sie hielt nicht viel von den tropischen Güssen, die den staubigen Erdboden im Nu zu rötlichem Morast werden ließen und es ihr unmöglich machten, das Haus zu verlassen. Aber es war nun einmal Regenzeit, zum Glück nur die kleine, doch auch die dauerte einige Wochen an.

»Wenn nur Peter schon zurück wäre«, sagte Klara mit gedämpfter Stimme, um Charlotte nicht bei der Arbeit zu stören. »Weshalb muss er nur so lange Spaziergänge unternehmen?«

Seitdem George und Elisabeth vor zwei Wochen nach Daressalam abgereist waren, hatte Klara jede Minute genutzt, die sie an Charlottes Seite verbringen konnte. Tagsüber war das freilich nur selten möglich, weil ihre geschäftige Cousine meist unterwegs war. Doch heute war Lohntag gewesen, alle Arbeiter waren zum Wohnhaus gekommen, hatten ihre Marken gebracht, und Charlotte hatte den ganzen Morgen über neben dem Hauseingang an einem Tisch gesessen und die Gelder ausbezahlt. Nun war sie damit beschäftigt, die Bücher in Ordnung zu bringen.

»Mach dir keine Sorgen«, murmelte Charlotte, während sie ordentlich die Zahlen eintrug. »Johannes Kigobo ist bei ihm, der passt schon auf ihn auf.«

»Natürlich, du hast vollkommen recht. Ich will dich auch gar nicht stören, Lotte. Schaut es gut aus mit der Plantage? Du machst so ein ernstes Gesicht.«

»Es wird besser ausschauen, wenn wir den Kaffee erst geerntet und einen anständigen Preis dafür erhalten haben.«

»Du liebe Güte! Sagtest du nicht, er könne erst im Dezember geerntet werden? Aber wir haben doch Kartoffeln, Gerste und Gemüse verkauft.«

»Gewiss …«

Charlotte vertiefte sich wieder in ihre Berechnungen. Bisher hatte die Plantage weitaus mehr gekostet als sie abwarf. Vor allem die Löhne schlugen zu Buche, aber auch Lebensmittel, Zement, Zugtiere, ein neuer Wagen, einige schwarze Rinder, Schafe, Hühner, Werkzeuge … die Liste war lang. Das hatte sie ihrer geizigen Vorgängerin zu verdanken, die ihr weder Hammer noch Säge gelassen und auch das letzte Kleinvieh noch zu Geld gemacht hatte. Wahrscheinlich hätte sie selbst die Enten am Teich verkauft, wenn es ihr gelungen wäre, sie einzufangen. Wenigstens hatte der verstorbene Karl Manger bereits die Wasserbecken zur Reinigung und Fermentierung der Kaffeefrüchte gemauert, den Pulper hatte Charlotte seiner Witwe für teures Geld abgekauft. Hoffentlich funktionierte das Ding! Sie hatte es neben dem Stall unter einem Wellblechdach gelagert, doch als sie neulich darunterkroch, war ihr der große, trichterförmige Rührbottich ziemlich rostig vorgekommen.

Neben ihr schnappte Simba nach einer Fliege, vertilgte das Insekt und legte den Kopf wieder auf die ausgestreckten Vorderbeine. Er konnte die Plagegeister auf seiner Nase lange Zeit über gleichmütig beobachten, zuckte nicht einmal, wenn sie die empfindliche Haut kitzelten, doch dann schnappte er ganz plötzlich zu. Hatte er sein winziges Opfer gefressen, verharrte er weiter reglos am Boden, als könne er kein Wässerchen trüben.

»Ich liebe das Leben hier in Neu-Kronau«, begann Klara von Neuem. »Gewiss, damals in Naliene war es auch schön, aber es war eine so harte Arbeit, dass ich heute noch nicht weiß, wie ich das damals geschafft habe. Hier aber haben wir treue und liebenswerte Schwarze um uns, und auch die Natur ist traumhaft schön. Diese Berge sehen immer anders aus, mal sind sie wie mächtige, dunkelgrüne Wogen, mal pastellfarben im weißlichen Nebel, dann wieder sieht man eine Folge dunkler, gezackter Linien vor bläulichem Grund. Und die glitzernden Felsen dort oben, die zerklüfteten Abhänge … Störe ich dich mit meinem Geschwätz, Lotte?«

»Erzähl nur weiter, Klara. Ich bin sehr froh, dass es dir hier gefällt.«

»O ja, Lotte. Besonders seitdem ich meinen eigenen, kleinen Gemüsegarten habe, gleich hinter dem Haus. Ach, ich weiß ja, dass der liebe Schammi wenig Lust hat, dort zu hacken und den Pferdemist unterzugraben, aber er tut es mir zuliebe. Und Samuel, mein kleiner Liebling, hat im Januar schon dicke, rotgelbe Karotten aus dem Boden gerupft …«

Klara hatte als Kind stets gewusst, welche Empfindungen Charlotte umtrieben, auch jetzt hatte sie Charlottes Zweifel und ihre Mutlosigkeit gespürt. Wozu plagte sie sich mit diesem Besitz herum, steckte eine Menge Arbeit und Geld hinein, obgleich sie selbst hier nicht leben würde? Sobald sie einen neuen Verwalter gefunden hatte, würde sie zu George und Elisabeth nach Daressalam reisen.

»Du hast uns eine Heimat gegeben, Charlotte«, fuhr Klara eifrig fort. »Das werden wir dir niemals vergessen.«

»Ich habe dir auch eine Heimat genommen, Klara«, gab Charlotte leise zurück.

»Ach, Unsinn! Ich bin damals aus freien Stücken mit dir und Christian nach Afrika ausgewandert. Und ich habe es bis heute nicht bereut!«

Sie hielt das Hemd, an dem sie gerade nähte, ein Stück von sich weg, um zu sehen, ob die Fliegen einen dunklen Klecks auf dem frischen weißen Baumwollstoff hinterlassen hatten. »Peter geht es schon viel besser«, fuhr sie fort. »Du hattest recht, Lotte. Es war kein wirklich schlimmer Anfall, er ging recht schnell vorüber. Natürlich auch dank Georges Unterstützung, aber insgesamt denke ich, dass sich Peters Zustand hier auf der Plantage sehr gebessert hat.«

Martha Mukea schlenderte über die Wiese, einen mit Blättern gefüllten Korb im Arm. Hinter ihr her liefen drei schwarze Kinder, mitten unter ihnen der rothaarige Sammi. Wie immer hielten er und Ontulwe sich fest bei den Händen, die gleichaltrige Freundin war seine energische Beschützerin und hatte sich neulich seinetwegen sogar mit einem ihrer älteren Brüder geprügelt.

Martha Mukea war mit der munteren Kinderschar zu einem

Affenbrotbaum gelaufen, um die frisch ausgetriebenen Blätter zu pflücken, aus denen die Waschamba ein leckeres Gemüse kochten. Wenn Anfang des Jahres die Früchte reif waren, so erzählte sie immer, dann sammelte sie die runden schwarzen Kerne aus dem Fruchtfleisch und trocknete sie. Daraus bereitete sie verschiedene Pulver und Salben, die sowohl gegen Hautausschlag helfen sollten als auch gegen Beschwerden von Leber, Magen und Galle und die im Grunde jedwede Art von Gebrechen kurierten.

Sammi steuerte jetzt auf seine Mutter zu, Ontulwe hinter sich herzerrend. Mit schmutzigen, bloßen Füßen liefen sie über die Terrasse, und Klara rettete hastig den hellen Wäschestoff, denn beide Kinder wollten auf ihren Schoß klettern. Simba zuckte zusammen und knurrte, weil ein schwarzer Fuß auf sein Schwanzende getreten war, doch er beließ es bei der Warnung und schüttelte nur die inzwischen wieder üppig nachgewachsene Mähne. Als George und Elisabeth vor zwei Wochen mit einigen Schwarzen und dem Gepäck nach Mombo aufgebrochen waren, hatte er die kleine Reisegruppe eine Weile verwirrt begleitet, dann hatte er sich winselnd auf die staubige Straße gesetzt und den Davonreitenden nachgestarrt. Sein Winseln war Charlotte unter die Haut gegangen, es glich dem tiefen, lang gezogenen Heulen, das sie von Wildhunden oder Wölfen kannte. Kurze Zeit später war er auf die Plantage zurückgekehrt, hatte kurz Charlottes Rock beschnüffelt und sich dann im Wohnzimmer neben dem Stuhl verkrochen, auf dem George immer gesessen hatte.

Nun legte Charlotte den Stift beiseite, überblickte noch einmal kritisch ihre Zahlenreihen und verglich sie mit den krakeligen Ziffern, die Husdahl geschrieben hatte. Er hatte zwar eine furchtbare, kaum leserliche Klaue gehabt, aber seine Eintragungen schienen in Ordnung zu sein. Sie klappte das Buch zu. Es hatte wenig Sinn weiterzumachen, solange hier draußen auf der Terrasse ein solches Durcheinander herrschte. Jetzt kam auch noch Martha Mukea, um ihnen zu berichten, dass der Affenbrotbaum bald blühen würde, und von der anderen Seite näherte sich Schammi mit den Arbeiterlisten. Schon seine betrübte Miene zeigte an, dass sich wieder einmal eine Menge der von Husdahl neu angeworbenen Schwarzen gleich nach Empfang ihres Wochenlohnes davongemacht hatten, weshalb sie vor dem Problem stand, sich nach Arbeitern umsehen zu müssen. Gerade eben war sie noch fröhlich gewesen, hatte sich über Klaras dankbare Worte gefreut – jetzt sank ihre Stimmung wieder auf den Nullpunkt. Sie ärgerte sich darüber, dass das Leben auf der Plantage an den Lohntagen zum Stillstand zu kommen schien: Kaum ein Schwarzer war draußen auf den Feldern, weil sie alle hinunter nach Wilhelmsthal zum nächsten Inder laufen mussten, um ihren Wochenlohn für irgendwelchen Tand und überflüssiges Zeug auszugeben.

Über ihnen hatten sich die Wolken inzwischen zu einer dunklen, bedrohlichen Decke zusammengeschlossen, die Berggipfel lagen im Dunst verborgen, und man hörte schon den Donner krachen. Wenigstens würden die kaufsüchtigen Schwarzen bei ihrem Ausflug nach Wilhelmsthal ordentlich nass werden! Eine Windbö fegte über die Terrasse. Charlotte konnte gerade noch Klaras angefangene Näherei festhalten, damit sie nicht davongetragen wurde, doch dabei stach sie sich an einer Stecknadel.

»Verdammter Mist!«

Charlotte spürte Klaras vorwurfsvollen Blick und schämte sich. Sie sollte in Gegenwart anderer nicht fluchen, schon gar nicht vor den Kindern und schwarzen Angestellten. Wieso war sie eigentlich so aufgebracht? Die Arbeiter hatten ihren Lohn redlich verdient, schade war nur, dass sie keine bessere Ware für ihr Geld erhielten. Ach, es war wie immer die Trennung von George, die sie ungerecht werden ließ, so dass sie sich selbst nicht mehr leiden konnte.

»Mama, die Bäume fliegen!«, rief Sammi und zeigte aufgeregt auf den Eukalyptushain, der südlich von ihnen in der Nähe der Arbeiterwohnungen stand. Die eben noch starren Baumzweige bewegten sich jetzt heftig in einem Windstoß, Vögel flatterten auf und suchten Schutz im nahen Gebüsch. Auch die Ziegen drüben auf der Weide scharten sich zusammen, nur die Maultiere und Pferde grasten seelenruhig weiter.

»Gütiger Gott – es geht gleich los. Wo ist denn nur Peter? Er wird doch nicht in dieses Unwetter geraten …«

»Und wenn schon, Klara. Er wird irgendwo Schutz suchen, es ist schließlich nicht das erste Tropengewitter, das er erlebt.«

Martha Mukea hob die Kinder von Klaras Schoß und half ihr, die auf dem Tisch ausgebreiteten Garnröllchen und Nadelkissen einzusammeln, Schammi trug die bunten Stuhlkissen ins Haus, und Charlotte klemmte sich das Rechnungsbuch nebst Papieren unter den Arm. Über ihnen krachte es, als sei ein riesiger, mit Luft gefüllter Sack geplatzt, dann klatschte der Regen herunter. Eimerweise, kübelweise, ganze Seen stürzten auf die Landschaft herab und verwandelten sie innerhalb weniger Minuten in einen rötlichen Sumpf.

Seltsamerweise fühlte sich Charlotte befreit, als der Regen nun endlich vom Himmel prasselte. Sie stellte sich ans Fenster, stützte beide Arme aufs Fensterbrett und starrte auf das schäumende, tosende Inferno, auf die sich biegenden Eukalyptusbäume, einen leeren Blecheimer, der unter dem Ansturm des Regens auf dem Hof hin und her rollte. Weiter hinten, beim Eingangsgatter, konnte man undeutlich drei schwarze Gestalten erkennen, die durch den Regen zu den Arbeiterwohnungen rannten. Einer hielt sich einen aufgeweichten Kartondeckel über den Kopf, ein anderer trug einen gefüllten Sack über der Schulter, von dem das Regenwasser troff.

»Lieber Herr Jesus …«

Eine Serie kräftiger Donnerschläge übertönte Klaras Stoßgebet, und Charlotte wandte sich mitleidig zu ihrer Cousine um.

»Sie werden ganz in der Nähe sein, Klara. Vielleicht drüben bei den Arbeiterwohnungen oder bei den Ställen. Johannes Kigobo kennt sich hier in der Gegend gut aus …«

»Schau dir das an, Charlotte!«

Klaras ausgestreckter Finger zeigte an Charlotte vorbei zum Fenster hinaus. Der Wind hatte den Regen unter das Vordach gepeitscht, so dass das Wasser an den Fensterscheiben herunterlief, doch die Silhouetten der beiden braunen Pferde waren deutlich zu erkennen. Sie hatten das Gatter am Eingang der Plantage übersprungen und trabten jetzt über die Wiesen zum Wohnhaus hinüber, den Weg meidend, der sich inzwischen in einen gurgelnden, reißenden Bach verwandelt hatte. Beide Tiere waren reiterlos, das eine trug einen Sattel, hinter dem ein Flintenlauf aus einer Halterung hervorragte, das andere war mit einer verschlossenen Blechkiste und allerlei in Wachstuch gewickelten Bündeln beladen.

»Ach du liebe Zeit! Da sind wohl jemandem die Pferde durchgegangen«, meinte Klara. »Kein Wunder bei diesem Gewitter.«

»Schammi! Sag Jonas Sabuni und Kerefu, sie sollen die beiden Braunen einfangen. Aber Vorsicht, sie scheinen in Panik zu sein …«

Das gesattelte Tier hatte jetzt den Hof erreicht, und Charlotte sah, wie seine Flanken zitterten. Als der Wind den leeren Blecheimer scheppernd gegen die Hauswand trieb, erschrak es heftig und bäumte sich auf, wobei das Gewehr aus der Halterung glitt und in einer Pfütze landete, was seinen Besitzer sicher sehr ärgern würde.

Jonas Sabuni wagte sich nicht an die unruhigen Tiere heran, also fing Charlotte mit Unterstützung des alten Kerefu die verängstigten Pferde ein, redete ihnen besänftigend zu und führte sie in den Stall. Die Gegenwart ihrer Artgenossen beruhigte sie; jetzt ließen sie zu, dass man sie absattelte und ihnen das Gepäck abnahm.

»Reibt sie ab und stellt die Sachen zusammen in eine Ecke«, befahl Charlotte Jonas Sabuni, der sich nun ebenfalls näher traute, und Kerefu. Sie selbst hatte es eilig, wieder ins Haus zu gelangen, war sie doch bei der Rettungsaktion vollkommen durchweicht worden. Trotz des schwülen Tages war der Regen sehr kühl. Sie zitterte, als sie aus den nassen Kleidern stieg, verärgert darüber, dass Jonas Sabuni Angst vor einem aufgeschreckten Pferd hatte.

»Charlotte!«, schrie Klara aus dem Wohnraum herüber. »O du heiliger Herr Jesus Christus! Da kommt Johannes Kigobo durch den Regen gelaufen!«

Charlotte sparte sich das Korsett und schlüpfte eilig in Hemd, Unterhose und Kleid. Na, wenigstens war der Waschamba wieder da, also konnte auch Peter Siegel nicht weit sein. Es machte sie ganz nervös, dass Klara immer gleich so aus der Haut fuhr.

Im Wohnzimmer fand sie ihre Cousine, die zitternd auf einen Stuhl gesunken war, vor ihr auf der Eingangsschwelle stand der triefende Johannes Kigobo in einer Pfütze. Auch er bebte am ganzen Körper und hatte die Augen so weit aufgerissen, dass das Weiße hinter dem Dunkelbraun sichtbar wurde. »Nicht Angst haben müssen, *bibi.* Nur großer Fels und viel, viel Erde kommen von Berg herunter. Rutschen über Busch und Baum, fallen tief hinunter ins Tal bis dorthin, wo Mombo-Bach fließt. Haben auch Bach zugestopft, überall ist Wasser. Wasser von oben, von unten, von alle Seiten. Jesus hat uns geschickt neue Sintflut, weil Menschen so schlimm sündigen …«

Charlotte brauchte einige Sekunden, um zu begreifen, wovon er redete. Steinschlag? Eine Lawine? Ein Erdrutsch?

»Wo ist mein Mann?«, unterbrach ihn Klara verzweifelt. »Etwa unter den Felsen?«

»Nein, nein, *bibi* Siegel!«, rief Johannes Kigobo und machte eine abwehrende Bewegung mit den Handflächen. Charlotte sah, dass die hellen Innenseiten wund gescheuert waren, auch an den Armen und Beinen hatte er Hautabschürfungen. Sie spürte, wie sie von heißem Schrecken erfasst wurde.

»*Bwana* Siegel nicht unter Felsen. Wir auf andere Seite von Tal, wenn Felsengott wirft mit Stein und Erde. Aber wir hören lautes Gepolter von Donner und Felsen und sehen Pferde. Braune Pferde laufen ganz verzweifelt durch Wasser und Matsch, dort wo Mombo-Bach ist verstopft. Laufen an uns vorbei, arme Tiere. Laufen schnell wie Wind und sind schon davon …«

»Peter und Johannes Kigobo sind von dem Erdrutsch verschont geblieben, Klara«, schloss Charlotte aus seinem Gestammel und fühlte sich unendlich erleichtert.

»Aber wo ist Peter? Wieso ist er nicht mit dir gekommen? Ist er etwa krank?«, fragte Klara den Waschamba angstvoll.

Es krachte noch vereinzelt am Himmel, was die Unterhaltung ein wenig erschwerte, auch schien Johannes Kigobo von dem erlebten Schrecken noch vollkommen durcheinander zu sein und hatte Schwierigkeiten, Wichtiges von Unwichtigem zu unterscheiden.

»*Bwana* Siegel ganz voll mit Schlamm. Sitzt auf Fels, der liegt auf Wiese, und hält Hand von andere *bwana* fest. Andere *bwana* hat gelegen in Schlamm und Steinen, die gekommen sind von Berg. Wir zuerst nur sehen Hut, dann sehen Mann, aber nur Kopf und Schulter. *Bwana* Siegel hat Mut von *simba,* steigt über Schlamm und Fels, sinkt ein bis Gürtel, geht weiter und zieht andere Mann auf Wiese. Johannes Kigobo nicht so viel Mut, nur klein wenig. Hat geholfen, fremden Mann aus Schlamm zerren, und jetzt ist gelaufen zu *bibi* Johanssen, viele Leute holen und Wagen und Maultiere …«

»Ach du lieber Himmel«, stöhnte Klara, die die Tragweite des Geschehens erst nach einer kleinen Weile begriff. »So ein Erdrutsch kommt doch nicht so schnell zum Stillstand, zumal bei diesem Regen. Vielleicht sind sie alle beide längst unter dem Schlamm erstickt.«

»Wo ist es passiert, Johannes Kigobo?«, wollte Charlotte wissen. »Du musst uns hinführen. Schammi! Ruf ein paar Leute zusammen, Kerefu soll die Maultiere satteln, den Wagen anspannen …«

»Vielleicht besser warten, bis Regen und Donner vorbei …«, gab Schammi zu bedenken.

»Zum Teufel mit dem Regen! Tut, was ich gesagt habe!«

Es war derselbe Berg, an dem auch Charlotte verunglückt war, allerdings weiter nördlich an einer Stelle, wo nur vereinzelte Baumgruppen am Hang standen und schon mehrfach Felsstürze beobachtet worden waren.

Trotz ihres lahmen Beins hielt es Klara nicht im Haus. Schammi musste sie auf den Wagen heben, und sie wäre auch zu Fuß gelaufen, wenn sie ihrem Mann damit hätte helfen können. Charlotte hatte eine grobe Jacke über ihr Kleid gezogen und sich einen Tropenhelm auf den Kopf gestülpt, den sie mit einem Tuch festband. Dazu trug sie Stiefel von Peter Siegel, doch bei dem unablässig von Himmel herabströmenden Regen nützte ihr das nicht viel: Der ganze Rettungstrupp war bald bis auf die Knochen durchweicht. Die Schwarzen schimpften über die störrischen Maultiere, die sich weder durch energische Fersentritte noch durch Simbas Gekläffe zu einer schnelleren Gangart antreiben ließen.

»Böser Berg«, murmelte Johannes Kigobo, der sich dicht neben Charlotte hielt. »Schlimmer Berg, *bibi* Johanssen. Dort wohnen Geister von tote Waschamba. Wilde Waschamba, die nicht Jesus Christus folgen, wie wir es tun. Sie haben dort geheimen Ort mit Felsen und Hölzern und Stricken – niemand weiß genau. Dort sie auch ihre Toten hinbringen, damit sie gehen zu den Geistern ihrer Ahnen. Dafür sie tanzen und beten und machen *ngoma,* magische Zeremonie. Aber Berg böse, weil Geister ihm lassen keine Ruhe. Deshalb er wirft mit Stein und Erde, reißt Mann und Frau und Tier hinunter ins Tal, und viele müssen sterben.«

Die Erklärung erschien Charlotte etwas verworren, zumal sie wegen des raschen Rittes und des Regens nicht jedes Wort verstehen konnte. Nach ihrem Unfall hatte sie Johannes Kigobo vorsichtig nach dem Waschamba-Heiligtum ausgefragt, doch er hatte sich damals herausgeredet, er wisse nichts davon. Nun aber hatte der Schrecken seine Zunge gelöst.

Auf dem Hügel, Regen und Wind ungeschützt ausgesetzt, hielten sie an und suchten mit Blicken den Talgrund ab. Felsen und Geröll türmten sich dort unten, in roten Schlamm gebettet, dazwischen ragten zerborstene Stämme großer Zedern und Fichten empor, abgeknickte Äste, zerrissene Baumkronen. Der Berg, von dem sich die Lawine gelöst hatte, schien, abgesehen von ein paar spitzen Felszacken, harmlos und flach, Wurzelenden und abgebrochene Stämme ragten in die Höhe, an vielen Stellen liefen Sturzbäche den Hang hinab, die kleinere Steine und Erde zu Tal spülten.

Es würde schwer werden, nahe genug an den Erdrutsch heranzukommen, weil sich das Tal an dieser Stelle verengte und die Senke fast vollständig mit Schlamm und Geröll gefüllt war. Immer noch strömte der Regen vom Himmel, und wer sich den herabgestürzten Erd- und Felsmassen näherte, musste damit rechnen, dass sie erneut in Bewegung gerieten.

Der Maultierwagen musste oben auf der Kuppe des Hügels warten, den Hang hinunterzufahren wäre viel zu gefährlich gewesen. Klara stand aufrecht im Wagen, hielt sich an den Stäben fest, die die Zeltplane trugen, und starrte voller Entsetzen auf das Inferno unten im Tal. Sie konnte ihren Mann sehen, winzig klein und verletzlich hockte er auf einem Felsstück, ein heller Punkt inmitten dieser grau-roten Schlammhölle. Neben ihm lag der leblose Körper des Mannes, den Peter hatte retten wollen, ganz und gar mit rotem Schlamm verschmiert. Charlotte hatte die Idee, Äste und dünne Stämme als Brücke über den Morast zu schieben, doch sie stellte es den Schwarzen frei, ob sie sich zu diesem gefährlichen Unternehmen bereit erklärten. Keiner weigerte sich – geschickt machten sie sich an die Arbeit. Jonas Sabuni kam als Erster bei Peter Siegel an, doch dieser wollte seinen Posten nicht verlassen, ehe der Verletzte geborgen war.

Sie hatten Glück: Während der Rettungsaktion hörte es endlich auf zu regnen. Zu viert schleppten sie den Bewusstlosen den Hügel hinauf, hoben ihn nicht eben sanft auf den Maultierwagen, und Klara schob die Decken zusammen, um dem Ärmsten ein einigermaßen weiches Lager zu bereiten. Ob er ernsthafte Wunden davongetragen hatte, war nicht zu erkennen, dazu würde man ihn erst einmal waschen müssen, doch er war jetzt bei Bewusstsein und würgte den verschluckten Schlamm heraus.

Peter Siegel zitterte vor Kälte und Erschöpfung, doch er weigerte sich beharrlich, von den Schwarzen getragen zu werden, und humpelte mühsam auf eigenen Füßen den Hang hinauf. Klara umschlang ihren Mann, wobei sie vor Glück schluchzte. Zu Charlottes Erstaunen hatte Peter Siegel noch die Kraft, seine Frau zu trösten, bevor ihm seine Beine endgültig den Dienst versagten. In sich zusammengesunken hockte er sich schließlich unter die Planen und ließ geschehen, dass Klara ihn wie ein Kleinkind in warme Tücher einwickelte.

»Du hast diesem Mann das Leben gerettet, Peter«, stammelte sie ein ums andere Mal. »Fast wärest du selbst dabei umgekommen. O Peter, du bist wahrhaftig ein Held!«

Jetzt, da das Gewitter vorübergezogen war, öffnete sich der Himmel zartblau über ihnen, und die afrikanische Sonne zeigte das Land in harmloser, paradiesischer Schönheit. Wassertröpfchen glitzerten vielfarbig im Blattwerk, in weichen Schleiern stieg der Dunst von Wiesen und Urwäldern empor, aus den Bergtälern quollen weiße Nebelwolken und verhüllten die Gipfel. Zahllose unsichtbare Wesen saugten die Regenfeuchte ein, in den Pfützen bewegte es sich, Wassertropfen rannen von den Blättern, zwischen den Gräsern knisterte und gluckste es. Als die Sonne sank, schien der Himmel wie aus graurotem Marmor, vor dem sich das Wohnhaus der Plantage und das Eukalyptuswäldchen wie schwarze Schattenfiguren abzeichneten.

Peter Siegel stieg ohne fremde Hilfe vom Wagen und half sogar seiner Frau beim Aussteigen, der Unbekannte musste von mehreren Schwarzen heruntergehoben werden. Als seine Füße den Boden berührten, versuchte er angestrengt, sich auf den Beinen zu halten, er wäre jedoch zu Boden gesackt, hätten Johannes Kigobo und Jonas Sabuni ihn nicht von beiden Seiten gestützt. Es war nicht einfach für die beiden Waschamba, die einen guten Kopf kleiner waren als der Fremde.

»Sie haben viel Glück gehabt«, sagte Charlotte. »Sind Ihre Glieder heil geblieben?«

Die rosigen Marmorwolken waren grau geworden; in der einbrechenden Dunkelheit wirkten die Gesichtszüge des Mannes grob und abstoßend. Seine Augen waren rot verschwollen, die Oberlippe eingerissen und blutig. An einigen Stellen war die Lehmschicht auf seiner Gesichtshaut getrocknet und aufgeplatzt, so dass er aussah, als habe er einen schlimmen Sonnenbrand.

»Ich bin in Ordnung, Lady.«

Jeremy Brooks musste sich ziemlich anstrengen, um diese fünf Worte herauszubringen, und kaum hatte er es geschafft, wurde er von einem Hustenanfall geschüttelt. Er musste würgen und spuckte rötlichen Schlamm aus, vermutlich war er eine Weile von der Lawine verschüttet gewesen.

»Großer Gott!«, murmelte Charlotte. »Bringt ihn vorsichtig ins Gästezimmer. Wir müssen ihn erst einmal waschen, dann werde ich mir seine Verletzungen anschauen ...«

Björn Husdahl hatte zwei Anbauten fertigstellen lassen. In dem größeren, mit dessen Bau Charlotte noch begonnen hatte, gab es einen notdürftig eingerichteten Wohnraum, der auch als Büro und Gästezimmer genutzt wurde. Unter dem Dach befand sich ein niedriger Vorratsraum für Mehl, Zucker, Getreide und andere Dinge, welche vor den Ratten sicher aufbewahrt werden mussten. Der zweite Anbau war kleiner und diente als Wirtschaftsraum.

Jeremy Brooks schien es vollkommen gleichgültig zu sein, was man mit ihm anstellen wollte, als die Schwarzen ihn über den Hof schleppten, gab er keinen einzigen Laut von sich. Charlotte überließ ihn vorerst der Fürsorge ihrer Angestellten und zog sich trockene Kleider an, danach wollte sie im ersten Stock bei Klara und Peter nach dem Rechten sehen, doch als sie sich der Zimmertür näherte, hörte sie Wasser plätschern und zögerte. Martha Mukea trat mit einem leeren Eimer aus dem Zimmer und grinste Charlotte verschmitzt an.

»*Bibi* Siegel hat weiße Tuch aufgespannt, damit Martha Mukea nicht sehen kann, wie nackte *bwana* Siegel sitzt in Blechwanne mit warme Wasser. *Bibi* Siegel hat Lappen und wäscht *bwana* sauber von Erde.«

»Gut, Martha Mukea. Dann bring noch zwei Eimer Wasser hinüber ins Gästezimmer, Schammi soll *bwana* Jeremy waschen.«

Martha Mukea entfernte sich eilig, noch immer grinsend. Charlotte lauschte kurz auf das Plätschern hinter der Zimmertür und stellte sich vor, wie Klara, die so sittsam und schamhaft war, ihrem Mann den Rücken wusch. Es musste ein merkwürdiger Anblick sein, wie Peter Siegel in der blechernen Kinderbadewanne kauerte, die Erdmute Krüger ihnen für den kleinen Sammi überlassen hatte.

Sie lief wieder hinunter, um die Hausapotheke zu holen, eine kleine Kiste, in der sie Verbände, Fieberthermometer, Pinzetten, Salben und Tinkturen gegen allerlei Krankheiten aufbewahrte. Wie ärgerlich, dass George nicht hier war, er hätte natürlich besser gewusst, was zu tun war. Simba, der auf dem Boden lag und sein nasses Fell trocknen ließ, beschnüffelte die Kiste und beschloss, Charlotte zu begleiten. Mit dieser Kiste lief sein Frauchen meist hinüber zu den Arbeiterwohnungen, und er war der Meinung, dass sie dort auf jeden Fall seinen Schutz brauchte. Doch als er sich aufrappelte, rief Charlotte: »Bleib hier, Simba! Du bist ganz nass und müffelst fürchterlich!«

Er hörte nicht auf sie und trottete hinter ihr her. Als sie die Zwischentür zum Anbau öffnete, setzte er sich abrupt hin und knurrte leise.

»Hau endlich ab!«, hörte sie eine keuchende Stimme aus dem Gästezimmer. »Geh weg von mir! Wasch dich selbst, Neger!«

Vorsichtig schob sie die Tür einen Spalt breit auf und lugte hindurch. Jeremy Brooks saß vollkommen unbekleidet auf dem Gästebett. Offenbar ging es ihm besser, denn er hatte den Arm zum Wurf erhoben. Welches Geschoss er von sich schleudern wollte, konnte sie nicht erkennen. *»Bibi* Charlotte hat befohlen, ich muss *bwana* Brooks mit Wasser waschen …«, hörte sie Schammi lamentieren.

Das Wurfgeschoss war ein nasser Lappen gewesen, erkannte Charlotte jetzt. Schammi klaubte ihn vom Boden auf und tauchte ihn erneut in den Eimer.

»Wo ist mein Gepäck?«

»Schammi hat gebracht trockene Hose und Jacke für *bwana*. Hat gebracht Hemd und Schuhe und auch …«

»Zum Teufel damit!« Jeremy ließ sich erschöpft aufs Bett zurückfallen. Eigentlich hätte Charlotte nun leise die Tür schließen und danach energisch anklopfen müssen, um dem jungen Mann Zeit zu geben, sich zu bedecken, doch sie tat es nicht, sondern verharrte weiter reglos am Türspalt. Er war schön, dieser lästige, aufmüpfige Bursche. Von den blauen Flecken und Hautabschürfungen einmal abgesehen, war sein nackter Körper in vollkommener Harmonie, jeder Muskel, jede Sehne im rechten Maß, als habe ein Künstler lange geübt, um ein solch ausgewogenes Bild zu schaffen. Sogar jene Körperstelle, die Charlotte bei einem Mann bisher immer als hässlich empfunden hatte, erschien ihr nun anziehend, von rötlichem Flaum umwölkt und in unschuldiger Zartheit. Das schöne Bild wurde allerdings dadurch getrübt, dass Jeremy weder Gesicht noch Kopfhaar gereinigt hatte, das ihm in lehmverkrusteten Strähnen vom Kopf abstand.

»Bring die Blechkiste herbei, hörst du?«, keuchte er nun und versuchte, sich wieder zum Sitzen aufzurichten.

»*Bibi* Charlotte hat das nicht befohlen. Schammi soll Wasser holen und waschen helfen, trockene Kleider bringen …«

»Wo sind meine Sachen?«, donnerte der Engländer erneut.

»Bei Pferden und Maultieren im Stall«, erwiderte Schammi ungerührt.

»Auch die Blechkiste?«

»Viele Rollen und Bündel und auch Blechkiste.«

Jeremy stützte sich mit dem linken Arm auf, und Charlotte sah, wie sich sein Zwerchfell heftig hob und senkte. Beschwörend streckte er einen Arm nach Schammi aus. »Hör zu, Bursche. Bring mir die Kiste her, dann will ich dir etwas daraus schenken.«

Schammi stand immer noch über den Wassereimer gebeugt und hielt den ausgewrungenen Lappen in den Händen. Charlotte konnte sein Profil sehen, er blickte aufmerksam zu Jeremy hinüber. Schammi war neugierig, natürlich.

»Was ist darin, *bwana* Brooks?«

»Du wirst staunen! Los, mach schon.«

»Bwana wird armen Schammi nicht betrügen?«

»Ich sage die Wahrheit.«

»Aber Kiste ist schwer …«

Jeremy stöhnte und ließ den ausgestreckten Arm sinken. Er murmelte einen finsteren englischen Fluch. Schammi, der verschiedenen indischen Herren gedient hatte, schien die Worte zumindest teilweise zu verstehen.

»Nicht schlimme Dinge beschwören, *bwana.* Schammi will gehorchen.«

Er öffnete die Tür zum Hof und streckte vorsichtig den Kopf hinaus, stellte fest, dass der Boden immer noch morastig und voller Pfützen war, und verzog unwillig das Gesicht. Der junge Mann war stolz auf seinen langen weißen Kaftan und hielt ihn makellos sauber, vermutlich hätte er den Auftrag gern an Johannes Kigobo oder besser noch Jonas Sabuni weitergegeben, aber dann hätte er das Geschenk mit ihnen teilen müssen.

»Nun geh schon«, knurrte der Engländer von seinem Lager herüber. »Von selbst kommt die Kiste nicht gelaufen!«

Schammi glitt hinaus in die Dunkelheit. Gleich darauf flammte im Hof das Licht einer kleinen Handlaterne auf und entfernte sich langsam. Jeremy lag reglos auf seinem Bett und wartete. Lautlos schob Charlotte die Tür Millimeter um Millimeter zu, aber das verflixte Holz musste genau in dem Augenblick, in dem die Klinke einrastete, ein verräterisches Knarren von sich geben. Hatte er es gehört? Und wenn schon – schließlich war dies ihr Haus und ihre Plantage, sie hatte das Recht, jegliche Tür zu öffnen und zu schließen, wann immer es ihr gefiel.

Sie erwischte Schammi im Hof, die Laterne und den Saum des hellen Gewands in der einen Hand, mit der anderen stützte er die Kiste auf seinem Rücken ab. Offenbar waren die Narben auf seinem Rücken wohl doch nicht so empfindlich, wie er stets jammernd behauptete.

»Was ist das?«, fragte sie streng.

Gebückt vor ihr, den Kopf angehoben, um die so plötzlich vor ihm erschienene *bibi* Charlotte besser sehen zu können, sagte er: »Gepäck von *bwana* Brooks … Er hat befohlen, dass Schammi schwere Kiste holt …«

»Bring sie zurück in den Stall.«

»Aber …«

»Tu, was ich sage, Schammi! Und lass dich nicht noch einmal überreden!«

Schweigend gehorchte er, und sie spürte, wie groß seine Enttäuschung war. Jeremy Brooks würde sich seinen verdammten Whisky selbst holen müssen, sobald er einigermaßen wieder auf den Beinen war. Die Flaschen gehörten ihm, daran war nicht zu rütteln, und obgleich sie große Lust verspürte, ihren Inhalt in den Teich zu kippen, würde sie sie doch nicht anrühren. Schließlich war sie weder seine Mutter noch seine Schwester, er musste selbst wissen, ob er sich zu Tode saufen wollte oder nicht. Aber sie würde nach Kräften verhindern, dass er das Zeug an ihre Angestellten weitergab.

Zufrieden begab sie sich wieder ins Haus und ordnete an, dass man dem Verletzten Hühnerfleisch mit Currysoße, Bananenkompott, Gerstenbrot und ein Stück von dem selbst hergestellten Käse brachte. Dazu einen Krug Zitronenlimonade und einen herzlichen Gruß von *bibi* Johanssen. Sie käme morgen früh vorbei, um nach seinen Verletzungen zu schauen und ihn zu verbinden. Allerdings nur, wenn er sich vorher gewaschen habe.

Charlotte war nie eine Langschläferin gewesen. Hier auf der Plantage erwachte sie stets gegen halb sechs, kurz vor Morgengrauen, und sie hatte keine Ahnung, ob das beginnende Licht, die Hahnenschreie oder ihre innere Uhr dafür sorgten. An diesem Morgen allerdings brauchte niemand auf der Plantage einen Wecker – ein kräftiges Gewitter ging über dem Gebirge nieder, das den ohnehin noch feuchten Hof erneut in eine Seenlandschaft verwandelte. Charlotte schickte Johannes Kigobo und den alten Kerefu trotz des Regens hinaus, um die verstopften Rinnen neu auszugraben, sonst hätte die Sintflut die Schwelle des Wohnhauses überstiegen, anstatt über die Wiesen in den Teich abzulaufen.

Sie dachte an ihre Kaffeeblüten, die sich jetzt hoffentlich öffneten, und beschloss, hinüber zu den Pflanzungen zu reiten, sobald der Regen nachgelassen hatte. Sie würde den Duft schon aus der Ferne wahrnehmen können, süß und lieblich wie Jasmin rochen die weißen Blüten, und wenn sie alle aufgeblüht waren, bedeckten sie die oberen Zweige der kleinen Bäumchen wie watteweicher Schnee.

Klara und Peter ließen sich heute Zeit mit dem Aufstehen, also begann Charlotte allein zu frühstücken, blätterte in einer alten Zeitschrift und hing trüben Gedanken nach. Wie sie schon befürchtet hatte, war ein guter Verwalter auf die Schnelle schwer zu finden. Die beiden Männer, die sich in der vergangenen Woche auf ihre Anzeige hin gemeldet hatten, waren ihr nicht gerade vertrauenerweckend erschienen, und nun, da ständig Gewitterregen herunterkamen, würde der Zustrom an Bewerbern auch nicht größer werden. Vielleicht hatte George recht – sie erwartete zu viel, hatte feste Vorstellungen davon, wie diese Plantage zu leiten war, und hätte es am liebsten selbst getan. Seufzend lehnte sie sich im Stuhl zurück und schob Simbas Kopf von ihrem Schoß – seit George nicht mehr da war, hatte der Hund angefangen, bei Tisch zu betteln.

Es ist jetzt gleich, dachte sie. Den Nächsten, der einigermaßen geeignet ist und sich mit Klara und Peter versteht, werde ich einstellen.

Langsam ärgerte sie sich darüber, dass Klara und Peter sie so lange warten ließen. Gewiss, Peter hatte gestern ein schreckliches Erlebnis gehabt, aber er war am Abend recht munter gewesen, und es war absolut unnötig, dass er heute den halben Tag verschlief. Schon wollte sie Schammi hinaufschicken, um nachzufragen, ob jemand krank sei, da begriff sie, wie lächerlich sie sich benahm. War sie auf die Zweisamkeit der beiden eifersüchtig, weil sie selbst sich so allein fühlte? Weil George ihr so sehr fehlte?

»Schau, ob *bwana* Brooks schon wach ist«, befahl sie Schammi stattdessen.

Schammi blinzelte sie vorwurfsvoll an.

»*Bwana* Brooks ist schon lange wach, *bibi* Charlotte. Ist wie Geist im Dunklen über den Hof geschlichen, hat nicht Angst vor Blitz und Donner. Ist in den Stall geschlüpft. Hat Kiste geholt und hinüber in Gästezimmer getragen …«

Das hätte sie sich ja denken können. Sie schnaubte ärgerlich und sah prüfend in Schammis bedrückte Miene.

»Du hast ihm nicht zufällig dabei geholfen?«

Ihr Schützling riss voller Empörung die Augen auf und versicherte ihr, die Blechkiste nicht einmal berührt zu haben. Sie sei schon im Gästezimmer gewesen, als *bwana* Jeremy ihn zu sich rief und nach frischem Wasser, Seife und einem Handtuch verlangte.

Er hatte sich also gewaschen und angezogen. Immerhin. Dafür hatte er sich vermutlich die Zähne mit Whisky geputzt, und das reichlich. Sie würde ihn warten lassen, schlimme Verletzungen hatte er ohnehin nicht, nur ein paar Hautabschürfungen, soweit sie gesehen hatte. Im Grunde wäre ihr Besuch überflüssig – doch sie hatte große Lust, ihm die Leviten zu lesen, weil er versucht hatte, Schammi zum Schnapstrinken zu verführen.

Nun endlich drangen Geräusche aus dem oberen Stockwerk. Der kleine Samuel weinte – vermutlich zog Klara ihm das Hemd an. Peter Siegel rief energisch nach Martha Mukea, dann hörte man seine Schritte auf der Stiege.

Er wünschte Charlotte einen gesegneten Morgen und rieb sich fröstelnd die Hände, bevor er sich zu ihr an den Tisch setzte. Ein zaghafter Sonnenstrahl ließ die Pfützen im Hof aufblitzen – das Morgengewitter hatte sich verzogen.

»Es tut mir leid, dass wir zu spät zum Frühstück kommen«, entschuldigte er sich und goss sich Kaffee ein.

»Keine Ursache, Peter. Sag mir lieber, wie es dir geht.«

Es ging ihm ausgezeichnet, er war sogar zum Plaudern aufgelegt. Lächelnd hielt er die Kaffeetasse mit beiden Händen fest und sah versonnen in den sonnenglitzernden Hof, während er von Gottes unendlicher Güte redete, die den Menschen gerade dann vor dem Tode bewahrte, wenn es keine Hilfe mehr zu geben schien. Draußen staksten jetzt schon die ersten braunen Ziegen durch die Pfützen und streckten die Hälse zum Küchenfenster hinein, wo sie auf Gemüseschalen und Obstreste hofften.

»Ich glaube fest daran, dass ich dieses Werk vollenden muss, Charlotte. Was gestern geschah, war ein Beweis der göttlichen Gnade, für die wir dem Herrn Dank schulden. Wie könnte man diesen Dank besser ausdrücken als mit einem Bauwerk, das in der afrikanischen Wildnis ein Zeichen für Jesus Christus setzt. Eine Kapelle …«

»Der Briefträger!«, rief Charlotte dazwischen. »Du meine

Güte, wie nass der arme Bursche ist. Schammi! Sag in der Küche Bescheid und leg trockene Sachen zurecht.«

Stirnrunzelnd blickte Peter Siegel zum Fenster hinaus, trank resigniert einen Schluck Kaffee und hob sich seine Rede für die nächste Gelegenheit auf.

Der uniformierte schwarze Postangestellte war von seinem Maultier abgestiegen, um das Eingangsgatter der Plantage aufzuschieben, jetzt führte er es geduldig über den regenüberfluteten Weg zum Wohnhaus hinüber. Ein zweites Maultier, mit dem anderen durch ein Seil verbunden, zockelte hinterher, es trug den wasserdichten Postsack mit dem Aufdruck der Kaiserlichen Deutschen Post. Obgleich Maultiere, Postsack und Uniform des Briefträgers vor Feuchtigkeit dampften, grinste der Schwarze über das ganze Gesicht, als er vor dem Wohnhaus aus dem Sattel stieg. Er war sehr stolz auf seine Stellung und erzählte jedes Mal, wenn er nach Neu-Kronau kam, dass er schon sieben Jahre für die Deutschen arbeite und dafür zwei bunte Schulterstreifen an seiner Uniform erhalten habe – eine große Ehre. Mit jedem Streifen steige sein Lohn, in zwei Jahren könne er eine größere Hütte bauen und sich eine zweite Frau nehmen. Danach vielleicht noch eine dritte – aber nur, wenn die Frauen sich untereinander vertrügen, denn nichts sei schlimmer für einen Mann als streitende, keifende Weiber. Klara hatte ihm erklärt, ein Christ habe nur eine einzige Ehefrau, doch der Briefträger war Moslem und hatte das Lesen auf einer muslimischen Schule in Tanga gelernt.

Er ließ es sich nicht nehmen, der Plantagenherrin die Post höchstpersönlich auszuhändigen, und plauderte ein Weilchen mit ihr über die Nachbarn, die neue Poststation in Wilhelmsthal und den Gasthof dort, in dem wieder einmal zwei Weiße abgestiegen seien, die hier in den Usambara-Bergen mit kleinen Hämmerchen nach wertvollen Steinen und nach Gold suchen wollten. Danach begab er sich in die Küche, wo er von den Hausangestellten verköstigt wurde. Die trockenen Kleider lehnte er ab – es ging nicht, dass er ohne seine Uniform Dienst tat, lieber lief er in den nassen Sachen herum.

Peter Siegel hatte schon einmal die Briefe durchgesehen und enttäuscht festgestellt, dass sie alle an Charlotte gerichtet waren, also schob er ihr den Stapel hinüber, um sich den drei Zeitungen zuzuwenden. Sie hatte den gut gefüllten Umschlag aus Daressalam längst entdeckt und riss ihn erwartungsvoll auf. Er stammte von George.

Ein kleinerer, verschlossener Umschlag kam zum Vorschein, dazu ein Bündel Manuskripte, die Georges enge gleichmäßige Schrift trugen. Und nicht zuletzt ein Brief.

Meine Geliebte,
wenn ich abends an meinem Schreibtisch sitze, erinnere ich mich oft an längst vergangene Zeiten in Kairo, als ein junger Arzt seine ersten, ungeschickten Sätze niederschrieb, um sie an ein kleines Mädchen nach Ostfriesland zu schicken. Ach, ich weiß – Du warst damals längst kein kleines Mädchen mehr, sondern eine respektable Ehefrau, aber in meiner Erinnerung warst Du noch das schmale Kind mit den goldblitzenden Augen, dem ich am Plytenberg allerlei verrückte Dinge erzählt hatte. Und wie eine begeisterte Fünfzehnjährige hast Du auf meine albernen Briefe geantwortet, ohne zu ahnen, wie sehr Du mir damit ans Herz gewachsen bist. Lach mich nicht aus, mein Schatz – ich verbringe die Abende keineswegs nur damit, von alten Zeiten zu träumen. Wie Du siehst, habe ich bereits fleißig geschrieben, außerdem hält mich Elisabeth in Atem, die ihr Interesse für die Medizin entdeckt hat. Ich habe ihr einige Bücher gekauft, die sie zwar ohne System, aber mit großer Neugier durchforstet, um den armen George anschließend mit Fragen zu löchern. Sie hat eine gute Auffassungsgabe, ein vorzügliches Gedächtnis

und ungeheuer viel Phantasie – eine anstrengende Mischung. Nun will sie mich in die Klinik begleiten, was ich natürlich ablehne, Du weißt, warum.
Was das beiliegende Schreiben anbelangt, so wurde es vor zwei Tagen von einem Boten in die Villa gebracht, und es bedurfte einiger Überredungskunst, um glaubhaft zu machen, dass ich erstens der Ehemann der Charlotte Johanssen bin und zweitens gewillt, ihr den Umschlag so bald wie möglich auszuhändigen. Was mit dieser Post nun geschieht.
Ich werde wohl noch eine Weile von Dir träumen müssen, denn ich fürchte, dass bisher kein Verwalter Deinem kritischen Blick standhalten konnte. Lass Dir nur Zeit, mein Liebes, und löse diese Aufgabe so, dass Du mit Dir zufrieden sein kannst. Wenn Du dann wieder bei uns bist, wirst Du eine großartige Photographie-Ausstellung in unserem Wohnzimmer vorfinden – ich habe alle Deine Bilder entwickelt und werde die Künstlerin um Erlaubnis bitten, einige ihrer Werke für mein nächstes Buch zu verwenden.
Sofern Du ein wenig Zeit erübrigen kannst – schreibe uns. Elisabeth sendet Dir viele tausend Grüße und Küsse, einen Teil davon darfst Du an Klara, Sammi und Peter Siegel weitergeben. Der Schreiber dieser Zeilen weigert sich, solche Zärtlichkeiten auf postalischem Wege auszusenden, er wird sie alle aufheben, um sie Dir mündlich zu übermitteln, sobald Du wieder bei uns bist.
George

Sie musste sich zusammennehmen, um die Tränen zu unterdrücken, die ihr in die Augen steigen wollten. Ach, weshalb hatte sie sich nur diese Plantage ans Bein gebunden? Weshalb konnte sie jetzt nicht einfach hinunter nach Mombo reiten, in die Usambara-Bahn steigen und zu George und Elisabeth fahren?

»Weißt du, Charlotte …«, sagte Peter Siegel und räusperte sich. »Es geht mir jetzt viel besser – wenn du Heimweh nach deiner Familie hast, dann könnte auch ich die Leitung der Plantage übernehmen. Gott wird mich leiten und mir beistehen, diese Aufgabe in der rechten Weise zu erfüllen. Zumindest solange sich kein passender Verwalter gefunden hat …«

Sie war gerührt. Er hatte ihr den Kummer also angesehen und wollte ihr helfen. Peter Siegel mochte ein schwieriger, in sich zerrissener Mensch sein, aber er hatte einen guten Kern.

»Das ist lieb von dir, Peter«, sagte sie lächelnd und fasste seine Hand. »Aber ich bin mir sicher, dass wir sehr bald jemanden finden werden.«

Peter Siegel als Leiter der Plantage – das war einfach nicht auszudenken. Lieber blieb sie noch ein paar Wochen, auch wenn es ihr schwerfiel. Entschlossen legte sie Georges Manuskripte zur Seite, um sie am Abend in aller Ruhe durchzuarbeiten, und nahm sich den verschlossenen Umschlag vor. Der Absender war ein gewisser Dr. Walther Niebauer, Rechtsanwalt und Notar in Daressalam, ein Mann, von dem sie noch nie zuvor gehört hatte. Ein Brief kam zum Vorschein, dazu ein weiterer Umschlag, auf dem ihr Name geschrieben stand. Sie erkannte Kamal Singhs Handschrift, und eine böse Vorahnung überkam sie, dass etwas Schlimmes geschehen war. In dem Umschlag fanden sich eine kolorierte Zeichnung und eine kurze Zeitungsnotiz, die schon ziemlich alt sein musste, denn das Papier war fast braun. Kopfschüttelnd besah sie sich die Zeichnung – es handelte sich um die Abbildung einer schwarzhaarigen, jungen Frau in einem altmodischen hellblauen Rüschenkleid. Sie trug das Haar streng zurückgebunden, ihre Augen waren hellbraun, der Mund sehr weich und kindlich. Charlotte versuchte gar nicht erst, den verblassten Zeitungsartikel zu entziffern, sondern wandte sich gleich dem Schreiben zu.

Sehr geehrte Frau Charlotte Johanssen,
in meiner Eigenschaft als Notar teile ich Ihnen mit, dass die Testamentseröffnung des verblichenen Kamal Singh am Mittwoch, dem 5. Mai um 2 Uhr nachmittags in seinem Haus in Tanga erfolgen wird.
In der Anlage erhalten Sie einen verschlossenen Umschlag, den der Verstorbene vor seiner Abreise nach Indien bei mir hinterlegt hat. Er bat mich, ihn im Falle seines Todes noch vor der Testamentseröffnung an Sie auszuhändigen.
Mit freundlichem Gruß
Dr. Walther Niebauer
Rechtsanwalt und Notar
Berlin – Daressalam

Kamal Singh war tot! Das rätselhafte Schreiben im Januar war die letzte Nachricht gewesen, die sie von ihm erhalten hatte. Ganz unerwartet liefen ihr nun doch die Tränen über die Wangen. Er war ein seltsam unbegreiflicher Mensch gewesen, doch ganz offensichtlich hatte er aus irgendeinem Grund an ihr gehangen. Ach, er würde ihr fehlen, jetzt bereute sie, die vielen Briefe, die er ihr während der vergangenen Monate geschrieben hatte, nur oberflächlich beantwortet zu haben. Nicht einmal zu einem Besuch hatte sie sich durchringen können, und nun war es zu spät.

»Gott sei seiner armen Seele gnädig«, meinte Peter Siegel, dem sie das Schreiben hinüberschob. »Er hat sein Leben lang geschachert und gerafft – aber Jesus Christus ist für alle Sünder gestorben, also auch für ihn.«

In diesem Augenblick trat Klara ins Zimmer, gefolgt von Martha Mukea, die den kleinen Samuel auf dem Arm trug. Seine Herzensfreundin Ontulwe musste im Flur warten, bis Sammi sein Frühstück gegessen hatte, dann erst durften die beiden unter Martha Mukeas Aufsicht miteinander spielen.

Ob Klara ihrem Sprössling allerdings erlauben würde, einen Matschhügel im Hof zu bauen, war fraglich.

»Ach, Charlotte, es tut mir leid. Wir sind solche Langschläfer. Aber zum Glück ist die Post gekommen, da warst du ja beschäftigt. Martha Mukea, du solltest doch die drei Hemdchen waschen, die ich für Sammi genäht habe. Sitz still, mein Kleiner, du musst jetzt erst deinen Brei essen. Sprich doch bitte das Tischgebet, Peter, damit wir anfangen können, er ist so furchtbar zappelig, es muss an diesen vielen Gewittern liegen, sie ängstigen ihn …«

Charlotte, die bereits gefrühstückt hatte, sprach das Tischgebet trotzdem mit und verschwieg Klara, dass ihr frommer Ehemann bereits eine Tasse Kaffee zu sich genommen hatte, ohne zuvor ein Gebet zu sprechen. Stattdessen erhob sie sich, um ans Fenster zu treten. Vielleicht ließ sich dieser Zeitungsfetzen bei hellerem Licht leichter entziffern.

Tatsächlich. Jetzt sah sie auch, dass jemand mit feinem Bleistift einige Worte an den Rand notiert hatte.

Times of India. November 11th, 1869

Großer Gott. Kein Wunder, dass das Papier schon so brüchig war, diese kleine Notiz war vierzig Jahre alt. Was mochte Kamal Singh wohl bewogen haben, ihr diese merkwürdigen Dinge zukommen zu lassen?

Diebisches Personal
Am vergangenen Wochenende drang ein Dieb in das Landhaus des Bezirksrichters Charles Lindley ein und erbeutete unter anderem einen wertvollen Bilderrahmen aus reinem Sterlingsilber, der auf dem privaten Schreibtisch des Bezirksrichters gestanden hatte. Der Tat dringend verdächtig ist ein ehemaliger Diener indischer Nationalität, welcher von Lindley verschiedener Vorkommnisse wegen bestraft und entlassen worden war.

Charles Lindley?

Hinter ihr klapperte Sammi mit dem Löffel auf dem Tellerrand, Klara redete ihrem Sohn zu, doch nur ein klein wenig von dem guten Brei mit Honig zu essen. Peter Siegel mischte sich ein und warf Klara vor, viel zu nachgiebig zu sein, es sei höchste Zeit, dass der Junge lerne, den Eltern zu gehorchen.

Charlotte starrte auf den Papierfetzen in ihrer Hand – hatte sie sich verlesen? Hieß dieser Bezirksrichter tatsächlich Charles Lindley? »Was ist das für ein Zettel, auf den du die ganze Zeit starrst, Lotte?«

»Nur ein Artikel aus einer alten Zeitung, Klara.«

»Ach, und was steht drin?«

Charlotte antwortete nicht. Emily Lindley war der Mädchenname ihrer Mutter gewesen. der Tochter eines britischen Beamten und einer Inderin, doch Charlotte hatte keine Ahnung, wie ihre Großeltern mit Vornamen hießen oder ob ihr Großvater Bezirksrichter gewesen war. Dieses Unwissen hatte sie ihrer Großmutter väterlicherseits, Grete Dirksen aus Leer, zu verdanken. Nach dem Schiffsuntergang, bei dem Charlottes Eltern und ihr kleiner Bruder zu Tode kamen, hatten die indischen Großeltern nach Leer geschrieben und gebeten, die Enkeltochter großziehen zu dürfen. Aber da kannten sie Grete Dirksen schlecht – niemand auf der Welt hätte es fertiggebracht, ihr eines ihrer Kinder oder Enkel zu nehmen. Sie hatte den Brief im Küchenherd verbrannt und die Namen der ungeliebten indischen Sippe damit ein für alle Mal ausgelöscht.

»Und was ist das für eine hübsche Zeichnung?«, ließ Klara nicht locker. »Wen stellt sie dar?«

»Keine Ahnung. Hast du den Brief gelesen? Kamal Singh ist gestorben.«

»O mein Gott!«

Peter Siegel bemerkte, dass der Inder Charlotte ganz offensichtlich etwas vermacht habe, sonst würde man sie nicht zur Testamentseröffnung einladen.

»Vielleicht hat er dir Geld hinterlassen?«, mutmaßte Klara aufgeregt. »Oder eines seiner Häuser. Du liebe Güte – am Ende sogar die wunderschöne Villa in Tanga, von der du erzählt hast.«

»Er hat seinen Reichtum mit Betrügereien erworben, Klara. An Charlottes Stelle würde ich eine solche Erbschaft ausschlagen.«

»Am fünften Mai? Das ist ja schon nächste Woche …«

Charlotte besah sich noch einmal die Zeichnung und versuchte, jede Einzelheit zu erfassen: die dunkel geschwungenen Brauen, die Farbe der Augen, die mit dem Kleid harmonierte, die schmalen Wangen, das zarte, ein wenig spitze Kinn … Ihre Gedanken rasten. Ein diebischer Diener, der bestraft und entlassen wurde. Der zurückkehrte, um einen Bilderrahmen zu stehlen. Einen silbernen Rahmen, der auf dem Schreibtisch des Bezirksrichters gestanden hatte. Ganz sicher war der Rahmen nicht leer gewesen, was sich wohl darin befunden hatte? Ein Bildnis von Königin Viktoria? Ein Porträt der Ehefrau des Bezirksrichters? Eine Zeichnung seiner Tochter?

Hatte Charles Lindley eine Tochter? Wenn ja, hieß sie vielleicht Emily? Emily Lindley, die sich in den deutschen Kapitän Ernst Dirksen verliebte. Stellte die Zeichnung Emily Lindley dar? Charlottes Mutter?

Hatte ihre Mutter solche Augen gehabt? Ach, sie war doch erst zehn Jahre alt gewesen, als die Mutter starb, sie konnte sich nicht erinnern. Und auf der alten Photographie in Leer hatte man ihr Gesicht schon damals kaum erkennen können.

Wenn diese Zeichnung tatsächlich Emily Lindley darstellte – wie kam sie dann in Kamal Singhs Hände? War er selbst jener Dieb gewesen? Hatte er die verräterische Zeichnung aus dem silbernen Rahmen genommen, bevor er ihn verkaufte? Warum aber hatte er dieses Bild all die Jahre aufgehoben?

Ein lauter Schlag, gefolgt von einem Klirren, riss sie aus ihren Grübeleien. Klaras Sohn hatte seine Breischüssel versehentlich vom Tisch gestoßen, sie war am Boden zerschellt, und der Inhalt wurde von Simba unter behaglichem Schmatzen vertilgt.

»Nun lass ihn doch endlich gehen – er mag eben noch nichts essen, Klara«, platzte Charlotte heraus. »Dieses Theater jeden Morgen muss doch nicht sein.«

»Bitte, Charlotte – das ist unsere Sache!«

Klara schlug die Augen nieder. Sie und ihr Mann waren der Meinung, dass ein Kind stets seinen Teller leer zu essen hatte, eigentlich hätte man dem ungehorsamen Bürschlein jetzt eine neue Schale mit Brei vorsetzen müssen.

Charlotte sah ein, dass sie zu weit gegangen war. Sie steckte Zeichnung und Zeitungsnotiz wieder in den Umschlag, faltete den Brief des Anwalts zusammen und legte alles auf die Kommode, um später darüber zu entscheiden.

Die Hausapotheke unter dem Arm, marschierte sie durch den Flur und klopfte energisch an die Zwischentür.

»Mr Brooks? Sind Sie wach?«

Keine Antwort. Charlotte seufzte tief. Anscheinend tat der Whisky seine Wirkung. Energisch schlug sie mit der Faust gegen die Tür, zweimal, dreimal, dann begann Simba empört zu kläffen.

»Mr Brooks?«

Immer noch kam keine Antwort.

Vorsichtig schob sie die Tür ein wenig auf und lugte durch den Spalt. Das Lager war ein Durcheinander aus Kissen, Laken und der zerknautschten Wolldecke.

»Jeremy? Jeremy Brooks?«

Er war fort, nichts von ihm war geblieben als fünf noch

versiegelte Flaschen, gefüllt mit dem Gold der Highlands. Er hatte sie auf dem Tisch im Halbrund aufgestellt und einen Zettel dazugelegt.

Für die Herrin der Plantage zur äußeren oder inneren Anwendung.
In Dankbarkeit
Jeremy Brooks

Wie jeden Morgen teilte Charlotte ihre schwarzen Arbeiter zu bestimmten Aufgaben ein, erklärte genau, was zu tun war, und kümmerte sich darum, dass sie die richtigen Werkzeuge mitnahmen. Das Ganze war eine langwierige Angelegenheit, die durch Schammis pingelige Art nicht gerade vereinfacht wurde, auf der anderen Seite war sie froh, dass er die Marken und das Tagesgeld nur nach genauer Prüfung herausgab. Als endlich alle davongezogen waren, ließ sie sich ein Maultier satteln und ritt davon, ohne einen ihrer schwarzen Angestellten mitzunehmen. Weit würde sie sowieso nicht kommen, dazu waren die Wege viel zu schlecht, aber sie wollte wenigstens einige der Kaffeepflanzungen in Augenschein nehmen, nach den Gemüseäckern sehen und bei den Arbeiterwohnungen vorbeischauen. Außerdem brauchte sie Zeit zum Nachdenken.

Sie liebte diese Ausritte über ihre Plantage, die sie nur ungern anderen überließ, da sie am liebsten selbst wissen wollte, wie es überall stand. George hatte einmal lächelnd bemerkt, sie gleiche in diesem Punkt ihrer Großmutter in Leer, die täglich mit Hacke und Spaten durch ihren Gemüsegarten ging. Ach, George, der zu allem immer einen ironischen Kommentar bereithielt! Was er wohl zu diesem seltsamen Burschen Jeremy Brooks gesagt hätte, der bei stockfinsterer Nacht und Gewitterregen eine Kiste Whisky aus dem Stall schleppte, um ihr fünf Flaschen davon zu überlassen? Ob das am Ende sein gesamter Vorrat gewesen war? Nun, wie auch immer, er hatte es zum dritten Mal geschafft, sie mit einem Geschenk gründlich zu verärgern.

Sie stieß dem Maultier die Fersen in die Seiten und spürte, wie das aufspritzende Pfützenwasser ihre Hosenbeine sprenkelte. Simba rannte neben ihr her, sah immer wieder zu seinem Frauchen auf und schien den Ausflug genau wie sie selbst zu genießen. Drüben am Teich schwirrten feuerrote Libellen über die Wasserfläche, gelbe und weiße Schmetterlinge flogen taumelnd über die Wiesen, auf die vor einer halben Stunde noch der tropische Platzregen niedergegangen war. Die Berge waren nebelumwölkt, doch an den Hängen rissen die Schleier hie und da auf, die ersten zaghaften Sonnenstrahlen brachten das feuchte Glimmergestein zum Glitzern. Farn wuchs in dichten Büscheln, einsame Urwaldriesen, die von den Blitzen verschont geblieben waren, ragten in die Höhe, auf schrundigem Fels gediehen blühende Büsche. An den steilen Hängen im Westen konnte sie sogar die hellen Bänder der Wasserfälle erkennen, weiter hinten verloren Berge und Gipfel mehr und mehr ihre Konturen und wurden zu grauen Schattengebilden.

Der Regen machte die Weiden fett und ließ allerlei Kräuter und Blüten an den Wegrändern wachsen, leider schoss auf den Äckern auch das Unkraut aus dem Boden. Bei den Kartoffeln und zwischen den jungen Maispflanzen waren ihre Schwarzen schon an der Arbeit, man hörte ihre rhythmischen Wechselgesänge, nach denen sie die Hacken schwangen. Charlotte stieg ab und vergewisserte sich, dass keine Schädlinge am Kartoffelkraut waren, die Sisalpflanzen würde sie heute gar nicht anschauen, sie konnte nur hoffen, dass sie in der Nässe keinen allzugroßen Schaden nahmen. Und die Kaffeeblüten? Sie sog tief die Luft ein, doch außer dem Duft der feuchten Erde konnte sie nur den Geruch blühender Akazien wahrnehmen. Drüben bei den Viehweiden gab es einen kleinen Akazienhain, vermutlich wehte der Wind den Duft zu ihr herüber.

Sie ritt auf einen flachen Hügel, um die Pflanzungen der Arbeiter besser sehen zu können. Jede Familie hatte eine bestimmte Parzelle Land erhalten, die von den Frauen mit Mais, Bananen, Hirse, Maniok und Bohnen bepflanzt wurde. Tatsächlich sah sie die schwarzen Frauen und Mädchen eifrig in den Gärten arbeiten und schüttelte lächelnd den Kopf über die Afrikaner, die keine abgezirkelten Beete wie die Deutschen anlegten, sondern die Pflanzen in fröhlicher Eintracht durcheinanderwachsen ließen. Eine Weile musste sie auf Simba warten, der den Bau eines kleinen Nagers ausbuddelte, welcher längst durch den Hinterausgang geflüchtet war. Gemächlich ritt sie weiter, schnupperte immer wieder prüfend und überlegte, ob es wirklich Akazienduft war, den sie da wahrnahm, oder vielleicht doch etwas anderes, zarteres, weniger süß, dafür aber lieblicher …

Ein Stück weiter erhob sich ein Schwarm Stare aus den Eukalyptusbäumen, kreiste lärmend über den Wiesen und zog anschließend nach Süden in Richtung der Viehweiden. Nachdenklich setzte Charlotte ihren Weg fort. Sie hatte die restlichen Briefe nicht einmal geöffnet, vermutlich waren ein paar Rechnungen dabei, möglicherweise kündigte ein Interessent für den Verwalterposten seinen Besuch an. Die Krügers, die ihr damals Björn Husdahl schickten, hatten den Kontakt inzwischen stark eingeschränkt, vermutlich hatten einige von Georges Zeitungsartikeln sie verärgert. Es war schade, aber nicht zu ändern. Wenn die Krügers ihnen tatsächlich aus diesem Grund die Freundschaft kündigten, dann konnte sie gut und gerne auf sie verzichten. Sie musste wieder an Kamal Singh denken. Was, wenn er ihr tatsächlich etwas vererben wollte? Wie kam er überhaupt dazu, sie in seinem Testament zu bedenken? Je länger sie über das mysteriöse Schreiben seines Anwalts nachdachte, desto unangenehmer war ihr das Ganze. Und dann Kamal Singhs Brief! Schrieb er nicht von einer Erinnerung, die ihn vierzig Jahre lang verfolgt hatte und die in irgendeiner Weise mit ihrer Familie in Zusammenhang stand? Vermutlich war es keine allzu gute Erinnerung.

Für einen Augenblick tauchte einer der hohen Berggipfel aus den Wolken auf, und Charlotte konnte seine gezackte Form erkennen. Schroff und abweisend ragte der graue Fels vor dem hellen Hintergrund auf, an einigen Stellen von Zedern und Fichten bewachsen.

Was auch immer damals geschehen ist, dachte sie, ich will es nicht wissen. Er hat sein Geheimnis mit ins Grab genommen, und dort soll es ruhen. Auf keinen Fall möchte ich mit seiner gierigen Verwandtschaft um irgendwelche Besitztümer streiten.

Am besten wäre es, den Termin der Testamentseröffnung bewusst verstreichen zu lassen. Erleichtert, endlich zu einem Entschluss gekommen zu sein, gab sie ihrem Maultier die Fersen, um so schnell wie möglich zu den Kaffeepflanzungen zu gelangen. Endlich tauchten in der Ferne die ersten Felder auf. Charlotte stellte sich in die Steigbügel, um besser sehen zu können, und schimpfte innerlich über den Dunst, der ihren Blick verschwimmen ließ. Wieso stiegen dort immer noch Nebelschleier auf, wenn andernorts sogar schon die Berge zu sehen waren? Täuschte sie sich, oder lag auf den oberen Ästchen tatsächlich ein zarter weißer Schaum?

»Nun mach schon, du faules Maultier. Lauf!«

Es gab keinen Zweifel – das waren Blüten. In dichten Büscheln saßen sie an manchen Zweigen, einer neben dem anderen wie kleine Schneebälle, und jedes dieser weißen Schaumkügelchen bestand aus vielen zarten Blüten. Sechs längliche Blütenblätter öffneten sich um den Stempel, sechs wachsfarbene Staubfäden hoben sich, um ihren Samen zu verteilen.

Charlotte war von ihrem Maultier abgestiegen und lief zwischen den Kaffeebäumchen herum, bestaunte das Wunder der aufgeblühten Knospen und berauschte sich an dem Duft, der an Jasmin oder Hyazinthen erinnerte. In diesem Jahr würde sie Kaffeefrüchte ernten, ihre Angestellten würden die roten Beeren in große Körbe pflücken und zu den Wasserbecken am Teich tragen. Himmel, sie musste den Pulper ausprobieren, wenn der große Rührbottich nichts mehr taugte, war es wichtig, rechtzeitig einen neuen anzuschaffen. Säcke waren zu besorgen, Bastmatten, auf denen die Bohnen trocknen konnten, eine Waage – hatte sie überhaupt genügend Körbe? In den nächsten Tagen wollte sie hinunter nach Wilhelmsthal reiten und bei den indischen Händlern vorbeischauen, oder war es vielleicht günstiger, die Sachen in Tanga zu bestellen? Wenn nur der Transport mit der Usambara-Bahn nicht so teuer wäre! Die Fracht für einen Pulper betrug fast die Hälfte seines Kaufpreises. Aber wenn man Träger anmietete, dann kostete es auch nicht viel weniger …

Sie hatte den einsamen Reiter auf der Fahrstraße gar nicht bemerkt, erst als Simba leise knurrte, drehte sie sich um. Der Mann jagte sein Pferd über den rutschigen Weg, als sei es ihm herzlich gleichgültig, ob es dabei ausglitt und sie sich alle beide den Hals brachen. Erst der Anblick ihres Maultiers, das sie an einem Busch angebunden hatte, veranlasste ihn, sein Reittier zu zügeln und in gemäßigtem Tempo näher zu reiten. Charlotte musterte das braune Pferd, das ihr irgendwie bekannt vorkam, dann schob der Reiter den fleckigen Lederhut aus dem Gesicht, und nun gab es keinen Zweifel mehr.

»Die weißen Blüten passen gut zu Ihrem schwarzen Haar!«, bemerkte Jeremy Brooks statt einer Begrüßung.

»Sie sind ein erstaunlicher Mensch, Mr Brooks«, entgegnete Charlotte, die nach wie vor verärgert war über die fünf Flaschen Whisky, die er im Gästezimmer für sie zurückgelassen hatte. »Gestern Abend brachten Sie vor Schwäche kaum ein Wort heraus, und heute früh sitzen Sie schon wieder im Sattel.«

»Ich besitze ein Zaubermittel, das mich immer wieder auf die Beine bringt …«

»Ich weiß …«

Er blieb ernst, blickte vom Rücken des Pferdes auf sie herunter, und zum ersten Mal nahm sie bewusst wahr, dass er braune Augen hatte. Sein Gesicht war glatt rasiert, trotz seiner Jugend zeigten sich in den Augenwinkeln erste kleine Fältchen – ein Tribut, den viele Europäer der afrikanischen Sonne leisten mussten.

»Ahnte ich es doch«, gab er mit theatralischem Seufzen zurück. »Auch dieses Geschenk fand keine Gnade vor Ihren Augen. Und dabei habe ich es mir sozusagen aus dem Herzen gerissen, schöne Frau.«

Er hatte einen selbstbewussten Charme, der sie verwirrte und zugleich abstieß, doch mit Sicherheit hatte er bei gewissen Damen Erfolg damit. »Darf man fragen, was Sie schon so früh in die Berge hinausgetrieben hat, Mr Brooks?«, fragte sie schnippisch, doch er ließ sich von ihrem abweisenden Ton nicht aus der Fassung bringen.

»Man darf, Gnädigste. Ich vermisste meinen Hut und machte mich auf, das gute Stück zu suchen. Es handelt sich nämlich nicht um irgendeinen Hut, sondern um die Erinnerung an eine wunderbare Freundschaft …«

Flunkerte er? Welcher Verrückte kroch wegen eines Hutes in einer Schlammlawine herum, die jeden Augenblick wieder in Bewegung geraten konnte? Doch wenn sie sich recht entsann, dann hatte er gestern Abend tatsächlich keinen Hut aufgehabt, während er jetzt diesen schlammverschmierten Deckel trug, dessen Krempe an einer Stelle vollkommen zerfetzt war.

Sie beschloss, nicht weiter darauf einzugehen, und ihn stattdessen nach seinen weiteren Plänen zu befragen. »Und was haben Sie jetzt vor, Mr Brooks?«

Er schwieg und sah ihr dabei zu, wie sie ihr Maultier losband und in den Sattel stieg. Simba knurrte leise und schüttelte sich – es war ganz offensichtlich, dass er Jeremy Brooks nicht leiden konnte

»Ich stehe in Ihrer Schuld, Lady. Wenn Sie nichts dagegen haben, werde ich mich auf Ihrer Plantage ein wenig nützlich machen.«

Sie hatte das Maultier schon auf den Fahrweg gelenkt, doch er schloss mit Leichtigkeit zu ihr auf und schien sie zurück zum Wohnhaus begleiten zu wollen. Obgleich sie sein Angebot eigentlich hätte schätzen sollen, beschlich sie ein ungutes Gefühl.

»Die Leoparden in der Umgebung sind nicht zum Abschuss freigegeben!«, bemerkte sie unfreundlich.

»Akzeptiert. Was halten Sie von einer Wasserburg für Ihre Enten? Ich würde sie auf einer Insel im Teich erbauen, damit die armen Viecher vor dem Hund sicher sind.«

Eine Wasserburg für ihre Enten! Wider Willen musste sie lachen – er war schon ein komischer Kauz, aber George hatte recht gehabt: Er hatte Phantasie.

»Was gibt's da zu lachen? Wie ich feststellen konnte, leistet mein Hühnerhaus immer noch gute Dienste, und Ihr Hund nimmt es mir bis heute übel, dass ich ihm die Jagd auf das Federvieh vermasselt habe. Hören Sie nur, wie er mich anknurrt!«

»Simba, sei ruhig!«

Schweigend ritten sie nebeneinander her, Charlotte in der Mitte des Weges zwischen den beiden schlammigen Fahrrinnen, Jeremy Brooks auf dem linken, grasbewachsenen Rand. Der Hund rannte voraus, doch er blieb immer wieder stehen, um einen Baum oder einen Zaunpfosten zu markieren und einen Blick auf die beiden Reiter zu werfen. »Was ist, Lady?«, fragte Jeremy ungeduldig, als sie nicht auf sein Angebot einging. »Ich bestehe nicht auf der Wasserburg – geben Sie mir irgendeinen Auftrag, und ich führe ihn aus. Ich hebe Ihnen sogar die Welt aus den Angeln und pflücke den Mond vom Himmel, wenn Sie es wünschen.«

Sie lachte wieder, und dieses Mal stimmte er mit ein, riss sich den Hut vom Kopf und schwenkte ihn mit einem wilden Schrei hin und her. Charlottes Maultier machte einen erschrockenen Satz, Simba bellte zornig.

»Nun ja – vielleicht könnten Sie einmal nach meinem Pulper sehen. Ich habe ihn meiner Vorgängerin abgekauft, aber ich bin mir nicht sicher, ob er auch funktioniert.«

»Ein Pulper«, wiederholte er nachdenklich. »Ist das nicht dieses Gerät, das die Kaffeebeeren zerquetscht, damit man an die Bohnen herankommt?«

Nun, dachte sie, da schien sie ja den Richtigen gefunden zu haben. Hoffentlich würde er ihr den Pulper nicht vollends ruinieren.

Da das Wetter zu halten schien, machte sie einen kleinen Umweg zu den Viehweiden und stellte fest, dass einige der Zaunpfosten schon wieder von Termiten zerfressen waren. Sie würde die Pfosten so bald wie möglich durch neue ersetzen müssen, sonst liefen ihr die Kühe und Schafe davon. Aber auch diese würden die gefräßigen Biester in Kürze vernichtet haben.

»Sie müssen die Termitenbauten ausräuchern«, schlug Jeremy vor.

»Das haben meine Schwarzen schon ein paarmal versucht, aber die Burschen kommen immer wieder.«

Während des Heimritts erzählte er ihr von Eingeborenenstämmen, die die Termiten mit Weihrauch oder Buchenholz bekämpften. »Wirksamer sind die Sprüche der Zauberinnen und Medizinmänner, sie helfen fast immer«, erklärte er zu ihrer Überraschung mit großer Überzeugung.

»Glauben Sie etwa daran, Mr Brooks?«

»An die Macht von Zauberinnen? Auf jeden Fall. Vor zwei Jahren steckte ich mitten in der Trockensavanne, die Munition war aus, die Wasservorräte verbraucht …«

Sie ließ ihn reden und beschränkte sich darauf, schweigend zuzuhören. Was für ein Schwätzer. Offenbar hatte der Alkohol bei ihm mehr Schaden angerichtet, als sie zunächst vermutet hatte. Es war schon fast Mittag, weshalb sie sich den Besuch in den Arbeiterwohnungen für den Abend aufsparte und lieber gleich zum Wohnhaus hinüberritt, um einen Imbiss einzunehmen. Am Nachmittag würde sie noch einmal hinausreiten und eine Gruppe Schwarzer zu den Viehweiden schicken. Auch bei den anderen Arbeitern musste sie vorbeischauen, vor allem die Männer, die Husdahl eingestellt hatte, nutzten jede Gelegenheit, sich auf die faule Haut zu legen. Wenn niemand da war, der sie überwachte, würden sie ganz sicher viele Pausen machen und ihr am Abend erzählen, eine große Schlange oder ein »böses Omen« habe sie aufgehalten.

»War das mit dem Pulper ernst gemeint?«, fragte sie Jeremy, als sie vor dem Wohnhaus von ihren Reittieren glitten.

»Selbstredend, Lady!«

»Er ist dort drüben unter dem Wellblech. Aber kommen Sie vorher zum Essen herein.«

»Danke, aber ich esse erst am Abend.«

Er zog den Hut tiefer ins Gesicht und wendete sich dem Unterstand zu, der den Pulper nur notdürftig vor Feuchtigkeit schützte.

Charlotte beobachtete eine Weile, wie er versuchte, einige verrostete Blechteile beiseitezuschieben, dann verkündete ihr Schammi, dass heute Morgen, gleich nach ihrem Aufbruch, ein Gast auf der Plantage angekommen sei.

»Weißer Mann mit großem Bart und wenig Haar auf dem Kopf, *bibi* Charlotte. Sitzt drinnen mit *bwana* Siegel und isst Hühnchen und süßes Mangokompott, hat auch schon geschaut in Pferdestall und in Gästezimmer.«

Ein Kandidat für die Position des Verwalters! Was für ein Glück, vielleicht war es ja dieses Mal der Richtige. Sie lachte über Schammi, der bekümmert murmelte, es sei »kein guter Mann«, denn er habe große Ohren wie *sheitani.* Schammi wollte am liebsten, dass *bibi* Charlotte die Plantage leitete, daher würde ihm jeder Verwalter missfallen, und wäre er auch noch so perfekt.

Der Fremde saß leutselig zwischen Klara und Peter im Wohnraum, erzählte irgendeinen Schwank und wiegte den kleinen Samuel auf den Knien. Ontulwe stand daneben und hielt die Hand ihres kleinen Freundes. Als Charlotte eintrat, setzte der Gast den Jungen auf die Erde und stand von seinem Stuhl auf.

»Wilhelm Saalbauer, mein Name. Ein recht ordentliches Stück Land, gnädige Frau. Und durchdacht angelegt – Ihr Vorgänger hat großes Lob verdient. Auch die Wohngebäude – sehr ordentlich. Eine lohnende Aufgabe, das will ich wohl meinen …«

»Behalten Sie doch bitte Platz, Herr Saalbauer. Martha Mukea – bring Kaffee, oder mögen Sie lieber Tee …?«

Er zog den Kaffee vor und behauptete, Teetrinker seien meist langsame Denker und unentschlossene Gesellen. Er selbst neige zu raschen Entscheidungen, die er konsequent durchführe, komme, was da wolle …

Charlotte ließ ihn erst einmal reden. Ihre Blicke wanderten zu Klara und Peter hinüber. Erleichtert stellte sie fest, dass der Kandidat offenbar Gnade vor ihren Augen gefunden hatte. Klara streichelte lächelnd das widerspenstige rote Haar ihres Sohnes, das weder mit dem Kamm noch mit Wasser zu glätten war, Peter Siegel hatte eine Zeichnung vor sich liegen, die von Klaras Hand stammte und Charlotte nicht unbekannt war. Sie zeigte eine kleine Kirche auf einem Felsenhügel inmitten einer wildromantischen Berglandschaft. Nach Peters zufriedener Miene zu urteilen schien sein Projekt bei Herrn Saalbauer auf wohlwollendes Interesse gestoßen zu sein.

»… Drei Jahre lang habe ich mich in Südwest mit einer Rinderfarm herumgequält. Was glauben Sie, wie verflucht trocken die Gegend dort ist, wie viel Mühe man mit diesen Windrädern hat, die das Wasser hochpumpen. Und stellen Sie sich vor: Als die Farm endlich etwas abwerfen wollte, kamen diese elenden Herero und stahlen meine Rinder … Denen haben wir das Fell verbrannt, das kann ich Ihnen sagen …«

»Den Rindern?«, fragte Charlotte harmlos nach.

Wilhelm Saalbauer hatte große, ein wenig vorstehende Augen, die zwischen Grau und Grün wechselten; die Augenbrauen, die sich darüber wölbten, waren buschig wie der Schwanz einer Ziege.

»Den Rindern? Aber nein – den Herero natürlich. Ich bin keiner, der sich ungestraft sein Eigentum stehlen lässt, das können Sie mir glauben, schon gar nicht von Negern. Und auch nicht das Eigentum, das man mir anvertraut hat, junge Frau. Unregelmäßigkeiten gehe ich sofort auf den Grund, Faulheit gibt es bei mir nicht, und wenn es einer wagen sollte, mir Lügen aufzutischen …«

Er hatte solide Prinzipien, die gleichen, die Charlotte aus dem Haus ihrer Großeltern in Leer kannte. Wer faul ist, der lügt. Wer lügt, der stiehlt. Wer stiehlt, der mordet. Aus diesen Gründen hielt Wilhelm Saalbauer es für ungemein wichtig, die Schwarzen zum Christentum zu bekehren, denn nur so würden aus ihnen anständige und verlässliche Arbeiter werden.

Charlotte nickte und ließ sich von Schammi den Rest Hühnerfleisch mit Currysoße auf den Teller geben. Besonders sympathisch war ihr der Bursche nicht, aber immerhin war er kein junger Spund mehr und hatte seine Erfahrungen gemacht, das war ein Pluspunkt für ihn. Allerdings war die Liste seiner Tätigkeiten außerordentlich lang, und sie fragte sich, ob das nun ein Vorteil oder ein Nachteil war. Er hatte im Süden eine Baumwollplantage geführt, später in Lindi irgendeinen Handel betrieben, drei Jahre lang am Kilimandscharo Kaffee gepflanzt, außerdem schien er einige Erfahrungen als Großwildjäger gesammelt zu haben, da er sich darüber beklagte, dass man heutzutage mit dem Elfenbein kaum noch ein Geschäft machen könne.

Doch sie war gewillt, über einige Ungereimtheiten hinwegzusehen – ganz gleich, was er früher getrieben hatte, die Hauptsache war, dass er seiner Aufgabe in Neu-Kronau gerecht wurde.

Sie holte eine Karte herbei und erklärte ihm die Ausdehnung ihres Besitzes, welche Pflanzungen sich wo befänden, wie es darum stehe und wie viele Arbeiter momentan auf der Plantage wohnten. Er hörte ihr höflich zu und bemerkte dann mit einem Lächeln, dass er sich bereits bei den Nachbarn erkundigt habe. Es würde viel von seinem Vorgänger, Björn Husdahl, geredet, der wohl ein seltsamer Vogel gewesen sei, aber doch ein tüchtiger Verwalter. Manche Nachbarn hätten sogar behauptet, es ginge mit Neu-Kronau bergab, seitdem Husdahl fort war.

»Nun – eine Plantage zu führen ist Männersache, gnädige Frau. Vor allem die Schwarzen, die lassen sich von einer Frau nichts sagen. Und dann gehören auch ein guter Blick dazu und viel Erfahrung, um die richtigen Entscheidungen zu fällen. Sisal haben Sie gepflanzt? Das – mit Verlaub – ist pure Geldverschwendung in diesem Klima, die Pflanzen werden von Schädlingen gefressen werden und verfaulen …«

Peter Siegel nickte zu jedem Wort und schob die Zeichnung

auf dem Tisch hin und her, Klara jedoch spürte Charlottes aufsteigenden Ärger.

»Meine Cousine Charlotte hat fünf Jahre lang eine Sisalplantage am Kilimandscharo geleitet«, warf sie ein und lächelte Wilhelm Saalbauer an. »Allerdings hatte sie zwei zuverlässige weiße Helfer.«

»Das versteht sich. Trotzdem, mein Kompliment, gnädige Frau …«

Er hatte recht genaue Vorstellungen, was sein Gehalt betraf, außerdem verlangte er eine Beteiligung an dem zu erwartenden Ernteertrag und ein Mitspracherecht beim Verkauf des Kaffees. Charlotte zögerte – Björn Husdahl hatte solche Bedingungen nicht gestellt, er hatte sich einfach in die Arbeit gestürzt, ohne um Geld zu feilschen.

»Ich würde mir gern die Arbeiterwohnungen anschauen, Frau Johanssen. Und wenn möglich auch die Ackergeräte. Ach ja – und die Wasserbecken neben dem Teich würde ich ebenfalls gern aus der Nähe betrachten …«

Er stapfte aus dem Wohnraum und bemerkte, dass ihm der Anbau als Wohnung durchaus genüge, er sei bescheiden und brauche weder aufwendige Möbel noch große Räume. Ob sie ihren Gästen immer eine solche Whiskybar zur Verfügung stelle?

»Natürlich nicht. Ein Gast hat die Flaschen mitgebracht.«

Sie ärgerte sich über Jeremy Brooks, weil sie sich seinetwegen rechtfertigen musste, aber auch Wilhelm Saalbauers Neugier gefiel ihr wenig. Zwar hatte sie nichts zu verbergen, aber er hätte ruhig ihre Erlaubnis einholen können, bevor er überall auf der Plantage herumschnüffelte. Sie hörte sich seine Ausführungen über die Arbeiterwohnungen an, die er für viel zu komfortabel hielt. Sie müsse wissen, dass die Schwarzen andere Begriffe vom Wohnen hätten, dort würde niemals ausgefegt, die Speisen stünden offen herum, so dass die Fliegen darauf säßen, und die Lagerstätten schüttele auch niemand auf. Ein paar Ratten störten vielleicht die Europäer – den Afrikanern mache es nichts aus, wenn diese Nager ihnen in der Nacht über die Gesichter liefen.

»Da bin ich aber anderer Ansicht!«, widersprach Charlotte entschieden.

»Was Ihr gutes Recht ist, gnädige Frau.«

Im Stall bemängelte er die Unordnung, ansonsten schien er zufrieden, auch die gemauerten Becken fanden Gnade vor seinem kritischen Blick, allerdings sehe er schon jetzt, dass einige Stellen ausgebessert werden mussten.

»Ich kann Ihnen günstig einen hervorragenden Pulper beschaffen, gnädige Frau.«

»Das wird hoffentlich nicht nötig sein, da ich bereits einen besitze.«

Jeremy hatte den großen Rührbottich in den Wirtschaftsanbau geschleppt und rückte ihm dort – wie weithin zu hören war – mit Hammer und Feile zu Leibe. Der niedrige Anbau diente auch als Waschküche, gerade an diesem Morgen hatte Martha Mukea die frisch gewaschenen Hemden und Unterhosen zum Trocknen aufgehängt, so dass Jeremy die beiden Besucher erst wahrnahm, als sie schon dicht vor ihm standen.

»Da schau einer an!«

Es lag Verblüffung, aber auch Ironie in dem kurzen Satz, den Wilhelm Saalbauer bei Jeremys Anblick ausstieß. Jeremy starrte ihn für wenige Sekunden an, wischte sich dann wortlos den Schweiß von der Oberlippe und wandte sich wieder seiner Arbeit zu.

»Da haben Sie wohl den Bock zum Gärtner gemacht«, meinte Saalbauer spöttisch. »Ich denke mal, Sie werden auf mein Angebot zurückkommen.«

»Ich verstehe nicht …«

»Kommen Sie bitte, gnädige Frau«, sagte Wilhelm Saalbauer

jovial und schlug ein weißes Hemd zur Seite, das im Weg hing. »Wir müssen das nicht hier besprechen.«

Auf dem Hof saß Simba und blinzelte zu den Ziegen hinüber, während Sammi seine Pfoten sorgfältig mit dem rötlichen Schlamm beschmierte, den Ontulwe in einer Pfütze anrührte. Simba rührte sich um keinen Zentimeter, obgleich ihn Sammis Finger fürchterlich kitzelten.

»Sehen Sie zu, dass Sie diesen Burschen so schnell wie möglich loswerden, gnädige Frau«, raunte Saalbauer Charlotte zu, als fürchte er, belauscht zu werden. »Ich kenne diesen Jeremy Brooks, er ist ein Taugenichts. Hat nicht einmal Ehre genug im Leib, seine Spielschulden zu begleichen. Und darüber hinaus …«

»Was …darüber hinaus?«

Er machte eine wegwerfende Handbewegung und fuhr sich über seinen Oberlippenbart.

»Nun, das sind Dinge, über die man vor einer Dame nicht spricht, aber natürlich werden in solchen Spielhöllen auch andere Dienste angeboten, wenn Sie verstehen, was ich meine.«

Sie bewahrte Haltung. Ganz sicher hatte er recht, Jeremy Brooks war in keiner Hinsicht ein Waisenknabe. Dennoch spürte sie einen unbändigen Zorn auf diesen scheinheiligen, geschäftstüchtigen, redlichen Besserwisser in sich aufsteigen, der ihr erzählen wollte, eine Frau tauge nicht dazu, eine Plantage zu führen.

»Sie meinen, dass Jeremy Brooks ein Säufer und ein Hurenbock ist, Herr Saalbauer?«, sagte sie vernehmlich und sah ihm dabei lächelnd ins Gesicht. »Nun – genau das vermute ich auch. Und stellen Sie sich vor: Es stört mich nicht im Geringsten!«

Am Nachmittag ging ein weiteres Tropengewitter nieder, und schon bald sahen sie die Arbeiter mit Hacken und Spaten von den Feldern zurückkehren – bei diesem Wetter war dort nichts auszurichten. Peter Siegel stand im Wohnraum im ersten Stock auf einem wackeligen Stuhl und schwang den Hammer, um eine undichte Stelle im Dach mit einem Brett zu verschließen. Er hatte schon mehrere Nägel krumm geschlagen, wollte jedoch auf keinen Fall aufgeben. Klaras dringliche Bitte, diese Arbeit doch Jonas Sabuni zu überlassen, ignorierte er.

Martha Mukea kam aus der Waschküche gelaufen und beschwerte sich, dass sie drei weiße Unterhosen, die bereits auf der Leine gehangen hätten, noch einmal waschen müsse.

»*Bwana* Jeremy ist viel eifrig mit Arbeit, und Öl spritzt auf weiße Wäsche!«

Charlotte sah nur kurz von ihrem Rechnungsbuch auf und ordnete mit gerunzelter Stirn an, dass Martha Mukea die Wäsche vorerst im Anbau mit dem Gästezimmer aufhängen solle. *Den Bock zum Gärtner machen* – ganz so unrecht hatte Wilhelm Saalbauer nicht gehabt. Wollte das Schleifen und Dröhnen dort drüben im Wirtschaftsanbau denn gar kein Ende nehmen? Ein Wunder, dass der Engländer es so lange ohne seinen Whisky aushielt, aber möglicherweise hatte er irgendwo eine eiserne Reserve versteckt. Ihr »Geschenk« hatte sie jedenfalls aus dem Gästehaus getragen und in ihrem Schlafzimmer gleich neben der Hausapotheke verwahrt.

Spät am Nachmittag klopfte Jeremy Brooks an ihre Tür. Er hatte Hände und Gesicht notdürftig mit Regenwasser gereinigt, Kleidung und Haar waren grau verschmiert, ein intensiver Geruch nach Petroleum ging von ihm aus.

»Melde gehorsamst – der Pulper ist von Rost befreit und arbeitet einwandfrei!«

Charlotte schob die Zeitschrift *Der Pflanzer* beiseite, in der über allerlei Pilzkrankheiten bei Sisalpflanzen berichtet wurde, und blickte in das finstere Gesicht des jungen Mannes. Seine

Meldung klang nicht so, als sei er stolz auf eine besondere Leistung, sondern eher herausfordernd, fast trotzig.

»Tatsächlich? Das ist ja großartig!«

»Sie können es gern ausprobieren, die Kurbel geht so leicht, dass sogar ein Kind sie bedienen kann.«

Sie glaubte ihm kein Wort und beschloss, sich sogleich selbst einen Eindruck zu verschaffen.

Als sie abrupt von ihrem Stuhl aufstand, um zu ihm hinüberzugehen, wich er rasch ein paar Schritte in den Flur zurück. »Passen Sie auf, ich bin ganz voller Öl.«

Der eigentliche Grund für seine Zurückhaltung jedoch war, dass sie seine Alkoholfahne nicht riechen sollte – er hatte also tatsächlich irgendwo eine Reserveflasche versteckt, vermutlich auf dem Dachboden des Gästeanbaus zwischen den Mais- und Gerstesäcken. Doch im Grunde ging sie das nichts an, schließlich war es sein eigener Whisky, sein eigenes Leben.

Der Pulper wies einige Dellen auf, doch die hatte das Gerät wohl schon vorher gehabt. Überrascht stellte Charlotte fest, dass Jeremy die Wahrheit gesagt hatte. Die Kurbel ließ sich ohne besondere Anstrengung drehen, und die Melonenschalen, die sie probeweise in den Trichter warf, spuckte die Maschine zerquetscht und eingerissen wieder aus.

»Was habe ich Ihnen gesagt?«, triumphierte der Engländer und versetzte der Kurbel einen Stoß mit der flachen Hand, so dass sie sich dreimal überschlug und erst dann auspendelte. »Es war eine Schweinearbeit, weil ich den ganzen Rost herunterschleifen und alles einfetten musste.«

»Das haben Sie sehr gut gemacht, Mr Brooks.«

Überrascht und ein wenig gerührt stellte sie fest, wie sehr er sich über dieses Lob freute.

Einen Augenblick lang war es still zwischen ihnen. Man hörte das Geräusch des Regens, der vom Wellblechdach in den Hof heruntertropfte, eine Ziege meckerte, irgendwo weinte ein Kind. Jeremys rechte Hand fuhr über das glatte Metall der Maschine, seine Finger befühlten den oberen Rand des Trichters, als müsse er prüfen, ob die Kante nicht zu scharf sei. Er hatte die Augen schmal zusammengekniffen wie jemand, der gegen den Wind laufen muss.

»Danke«, murmelte er schließlich. »Genau das wollte ich von Ihnen hören, Frau Johanssen.«

Eigentlich hätte sie jetzt ins Wohnhaus zurückkehren müssen, um einen Angestellten herbeizurufen, der den Pulper mit Tüchern abdecken sollte. Auch Martha Mukea musste Bescheid wissen, dass sie die Wäsche umhängen konnte … Doch sie tat nichts dergleichen, sondern blieb schweigend neben ihm stehen und kämpfte mit allerlei Gedanken und Empfindungen, die sie ihm gegenüber wohl kaum ansprechen durfte.

»Wie sehen Ihre Pläne für die nächsten Wochen aus, Mr Brooks?«, fragte sie daher sachlich.

»Ich habe schon gepackt, Lady.«

Er gab dem Blechbottich einen freundlichen Abschiedsklaps. »Morgen früh bin ich fort.«

»Und was ist mit der Wasserburg?«

Er lachte und war jetzt wieder der charmante, unbefangene Bursche, den nichts erschüttern konnte.

»Die baue ich Ihnen, wenn ich wieder mal vorbeikomme.«

Er nahm seinen Hut von der Wand, wo er das gute Stück an einem Nagel aufgehängt hatte, und fuhr sich mit den Fingern durch das kupferfarbene Haar, bevor er ihn aufsetzte. Mit langen Schritten strebte er auf die Tür des Wirtschaftsanbaus zu.

»Bleiben Sie hier, Jeremy!«, rief Charlotte, einer spontanen Eingebung folgend.

Auf der Schwelle blieb er stehen und drehte sich unschlüssig zu ihr um, dann lachte er plötzlich.

»Danke, Lady, ich fühle mich tief geehrt. Es zeugt von Ihrer christlichen Gesinnung, dass Sie bereit sind, einen weithin bekannten Säufer und Hurenbock …«

»Seien Sie still!«

Er klappte den Mund zu und schüttelte unwirsch den Kopf.

»Ich meine es ernst, Frau Johanssen. Saalbauer ist nicht gerade mein Freund, aber er versteht etwas von Plantagen und wird seine Arbeit gut machen. Holen Sie ihn zurück, es wäre schade, wenn Sie ihn meinetwegen …«

Jetzt war es an ihr, in Gelächter auszubrechen. »Ach, Sie haben wohl gedacht, ich hätte diesen Menschen Ihretwegen weggeschickt? Keine Sorge, so kostbar ist mir Ihre Gegenwart auch wieder nicht. Aber ich komme nun mal nicht mit einem Verwalter klar, der mir erzählt, eine Frau könne keine Plantage leiten.«

Jeremy starrte sie verblüfft an, und Charlotte konnte ihm im Gesicht ablesen, dass er im Grunde Saalbauers Meinung teilte.

»Das ist nicht klug von Ihnen, Lady. Sie sollten ihn wirklich zurückholen.«

»Wollen Sie mir Vorschriften machen, Mr Brooks?«

Er schüttelte den Kopf und schlug aus Verlegenheit mit der Hand gegen die hölzerne Türfüllung. Ein Schwall Regenwasser ergoss sich vom Dach auf den Hof herunter wie ein durchsichtiger Schleier.

»Und jetzt?«, fragte er unsicher.

»Es wird sich schon ein anderer finden«, erwiderte sie schulterzuckend. »Und bis dahin könnte ich Ihre Hilfe sehr gut gebrauchen.«

»Wenn das so ist …«

Er blieb auf der Schwelle stehen, um ihr die Tür aufzuhalten, und sah ihr nach, während sie die Ziegen von ihren Topfpflanzen verscheuchte, mit Martha Mukea über die Wäsche verhandelte und schließlich im Wohnhaus verschwand. Als er sie später auf ihrem Ausritt begleitete, hatte er seinen Entschluss gefasst und machte ihr zahllose Vorschläge zur Verbesserung der Plantage, manche davon brauchbar, manche völlig verrückt.

»Du hast ein gutes Werk getan, Charlotte«, meinte Peter Siegel, als sie am Abend zu dritt beieinandersaßen. »So mancher, der dem Laster verfiel, wurde durch harte Arbeit wieder auf den rechten Weg zurückgeführt.«

»Ich habe nicht vor, Jeremy Brooks zu einem neuen Menschen zu machen – das kann ich gar nicht. Aber er ist ein anstelliger und cleverer Busche, den ich gut gebrauchen kann.«

»Er hat einen guten Kern«, sagte Klara. »Gewiss haben ihn unglückliche Umstände in den Alkohol getrieben. Wenn er so fröhlich lacht, dann kommt er mir manchmal wie ein kleiner Junge vor. Hast du gemerkt, wie sehr er sich bemüht, dir zu gefallen, Lotte?«

»Du liebe Zeit, Klara!«, stöhnte Charlotte, die froh war, dass Jeremy sie nicht hören konnte. Er hatte darauf bestanden, für die Dauer seines Aufenthalts auf der Plantage in Björn Husdahls Hütte zu wohnen, und war schon am ersten Abend mit Sack und Pack dort eingezogen. Charlotte hatte sich darüber gewundert, zumal es zu dieser Jahreszeit ständig regnete und die Nächte ungemütlich kühl und feucht sein konnten, doch sowohl Peter als auch Klara lobten Jeremys Entschluss. So wäre das Gästezimmer für mögliche Besucher frei, und ohnehin wäre eine größere räumliche Distanz zwischen ihr und einem unverheirateten Mann schicklicher, jetzt, da George in Daressalam weilte.

»Der Raum im Anbau ist nur durch drei Türen von deinem Schlafzimmer getrennt, Charlotte«, gab Klara zu bedenken.

»Du hast Simba vergessen!« Charlotte lachte. »Er würde jeden Gast, der es wagte, sich diesen Türen zu nähern, mit Haut und Haaren verspeisen.«

Tatsächlich konnte sich Simba mit Jeremy Brooks nicht anfreunden. Wo immer der junge Mann auftauchte, empfing ihn der rotbraune Hund mit feindseligem Knurren, meist stellte er sogar die Nacken- und Rückenhaare auf, so dass Charlotte genötigt war, ihren Beschützer zur Ordnung zu rufen.

»Er hat nicht vergessen, dass Sie ein Jäger sind«, scherzte sie dann und bemühte sich, Simbas gesträubtes Fell durch sanftes Streicheln zu glätten.

»Aber Hund und Jäger sind Partner«, widersprach Jeremy verdrossen. »Wieso versteht er nicht, dass ich auf seiner Seite bin?«

»Er hat den falschen Namen«, erklärte Charlotte grinsend. »*Simba,* der Löwe. Sie haben schon zu viele Löwen geschossen, Mr Nimrod!«

»Seit Monaten keinen einzigen mehr.«

An den Abenden erschien Jeremy hin und wieder im Wohnhaus, klopfte höflich an die Eingangstür und fragte, ob er ihnen ein wenig Gesellschaft leisten dürfe. Er war ein angenehmer Gesellschafter, konnte unbefangen plaudern und über sich selbst lachen, aber auch Erlebtes mit großem schauspielerischem Talent zum Besten geben. Niemals gab er dabei etwas von sich selbst preis, doch er musste viel herumgekommen und dabei allerlei seltsamen Charakteren begegnet sein, denn seine Erzählungen wimmelten von skurrilen Persönlichkeiten aus aller Herren Länder. Manchmal verblüffte er sie auch mit Zaubertricks, brachte Münzen, Bleistifte oder auch Charlottes Kopftuch zum Verschwinden und ließ sie an den seltsamsten Orten wieder auftauchen, dann wieder hatte er sich harmlose Gesellschaftsspiele ausgedacht, mit denen er sie den Abend über in Atem hielt. Er war voll Bewunderung für Klaras Zeichentalent, bat sie, ihm ihre fertigen Bilder zu zeigen, und so stieß er irgendwann auf die Darstellung einer kleinen Kirche inmitten der Wildnis des Usambara-Gebirges. Als Peter Siegel ihm erklärte, was es damit auf sich hatte, war Jeremy Brooks Feuer und Flamme.

»Eine Kapelle? Und wo?«

Begeistert erzählte ihm Peter Siegel von seinem Lieblingsprojekt, und Jeremy Brooks hörte andächtig zu. Er kenne die Gegend, sei dort schon mehrfach vorbeigekommen, der Fels sei extrem hart und dadurch hervorragend für das Bauvorhaben geeignet, da könne nichts bröckeln oder ins Rutschen geraten. Ein Fels wie Petrus, auf den der Herr seine Kirche erbaut habe.

»Keine Ziegelsteine, Pfarrer Siegel. Eine Kapelle muss aus behauenen Steinblöcken errichtet werden, wenn sie die kommenden Jahrhunderte überdauern soll. Mit einer Kapelle, die schon nach zwanzig Jahren ausgebessert werden muss, gebe ich mich gar nicht erst ab …«

Charlotte fühlte sich bald an die Wand gedrängt, denn auch Klara wurde von der Begeisterung gepackt und redete schon von bunt bestickten Wandbehängen und einem Taufstein aus Glimmerschiefer, der wie Silber glänzte, wenn die Sonne darauffiel.

»Sollen meine Arbeiter vielleicht Steine klopfen, anstatt auf den Feldern zu arbeiten?«, unterbrach Charlotte die schönen Träume. »Tut mir leid, die Plantage steckt in den roten Zahlen, alles hängt davon ab, ob wir in diesem Jahr endlich Kaffee ernten.«

»Und gut verkaufen, nicht wahr?«, warf Jeremy ein.

Er rieb sich den rotgoldenen Flaum, der ihm am Abend um Kinn und Wangen spross und den er jeden Morgen aufs Sorgfältigste mit dem Rasiermesser entfernte.

»Es ist ein Glücksspiel«, sagte Charlotte. »Die Kaffeepreise richten sich nach dem Weltmarkt, wir können sie nicht beeinflussen. Es kann durchaus passieren, dass wir trotz einer hervorragenden Ernte nur wenig verdienen, weil die Preise gefallen sind.«

»Deshalb der Sisal.« Jeremy nickte. »Und was ist mit Zedern und Kautschuk? Wir müssen verhindern, dass wir ganz allein von dem verfluchten Kaffee abhängig sind …«

Er fing sich einen missbilligenden Blick von Klara ein, die Charlotte mittlerweile noch frommer erschien als ihr Ehemann.

»Das alles braucht Zeit und einen guten Verwalter«, erwiderte sie schmunzelnd. »Ich kann nicht ewig hierbleiben, mein Mann und meine Tochter warten in Daressalam schon über vier Wochen auf mich …«

Jeremy wandte rasch den Blick von ihr ab und hob stattdessen Klaras Zeichnung auf, um sie näher an die Lampe zu halten.

»Wieso sollten nur unsere Schwarzen die Steine behauen? Eine Kapelle ist für alle Christen da, das ist ein frommes Werk, an dem sich auch alle Christen beteiligen sollten. Was ist mit den Nachbarn? Den Missionen? Wer einen Stein zum Bau der Kapelle bringt, der darf seinen Namen hineinmeißeln …«

Der Abend war einer der fröhlichsten, die sie bisher miteinander verbracht hatten. Träume schwebten wie Seifenblasen durch das kleine Wohnzimmer und wurden immer bunter, größer und unwirklicher, weil ein jeder etwas von seinen eigenen heimlichen Wünschen hinzufügte. Eine Kapelle aus weißen Quadern, Zedernwälder, die sich im Wind wiegten, eine weitläufige, mehrstöckige Villa inmitten einer blühenden Parklandschaft, eine Siedlung mit Geschäften, Kirchen, Schulen und hübschen, bunten Häusern, blühende Kaffeefelder bis zum Horizont, deren Duft berauschte wie ein schweres Parfüm. Doch schließlich wurde es Zeit zum Schlafengehen, ein weiterer langer anstrengender Tag lag vor ihnen.

»Morgen mache ich mich an die Termitenhügel«, sagte Jeremy zu Charlotte, als er ihr am Hauseingang gute Nacht wünschte. »Und das mit den Zedern, das sollten wir uns tatsächlich überlegen.«

Sie sah ihm lächelnd nach, bis er in der Dunkelheit verschwunden war, und lauschte noch eine kleine Weile auf die leisen Rufe der Nachtvögel und das Flüstern des Regenwassers in den Rinnen, die hinunter zum Teich führten. Als sie die Tür schloss und den Riegel vorlegte, wurde ihr das Herz schwer. Wie mitreißend er sein konnte mit seiner Fröhlichkeit und all den verrückten Einfällen! Und doch war vorauszusehen, dass diese ganzen großen Pläne nur ein Strohfeuer waren. Eine Kapelle aus behauenen Steinen, ein Bauwerk für die kommenden Jahrhunderte! Sie würde ein ernstes Wort mit Peter Siegel wechseln müssen, damit er Jeremys absurde Pläne nicht noch weiter befeuerte. Das waren doch Hirngespinste – Jeremy Brooks würde in seinem ganzen Leben keinen einzigen Stein zum Bau einer Kapelle setzen!

Am folgenden Abend erschien der Engländer nicht im Wohnhaus. Charlotte war froh darüber. Klara war oben geblieben, weil Sammi leichtes Fieber hatte, Peter Siegel hatte sich in eine Zeitschrift vertieft, und Charlotte legte sich Briefpapier und Füllhalter zurecht, um an George und Elisabeth zu schreiben. Sie tat es mit schlechtem Gewissen, da sie immer noch keinen Verwalter für Neu-Kronau gefunden hatte und sich bei dem Gedanken ertappte, dass Wilhelm Saalbauer diesen Posten wohl gar nicht so schlecht ausgefüllt hätte. Weshalb war sie so empfindlich? Worauf wartete sie? Schließlich musste sie diesen Verwalter nicht heiraten, sondern ihm nur ihre Plantage anvertrauen.

Trotzdem, dachte sie und kaute an ihrem Füllhalter. Eine Plantage ist viel mehr als nur ein Stück Land, das mit Kaffeebäumen und Sisal bepflanzt wird. Eine Plantage, das ist Leben …

Unversehens bewegte sich ihre Feder über das Papier. Die Sätze fügten sich aneinander, ohne dass sie zuvor darüber nachgedacht hätte.

Mein Liebster,
Du hast einmal gesagt, kein Weißer habe das Recht, in Afrika Land zu erwerben, es zu bepflanzen und Schwarze darauf arbeiten zu lassen. Ich habe das niemals begreifen können und oft darüber nachgedacht, weil ich Dir nicht unrecht tun will. Aber inzwischen weiß ich, dass das Land für mich eine völlig andere Bedeutung hat als für Dich.
Du gehst über das Land hinweg, bewunderst seine Schönheit, forderst seine Schrecken heraus, um Dich daran zu messen, dann ziehst Du weiter und schreibst Deine Bücher. Ich aber schlage meine Wurzeln tief in die Erde, ich spüre dieses Land, ich liebe es, ich leide daran, bin für sein Wohlergehen verantwortlich wie eine Mutter für ihr Kind.
Jetzt wirst Du mich schrecklich auslachen, mein Geliebter. Ja, ich weiß, wie viel leichter Du solche Dinge ausdrücken kannst; wenn ich es versuche, dann klingt es pathetisch und fürchterlich albern. Deshalb bitte ich Dich auch, niemandem diesen Brief zu zeigen, wirf ihn fort, verbrenne ihn, lass ihn vor allem Elisabeth nicht lesen.
Ich versuche es noch einmal, vielleicht gelingt es mir jetzt besser, mich Dir verständlich zu machen. Neu-Kronau – das sind vor allem die Menschen, für die ich verantwortlich bin. Nicht nur Klara, Peter, Sammi, sondern auch alle meine schwarzen Angestellten, die im Haus und die draußen in den Arbeiterwohnungen. Und sogar die Schwarzen in den umliegenden Dörfern. Neu-Kronau – das sind meine Tiere, die Wiesen, Berge, Wälder, meine Äcker, die Sisalpflanzen, die blühenden Kaffeebäumchen. Das alles ist lebendig, und ich muss mich darum kümmern. Warum also sollte ich kein

Recht auf dieses Land haben, da doch so viele Wesen meine Fürsorge benötigen?

Sie lehnte sich zurück und las das Geschriebene noch einmal durch. Würde George sie verstehen? Sie sah ihn vor sich, die goldgeränderte Brille auf der Nase, dahinter seine klugen grauen Augen, die so tief in einen Menschen hineinblicken wollten. Lächelnd stellte sie sich vor, wie er beim Lesen ihrer Ergüsse die Stirn kraus zog, einzelne Stellen, an denen ihre Handschrift fast unleserlich war, ein wenig weiter von sich weghielt, um sie besser entziffern zu können. Würde er sie auslachen? Vermutlich würde er grinsen und sich ein paar heitere Bemerkungen verkneifen. Aber dann würde er ernst werden und über ihre Worte nachdenken. Ach, wie sehr er ihr fehlte! Wie schön wäre es, über all diese Dinge mit ihm reden zu können, anstatt sie niederzuschreiben und zwei Wochen auf eine Antwort warten zu müssen.

Sie schilderte Wilhelm Saalbauer als einen herrschsüchtigen Vierschrot, der ihre Plantage zwar mit sicherer Hand, doch ohne das nötige Empfinden für Mensch und Tier geführt hätte. Sie hatte erneut Anzeigen aufgegeben, es würde sich sicher bald ein geeigneterer Kandidat finden. Danach beschrieb sie das Wunder der Kaffeeblüte, die flauschigen, weißen Gebilde an den oberen Zweigen der Bäumchen, von denen die ersten schon verblüht waren und Frucht angesetzt hatten.

Als sie damit fertig war, musste sie kurz innehalten und nachdenken, wie sie Jeremys Erscheinen auf der Plantage darstellen sollte. Der Erdrutsch hatte sich in der Gegend ereignet, in der sie selbst damals verunglückt war, und sie wollte George auf keinen Fall erschrecken. Schließlich verschwieg sie ihm einfach, wo man Jeremy gefunden hatte, und erzählte nur, dass es Peter Siegel gewesen war, der dem jungen Mann das Leben gerettet hatte; Klara sei unfassbar stolz auf ihren Mann.

Jeremy Brooks ist – wie Du ja bereits feststellen konntest – ein ungewöhnlicher, aber sehr unterhaltsamer junger Mann, der wohl noch eine Weile auf der Plantage bleiben wird. Die Großwildjagd hat er vorerst an den Nagel gehängt, dafür zeigt er ungeahnte Talente für die Landwirtschaft. Er hat es geschafft, die Termiten bei der Viehweide zu vernichten, ob sich seine Methode allerdings bewährt, wird sich noch herausstellen. Auch mit den schwarzen Arbeitern hat er eine glückliche Hand, er redet recht unbefangen mit ihnen, doch er hat den Ablauf der Arbeiten schnell begriffen und lässt sich nichts vormachen. Es ist schon erstaunlich, wie bereitwillig sie seine Anweisungen befolgen. Im Übrigen hat er bunte Raupen im Kopf, die ich ihm jedoch noch austreiben werde …

Einen Brief an Elisabeth würde sie gesondert beilegen. Hatte sie noch etwas vergessen? Ach ja – die leidige Testamentseröffnung, zu der sie auf keinen Fall erscheinen würde. Wenn George diesen Brief erhielt, wäre der Termin ohnehin schon verstrichen.

Ich sehne mich nach Dir, mein Liebster, und ich vermisse Dich. Meine Nächte sind einsam, nur Simba liegt neben meinem Bett und schnarcht manchmal so laut, dass ich davon erwache. Nur noch ein paar Wochen, spätestens Ende Mai – da bin ich ganz sicher – sind wir wieder beieinander.
In Liebe
Charlotte

Zwei Wochen später brachte der Briefträger wie erwartet ein Antwortschreiben von George Johanssen nach Neu-Kronau. Zu Charlottes Überraschung war es dieses Mal kein dicker Umschlag voller Manuskripte, sondern nur ein schmaler Brief.

Meine geliebte Charlotte,
sechs Wochen sind wir nun schon voneinander getrennt, und ich fürchte, dass Du auch in diesem Monat nicht den erhofften Verwalter finden wirst. Oft stehe ich vor Deinen Photographien, die mir die Welt aus Deinem Blickwinkel zeigen, und ich frage mich, ob ich jemals lernen werde, die Dinge so zu sehen, wie sie sich Dir, mein Schatz, darstellen. Das, was Du über Deine Liebe zum Land und zu den afrikanischen Menschen schreibst, hat mich sehr berührt. Nein, Du hast es gut formuliert, weshalb traust Du Dir nur so wenig in dieser Hinsicht zu? Ich habe lange darüber nachgedacht, denn gewiss hast Du recht: Ich empfinde anders, würde niemals Befriedigung auf einem Stück Land finden, meine Wurzeln schleifen über den Boden, ohne sich irgendwo einzugraben. Vielleicht wäre ich ein anderer geworden, wenn wir beide einander früher gefunden hätten? Ja, Du hättest den jungen George Johanssen verdient, den Mann, der die Welt voller Enthusiasmus entdeckte und sich an ihrer Schönheit berauschte, der noch daran glaubte, dass man das Glück auf Dauer in seinen Händen halten könne. Ein Mann im Alter Deines Schutzbefohlenen Jeremy, um den Du Dir so viele Gedanken machst …
Ich habe in der Klinik Dispens für eine Woche und werde mit Elisabeth nach Neu-Kronau reisen. Wenn Du diese Nachricht in Händen hältst, wird es nur noch wenige Tage dauern, bis wir bei Dir eintreffen.
George

Erst Monate später wurde ihr klar, weshalb George diese Reise zu ihr unternahm, und sie machte sich Vorwürfe, seinen Brief nicht gründlicher gelesen zu haben. So aber überflog sie nur noch einmal den letzten Satz, dann warf sie das Papier vor sich auf den Tisch und gab sich ihrer glückseligen Vorfreude hin. Er würde kommen und auch ihre Tochter mitbringen! Nie hätte sie geglaubt, dass Dr. George Johanssen seine Patienten für eine Woche im Stich lassen würde, weil er Sehnsucht nach seiner Frau verspürte. Dabei war doch sie diejenige, die für diese lange Trennung verantwortlich war, welche sie – das musste sie ehrlicherweise zugeben – schon längst hätte beenden können.

Sie begann zu rechnen: Die beiden würden aller Wahrscheinlichkeit nach am frühen Morgen in Tanga in den Zug steigen und gegen Mittag in Mombo eintreffen. Dort würden sie sich Maultiere mieten und über Wilhelmsthal und die Domäne Kwai hinauf nach Neu-Kronau reiten. Es war jedoch fraglich, ob man die Strecke bei den aufgeweichten Böden an einem Nachmittag schaffen konnte – vermutlich musste George schon Elisabeths wegen auf einer der umliegenden Plantagen übernachten. Auch Peter und Klara waren dieser Meinung, aller Voraussicht nach würden die beiden an einem der kommenden Tage um die Mittagszeit in Neu-Kronau eintreffen.

Die Sonne schwamm als gleißende Kugel in den grauen Schleierwolken des Abendhimmels, als Charlotte und Jeremy Brooks von ihrem Kontrollritt zur Plantage zurückkehrten. Sie waren vor einem Regenguss in den Wald geflüchtet und dort von ihren Pferden gestiegen, um unter dem dichten Blätterdach Schutz zu finden. Jeremy hatte ihr seine Jacke angeboten, was Charlotte lachend ablehnte, danach warteten sie stumm, bis der Regen vorüber war. Auf dem Rückweg fragte er sie über die Herstellung der Sisalfasern aus, die mittlerweile überall auf der Welt Abnehmer fanden, und unterbreitete ihr gewagte Vorschläge.

»Wenn wir mehr Land roden und Sisal pflanzen, verwandeln wir die Plantage in eine Goldgrube, da bin ich mir ganz sicher!«

»Wir haben auch so schon zu wenig Arbeiter«, gab Charlotte zu bedenken, »und außerdem steht die Kaffee-Ernte an. Schauen wir erst mal, wie der Sisal hier überhaupt gedeiht …«

Sie unterbrach sich, weil Simba ihnen plötzlich in weiten Sprüngen vorauslief und das Eingangsgatter der Plantage mit einem einzigen, hohen Satz übersprang. Charlotte ahnte, was den Hund dazu veranlasst hatte, ihr Puls beschleunigte sich, und sie spähte aufgeregt Richtung Haus. Vor dem Wohnhaus standen mehrere Personen, darunter zwei sehr schlanke, hochgewachsene Männer und ein Mädchen. Einer der Männer war Schammi, was deutlich an seinem langen Kaftan zu erkennen war, der andere ein Weißer in einem hellen Tropenanzug. George! Er stand mit dem Rücken gegen die Hauswand gelehnt, hatte die Arme vor der Brust gekreuzt und starrte wohl schon eine ganze Weile zu ihr hinüber. Jetzt allerdings musste er sich des Hundes erwehren, der in unbändiger Wiedersehensfreude an ihm hochsprang.

Jeremy hatte nichts von alledem bemerkt. Simbas Sprung über das Gatter stachelte seinen Ehrgeiz an, er lachte übermütig und wendete seinen Braunen, um ein Stück zurückzureiten und das Hindernis mit einem lässigen Satz zu nehmen. Jonas Sabuni und zwei seiner Kinder, die herbeigelaufen waren, um das Gatter zu öffnen, flüchteten angstvoll in die Wiesen – einen so tollkühnen Reiter wie *bwana* Brooks hatten sie noch nie gesehen. Doch die triumphierende Miene des jungen Mannes verlor sich schlagartig, als Charlotte achtlos an ihm vorbei zum Wohnhaus hinüberritt.

»George! Elisabeth! Ihr seid ja schon da!«

Ihre Tochter befreite sich von dem kleinen Sammi und Ontulwe, die sie zur Begrüßung begeistert umklammert hatten, und stürmte auf sie zu. Das Hängekleid aus hellem Leinen war ihr schon wieder zu kurz geworden. Himmel – sie hatte ihr Kind nur einige Wochen nicht gesehen, und schon war es wieder gewachsen!

»Lasst mich jetzt endlich los, ich will meine Mama begrüßen!«

Protestgeschrei mischte sich mit Klaras sanften Ermahnungen, Elisabeth zerrte Charlotte fast vom Pferd und schmiegte sich so innig an die Mutter, dass Charlotte ein schlechtes Gewissen bekam. Wie hatte sie das Mädchen so lange allein lassen können?

»Mama, stell dir vor: George hat gesagt, ich kann Ärztin werden. Wie findest du das?«

»Das ist eine großartige Idee, mein Schatz! Gehen wir jetzt erst mal hinein. Johannes Kigobo, Kerefu! Kümmert euch um die Pferde. Martha Mukea, leg ein schönes Tischtuch auf. Der Koch soll die Bohnen und das Ziegenfleisch zubereiten, ich werde ihm von meinem Gewürzvorrat geben …«

George wartete geduldig, bis sich der Aufruhr ein wenig gelegt hatte, erst dann trat er zu Charlotte und zog sie an sich.

»Du siehst aus wie ein junges Mädchen«, murmelte er. »Das Landleben bekommt dir gut, mein Schatz.«

Für einen Augenblick atmete sie den vertrauten Geruch seiner Kleidung und seines Körpers, zitternd vor Verlangen, ihn zu küssen, doch sie waren nicht allein, mussten Rücksicht auf die anderen nehmen. Er teilte ihre Sehnsucht, sie spürte es an seinem schweren Atmen und der Hitze seiner Hand, die langsam, wie zufällig über ihren Rücken bis hinab zur Taille glitt. Ihre Haut prickelte unter dem Stoff ihres Kleides, und sie wandte sich rasch von ihm ab, um ins Haus zu gehen.

»Was ist mit Ihnen, Mr Brooks?«, rief George, der an der Schwelle stehen geblieben war. »Kommen Sie nicht mit hinein?«

Jeremy hatte seinen Braunen am Halfter genommen, um ihn in den Stall zu führen, und drehte sich nicht einmal um.

»Ich will nicht stören …«

»Was reden Sie da für einen Unsinn! Leisten Sie uns Gesellschaft, Mr Brooks, ich bitte Sie darum!«

Zögernd willigte der Engländer ein, überließ dem alten Kerefu sein Pferd und folgte George ins Haus.

Der Abend war heiter, ein fröhliches Zusammensein von Kindern und Erwachsenen, das Klara an die schönen Zeiten in Leer erinnerte, als die Familie zu festlichen Anlässen noch im Haus der Großmutter zusammenkam. Elisabeth, die von dem langen Ritt eigentlich hätte müde sein müssen, erzählte Charlotte eine Schulgeschichte nach der anderen, ließ auch Tante Klara und Onkel Peter daran teilhaben und bestand später darauf, den schlafenden Sammi ganz allein hinauf in sein Bett zu tragen.

George hatte sich nach dem Essen zu Jeremy gesetzt und widmete sich dem jungen Mann so ausgiebig, dass Charlotte fast eifersüchtig wurde. Gut, der junge Brite schien George zu interessieren, und tatsächlich überschnitt sich ihrer beider Interesse in vielerlei Dingen, angefangen bei der Großwildjagd bis hin zu Automobilen. Zudem stellte sich heraus, dass Jeremy zwei von Georges Büchern gelesen und eine ganze Menge davon im Gedächtnis behalten hatte. Immer wieder lauschte Charlotte dem Gespräch der beiden Männer und stellte fest, dass hier ein ganz anderer Jeremy Brooks saß als der, den sie bisher kannte. Lag es daran, dass George den jungen Mann herausforderte und seine Argumente ernst nahm? Dass er ihm keine Oberflächlichkeit durchgehen ließ, ihn aber niemals verletzte, sondern nur in gewohnt freundlicher Weise seine Fragen stellte?

»Sie sind also der Meinung, dass unsere schöne Erde in absehbarer Zeit völlig ohne weiße Flecke sein wird, Mr Brooks?«

»Ganz sicher. Es wird noch ein paar Jährchen dauern, aber irgendwann ist jeder Winkel genau vermessen. Sie haben doch selbst dazu beigetragen, Dr. Johanssen, als sie in Ruanda waren.«

»Das ist wahr – obgleich ich mich auf der Expedition nicht mit Kartographie beschäftigt habe. Manchmal erscheint mir dieses Bemühen seltsam. Wer hat einen Nutzen davon, eine Gegend kartographisch zu erfassen?«

»Nun, das ist doch ganz einfach. Briten, Belgier oder Deutsche – wer das Land besitzt, der will auch wissen, wie es beschaffen ist.«

George schüttelte scheinbar ungläubig den Kopf.

»Aber die Eingeborenen, die dort leben, wissen ganz genau, wie ihr Land ausschaut. Man brauchte sie eigentlich nur zu fragen, oder?«

Jeremy begann zu lachen, und auch George, der ihn mit seinen grauen Augen so eindringlich angestarrt hatte, blickte jetzt auf einmal verschmitzt drein.

»Ihre Verdienste in allen Ehren, Dr. Johanssen – aber eine so naive Behauptung habe ich noch nie gehört. Zum einen gibt es da einen gewissen Unterschied zwischen einer exakten wissenschaftlichen Vermessung und den Vorstellungen im Kopf der Eingeborenen, und zum anderen werden die Schwarzen, selbst wenn sie jeden Stein ihres Landes kennen, wenig Lust verspüren, ihr Wissen anderen mitzuteilen – die Gründe dafür liegen auf der Hand.«

»Ganz so klar sehe ich das nicht. Warum sollten sie den Weißen nicht erzählen, wie ihre Wälder und Savannen beschaffen sind, wo ihre Pfade verlaufen, an welchen heiligen Orten ihre Götter leben?«

Jeremy zog die Stirn kraus und starrte George an. Dann nickte er.

»Weil sie damit ihre Heimat preisgeben. Ich verstehe, was Sie meinen, Dr. Johanssen. Wer das Land vermisst und aufzeichnet, der will ihm seinen Stempel aufdrücken. Er wird die Pfade seiner Vorgänger zerstören und neue Wege bauen, er wird die Wälder roden und Äcker anlegen, und er wird die alten Götter verjagen, um seine Kirchen zu bauen. Und erst wenn er all das erreicht hat, wird ihm das Land wirklich gehören.«

»Da könnte was dran sein, Mr Brooks«, gab George ernst zurück.

Klara und Peter verabschiedeten sich als Erste, Elisabeth schlief schon fast im Sitzen ein, wollte jedoch lieber hier im Wohnraum neben dem schnarchenden Simba als allein drüben im Gästezimmer übernachten. Jeremy schüttelte George lange die Hand, wünschte Charlotte höflich eine gute Nacht und verschwand in der sternlosen Dunkelheit, ohne eine Laterne mitzunehmen.

Charlotte sah ihm nicht nach, wie sie es sonst tat. Schweigend hatte George seinen Arm um sie gelegt und schob sie an der schlummernden Elisabeth vorbei ins Schlafzimmer. Sie spürte seinen heißen Atem in ihrem Nacken. Er nahm sie hastig, was sie der langen Trennung zurechnete, riss ungeduldig an den Knöpfen und Häkchen, zog die Spangen und Bänder aus ihrem Haar und warf sie auf den Boden. Auch sie war leidenschaftlich, bot sich ihm verlockend, fast schamlos dar und erschrak dann über den harten Griff, mit dem er ihre Arme aufs Laken presste.

»Du tust mir weh, George!«

Erschrocken löste er sich von ihr und bat sie um Verzeihung, doch auch als er sie nun behutsamer anfasste, spürte sie dahinter eine Anspannung, die mehr war als nur körperliches Begehren. Zorn mischte sich in seine Leidenschaft, ein Zorn, der sich nicht nur gegen sie, sondern auch gegen ihn selbst richtete und den sie auf ihre Art deutete. Letztlich war er gekommen, weil er sich über sie geärgert hatte, doch das wollte er ihr nicht ins Gesicht sagen, um keinen Streit zu provozieren.

Enttäuscht lagen sie später nebeneinander. Charlotte hatte sich bald nach dem Höhepunkt aus seinen Armen gelöst und aufgesetzt, um die Decke über sie beide zu ziehen; als sie sich wieder zurücklegte, fasste er ihre Hände und hielt sie fest. Die Lampe auf der Kommode flackerte, weil das Öl zur Neige ging, in dem unruhigen Licht erschien ihr Georges Profil scharf und knochig. Er war zehn Jahre älter als sie, im kommenden Jahr würde er fünfzig werden. Plötzlich überkam sie eine übergroße Zärtlichkeit für diesen Menschen an ihrer Seite, der ihr vor Jahren als junger Hitzkopf das Herz geraubt hatte und nun langsam alterte. War es ein Wunder, dass er über diese lange Trennung erbost war? Er hatte ihr doch gestanden, wie sehr er sie brauchte!

Sie hätte ihm gern mit dem Finger über die Wange gestrichen, doch er hielt ihre Hände fest umschlossen.

»Schlaf jetzt, mein Liebes«, flüsterte er ihr ins Ohr. »Du musst morgen zeitig aus den Federn.«

Natürlich wusste er, dass sie eine Frühaufsteherin war. Er selbst hingegen würde bis weit in den Vormittag hinein schlafen.

»Willst du noch arbeiten?«, fragte sie, als er Anstalten machte, sein Hemd überzustreifen.

»Ich kann hinübergehen, wenn dich das Licht stört.«

Das Licht störte sie nicht, die Tatsache, dass er jetzt aufstehen und sich an seine Manuskripte setzen wollte, dagegen schon. Es war albern, denn so hatten sie es bisher immer gehalten. Wieso meinte sie nur, sich heute einsam und verlassen zu fühlen, wenn er noch einmal aufstand?

»Warte – ich bin nicht müde, George. Bleib noch ein Weilchen bei mir, bitte.«

Er bedachte sie mit einem forschenden Blick, als wolle er durch ihre Augen hindurch bis tief in ihre Seele schauen.

»Nanu, mein Schatz«, sagte er dann schmunzelnd und legte sich wieder neben sie. »Du hast mich doch nicht etwa vermisst?«

Weshalb ihr plötzlich die Tränen kamen, begriff sie nicht, aber es war unmöglich, sich dagegen zu wehren. Sie schluchzte auf und klammerte sich an ihn wie ein kleines Mädchen. Ja, sie habe Sehnsucht nach ihm gehabt, stammelte sie tränenerstickt, täglich, stündlich, nicht nur in den Nächten. Sie habe seine Stimme vermisst, sein ironisches Lächeln, die Gespräche mit ihm und sogar seine Rechthaberei. Seine klugen und ungewöhnlichen Ansichten über das Leben.

»Ich will ein Kind von dir, George.«

»Ein Kind? Ach, Charlotte! Liebste!«

Er umschloss sie mit den Armen, ließ sie an seiner Brust schluchzen, und sie spürte, wie er ihren Hals und manchmal ihre Stirn küsste, bis sie sich ausgeweint hatte und ihr nasses Gesicht mit einem Zipfel der Bettdecke abwischte.

»Ich habe über deine Tochter nachgedacht, Charlotte«, sagte er nach einer Weile.

Das war nicht eigentlich das, was sie jetzt hören wollte. Natürlich gefiel es ihr, dass sich George und Elisabeth so gut miteinander verstanden, doch weshalb sagte er nichts zu ihrem Wunsch nach einem gemeinsamen Kind mit ihm?

»Elisabeth?«, murmelte sie und räusperte sich. »Was hat sie angestellt?«

»Gar nichts. Ganz im Gegenteil. Ich halte sie für sehr talentiert und intelligent. Wir sollten darüber nachdenken, wie wir sie weiter fördern können.«

Charlotte drehte sich auf den Rücken und blinzelte zu den Holzbohlen der Zimmerdecke hinauf, von denen schon wieder der Putz bröckelte. Vielleicht hatte sie das so schmerzlich ersehnte Kind gerade empfangen?

»Wie meinst du das?«, fragte sie und strich sich das wirre Haar aus dem Gesicht.

Er streckte sich nun auch auf dem Rücken aus, hatte den Kopf jedoch ein wenig gedreht, um sie ansehen zu können.

»Nun – die Regierungsschule in Daressalam möchte allenfalls Telefonistinnen oder Lehrerinnen ausbilden. Im Prinzip sollen die Mädchen auf die künftige Ehe vorbereitet werden, was im Allgemeinen keine schlechte Sache ist …«

»Ach ja – findest du?«, neckte sie ihn heiter.

»Gewiss, mein Schatz. Ich bin deiner Großmutter noch heute dankbar, dass sie eine umsichtige Hausfrau aus dir gemacht hat …«

Seine Worte waren nicht ernst gemeint, das wusste Charlotte. George überließ ihr zwar nicht ungern die Organisation des Haushalts in Daressalam, doch es hätte ihn wenig gestört, wenn sie dazu keine Lust gehabt hätte.

»Und Elisabeth soll deiner Meinung nach nicht auf die Ehe vorbereitet werden?«

»Das habe ich nicht gesagt. Aber es wäre schade um ihre Fähigkeiten, wenn es nur dabei bleiben sollte. Hast du gelesen, dass es in Preußen inzwischen Gymnasialkurse für Mädchen und sogar Mädchengymnasien gibt?«

Davon hatte sie tatsächlich gelesen, es allerdings nicht so recht glauben wollen. Wie hatte sie damals Cousin Paul beneidet, der das Gymnasium in Leer besuchen durfte, während sie selbst nur auf die ganz normale Volksschule ging, wie alle anderen Mädchen auch. Und heute sollte es möglich sein, dass eine Frau an einer Universität studierte!

Sie sah George mit einem zärtlichen Lächeln an. Es passte zu ihm, dass gerade er sich für diese Sache einsetzte, während so viele Männer darüber nur die Köpfe schüttelten. Es gab sogar namhafte Wissenschaftler, die beweisen wollten, dass das weibliche Gehirn wegen seines geringeren Gewichts weniger leistungsfähig als das männliche sei, weshalb eine Frau unmöglich ein Universitätsstudium absolvieren könne.

»Dann hast also du ihr diesen Floh ins Ohr gesetzt«, stellte sie amüsiert fest. »Sie erzählte mir schon bei der Begrüßung, dass sie Ärztin werden wolle.«

Er grinste. »Ich denke, wir sollten es wagen, Charlotte«, sagte er dann. »Deine Tochter wird bald zehn Jahre alt, und ihre Bildung ist reichlich kraus. Sie hat allerlei Nützliches und Überflüssiges in verschiedenen Schulen gelernt, dazu habe ich ihr einiges über Literatur und Medizin vermittelt. Aber wenn sie jetzt nicht bald eine geregelte Schule besucht, wird sie es schwer haben …«

Gerade eben hatte Charlotte seinen Vorschlag noch für großartig, mutig und fortschrittlich gehalten und hätte ihn am liebsten dafür geküsst, doch plötzlich wurde ihr bewusst, dass es nicht nur um schöne Ideen ging – Elisabeth sollte ein Mädchengymnasium besuchen, und das ziemlich bald.

»Aber … aber hier in Afrika gibt es so etwas nicht …«

Er hob die Arme und schob beide Hände unter den Nacken, dann sah er wieder zu ihr hinüber. Diesmal war sein Blick ernst.

»Nein, Charlotte. Zu diesem Zweck müsste Elisabeth nach Deutschland reisen. Solche Mädchengymnasien sind alle in privater Hand, wir müssten uns gemeinsam für eines entscheiden und Elisabeth in einer Familie unterbringen …«

Sie schwieg. Wusste er, was er da von ihr verlangte? Sie sollte Afrika verlassen und mit ihm nach Deutschland reisen, nach Preußen womöglich, wo immer noch Elisabeths Großeltern und Onkel auf ihrem großen Gutshof in Brandenburg lebten und vielleicht Ansprüche auf das Mädchen erhoben? Was würde geschehen, wenn sie dort in einer Familie lebte, und plötzlich stünden die Großeltern vor der Tür, um die Enkelin zu sich zu nehmen? Würde es wirklich etwas nützen, dass George Elisabeth adoptiert hatte? Womöglich würde sie ihr Kind für immer verlieren.

»Ich weiß, dass dies ein Entschluss ist, der lange und sorgfältig überlegt sein will, Charlotte. Elisabeth ist deine Tochter, aber ich habe sie adoptiert, und dir sollte klar sein, wie sehr ich an ihr hänge.«

»Das weiß ich doch, George«, murmelte sie und verzog schmerzlich das Gesicht. »Aber ich liebe sie – wie sollte ich da mein Mädchen nach Deutschland schicken? So unendlich weit weg …«

»Überlege in aller Ruhe, Charlotte. Wir werden sie besuchen und vielleicht einen Teil des Jahres in ihrer Nähe verbringen …«

Er hatte noch andere Vorschläge, wollte mit ihr nach Kairo ziehen, sich in Marokko niederlassen, vielleicht auch in Italien. Von dort aus sei es nicht ganz so weit nach Deutschland, man könne einander besuchen, Elisabeth wäre in den Ferien bei ihnen. Sie könnten auch dort Land erwerben und es bebauen, einen Handel beginnen oder sogar ein Photostudio eröffnen.

»Vielleicht«, murmelte sie und schloss müde die Augen. »Ich muss das alles überschlafen.«

Oh, wie gut sie jetzt ihre Großmutter Dirksen in Leer verstehen konnte. Niemals und unter keinen Umständen hätte Grete Dirksen die kleine Enkelin Charlotte fortgegeben. Und schon gar nicht eine ihrer Töchter. Doch waren die Mütter und Großmütter wirklich allesamt grausame Egoistinnen?

Sie spürte, wie George sich über sie neigte und ihre Stirn küsste. Er zupfte ihre Bettdecke zurecht, dann hörte sie, wie er aufstand, sein Manuskript aus der Reisetasche nahm und geräuschlos das Zimmer verließ.

Als sie wie üblich vor Sonnenaufgang erwachte, verspürte sie ein Unbehagen, das sie sich zunächst nicht erklären konnte. Dann erst begriff sie, dass die leisen Atemzüge neben ihr fehlten und auch die Wärme seines Körpers. George lag nicht bei ihr.

Er saß fertig angezogen im Wohnraum nebenan, hatte jedoch die Lampe nicht angezündet, um die schlafende Elisabeth nicht zu stören.

»Was ist los?«, flüsterte Charlotte besorgt und beugte sich über ihn.

»Nichts.« Er legte eine Hand um ihren Nacken. »Ich habe vor, den Morgenritt mit dir gemeinsam zu machen, mein Schatz.«

Sacht zog er sie zu sich herab, um sie zu küssen, und sie erschrak ein wenig, weil seine Lippen heiß und trocken waren.

»Du hast doch nicht etwa Fieber?«

»Harmlos. Ich habe schon etwas eingenommen.«

»Dann solltest du dich besser schonen, George.«

»Wer ist hier der Doktor? Du oder ich?«, fragte er grinsend und erhob sich.

Sie zog sich an und kümmerte sich darum, dass ein gutes Frühstück aufgetragen wurde, von dem George jedoch nichts außer dem Kaffee und einem Stückchen kaltem Fleisch zu sich nahm. Dafür erschien Jeremy früher als gewöhnlich. Er hatte den Lichtschein im Fenster gesehen und leistete Georges freundlicher Aufforderung, sich mit an den Tisch zu setzen, gern Folge. Die Gespräche drehten sich jetzt um die Plantage, vor allem die mit Spannung erwartete erste Kaffee-Ernte wurde diskutiert. Dann brachte Jeremy Zedern und Kautschuk ins Spiel, weitere Standbeine der Plantage, die Charlotte nicht vernachlässigen durfte, und schilderte voller Stolz seine Methode, die Termiten zu bekämpfen.

»Keine einzige ist zurückgekommen!«, triumphierte er grinsend und kippte den Rest Kaffee aus seiner Tasse hinunter. »Es muss sich dort unten an den Weiden herumgesprochen haben, dass Jeremy Brooks den Kampf gegen die Holzfresser aufgenommen hat!«

Charlotte lächelte über seinen Eifer, warnte ihn aber zugleich, dass die Termiten hartnäckige Plagegeister seien, vor denen man stets auf der Hut sein müsse. Eine Weile stritt sie mit ihm über die Anpflanzung von Kautschukbäumen, dann gab sie zu, dass er nicht ganz unrecht habe, doch im Augenblick stünden einfach nicht genügend Geld und Arbeitskräfte zur Verfügung. »Das wäre dann wohl eine Aufgabe für den zukünftigen Verwalter«, meinte George, der sich an dem Gespräch bisher nur wenig beteiligt und stattdessen im Stuhl zurückgelehnt vor sich hin gestarrt hatte.

»Das ist wohl wahr!«, seufzte Charlotte.

Sie brachen kurz nach Morgengrauen auf, als die Berge ringsum noch nebelverhangen waren und die Feuchtigkeit in weißen Schleiern von Büschen und Wiesen aufstieg. Meerkatzen hüpften in den Zweigen und ließen hie und da Tautröpfchen auf die Reiter hinabregnen, Vogelrufe ertönten aus allen Richtungen, erfüllten die Luft mit krächzenden, pfeifenden und singenden Lauten. Charlotte ritt schweigend neben George, Jeremy hielt sich hinter ihnen, das Schlusslicht machte Simba, der sie auf jedem Ritt unaufgefordert begleitete.

»Ist es nicht schön?«, fragte Charlotte an George gewandt.

»Ja«, gab er zu. »Die Welt ist schön, und am schönsten ist sie am Morgen.«

Später ließ er sich zurückfallen, damit Jeremy zu Charlotte aufschließen konnte. Die beiden tauschten sich über die tagtäglichen Arbeiten aus, stellten fest, welche Aufgaben vordringlich waren und welche Arbeiter sich dafür am besten eigneten. Jeremy kannte bereits die Namen aller Schwarzen, die auf der Plantage lebten, wusste sie einzuschätzen und konnte zum Teil auch sagen, wie ihre Frauen und Kinder hießen.

Während Jeremy den Termitenhügel mit großer Sorgfalt inspizierte, blieb Charlotte bei George zurück, der sich auf einem Steinbrocken niedergelassen hatte und Simba den Hals kraulte.

»Stimmt es, dass der junge Mann eine Kapelle erbauen will?«

Charlotte drehte die Augen zum Himmel und stöhnte leise.

»Das ist eine seiner verrücktesten Ideen. Natürlich war es Peter, der ihm diesen Floh ins Ohr gesetzt hat. Aber sei ganz beruhigt – Jeremy Brooks wird niemals eine Kapelle bauen.«

George blinzelte hinüber zu dem steinharten röhrenförmigen Termitenbau, vor dem Jeremy mit einem Stecken im Boden herumstocherte.

»Wie hat er denn die lieben Tierchen vertrieben?«

»Er hat eine Flüssigkeit hineingegossen. Angeblich stammt das Rezept von dem Medizinmann eines Eingeborenenstammes drüben im Kongo.«

»Und es wirkt?«

»Bis jetzt schon.«

George hustete, dann schaute er zum Himmel auf, der sich mit dunklen Regenwolken bezog. Ein leichter Wind trug den Duft der Kaffeeblüten heran, auch die Akazien, Tamarinden und andere Pflanzen standen in Blüte, es war die Zeit der Fruchtbarkeit und des üppigen Wachstums.

»Weshalb sollte er keine Kapelle bauen?«

Charlotte sah vorsichtig zu Jeremy hinüber, doch der war ganz mit der steinernen Termitenröhre beschäftigt und konnte ihr Gespräch auf keinen Fall mit anhören.

»Weil er ein haltloser Schwätzer ist, George. Außerdem trinkt er.«

»Das muss nicht viel heißen, Charlotte. Hier in Afrika geraten viele Leute an den Alkohol – nicht jeder ist deshalb ein notorischer Säufer.«

Sie zuckte mit den Schultern und meinte, es sei ihm zu wünschen. Er habe sich tatsächlich sehr verändert, seit er auf der Plantage lebe, und – soweit ihr bekannt – keinen Tropfen Alkohol mehr angerührt, was nicht unbedingt viel heißen musste.

»Aber er hat einen guten Kern«, seufzte sie. »Ich wünschte wirklich, er würde sich fangen. Er scheint sich sehr für die Plantagenwirtschaft zu interessieren und ist mir eine große Stütze. Wenn ich allerdings einen Verwalter einstelle, wird die Sache schwierig werden.«

George nickte. Auch ihm war klar, dass Jeremy Brooks sich keinem Verwalter unterordnen würde. Der junge Herumtreiber würde sich vermutlich schleunigst aus dem Staub machen.

»Wie alt mag er sein?«

»Vielleicht dreißig?«, schätzte Charlotte.

»Ja, das könnte hinkommen. Verdammt jung, nicht wahr?«

Er hob den Kopf und bedachte sie mit einem vielsagenden Lächeln. Charlotte errötete. Wie kam sie nur auf den albernen Gedanken, George könnte eifersüchtig auf einen Kindskopf wie Jeremy sein?

»Ich glaube, ich reite besser zurück und lege mich noch ein wenig aufs Ohr«, sagte George jetzt und rettete sie damit aus ihrer Verlegenheit.

Langsam stand er von seinem harten Sitz auf, bestieg jedoch sein Pferd mit gewohnter Leichtigkeit, und als Charlotte ihm umständlich den Rückweg erklären wollte, lachte er sie aus.

»Ich bin ein alter Wald- und Wiesenläufer, mein Liebling. Ich reite immer der Nase nach und finde stets mein Ziel.«

Sie sah ihm nach, als er den Fahrweg zurückritt, den Hut in die Stirn gedrückt. Die weite Jacke flatterte um seine Schultern. Nach einer Weile wirkten Pferd und Reiter klein und zerbrechlich vor dem Hintergrund des dunklen Waldrandes, und als sich seine Gestalt hinter einem Hügel verlor, verspürte sie den unsinnigen Impuls, ihm nachzureiten. Was war nur los mit ihr?

»He, Lady! Gähnende Leere in allen Gängen und Löchern! Was sagen Sie jetzt?«

»Großartig!«, rief sie und wischte sich mit dem Handrücken eine Träne aus dem Augenwinkel.

Bei ihrer Rückkehr stellte sie fest, dass George keineswegs schlief. Er saß mit Elisabeth und Klara unten im Wohnraum, Klara war wie üblich mit einer Näharbeit beschäftigt, während Elisabeth sich mit lateinischen Vokabeln herumplagte.

»George hat gesagt, das muss ich können, wenn ich Ärztin werden will, Mama!«

Charlotte hatte keine Zeit, sich weiter damit zu befassen, draußen hatten sich die Arbeiter versammelt, die zu ihren Aufgaben eingeteilt und mit Geräten versorgt werden mussten. Aber sie ärgerte sich darüber, dass George ihr die Entscheidung über Elisabeths Zukunft praktisch schon abgenommen hatte. Wieso redete er dem Kind ein, es müsse Ärztin werden, und brachte ihm schon die lateinische Sprache bei? Welche Chance blieb ihr jetzt überhaupt noch, Nein zu sagen?

George schien ihre Gedanken erraten zu haben. Während sie mit Jeremys Unterstützung ihre Anweisungen erteilte, sah sie ihren Mann zu dem Unterstand aus Stroh hinübergehen, wo Peter Siegel die schwarzen Kinder unterrichtete. George, der so oft gesagt hatte, es mache keinen Sinn, den Eingeborenen lesen und schreiben beizubringen, setzte sich zu den Kindern auf den Boden und malte ihnen auf der Schiefertafel Buchstaben vor.

Auch am Nachmittag, als sie mit Jeremy noch eine kurze Runde zu den Kaffeepflanzungen drehte und wegen eines Platzregens eilig zurückkehrte, schlief George nicht. Sie fand ihn am Tisch sitzend, über seine Manuskripte gebeugt, einen Stapel Zeitschriften neben sich. Die Hand, die den Stift führte, zitterte ein wenig.

»Du hast immer noch Fieber, George«, murmelte sie und

legte die Arme um seine Schultern. »Sagtest du nicht, du hättest etwas eingenommen?«

Sein Rücken und seine Schultern fühlten sich schmal an, doch das war nie anders gewesen. George war zäh und verfügte trotz seines hageren Körpers über ungemein viel Kraft und Ausdauer.

»Das vergeht, Frau Krankenschwester«, erwiderte er unbeschwert und fasste ihre Hände. »Heute Abend werde ich den jungen Mann mal über seine Kapelle ausquetschen. Ich bin doch sehr gespannt, wie er sich das Ganze vorstellt, dein Tausendsassa!«

Später begriff sie, weshalb ihr diese Abende so unwirklich erschienen waren, denn eigentlich verliefen sie heiter, manchmal auch in ungehemmter Fröhlichkeit. Es waren vor allem die drei Männer, George, Peter und Jeremy, die das Wort führten, sich in Diskussionen über Gott und die Welt verstrickten und kaum ein Ende finden konnten. Auch Charlotte mischte sich gern ein, manchmal ganz spontan, oft aber auch, um Peter und Jeremy ein wenig vor Georges gut gezielten Provokationen zu schützen.

»Manchmal glaube ich, dass der liebe George über das Ziel hinausschießt«, flüsterte Klara Charlotte zu. »Er hat ein großes Talent, andere in die Irre zu führen, findest du nicht, Lotte?«

Charlotte musste ihr recht geben. Das Spiel, das George so gern mit seinen Gesprächspartnern spielte, stand auf der Kippe und diente nicht länger dazu, den Weg für neue Denkweisen freizumachen, sondern war zu einer Art Kampfsport geworden. Seltsamerweise gingen Peter und Jeremy bereitwillig auf Georges Herausforderungen ein, ließen sich vorführen und konnten ihm dennoch nicht böse sein. Nach wie vor beherrschte George die Kunst, Menschen zu bezaubern, und nach all den aufgeregten Diskussionen trennten sich die drei stets mit freundschaftlichem Handschlag.

»Er ist ein wirklich netter Bursche«, bemerkte George mehrfach, wenn sie am Ende des Abends miteinander allein blieben.

Da sie nicht reagierte, begann er mit allerlei phantasievollen Zärtlichkeiten, ihre Lust anzufachen, zog ihr nach und nach die Kleider aus, ließ seine Finger über ihre Haut spielen und berauschte sich an ihrer Erregung Wenn er sie schließlich nahm, kam es ihr vor, als stürze er sich in einen tiefen Abgrund, wild entschlossen, die Zähne aufeinandergebissen, ohne einen Laut. Keine dieser Nächte brachte ihr Erfüllung, weder stillten sie ihr körperliches Begehren noch ihre Sehnsucht nach ihm. Ob es ihm ebenso erging? Wenn sie am Morgen leise aus dem Bett stieg und der Schein der Lampe auf sein Gesicht fiel, glaubte sie, seine Lider zittern zu sehen, doch anders als am ersten Tag stand er nun nicht mehr auf, um sie auf ihrem Ritt zu begleiten.

»Wir werden kein Kind haben, Charlotte«, sagte er eines Morgens unvermittelt. »Nach deiner Fehlgeburt habe ich einen Eingriff vornehmen lassen. Ich wollte nicht, dass du noch einmal so leiden musst.«

Es traf sie wie ein Schlag. Wie hatte er das tun können, ohne sie zu fragen? Wieso entschied er ganz allein darüber, ob sie ein Kind bekommen würden? War es nicht ihre Sache, ob sie litt oder nicht?

Er streckte den Arm nach ihr aus, wollte sie an sich ziehen, wollte, dass sie Verständnis zeigte, doch sie wich zurück, streifte sich hastig in einer Ecke des Zimmers ihre Kleider über und verließ das Schlafzimmer. Von da an berührten sie einander nicht mehr.

Einige Tage später erklärte er, aufbrechen zu müssen, er würde in der Klinik erwartet. Charlotte spürte, wie sich ihr

Herz zusammenzog. Da war er, der Abschied, vor dem sie sich so gefürchtet hatte, obgleich es doch eigentlich keinen Grund dafür gab. An diesem Morgen schickte sie Jeremy allein auf den Kontrollritt und blieb im Wohnhaus zurück, um mit Klara, Peter, Elisabeth und George das Frühstück einzunehmen. Es war ein angenehm warmer Tag unter einem klaren, wolkenlosen Himmel, Schammi und Martha Mukea hatten den Frühstückstisch auf der Terrasse aufgebaut. Hinter dem Haus schimpfte Jonas Sabuni auf die frechen Ziegen, die das hölzerne Gatter zu Charlottes Garten aufgestoßen und sich über den frischen Salat hergemacht hatten. Der Duft des blühenden Orangenbäumchens wehte zu ihnen hinüber, und Charlotte glaubte sogar, ihre Kaffeeblüten riechen zu können. Ach, sie war viel zu lange hier auf ihrer Plantage geblieben, alles war ihr ans Herz gewachsen, und es würde ihr unendlich schwerfallen, sich davon loszureißen.

»Willst du Elisabeth nicht lieber bei mir lassen, George? Wir werden ganz sicher bald nachkommen.«

George hatte sich im Stuhl zurückgelehnt und für einen Moment die Augen geschlossen, jetzt richtete er sich abrupt auf und griff zu seiner Kaffeetasse. Er blickte hinüber zu dem jungen Mädchen und fragte dann: »Nun, Elisabeth, möchtest du nicht noch einmal hinüber zum Teich laufen, um nach den jungen Enten zu sehen?« Begeistert schob diese ihren Stuhl zurück und rannte davon.

Als sie weg war, fragte George mit einem harmlosen Lächeln: »Fürchtest du, ich könnte sie allzu sehr beeinflussen?«

»Nun – ich gebe zu, dass ich mich geärgert habe. Du hättest mich zuerst fragen können, bevor du ihr den Floh ins Ohr setzt, auf ein Gymnasium zu gehen.«

Er führte die Tasse an die Lippen, bemerkte, dass sie leer war, und stellte sie zurück auf den Tisch. Schammi beeilte sich, ihm frischen Kaffee nachzugießen.

»Du hast recht«, murmelte George. »Ich war zu vorschnell. Wärest du bei uns in Daressalam gewesen, hätten wir in Ruhe über Elisabeths Zukunft reden können.«

Ach, so war das. Nun war sie die Schuldige. Sie war zu lange auf der Plantage geblieben und hatte sich nicht um ihr Kind gekümmert. Der Vorwurf traf sie hart, zumal er nicht ganz unberechtigt war.

»Ich sagte doch, dass wir bald nachkommen werden«, gab sie unwirsch zurück. »Aber du siehst ja, wie gut es ihr hier gefällt. Elisabeth hat die ersten fünf Jahre ihres Lebens auf einer Plantage verbracht, sie ist ungebunden und frei in der Natur aufgewachsen …«

Mit einer langsamen Bewegung strich George über Simbas mächtigen Schädel, spürte der kleinen Knochenausbuchtung an seinem Hinterkopf nach, liebkoste die zottigen Hängeohren.

»Fragen wir sie …«

Elisabeth überlegte nur einen kurzen Moment, dann erklärte sie, auf der Plantage bleiben zu wollen.

»Aber nur, wenn du nicht traurig bist, George …«, sagte sie schmeichelnd und schlang die Arme um ihn.

»Traurig?«, rief er und lachte. »Ich werde mich ein wenig erholen können, bevor du mir neue Löcher in den Bauch fragst, kleines Fräulein.«

Als er allein davonritt, stand Elisabeth an Charlotte geschmiegt auf der Terrasse. Gut hundert Schritte bevor George das Eingangsgatter erreichte, sah er sich nach ihnen um und winkte. Charlotte hob zögernd die Hand, unsicher, ob sein Abschiedsgruß ihnen beiden oder vielleicht nur Elisabeth galt. Doch er hatte sich schon wieder nach vorn gewendet, um Schammi und Johannes Kigobo, die das Eingangsgatter für ihn öffnen wollten, etwas zuzurufen. Charlotte sah die beiden schwarzen Angestellten verblüfft zurückweichen, während George nun sein Pferd antrieb und das Hindernis im Sprung nahm. Danach verschwanden Pferd und Reiter hinter dem Eukalyptuswäldchen.

»Er kann viel besser reiten als Jeremy, nicht wahr, Mama?«

»Natürlich, mein Schatz.«

»Und er ist auch viel klüger. George weiß alles. Er kann so großartige Witze machen …«

Charlotte nickte und spürte, wie ihr das Herz schwer wurde. Hätte sie das Mädchen besser mit George nach Daressalam geschickt? Ach, weshalb hatten sie sich nur so voneinander entfremdet? Sein Kuss war flüchtig gewesen, fast kühl, und auch sie hatte sich nicht überwinden können, ihm ihren Abschiedsschmerz zu zeigen.

»Mama, du musst mir heute Abend lateinische Vokabeln abhören. Kannst du überhaupt Latein?«

»Nein. Aber es wird schon irgendwie gehen, mein Schatz!«

Ihre Tochter lernte eine Sprache, die sie selbst nicht beherrschte. Die Sprache der Akademiker, der gebildeten Männer, der Wissenschaftler und Ärzte. Es war großartig, dass es Frauen jetzt möglich sein sollte, in diese Bastion der Männer einzudringen – wieso war sie so selbstsüchtig und wollte ihrem Mädchen diese Chance nehmen? George hatte vollkommen recht – sie würden eine Möglichkeit finden, Elisabeth auf eine gute Schule zu schicken und dennoch in ihrer Nähe zu bleiben. Weshalb nicht Marokko? Was sprach gegen Ägypten? Hatte sie selbst nicht George damals vorgeschlagen, in das Land am Nil auszuwandern?

Sie beschloss, ihre Nachbarn zu besuchen und dann hinunter nach Wilhelmsthal zu reiten – irgendwo musste sich doch ein vernünftiger Verwalter finden. Drei Tage war sie unterwegs, doch das Ergebnis war nicht das gewünschte. Man versprach ihr, bei passender Gelegenheit jemanden vorbeizuschicken. Bei den Krügers erfuhr sie, dass Erdmute erkrankt und nach Tanga in die Klinik gebracht worden war. Gustav Krüger verbarg seine Sorge hinter einer bärbeißigen Fassade und erklärte Charlotte kurz angebunden, sie sei mittlerweile überall als »schwierige Person« bekannt, da sie bisher fast jeden Kandidaten für einen Verwalterposten fortgeschickt habe. Er zumindest habe keine Lust, sich noch einmal die Finger zu verbrennen.

Jeremy hatte während ihrer Abwesenheit hervorragende Arbeit geleistet und konnte wahrhaftig stolz auf sich sein, doch an den Abenden blieb er jetzt in seiner Hütte und widerstand allen freundlichen Aufforderungen, sich zu ihnen zu gesellen.

»Sie haben mit Ihrer Tochter zu tun, Lady.«

»Elisabeth hätte gewiss Spaß an den Spielen, die Sie sich immer ausdenken …«

»Möglich …«

Er kam ihr seltsam scheu vor, sah sie nur aus den Augenwinkeln an und schien seine prahlerischen Sprüche vollkommen vergessen zu haben. Lag es daran, dass Elisabeth eine ziemlich deutliche Abneigung gegen den jungen Mann an den Tag legte? Oder hatte er vielleicht wieder zu trinken begonnen?

»Was haben wir ihm getan?«, fragte Charlotte ihre Cousine Klara, als sie am frühen Abend miteinander auf der Terrasse saßen.

Klara zog ein paar Striche über den Zeichenblock, kniff dann die Augen zusammen und begann, die Schatten zu schraffieren. Seitdem Elisabeth auf der Plantage war, hatte sie wieder häufiger gezeichnet, manchmal saßen Tante und Nichte auch nebeneinander vor dem Wohnhaus, jede mit Stift und Block bewaffnet und bemüht, denselben Baum, einen bunten Krug oder den felsigen Berghang aufs Papier zu bringen.

»Ich glaube, dass Jeremy deinen Mann sehr schätzt, Lotte«, sagte Klara nach anfänglichem Zögern.

Auch wenn Klara nun tatsächlich ihrer Mutter Fanny sehr

ähnlich sah, blickten ihre blauen Augen noch immer so zärtlich wie früher. Klara, die kleine Cousine mit dem Humpelbein, die Charlotte vor Ettje und Paul hatte beschützen müssen, die mit ihr im selben Bett geschlafen hatte, die ihren Herzschlag kannte und von ihren Träumen wusste.

»Aber deshalb muss er doch nicht wie ein Einsiedler …«

»Verstehst du denn nicht, Lotte?«, flüsterte Klara und sah sich vorsichtig um, obgleich außer ihnen nur Martha Mukea auf der Terrasse war. »Jeremy Brooks hat eine … Schwäche für dich.«

»Ach, Klara!« schimpfte Charlotte. »Das hast du schon einmal behauptet – was für ein Unsinn!«

»Ich sage nur das, was ich denke, Lotte. Natürlich ist es möglich, dass ich mich irre. Aber du solltest wirklich bald zu deinem Mann zurückkehren.«

»Ja, du hast recht«, murmelte Charlotte.

Sie blickte auf Klaras Zeichenblatt, auf dem gerade derEntenteich entstand, dahinter das Akazienwäldchen und in der Ferne, nur mit wenigen Strichen angedeutet, der steil ansteigende Berghang, wo Farnkräuter in dichten Büscheln zwischen den Felsen wucherten.

In Daressalam ist das Meer, dachte sie und versuchte sich das Rauschen und Schlagen der Wellen im weißen Sand vorzustellen, die türkisfarbene Bucht, die Palmenhaine. Doch der Wind trug jetzt den Duft der blühenden Kaffeebäume herbei, und ihre Erinnerung an das Meer verblasste.

Am Abend führte sie ein Gespräch mit Peter Siegel und stellte fest, dass sie offene Türen einrannte.

»Es ist nicht gut, wenn Mann und Frau voneinander getrennt sind«, verkündete er mit Predigermiene. »Geh mit Gott, Charlotte. Ich werde die Plantage so lange führen, bis wir einen Verwalter gefunden haben.«

Er hatte in der Tat die besten Absichten und hörte geduldig

zu, als sie ihm seine Aufgaben erklärte. Vor allem die Buchführung, die Bezahlung der Arbeiter, kleinere Anschaffungen, Verwaltung und Verkauf der Lebensmittel an die Schwarzen, regelmäßige Berichte nach Daressalam …

»Und alles andere?«

»Wir werden sehen, Peter.«

Jeremy hatte Charlotte seit Tagen nicht mehr auf ihren Kontrollritten begleitet, er tauchte nur noch auf, wenn sie die Schwarzen zur Arbeit schickte, um mit ihnen gemeinsam loszuziehen. Dann blieb er meist den ganzen Tag über fort. Was genau er alles unternahm, wusste sie nicht, sicher war nur, dass die Arbeiten seitdem ordentlich und ohne überflüssige Pausen erledigt wurden. Charlotte gab es nicht gern zu, aber ihre schwarzen Arbeiter fügten sich *bwana* Brooks sehr viel bereitwilliger als *bibi* Johanssen.

An diesem Morgen schickte sie Schammi zu Jeremys kleinem Haus hinüber, um ihn zu einem Ausritt einzuladen, doch er ließ sie warten. Als sie schon begann, ärgerlich zu werden, erschien er endlich, gähnte und behauptete, zu dieser frühen Stunde noch todmüde zu sein.

»Das tut mir leid, Mr Brooks. Ich wusste nicht, dass Sie Ihre Schlafgewohnheiten geändert haben. Ehedem waren Sie am Morgen recht munter …«

»Die Zeiten ändern sich eben, Lady.«

Seite an Seite ritten sie zu einer der Kaffeepflanzungen, wie Charlotte es in letzter Zeit täglich getan hatte, stiegen ab und begutachteten die Bäumchen. Waren die Blätter in Ordnung oder von Schädlingen angefressen? Würde sie Probleme mit dem Bohrwurm bekommen? Viele Bäume hatten im oberen Bereich schon winzige, dunkelgrüne Früchte angesetzt, während an anderen Zweigen noch die Blüten hingen.

»Ich habe eine Frage an Sie, Mr Brooks«, sagte sie und zog den Hut weiter in die Stirn. Die Sonne hatte schon jetzt solche Kraft, dass sich die letzten Tautropfen wie kleine Kreise in das Blattwerk brannten. »Das heißt – es ist eher eine Bitte …«

»Nur zu, Lady«, entgegnete er ermutigend, als habe er darauf gewartet.

Er befand sich nur einen halben Meter von ihr entfernt, auf der anderen Seite des Bäumchens, doch die Sonne spielte gleißend im Blattwerk, so dass sie seine Gesichtszüge nicht erkennen konnte.

»Sie waren mir während der vergangenen Wochen eine große Hilfe, deshalb wäre es schön, wenn …«

»Sie wollen zu Ihrem Mann fahren«, unterbrach er sie. »Das ist in Ordnung, Lady. Dort gehören Sie hin.«

Es klang reichlich unfreundlich, fast ruppig, hätte er ihr gegenüber bei anderer Gelegenheit diesen Ton angeschlagen, wäre sie zornig geworden.

»Und Sie würden noch ein paar Wochen hierbleiben und Missionar Siegel zur Hand gehen?«

»Warum nicht?«, meinte er und knipste mit den Fingern ein Blatt ab.

»Das werde ich Ihnen niemals vergessen, Mr Brooks!«

Natürlich konnte sie ihm nicht um den Hals fallen, wie sie es am liebsten getan hätte, doch in ihrer Stimme schwang tiefe Dankbarkeit mit, und trotz der Sonnenblitze im Blattwerk meinte sie zu sehen, dass es in seinem Gesicht zuckte.

»Reiten wir weiter«, sagte er mürrisch. »Es wird heiß werden, da ist es besser, wenn die Arbeiter frühzeitig losziehen.«

Kopfschüttelnd folgte sie seinem Rat, stieg auf ihr Maultier und ritt hinter ihm her, als habe er jetzt schon zu bestimmen, wohin der Weg führte. Nach einer Weile drehte er sich um und grinste sie dreist an.

»Was haben Sie mit meinem Geschenk gemacht, Frau Johanssen?«

»Welches Ihrer Geschenke meinen Sie?«

Sie hörte ihn lachen.

»Den Whisky. Falls Sie das Zeug nicht brauchen – ich wüsste da einen Abnehmer.«

Am Nachmittag beorderte sie ihn auf die Terrasse und versuchte, ihm ins Gewissen zu reden. Er habe jetzt wochenlang keinen Schluck von diesem Zeug getrunken und es ganz offensichtlich auch nicht gebraucht. Weshalb um alles in der Welt wolle er jetzt wieder damit anfangen?

»Sie sind noch so jung, Mr Brooks«, sagte sie mütterlich, »und es stecken so viele großartige Fähigkeiten in Ihnen. Lassen Sie den Whisky stehen, ich bitte Sie. Tun Sie es mir zuliebe …«

Er schien sich darüber zu amüsieren, wie sie in ihrem weißen Kleid vor ihm auf dem Stuhl saß, die Ellenbogen auf den Tisch gestützt, den Kopf von einem Strohhut beschattet.

»An Ihnen ist eine Missionarin verloren gegangen, Frau Johanssen«, sagte er grinsend, als sie mit ihrem Vortrag fertig war.

Sie wollte ihm soeben eine entrüstete Antwort geben, als er ihr zuvorkam und mit leiser, ungewohnt ernster Stimme zu sprechen begann. »Sie sehen hübsch aus in diesem hellen Kleid, Lady. Sie sind überhaupt verdammt hübsch, und es ist gut, dass Sie abreisen, weil ich sonst vielleicht einen unverzeihlichen Fehler begangen hätte.« Dann stand er auf, ging mit langen Schritten über den Hof und dann den Weg hinunter zum Stall.

Charlotte starrte ihm verblüfft hinterher. Was für ein verrückter Kerl! Nun, zumindest würde er sein Wort wohl eine Weile halten, das musste reichen, mehr konnte sie nicht verlangen.

Am nächsten Morgen trug sie den Whisky eigenhändig in aller Frühe zum Teich hinunter und kippte die braune, aromatisch duftende Flüssigkeit in das grünliche Teichwasser, wo es goldene Schlieren zog und bald darauf verschwand.

»Enten werden hüpfen und tanzen wegen Whisky«, witzelte Johannes Kigobo, der sie beobachtet hatte. »Dann sie werden müde sein und viel schlafen – gute Zeit für Simba Entenjäger!«

Charlotte schenkte ihm die leeren Glasflaschen, auf die er aus irgendeinem Grund großen Wert legte, dann ordnete sie an, dass ihr Gepäck auf zwei Maultiere verladen wurde. Elisabeth und sie wollten bald aufbrechen, um rechtzeitig zur Abfahrt der Usambara-Bahn in Mombo zu sein. Wenn die Zeit reichte, würde sie von der Poststation Wilhelmsthal aus in der Sewa-Hadschi-Klinik anrufen, damit George sie morgen Nachmittag am Hafen von Daressalam abholte. Ja, es wäre schön, wenn er dort am Landungssteg stünde, um sie zu begrüßen.

»Da schau, *bibi* Johanssen«, sagte Johannes Kigobo und streckte den Arm aus. »Kommen Gäste. Jetzt nicht können wegreiten.«

Charlotte tat einen ärgerlichen Seufzer und blickte zu den Reisenden hinüber, die eben vor dem Eingangsgatter von Neu-Kronau anhielten. Es waren drei berittene Inder, die von einigen schwarzen Trägern begleitet wurden, vermutlich waren es Händler, die irgendwelche teuren Waren anpreisen und verkaufen wollten. Nun, sie brauchte nichts.

»Sag ihnen, dass die Herrin abreisen muss und nichts kaufen wird, Johannes Kigobo. Sie können sich aber gern auf der Plantage von der Reise ausruhen und einen Imbiss einnehmen, bevor sie weiterziehen.«

Es war gut, dass die mitleidige Klara über so gut wie keine Mittel verfügte, sonst hätte sie Händlern wie diesen wohl schon allerlei Teppiche, Gefäße oder anderes Zeug abgekauft, das man unten an der Küste für ein Zehntel des geforderten Preises erwerben konnte. Charlotte überlegte, ob sie nicht besser durch den Anbau ins Wohnhaus gehen sollte, um die

Begegnung mit den Gästen zu vermeiden. Indische Händler waren ausgesprochen anhänglich, und wenn sie einmal herausbekommen hatten, wer die Herrin der Plantage war, würden sie sie nicht so schnell wieder aus ihren Fängen lassen. Charlotte hatte selbst einmal einen Laden geführt, sie wusste um diese Taktiken.

Doch als die Männer im Hof von ihren Pferden stiegen, wurde sie unsicher. Sie kannte diesen jungen Mann, hatte den Blick seiner dunklen Augen schon einmal gespürt und erinnerte sich genau, dass es keine angenehme Begegnung gewesen war. Jetzt trug er einen weißen Turban, eine weite Reithose und eine lange, geknöpfte Jacke, damals war er mit einem wehenden Seidengewand bekleidet gewesen.

Die drei Inder wechselten einige Worte miteinander. An ihrer Körperhaltung war abzulesen, in welchem Verhältnis sie zueinander standen. Der junge Mann, den sie zu kennen glaubte, war eindeutig der Herr, die anderen beiden höchstens jüngere Verwandte, vielleicht auch nur Angestellte.

»Frau Johanssen?«, hörte Charlotte ihn zu dem alten Kerefu sagen.

Kerefu blinzelte in die Sonne und wies dann in ihre Richtung. Wenn sie geglaubt hatte, dieser Begegnung ausweichen zu können, dann war es jetzt zu spät. Der Blick der schwarzen Augen wanderte über die Wiese und blieb an ihr hängen – dieses Mal jedoch nicht feindselig, sondern eher neugierig und sehr aufmerksam.

Natürlich – jetzt fiel es ihr wieder ein. Dies war der junge Mann, dem sie in Kamal Singhs Villa in Tanga begegnet war. Jetzt war ihr dieser Besuch doppelt lästig, aber es half nichts, sie würde die drei Inder empfangen müssen, die Begegnung allerdings sehr kurz halten.

Man begrüßte sie mit ausgesuchter Höflichkeit, lobte das Haus, die Blumenbeete, die schöne Landschaft und bat für das überraschende Erscheinen um Verzeihung. Ebenso ausgewählt höflich erwiderte sie, hier auf dem Land seien alle Gäste willkommen, gleich zu welcher Tages- oder Nachtzeit. Der junge Mann stellte sich als Tarut Singh vor, seine beiden Begleiter nannten sich Balu und Jay.

»Wir sind uns schon einmal begegnet, Frau Johanssen, wenn auch nur kurz, möglicherweise erinnern Sie sich nicht mehr daran. Leider ließ ich die Gelegenheit ungenutzt, mich Ihnen vorzustellen …« »Oh, ich erinnere mich noch sehr genau, es war im Haus meines Freundes Kamal Singh, der inzwischen leider verstorben ist.«

Taruts Erstaunen zeigte sich nur daran, dass er kurz die Augenbrauen hochzog, vermutlich hatte er geglaubt, sie habe dieses Zusammentreffen längst vergessen.

»Mein Vater hat diese Welt vor vier Monaten verlassen, um sich mit Gott zu vereinigen. Er war nach Bombay gereist und starb auf der Rückfahrt an einem Fieber. Man hat ihn seinem Wunsch entsprechend auf See bestattet.«

»Das tut mir sehr leid …«

Sie hatte also richtig vermutet – der junge Mann war einer von Kamal Singhs Söhnen. Er hatte seine Familie ihr gegenüber nur hin und wieder erwähnt, und sie hatte nie genau begriffen, ob und wie oft er verheiratet gewesen war. Alles, was sie wusste, war, dass er zwei Brüder und mehrere leibliche Kinder hatte. Tarut Singh ähnelte seinem Vater nur wenig, er war groß gewachsen und sein Gesicht sehr ebenmäßig, der dunkle Bart dicht, aber sorgfältig gepflegt. Doch ihm fehlte die geschmeidige Art seines Vaters, das verbindliche Lächeln und die Fähigkeit, seine Gedanken und Gefühle zu verbergen. Tarut Singh schien ihr direkter und ehrlicher als sein Vater zu sein, vermutlich aber war er ein mindestens ebenso guter Geschäftsmann wie dieser.

Sie bat ihn und seine Begleiter auf die Terrasse, ließ Kaffee,

Limonade und einen Imbiss bringen und schickte Schammi hinüber zu Kerefu. Er solle die Pferde und Maultiere vorerst wieder absatteln, sie würde später aufbrechen. Schammi rannte mit flatterndem Gewand davon, um ihren Auftrag auszuführen, danach blieb er verschwunden. Vermutlich plagte ihn noch das schlechte Gewissen wegen der gestohlenen Kuckucksuhr, die er Kamal Singh hatte verkaufen wollen.

»Sie sind im Begriff, eine Reise anzutreten?«, erkundigte sich Tarut Singh. »Dann werde ich mich kurz fassen, um Sie nicht aufzuhalten.«

»Das ist sehr freundlich von Ihnen …«

Ihr war inzwischen klar, weshalb der junge Mann den weiten Weg ins Usambara-Gebirge unternommen hatte, und sie täuschte sich nicht. Tarut Singh kam ohne Umschweife auf die Testamentseröffnung zu sprechen, zu der sie nicht erschienen war. Sein Vater habe sie in seinem Nachlass bedacht, und als treuer Sohn sei er entschlossen, den Willen des Vaters zu ehren. Charlotte lächelte.

»Wenn Sie eine schriftliche Verzichtserklärung von mir haben wollen – die leiste ich gern. Ich habe zwar keine Ahnung, in welcher Weise ich im Testament Ihres Vaters bedacht wurde, aber ich möchte nichts haben, ganz gleich, was es ist.«

»Sind Sie ganz sicher, Frau Johanssen?«, erkundigte er sich und blickte sie durchdringend an. Er hatte die Augen seines Vaters, wenn das Licht schräg einfiel, zeigte sich in ihrer Schwärze ein goldener Glanz. Die gleichen Augen, die auch sie von ihrer Mutter geerbt hatte.

»Ganz sicher, *sardar* Tarut Singh.«

Er nickte einem seiner Begleiter zu, der jetzt ein Dokument aus der Tasche zog und es vor Charlotte auseinanderfaltete. Aha, es war also alles gut vorbereitet. Sie nahm das Blatt und machte sich daran, den Text gründlich durchzulesen. Er war in zwei Sprachen verfasst, in Englisch und in Sanskrit, und besagte nichts weiter, als dass die Unterzeichnende auf sämtliche im Testament festgeschriebenen Ansprüche verzichtete.

Tarut Singh verfolgte aufmerksam, wie sie das Schriftstück mit dem bereitgehaltenen Füllfederhalter unterschrieb, dann löste sich seine Anspannung, und er lächelte. Überrascht stellte Charlotte fest, dass es ein herzliches Lächeln war.

»Ich danke Ihnen, Frau Johanssen. Denken Sie bitte nicht allzu schlecht von uns – mein Vater hat sehr viele Nachkommen, und es ist nicht einfach, allen gerecht zu werden, ohne die von ihm geschaffenen Geschäftsverbindungen in Gefahr zu bringen.«

»Ich verstehe …«

Das Imperium des Kamal Singh würde seinen Tod nicht überdauern, vermutlich wurde es jetzt unter seinen legitimen und illegitimen Nachkommen aufgeteilt, daran konnte auch ihre Unterschrift nichts ändern. »Da sind allerdings noch einige Kleinigkeiten, die mein Vater ebenfalls für Sie bestimmt hat. Nichts von größerem Wert, aber möglicherweise sind es Andenken, die für Sie eine Bedeutung haben. Es handelt sich um mehrere Möbelstücke …«

»Möbelstücke?«, fragte sie erstaunt. »Nun – ich brauche eigentlich keine Möbel …«

»Sie sind Ihnen vielleicht im Haus meines Vaters in Tanga aufgefallen. Ein Wandschirm mit zwei eingestickten Kranichen. Die kolorierte Zeichnung eines indischen Tempels. Eine Vitrine mit Jagdwaffen. Mein Vater ließ diese Möbel vor etwa zehn Jahren aus Bombay kommen. Sie stammen aus einem Landhaus, das er erworben hatte, um es zu vermieten, auch wenn der Bau anscheinend die ganzen Jahre über leer gestanden hat.«

Wieder spürte Charlotte, wie Unbehagen in ihr aufstieg. Was steckte hinter den Erinnerungen, die sie mit diesen Dingen verband und die so tief in ihrem Innern schlummerten?

»Mein Vater war sehr geheimnisvoll, was seine Vergangenheit betraf. Ich weiß nur, dass er Indien seinerzeit nicht freiwillig verließ, er musste fliehen. Aber es war nicht nur das – offenbar hatte es da eine Frau gegeben, die er niemals vergessen konnte.«

Inzwischen waren Kaffee, kaltes Fleisch und Gemüse aufgetragen worden, und Tarut Singhs Begleiter bedienten sich hungrig. Er selbst nahm keinen Bissen zu sich.

»Haben Sie eine Ahnung, wie das alles miteinander zusammenhängen könnte, Frau Johanssen?«

Sie dachte an das Bild ihrer Mutter, das in einer Kommodenschublade in Daressalam lag. An den alten Zeitungsausschnitt. Kamal Singh hatte ihr diese Dokumente über seinen Notar zukommen lassen. Welches Geheimnis auch immer dahintersteckte – es war nicht für seinen Sohn bestimmt.

»Es tut mir sehr leid, aber ich kann mir keinen Reim darauf machen.«

Er nahm ihre Antwort mit unbewegtem Gesichtsausdruck zur Kenntnis; wahrscheinlich glaubte er ihr nicht, hielt es aber für sinnlos, weiter nachzufragen. Es hätte ihm ohnehin nicht geholfen, über eine unglückliche Leidenschaft und den Diebstahl eines gerahmten Frauenbildes zu spekulieren. Kamal Singh hatte seine Lebensbahn beendet, sein Körper ruhte auf ewig auf dem Meeresgrund. »Dann danke ich Ihnen von ganzem Herzen, Frau Johanssen«, schloss Tarut Singh ihr Gespräch ab. »Seien Sie versichert, dass ich die Freundschaft, die mein Vater für Sie empfand, weitertragen werde …«

Floskeln, die nichts zu bedeuten hatten. Kamal Singh lebte nicht mehr, dieser junge Mann würde vielleicht sein Nachfolger werden, vielleicht aber auch nicht. Es gab noch andere Anwärter, da war sie ganz sicher.

Es war gleich neun, wenn sie ohne zu trödeln aufbrachen, konnten sie den Zug nach Mombo noch erreichen. Sie warf

Martha Mukea einen fragenden Blick zu, und die schwarze Angestellte deutete mit dem Finger nach oben. Aha – Elisabeth war noch bei Klara, der Abschied von der Tante und dem kleinen Sammi fiel dem Mädchen schwer. Simba lag auf dem Hof, schnappte hin und wieder nach einer Fliege und äugte immer wieder unruhig zu seinem Frauchen hinüber. Er spürte die Aufbruchsstimmung und wollte auf keinen Fall zurückbleiben.

»Auch ich werde mich Ihnen immer freundschaftlich verbunden fühlen ...«, erwiderte Charlotte. »Bitte bleiben Sie auf meinem Besitz, solange es Ihnen beliebt – mich aber wollen Sie jetzt entschuldigen ...«

Tarut Singh erhob sich, und fast im gleichen Moment standen auch seine beiden Begleiter von ihren Stühlen auf. Er hatte seine Dienerschaft gut erzogen.

»Ich wünsche Ihnen eine gute Reise, Frau Johanssen. Was die Möbel anbelangt – sie stehen bei einem unserer Geschäftsfreunde in Daressalam zu Ihrer Verfügung. Wir hatten sie zu Ihrem Haus liefern lassen, doch es war niemand dort, um die Sachen in Empfang zu nehmen. Man sagte uns, Ihr Mann sei vor wenigen Tagen zu einer Expedition ins Zentralbahngebiet aufgebrochen, um die Eingeborenen dort gegen die Pocken zu impfen ...«

»Das ... das muss ein Irrtum sein.«

Der junge Inder begriff, dass er offenbar etwas Unpassendes gesagt hatte, doch anders als sein Vater, der jetzt eine kluge Wendung gefunden hätte, um die Wogen wieder zu glätten, blieb er bei der Wahrheit.

»Merkwürdig – es war die Sewa-Hadschi-Klinik, die uns diese Auskunft gab.«

Charlotte entschloss sich, mit Schammi hinunter nach Wilhelmsthal zur Poststation zu reiten. Es musste sich einfach um eine Verwechslung handeln, vielleicht hatten sie die Pockenimpfung im Norden Usambaras gemeint, die sie mit George gemeinsam durchgeführt hatte. Aber dazu waren sie Ende Januar aufgebrochen, und jetzt war schon Anfang Juni. Und doch konnte es nicht stimmen – George hätte ihr doch gewiss eine Nachricht zukommen lassen, falls er vorgehabt hätte, zu einer solchen Reise aufzubrechen.

Knapp zwei Stunden später trafen sie in Wilhelmsthal ein und warteten dann eine halbe Stunde auf einer Bank vor der Poststation, bis die Verbindung zur Sewa-Hadschi-Klinik endlich stand.

»Frau Johanssen? Hier spricht Dr. Kalil. Was kann ich für Sie tun?«

Es rauschte in der Leitung, doch sie konnte vernehmen, dass im Hintergrund gesprochen wurde. Er war nicht allein in dem kleinen Büroraum.

»Ich … ich würde gern meinen Mann sprechen …«

Schweigen. Rauschen. Es knisterte, als streife jemand durch trockenes Unterholz. Dann hörte sie, dass Dr. Kalil sich räusperte. Ihr Herzschlag setzte für einen Moment aus.

»Das … das ist leider nicht möglich, Frau Johanssen. Soweit mir bekannt ist, hat er Ihnen doch ein Telegramm geschickt …«

»Ein Telegramm? Oh, das muss irgendwie verloren gegangen sein. Ich habe jedenfalls keines bekommen. George hat mir also ein Telegramm geschickt, ja, das hätte ich mir denken können …«

Verzweiflung machte sich in ihr breit. Nein, es war kein Missverständnis, er war tatsächlich auf eine Expeditionsreise gegangen, dabei hatte er ihr doch erklärt, er brauche solche Herausforderungen nicht mehr! Allerdings hatte sie an diesem Tag auch behauptet, keine Plantage mehr zu brauchen.

»Ihr Mann ist vor drei Tagen ins Zentralbahngebiet aufgebrochen, genauer gesagt, nach Morogoro ins Uluguru-Gebirge. Sie brauchen sich keine Sorgen zu machen, Frau Johanssen, die ganze Reise wird nicht viel länger als höchstens vier Wochen dauern.«

»Vier Wochen?«, stieß sie entsetzt hervor, doch er schien ihre Frage gar nicht gehört zu haben. »Dr. Johanssen wird von zwei meiner besten Mitarbeiter begleitet«, fuhr er fort. »Es ist eine gute Sache, für die er sich da einsetzt, Frau Johanssen. Wir können für die Pockenkranken, die zu uns gebracht werden, so gut wie nichts tun. Nur umfassende Impfungen können die Epidemie aufhalten ...«

»Das weiß ich, Dr. Kalil«, hörte sie sich sagen. »Diese Impfungen sind sehr wichtig, und ich bin stolz darauf, dass sich mein Mann für diese Sache engagiert ...«

»George ist ein ungewöhnlich mutiger Mensch, der sich ohne Rücksicht auf die eigene Gesundheit für andere Menschen einsetzt – aber was rede ich, das wissen Sie ja selbst, Frau Johanssen.«

»Ja ... natürlich ... ich danke Ihnen.« Charlotte entschuldigte sich noch einmal, ihn bei der Arbeit gestört zu haben, und verabschiedete sich. Noch bevor sie zu Ende gesprochen hatte, knackte es laut in der Leitung, Dr. Kalil hatte den Hörer eingehängt.

Stumm verharrte sie einige Sekunden und lauschte auf die vollkommene Stille in dem kleinen, metallischen Gehäuse, dann hängte sie den Hörer mit einer langsamen Bewegung an den Haken.

Vor drei Tagen war er abgereist. Einfach davongefahren, ohne ihr eine Nachricht zu geben. Wäre sie heute aufgebrochen, hätte sie die Villa morgen Nachmittag leer vorgefunden. Oh, wie ungerecht er doch war! Und sie hatte alle Hebel in Bewegung gesetzt, um zu ihm nach Daressalam fahren zu können. Sie hatte ihn überraschen wollen, sich auf seine verblüffte Reaktion am Telefon gefreut, ach, sie hatte schon vor Augen gehabt, wie er in Daressalam am Landungssteg auf sie wartete, wenn der Küstendampfer anlegte. Sie spürte eine schmerzhafte Sehnsucht in sich aufsteigen.

»Vielen Dank«, murmelte sie und reichte dem jungen weißen Postbeamten das Geld für das Telefonat. Einen Augenblick lang kämpfte sie mit den Tränen und dachte daran, die Poststation möglichst rasch zu verlassen, doch an der Tür nahm sie sich zusammen und ging noch einmal zurück.

»Ist vielleicht vor einigen Tagen ein Telegramm für mich aus Daressalam angekommen? Charlotte Johanssen, wohnhaft in Neu-Kronau.«

Der weiße Beamte schob die Schirmmütze zurück und wischte sich die verschwitzte Stirn mit einem karierten Taschentuch. Vor ein paar Tagen schon? Das sei nicht möglich, da ein Telegramm sofort ausgetragen würde. Auf Charlottes energische Bitte hin bequemte er sich aber doch nachzusehen und stieß in der entsprechenden Ablage tatsächlich auf ein Telegramm. Jemand hatte einen Aktenordner darauf abgestellt, so dass man es schlichtweg übersehen hatte.

»Es ist mir außerordentlich unangenehm, Frau Johanssen. So etwas passiert bei uns normalerweise nicht, aber Sie wissen ja, wie das ist mit den Negern. Man kann sich auf diese Burschen einfach nicht verlassen …«

Charlotte bedankte sich und nahm das zusammengefaltete Blatt mit nach draußen, wo Schammi geduldig auf der Bank wartete, Simba neben sich. Charlotte las den kurzen Text im Stehen.

Reise zur Pockenimpfung ins Uluguru-Gebirge. Freue mich auf Dich und Elisabeth in vier Wochen. Ich liebe Dich. George.

In vier Wochen. Sie biss die Zähne zusammen und drängte die Enttäuschung zurück, die ihr schier die Brust abdrücken wollte. »Reiten wir zurück, Schammi«, sagte sie schließlich gepresst und wandte sich ihrem Maultier zu.

»Und was ist mit *bwana daktari*? Er fortgefahren mit Eisenbahn?«

»Ja, Schammi. *Bwana daktari* ist mit der Zentralbahn nach Westen gefahren, um dort die Eingeborenen gegen die Pocken zu impfen. Er kommt erst in vier Wochen wieder.«

»Dann *bibi* Charlotte kann noch bleiben in Neu-Kronau«, frohlockte Schammi. *»Bibi* Klara wird froh sein, genau wie *bwana* Brooks.«

Im Grunde hatte er recht. Charlotte beschloss, erst einmal im Gasthof einzukehren, eine Kleinigkeit zu essen und etwas zu trinken, um dann in aller Ruhe nach Neu-Kronau zurückzureiten. Vier Wochen, das war eine letzte Frist, um endlich einen Verwalter einzusetzen. Wenn das geschafft war, würde sie nach Daressalam fahren, um in der Villa alles für Georges Rückkehr vorzubereiten. Er sollte wissen, dass sie ihm nicht böse war.

Der Gasthof in Wilhelmsthal ähnelte mit seinem runden Treppenturm einem verträumten Adelssitz oder einem Schlösschen aus den Märchen der Gebrüder Grimm. Die Gaststube war mit Fotos deutscher Landschaften sowie Bierkrügen aus Heidelberg und Tübingen ausgestattet, dazwischen hingen afrikanische Masken, ein prächtiges Antilopengehörn und mehrere präparierte Meerkatzen. Um diese Zeit war es recht ruhig, da die deutschen Bewohner von Wilhelmsthal erst gegen Abend erschienen, um ihr Bier zu trinken. Nur an einem Tisch am Fenster saßen zwei Männer bei Bohneneintopf und Dünnbier. Charlotte kannte einen von ihnen, einen blonden, jungen Burschen, der sich Mathias Selbheim nannte und auf der Domäne Kwai angestellt war, den anderen hatte sie noch nie zuvor gesehen. Er war breit gebaut, hatte einen feisten Nacken, Kopfhaar und Bart waren dunkelblond gelockt. Als Charlotte, von ihrem rotbraunen Hund begleitet, in die Gaststube trat, hob der Fremde den Kopf, um sie mit seinen blauen Augen anzustarren.

»Guten Tag, die Herren …«

Die Burschen grüßten freundlich zurück, der Stiernackige schien überrascht, dass sie Deutsch sprach, hatte er sie mit ihrem dunklen Haar und den schwarzen, goldglänzenden Augen doch zunächst für eine Inderin gehalten.

Die Wirtin bediente selbst, es gab Eintopf aus Bohnen und Räucherwurst, Mangokompott, Käse und frische Ananas. Charlotte bestellte von allem zwei Portionen, eine für sich, die andere für Schammi, der draußen beim Gesinde versorgt wurde und nicht mit in die Gaststube durfte.

»Und das Hundele bekommt einen Knochen. Was für ein schöner Kerl, den könnt ich hier in der Gastwirtschaft gut brauchen. Sie glauben ja gar nicht, was für ein Volk hier manchmal einkehrt … Ach, da fällt mir ein, Frau Johanssen, es hat jemand nach Ihnen gefragt …«

»Ach ja? Und wer?«

»Ein Deutscher. Schaute aus wie ein Landstreicher, der Bursche. Wenn er bisher bei Ihnen nicht aufgetaucht ist – seien Sie froh drum!«

Simba hatte das Herz der Wirtin aus dem Schwabenland schon vor einiger Zeit erobert, und jetzt wurde er mit einer Schüssel frischem Wasser und einem gewaltigen Rinderknochen verwöhnt, den er unter den Tisch schleppte, um ihn dort zu verspeisen.

»Sehr zum Wohl!«, prostete der Stiernackige Charlotte zu, als die Wirtin ihr die bestellte Limonade brachte.

Sie prostete freundlich, aber gemessen zurück – auch hier in der Kolonie war es nicht üblich, dass sich eine Frau allein in eine Gaststube setzte. Am Tage mochte es noch gehen, am Abend wäre es ganz und gar unschicklich gewesen.

»Darf ich mich vorstellen? Anton Meyer aus Rosenheim, ein echter Bayer in Deutsch-Ostafrika. Was sagen Sie dazu, gnädige Frau?« Er lachte so dröhnend, dass sein massiger Körper anfing zu vibrieren. Hinterhältig kam er ihr nicht vor, eher ein wenig plump-vertraulich. Ein großes Kind, das es möglicherweise faustdick hinter den Ohren hatte.

Der blonde Martin Selbheim war unterwegs nach Mombo, um mit der Usambara-Bahn an die Küste zu fahren, wo er einige Aufträge seines Arbeitgebers zu erledigen hatte. Als Charlotte eingetreten war, hatte er schnell die offen stehenden Knöpfe seines Hemds geschlossen, doch sie hatte die tiefen Halsgruben und die vorstehenden Schlüsselbeine längst bemerkt. Fast jeder, der ihn kannte, wusste von seiner Lungenkrankheit, doch er selbst behauptete stets, es gehe ihm von Tag zu Tag besser, was an der guten Luft im Usambara-Gebirge liege.

»Eine wunderschöne Landschaft«, schwatzte Meyer. »Man könnte glauben, in einem deutschen Mittelgebirge zu sein. Nur wilder schaut's aus, und überall die Dörfer mit den Negern …«

Als er erfuhr, dass sie eine Plantage besaß und ihren Betrieb selbst leitete, schien für ihn die Welt zusammenzustürzen. Eine Frau? Ganz allein? Sie habe doch gewiss tüchtige Mitarbeiter, sonst wäre das ja gar nicht möglich.

Die beiden Männer waren so höflich, sie in Ruhe essen zu lassen, doch kaum hatte die Wirtin das Geschirr abgeräumt, fragte Meyer sie neugierig nach ihrer Plantage aus. Neu-Kronau, ja, gewiss, davon habe er gehört. Sie baue Kaffee an? Auch Sisal? Zedern? Kautschuk? Ob sie Erfahrungen mit der Schweinezucht habe, wollte er wissen. Gar keine? Wie schade, dafür sei er nämlich Spezialist.

»Wollen Sie hier einen Betrieb eröffnen?«, fragte sie ihn

höflichkeitshalber, obgleich es ihr im Grunde vollkommen gleichgültig war. »Es gibt allerdings schon einige gute Metzger in Wilhelmsthal.«

»Denen mag ich keine Konkurrenz machen, Frau Johanssen. Ich will hinauf zur Plantage von Gustav Krüger.«

»Ach – zu den Krügers?«

»Freilich. Vorerst will ich mich dort als Verwalter verdingen, aber schauen wir mal. Wenn mir die Plantage gefällt … Nur kauf ich nicht gern die Katz im Sack, wenn Sie verstehen?«

Charlotte hatte nicht gewusst, dass Gustav Krüger verkaufen wollte, und sie mochte es auch jetzt nicht glauben. Die Krügers waren schon so lange im Usambara-Gebirge, sie hingen an ihrem Land, hatten sich darauf eingerichtet, die Plantage einmal an den jüngsten Sohn weiterzugeben.

»Ja wussten Sie denn nicht, dass Gustav Krüger an den Pocken gestorben ist?«

Nein, das habe sie nicht gewusst, entgegnete Charlotte bestürzt. Martin Selbheim beeilte sich, sie auf den neuesten Stand zu bringen, unterstützt von der Wirtin, die nachfragte, ob die Gäste noch einen Wunsch hätten. Erdmute Krüger war schon vor Wochen an den Pocken erkrankt. Ihr Mann hatte die wahre Natur ihrer Krankheit jedoch vor aller Welt geheim gehalten und überall erzählt, sie befinde sich in einer Klinik an der Küste, während sie in Wirklichkeit oben im Wohnhaus der Plantage lag und mit dem Tod kämpfte. Doch sie hatte die Seuche schließlich überstanden.

»Dann aber hat es ihren Mann erwischt«, erzählte die Wirtin kopfschüttelnd. »Nur drei Tage hat es gedauert, da war er tot. Jetzt ist Frau Krüger mit dem kleinen Sohn nach Deutschland zurückgereist, um dort erst mal bei Verwandten unterzukommen. Es heißt, die Plantage solle verkauft werden …«

Das waren schlimme Neuigkeiten. Jetzt begriff sie auch, weshalb Gustav Krüger bei ihrem letzten Besuch so kurz angebunden gewesen war – zu dieser Zeit musste Erdmute todkrank oben in ihrem Schlafzimmer gelegen haben. Weshalb hatte er ihr das verschwiegen? Und jetzt war er tot. Gustav Krüger, der einmal ihr Freund und Gönner gewesen war, lebte nicht mehr.

»Aber … hatten sich die Krügers denn nicht gegen die Pocken impfen lassen?«

»Das schon«, meinte Selbheim schulterzuckend. »Die sollen alle drei geimpft worden sein, aber nur der kleine Sohn ist dem Schicksal entkommen.«

Anton Meyer schienen nun doch Bedenken zu kommen, offenbar dachte er an die vielen Tropenfieber und die Schlafkrankheit – alles Seuchen, die man sich hier in Afrika leicht einhandeln konnte. Doch er zerstreute sein Unbehagen, indem er mit der Faust auf den Tisch schlug.

»Wenn's der Herrgott will, dann kriegt einer die Seuchen, und wenn's der Herrgott net will, dann bleibt er halt gesund. Ich für meinen Teil hab keine Angst – und außerdem hab ich mich impfen lassen.«

Charlotte trank ihre Limonade aus und schaute unter den Tisch, wo Simba inzwischen die besten Teile des Knochens vertilgt hatte. Es war erst kurz nach Mittag, die Zeit der größten Hitze, aber sie wollte lieber jetzt schon aufbrechen. Schließlich saß Elisabeth in Neu-Kronau im Ungewissen, und auch Klara und Peter würden ungeduldig auf sie warten.

»Ich wünsche Ihnen beiden alles Gute.«

Draußen, vor der Tür des Gasthofs, musste sie mehrfach nach Schammi rufen, der weder bei den Maultieren noch in der näheren Umgebung zu finden war. Als er endlich herbeigeeilt kam, behauptete er mit schlechtem Gewissen, er habe geglaubt, sie wolle erst am Nachmittag zurückreiten, und sich deshalb ein Weilchen aufs Ohr gelegt.

»Und woher hast du das?«

Charlotte kannte Schammi viel zu gut, um auf seine kleinen Schwindeleien hereinzufallen. Er hatte ganz sicher nicht geschlafen, viel wahrscheinlicher war, dass er bei den schwarzen Angestellten des Gasthauses auf Brautschau gegangen war, scheinbar nicht ganz ohne Erfolg. An seinem linken Handgelenk trug er ein aus bunten Fäden geflochtenes Armband, das er jetzt rasch unter dem langen Ärmel verbarg.

»Das ist schönes Armband, *bibi* Charlotte. Geschenk. Nur für Freundschaft.«

Sie ließ ihn die Pferde satteln und wunderte sich darüber, wie eifrig er bei der Arbeit war. Drüben bei den wellblechgedeckten Verschlägen, in denen die schwarzen Angestellten des Gasthofs untergebracht waren, saßen mehrere junge Frauen beisammen. Es war aus der Entfernung schlecht zu erkennen, ob sie Schmuck herstellten, Bänder flochten oder getrockneten Kräuter auffädelten – sicher war jedoch, dass sie alle zu Schammi hinüberschauten und immer wieder in Gelächter ausbrachen. Was Schammi jedoch keineswegs zu stören schien.

»Schammi wird eines Tages eine Frau haben, *bibi* Charlotte«, schwatzte er begeistert, während sie die Fahrstraße entlang nach Norden ritten. »Nur eine Frau, nicht mehr. Viele Frauen – das ist Sünde. Schammi ist Christ und will nicht *sheitani* gehören. Eine Frau, aber viele Söhne und Töchter. Dann bekommt Schammi ein Haus auf deiner Plantage und wohnt dort mit seiner Frau und …«

Charlotte nickte lächelnd, hörte ihm jedoch nur mit halbem Ohr zu. Über ihren Köpfen stand erbarmungslos die afrikanische Sonne, alle Schatten waren zu winzigen Flecken zusammengeschrumpft, und von der Fahrstraße her wirbelte bei jedem Schritt ihrer Pferde der Staub empor. Wo vor Tagen noch frisches Gras den Weg gesäumt hatte, wuchsen jetzt nur noch trockene Büschel, auch die Weiden begannen sich an einigen Stellen grau zu färben, viele Äcker mussten mittlerweile bewässert werden. Die Regenzeit war kurz gewesen in diesem Jahr, doch hier oben im Gebirge trocknete der Boden niemals ganz aus, dazu gab es viel zu viele Wasserläufe. Weshalb also erschien ihr heute die afrikanische Sonne so feindselig? Weshalb musste sie ihr Halstuch vors Gesicht nehmen, um den Staub abzuhalten? Sie hatte doch schon vorher gewusst, dass eine Pockenimpfung nicht in jedem Fall wirksam war. Niemand von ihnen hatte während der Expedition durch den Norden Usambaras die Pocken bekommen, obgleich sie durch das Seuchengebiet gereist waren. Und auch diesmal würden George und seine Begleiter gesund bleiben. Zumindest die Pocken konnten ihm nichts anhaben, wenn er nur mit dem Fieber fertig wurde, das immer wieder in seinem Körper aufflammte …

In Neu-Kronau nahm man die Nachricht gelassener auf, als Charlotte gedacht hatte. Peter Siegel lobte Georges Mut und seinen rastlosen Einsatz für die Menschen, die im Gebiet um die Zentralbahnlinie hilflos der Seuche ausgeliefert waren. Elisabeth war zwar enttäuscht, fand es dann aber viel schöner, auf der Plantage bleiben zu dürfen, als in Daressalam zur Schule gehen zu müssen. Nur Klara spürte Charlottes Kummer und bemühte sich auf ihre Art, die Cousine zu trösten.

»Es war doch eigentlich ganz klug von ihm, Lotte. Er hat dir noch ein wenig Zeit gegeben, um die Angelegenheiten hier zu regeln, und ist unterdessen aufgebrochen, ein gutes Werk zu tun. Du kannst ihm gewiss vorwerfen, seine Entscheidung nicht mit dir abgesprochen zu haben, aber sei doch ehrlich, Lotte: Hättest du ihm diese Reise verboten? Nein, er hat es ganz richtig gemacht, wie hätte er ahnen können, dass die Post ausgerechnet sein Telegramm verbummelt …«

Jeremy schwieg zunächst, als Charlotte ihm die Lage erklärte. Es war später Nachmittag, die Arbeiter kehrten von den Feldern zurück, und er musste sich darum kümmern, dass alle Werkzeuge und Gerätschaften untergestellt wurden. Als Charlotte später über die Wiese zum Haus zurückging, folgte ihr der Engländer. Stumm schritt er ein Weilchen neben ihr her und schien nach Worten zu suchen.

»Das mit Ihrem Mann kam überraschend, wie?«

Hatte sie sich verraten? Sie war bemüht gewesen, Georges Reise als vollkommen normal, wenn auch etwas kurzfristig darzustellen. Doch Jeremys Frage klang unerwartet mitfühlend.

»Sein Telegramm ist nicht angekommen«, erklärte sie.

Er nickte und sah sie von der Seite her an. Schweigend gingen sie nebeneinander her zum Wohnhaus. Unter seinem durchdringenden Blick fiel es Charlotte auf einmal schwer, ihre gespielte Gleichmut zu bewahren. Rasch zog sie den Hut ein wenig tiefer ins Gesicht.

»Sie machen sich Sorgen um ihn, stimmt's?«

War das ein neuer Klang in seiner Stimme? Ein Ton, der gar nicht zu seiner sonst so unbefangenen Art passte? Plötzlich wurde Charlotte der Hals eng, sie schluckte und musste sich abwenden.

»Weshalb … weshalb sollte ich mir Sorgen machen?«

»Weil Sie ihn lieben.«

Sie blieb stehen, die Hand an der Hutkrempe, um ihr Gesicht zu verstecken, doch er hatte längst gesehen, dass sie den Tränen nahe war.

»Er wird zurückkommen.«

Seine Stimme hatte den beruhigenden Ton eines Menschen, der aus fester Überzeugung heraus spricht. Es war tröstlich, diese Stimme zu hören, fast so tröstlich wie eine Umarmung.

»Er liebt Sie, und seine Liebe wird ihn am Leben halten, bis er wieder bei Ihnen ist. Das weiß ich genau, Charlotte.«

Er hatte sie bei ihrem Vornamen genannt, was die Vertrautheit zwischen ihnen nur steigerte. Sie hob den Kopf, um ihn besser ansehen zu können, und schämte sich jetzt ihrer Tränen nicht mehr. Wie war es möglich, dass ausgerechnet Jeremy, dieser unreife, leichtsinnige Mensch, so gut begriff, was in ihr vor sich ging? Aber vielleicht hatte er in seinem jungen Leben mehr Tiefen und Höhen erlebt als manch anderer.

»Danke, Jeremy«, murmelte sie erstickt, mehr brachte sie nicht heraus.

Am Abend hatte sie sich endgültig mit Georges Entscheidung ausgesöhnt. Gemeinsam mit Klara verfasste sie eine weitere Anzeige, erklärte, in spätestens drei Wochen endgültig mit Elisabeth nach Daressalam aufbrechen zu wollen, und stritt eine Weile mit Peter über studierte Frauen, die er abfällig »Blaustrümpfe« nannte. Er könne ja verstehen, dass George für Elisabeth nur das Beste wolle, aber Gott habe Eva aus Adams Rippe gemacht, damit sei sie ein Teil von ihm und ihrem Manne untertan. Eine studierte Frau könne aus christlicher Sicht niemals ihre wahre Bestimmung erfüllen: ihrem Mann eine treue Gefährtin und seinen Kindern eine liebevolle, pflichtbewusste Mutter zu sein.

Am nächsten Tag stürzte sich Charlotte in die Arbeit. Sie übernahm wieder Aufgaben, die sie bisher Jeremy überlassen hatte, durchstreifte ihren Besitz auf dem Maultier oder zu Pferde, überwachte die Arbeiter, schalt sie, wenn sie ihr zu langsam oder zu ungeschickt erschienen, regte sich auf, wenn wieder einmal zehn oder zwölf der Schwarzen einfach verschwunden waren, lief zu ihren Unterkünften, um die Kranken zu versorgen, und kehrte erst mit Einbruch der Dunkelheit ins Wohnhaus zurück.

»Wenn du so weitermachst, wirst du noch krank werden«, seufzte Klara.

»Ach was – die Arbeit tut mir gut!«

Was sie verschwieg, war die Tatsache, dass die Tage schneller vergingen, wenn sie sich beschäftigte. In den Nächten aber lag sie trotz aller Müdigkeit wach, wälzte sich in ihrem Bett hin und her und meinte, die Zeit würde niemals enden.

Jeremy hatte auf ihren Eifer zunächst mit Verblüffung reagiert, doch er beschwerte sich nicht, sondern brachte sich dort ein, wo es nötig war. Mehrfach stellte sie verärgert fest, dass er ihr nachritt und ihre Anweisungen an die Schwarzen ergänzte, einmal schickte er die Arbeiter sogar zu einem anderen Feld, das seiner Meinung nach zuerst vom Unkraut befreit werden musste. Sie wollte ihm keine Vorwürfe machen, schließlich freute es sie, dass ihm das Wohl der Plantage am Herzen lag. Im Grund hatte er das Zeug zu einem guten Verwalter, nur konnte sie sich nicht vorstellen, dass er diese Arbeiten auch über längere Zeit hinweg zuverlässig ausführen würde.

Schon wenige Tage später bestätigten sich ihre Befürchtungen. Jeremy passte sie ab, als sie am frühen Morgen über den Hof zum Stall hinüberlief. Seit einiger Zeit hatte sie die Angewohnheit, in langer Jacke und Männerhosen zu reiten, das war bequemer und schien die schwarzen Arbeiter zu beeindrucken.

»Widmen Sie mir zwei Minuten Ihrer kostbaren Zeit, Charlotte!«

Resigniert blieb sie stehen und rief nach Kerefu, damit er schon einmal ihr Pferd sattelte. Jeremy schlenderte zu ihr hinüber und trat mit dem Fuß einen kleinen Stein zur Seite, bevor er zur Sache kam.

»Mir scheint, dass ich reichlich überflüssig bin …«

»Aber nein, Jeremy! Ich brauche Sie. Sehr sogar!«

Ihr Erschrecken schien ihn mächtig zu erleichtern, dennoch hieb er weiter in die gleiche Kerbe.

»Ich frage mich, wozu. Sie sind Manns genug, die Plantage alleine zu leiten, Charlotte.«

»Ich kann aber nicht überall sein, Jeremy. Und außerdem

hören die Schwarzen besser auf Sie. Allein deshalb, weil Sie ein Mann sind.«

Sie konnte deutlich sehen, wie seine Gesichtsmuskeln zuckten, doch er verkniff sich das Lachen. Stattdessen suchte er sich einen weiteren Stein und schielte hinüber zu Simba, der vor dem Stall saß und auf sein Frauchen wartete.

»Mag sein …«, murmelte er und blickte dem Steinchen hinterher. »Trotzdem möchte ich Sie um etwas bitten.«

Er wollte doch wohl nicht weiterziehen? Sie hier auf der Plantage allein lassen und davonreiten, um wieder Löwen und Elefanten zu schießen und sich mit Alkohol volllaufen zu lassen?

»Was für eine Bitte?«

»Ich will mit dem Bau der Kapelle anfangen.«

Charlotte war so verblüfft, dass sie zunächst nichts sagte. Diese verrückte Idee spukte also immer noch in seinem Kopf herum! Aber immerhin hatte er nicht die Absicht, die Plantage zu verlassen, was sie unendlich erleichterte.

»Ich kann einfach nicht begreifen, was Sie daran so begeistert«, erwiderte sie nach einer Weile gedehnt. »Es wird eine ziemliche Plackerei werden, und ich gebe meine Arbeiter nur dafür frei, wenn nichts Wichtigeres ansteht, aber …«

Gerührt stellte sie fest, dass er anfing, vor Freude über das ganze Gesicht zu strahlen. »Es ist schwer zu erklären«, sagte er und verscheuchte eine Fliege von seinem Ärmel. »Ein Mann tut so viele Dinge im Leben, aber nur weniges davon hat Bestand. Wenn ich es schaffe, diese Kapelle fertigzustellen, dann wird von Jeremy Brooks etwas auf dieser Erde zurückgeblieben sein. Finden Sie das sehr lächerlich?«

»Nein, gewiss nicht«, erwiderte sie zögernd. »Doch es klingt ein wenig pathetisch. Sagt man nicht, ein Mann sollte einen Baum gepflanzt, ein Haus gebaut und einen Sohn gezeugt haben?«

Er verzog das Gesicht, doch sie konnte nicht unterscheiden, ob es ein Grinsen oder ein schmerzlicher Ausdruck war.

»Sie haben recht«, bestätigte er und sah sie mit zusammengekniffenen Augen an. »Vielleicht gehört ja noch dazu, dass ein Mann eine Frau geliebt haben sollte. Eine, die seiner Liebe wert ist.«

Er wartete nicht auf ihre Antwort, sondern wandte sich an den alten Kerefu. Er solle ihm ein Maultier satteln, er wolle ins Gebirge reiten.

Charlotte seufzte, es war unschwer zu erraten, was er dort vorhatte.

Dennoch trug Jeremys Bitte dazu bei, dass auch die Abende rascher vergingen. Er saß nun wieder bei ihnen im Wohnzimmer, um sich mit Peter Siegel über die Einzelheiten des Baus abzusprechen. Der Missionar war voller Begeisterung, Klara verwöhnte Jeremy dankbar mit allerlei Leckerbissen, und Elisabeth, die dem Engländer bislang stets mit Skepsis begegnet war, schien nun ebenfalls Gefallen an ihm zu finden.

Dennoch vermisste Charlotte George. Er fehlte ihr, und es waren noch knappe zwei Wochen, bis die Expedition aus dem Zentralbahngebiet zurückkehren sollte. Am kommenden Montag wollte Charlotte mit Elisabeth abreisen, vorher würde sie ein Telegramm an ihre Angestellten in der Villa schicken, damit man auf ihre Ankunft vorbereitet war.

Am Sonntag, als auf der Plantage die Arbeit ruhte, ritt sie mit Jeremy und Peter Siegel zu dem Ort, an dem die Steine für die Kapelle gebrochen und in Form geschlagen werden sollten. Es war ein breites Tal, westlich von Neu-Kronau gelegen und von einem Flüsschen durchzogen. Urwald bedeckte weite Teile des Talgrundes, nur an einigen Stellen erhoben sich felsige Hügel, dort schien der Boden zu karg, um den Bäumen Nahrung zu geben. Zwischen allerlei dürrem Gestrüpp konnte man den kantigen grauen Fels erkennen, ein Stein, der sich nach Jeremys Ansicht bestens als Baumaterial für eine Kapelle eignete.

»Wir werden den Pfad verbreitern müssen, um einen Maultierkarren voranbringen zu können.«

Jeremys Finger deutete quer über den Urwald in östlicher Richtung. Es mochten von hier aus gut zehn Kilometer sein bis zu der Stelle, an der die Kapelle errichtet werden sollte. Weitaus schwieriger als der Ausbau des Pfades jedoch war, dass man zunächst bergab fahren musste, später aber eine heftige Steigung zu bewältigen hatte.

»Gott wird uns helfen«, behauptete Peter Siegel mit leuchtenden Augen.

Der Eingeborenenpfad war fast zu schmal für die Pferde, das letzte Stück mussten sie absteigen und die Tiere hinter sich herziehen. »Was sagen Sie nun?«, rief Jeremy voller Stolz, als sich vor ihnen der Wald lichtete.

Man sah jetzt den Bach, dessen Rauschen sie die ganze Zeit über begleitet hatte. Glitzernd strömte er über den flachen Fels, dahinter stieg das Gelände steil zu einem Hügel an, schrundig und zerklüftet ragte das Gestein zwischen den Gräsern hervor. Halb im Wasser, von kleinen Wirbeln umflossen, lag ein rechteckiger grauer Steinblock, der ganz offensichtlich von kundiger Hand zurechtgeschlagen worden war. Unweit der Stelle erblickte Charlotte mehrere Hämmer und Meißel aus ihrem Besitz.

»Der Grundstein ist schon fertig!«

Sie banden die Pferde fest und bewunderten diesen ersten Stein der zukünftigen Kapelle.

»Heben wir ihn heraus«, schlug Peter Siegel vor, und Jeremy knöpfte sogleich seine Jacke auf, streifte sich auch das Hemd ab und krempelte die Hosenbeine hoch, dann stieg er in den Bach hinein. Langsam trat er zu dem Steinblock, bückte sich und fasste ihn an beiden Schmalseiten, dann wartete er einen

Moment, als wolle er die Spannung noch steigern, und hob ihn schließlich mit aller Kraft hoch. Charlotte sah, wie seine Muskeln anschwollen und die Sehnen hervortraten. Plötzlich bemerkte sie, dass Peter sie irritiert anblickte, und machte schnell einen kleinen Scherz.

»Wenn Sie alle Steine so transportieren wollen, werden Sie noch Rückenschmerzen bekommen, Jeremy!«, rief sie und zwang sich zu einem bemühten Lachen.

Jeremy legte den Stein sorgfältig auf dem trockenen Grasboden ab, reckte sich und lächelte sie an. Sein Lächeln war herausfordernd, frech. Sie spürte, wie sie rot wurde, und wendete sich hastig ab. Der Engländer zog sich in aller Ruhe wieder an und beratschlagte anschließend mit dem Missionar, welche Worte in den Grundstein eingemeißelt werden sollten.

Auf dem Rückweg war Peter Siegel der Einzige, der redete, sowohl Jeremy als auch Charlotte ritten schweigsam voran, richteten ihre Aufmerksamkeit auf die Umgebung und vermieden es, einander in die Augen zu blicken. Erst als schon die Kaffeepflanzungen und Weiden von Neu-Kronau zu sehen waren, drehte sich Jeremy zu ihr um. In seinen Zügen lag Zerknirschung.

»Bereuen Sie es, Charlotte?«

Für einen kleinen Augenblick war sie sich unsicher, was er meinte, dann wurde ihr bewusst, dass er von dem Bau der Kapelle sprach, zu dem sie ihre Genehmigung gegeben hatte.

»Nein«, erwiderte sie knapp, doch das schien ihm zu genügen.

Soll er doch seine Kapelle bauen, wenn er der Nachwelt unbedingt etwas hinterlassen muss, dachte sie trotzig. Was kümmert es mich? Übermorgen fahre ich nach Daressalam, und er hat versprochen, sich vorerst um die Plantage zu kümmern.

Sie dachte daran, dass sie George bald wiedersehen würde, und ihr Herz war voller Sehnsucht.

Teil IV

Juli 1909

Jim machte einen Bogen um den schlafenden Simba und stellte das Tablett vorsichtig auf das Tischlein neben *bibi* Johanssen. Charlotte verbrachte die meiste Zeit im Garten des Hauses, wo der Wind den Duft der Orangenblüten verwehte und das Wasser des rechteckigen Teiches kräuselte. Nur Simbas wegen ging sie mehrmals am Tag hinunter zum Meer, dort stand sie eine Weile, lehnte den Rücken gegen den Stamm einer Palme und spürte, wie der Südostwind in den Palmwedeln rauschte und an ihrer Kleidung zerrte. Kleine, flauschige Wölkchen trieben eilig über den tiefblauen Himmel, huschten an der gleißenden Sonnenkugel vorüber und glitten als graue Schattenherde über den hellen Sand. Simba rannte achtlos darüber hinweg, wenn Charlotte ein Stück Holz ins Wasser warf. Der mächtige rotbraune Hund stürzte sich blindlings in die Wellen, manchmal schwamm er sogar so weit hinaus, dass sie Sorge hatte, die Ebbe könne ihn in die Bucht ziehen. Doch das große Tier kämpfte sich immer wieder an den Strand zurück, rannte auf sie zu und schüttelte energisch das Salzwasser aus dem langen Fell. Das Holz, das er zurückgebracht hatte, behielt er jedoch für sich.

Hier im Garten war der Wind erträglich. Sie hatte sich Tisch und Stühle unter dem Vordach aufstellen lassen, beschwerte die Manuskripte, an denen sie arbeitete, mit Steinen und ließ sich schwarzen Kaffee mit Kardamom gewürzt nach draußen bringen. Die Möbel, die Kamal Singh ihr hinterlassen hatte, standen immer noch im Depot – sie würde später gemeinsam mit George entscheiden, ob sie die Sachen haben wollten oder nicht.

George hatte fleißig geschrieben. Bei ihrer Rückkehr hatte sie mehrere Manuskriptstapel vorgefunden, und nun brütete sie Tag und Nacht über den Seiten, um alle seine Texte gründlich Korrektur zu lesen. Immer wieder stieß sie auf seine Vermerke: Photographie Nr. … einfügen, und sie wusste, dass es sich um ihre Bilder handelte. George, der sie so eifrig dazu gedrängt hatte, eine Kamera anzuschaffen, photographierte nur selten selbst.

»Ich will die Dinge mit meinen eigenen Augen betrachten, mein Schatz. Und nicht durch das schwarze Auge des Objektivs«, hatte er immer wieder betont.

Lächelnd nahm sie die gefüllte Tasse aus Jims Hand, legte den Stift für einen Augenblick zur Seite und lehnte sich im Stuhl zurück. George musste viele Stunden in der Dunkelkammer zugebracht haben – die Wände im Wohnzimmer waren voll mit ihren Photographien, die er nicht nur entwickelt, sondern auch geordnet und durchnummeriert hatte. Sie war stolz darauf, dieses Mal einen sichtbaren, wichtigen Beitrag zu seinem neuen Buch geleistet zu haben, vielleicht würde sie sogar namentlich erwähnt werden. Auch wenn sie sich keinen Ruhm als Photographin erwerben wollte, ging es ihr doch darum, Georges Schriften zu illustrieren, seine Anliegen zu unterstützen.

»Es ist Zeit, Elisabeth von der Schule abzuholen, Jim.«

Er nickte bereitwillig und lief davon, um sich für den Gang durch die Stadt schön zu machen. Jim war noch eitler als Schammi, über den Charlotte oft hatte lächeln müssen, wenn er versuchte, den Mädchen zu gefallen. Doch während Schammi mit seinem schmalen Gesicht und den großen Augen durchaus als schön bezeichnet werden konnte, war der kleine Jim mit einer breiten Nase und abstehenden Ohren geschlagen. Dafür besaß er eine bezaubernde, harmlose Fröhlichkeit, die – so hatte Elisabeth immer wieder erzählt – für viele schwarze Mädchen durchaus anziehend war. Möglicherweise waren ihre eigenen Vorstellungen von »schön« und »hässlich« völlig anders als die der Afrikanerinnen.

Sie nahm einige vorsichtige Schlucke von dem heißen, aromatischen Getränk und stellte die Tasse dann ab, um sich weiter ihrer Arbeit zu widmen. Ihr Rücken schmerzte von der ewigen Sitzerei, auf der Plantage war sie den ganzen Tag über in Bewegung gewesen. Aber sie war stur und hoffte, fertig zu sein, wenn George zurückkam. Es konnte nicht mehr lange dauern, sie war schon fast zwei Wochen in Daressalam.

Nachrichten aus Neu-Kronau gab es noch nicht, dazu war die Post zu langsam, aber sie beruhigte sich damit, dass man ein Telegramm geschickt oder angerufen hätte, wenn ein Notfall eingetreten wäre. Dafür hatte sie hier im Haus einen langen Brief von Ettje vorgefunden, der ihr nicht wenig Kummer bereitete. Ettje vermeldete den Tod der Großmutter – Grete Dirksen war mehrere Tage nicht mehr aus ihrem Bett aufgestanden und schließlich sanft entschlafen. Sie hatte das stolze Alter von achtundachtzig Jahren erreicht und ihren Mann, Pastor Henrich Dirksen, um vierzehn Jahre überlebt. Ihr Tod bedeutete das Ende einer langen Herrschaft im Hause Dirksen, die nun an Paul und Antje überging, die dort bei der Großmutter gewohnt hatten. Leider schien es zu heftigen Erbstreitigkeiten gekommen zu sein, an denen vor allem Tante Edine aus Aurich, die noch lebende Tochter des Pastorenehepaars, sowie Cousin Paul teilhatten; Onkel Gerhard in Hamburg war trotz aller Bemühungen nicht aufzufinden und würde somit auch nichts erben. Viel war sowieso nicht da, es handelte sich im Grunde nur um das Haus, das alte Klavier, ein paar Möbelstücke und die wenigen Spargroschen, welche die Großmutter in einer Zuckerdose aufbewahrt hatte.

Charlotte hatte sich entschieden, Ettjes Klagebrief besser nicht an Klara weiterzuschicken, sondern ihr das traurige Ereignis in ihrem nächsten Schreiben mitzuteilen – Klara musste nicht unbedingt erfahren, dass Paul und Ettje einander inzwischen spinnefeind waren und auch die Kinder in den Streit hineingezogen wurden. Ach, mit dem Tod der alten Frau war eine Ära zu Ende gegangen, das Haus ihrer Kindheit gehörte nun Paul, und Charlotte ahnte, dass weder sie noch Klara dort willkommen waren.

Jim eilte an ihr vorüber zum Tor, geschmückt mit einer sauberen weißen Mütze und einem silbernen Ohrring. Elisabeth hatte sich mit Florence Summerhill, der Tochter eines englischen Geschäftsmannes, angefreundet, der nicht weit von ihnen entfernt wohnte, so dass Jim und der Angestellte des Engländers die Mädchen abwechselnd von der Schule abholten. Florence war zwei Jahre älter als Elisabeth, und es war leider abzusehen, dass sie bald nach England auf ein Internat gehen würde, doch vorläufig waren die beiden Mädchen unzertrennlich und schienen auch in der Schule allerlei Dummheiten gemeinsam auszuhecken.

Charlotte spürte, dass ihre Gedanken abschweiften, trotz des starken Kaffees fiel es ihr immer schwerer, sich auf den Text zu konzentrieren. Es war die Warterei, die sie zermürbte, dieses Herumsitzen, bei dem die Gedanken abschweiften und sie zu den seltsamsten Grübeleien verleiteten. Sie stellte sich vor, er wäre bereits in Morogoro, säße vielleicht schon in der Zentralbahn und diskutierte mit seinen Gefährten über den Erfolg der Impfaktion oder hockte zusammengesunken auf der hölzernen Sitzbank und schlief. Es war jedoch auch möglich, dass er noch ein letztes, weit entferntes Dorf aufsuchte, über umgestürzte Urwaldriesen stieg, steile Böschungen hinaufkletterte, durch Sümpfe watete … Irgendwann musste ihnen die Lymphe ja ausgehen, dann war ihre Mission beendet, und sie kehrten nach Daressalam zurück.

Ach, jetzt konnte sie so gut verstehen, wie er an den Abenden allein in seinem Arbeitszimmer gesessen und an sie gedacht hatte. Sie hatte seinen Brief mit zärtlichen Augen gelesen, es war ihr ungemein romantisch erschienen, dass er sie an die längst vergangenen Zeiten erinnerte, in denen sie noch voneinander getrennt gewesen waren. Jetzt aber spürte sie wieder, wie schmerzhaft die Einsamkeit war, wie weh es tat, auf den Geliebten zu warten, täglich, stündlich an ihn zu denken, auf das Ticken der Uhr zu hören und nichts tun zu können, als sich zu gedulden.

Ein Windstoß fegte unter das Vordach, und sie musste rasch zufassen, damit ihre Manuskripte nicht davonflatterten. Im selben Moment sprang Simba auf, lief zum Tor und kläffte zornig. Jemand hatte die Schelle betätigt.

Mimi, das schwarze Hausmädchen, schien bei dem Koch in der Küche zu stecken, und Charlotte war viel zu ungeduldig, um auf sie zu warten. Hastig erhob sie sich, legte einen weiteren Stein auf die Blätter und lief über den Rasen zum Tor hinüber.

»Ruhig, Simba. Geh zurück. Nun mach schon.«

Vor dem Tor wartete ein schwarzer Botenjunge, der wegen des Hundegebells ängstlich einige Meter Abstand hielt. Als er den großen rotbraunen Löwenhund erblickte, sah er seine schlimmsten Befürchtungen bestätigt und fing heftig an zu zittern. Manche Weiße in der Gegend hielten sich auf Schwarze dressierte Kampfhunde, vielleicht hatte der arme Kerl schon einmal mit solch einem Wächter Bekanntschaft gemacht.

»Steck die Nachricht dort unter den Stein. Hat man dir sonst noch etwas aufgetragen? Nein? Hier, das ist für dich.«

Sie warf ihm eine halbe Rupie zu und sah ihn pfeilschnell mit seinem Lohn davonrennen. Kopfschüttelnd ging sie zu der Stelle hinüber, an der er den Brief deponiert hatte, und stellte fest, dass es sich um einen zusammengefalteten Zettel handelte.

Liebe Frau Johanssen, da ich momentan nicht abkömmlich bin, bitte ich Sie, mich in der Sewa-Hadschi-Klinik aufzusuchen. Wir haben Nachricht von Ihrem Mann.
Dr. Kalil

Der Wind zerrte an dem Zettel und wollte ihn ihr aus den Händen reißen, während sie sich mit dem Rücken Halt suchend gegen die Mauer lehnte und immer wieder diesen einen merkwürdigen Satz las.

Wir haben Nachricht von Ihrem Mann …

Nachricht von George? Aber wieso schickte er der Sewa-Hadschi-Klinik eine Nachricht? Er würde doch in den nächsten Tagen nach Daressalam zurückkommen … Eine unbestimmte Angst flammte in ihr auf, breitete sich in ihrem Körper aus wie ein loderndes Feuer und wollte ihr schier den Atem nehmen.

»Mama? Bist du gesund? Du siehst ganz blass aus …«, ertönte da eine helle Stimme.

Sie zwang sich zu einem Lächeln und steckte den Zettel rasch in ihre Jackentasche. Elisabeth, die mit Jim im Schlepptau auf das Eingangstor zusteuerte, hatte scharfe Augen und ein gutes Gespür für die Stimmungen ihrer Mutter.

»Mir geht's gut. Wie war es in der Schule?«

»Langweilig! Ist George immer noch nicht gekommen?«

»Nein …«

Elisabeth drückte Charlotte einen Kuss auf die Wange,

kraulte Simbas wollige Ohren und lief eilig in den Garten. Sie war inzwischen genau so groß wie ihr afrikanischer Begleiter. Der schwarzhäutige Jim und das blonde weiße Mädchen mit den blauen Augen waren ein seltsam ungleiches Paar. Sie verstanden sich jedoch gut, schwatzten Englisch, Deutsch und Suaheli miteinander, und Jim war stolz darauf, den ledernen Schulranzen seiner jungen Herrin nach Hause tragen zu dürfen. Er selbst hatte niemals eine Schule besucht.

»Wir essen heute ein wenig später, ich habe noch etwas zu erledigen.«

Das gefiel Elisabeth zwar gar nicht, aber der Tonfall ihrer Mutter machte deutlich, dass sie keinen Widerspruch duldete. Charlotte trug die Manuskripte ins Arbeitszimmer, um sie dort auf Georges Schreibtisch zu deponieren, dann zog sie hastig eine Jacke über, band ein Tuch um den Hut, damit er nicht davongeweht wurde, und verließ das Haus, Simba wie immer dicht auf den Fersen.

Es war schon später Nachmittag, als sie das Klinikgebäude erreichte. Aus dem Eingang kam ihr eine Gruppe afrikanischer Frauen entgegen, in bunte Tücher gekleidet und mit Messingketten behängt, einige trugen kleine Kinder auf dem Arm. Eine der Frauen weinte, die anderen jedoch lachten und schwatzten unbefangen miteinander. Charlotte drängte sich zwischen ihnen hindurch in den kleinen Eingangsraum hinein, in dem es so intensiv nach Schweiß und anderen Ausdünstungen roch, dass sich ihr vor Ekel der Magen hob. Für einen Moment fürchtete sie, sich übergeben zu müssen oder ohnmächtig zu werden, und musste sich mit dem Arm an der Wand abstützen. Weshalb regte sie sich bloß so auf? Wahrscheinlich war alles ganz harmlos, George hatte einfach eine Nachricht an seine Kollegen geschickt mit der Bitte, diese an sie weiterzuleiten …

»Frau Johanssen?«

Zwischen den vorüberziehenden Besuchern war die weiß gekleidete Gestalt einer Krankenschwester aufgetaucht. Sie kannte die Stimme, sie gehörte jener Frau, die sie in diesem Augenblick am allerwenigsten treffen wollte, doch Shira, die eifrige Mitarbeiterin ihres Mannes, stand dicht vor ihr und musterte sie mit dunklen, mitleidslosen Augen.

»Ich möchte zu Dr. Kalil.«

Wortlos ging Shira ihr voran durch den Flur, in dem mehrere Kranke und Besucher ihr Lager aufgeschlagen hatten, und Charlotte blieb nichts anderes übrig, als ihr zu folgen. Ihre Hände waren kalt und feucht, Schweiß stand auf ihrer Stirn, und ihre Knie zitterten so heftig, dass sie fast über ein Kleiderbündel gefallen wäre, das jemand neben seiner Lagerstätte aufgeschichtet hatte.

Vor einer Tür blieb Shira stehen und legte die Hand auf den Türknauf, doch als Charlotte schon glaubte, die junge Inderin wolle sie in den Raum einlassen, drehte sie sich mit einer entschlossenen Bewegung zu ihr um. Ihr schmales Gesicht wirkte angespannt und noch kantiger, als sie mit zusammengebissenen Zähnen zischte: »Sie haben ihn nie verstanden. Alles Unglück kommt allein durch Sie.«

Charlotte war über diesen unerwarteten Ausbruch so verblüfft, dass sie schwieg. »Dr. Johanssen ist ein wunderbarer Mensch und ein großartiger Arzt«, fuhr Shira mit leiser Stimme fort. »Sie sind es nicht wert, auch nur einen Zipfel seines Gewandes zu berühren. Sie sind eine selbstsüchtige, kalte Person, die seiner Liebe nicht würdig ist …«

Heißer Zorn stieg in Charlotte auf. »Wo ist Dr. Kalil?«, fuhr sie die Inderin an. »Bringen Sie mich auf der Stelle zu ihm. Er hat mir eine Nachricht geschickt und erwartet mich.«

Der Blick, mit dem Shira Charlotte bedachte, erinnerte sie an den einer Viper, die ihren Feind ins Visier nimmt. »Sie werden ihn nicht wiedersehen – nie mehr. Und das ist gut so.«

Um Shiras Mund zuckte es, sie wandte den Kopf zur Seite und stieß endlich die Tür auf.

In dem kleinen Aufenthaltsraum des medizinischen Personals herrschte eine fürchterliche Unordnung. Papiere, Teetassen, medizinische Instrumente, angefangene Mahlzeiten und vieles mehr lag auf dem Tisch verstreut, auf einem Stuhl hing ein blauer Seidenschal, unter dem Tisch lagen zwei nicht zueinander passende Ledersandalen. »Warten Sie hier. Dr. Kalil operiert gerade.«

Die Stimme der jungen Inderin klang jetzt bemüht gleichgültig. Mit unbewegter Miene wartete sie, bis Charlotte an ihr vorbei in den Raum hineingegangen war, dann schloss sie fest die Tür.

Mit fahrigen Fingern löste Charlotte den Knoten des Tuchs, das sie um ihren Hut gebunden hatte. Der Hut fiel zu Boden und rollte unter den Tisch, doch sie machte keine Anstalten, ihn aufzuheben. Die Angst hatte sie gepackt, stärker noch als zuvor, kalt, dunkel und abgrundtief.

Sie hätte nicht sagen können, wie lange Dr. Kalil sie warten ließ, es kam ihr vor wie eine Ewigkeit, doch möglicherweise waren in Wirklichkeit nur ein paar Minuten verstrichen. Der Arzt wirkte erschöpft wie immer – hatte sie ihn jemals frisch und ausgeruht gesehen? Zerstreut entschuldigte er sich für die Unordnung, nahm den blauen Schal und rollte ihn zusammen, damit sie sich setzen konnte, wenngleich sie keinen Wert auf einen Stuhl legte. »Gestern kehrten die beiden Arzthelfer aus dem Uluguru-Gebirge zurück«, begann er schließlich hilflos. »Ich konnte erst heute um die Mittagszeit mit ihnen sprechen, Sie wissen ja …«

Eine farbige Krankenschwester trat ein, nahm ein Blatt Papier vom Tisch und entfernte sich wieder. Dr. Kalil wollte fortfahren, doch Charlotte kam ihm zuvor. »Was ist mit meinem Mann?«

»Meine liebe Frau Johanssen … Ich weiß, dass Sie eine vernünftige Frau sind und nicht hysterisch reagieren werden …«

Er klang keineswegs überzeugt, eher als würde er sie inständig darum bitten.

»Nehmen Sie keine Rücksichten … ich will die Wahrheit wissen!«

»Wie es scheint, wurde die Impfexpedition bei ihrem letzten Einsatz in einem Dorf überwältigt und festgehalten. Weshalb, weiß ich nicht. Tatsache ist jedoch, dass die beiden Arzthelfer fliehen konnten, während das Schicksal Ihres Mannes bisher ungeklärt ist.«

Sie starrte den Arzt entsetzt an. Was meinte er damit? Hieß das etwa, dass George immer noch in Gefangenschaft war und niemand wusste, ob er überhaupt noch lebte?

»Wann ist das passiert?«, fragte sie mit zitternder Stimme.

»Vor drei Tagen, Frau Johanssen«, antwortete der indische Arzt und beobachtete sie besorgt. »Sie können gern mit den Arzthelfern sprechen, die beiden sind heute wieder in der Klinik zur Arbeit erschienen. Es war reines Glück, dass sie sich befreien und fliehen konnten; doch sie sind noch ein wenig angeschlagen. Das Verwunderliche ist, dass wir bislang davon ausgingen, die Bewohner der Uluguru-Bergregion seien harmlose und freundliche Leute …«

»Sie wollen damit sagen, dass mein Mann seit drei Tagen im Uluguru-Gebirge verschollen ist?«, stieß Charlotte entsetzt hervor.

»Es wird nach ihm gesucht, Frau Johanssen. Außerdem ist allgemein bekannt, dass sich Ihr Mann in der Wildnis recht gut zurechtfindet – möglicherweise ist er den Eingeborenen längst entkommen und wird bald in Daressalam auftauchen oder zumindest ein Lebenszeichen geben. Anrufen. Ein Telegramm schicken. Sie sollten sich nicht allzu viele Sorgen machen …«

Es war schrecklich genug, aber trotz allem verspürte sie eine gewisse Erleichterung. Zumindest bestand die Hoffnung, dass er noch am Leben war.

»Sie wissen so gut wie ich, Dr. Kalil, dass mein Mann nicht gesund ist und dass das Fieber jederzeit wieder ausbrechen kann«, gab sie zu bedenken.

Ein Blick in sein gequältes Gesicht zeigte ihr, dass auch er sich keine Illusionen machte. Er schenkte ihr ein Glas Wasser ein, und während sie trank, erzählte er ihr, dass man eine Truppe Askari abkommandiert habe, um die Eingeborenen zur Rechenschaft zu ziehen. Es wäre das Beste, sie kehre nach Hause zurück und warte das Ergebnis dieser Aktion ab.

»Ich möchte bitte die beiden Arzthelfer sprechen, die George begleitet haben.«

»Ich schicke sie zu Ihnen, Frau Johanssen. Soll Sie jemand nach Hause bringen? Ist Ihnen schwindelig?«

Sie stellte das leere Glas auf einen Stapel Papiere, der über einer Ansammlung brauner Fläschchen zusammenzustürzen drohte.

»Es geht mir gut, Dr. Kalil. Ich danke Ihnen für Ihre Mühe, Wenn es Neuigkeiten gibt …«

Er nickte und versicherte ihr, sie wäre die Erste, die davon erfahren würde, dann brachte er sie zur Tür. Einen Augenblick dachte sie, er wolle seinen Arm stützend um ihre Schulter legen, doch er tat es nicht, sondern öffnete nur die Tür für sie.

Wie sie an den Strand gelangt war, erinnerte sie sich später nicht mehr, doch sie fand sich barfuß im weißen Sand sitzend wieder, die nackten Füße in die kühle Brandung gestreckt. Das Rauschen der Wellen mischte sich mit dem Brausen des Windes, der an ihrem aufgelösten Haar zerrte und ihr verzweifeltes Schluchzen verschluckte.

Sie werden ihn nie wiedersehen – nie mehr! Und das ist gut so …

Die Worte der Inderin kreisten in ihrem Kopf und raubten

ihr schier den Verstand. Erst als der Hund sich neben sie setzte und ihr mit seiner nassen heißen Zunge über die Wange leckte, hörte sie auf zu weinen und wischte sich das Gesicht mit dem Jackenärmel ab. Dann zwang sie sich aufzustehen und trat langsam den Heimweg an.

Zu Hause erzählte sie Elisabeth, sie habe in der Klinik erfahren, dass die Expedition einen Umweg mache, George käme daher einige Tage später zurück. Doch obwohl sie sich große Mühe gab, möglichst unbefangen zu wirken, ließ sich Elisabeth nicht täuschen.

»Du bist traurig, nicht wahr, Mama? Ich finde, George hätte sich diesen Umweg ruhig sparen können. Weiß er denn nicht, dass wir auf ihn warten?«

Charlotte zog ihre Tochter auf den Schoß und zauste ihr das Haar, das sie sich so ungern kämmen ließ.

»Ich glaube schon, dass er es weiß, Lisa. Aber schau: Je länger wir auf ihn warten, desto größer wird unsere Freude sein, wenn er endlich wieder bei uns ist.«

Die beiden schwarzen Arzthelfer, Mtschalo und Bugi, die George auf der Expedition begleitet hatten, erschienen noch am selben Abend in ihrem Haus. Charlotte stellte sicher, dass Elisabeth oben in ihrem Zimmer schlief, und ließ die Besucher in den Wohnraum führen. Die Schwarzen blickten scheu auf die vielen Photographien an den Wänden und ließen sich erst nach einer ganzen Weile auf den ihnen zugewiesenen Sesseln nieder. Beide stammten von der Küste und arbeiteten schon einige Jahre in der Sewa-Hadschi-Klinik. Sie waren stolz auf ihre Position, trugen eine helle Kappe auf dem geschorenen Kopf und eine weiße Jacke über der knöchellangen Tunika. »Mtschalo hat *daktari* Johanssen gesagt: Wir gut gearbeitet. Warum wir nicht reiten nach Hause? Aber *daktari* will noch diese eine Dorf impfen. Nur diese eine Dorf …

Dorf von *sheitani* und Unglück. Dann sind gekommen Krieger. Viele. Mit Speeren und Bogen und Pfeil. Auch mit Gewehr. *Daktari* redet mit ihnen, aber sie wollen nicht hören. Wir alle müssen mit ihnen gehen … In Dorf sie uns festbinden an Baum. Sie schreien und heben Speere gegen uns, und wir alle denken, Leben ist zu Ende. Nur *daktari* Johanssen sagt zu uns, wir müssen ruhig sein und warten. Leute von diese Dorf haben sich geirrt. Weil sie glauben, wir sind mit andere Dorf im Bund, die sind ihre Feinde …«

»Und was geschah dann?«

Die beiden sahen sich an und zögerten. Als Mtschalo, der bisherige Wortführer, schwieg, setzte sein Begleiter den Bericht fort. »Krieger bringen *daktari* in runde Hütte«, erklärte Bugi. »Mtschalo und Bugi bleiben gebunden an Baum. So kommt Nacht. Nur wenig Feuer, dann nur noch Sterne und Mond. Da sagt Mtschalo, er kann Strick abstreifen. Ganz leise Mtschalo kommt von Hanfstrick frei, macht auch Bugi los, und wir laufen davon …«

Sie warfen Charlotte einen beklommenen Blick zu. Ihnen war klar, dass sich der Zorn der Eingeborenen jetzt gegen den *daktari* richten würde, der sich als Einziger noch in ihrer Gewalt befand. Bitter dachte Charlotte daran, dass George in dieser Situation ganz sicher versucht hätte, auch seine Kameraden zu befreien, doch was half es, den beiden Vorhaltungen zu machen? Jetzt war es ohnehin zu spät dafür.

»Da habt ihr wirklich Glück gehabt«, sagte sie daher und versuchte, ihren Ärger zu unterdrücken. »Und wie seid ihr zurück nach Morogoro gekommen?«

»Finden zwei schwarze Träger von unsere Expedition, die mit uns zurück nach Morogoro gehen …«

Einige der einheimischen Träger mussten die Feindseligkeiten vorausgesehen haben, sie hatten sich rechtzeitig versteckt und waren so der Gefangennahme entgangen.

»War mein Mann gesund, oder hat er Fieber gehabt?«

Daktari Johanssen sei nicht krank gewesen, nur vielleicht ein wenig müde. Er habe während der letzten Tage mit krummem Rücken im Sattel gesessen, doch er habe den Weg gekannt und sich niemals geirrt. Deshalb wollten sie alle beide zu Jesus Christus beten, dass ihr guter *daktari* heil und gesund zurückkäme. Sie wollten auch Opfer bringen, um die Götter von Uluguru zu besänftigen, denn es sei sicher besser, alle Götter auf seiner Seite zu haben.

Charlotte hatte die beiden Afrikaner mit Reis, Bananen und Ziegenfleisch bewirtet, was sie mit großem Appetit verspeisten. Von der Zitronenlimonade dagegen zeigten sie sich weniger begeistert, sie hatten sich deutsches Bier erhofft. Sie blieben dennoch einige Stunden, um von der Expedition zu erzählen, lobten den *daktari* Johanssen und den *bwana* Gouverneur, der die Afrikaner vor den Pocken schützen ließ, und als sie das Haus endlich verließen, waren sie fest davon überzeugt, dass der weiße Arzt bald wieder bei ihnen sein würde.

Charlotte lag noch lange wach, lauschte auf die nächtlichen Geräusche, und manchmal streckte sie den Arm aus, um das leere Kopfkissen neben sich zu fühlen. Die Berichte der beiden Afrikaner hatten ihre Befürchtungen zur Gewissheit werden lassen: George befand sich entweder noch in der Gewalt der Eingeborenen – dann konnte die angebliche Strafaktion der Askari für ihn lebensgefährlich ausgehen –, oder er war seinen Peinigern ebenfalls entkommen und versuchte, sich allein und ohne Reittier durch das unwegsame Gebirge zu schlagen. Möglicherweise kämpfte er dabei nicht nur gegen die Wildnis, sondern auch gegen das Fieber.

Sie quälte sich mit allerlei Phantasien, sah ihn bald vom Fieber ausgezehrt in einer einsamen Schlucht liegen, dann wieder stellte sie sich vor, dass man seinen toten Körper nach afrikanischer Sitte zu Grabe trug, in ein erdfarbenes Tuch gewickelt, aus dem am oberen Ende sein blondes Haar herausragte. Wenn er dagegen tatsächlich irgendwo im Busch sein Leben ließe, dann würde nichts von ihm bleiben – die afrikanische Erde nahm all ihre Kinder wieder in ihren Schoß auf, um den ewigen Kreislauf des Lebens und Sterbens zu schließen.

Es war gegen vier Uhr morgens, als sie die Lampe anschaltete und auf die kleine Pendeluhr neben ihrem Bett sah. Noch zwei Stunden bis Sonnenaufgang. Was hatte Dr. Kalil zu ihr gesagt? Sie solle nach Hause gehen und abwarten.

O nein – die Zeit des Wartens war zu Ende. Mit allem, was ihr zu Gebote stand, würde sie um Georges Leben kämpfen.

»Johannes Kigobo viel müde«, sagte Jonas Sabuni grinsend. »Schläft wie *toto* auf Rücken von *mama.*«

Charlotte lächelte zerstreut und band das Tuch fester um ihren Hut. Der einzige Personenwagen des Zuges war vollbesetzt, niemand störte sich daran, dass alle Fenster offen standen und der Wind immer wieder durch das Wageninnere fuhr. Trotzdem war Johannes Kigobo in tiefen Schlaf gefallen, kaum dass sie den Bahnhof der Zentralbahn am Hafen von Daressalam verlassen hatten.

Vier Tage waren vergangen, seitdem Charlotte in der Sewa-Hadschi-Klinik von Georges Verschwinden erfahren hatte. Sie hatte keine weitere Nachricht erhalten, was wohl bedeutete, dass ihr Mann kein Lebenszeichen von sich gegeben hatte und auch die Suchaktion der Askari bislang ohne Erfolg geblieben war.

Gleich nach der ersten durchwachten Nacht hatte Charlotte Peter und Klara nach Neu-Kronau telegraphiert:

Reise nach Morogoro. Schickt Johannes Kigobo und Jonas Sabuni nach Daressalam.

Sie wusste, dass sie das Schicksal selbst in die Hand nehmen musste; einfach nur zu warten, wie Dr. Kalil ihr in der Klinik geraten hatte, brachte ihr George nicht zurück. Sie würde sich selbst auf die Suche nach ihrem Mann machen, und dazu brauchte sie zumindest zwei zuverlässige Begleiter.

Die beiden Schwarzen, für die sie sich entschieden hatte, waren ausdauernde, kräftige Männer; beide waren sie in der Wildnis des Usambara-Gebirges aufgewachsen, konnten Fährten lesen und würden sich auch im Uluguru-Gebirge zurechtfinden.

Johannes Kigobo und Jonas Sabuni waren schon am übernächsten Tag in Tanga angekommen, wo Charlotte sie am Bahnhof erwartete, von dort aus ging es mit dem Küstendampfer weiter nach Daressalam. Es war die größte Reise, die die beiden Waschamba je unternommen hatten, und Charlotte wurde bald klar, dass sie sie damit vollkommen überforderte. Zwar kannten sie die Usambara-Bahn und waren auch schon ein, zwei Stationen damit gefahren, doch niemals bis zur Küste. Tanga, die weiße Stadt an der smaragdgrünen Lagune, war den ahnungslosen Schwarzen wie ein Paradies erschienen. Beim Anblick des Meeres hatten sie Augen und Münder aufgesperrt, und Charlotte musste all ihre Überredungskünste aufwenden, um die beiden an Bord des Küstendampfers zu verfrachten, den sie für ein Höllenwerk des *sheitani* hielten. Jonas Sabuni wurde dann auch auf der Stelle seekrank. Er hockte zusammengekauert auf den Schiffsplanken oder lehnte wie ein Häuflein Elend über der Reling und würgte die gerade gegessenen Teigfladen wieder hoch. Dabei murmelte er flehentlich, der Herr Jesus Christus möge ihn vor diesem keuchenden, stampfenden Untier bewahren und zu sich in den Himmel nehmen. Er tat Charlotte aufrichtig leid, und sie bereute fast, die treuen Waschamba ihrem gewohnten Leben entrissen zu haben.

Zurück in Daressalam erklärte sie ihrer Tochter, sie müsse George aus Morogoro abholen, und brachte das Mädchen bei den Summerhills unter, worüber sich Elisabeth und ihre Schulfreundin Florence äußerst begeistert zeigten. Anschließend drängte sie ihre schwarzen Begleiter zum Aufbruch. Charlotte wusste, dass jeder Tag, den sie ungenutzt verstreichen ließ, ein verlorener Tag war, und schlimmer noch: Die Zeit, die sie mit sinnlosem Warten vergeudete, entfernte sie immer weiter von ihrem geliebten Mann.

»Ruckeln von Eisenbahn ist wie *mama,* die auf Feld mit Hacke schlägt«, schwatzte Jonas Sabuni jetzt fröhlich weiter. »Wiegt *toto* hin und her, macht *toto* müde, *toto* muss schlafen.«

»Das ist gar nicht so dumm von ihm«, meinte Charlotte. »Wir werden erst heute Abend in Morogoro sein, du solltest auch ein wenig die Augen zumachen, Jonas Sabuni.«

»Jonas Sabuni kann nicht schlafen. Muss immer zu Fenster hinaussehen. Alles läuft vorbei, Baum, Gras, *dondoro, tembo, twiga* ... Jonas Sabuni muss schauen, kann nicht aufhören, bis Augen fallen heraus und Kopf ist leer wie hohle Kalebasse ...«

Anders als ihr aufgeregter Angestellter hatte Charlotte kaum ein Auge für die Springböcke, Elefanten und Giraffen, die diesen so sehr begeisterten. »Auf dem nächsten Bahnhof steigst du aus und kaufst uns etwas zu essen. Ich gebe dir das Geld. Und Johannes Kigobo wird eine kleine Runde mit Simba machen ...«

Sie waren gegen neun Uhr morgens in den Zug gestiegen, jetzt war es schon nach zwölf, doch der längere Teil des Weges lag noch vor ihnen. Die Fahrt erschien ihr eintönig, kein Vergleich mit der wunderschönen Landschaft, durch die die Usambara-Bahn führte. Die Strecke der Zentralbahn begann in Daressalam und folgte dem alten Karawanenweg in Richtung Tabora durch flaches Land. Man sah lichte Wälder, Buschwerk, Schirmakazien, manchmal die gespenstische

Form eines uralten Baobab-Baumes, an den Flüssen wuchsen dichte Mangroven. Die Savanne begann sich wieder grau zu färben, hie und da waren noch grüne Inseln um einzelne Wasserlachen verblieben, die jetzt jedoch eine nach der anderen austrockneten. Vögel hockten auf diesen Inseln, staksten durch das Gras und bewegten bei jedem Schritt die rot-weißen Köpfe vor und zurück. Einmal sah sie einen Marabu, jenen buckligen grauen Gesellen, der Ähnlichkeit mit einem verstaubten Bibliothekar hatte.

»Wenn Johannes Kigobo mit Simba auf Bahnhof läuft, er muss Hund gut festhalten«, schwatzte Jonas Sabuni in kindlicher Schadenfreude. »Simba ist viel hungrig auf Samosa.«

Charlotte lehnte sich müde auf der hölzernen Bank zurück und blickte dabei ungeduldig aus dem Fenster, ob nicht endlich in der Ferne ein Gebäude in Sicht kam. Die nächste Station, Ruvu, konnte nur ein kleiner Flecken sein, ein rasch hochgezogenes, flaches Bahnhofsgebäude mit Wellblechdach, dazu höchstens noch einige Lagerschuppen. In der Nähe gab es mehrere Eingeborenendörfer, deren Bewohner ebenfalls von der Bahnlinie profitierten. Vor allem die Frauen, die den Reisenden gern Lebensmittel verkauften und so ein wenig Geld verdienen konnten.

Wie langsam die Bahn doch vorankam, dachte Charlotte. Sie kroch förmlich über die Schienen und musste immer wieder Wasserläufe überqueren, was die Fahrt zusätzlich verzögerte. Schon eine Weile vor den Brücken begann die Lokomotive zu fauchen und zu pfeifen und drosselte das Tempo, um gemächlich über die hölzernen Brückenkonstruktionen zu rollen. Erst eine ganze Weile danach nahm sie wieder Fahrt auf.

»Da ist Bahnhof, *bibi* Johanssen!« Aufgeregt deutete Jonas Sabuni aus dem Zugfenster. »Viel Frauen, viel lecker Maisfladen und Mangofrucht!«

Trotz der energischen Bemühungen seines Freundes schlief Johannes Kigobo weiter, so dass Charlotte den Hund selbst ausführen musste. Simba nahm die Zugfahrt gelassen. Er hob das Bein an der Wand des Bahnhofsgebäudes und markierte zur Sicherheit noch einige Akazien der Umgebung. Die schwarzen Frauen mit den lecker duftenden Fladen ignorierte er vollständig. Dafür unternahm er einen missglückten Versuch, zwei Hühner zu fangen, die ein Mitreisender in einem geflochtenen Käfig am Bahnsteig abgestellt hatte.

Charlotte wurde während der Weiterfahrt von bohrenden Kopfschmerzen gequält. Kein Wunder – es zog fürchterlich im Wagen, außerdem herrschte das übliche laute Stimmengewirr aus Deutsch, Englisch und Suaheli. Sie war froh, rechts und links von ihren beiden Begleitern sowie dem großen Hund vor ihren Füßen umringt zu sein, so hatten andere Mitreisende keine Gelegenheit, sie anzusprechen. Nur ein junger Deutscher mit einem nagelneuen Tropenhelm beugte sich vor und fragte neugierig, ob sie die Sisalplantage bei Ruvu kenne, als sie jedoch verneinte, wandte er sich jemand anderem zu.

Kurz vor Sonnenuntergang stiegen sie endlich in Morogoro aus dem Zug. Charlotte fühlte sich krank und fiebrig. Die hellen Gebäude des Ortes schienen unter einer rötlichen Staubglocke zu liegen, nur undeutlich waren die bläulichen Umrisse des Gebirges in der Ferne zu erkennen. Die Uluguru-Berge sollten bis zu zweitausend Meter hoch sein – eine Landschaft, die dem Usambara-Gebirge an Schönheit gewiss ebenbürtig war. Doch jetzt, da Charlotte mit dröhnendem Schädel und schmerzenden Gliedern auf dem Bahnsteig stand, erschienen ihr die dunklen Erhebungen wie eine Schar hässlicher Drachenleiber, die jenseits von Morogoro auf sie warteten.

Es gab nur einen einzigen Gasthof im Ort, der Zimmer vermietete, doch diese waren so eng, dass sie eher Viehverschlägen glichen. Simba wurde von dem Wirt, einem flachshaarigen Buren, zuerst energisch zurückgewiesen, als Charlotte sich jedoch bereiterklärte, für den Hund zu bezahlen, zeigte er sich nachgiebig.

»Aber nehmen Sie das Vieh in der Nacht mit in Ihr Zimmer, sonst beißt er noch einen unserer anderen Gäste«, legte er ihr nicht eben freundlich nahe.

Als sie später mit Simba an der Leine in die lärmende Gaststube trat und sich an einem freien Tisch niederließ, starrte die Wirtin sie mit entsetzten Augen an, wagte jedoch nichts zu sagen. Charlotte bestellte eine Mahlzeit für sich, sorgte dafür, dass auch ihre Begleiter draußen verköstigt wurden, und bat um Essensreste und eine Schüssel Wasser für ihren Hund. An den übrigen Tischen saßen hauptsächlich Männer weißer Hautfarbe, deutsche Beamte aus Verwaltung und Post, Sisalpflanzer aus der Umgebung sowie eine Handvoll Geschäftsleute, die auf der Durchreise zu dem hundert Kilometer weiter westlich gelegenen Ort Kilosa waren, wo man vor wenigen Wochen einen Bahnhof eröffnet hatte. Nur an einem der größeren Tische entdeckte Charlotte zwischen den männlichen Gästen zwei junge weiße Frauen. Nach Kleidung und Verhalten zu urteilen waren sie ganz sicher keine Ehefrauen, es war ziemlich klar, welche Absichten sie verfolgten. Charlotte musste an Sarah William denken, die stets auffällig zurechtgemachte »Dame« mit ihren unzähligen Kleidern und Hüten, die damals mit ihnen auf dem Reichspostdampfer nach Deutsch-Ostafrika gereist war und von der sie seit Jahren nichts mehr gehört hatte. Auch Sarah hatte sich ihren Lebensunterhalt auf diese verwerfliche Weise verdient, sich der Sünde anheimgegeben, und doch hatte sie auch ihre guten Seiten gehabt und war ihr und Klara während der so schwierigen Anfangszeit in Daressalam eine treue Freundin gewesen.

Charlotte spürte, wie man sie beobachtete; die Männer

tauschten Bemerkungen aus und stellten der Wirtin halblaute Fragen, die diese mit Blick auf ihren weiblichen Gast beantwortete.

Charlotte tat, als ginge sie das alles nichts an. Ja, sie war allein, eine Frau ohne männliche Begleitung, ihre beiden schwarzen Angestellten hatten in der Gaststube nichts zu suchen und zählten für die Europäer ohnehin nicht.

Schließlich erhob sich einer der Männer, ein stämmiger Kerl mit blondem Vollbart und heller, von der Sonne geröteter Haut. Er blieb an seinem Platz stehen, stützte die Hände auf den Tisch auf und machte eine höfliche Verneigung in ihre Richtung.

»Gestatten Sie, gnädige Frau, dass ich mich vorstelle: Johann Gudensen. Ich besitze eine Sisalplantage zwanzig Kilometer südlich von hier. Ich heiße Sie im Namen meiner Freunde herzlich willkommen.«

Es war jetzt still geworden, nur am Stammtisch, der sich dicht neben dem Tresen befand, wurde noch geredet. Die übrigen Männer und auch die beiden Frauen starrten neugierig zu Charlotte hinüber.

»Sehr freundlich von Ihnen, Herr Gudensen. Vielen Dank.«

Sie lächelte unverbindlich und gab gleichzeitig Simba, der zu knurren begonnen hatte, einen leichten Stoß mit dem Knie. »Sie haben da einen gefährlichen Leibwächter«, stellte ein schwarzbärtiger Mann mit Adlernase fest. »Was ist denn das für eine Rasse? Geht der auch auf Neger?«

»Er ist mir zugelaufen.«

»So einen könnte ich gut gebrauchen. Josef Gebauer mein Name. Ich führe ein Geschäft hier. Mache den verfluchten Indern Konkurrenz. Bei mir gibt's alles zu kaufen, vom Kochtopf bis zum fliegenden Teppich. Hahaha …«

»Würden Sie uns die Ehre erweisen und sich zu uns an den Tisch setzen, junge Frau?«, fragte ein anderer, der sich als

Horst Knappert vorstellte und ihrer Einschätzung nach irgendeinen niederen Beamtenposten bekleidete. Die höheren Ränge pflegten unter sich zu bleiben, man sah sie nur selten in einem öffentlichen Gasthaus.

Charlotte zögerte. Es war höchst unschicklich, ein solches Angebot anzunehmen, es war schon verwerflich, dass man einer ehrbaren Frau diesen Vorschlag überhaupt machte. Auf der anderen Seite erschienen ihr diese Männer weder betrunken noch gewalttätig, höchstens gelangweilt. Vermutlich passierte nicht allzu viel hier in der Gegend. Es konnte nicht schaden, ihnen ein paar Fragen zu stellen.

»Nun – es ist zwar nicht meine Art, mich so einfach in einen fremden Kreis hineinzudrängen …«

»Sie machen uns eine große Freude!«

Man holte einen Stuhl für sie herbei und rückte zusammen, Simba drängte sich unter den Tisch und beschnüffelte ausgiebig die vielen Hosenbeine und auch die Röcke und Schuhe der beiden Frauen. Die Ältere kreischte auf, doch sie beruhigte sich sofort wieder und blieb stocksteif sitzen, als Charlotte ihr sagte, sie dürfe den Hund auf keinen Fall erschrecken.

»Mein Name ist Charlotte Johanssen …«

»Johanssen? Doch nicht etwa … Haben Sie etwas mit dem Arzt zu tun, der drüben im Gebirge verschwunden ist?«, erkundigte sich der blonde Sisalpflanzer.

»Das ist mein Mann.«

»Ihr … Mann? Großer Gott. Wollen Sie vielleicht nach ihm suchen?«

»Gewiss. Darum bin ich hier.«

Die Stimmung am Tisch schlug um. Man hatte sie als eine willkommene Abwechslung betrachtet, eine unkonventionelle, ausgesprochen hübsche Person, die möglicherweise leicht zu haben war, weshalb sonst hockte sie ganz allein hier im Gasthaus herum? Weiße Frauen, besonders gut aussehende, waren Mangelware in der Kolonie. Nun aber lagen die Dinge völlig anders.

»Das wird nicht einfach werden, Frau Johanssen«, meinte der junge Beamte Knappert mitfühlend. »Nicht einmal die Askari haben Ihren Mann gefunden. Gestern sind sie zurückgekommen, haben das halbe Dorf auseinandergenommen und eine Menge Schwarzer als Arbeiter rekrutiert …«

Auch der blonde Sisalpflanzer blickte sie mit seinen blassblauen Augen bekümmert an. Was für eine großartige Frau, schien er zu denken. Eine Frau, die mutig ganz allein durchs Land reiste, um ihren Ehemann zu suchen – so eine müsste man bei sich zu Hause haben … wenn man denn überhaupt eine Frau zum Heiraten fand …

»Ihr Mann war ein ungemein sympathischer Mensch, Frau Johanssen … ähm, meine natürlich: Ihr Mann *ist* ein ungemein sympathischer Mensch«, verbesserte er sich rasch. »Hier an diesem Tisch haben wir zusammengesessen, das ist jetzt vier oder fünf Wochen her … Du warst doch auch dabei, Josef …«

»Freilich«, nickte der schwarzbärtige Händler und starrte dabei auf seine Hände, die den Bierkrug umfassten. »Wir haben uns die Köpfe heiß geredet, es ging lustig zu bis spät in die Nacht.«

»Ein wirklich reizender Mann, der Dr. Johanssen«, mischte sich eine der beiden Frauen ein. »Er war so unterhaltsam und charmant.«

Sie war noch sehr jung und trug das blonde Haar zu einem losen Knoten am Hinterkopf geschlungen, aus dem sich immer wieder feine Strähnen lösten, die sie beständig hinter die Ohren strich.

Ja, dachte Charlotte, George konnte Menschen bezaubern, Männer wie Frauen. Dieses junge Ding hatte er auf jeden Fall in seinen Bann geschlagen. Verspürte sie etwa Eifersucht, in dieser Situation, da sie doch um sein Leben bangte?« Er ist ein bekannter Schriftsteller, nicht wahr?«, mischte sich der junge Beamte ins Gespräch. Er war schmächtig und hatte eines dieser Allerweltsgesichter, die man gleich wieder vergaß.

»Ja, wirklich«, fuhr er fort, wie um sich selbst zu bestätigen. »Dr. George Johanssen. Ich habe eines seiner Bücher gelesen und war sehr beeindruckt.«

»Er soll mit dem Herzog von Mecklenburg nach Ruanda gereist sein …«

Irgendjemand hatte ein Bier für Frau Dr. Johanssen bestellt, und der Sisalpflanzer drückte hastig die Zigarre im Aschenbecher aus, damit der Rauch sie nicht belästigte. Die blonde junge Frau flüsterte mit ihrem Sitznachbarn, und beide schauten mit verstohlenem Mitleid zu Charlotte hinüber. Charlotte spürte einen Stich ins Herz.

»Weiß vielleicht jemand von Ihnen etwas Genaueres über die Suchaktion der Askari? Was haben die Eingeborenen erzählt? Wieso war mein Mann dort nicht aufzufinden?«

Der Sisalpflanzer Gudensen und der Händler Gebauer wechselten Blicke, dann zuckten sie die Achseln und behaupteten, keine Ahnung zu haben, sie könne sich aber morgen in der *boma,* dem befestigten Gebäude, in dem die Verwaltung und die Truppe untergebracht seien, erkundigen. Sie begriff rasch, dass die beiden mehr wussten, als sie sagen wollten, was nichts Gutes zu bedeuten hatte. Schließlich entschloss sich der junge Horst Knappert, der ein anständiger Bursche zu sein schien, ihr eine Antwort zu geben

»Soweit mir zu Ohren kam, gnädige Frau, haben die Eingeborenen behauptet, er sei ihnen entflohen. Allerdings ist das leicht gesagt, denn es gibt keinen einzigen Beweis dafür. Bestimmt war das eine Lüge, genau wie die anderen Dinge, die sie behaupteten. Nun, so sind die Neger nun mal, vor allem, wenn sie Ausflüchte suchen …«

»Was für andere Dinge?«

Der junge Beamte griff nach seinem Glas und tat einen langen Zug. Gudensen warf ihm einen vorwurfsvollen Blick zu, Gebauer drehte sich zur Wirtin um und bestellte ein frisches Bier.

»Das hätte er weiß Gott nicht gerade heute Abend erzählen müssen«, murmelte er. »Wo wir so gemütlich beieinandersitzen.«

»Nun ja, gnädige Frau«, fuhr der Beamte fort. »Ich sag's nicht gern, aber ich halte es auch nicht für richtig, es Ihnen zu verschweigen. Außerdem ist es vielleicht gar nicht wahr.«

»Ganz sicher ist es gelogen«, fuhr der Händler ärgerlich dazwischen. »Sie machen nur die Pferde scheu, Knappert.«

»Das macht er gern«, mischte sich die Ältere der beiden Frauen ein. »Ist ja selbst ein ganz wilder Hengst, der Knappert.«

Die »Damen« wurden von einem hysterischen Lachanfall geschüttelt, auch Gebauer grinste höhnisch, doch er verbarg es, indem er sich die Hand vor den Mund hielt. Charlotte verspürte eine tiefe Abneigung gegen diese Leute und wäre am liebsten aufgestanden und davongelaufen. In diesem Augenblick jedoch fuhr Simba unter dem Tisch mit wütendem Knurren auf, und alle verstummten erschrocken und zogen die Beine an. »Dieses Vieh gehört nicht in die Gaststube!«, rief der Wirt vom Tresen herüber. »Das habe ich der Dame schon einmal gesagt.«

»Lass gut sein!«, meinte der Sisalpflanzer. »Bring noch eine Runde auf meine Rechnung.«

Die Lage entspannte sich, und Charlotte zwang sich, trotz aller Widrigkeiten zu bleiben, um mehr über den Verbleib ihres Mannes herauszufinden.

»Was für Dinge?«, wandte sie sich wieder an den jungen Beamten.

»Allerlei Zeug eben, was die Neger sich so ausdenken«, erwiderte dieser. »Dass der *daktari* nur einen Tag bei ihnen gewesen sei, dann hätten sie ihn fortgeschickt. Angeblich sei er krank gewesen, und sie hätten große Angst gehabt, sich anzustecken. Dr. Johanssen soll die Pocken gehabt haben.«

»Die … die Pocken?«

»Jetzt reicht's aber, Sie haltloser Schwätzer«, schimpfte der Händler Gebauer quer über den Tisch. »Unbewiesene Gerüchte verbreiten, das macht Ihnen Spaß, wie? Eine unglückliche Frau, die nach ihrem Mann suchen will, in Angst und Schrecken versetzen! Pfui – was sind Sie doch für ein Lump!«

»Das müssen Sie gerade sagen, Gebauer!«, kam prompt die Antwort des Beamten, der sich nun seelenruhig dem spendierten Bier widmete.

Der Händler wandte sich jetzt wieder Charlotte zu und sagte mit einem beruhigenden, gewinnenden Lächeln: »Lassen Sie sich nicht irre machen, gnädige Frau. Ich bin davon überzeugt, dass Ihr Mann noch am Leben ist. Wenn Sie vorhaben, einige Leute anzumieten, die nach seinem Verbleib forschen sollen, dann kann ich Ihnen gewiss behilflich sein …«

»Das halte ich für eine gute Idee«, pflichtete ihm der Sisalpflanzer Gudensen eifrig bei. »Man soll nichts unversucht lassen, damit man sich später keine Vorwürfe machen muss …«

Charlotte nickte abwesend. War es tatsächlich möglich, dass George, der seit Jahren immer wieder mit Pockenkranken zu tun hatte, der bereits zum zweiten Mal unterwegs war, um die Eingeborenen zu impfen, selbst ein Opfer dieser tückischen Krankheit geworden war? War er denn nicht geimpft? Ganz sicher war er das, sie wusste allerdings nicht, wie lange das schon her war.

»Ich kann Ihnen eine gute Anzahl kräftiger Reittiere zu einem moderaten Preis anbieten, vor allem Maultiere, aber auch einige gute Pferde. Außerdem natürlich die gesamte Ausrüstung, Proviant, Waffen. Einen Koch und ein paar schwarze Träger werde ich auch für Sie auftreiben. Vor allem aber hätte ich da einige erfahrene Waldläufer an der Hand, denen man die Leitung einer solchen Unternehmung anvertrauen kann …«

Langsam kam Charlotte wieder zu sich und begriff, dass Josef Gebauer bereits eine komplette Reisegruppe für sie zusammenstellte. Er war ein Geschäftsmann, doch weit weniger geschickt als einst Kamal Singh, der sich niemals aufgedrängt hatte. Aber Gebauer schien hier eine Art Monopol zu besitzen, zumindest hörte es sich so an. Sie würde tatsächlich nicht um diesen Menschen herumkommen, wenn sie ihren Plan verwirklichen wollte.

»Hören Sie auf mich, Frau Johanssen«, ereiferte sich der junge Beamte Knappert. »Eine solche Suchaktion wäre vollkommen sinnlos und würde Sie nur eine Menge Geld kosten. Wie soll man einen Pockenkranken finden, der irgendwo im Gebirge herumläuft? Wenn selbst die Askari keinen Erfolg hatten …«

»Wie können Sie so etwas behaupten?«, unterbrach ihn Gudensen empört. »Haben Sie kein Gottvertrauen, Mann? Frau Johanssen wird tun, was ihr Gewissen ihr eingibt, und wir alle werden ihr gern zur Seite stehen. Schließlich sind wir doch deutsche Landsleute, nicht wahr? Meine Plantage ist nicht weit von hier entfernt, Frau Johanssen, und ich würde mich freuen, Sie als meinen Gast begrüßen zu dürfen, solange Sie auf die Rückkehr der Männer warten. Schließlich können Sie kaum die ganze Zeit über hier in diesem Gasthof wohnen. Es wird Ihnen auf meinem Besitz ganz sicher gefallen …«

Charlotte fiel auf sein keineswegs selbstloses Angebot nicht herein. Sie dankte dem Sisalpflanzer Gudensen für seine großzügige Einladung, die sie allerdings leider nicht annehmen könne, da sie selbst in die Uluguru-Berge reiten werde, um nach ihrem Mann zu suchen.

»Aber … das ist ganz und gar unmöglich, Frau Johanssen!«, rief er entsetzt.

»Sie werden sich verirren und den sicheren Tod finden oder Schlimmeres, wenn Sie den Eingeborenen in die Hände fallen!«, pflichtete ihm Horst Knappert bei, und die beiden Frauen schlugen erschrocken die Hände vor den Mund.

»Wir werden ja sehen, meine Herren«, entgegnete Charlotte mit fester Stimme und erhob sich. »Ich wünsche Ihnen eine gute Nacht!«

In der Nacht tat Charlotte kaum ein Auge zu. Nicht nur die Sorge um George ließ sie wach liegen, auch Simba riss sie jedes Mal, wenn sie gerade eingedämmert war, wieder aus dem Schlaf. Viele Gäste verließen die Gaststube unter lautem Gegröle und Gepolter erst weit nach Mitternacht, was er stets mit zornigem Gebell quittierte.

Wie gerädert erhob sie sich am Morgen von dem unbequemen Bett und schob den Fenstervorhang ein wenig beiseite. Eine schwarze Angestellte schleppte einen Kübel Abfälle über den Hof, drei braune Hühner pickten nach ein paar Körnern, die man für sie ausgeworfen hatte, die streitenden Stimmen von Wirt und Wirtin schallten zu ihr herüber. Von Jonas Sabuni und Johannes Kigobo war nichts zu sehen. Charlotte beschloss, die beiden schlafen zu lassen und allein die Station der Schutztruppe aufzusuchen. Wenn sie Glück hatte, würde der diensthabende Offizier ihr Auskunft geben.

Der Himmel war von weißlichem Dunst überzogen, der die Morgensonne zwar hell, aber glanzlos erscheinen ließ. Auch der Ort und die umgebende Landschaft waren in feine Nebel gehüllt, das Grün von Buschwerk und Bäumen wirkte milchig, die Berge im Süden hatten graue und bräunliche Pastelltöne angenommen. Außer dem Bahnhof und einem Uhrturm gab es nur wenige größere Gebäude in Morogoro: die Poststation, das Bezirksamt, den Gasthof und eine Handvoll Wohnhäuser, die man für die dort ansässigen deutschen Beamten gebaut hatte. Die *boma,* in der sich der Standort der deutschen Schutztruppe befand, war wie allgemein üblich als kleine Festungsanlage errichtet, wenngleich niemand einen ernsthaft gemeinten Angriff zu befürchten schien. Vor den Mauern lungerte eine Gruppe schwarzer Frauen und Kinder herum, vermutlich war heute Zahltag, und die Frauen der Askari warteten hier auf ihre Ehemänner, um ihnen das Geld abzunehmen, bevor es auf anderen Wegen verschwand.

Im Innenhof der *boma* bestätigte sich diese Vermutung – nur die Wachen waren auf ihrem Posten, die übrigen Askari standen vor der Zahlmeisterei Schlange. Es dauerte eine Weile, bis man sich der Besucherin annahm und sie ihrem Wunsch gemäß zum Büro des Truppenkommandeurs führte.

Leutnant Ernst von Diel empfing sie mit der gebotenen Höflichkeit, sie sah dem jungen Offizier jedoch an, dass ihr Besuch für ihn eher eine leidige Angelegenheit darstellte.

»Frau Johanssen – wir haben Sie schon erwartet. Sind Sie gut untergekommen? Selbstverständlich können wir Ihnen auch hier in der *boma* eine Unterkunft zur Verfügung stellen …«

»Das ist sehr liebenswürdig, Herr Leutnant, aber nicht nötig …«

Nervös bot er ihr einen Sessel an, gab Order, Tee und einen kleinen Imbiss zu bringen, und setzte sich ihr dann gegenüber.

»Nun, leider gibt es zurzeit noch keine guten Nachrichten, liebe Frau Johanssen. Aber ich versichere Ihnen, dass wir uns nicht so schnell geschlagen geben werden, die Eingeborenen mögen sich jetzt noch störrisch anstellen, dennoch bin ich mir sicher …«

Sie hörte geduldig zu, obgleich er ihr im Grunde wenig Neues erzählte. Der junge Beamte gestern Abend war ziemlich gut informiert gewesen.

Leutnant von Diel war überkorrekt gekleidet, die helle Uniform makellos. Seine Wangen waren glatt rasiert und mit irgendeinem Duftwässerchen eingerieben, das Charlotte süßlich entgegenwehte, die stahlblauen Augen mit den dunklen Wimpern blickten sie durchdringend an. Eigentlich war er genau der schneidige junge Offizier, der alle Frauenherzen eroberte. Was ihn wohl nach Deutsch-Ostafrika geführt haben mochte?

»Ein Vorschlag meinerseits, liebe Frau Johanssen«, sagte er schließlich und bedeutete seinem *boy*, dem Gast eine Tasse Tee einzugießen. »Morogoro ist kein Ort für eine hübsche, junge Frau. Sosehr ich es begrüßen würde, Sie eine Weile hier bei uns zu behalten, so denke ich doch, dass Sie in Ihrem Domizil an der Küste besser aufgehoben sind. Reisen Sie zurück nach Daressalam und warten Sie dort in aller Ruhe ab, was wir Neues in Erfahrung bringen.«

Sie hatte nichts anderes erwartet und rührte gelassen ein Löffelchen Zucker in ihren Tee.

»Ich habe vor, auf eigene Faust nach meinem Mann zu suchen, Herr Leutnant. Es wäre sehr freundlich, wenn Sie mir auf einer Karte zeigen könnten, wo sich das Dorf befindet, in dem er gefangen war.«

Er blähte überrascht die Nasenflügel, dann sagte er energisch: »Das sollten Sie besser lassen, Frau Johanssen. Wir haben dort eine Strafexpedition durchgeführt – das Dorf und die Umgebung wurden gründlich abgesucht. Sie können ganz sicher sein, dass uns nichts entgangen ist.«

»Ich möchte es trotzdem versuchen.«

Er schien nicht mit Widerspruch gerechnet zu haben, von weiblicher Seite schon gar nicht, denn seine bemüht unverbindliche Miene verfinsterte sich.

»Ich muss Sie dringend bitten, solchen Unsinn zu unterlassen, Frau Johanssen. Erstens grassieren im Uluguru-Gebirge die Pocken, und zweitens könnte es zu Zusammenstößen mit Eingeborenen kommen. Wir haben die Burschen zwar in ihre Schranken gewiesen, doch es hat sich gezeigt, dass sie nach wie vor widerspenstig sind!«

Er deutete ihr Schweigen als Einverständnis und zog nun – quasi als Entgegenkommen – eine handgezeichnete Karte aus der Schublade seines Schreibtisches hervor. Charlotte erkannte die horizontal verlaufende Linie der Zentralbahntrasse, einige Ortschaften wie Morogoro und Kilossa, die direkt an den Schienen lagen, darunter das Uluguru-Gebirge. In seinem nördlichen Teil war es dunkel schraffiert und schien als steiler Bergkamm aufzuragen, nach Süden hin verbreiterte es sich, löste sich in mehrere, niedrige Erhebungen auf und bildete eine Hochebene. Mehrere Eingeborenendörfer waren dort als schwarze Punkte gekennzeichnet, dünne blaue Schlangenlinien markierten Flüsse oder Bäche, gewundene Linien deuteten die Pfade der Eingeborenen an. An den Rand waren ein paar Höhenangaben gekritzelt, die sie aber nicht entziffern konnte.

»Sehen Sie – das Dorf befindet sich auf einer Hochebene im südlichen Teil des Gebirges. Eine ziemlich wilde Gegend, man fragt sich, weshalb Ihr Mann unbedingt dorthin vorstoßen musste. Es ist sowieso verdammt schwer, diese Burschen zur Arbeit zu rekrutieren, weil sie so fernab leben. Wozu also sollte man sie impfen?«

Er fuhr mit dem Finger auf der Karte herum, ohne sich länger an einer Stelle aufzuhalten, so dass sie nur vermuten konnte, welches der dort eingetragenen Dörfchen das fragliche war.

»Vor seiner Abreise hatte ich übrigens ein kurzes Gespräch mit Ihrem Mann«, erzählte er, während er die Karte wieder zusammenlegte, um sie in der Schublade zu verstauen. »Immerhin ist er ein bekannter Schriftsteller.«

Der Ton, in dem er den letzten Satz sprach, hatte einen leicht ironischen Klang. Charlotte ahnte, dass dieser junge Leutnant nicht gerade zu den Bewunderern von Georges Schriften zählte.

»Einige Schilderungen in seinen Büchern sind tatsächlich brillant, dagegen ist nichts einzuwenden. Er scheint sich allerdings mehr um das Schicksal der Neger zu sorgen als um das Gedeihen unserer Kolonien. Ich muss schon sagen, in dieser Hinsicht hätte ich mir mehr erwartet!«

Charlotte ging über seine Bemerkung hinweg und bat ihn stattdessen, ihr noch einmal die Karte zu zeigen, da sie sich gern ein paar Dinge notiert hätte. Widerstrebend öffnete Ernst von Diel die Schreibtischschublade und zog die Karte erneut heraus. »Sie können es wohl nicht lassen«, knurrte er ungehalten. »Weshalb sind Sie so stur? Sie werden nur in Ihr Unglück rennen und uns einen Haufen Scherereien machen …!«

»Leutnant von Diel«, unterbrach sie ihn. »Ich liebe meinen Mann. Was würden Sie in solch einer Situation von Ihrer Frau erwarten? Dass sie zu Hause bleibt und die Hände in den Schoß legt?«

Er verstummte, ihre Worte hatten ihn getroffen. Leutnant von Diel war ganz sicher ein Schürzenjäger, aber wie alle Verführer wünschte er sich insgeheim eine treue und mutige Ehefrau. Sein kühler Blick wurde unsicher, die linke Wange zuckte.

»Ich würde zumindest erwarten, dass sie einigermaßen vernünftig bleibt«, erwiderte er schließlich in milderem Ton.

»Dann wissen Sie nicht, was Liebe ist!«, schleuderte ihm Charlotte voller Leidenschaft entgegen.

Verlegen erhob er sich von seinem Sessel und trat hinter seinen Schreibtisch.

»Es sind bei der Strafaktion einige Gegenstände sichergestellt worden«, bemerkte er, ohne sie dabei anzusehen. »Dinge, die ganz offensichtlich aus dem Besitz der Expeditionsteilnehmer stammen. Sie gehen morgen mit dem Zug nach Daressalam zur Sewa-Hadschi-Klinik, aber natürlich können Sie gern einen Blick darauf werfen – vielleicht befindet sich ja etwas darunter, das Ihrem Mann gehört hat.«

»Vielen Dank, Herr Leutnant.«

»Das ist leider alles, was ich für Sie tun kann. Und jetzt wollen Sie mich bitte entschuldigen, die Pflicht ruft ...«

Ein uniformierter Askari führte Charlotte durch den weiß gekalkten Flur, bog um mehrere Ecken, folgte einem schmalen Gang und zog endlich eine Tür auf. Die Wände des kleinen Magazins waren mit Regalen vollgestellt, in denen Holzkisten und Kartons lagerten, außerdem Stapel mit Schuhen, Jacken und Mützen. Der Fußboden bestand aus gestampftem Lehm. In einer Ecke lag allerlei Zeug, das Charlotte zuerst nicht genau erkennen konnte, da der gestreifte Schatten des hölzernen Fensterladens genau darüberfiel. Erst als der Askari den Laden zurückgestoßen hatte, konnte sie das Sammelsurium genauer in Augenschein nehmen.

Braune Medizinfläschchen in verschiedenen Größen, mit und ohne Schraubdeckel, lagen auf einem kleinen Haufen, einige waren angeschlagen, alle jedoch leer. Daneben entdeckte sie zwei lederne Taschen, in denen vermutlich Verbandsstoffe gewesen waren, außerdem verschiedene, ehemals weiße Kleidungsstücke: Jacken, mehrere Hemden, eine Hose, eine rechte Socke. Schuhe ohne Schnürsenkel, zwei Tropenhelme mit abgetrennten Krempen. Sie erblickte eine stark verkratzte Laterne und drei Sättel, wahrscheinlich für Maultiere, dazu eine Sammlung verschiedenster Waffen: eine alte Flinte, einen Trommelrevolver, mehrere Buschmesser. Auf einer blanken Nierenschale lagen drei Lanzetten und eine zerbrochene

Pipette aus Glas, außerdem ein Taschenmesser mit Perlmuttgriff sowie ein goldener Ring. Nichts davon gehörte George. Zögernd kniete sie sich hin und streckte die Hand nach einem in Leder gebundenen Notizbuch aus, doch als sie es aufschlug, sah sie, dass die Seiten leer waren und aufgequollen von der Feuchtigkeit. Zögernd legte sie es wieder an Ort und Stelle.

»Nichts«, sagte sie entmutigt zu dem Askari, der sie bei ihrem Tun beobachtete, und versuchte, ihre Tränen zurückzudrängen. Er spürte ihren Kummer und nickte mitfühlend.

Zurück im Innenhof der *boma,* band sie Simba los und ging mit dem Hund an der Leine zurück zum Gasthof, um eine Kleinigkeit zu essen und nach ihren beiden Angestellten zu sehen. Sie fühlte sich enttäuscht und entmutigt, zumal sie sich mehr von ihrem Besuch bei dem Truppenkommandeur erwartet hatte. Inzwischen hatten sich die Morgendünste verzogen, und die Konturen der Landschaft traten hart im gleißenden Sonnenlicht hervor. Der Ort belebte sich, eine Gruppe schwarzer Arbeiter hämmerte an den Gleisen, neben dem Postamt wurden neue Gebäude gemauert, eingeborene Frauen mischten den Mörtel mit bloßen Füßen. Vor dem Gasthof hockten Jonas Sabuni und Johannes Kigobo inmitten der schwarzen Dienerschaft, ließen sich mit Maisbrei, Bananen und Gemüse verwöhnen und gaben dafür allerlei Heiteres zum Besten. Sie sprachen eine Mischung aus Waschamba und Suaheli, behalfen sich auch mit deutschen Ausdrücken, und wenn alle Worte versagten, nutzten sie ihr ausgeprägtes schauspielerisches Talent. Besonders Jonas Sabuni rief immer wieder Lachsalven hervor, wenn er anschaulich beschrieb, wie ihm auf dem eisernen Schiffsungetüm die guten Maisfladen aus dem Mund gefallen seien. Charlotte wusste recht genau, wie schrecklich er sich gefühlt hatte – jetzt aber war er selbst es, der sich am meisten darüber amüsierte.

Eine Tür wurde aufgerissen, und das rote Gesicht des Wirts

erschien. Er beschimpfte seine Schwarzen als »faules Pack« und »Drückeberger«, im Stall und im Garten warteten jede Menge Arbeit. Seine Angestellten schienen den rüden Ton gewohnt zu sein, sie erhoben sich ohne Hast, grinsten fröhlich und schlenderten davon.

»Möchten Sie das Zimmer auch für die folgende Nacht mieten?«, wandte sich der Wirt mit schleimiger Stimme an Charlotte. »Meine Frau hat Ihnen einen Imbiss zurechtgestellt – oder haben Sie schon gegessen? Heute Abend werden ein paar interessante Leute aus Daressalam erwartet, ein Postbeamter mit Familie und zwei Damen, die eine Ehevermittlung geschickt hat …«

Charlotte hatte eigentlich vorgehabt, sich die Geschäfte anzusehen, um einige Einkäufe zu erledigen. Das meiste würde sie wohl bei Josef Gebauer besorgen müssen, doch ganz sicher gab es hier im Ort auch indische Händler. Die Sonne brannte mittlerweile mit ganzer Kraft vom Himmel, daher beschloss sie, zunächst einmal ordentlich zu frühstücken, um später mit klarem Kopf ihre Entscheidungen treffen zu können. »Das ist sehr nett von Ihrer Frau«, sagte sie zu dem Wirt und folgte ihm in die Gaststube.

»Guten Morgen, Frau Johanssen«, begrüßte sie die Wirtsfrau höflich und machte sich daran, das Frühstück aufzutragen. Charlotte nahm an einem freien Tisch in der Nähe des Tresens Platz.

Ihre Gedanken wanderten zurück zu ihren Einkäufen und dem Händler Josef Gebauer. Sie hatte in Daressalam eine gute Summe von der Deutsch-Ostafrikanischen Bank abgehoben und trug das Geld in einem kleinen Beutel um den Hals. Solange Simba in ihrer Nähe war, konnte sie vor Diebstahl sicher sein, nur wollte sie das Geld auf keinen Fall verschwenden.

Der Imbiss erwies sich als außerordentlich reichlich, wenn auch nicht besonders schmackhaft. Es gab kaltes Fleisch vom

Vortag mit scharfer Pfeffersoße, dazu klebriges Gerstenbrot und geräucherten Schweineschinken, den der Wirt extra von der Küste kommen ließ. Kompott von allerlei Früchten, Charlotte konnte verkochte Mango, Banane und Ananas herausschmecken, rundete die Mahlzeit ab. Wenigstens der Kaffee war einigermaßen genießbar, wenn auch etwas stark geröstet und sehr dünn.

Lustlos nahm sie Bissen um Bissen, um bei Kräften zu bleiben, und spürte Verzagtheit in sich aufsteigen. Natürlich hatte sie gewusst, dass es nicht leicht sein würde, ihr Vorhaben durchzuführen, schon gar nicht als Frau und ganz allein. Jetzt jedoch erschienen ihr die Widerstände auf einmal viel gewaltiger, Zweifel am Sinn dieser Suchaktion keimten in ihr auf.

Gudensen, Gebauer und Knappert hatten nicht ganz unrecht, genauso wenig wie Leutnant Ernst von Diel. Wie sollte sie einen Menschen finden, der fieberkrank und einsam durchs Gebirge streifte? War es nicht Irrsinn, was sie da vorhatte? George war ein erfahrener »Waldläufer« – so hatte er sich immer selbst bezeichnet –,vermutlich war er längst in Sicherheit, hatte sich in irgendeine Klinik geschleppt oder wartete vielleicht sogar in Daressalam auf sie. Doch was, wenn er es nicht geschafft hatte? Wenn er einsam irgendwo in den Uluguru-Bergen lag, fieberkrank, mit seinen Kräften am Ende? Mochte diese Suchaktion auch sinnlos sein – sie war immer noch besser, als in Daressalam zu warten und Däumchen zu drehen.

Sie teilte dem Wirt mit, sie werde ihr Zimmer vorerst behalten, und zog sich zu einer kurzen Rast zurück. Die beiden Waschamba schickte sie unterdessen zur Poststation, um nachzufragen, ob ein Telegramm oder ein Anruf für sie gekommen sei. Tatsächlich kehrten sie mit der Nachricht zurück, Peter Siegel habe aus Wilhelmsthal angerufen, nach ihr gefragt und gebeten, ihr herzliche Grüße und Gottes Segen auszurichten.

Charlotte, die so gehofft hatte, der Anrufer wäre George gewesen, musste sich Mühe geben, ihre Enttäuschung zu verbergen. Offensichtlich hatte Klara ihren Mann nach Wilhelmsthal hinuntergeschickt, um per Telefon Näheres über Charlottes Reise zu erfahren.

»Gehen wir einkaufen«, befahl sie ihren beiden Begleitern und leinte den Hund an.

Sie hatte ein wenig geschlafen und fühlte sich jetzt frischer, auch die Zweifel und Ängste waren vergangen. Im klaren Sonnenlicht des frühen Nachmittags erschienen ihr Ort und Umgebung jetzt viel fröhlicher und voller kräftiger Farben und heiterer Klänge. Mangobäume säumten den Straßenrand; ihre länglichen, grünen Früchte waren reif, und wo eine Frucht zu Boden gefallen und aufgeplatzt war, sammelten sich Insekten, angezogen vom verführerisch süßen Duft. Frauen kehrten von ihren Feldern zurück, barfuß, die Gewänder zerrissen und mit rötlichem Staub bedeckt. Sie trugen Körbe mit Bohnen und Erdnüssen auf den Köpfen und riefen einander Scherzworte zu.

Weshalb habe ich nicht so viel Vertrauen in mein Schicksal wie diese Frauen?, fragte sie sich nachdenklich. Niemand weiß, wie die nächste Regenzeit wird oder ob sie ganz ausfällt – aber sie lachen und hoffen einfach, dass alles gut wird.

Es gab tatsächliche mehrere indische Läden in Morogoro, außerdem auch indische und afrikanische Handwerker, die sich in der Nähe des Marktes angesiedelt hatten. Sie besaßen meist nicht mehr als einen phantasievoll zusammengezimmerten Holzverschlag, der mit einem Stück Wellblech vor dem Regen geschützt war, einige Afrikaner hatten sogar nur einen strohgedeckten Unterstand. Der Laden des Josef Gebauer hingegen war ein fester Steinbau mit einem Obergeschoss, in dem sich vermutlich ein Teil seines Lagers befand. Hinter dem Laden umgrenzte ein Bretterzaun ein ziemlich ungepflegtes Stück Land, verfallene Schuppen standen darauf, Hühner pickten zwischen wildem Gebüsch und vertrockneten Akazien, drei Maultiere weideten das dürre Gras ab. Charlotte konnte sich beim besten Willen nicht vorstellen, wie dieser Mann ihr genügend Reittiere für ihre Suchaktion vermitteln wollte, doch sie täuschte sich gewaltig. Josef Gebauer musste bereits ungeduldig auf sie gewartet haben, denn kaum ertönte der helle Klang des kupfernen Glöckchens an seiner Ladentür, da eilte er auch schon aus dem hinteren Teil seines Geschäfts auf die wohlhabende Kundin zu.

»Einen wunderschönen Tag, meine liebe Frau Johanssen. Was für eine Freude, dass Sie nun doch den Weg zu mir gefunden haben. Schauen Sie sich nur um – wühlen Sie nach Herzenslust, es ist für jeden Geschmack und jeden Bedarf etwas dabei …«

Offenbar hatte er geglaubt, Charlotte leicht übers Ohr hauen zu können, doch sie war mit offenen Augen durch die Straßen und Läden gegangen, hatte sich hie und da nach den Preisen erkundigt, und als Josef Gebauer nun die seinen nannte, musste er feststellen, dass die hübsche Frau Johanssen nicht die leichte Beute war, auf die er gehofft hatte.

Charlotte suchte einige Sachen für ihre beiden Begleiter aus, Bastmatten, Decken, Bekleidung, Geschirr, ein Zelt, handelte mit Gebauer vernünftige Preise aus, und kam dann auf sein Angebot zu sprechen, ihr Träger und Maultiere zu beschaffen.

»Ich habe nicht eben viele Reittiere auf Ihrem Grundstück entdecken können, Herr Gebauer …«

Der Händler beeilte sich, ihr zu versichern, dass sie die dringend benötigten Träger und Maultiere nur über ihn erhalten könne.

»Ich habe die Leute an der Hand, Frau Johanssen. Sie kommen nicht an mir vorbei, schon gar nicht, wenn es um die Pfadfinder geht. Sie brauchen doch Leute, denen Sie vertrauen können, oder wollen Sie sich etwa irgendwelchen Schurken anheimgeben?«

Er erzählte ihr eine gruselige Geschichte von einem deutschen Schmetterlingsforscher aus Lippe-Detmold, der vor Jahren vollkommen ahnungslos nach Deutsch-Ostafrika gekommen und von einem betrügerischen Expeditionsleiter bis aufs letzte Hemd ausgeraubt worden war. So jovial er sich auch gab, diesmal blieb Josef Gebauer bei den Verhandlungen knallhart und wich nicht um eine einzige Rupie von seinen Forderungen ab.

Charlotte platzte fast vor Zorn. Die Zeit drängte, wenn ihre Suche überhaupt noch einen Sinn haben sollte, musste sie sich schnellstmöglich mit ihm einigen.

»Ich werde es mir überlegen«, sagte sie gedehnt, auch wenn ihr Herz bei diesem Täuschungsmanöver heftig zu klopfen begann. »Morgen oder übermorgen schaue ich wieder vorbei ...«

Ihr Zögern machte Eindruck. Josef Gebauer zog die Stirn in Falten und gab zu bedenken, er müsse Reittiere und Leute erst herbeischaffen, das könne dauern. Sie kenne doch die Neger, die hätten Zeit im Überfluss und richteten sich nach keiner Uhr ...

»Nun ja, so ist das hier in Afrika ...«, erwiderte sie mit unbewegter Miene, schüttelte ihm die Hand und machte sich auf den Rückweg zum Gasthaus.

Kurz vor der Abenddämmerung würde sie zurückkehren und erneut mit ihm verhandeln. Wenn er dann immer noch hart blieb, würde sie seine Bedingungen annehmen müssen.

Zurück in ihrem Zimmer, trank sie etwas Wasser und legte sich anschließend schlafen. Gegen fünf Uhr am Nachmittag wurde sie vom Pfeifen der Lokomotive geweckt, ein Geräusch, das trotz des Lärms in Küche und Hof des Gasthauses nicht zu überhören war. Charlotte zog sich an, rief ihre beiden Angestellten zu sich und nahm Simba an die Leine.

»Wir gehen noch einmal einkaufen?«, wollte Johannes Kigobo wissen, der wenig Lust hatte, sich von der netten schwarzen Angestellten zu trennen, die ihm vor der Küchentür ein paar Leckereien zugesteckt hatte.

Charlotte blieb ihm die Antwort schuldig, denn in diesem Augenblick kam ein Mann in den Hof geschlendert. Er war jung und gut gebaut, unter seinem Hut quoll kupferfarbenes, welliges Haar hervor, das in der Sonne glänzte.

Jeremy Brooks behauptete, auf der Plantage vor Langeweile fast umgekommen zu sein, im Grunde sei er ja auch kein Pflanzer, sondern eher ein Herumtreiber, der es noch nie allzu lange an einem Ort ausgehalten habe.

»Und weshalb sind Sie ausgerechnet nach Morogoro gefahren?«, fragte Charlotte und versuchte, nicht verärgert zu sein, weil er die Leitung der Plantage nun entgegen seines Versprechens allein in Peter Siegels Händen gelegt hatte. Peter hatte sie immer wieder überrascht, vielleicht würde er auch diesmal über sich selbst hinauswachsen.

»Ich hatte da so ein Gefühl …«

Sie saßen in der Gaststube an einem der kleineren Tische, die für durchreisende Fremde bestimmt waren. Jeremy hatte Charlotte gegenüber Platz genommen; er stützte die Ellenbogen auf die Tischplatte und lehnte sich nach vorn, wenn er mit ihr sprach. Sie selbst hielt sich gerade und drückte den Rücken gegen die Stuhllehne, doch sosehr sie sich auch bemühte, Distanz zu wahren – sie konnte ihre Erleichterung über sein plötzliches Erscheinen nicht verbergen. Dieser Bursche, der sich selbst einen Herumtreiber nannte, schaffte es, ihr ein Gefühl der Zuversicht zu vermitteln, so dass ihr die Schwierigkeiten, mit denen sie zu kämpfen hatte, nun nicht mehr ganz so unüberwindlich erschienen.

»Ein Gefühl?«

»Nennen Sie es, wie Sie wollen, Charlotte. Ein Gefühl. Eine Ahnung. Einen Instinkt. Auf jeden Fall hat mich Ihr Telegramm beunruhigt, und ich dachte, ich könne mich hier vielleicht nützlicher machen als auf der Plantage.«

Charlotte zögerte und musterte ihn wortlos. Einerseits konnte er ihr tatsächlich von Nutzen sein – auf der anderen Seite hatte sie ein ungutes Gefühl bei dem Gedanken, mit ihm gemeinsam in die Wildnis zu reiten.

»Es ist ein Angebot, Charlotte«, sagte er und schlug die Augen nieder. »Vielleicht gehe ich Ihnen ja auf die Nerven damit, Sie müssen es nur sagen.«

»Was ist mit der Plantage? Und mit der Kapelle, die Sie unbedingt bauen wollten?«

»Zwei Fragen auf einmal«, brummte er und drehte sich nach der Wirtin um. »Was möchten Sie essen, Charlotte? Ich jedenfalls brauche erst einmal etwas Anständiges zwischen die Zähne und ein ordentliches Bier gegen den Durst.«

Die Wirtin beeilte sich, an ihren Tisch zu kommen und mit wohlmeinendem Lächeln nach ihren Wünschen zu fragen. Charlotte las ihr die Neugier vom Gesicht ab, natürlich machte sie sich Gedanken, was Frau Johanssen, die angeblich gekommen war, um ihren Ehemann zu suchen, mit diesem gut aussehenden Burschen zu schaffen hatte.

»Heute gibt es Schweinefleisch mit Curry und Ingwer, dazu Reis und Gemüse. Möchten Sie auch ein Zimmer mieten, Herr …«

»Jeremy Brooks. Nein, danke, ich schlafe lieber unter freiem Himmel. Bringen Sie Essen für zwei und vernünftiges Bier. Dieses hier taugt nichts.«

Die Wirtin entschuldigte sich und verschwand errötend, um ihm einen neuen Krug zu holen.

Er ist wirklich ein Charmebolzen, dachte Charlotte und grinste, doch gleich darauf wurde ihr Gesicht wieder ernst.

»Also dann der Reihe nach«, forderte sie. »Die Plantage.«

Er rutschte auf dem Stuhl hin und her und fuhr sich dann über das unrasierte Kinn.

»Jawohl, Frau Chefin. Der Plantage geht es großartig, weil sich inzwischen ein vorzüglicher Verwalter eingefunden hat. Ich hätte bei seinem Anblick zwar eher auf einen Landstreicher getippt, aber der Mann hat sich als Glücksfall entpuppt und mich arbeitslos gemacht.«

Herausfordernd schaute er sie an, griff dann den Bierkrug, den die Wirtin vor ihn hingestellt hatte, und prostete Charlotte zu. »Ein Landstreicher?«, hakte diese überrascht nach. »Am Ende ist es noch dieser Mann, der schon in Wilhelmsthal nach mir gefragt hat!«

»Jawohl«, gab Jeremy zurück und nickte anerkennend zur Wirtin hinüber, da das Bier dieses Mal zu seiner Zufriedenheit ausgefallen war. »Ein eher unscheinbarer Kerl, nicht allzu groß, aber drahtig. Eine treue Seele. Er nennt sich Jacob Götz und behauptet, schon früher für Sie gearbeitet zu haben.«

»Mein Gott – Jacob Götz!«, rief sie aus.

Sie erzählte nun von ihrer Plantage am Kilimandscharo, von den beiden Freunden Jacob Götz und Wilhelm Guckes, ohne die sie den Besitz nach dem Tod ihres Mannes gar nicht hätte halten können. Von den hinterhältigen Feuerteufeln und von Wilhelm Guckes' unglückseligem Tod. Es kamen so viele schöne und schreckliche Erinnerungen hoch, dass sie den Bericht schließlich abbrach, weil sie fürchtete, zu viel von sich zu offenbaren.

»Er hat sich also wieder gefangen – wie sehr mich das doch freut!«

Jeremy hatte aufmerksam zugehört, und sie sah ihm an, dass ihm eine Menge Fragen im Kopf herumspukten. Doch er bezähmte seine Neugier, nahm einen tiefen Schluck Gerstensaft und wischte sich dann den spärlichen Schaum von der Oberlippe.

»Was die Kapelle betrifft, gestrenge Herrin«, fuhr er schließlich fort, »so habe ich spontan beschlossen, dieses Werk christlicher Gesinnung ein wenig später in die Tat umzusetzen.«

Charlotte schmunzelte.

»Was grinsen Sie so?«, knurrte er ärgerlich. »Ich bin nach wie vor fest entschlossen, die Kapelle zu bauen. Und ob Sie mir glauben oder nicht: Wir haben bereits den Grund ausgehoben bis hinunter auf den Fels. Ein paar Steine liegen auch schon dort oben, mit diesen meinen Händen habe ich Hammer und Meißel geführt, um akkurate Quader herzustellen. Genauso, wie es die alten Römer machten.«

Sie wollte schon nachfragen, ob er diese Steine auch selbst an Ort und Stelle getragen habe, doch dann biss sie sich auf die Zunge, schon deshalb, weil ihr die Szene damals am Bach in peinlicher Erinnerung war. Ob er ihre Gedanken erraten hatte? Er blickte sie mit heiter blitzenden Augen an, und sie war froh, dass der Wirt in diesem Moment das Essen herbeitrug. Trotzdem konnte sie nicht verhindern, dass sie errötete.

»Wenn die Dinge so liegen …«, sagte sie gedehnt und schwieg dann unsicher.

Der Engländer wartete geduldig, bis der Wirt alles abgestellt und ihnen einen guten Appetit gewünscht hatte, doch er ließ Charlotte dabei nicht aus den Augen. Es schien ihm großen Spaß zu machen, sie in Verlegenheit zu bringen.

Sie beschloss, ihm nun ebenfalls genauen Bericht über die letzten Tage und Wochen zu erstatten, und fing mit leiser Stimme an zu sprechen. Der Gasthof hatte sich inzwischen mit Gästen gefüllt, die neugierig zu ihnen hinüberstarrten, und Jeremy musste sich vorbeugen, um sie zu verstehen. Er hörte aufmerksam zu, als sie ihm die beängstigenden Details von Georges Verschwinden schilderte, und unterbrach sie dabei kein einziges Mal. »Vertrauen Sie mir?«, fragte er schlicht, als sie geendet hatte.

»Ja … Schon …«, erwiderte sie zögernd.

»Geben Sie mir fünfhundert Rupien. Morgen früh steht die Reisegruppe fertig ausgerüstet und abmarschbereit im Hof des Gasthauses.«

»Ganz gewiss nicht, Jeremy! Verstehen Sie mich nicht falsch: Ich habe kein Problem damit, Ihnen dieses Geld anzuvertrauen, aber ich kann Sie unmöglich die ganze Arbeit allein machen lassen!«

Mit gerunzelter Stirn sah er zu ihr hinüber, begriff dann, dass sie es ernst meinte, und klemmte sich entschlossen eine Haarsträhne hinters Ohr.

»Dann also Partner. Ist es das, was Sie wollen?«

»Das wäre mir lieber, Jeremy.«

»In Ordnung«, seufzte er erleichtert. »Und was machen wir mit dem da?« Er wies mit dem Finger unter den Tisch, wo Simba es sich auf Charlottes Füßen bequem gemacht hatte.

»Wir werden ihn mitnehmen müssen«, erwiderte sie lächelnd. »Er folgt mir sowieso, wohin ich auch gehe.«

Simba hob den Kopf von den Pfoten und nieste vernehmlich.

»Ein großer Spürhund scheint er nicht zu sein«, knurrte Jeremy. »Aber wie ich ihn kenne, wird er in den Eingeborenendörfern Hühner stehlen und uns Ärger machen.«

Der rotbraune Hund blinzelte zu dem Engländer hinauf und zog leicht die Lefzen zurück, so dass seine kräftigen Eckzähne sichtbar wurden.

»Ich glaube, er vermisst George«, sagte Charlotte bekümmert und bückte sich, um ihrem treuen Gefährten den breiten Kopf zu tätscheln.

Sie zog sich an diesem Abend früh zurück. Müde kroch sie in ihr Bett in der engen Kammer des Gasthofs und lauschte noch eine Weile auf die Stimmen, die aus der Gaststube drangen, dann glitt sie hinüber ins Reich der Träume. Sie schlief so fest, dass sie erst von Simbas Gebell erwachte. Jemand klopfte an ihre Zimmertür.

»Guten Morgen. Ich warte im Hof auf Sie!«, vernahm sie die wohlvertraute Stimme des Engländers.

Großer Gott – es war längst hell, sie hatte verschlafen. Hastig zog sie sich an, steckte das Haar auf und packte ihre Sachen zusammen. Als sie in den Hof trat, lehnte Jeremy mit vor der Brust verschränkten Armen an einer Hauswand und kaute auf einem Grashalm. Jonas Sabuni und Johannes Kigobo waren nirgendwo zu sehen.

»Na endlich«, bemerkte er, als sie ihm entgegentrat. »Ich dachte, Sie wollten so rasch wie möglich aufbrechen, und laufe mir schon seit Stunden die Hacken ab.«

Es war kurz vor acht – er konnte seit höchstens zwei Stunden auf den Beinen sein, trotzdem war sie ärgerlich auf sich selbst und murmelte eine verlegene Entschuldigung.

»Dann legen wir mal los!«, sagte er und stülpte grinsend den Hut auf sein kupferfarbenes Haar.

Von diesem Moment an war Jeremy Brooks plötzlich ein anderer. Mit freundlich-überlegener Miene machte er dem Händler Gebauer klar, dass er weder seine schwarzen Träger noch einen Pfadfinder benötigen würde, doch er würde gern noch ein paar zusätzliche Dinge bei ihm erstehen, vorausgesetzt, Qualität und Preis stimmten. Es war kaum zu glauben, aber Gebauer schluckte die bittere Pille. Jeremy erwarb nur das Nötigste und ließ es auf die Maultiere packen, die Johannes Kigobo und Jonas Sabuni inzwischen herbeigeführt hatten. Woher sie stammten, verriet Jeremy nicht, aber an der missmutigen Miene des Händlers erkannte Charlotte, dass

Jeremy wohl mit dem Eigentümer in direkte Verhandlungen getreten war.

Charlotte war beeindruckt. Gewiss, sie hatte ihn unterschätzt, immerhin hatte er schon etliche Jagdgesellschaften ausgerüstet und war mit ihnen auf Safari gegangen, er wusste, worauf es bei einer solchen Unternehmung ankam. Vor allem aber war er gerissen und konnte dazu noch selbstbewusst auftreten. Sie war mit allen seinen Entscheidungen einverstanden und zahlte den ausgemachten Preis.

Am frühen Nachmittag erreichten sie die ersten größeren Ausläufer des Gebirges, das hier als steiler, über zweitausend Meter hoher Felsgrat verlief. Johannes Kigobo und Jonas Sabuni frohlockten und riefen immer wieder, es sei hier genau wie in ihrer Heimat in Usambara, nur diese oder jene Pflanze gebe es bei ihnen nicht.

»Das Berg wie kleine Bruder von Usambara, *bibi* Johanssen. Kleine Bruder von Usambara tut *daktari* Johanssen nichts Böses. Hier viele Pflanzen leben, die Menschen machen gesund …«

Sie folgten eine Weile dem Pfad zwischen lichtem Buschwerk hügelan, bis sie in ein dichtes Waldgebiet gelangten und den Maultieren eine Pause gönnen mussten. Es war kühl unter den hohen Bäumen, außerdem sehr feucht, denn vom Berg herab strömten breite und schmale Rinnsale, die den Wald mit reichlich Wasser versorgten. Rechteckig angelegte Pflanzungen mit Bananenstauden und Mais wiesen auf ein Eingeborenendorf hin, wegen der dichten Vegetation war jedoch nichts davon zu sehen.

Seit sie aufgebrochen waren, befand sich Charlotte in einem Zustand der Rastlosigkeit, den sie nur mit Mühe vor ihren Begleitern verbergen konnte. Sie war froh, nun endlich unterwegs zu sein, Georges Spuren zu folgen, sich ihm zu nähern. Gleichzeitig verspürte sie große Angst vor dem Unfasslichen, das sie nicht zulassen wollte und dennoch würde ertragen müssen, wenn das Schicksal es denn beschlossen hatte.

Als ein paar halbwüchsige Knaben aus dem Dorf zu ihnen liefen, um sie neugierig anzustarren, versuchte sie, mit ihnen ins Gespräch zu kommen. Ob sie den *bwana daktari* gesehen hätten, und wenn ja, wann? Hatte jemand aus dem Dorf als Träger die Expedition begleitet?

Es war nicht einfach, sich mit den kleinen Burschen zu verständigen, es waren Waluguru, die nur wenige Worte Suaheli kannten, und Charlotte verstand ihre Sprache nicht. Nach einer Weile näherten sich zögernd einige Frauen und versuchten, sich an der Unterhaltung zu beteiligen – das einzige Ergebnis von Charlottes Bemühungen war jedoch, dass die Frauen ihnen zwei Ziegen und einen Korb voller Eier verkaufen wollten.

»Auch gut«, meinte Jeremy schmunzelnd. »Kaufen Sie ihnen die Sachen ab. Und passen Sie auf, dass Ihr Höllenhund uns nicht die Eier wegfrisst.«

Er kümmerte sich nicht weiter um ihre Verhandlungen und entfernte sich, um – wie Charlotte vermutete – ein Bedürfnis zu stillen. Als er zurückkehrte, stellte sich jedoch heraus, dass er inzwischen selbst Erkundigungen eingezogen hatte.

»Es sind tatsächlich zwei Leute aus diesem Dorf als Träger mit der Expedition mitgegangen. Aber sie wollen uns das Dorf nicht zeigen, in dem Ihr Mann gefangen war.«

»Aber wieso denn nicht? Ich bezahle sie gut dafür …«

Er zuckte mit den Schultern und scheuchte einen grün schildernden Käfer von seinem Jackenärmel.

»Es hat irgendetwas mit den Askari zu tun. Die waren nämlich vor uns hier und hatten das gleiche Anliegen, nur wollten sie nicht dafür bezahlen. Soweit ich begriffen habe, hat es Prügel gegeben.«

»Ich wusste gleich, dass dieser Leutnant von Diel nicht viel taugt«, brauste sie auf. »Er ist der jämmerlichste Schutztruppenoffizier, dem ich je begegnet bin …«

Doch Jeremy winkte ab, und Charlotte schwieg. Wie selbstsicher er geworden war, dieser junge Engländer.

»Außerdem scheint es da auch Stammesfehden zu geben – die Eingeborenen hier im Norden und die Leute weiter südlich auf der Hochebene sind sich wohl nicht unbedingt grün.«

»Das haben Sie alles im Dorf erfahren?«, fragte Charlotte ungläubig. »Wieso konnten Sie überhaupt mit den Schwarzen reden? Ich habe kein einziges Wort verstanden!«

»Es kommt darauf an, mit wem man redet. Die beiden Träger können recht gut Suaheli.«

Er grinste stolz, und sie bemühte sich um ein Lächeln.

»Ich schätze, mindestens einer der beiden wird mit uns reiten und uns das Dorf zeigen. Es befindet sich auf dem Lukwangule-Plateau ungefähr dreißig Kilometer von hier in südlicher Richtung.«

»Das hört sich doch gut an, Jeremy. Ich bin Ihnen sehr dankbar für Ihre Hilfe.«

Er blinzelte sie an und zog die Hutkrempe herunter, offenbar unsicher, was er darauf erwidern sollte.

Nach kurzer Verhandlung und dem Kauf von weiteren Lebensmitteln waren tatsächlich sogar beide Träger bereit, sie zu begleiten. Sie mussten jedoch noch ihr Gepäck richten und sich von den Familien verabschieden, außerdem mussten sie zunächst den Medizinmann befragen, denn die Leute vom Lukwangule-Plateau seien böse und nachtragend, weshalb es für die beiden Träger möglicherweise eine lebensgefährliche Reise wurde.

Resigniert gab sich Charlotte geschlagen: Sie würden erst morgen weiterziehen können.

Wieder ein sinnloser Aufenthalt! Immerhin baten die Frauen Charlotte jetzt ins Dorf, scheuten sich nicht einmal vor dem beständig hinter ihr her trottenden Hund, und je mehr Hühner, Mais und Kochbananen sie kaufte, desto zutraulicher wurden sie. Es stellte sich heraus, dass sie durchaus mehr Suaheli verstanden und auch sprachen, als sie zuerst hatten zugeben wollen, und Charlotte nutzte die Gelegenheit, sie nach George auszufragen.

»*Bwana daktari* – große, dünne Mann mit blonde Bart. Ist hier gewesen und hat uns in Arm gestochen. Jetzt wir nie mehr haben die Pocken, nie wieder. Alle Leute in Dorf gesund für immer ...«

Charlotte hatte die runden Impfnarben an ihren Oberarmen schon bemerkt, auch die Kinder trugen Narben, nur einige der jungen Krieger schienen sich gegen eine Impfung entschieden zu haben.

»*Bwana daktari* ist guter Mann. Gibt Medizin für kranke Kind. Für alte Mann. Am Abend sitzt mit Männern am Feuer. Viel Palaver. In der Nacht hockt in Hütte, aber nicht schläft. Hat ein Licht in kleine Kiste aus Blech und malt mit Holzstab in kleine Buch ...«

George war gleich zu Anfang seiner Expedition hier in diesem Dorf gewesen, es ging ihm offensichtlich gut, und er hatte sich voller Interesse unter die Eingeborenen gemischt. Nachts hatte er offenbar beim Schein seiner Laterne die ersten Eindrücke niedergeschrieben, wie er es immer tat.

»Du seine *bibi*?«

Die runden schwarzen Augen der Waluguru-Frau waren voller Mitgefühl auf sie gerichtet.

»Ja, ich bin seine *bibi*!«, bestätigte Charlotte.

»Dann ich dir gebe Sache von *bwana daktari*...«

Die Frau war nicht mehr jung und hatte anscheinend Schwierigkeiten mit ihrer Hüfte, denn sie erhob sich nur schwerfällig aus ihrer kauernden Stellung. Die trockenen Bananenblätter am Eingang der Hütte verschluckten sie raschelnd. Als sie wieder zum Vorschein kam, sah Charlotte, wie ihre Augen leuchteten.

»Das *bwana daktari* hat gelassen in Hütte. Viel Zauber. Kleines Holz zieht *bwana* zu dir zurück.«

Überrascht erkannte Charlotte einen Bleistift in ihrer Hand. Einer von Georges unzähligen, immer wieder angespitzten Bleistiftstummeln, die er in allen Taschen mit sich herumtrug. Dieser hier war einst hellblau mit einem silbernen Rand am oberen Ende gewesen, jetzt allerdings war er zerkratzt, die Farbe fast ganz abgeblättert, der silberne Rand grau.

Charlotte verspürte plötzlich eine überwältigende Sehnsucht nach ihrem Mann und wäre am liebsten in Tränen ausgebrochen. Georges Hände hatten diesen Bleistift geführt, er hatte damit seine Notizen geschrieben und anschließend vergessen, ihn wieder in die Jackentasche zu stecken!

»Ich … ich danke dir«, stammelte sie ergriffen, bemüht, ihre Gefühle unter Kontrolle zu halten, doch alles löste sich auf einmal: die schreckliche Anspannung, die Hoffnung, die Angst, die Sorge wegen der zusätzlichen Verzögerung. Charlotte schluchzte und schluchzte, und die fremde Waluguru-Frau zog sie an ihre breite Brust und wiegte sie tröstend in ihren kräftigen Armen, als wäre sie ein kleines Kind.

Die Frauen luden sie über Nacht in ihre Hütte ein, doch Charlotte lehnte mit freundlichem Dank ab. Sie wollte Jeremy nicht beleidigen, der extra für sie das Zelt hatte aufbauen lassen. Im Dorf, in dem am heutigen Abend ein Festmahl abgehalten wurde mit den drei *mbusi,* die sie selbst spendiert hatte, und unzähligen Krügen voll Reisbier, wäre es ihr ohnehin zu lärmig gewesen. So saß sie nur eine Weile bei den Frauen und Kindern, während rings um sie herum schon die ersten Tänzer, meist halbwüchsige Kinder, ihre Künste zeigten und die armen Zicklein am Spieß gedreht wurden. Das Fleisch schmeckte hervorragend, obgleich sie die afrikanische

Sitte nicht mochte, bei der man der garen Ziege den zuvor abgetrennten Kopf wieder ansteckte, um den Braten auf diese Weise eindrucksvoll zu präsentieren.

Die drei schwarzen Begleiter aus Morogoro und ihre beiden Waschamba schienen sich auf dem Fest ausgesprochen wohlzufühlen. Auch Jeremy ließ es sich nicht nehmen, zwischen den Dorfältesten Platz zu nehmen, und Charlotte, die ihn aus der Ferne beobachtete, verglich sein Verhalten den Eingeborenen gegenüber unwillkürlich mit dem ihres Ehemannes.

George war ruhig und von gleichbleibender Freundlichkeit, wenn er sich mit Afrikanern unterhielt. Die Ironie, die er in der Auseinandersetzung mit weißen Gesprächspartnern so liebte, hatte im Gespräch mit den Schwarzen keinen Platz. Er ging respektvoll mit ihnen um, konnte Fragen stellen und zuhören, doch zugleich hatte er etwas Schulmeisterliches an sich. Jeremy war da ganz anders. Er zeigte sich lebhaft und schwatzte ausgiebig und laut. Das Zuhören war nicht seine Sache, stattdessen riss er gern Witze und freute sich, wenn darüber gelacht wurde. Er konnte wegen einer Kleinigkeit ärgerlich werden und lospoltern, doch gewalttätig wurde er nie. Genau wie George genoss Jeremy bei den schwarzen Begleitern großes Ansehen, auch Johannes Kigobo und Jonas Sabuni waren begeistert, dass gerade Jeremy Brooks diese Unternehmung führte.

Er hat etwas von Max, dachte sie.

Max von Roden, ihr zweiter Ehemann, Elisabeths Vater, mit dem sie so glücklich auf der Plantage am Kilimandscharo gelebt hatte, bevor er bei der Großwildjagd dem Biss einer schwarzen Mamba zum Opfer gefallen war, war in allem so ganz anders gewesen als George, und doch hatte sie George Johanssen auch damals nie ganz vergessen können. Wie eine flirrende Fata Morgana am Horizont hatte er sie fast ihr ganzes Leben über begleitet.

Als sie sich nach einer Weile von den Frauen verabschiedete und das Dorf verließ, um das für sie errichtete Zelt aufzusuchen, erhob sich auch Jeremy und schlenderte hinter ihr her.

»Ich hoffe, Sie sind nicht allzu enttäuscht wegen der Verzögerung …«, sagte er.

Sie drehte sich zu ihm um, und er schloss mit zwei Sprüngen zu ihr auf. Je weiter sie sich vom Dorf entfernten, desto schwächer wurde der rötlich flackernde Feuerschein in ihrem Rücken; ihre Schatten, die vor ihnen hergelaufen waren, verschmolzen mit dem Waldboden. Über ihnen tauchte ein kühler Sichelmond zwischen den Baumkronen auf, umgeben von einer Handvoll hell leuchtender Sterne.

»Ich weiß, dass es nicht zu ändern ist. Es war trotzdem ein erfolgreicher Tag. Sehen Sie, was eine der Frauen mir gegeben hat!«

Sie zog den Bleistift aus der Tasche und hielt ihn wie eine Trophäe in die Höhe. Er musste zweimal hinsehen, um den kleinen Gegenstand im matten Sternenschein zu erkennen.

»Der ist … von Ihrem Mann?«

»Ja. Er hat ihn in der Hütte vergessen. Die Frau gab ihn mir, weil sie glaubt, es liege ein Zauber darin. Eine Art magische Kraft, die George herbeiruft. Ist das nicht rührend?«

Er blickte sie kurz von der Seite an. Nie waren ihr seine Augen so groß und glänzend braun erschienen wie hier im Halbdunkel des nächtlichen Urwaldes. Schweigend gingen sie weiter. In der Nähe der Maultiere legte er ein paar Decken zu einem Nachtlager zurecht und streckte sich darauf aus. Vom Dorf her drangen die fröhlichen Stimmen zu ihnen herüber, das rhythmische Stampfen und Klatschen, die schrillen Trillerlaute der Frauen.

Charlotte schlug das Tuch am Zelteingang zur Seite und wollte ihm gerade eine gute Nacht wünschen, als sie ihn leise fragen hörte: »Sie lieben Ihren Mann sehr, nicht wahr?«

Als sie schwieg, fügte er kaum hörbar hinzu: »Dann werde ich alles in meiner Macht Stehende tun, um ihn für Sie zu finden, Charlotte. Das schwöre ich.«

Selbst in den unwegsamsten Gegenden des Usambara-Gebirges war eine Entfernung von dreißig Kilometern während der Trockenperiode an einem einzigen Tag zu schaffen. Vor allem dann, wenn die Reisenden gut beritten und mit einheimischen Führern ausgestattet waren. Hier in Uluguru jedoch schienen andere Gesetze zu herrschen.

Charlotte war ihrer Gewohnheit entsprechend kurz vor Tagesanbruch erwacht und genoss die wenigen, kostbaren Minuten zwischen Nacht und Morgen, den Augenblick der Vorfreude auf den neuen Tag. Der schöne Moment dauerte leider nur wenige Sekunden und wurde sogleich wieder von dem bohrenden Schmerz in ihrer Brust abgelöst. Sie war allein in diesem Zelt, Georges vertrauter, warmer Körper war nicht bei ihr, würde vielleicht nie wieder neben ihr liegen …

Nun vernahm sie Jeremys Stimme, rau und mit hörbarer Ungeduld gab er den Schwarzen Anweisungen, das Gepäck zu richten. Sie überließ es ihm, den Aufbruch zu organisieren – er war der Leiter der Reisegruppe, hatte sich selbst dazu ernannt, und bisher war sie gut damit gefahren. Dennoch war sie bemüht, sich um ihre persönlichen Dinge selbst zu kümmern, so überwachte sie das Zusammenlegen ihres Zeltes und sattelte eigenhändig ihr Maultier.

Nach einem kurzen Frühstück brachen sie auf. Es wurde ein beschwerlicher Tag, der nicht von Erfolg gekrönt war. Stundenlang folgten sie einem schmalen Bergpfad, der sich unterhalb des Grats am Hang entlangwand und mit immer neuen Kehren und Hindernissen überraschte. Der Weg war nur wenige Fuß breit, wer auch immer ihn in den Fels geschlagen hatte, hatte dabei an Fußgänger, nicht aber an Reiter gedacht. Die meiste Zeit mussten sie die Maultiere am Zügel hinter sich herführen. Sie lockten sie über rutschige Stellen, wo Wasserläufe den Pfad überfluteten, zerrten die armen Tiere über Gesteinsspalten hinweg und zwangen sie, unter tief herabhängenden Lianen hindurchzutauchen. Immer wieder verhüllte Nebel ihren Weg, es schien keine einzige Stelle zu geben, die einen Blick über die dichte grüne Hölle erlaubte, damit sie ungefähr einschätzen konnten, wo sie sich befanden. Mehrfach mussten sie den Pfad von losem Gestein freiräumen, das vom Grat heruntergekollert war. Sie gingen vorsichtig und mit viel Bedacht zu Werke, um keine giftigen Insekten oder Schlangen aufzuscheuchen, die unter den Steinen Zuflucht suchten.

Gegen Mittag hatten sich die Nebel gehoben, die üppigen, ineinander verschlungenen Pflanzen und der steinige Pfad zeichneten sich nun hart unter dem mattblauen Himmel ab. Weshalb erschien ihr hier in diesem Gebirge jeder Stein und jeder Fels wie ein finsterer Feind? Es war der gleiche Glimmerschiefer, der auch in den Usambara-Bergen in der Sonne glitzerte und dessen Anblick sie stets mit Begeisterung erfüllt hatte. Hier dagegen fuhr ihr das gleißende Licht wie schmerzhafte Blitze in die Augen.

»Geister wollen Opfer für Durchreise«, sagte einer der beiden Waluguru-Träger, als sie bei einer Kehre rasteten.

»Da haben sie sich umsonst gefreut«, knurrte Jeremy und wischte sich den Schweiß von der Oberlippe.

»Was für ein Opfer?«, wollte Charlotte wissen.

»Silber. Legen unter diese Stein wenige Rupien – dann Weg ist frei, und Geist trägt *bibi daktari* wie Sturmwind.«

Charlotte blickte in Jeremys unbewegliches Gesicht und staunte, dass er bei dieser ganz offensichtlichen Schwindelei so gelassen bleiben konnte.

»Ein Sturm im Gebirge ist nicht gerade das, was wir jetzt

gebrauchen können«, gab der Engländer trocken zurück, und der Träger machte ein enttäuschtes Gesicht.

Gegen Mittag suchte Johannes Kigobo Charlottes Nähe, hieb die vorstehenden Äste für sie zurecht, bog das Buschwerk zur Seite. Als er die Zeit für gekommen hielt, redete er auf Waschamba, seiner Muttersprache, auf sie ein.

»Das große Lügner und Feigling, *bibi* Johanssen. Sind weggelaufen, als Feinde gekommen und haben *bwana daktari* gefangen. Und auch jetzt wollen weglaufen, weil viel Angst …«

Das war Charlotte inzwischen auch klar geworden. Doch ebenso wie Jeremy hoffte sie darauf, dass die beiden Träger allein schon wegen des noch ausstehenden Lohns bleiben würden.

»Und noch was, *bibi* Johanssen«, fügte Johannes Kigobo verdrossen hinzu. »Da ist viel Freundschaft mit Leute von Morogoro. Sprechen gleiche Sprache, sind von gleiche Stamm. Denken gleiche Gedanke … Jonas Sabuni und Johannes Kigobo lesen in Köpfen von Leuten aus Uluguru – schlechte Gedanken wimmeln darin wie giftige Spinne und Frösche mit breite Maul.«

Gegen zwei Uhr begann sich der dichte Regenwald zu lichten, und Jeremy kletterte auf einen vorstehenden Fels, um sich in der Landschaft zu orientieren. Er bewegte sich dabei mit der lässigen Eleganz, die Charlotte an die Sprünge eines großen Raubtieres erinnerte, das niemals mehr Kraft als nötig verwendete. Bei seiner Rückkehr vermeldete er zufrieden, dass sie nun endlich die Stelle erreicht hätten, an der sich der steile, nördliche Berggrat in mehrere flache Bergrücken auflöste. Die kleine Hochebene von Lukwangule konnte nicht mehr allzu fern sein. Sie hielten die erste, längere Rast, und dieses Mal setzte sich Jeremy dicht neben Charlotte auf eine Felskante, um den weiteren Verlauf der Reise mit ihr zu besprechen.

»Wir haben da eine verdammt schwierige Truppe versammelt«, erklärte er missmutig. »Ich hätte es ahnen müssen. Aber die Möglichkeit, zwei Leute mitzunehmen, die nicht nur als Übersetzer dienen können, sondern auch wissen, wo das Dorf zu finden ist, war einfach zu verführerisch.«

Sie sah ihm an, dass er enttäuscht war und sich tatsächlich Vorwürfe machte. Es käme jetzt darauf an, die beiden Träger gut zu überwachen, damit sie sich nicht frühzeitig davonmachten.

»Aber sie wollen doch sicher nicht auf ihr Geld verzichten«, wandte Charlotte ein.

»Nun – einen Teil haben wir ihnen leider schon auszahlen müssen, und die Feier im Dorf ging auch auf unsere Kosten. Vermutlich taktieren sie – wenn alles ruhig bleibt, werden sie sich als treu erweisen. Zeigt sich aber irgendwo Gefahr, dann sind wir sie los.«

Unzufrieden schüttelte sie den Kopf. Wie sollte es weitergehen? Waren die beiden nicht schon jetzt eher eine Last als eine Hilfe? Schließlich galt es, nach Georges Verbleib zu forschen, indem sie so viele Eingeborene wie möglich nach ihm befragten. Da war es nicht gerade hilfreich, wenn diese beiden Waluguru mit den Leuten der Lukwangule-Hochebene verfeindet waren.

»Da ist was dran, Charlotte«, gab Jeremy zu. »Und doch will ich erst mit den Leuten aus dem Dorf reden, in dem Ihr Mann gefangen saß. Sie müssen am besten wissen, was aus ihm geworden ist.«

»Seien Sie vorsichtig«, bat sie ihn besorgt. »Die Askari werden nicht gerade zimperlich mit ihnen umgesprungen sein; es ist gut möglich, dass sie sich feindselig verhalten.«

»Da passe ich schon auf. Wenn wir dort gewesen sind, werden wir uns in nördliche Richtung wenden«, fuhr Jeremy fort, dessen Blick auf den beiden Waluguru ruhte, die am Bachlauf beisammenhockten und eifrig in ihrer Heimatsprache miteinander schwatzen. »Wenn Ihr Mann bei klarem Verstand war – und davon gehe ich aus –, dann ist er nicht nach Süden gelaufen, wo die Trockensavanne beginnt und keine deutschen Ortschaften zu finden sind. Er wird zurück nach Norden gegangen sein, um in die Nähe der Zentralbahn zu gelangen.«

»Vielleicht«, murmelte sie. »George hat schon viele Reisen unternommen und musste sich oft in einsamen Gegenden zurechtfinden. Deutsche Ortschaften sind für ihn nicht wichtig.«

Jeremy schwieg eine kleine Weile und schien mit sich selbst zu Rate zu gehen, dann behauptete er, dass sie jede, selbst die allerkleinste Möglichkeit, berücksichtigen müssten. Doch sie habe recht, am allerwichtigsten sei es, die Eingeborenen zu befragen.

»Wir werden ihn finden, Charlotte«, sagte er schließlich mit fester Stimme und legte ihr ermutigend die Hand auf die Schulter.

Charlotte war weniger überzeugt. Glaubte er tatsächlich daran, dass sie George Johanssen finden konnten? Aber weshalb sonst hatte er sie unbedingt auf ihrer Suche begleiten wollen?

»Am Ende kehren wir erschöpft aus dem Gebirge zurück und finden George gesund und fröhlich in Daressalam«, scherzte sie unglücklich.

»Das wäre nicht das Schlechteste, oder?«

»Ach, ich würde alles dafür geben, Jeremy.«

Er nickte mehrfach, ohne sie anzusehen, und schaute dann nach dem Stand der Sonne.

»Es geht weiter!«, rief er den Schwarzen zu. »Sagte ich schon, dass dieser große Hund jeden zerfleischt, der sich ohne meine Erlaubnis von den anderen entfernt? Am liebsten frisst er Leute, die sich heimlich davonmachen …«

Simba hatte mit den schwierigen Wegverhältnissen die wenigste Mühe gehabt, jetzt bellte er fröhlich, weil es endlich weiterging. Lange Blicke folgten ihm, die beiden Waluguru und die drei Schwarzen aus Morogoro waren sich nicht sicher, ob *bwana* Brooks wieder einen seiner Scherze gemacht hatte oder ob er es dieses Mal ernst meinte. Die beiden Waschamba, die den Hund schon länger kannten, zeigten nicht die mindeste Angst vor seinen beachtlichen Reißzähnen. Aber die Waschamba würden auch nicht versuchen davonzulaufen.

Jetzt, da der Regenwald sich lichtete und auch kein Nebel mehr aufstieg, war es ihnen möglich, einzelne Felder und die runden Lehmhütten der Dörfer zu erkennen. Die Ansiedlungen erschienen Charlotte ziemlich klein; kaum mehr als zwanzig, höchstens fünfundzwanzig Hütten, fast immer umgeben von einer graugrünen Hecke, die Hühner und Ziegen im Dorf halten sollte, drängten sich dicht aneinander. Leider erwies es sich als ungeheuer schwer, mit den Dorfbewohnern in Kontakt zu kommen. Dreimal lagerte die kleine Reisegesellschaft in der Nähe einer Siedlung und wartete darauf, dass jemand zu ihnen kommen würde, doch weder die Kinder noch die jungen Krieger erschienen an der Lagerstelle. Das war kein gutes Zeichen. Jeremy versuchte es dennoch und näherte sich der grünen Umzäunung in Begleitung eines der Waluguru-Träger, doch erst beim dritten Mal gelang es ihnen, ein paar Worte mit einem älteren Mann zu wechseln. Man habe nichts gestohlen und niemanden gefangen genommen, teilte er ihnen knapp mit. Auch niemanden gesehen. Die Hühner und Ziegen brauchten sie selbst, denn die Askari hätten ihren Mais und einen großen Teil der Hirse mitgenommen.

»Dieser großartige Leutnant von Diel hat seine Aktion so gründlich durchgeführt, dass die Eingeborenen sie während der kommenden Jahrzehnte wohl nicht vergessen werden«, knurrte Jeremy missmutig.

»Aber sie müssen sich doch an George erinnern«, beharrte

Charlotte, deren Urteil über den Kommandeur der Schutztruppen längst feststand. »Er hat sie doch ganz sicher gegen die Pocken geimpft.«

»Davon war nichts zu sehen.«

»Aber das kann doch gar nicht sein ...«

Sie seufzte mutlos. Irgendwie hatte sie sich diese Suche einfacher vorgestellt. Ach, in Wahrheit hatte sie sich gar nichts vorgestellt, war einfach blind drauflosgeritten, vermutlich hatte der unsägliche von Diel sogar recht gehabt. Es war nahezu unmöglich, in dieser zerklüfteten Landschaft und unter den feindseligen Eingeborenen einen Verschollenen zu finden. Wo sollten sie überhaupt suchen? Hinter jedem Fels, in jeder Schlucht konnte sich jemand verbergen, und es war ohne Weiteres möglich, dass sie heute früh im Nebel an George vorübergeritten waren, ohne ihn zu bemerken.

»Es ist nicht mehr weit«, tröstete sie Jeremy. »Aber wenn Sie müde sind, bauen wir hier das Lager auf und reiten morgen zu dem Dorf hinüber.«

»Es geht mir gut, Jeremy.«

Sie bemühte sich, locker und aufrecht im Sattel zu sitzen, zumal er sie immer wieder mit leicht besorgtem Ausdruck beobachtete und manchmal sogar zu ihr aufschloss, als wolle er sich vergewissern, dass sie die Wahrheit sagte. Sie ritten bereits eine Weile über das Lukwangule-Plateau, eine karge Landschaft, durch die sich ein schmaler Bachlauf schlängelte, der immer wieder im Boden zu versickern drohte. Wer hier dauerhaft lebte, wurde gewiss nicht fett. Vielleicht war kurz nach den Regenzeiten ein wenig Ackerbau möglich, nun aber, während der Dürre, ragten nur noch trockene Stängel aus den windgepeitschten Feldern. Ab und an zeigten grazile Schirmakazien ihr filigranes Gezweig, sie wuchsen eng beieinander, als hofften sie, sich gegenseitig vor dem Verdursten zu schützen, und einmal entdeckten sie eine einsame, schön geformte

Tamarinde. Die warnenden Pfiffe der Erdmännchen gellten in ihren Ohren, doch nur selten ließ sich eines der putzigen Tierchen blicken. Sie waren längst in ihre Erdhöhlen geschlüpft und verharrten dort, bis die Tritte der Maultiere nicht mehr zu hören waren.

Jeremys Drohung, Simba betreffend, zeigte Wirkung: Die beiden Waluguru-Träger dachten offenbar nicht mehr daran, die Reisegruppe zu verlassen. Im Gegenteil: Sie wirkten recht zufrieden, schritten munter voran, unterhielten sich frohgemut und baten nicht mehr alle fünf Minuten darum, eine Pause machen zu dürfen, wie sie es noch am Morgen getan hatten.

»Dort ist Dorf von böse Leute«, erklärten sie auf einmal. »Viele Krieger mit Speer und Schild. Kommen gelaufen und tun freundlich. Dann sie nehmen *daktari* gefangen, binden an Baum, stecken in Hütte …«

Die Ansiedlung war schon von Weitem zu sehen, da sie auf einer flachen Anhöhe lag und außer einer guten Anzahl Rundhütten sogar ein großes, rechteckiges Langhaus besaß. Hier gab es keine graugrüne Hecke, sondern einen Zaun, der verschiedene Lücken aufwies, doch auch die übrigen Zäune, die sie gesehen hatten, waren nicht gut gepflegt gewesen. Dennoch kam Charlotte an dieser Siedlung irgendetwas seltsam vor. War es die Tatsache, dass zwischen den Hütten keine einzige Bananenstaude, sondern nur wildes Gestrüpp wuchs?

»Wenn *bibi* uns gibt Pesos, wir dort hineingehen und nach *daktari* fragen«, schlug einer der beiden Waluguru-Träger todesmutig vor.

»Ich gehe selbst«, ließ Jeremy die beiden wissen. »Aber ihr werdet mich begleiten.«

Auch Charlotte wollte bei dieser Aktion zugegen sein, doch Jeremy bestand darauf, dass sie unter dem Schutz der Waschamba zunächst in sicherer Entfernung auf sie wartete.

»Ist es nicht seltsam, dass die beiden jetzt auf einmal so eifrig sind?«, fragte Charlotte, während sie langsam näher ritten.

»Da bin ich ganz Ihrer Meinung«, pflichtete Jeremy ihr bei. Der Engländer hatte die Augen schmal zusammengekniffen und starrte unablässig hinüber zu den buckligen grauen Hütten. Das Gewehr, das er sonst über dem Rücken trug, hielt er jetzt in der Rechten, und Charlotte wusste, dass es entsichert war.

»Glauben Sie etwa, die werden uns angreifen?«

»Dann hätten sie es längst getan.«

Er hatte recht. Von dem Hügel aus waren sie in der kargen Landschaft schon seit geraumer Zeit zu sehen gewesen. Wenn die Bewohner dieses Dorfes feindliche Absichten hegten, hätten sie ihnen längst eine Gruppe Krieger entgegenschicken können. Sie waren nur neun Personen, davon fünf Waluguru, bei einem Angriff hätten sie kaum eine Chance gehabt. »Aber irgendetwas stimmt nicht mit diesem Dorf, Jeremy.«

Er stieß einen leisen Fluch aus und zügelte sein Maultier. Hinter ihnen sprach Jonas Sabuni aus, was ihnen schon längst hätte klar sein müssen.

»Kein *kanga.* Kein *mbusi.* Kein *toto.* Dorf ist leer. Alle Leute weggelaufen.«

Natürlich! Deshalb war ihr dieser Ort so tot erschienen. Nirgendwo wimmelten Kinder und Tiere zwischen den Hütten herum, man hatte die Bananenstauden abgeschnitten, und durch die Lücken im Zaun strichen bei Nacht neugierige Wildtiere.

»Vielleicht ist das eine Falle!«, gab Charlotte zu bedenken.

Niemand glaubte ernsthaft daran, schon deshalb nicht, weil die beiden Waluguru-Träger ganz offensichtlich gut informiert und deshalb so unfassbar mutig waren. Anscheinend hatten sie es schon seit Stunden gewusst, aber woher? Hatten sie die Spuren der Dorfbewohner entdeckt oder sich mit den schweigsamen Eingeborenen, die Jeremy keine Auskunft geben wollten, durch Zeichen verständigt?

»Wenn dieser Hund zu etwas taugen würde, könnte er auskundschaften, ob jemand in der Nähe verborgen ist«, knurrte Jeremy. »Aber alles, was diesen Burschen interessiert, ist irgendwelches Federvieh, mit dem er sich den Magen füllen kann!«

»Dafür kann er nichts. Simba ist nun mal kein Jagdhund und auch kein Patrouillengänger.«

Jeremy beharrte nun erst recht auf seinem Vorhaben, mit den beiden Waluguru-Männern ins Dorf zu gehen und sich dort umzuschauen.

»Seien Sie aber bitte vorsichtig, Jeremy.«

»Haben Sie etwa Angst um mich?«, fragte er und zwinkerte ihr scherzhaft zu, doch sie konnte erkennen, dass ihre Sorge ihn freute.

»Natürlich habe ich Angst um Sie«, gab sie aufrichtig zurück.

Dicht vor dem Zaun blieb sie mit den anderen stehen. Die drei Maultiere hielten sie an den Zügeln, damit sie im Notfall rasch bestiegen werden konnten.

Charlotte merkte, wie ihre Anspannung zunahm. Würden sie in diesem Dorf Spuren von George finden, womöglich sogar Hinweise auf seinen Verbleib? Doch was, wenn er tatsächlich an Pocken erkrankt war? Konnte sich ein Pockenkranker durch das Gebirge schleppen? Vor Aufregung wurde ihr schwindelig. Sie machte die Augen zu. Rötlich durchfloss das Licht ihre geschlossenen Lider, fügte sich zu zarten Wirbeln, zu den Schwingen der Morgenröte, einem Heer rötlicher Wolkenfetzen. Sie spürte, wie sich alles um sie herum drehte, die kreisenden Wirbel berührten sacht ihre Wangen, angenehm kühl, wie ein Streicheln fast, eine Berührung gleich einem Kuss …

Ein Schrei zerriss ihre beginnende Ohnmacht. Der schrille Angstruf einer Frau.

Sie öffnete die Augen und hielt sich am Sattelgriff fest, um nicht vom Maultier zu stürzen.

Heiseres Kreischen. Keuchen. Wütendes Zischen. Wieder ein Schrei. Dieses Mal eher ein Heulen.

»*Mpepo.* Böse Zauberin. *Mpepo!*«

Was um Himmels willen trieb Jeremy dort im Dorf? Sie richtete sich im Sattel auf und versuchte, zwischen den Hütten etwas zu erkennen. Rötlicher Staub wirbelte dort auf, in dem sich dunkle Gestalten bewegten, und jetzt vernahm sie auch die Rufe der Waluguru-Männer und dazwischen Jeremys energische Befehle.

»Tut ihr nicht weh! Sagt ihr, wir wollen sie fragen, sonst nichts. Verdammt – hast du nicht gehört? Du sollst sie nicht schlagen!«

»Herr Jesus – beschütze uns«, murmelte Johannes Kigobo, der Jeremys Maultier am Halfter hielt. »Haben eine Zauberin gefangen. Wir alle viel beten gegen bösen Zauber von *mpepo.*«

»Eine … Zauberin?«

Angstvoll starrten die Schwarzen zu dem verlassenen Dorf hinüber. Frauen waren bei ihnen wenig geachtet, sie verrichteten die Feldarbeit, kümmerten sich um die Kinder und bedienten ihre Männer. Eine *mpepo* jedoch, eine Zauberin, konnte den stärksten Krieger zum Zittern bringen, denn anders als ein Medizinmann war eine *mpepo* unberechenbar. Sie konnte helfen, aber auch zerstören. Wenn sie gut gelaunt war, heilte sie Krankheiten, wenn sie wütend wurde, dann kannte sie Mittel, die einem unweigerlich den Tod brachten.

Inzwischen konnten Charlotte und ihre Waschamba die vier Personen gut erkennen, die sich – von rötlichem Staub umwölkt – schon fast bei der Hecke befanden. Die beiden Waluguru schienen aus irgendeinem Grund wenig Angst vor der *mpepo* zu haben, sie hatten die Frau bei den Handgelenken gefasst und zerrten sie den Hügel hinab. Die angebliche Zauberin war bis auf einen grauen Jutefetzen um die Hüften vollkommen nackt, ihre langen, trockenen Brüste hingen wie leere Taschen bis zum Nabel herab. Nie zuvor – nicht einmal nach dem *maji-maji*-Aufstand – hatte Charlotte einen derart ausgemergelten Körper gesehen, anscheinend hatten die Eingeborenen diese alte Frau zurückgelassen und sie so dem sicheren Hungertod preisgegeben. Weshalb, war schwer zu sagen. Vielleicht hatte sie keine Angehörigen, und niemand wollte sich mit ihr belasten.

Jeremy ging hinter der Dreiergruppe her, das Gewehr im Anschlag, die Miene vor Abscheu verzogen.

»Wir haben die Alte dort oben gefunden, aber sie wollte nicht mit uns kommen.«

»Weshalb müsst ihr sie quälen? Wir hätten sie auch in ihrer Hütte befragen können«, schimpfte Charlotte.

»Sie hat keine Hütte. Saß einfach nur auf dem Boden und fing an zu schreien, als sie uns sah.«

Alle Übelkeit und auch das Schwindelgefühl waren mit einem Schlag verschwunden, Charlotte sah voller Mitleid auf die Alte herab und verspürte zugleich ein wenig Hoffnung. Vielleicht wusste diese Frau etwas, das ihnen helfen konnte.

»Lasst sie los und gebt ihr zu trinken«, ordnete Jeremy an. »Aber passt auf, dass sie nicht abhaut.«

Diese Sorge war unbegründet. Als die Waluguru ihre Handgelenke freigaben, sackte die Frau zu Boden und kauerte sich dort zusammen. Ein keuchendes, hastig atmendes Bündel Mensch, jämmerlich, knochig, die Arme und Beine unfassbar dünn. Nur in den riesigen Augen, die sie nun auf ihre Peiniger richtete, schien noch Leben zu sein.

»Vielleicht sie doch keine *mpepo?«,* murmelte Jonas Sabuni verwirrt. »Nur altes Weib, das gehört zu niemand.«

Sie schien nicht zu begreifen, dass die ihr zugeworfene Kalebasse für sie sein sollte. Der Behälter prallte gegen ihre Knie und fiel in den Staub. Die Frau rührte sich nicht, sondern betrachtete voller Entsetzen den Gegenstand, den man gegen sie geschleudert hatte. Charlotte stieg von ihrem Maultier und nahm den blechernen Henkelbecher zur Hand, den sie benutzte, wenn sie an einem Bachlauf anhielten. Sie näherte sich der Frau mit langsamen Schritten, hob die Kalebasse vom Boden auf und goss Wasser in den Becher.

»Trink.«

Die Frau verstand. Sie streckte den Arm aus und nahm den halb gefüllten Becher aus Charlottes Hand. Sie musste sehr durstig sein, dort oben im Dorf gab es ganz sicher keine Quelle, die Bewohner hatten das Wasser unten am Bachlauf holen müssen.

Charlotte sah zu, wie die schwarze Frau das Wasser in langsamen Schlucken durch die Kehle rinnen ließ. Ob sie krank war? Ihr Schädel war glatt geschoren, die Ohrläppchen, die die Schwarzen so gern durchlöcherten und mit bunten Gegenständen schmückten, waren aufgerissen und hingen in Fetzen bis auf ihre Schultern herab. »Sie hat bestimmt Hunger«, meinte Jeremy. »He – schafft etwas von dem kalten Fleisch von gestern Abend herbei.«

Widerwillig folgten die beiden Waluguru-Männer seinen Anweisungen, zerrten missmutig ein wenig von dem gebratenen Fleisch aus ihren Vorratstaschen, legten es auf ein Tuch, krümelten getrockneten Maisbrei darüber, und als Jeremy immer noch nicht zufrieden war, fügten sie zähneknirschend eine gebackene Banane bei. Die gekochten Eier aber wollten sie auf keinen Fall hergeben. Die alte Frau hatte den Becher geleert und besah nun neugierig, was die beiden Männer vor ihr aufbauten.

Doch obgleich man versuchte, ihr deutlich zu machen, sie

solle davon essen, nahm sie keinen einzigen Bissen zu sich, ja, sie machte nicht einmal Anstalten, nach den Speisen zu greifen.

»Wenn sie tatsächlich allein hier zurückgelassen wurde, dann müsste sie doch halb verhungert sein«, überlegte Charlotte.

Jeremy zuckte ratlos mit den Schultern. »Versuchen wir, ihr ein paar Fragen zu stellen«, schlug er dann vor.

Die Verständigung war schwieriger als gedacht, weil die Waluguru-Männer einen völlig anderen Dialekt redeten und Mühe hatten, sich der alten Frau verständlich zu machen. Zuerst gab sie überhaupt keine Antwort, sondern starrte nur mit ihren riesigen, angstgeweiteten Augen auf Charlotte – vermutlich war sie die erste weiße Frau, die sie je zu sehen bekommen hatte. Als einer der beiden Träger schließlich dazu überging, mit dem Knie gegen ihre Schulter zu stoßen, machte sie endlich den Mund auf. Ihre Stimme war sehr hoch und ein wenig heiser, klang fast wie die eines aufgebrachten Kindes.

Ja, den *daktari* habe sie gesehen. Er sei groß und dünn und habe helles Haar und einen Bart.

»Wo ist er jetzt?«, drängte Charlotte, doch die Frau plapperte schon weiter.

Man übersetzte Charlotte, dass sie keine Hütte habe, seitdem ihre beiden Söhne gestorben seien und ihr Mann sie verstoßen habe. Sie lebe am Rand des Dorfes und dürfe nur in der Regenzeit manchmal in einer Hütte Unterschlupf suchen. Sie müsse mit dem vorliebnehmen, was man ihr gebe, wenn das Essen knapp werde, dann lebe sie von Ameisen und Gras, und auch am Bach dürfe sie nicht dort trinken, wo die Frauen das Wasser holten …

»Fragt, ob sie gesehen hat, was aus dem weißen *daktari* wurde.«

Jetzt endlich schien sie verstanden zu haben. Sie hörte auf, sich während des Redens vor und zurück zu wiegen, und starrte Charlotte mit einem seltsam erschrockenen Ausdruck an.

Der *daktari* sei fort. Auf seinem Maultier davongeritten. Sie streckte den dürren Arm aus und wies nach Südwesten. Dorthin.

»Dorthin? Wohl eher nach Norden, oder etwa nicht?«

Die Alte drehte jetzt den Kopf hin und her, während sie redete, und manchmal sah man ihre Zähne, die sehr lückenhaft und ungewöhnlich groß waren. Die Waluguru wetteiferten beim Übersetzen, denn nun sprudelten die Worte nur so aus ihr heraus. Nein, in die Savanne sei er geritten. Der *daktari* sei ein Medizinmann. Ein großer Magier. Er habe viel Kraft und könne auf den Wolken laufen. Blitz und Donner gehorchten ihm. Der Sturm habe ihn hinüber in die Savanne getragen, dort gehe er mit den Büffeln und Gnus, die jetzt immer weiter nach Westen zögen, dem Wasser hinterher, den fetten Weiden …

»Am Ende haben sie sie hiergelassen, weil sie nicht ganz dicht im Oberstübchen ist«, bemerkte Jeremy, dem die Antworten überhaupt nicht gefielen. »Falls die Eingeborenen Ihrem Mann tatsächlich ein Maultier gegeben haben, dann ist er ganz sicher nach Norden geritten, um die Bahnstation Morogoro zu erreichen.«

Er ordnete an, dass man der Alten noch einmal zu trinken geben sollte, und zog Charlotte beiseite, um in Ruhe mit ihr sprechen zu können.

»Weshalb sollte sie uns anlügen, Jeremy?«, gab diese zu bedenken. »Vielleicht fürchtete George den schmalen Bergpfad und wollte lieber durch die Savanne reiten?«

»Allein? Ohne Lebensmittel? Ohne Waffe? Oder glauben Sie, man hat ihm sein Gewehr gelassen?«

»Vielleicht wollte er durch die Savanne nach Kilossa gelangen. Dort ist inzwischen auch eine Bahnstation. Oder aber nach Iringa …«

Zum ersten Mal, seit sie unterwegs waren, wurde er ungehalten.

»Kilossa! Das ist mehr als doppelt so weit wie nach Morogoro! Kein Mensch, der bei klarem Verstand ist, würde versuchen, dorthin zu gelangen. Und schon gar nicht nach Iringa! Das sind noch einmal gut zweihundert Kilometer durch Savannen und Regenwälder.«

»Aber … wenn er tatsächlich die Pocken hatte, dann ist er ganz sicher nicht zu einer Bahnstation geritten, Jeremy. Er hätte doch niemanden anstecken wollen …« Jeremy starrte sie durchdringend an, und sie begriff, dass sie vollkommenen Unsinn redete. Wenn George die Pocken gehabt hätte, dann wäre er nicht weit gekommen, auch nicht bis Morogoro.

»Hören Sie, Charlotte«, sagte der Engländer sanft. »Wir werden folgendermaßen vorgehen …«

Ein zorniger Ruf unterbrach ihn, ein zweiter folgte, dann ertönte Johannes Kigobos helles, ein wenig schadenfrohes Gelächter.

»Altes Weib ist flink wie Erdmännchen … Schnell wie Salamander …«

Die alte Frau hatte einen Moment abgewartet, in dem niemand auf sie achtete, und sich dann mit einigen flinken Sprüngen in Sicherheit gebracht. Trotz ihrer Ausgezehrtheit schien sie über außergewöhnliche Körperkräfte und sehr viel Geschicklichkeit zu verfügen. Eine Weile suchten die Schwarzen nach ihr, schauten in alle Hütten und sahen hinter die kärglichen Büsche, doch die Alte blieb verschwunden.

»Vielleicht sie ist doch *mpepo*«, überlegte Jonas Sabuni sorgenvoll. »Aber wir nicht wissen, ob gute oder schlimme *mpepo.* Zum Glück ist Jesus große *bwana* und herrscht über alle Zauberer.«

»Es ist überflüssig, nach mir zu suchen«, sagte George lächelnd und rückte seine goldgerandete Brille zurecht. »Ich bin doch bei dir, Charlotte.«

»Das bist du nicht.«

Er saß ein wenig unbequem auf dem steifen, geschnitzten Schreibtischsessel aus dunklem Holz. Das Möbelstück gehörte ins Arbeitszimmer von Pastor Henrich Dirksen, ihrem Großvater, aber sie hatten es hinunter in die Wohnstube getragen, weil die Familie zu Besuch kam und die Stühle nicht ausreichten.

»Ich bin immer bei dir, mein Schatz. Seitdem du fünfzehn bist, ist es so gewesen, und ich weiß, dass es niemals enden wird. Wir können einander gar nicht verlieren, Charlotte.«

Er hatte die Beine übereinandergeschlagen und neigte sich jetzt zur Seite, um ein Buch zur Hand zu nehmen, das auf dem geschlossenen Deckel der Klaviertastatur lag. Neben dem Klavier befand sich ein Wandschirm, der mit dunkelroter Seide bespannt war, darauf sah man die zarten Silhouetten zweier Kraniche mit silbernen Krönchen auf den Köpfen.

»Aber … aber ich vermisse dich, George«, hörte sie sich schluchzen. »Du liegst nicht bei mir in der Nacht, ich spüre deinen Körper nicht, ich höre dich nicht, ich kann dich nicht sehen …«

»Du musst Geduld haben, Emily. Was sind schon ein paar Wochen?«

Das war die Stimme ihres Vaters. Wie seltsam, dass sie sich nach so vielen Jahren an den Tonfall erinnerte, und auch dieser Satz war ihr im Gedächtnis geblieben. Er war nicht an sie gerichtet gewesen, sondern an ihre Mutter, die in der Nacht geweint hatte, weil Kapitän Dirksen wieder auf große Fahrt ging. Nun hörte sie auch das Meer rauschen, wild und bedrohlich schlugen die Wellen gegen den hölzernen Bug des Seglers, zerteilten sich schäumend und sprühten als weißliche Gischt über das Deck. Das Schiff tauchte vor ihren Augen auf, der schöne, stolze Segler, den sie als Kind so oft vor Augen gehabt hatte. Auf diesem Schiff fuhren ihre Eltern und der kleine Jonny bis in alle Ewigkeit über das blaue Meer …

Ein lautes Knattern riss sie aus dem Schlaf, und sie begriff, dass sich eine kräftige Bö in der Zeltplane verfangen hatte. Schon seit dem gestrigen Abend strich der Wind heulend und zischend um ihr Lager, vermutlich hatte sie deshalb auch so verrückte Träume. Sie stieß mit dem Kopf gegen die schräge Zeltplane, als sie sich hastig aufsetzte, und vernahm ein tiefes, feindseliges Knurren.

»Simba? Simba, wo bist du?«

Der Hund hatte gestern Abend noch bei ihr im Zelt gelegen, jetzt aber schien er draußen etwas gewittert zu haben. Sie tastete nach den Streichhölzern und entzündete die Laterne, warf sich eine Jacke über und kroch aus dem Zelt. Aufwirbelnder Staub empfing sie, Wolken strichen wie flatternde, ausgefranste Tücher über den Himmel und ließen nur hie und da ein wenig Sternenlicht erahnen. Undeutlich erkannte sie im Schein der Laterne die Silhouette eines angepflockten Maultiers, dort waren auch die Reste der Feuerstelle, an der sie noch gestern Abend gesessen hatten, der Kessel, die Blechkanne, ein paar Becher und Teller. Die Asche hatte der Wind längst in alle Richtungen verweht; wie der umherirrende Laternenschein ihr zeigte, hatte die Zeltplane wohl auch einen Teil davon abbekommen.

Wo war denn nur der Hund? Sein Knurren war zu einem zornigen Kläffen geworden, so dass sie vorsichtshalber ins Zelt zurückkroch, um ihr Gewehr zu holen. Es musste gut eine Stunde vor Sonnenaufgang sein, die Schwarzen schliefen noch, nur Johannes Kigobo und Jonas Sabuni waren schon wach und mit Jeremy auf die Jagd gegangen.

»Simba! Hierher!«

Im Schein der Laterne erkannte sie einen großen Schatten, der Kupferkessel klapperte, als Simba ihn versehentlich streifte. Simba hechelte aufgeregt und leckte Charlottes Hand.

»Was ist los?«, murmelte sie und kniete sich vor ihn hin. »Ein Löwe? Ein Gepard? Passt du gut auf unsere Maultiere auf?«

Die schwarzen Augen des Hundes glänzten im Lichtschein. Liebevoll stupste er mit der feuchten Schnauze gegen ihre Wange. Nein, dachte Charlotte, es war wohl kein Raubtier in der Nähe, sonst hätte er sich nicht so schnell beruhigt, und auch die Maultiere waren vollkommen gelassen. Wenn sich der Wind für einen kleinen Moment legte, konnte man in der Ferne das seltsame, unheimliche Lachen der Hyänen hören, aber die griffen niemals einen Lagerplatz an, dazu waren sie zu feige.

»Komm, Simba.«

Sie zog den Hund ins Zelt hinein, um sich vor Wind und Staub zu schützen, und beschloss, noch ein wenig zu dösen, bis Jeremy zurückkam. Die Vorräte gingen zur Neige, daher war es leider notwendig, dass er nun immer wieder Tiere erlegte, doch er ließ seine Beute niemals leiden. Jeremy war ein guter Schütze, das wusste sie von ihren beiden Waschamba, die ihn stets auf die Jagd begleiteten. Besonders Jonas Sabuni war voll des Lobes und behauptete, *bwana* Brooks könne ein Impala noch mit geschlossenen Augen treffen, er sei wie der Geist der Savanne, lautlos, tödlich und barmherzig.

Charlotte hatte sich durchgesetzt und Jeremy schließlich dazu überredet, wenigstens bis Kilossa durch die Savanne zu reiten. Dafür hatte sie ihm das Versprechen geben müssen, sich nicht länger als unbedingt nötig in Kilossa aufzuhalten und anschließend mit der Zentralbahn auf direktem Weg nach Daressalam zurückzufahren. Es sei unsinnig, ohne Plan und Ziel umherzustreifen, auf diese Weise werde sie George ganz sicher nicht finden, es sei denn, der Zufall wehe ihn ihr genau vor die Füße, was nicht allzu wahrscheinlich war.

»Sie werden das nicht mehr lange mitmachen können, Charlotte«, hatte er besorgt zu ihr gesagt. »Selbst für einen Mann ist das hier ein harter Ritt. Was wollen Sie tun, wenn Sie krank werden?«

»Ich werde nicht krank, Jeremy. Nicht bevor ich George gefunden habe!«

Er hatte einen seltsam krächzenden Laut ausgestoßen, der klang, als bleibe ihm das Lachen im Halse stecken. »Sie sind weiß Gott die sturste Person zwischen London und Kapstadt, die mir je über den Weg gelaufen ist!«, hatte er gemurmelt, doch sie meinte, in seiner Stimme eine gewisse Achtung mitschwingen zu hören.

Die Savanne war Ende August staubtrocken, die letzten Grasinseln ergraut, zahlreiche Flussarme, die noch vor wenigen Tagen Wasser geführt hatten, hatten sich in schlammige Rinnsale verwandelt. Auch der Schlamm überzog sich bald mit einer harten Kruste, die aufplatzte wie eine Wunde, die nicht verheilen will. Einmal sahen sie ein großes Tier, ein Flusspferd oder einen Elefanten, das in einer Schlammgrube gefangen und somit dem Tod preisgegeben war; das unglückliche Wesen regte sich nicht mehr, doch es war noch Leben in ihm, das bewies der respektvolle Abstand, den Hyänen und Geier zu ihm hielten.

Unbarmherzig lag die brütende Hitze auf der ausgedörrten Landschaft und machte jede Bewegung zur Qual. Charlottes Augen brannten, ihre Lippen waren aufgesprungen, und die schwarzen Silhouetten der Akazien schienen in der flimmernden Ferne wie bewegliche Bilder an ihr vorbeizuziehen.

Wonach suchten sie? Die Spuren, die Georges Maultier hinterlassen hatte, waren längst verweht. Und doch musste er diesen und keinen anderen Weg geritten sein, das bestätigte sogar der beständig zweifelnde Jeremy, und auch die Schwarzen gaben ihm recht. Der Weg nach Kilossa verlief an verschiedenen Flussläufen entlang, von denen die größeren auch jetzt noch Wasser führten, ein schmales Rinnsal zwar, aber es reichte, um den Durst zu stillen. Am zweiten Tag trafen sie auf eingeborene Jäger, die einer Herde Gnus folgten. Jeremy gelang es, ihr Vertrauen zu erwerben, indem er zwei Gnus schoss und ihnen eins davon zum Geschenk machte. Doch weder die Waluguru noch die übrigen Schwarzen verstanden die Sprache dieses Jäger- und Hirtenvolks, das groß und schlank gewachsen war und Ähnlichkeit mit den Massai hatte. Nur das Wort *daktari,* war ihnen ein Begriff. Sie wiesen mit den Händen nach Norden, beschrieben mit Gesten ein Gebäude, und einer von ihnen rieb sich die Brust und verzerrte das Gesicht. Ein Haus für Kranke. Eine Klinik. Und dann nannten sie den Namen des Ortes: Iringa. Dort gab es *daktari.* Auch *bwana daktari.* Viele *bwana daktari.*

»Er ist nicht in Iringa, Charlotte«, stöhnte Jeremy. »Aber wenn wir in Kilossa sind, telefonieren wir dorthin. Klar? Wir telefonieren mit sämtlichen Poststationen der Kolonie. Mit allen Kliniken. Bis die Leitungen bersten – das gelobe ich feierlich!«

»Beruhigen Sie sich, Jeremy. Habe ich gesagt, dass ich nach Iringa reiten will?«

Noch vor Tagen hätte sie das tatsächlich gefordert, jetzt aber hatte ihr der beständige Anblick der schier unendlichen, lebensfeindlichen Savanne allen Mut genommen. Sie fühlte sich von Tag zu Tag erschöpfter, kämpfte mit Fieberanfällen und schluckte fleißig von dem Chininpulver, das sie in einem kleinen Glasfläschchen mit sich führte. Jeremy sagte sie nichts davon, schon weil sie nicht zugeben wollte, dass er recht behalten hatte. Ohnehin hätte es wenig Sinn gemacht, jetzt über

Schwäche zu klagen. Sie waren nach Kilossa unterwegs, weil sie es so gewollt hatte, und jetzt würde sie sich auch durchbeißen. Es konnte nicht mehr weit sein, der dünne Wasserarm, dem sie seit gestern folgten, führte direkt dorthin, das hatten die eingeborenen Jäger ihnen bestätigt. Ihr Instinkt sagte ihr, dass sie auf dem rechten Weg waren.

Der Hund hatte sich neben ihrem Lager ausgestreckt und hielt den lästigen Wind von ihr ab, der immer wieder unter die Zeltplane griff. Jetzt, da Jeremy noch unterwegs war, suchte sie Simbas Schutz. Sie fühlte sich in seiner Nähe einfach sicherer, dabei besaß sie doch ein Gewehr und konnte sich damit recht gut selbst verteidigen.

Die Dämmerung wurde langsam durchsichtiger. Charlotte streckte den Arm nach ihrer Feldflasche aus. Mit Schlafen oder wenigstens Dösen würde es wohl doch nichts mehr werden, deshalb wollte sie rasch ihre Dosis Chinin einnehmen, bevor Jeremy zurückkehrte, und dann die Schwarzen wecken. Sie konnten schon einmal Feuer machen und Tee kochen, Holz war noch genügend vorhanden, da sie gestern die vertrockneten Äste einer Akazie abgeschlagen hatten.

Das Chinin schmeckte bitter, und sie wusste, dass ihr davon schwindelig werden würde, aber das war immer noch besser, als Fieber zu bekommen. Angewidert schüttelte sie sich, trank noch etwas Wasser und schraubte den Deckel auf die Feldflasche. Dann setzte sie den Tropenhelm auf und kroch aus dem Zelt.

Eine Windbö hätte ihr den Helm vom Kopf gerissen, hätte sie nicht schnell danach geschnappt, und im Nu war sie von einer dichten Staubwolke umgeben, die ihr fast die Luft nahm. Hustend und keuchend versuchte sie, im schwachen Licht des anbrechenden Morgens etwas zu erkennen. Laut rief sie die Namen ihrer Träger, doch der Wind trug ihre Stimme davon.

Wo waren die Schwarzen überhaupt? Sie hatten gestern Abend einen Windschutz aus Tüchern gleich bei ihren Maultieren gebaut und sich dicht aneinandergedrängt zum Schlafen gelegt. Jetzt, da Landschaft und Gegenstände als graue Schemen aus der Nacht auftauchten, konnte Charlotte nichts mehr davon entdecken. Da waren keine aufgespannten Tücher, auch keine Lagerstätten – ja, nicht einmal mehr die Maultiere.

»Sie sind weg! Verdammt noch mal – wieso machen sie sich jetzt davon, wo wir fast am Ziel sind?«, rief Charlotte entsetzt aus.

Zornig kämpfte sie sich durch den Staub, um den verlassenen Lagerplatz genauer in Augenschein zu nehmen. Sie hatten alles mitgenommen, diese Gauner: die Decken und Zelte, die Waffen, die Buschmesser, das Geschirr und natürlich die Maultiere samt den Sätteln, die sie in Morogoro gekauft hatte. Auch der Besitz der beiden Waschamba und Jeremys Gepäck waren verschwunden – die drei besaßen also nichts mehr, außer dem, was sie auf die Jagd mitgenommen hatten. Sie selbst trug zwar das restliche Geld in einem Lederbeutel um den Hals, aber lebensnotwendige Dinge wie die Streichhölzer, der Rest ihrer Vorräte und der größte Teil der Munition waren verloren.

»Du blöder Hund!«, schalt sie Simba, der hinter ihr herlief und den Boden beschnüffelte. »Sie haben sich davongemacht, während wir beide im Zelt lagen. Weshalb hast du mich nicht gewarnt?«

Nein, Simba war kein Wachhund und auch als Jagdhund nicht zu gebrauchen. Wozu war dieser Fellberg überhaupt gut? Abgesehen davon, dass er ständig hinter ihr herlief und anderen mit seiner Größe Angst einflößte, taugte er zu gar nichts.

»Such! Wohin sind sie geritten?«

Simba lief im Kreis herum, nieste mehrfach und schaute sie hilflos an. Ein Lachen erklang irgendwo draußen in der Savanne, melodisch und höhnisch zugleich, ein zweites folgte, dann mischte sich ein trauriges Heulen darunter. Die Hyänen waren unterwegs. Vielleicht kehrten Jeremy und die Waschamba mit einem erbeuteten Gnu zurück, und die Aasfresser leckten sich schon die Lefzen.

»Hörst du, wie sie uns auslachen?«, murmelte Charlotte verärgert und kroch ins Zelt zurück, um ihr Gewehr zu holen. Als sie wieder daraus hervorkam, entdeckte sie in einiger Entfernung einen rechteckigen, dunklen Gegenstand auf dem staubigen Boden. Eine kleine Pappschachtel mit Gewehrpatronen! Vermutlich war sie den Dieben in der Dunkelheit verloren gegangen – hier entlang mussten sie geritten sein.

Charlotte schäumte vor Wut über diesen hinterhältigen Anschlag. Oh, wie schlau hatten sie es eingerichtet – mit den Maultieren würden sie heute noch Kilossa erreichen, dort konnten sie das Diebesgut verkaufen und anschließend mit der Zentralbahn auf Nimmerwiedersehen davonfahren. Sie, die Bestohlenen, hingegen würden die Strecke zu Fuß zurücklegen müssen, damit waren sie langsamer und außerdem allen möglichen Gefahren ausgesetzt.

Charlotte lief zu der verlorenen Patronenschachtel hinüber, hob sie auf und schaute nach, ob vielleicht noch mehr Gegenstände zu finden waren. Der Wind heulte und blies kleine rötliche Staubwirbel empor, die wie kreiselnde Derwische über die Savanne tanzten. Schmale Schatten glitten an ihr vorbei wie graue Tücher, die ein Lufthauch vorüberwehte. Sie hörte Simbas warnendes Knurren, drohend sträubte der große Hund sein Nackenfell.

Lag dort drüben nicht ein Taschenmesser? Eines von den hübschen, wenn auch nicht besonders haltbaren Dingern, die sie Josef Gebauer als Zugabe abgehandelt hatten? Sie lief ein paar Schritte in die Savanne hinein, bückte sich und stellte enttäuscht fest, dass es einfach nur ein Stückchen Holz war, das Wind und Sonne glatt geschliffen hatten. Als sie sich aufrichtete, wurde ihr schwindelig, und sie kämpfte einen Moment lang gegen die aufsteigende Schwärze an. Es musste an diesem seltsamen Licht liegen, das sich jetzt wie ein schwefelgelber Schleier von Osten her über die Savanne legte … Simbas tiefes Bellen brachte sie wieder zu sich. Was war denn nur los mit ihm? Er geiferte, geriet völlig außer sich, als wäre er kurz davor, sich auf einen unsichtbaren Gegner zu stürzen. Charlotte blickte sich suchend um. Wo war überhaupt ihr Zelt? Der Lagerplatz? Eine Windbö hatte alles um sie herum in rötlichen Staub verwandelt und nahm ihr nahezu vollständig die Sicht.

Simba bellte weiter, und jetzt vernahm sie trotz des Windes ein jämmerliches Winseln, ein klagendes Gelächter. Dann ein Geräusch, das wie Hundegebell klang und doch wieder ganz anders, heller, gefährlicher, mit einem zischenden Schnaufen gemischt. Die Hyänen, dachte sie. Sie sind hungrig und streifen hier umher. Wenn es viele sind, können sie dem armen Simba gefährlich werden.

Als sich der Wind endlich legte, konnte sie die hundeartigen Raubtiere sehen, die ganz in ihrer Nähe herumschlichen, die Schnauzen vorgestreckt, die Rücken gewölbt, als wollten sie zum Sprung ansetzen. Stets waren sie zu zweit oder zu dritt, ihre gierigen rötlichen Augen blitzten. Charlotte nahm das Gewehr vom Rücken, entsicherte die Waffe und gab einen Schuss in die Luft ab. Vielstimmiges Geheul war die Antwort, die Raubtiere stoben davon, und sie hörte ihr melodisches Gelächter, das so unfassbar menschlich klang und gerade deshalb etwas Unheimliches an sich hatte.

»Komm jetzt, Simba. Zurück zum Zelt.«

Der Hund umstrich sie knurrend, schien sie in eine bestimmte Richtung schieben zu wollen, und da sie selbst unsicher war, wo sich das Zelt befand, gab sie seinem Drängen nach. Jeremy und die beiden Waschamba konnten nicht weit sein, bestimmt hatten sie ihren Schuss gehört. Gerade als sie den Hund schelten wollte, der ihr beständig vor die Füße lief, sah sie, dass die Hyänen zurückkehrten. Der Schuss hatte sie nur kurz abgeschreckt, jetzt tauchten sie gleich aus mehreren Richtungen auf, näherten sich zu dritt oder gar zu viert, angriffslustig, zum Sprung bereit.

Aber Hyänen waren doch Aasfresser! Sie griffen niemals andere Tiere an und Menschen schon gar nicht … Oder gab es hier in der Savanne andere Arten?

Sie wollte das Gewehr nachladen, aber die Patronen, die die Diebe verloren hatten, gehörten nicht zu ihrer Büchse, sie passten nur in Jeremys Jagdgewehr. Hastig durchsuchte sie ihre Jackentaschen – wieso legte sie eigentlich niemals den Patronengürtel an? Ach, sie hatte sich auf ihre männlichen Beschützer verlassen, und jetzt, da sie Schutz benötigte, war niemand zur Stelle.

Außer Simba. Als die Leithyäne den ersten Angriff wagte, stellte er sich mutig dem ungleichen Kampf. Um sein Frauchen zu schützen, nahm er es mit einer ganzen Horde hungriger, zu allem bereiter Raubtiere auf, während Charlotte nicht mehr tun konnte, als mit dem Gewehrkolben um sich zu schlagen. Simba stürzte vor und schnappte zu, dann wich er zurück, um sich dem nächsten Angreifer zu widmen. Er trotzte den heranstürmenden Bestien, fing deren wütende Bisse mit seinem Körper ab und biss zurück, so gut er es vermochte. Helles Blut lief aus seinem Maul, färbte das Fell an seinen Ohren, sickerte von den Bisswunden an seinem Hals hinab ins Brustfell und färbte den Sand tiefrot. Lange könnte er dem Angriff der Meute nicht mehr standhalten, dachte Charlotte, sein drohendes Bellen wurde schon schwächer, und sie hörte, wie er anfing zu röcheln. Schlagartig wurde ihr klar, dass sie die Beute war, um die diese geifernden Räuber kämpften, frisches Fleisch, wäre der Hund nicht, wäre sie längst verloren. Der Schuss klang aus der Entfernung wie ein Peitschenknall, dann hörte sie Jeremys keuchende Stimme.

»Bleiben Sie stehen. Rühren Sie sich nicht!«

Weitere Schüsse peitschten. Charlotte verharrte reglos auf der Stelle und spürte, wie eine eisige Kälte in ihr emporkroch. Das helle Jaulen einer getroffenen Hyäne drang ihr ans Ohr. Schatten tauchten aus dem rötlichen Dunst der Staubwolken auf, sie hörte Männer brüllen, sah zwei Schwarze mit wütenden Bewegungen Stöcke und Steine nach den Hyänen werfen, dann verschwamm ihr Blick, und ihr wurde schwarz vor Augen. Zwei kräftige Arme umfassten sie.

»Charlotte! Charlotte!«

Sie schwebte. Über sich sah sie den blassblauen Morgenhimmel, an dem die Wolken vorüberjagten, und Jeremys angstvoll aufgerissene Augen, so nah wie nie zuvor. Sie spürte den salzigen Geschmack seiner Lippen. Konnte es sein, dass der Engländer sie küsste, immer wieder seine Lippen auf die ihren presste? Eine alles überdeckende Mattigkeit breitete sich in ihr aus, ihr Schädel pochte so heftig, dass sie meinte, er müsste zerspringen. Dazwischen vernahm sie immer wieder Worte, Sätze, deren Sinn sie nicht verstand.

»… du hast nach Spuren von ihm gesucht, nicht wahr? … Was willst du noch alles tun, um ihn zurückzubekommen? … Welchen Wahnsinn willst du noch begehen … aus Liebe … aus Liebe …«

»Das sein Werk von böser *mpepo.*«

»Von *sheitani*!«

»Es ist gut, Johannes Kigobo. Sie braucht vor allem Wasser …«

Die runde Trinköffnung einer Feldflasche presste sich gegen ihre Lippen. Sie hustete.

»Nur einen Schluck. Nun kommen Sie schon, Charlotte. Trinken Sie, das bringt Sie wieder auf die Beine …«

»Wo ist Simba?«, krächzte sie. »Ihr müsst den Hund retten …«

Sie trank ein wenig Wasser, dann sank ihr Kopf erschöpft zur Seite, jemand strich ihr zärtlich das aufgelöste Haar zurück und legte ein feuchtes Taschentuch auf ihre Stirn. Mühsam öffnete sie die Augen und begriff, dass man sie ins Zelt getragen hatte. Jeremys Gesicht neigte sich über sie, sein rötlicher Bartflaum ließ ihn fremd erscheinen.

»Wir haben die Biester verjagt, Sie brauchen sich keine Sorgen zu machen«, sagte er leise.

»Aber wo ist er? Er ist verletzt …«

Jeremy blickte zur Seite. Er nahm das feuchte Tuch von ihrer Stirn und drehte es um, damit es mehr Kühlung brachte, dann beschloss er, ihre Frage wahrheitsgemäß zu beantworten.

»Er ist verschwunden, Charlotte. Wir haben nach ihm gesucht, aber er war nicht zu finden …«

Sie wollte aufspringen und begriff erst jetzt, dass sie in seinen Armen lag, den Kopf auf seine Knie gebettet.

»Sie werden nichts ausrichten, Charlotte«, murmelte er. »Die Hyänen haben ihn mitgenommen …«

»Lassen Sie mich los! Ich muss nach Simba schauen …«

Hilfloses Schluchzen schüttelte sie, und sie schlug gequält die Hände vors Gesicht. Simba, ihr treuer Gefährte, ihr mutiger Beschützer – weshalb hatte sie ihm nicht helfen können? Weshalb hatte ihm ein so schreckliches Ende zuteilwerden müssen?

»Weinen Sie nicht, Charlotte«, hörte sie Jeremy flüstern. »Dieser Bursche starb im Kampf, und er hat so manchen Feind mit über die große Brücke genommen. Er hat Ihnen das Leben gerettet – vielleicht war das seine Bestimmung.«

Auch wenn ihre Tränen weiterflossen, hatten sie seine Worte

auf seltsame Art und Weise beruhigt. Schweigend hielt er sie in seinen Armen, und sie entzog sich ihm nicht. Sie duldete, dass er mit dem Taschentuch über ihr feuchtes Gesicht wischte, ihre Tränen trocknete, und spürte, wie sich ihr Körper entspannte.

»Heute Abend, spätestens morgen früh werden wir Kilossa erreichen«, flüsterte er. »Dann sehen wir weiter, Charlotte.«

»Aber wir haben keine Maultiere …«

»Wir schaffen es auch so!«

Sie drehte den Kopf und blickte in sein lächelndes Gesicht, das voller Zuversicht und Zärtlichkeit war.

»Weshalb tun Sie das alles für mich, Jeremy?«, murmelte sie kaum hörbar. »Das bringt Ihnen doch nichts außer einer Menge Scherereien.«

»Ich liebe Scherereien. Vor allem solche, die Sie mir bereiten …«

Eine halbe Stunde später hatte sie sich so weit erholt, dass sie den Fußmarsch durch die morgendliche Savanne antreten konnten. Der Wind hatte nur etwas nachgelassen, er fegte immer noch in wütenden Böen über die ausgedörrte Landschaft, düstere Wolken jagten über den Himmel. Charlotte vermied es, nach der Stelle Ausschau zu halten, an der Simba sie verteidigt hatte, die Spuren des ungleichen Kampfes verwehte längst der Wind. Hin und wieder ertönte lautes Donnern, erste Vorboten der kommenden Regenzeit. Doch der große Regen würde erst in einem Monat einsetzen, und die Blitze, die den Horizont erhellten, kündeten nur vom Zorn der afrikanischen Savannengötter.

Gegen Mittag trafen sie auf Eingeborene, die ihnen erzählten, dass ihr Heimatdorf im Osten läge; dort gebe es viel Wasser und große Mückenschwärme.

»Das sind die Sümpfe südöstlich von Kilossa«, meinte Jeremy. »Die sollten wir besser meiden, bevor wir uns dort noch Malaria einhandeln.«

Sie bauten das Zelt unweit des Flusses auf und hielten abwechselnd Wache. Die großen Gnu- und Zebraherden waren zwar schon nach Westen gezogen, doch es gab immer noch hungrige Raubtiere, die sich in der Nacht am Wasser herumtrieben. Charlotte war zu Tode erschöpft, dennoch beharrte sie darauf, genau wie die Männer zur Wache eingeteilt zu werden. Wenn Johannes Kigobo oder Jonas Sabuni das Lager hüteten, kroch Jeremy zu Charlotte ins Zelt und streckte sich neben ihr aus. Sie verwehrte es ihm nicht. Seine schützende Nähe war angenehm, auch gefiel es ihr, leise Worte mit ihm zu wechseln, doch beide achteten streng darauf, einander nicht zu berühren. Wenn er eingeschlafen war, konnte sie seinen Atem vernehmen, manchmal bemerkte sie auch, wie er verhalten mit den Zähnen knirschte. Einmal glaubte sie, sein Herz klopfen zu hören, doch es war wohl eher ihr eigenes, das in dieser Nacht sehr unruhig ging.

Oktober 1909

Kleine Kumuluswölkchen ballten sich über der Bucht von Daressalam zusammen, ohne die Kraft der späten Septembersonne mildern zu können. Bald schon bräche der Oktober an, in Deutschland wäre Herbst. Das Wasser hatte das tiefe Blau des Himmels angenommen, Wellen glitzerten im Morgenlicht und rollten mit sachten, streichelnden Bewegungen über den weißen Sand. Auf der gegenüberliegenden Seite der Bucht blitzten die weißen Segel der Fischerboote, man konnte sehen, wie die Schwarzen mit gelassenen Bewegungen ihre Netze auswarfen und sich dann im Boot niederließen, um geduldig auf das zu warten, was Allah ihnen bescherte.

»Sie müssen nicht bis zum Landungssteg mitgehen, Charlotte«, sagte Jeremy. »Wir können uns auch hier voneinander verabschieden.«

Sie befanden sich bei den Arkaden des Zollgebäudes, eines lang gezogenen weißen Kolonialbaus, der sich oberhalb der Hafenanlage erstreckte. Drüben in dem schmalen, türkis schimmernden Kanal, der Hafenbecken und Indischen Ozean miteinander verband, näherte sich beharrlich tuckernd der Küstendampfer.

»Aber weshalb denn, Jeremy?«, widersprach Charlotte. »Glauben Sie vielleicht, ich störte mich daran, mit Ihnen zusammen gesehen zu werden?«

Sie hatte sich bei ihm eingehakt und spürte, wie er dankbar ihren Arm drückte. Jeremy Brooks war ein guter Freund, ein verlässlicher Beschützer – was ging sie das Gerede der Leute an? Es gab nichts zwischen ihnen beiden, das man vor der Öffentlichkeit hätte verbergen müssen.

»Ich möchte Sie trotzdem bitten, jetzt umzukehren, Charlotte. Es wird mir leichter fallen, Ihnen hier im Schatten des Zollhauses Lebewohl zu sagen, als dort unten im Gewimmel der Leute.«

Sie hörten die helle Glocke, die die Ankunft des Küstendampfers ankündigte. Unten am Strand betraten die ersten Fahrgäste den Landungssteg, das übliche Gedränge bahnte sich an. Vor allem die Träger mit ihren Kisten und Warenballen bemühten sich, einen guten Platz auf dem Steg zu ergattern. Es galt, den Aussteigenden nicht im Weg zu sein, zugleich aber in günstiger Position zu stehen, um als einer der Ersten aufs Schiff zu gelangen. Das ging selten ohne Gerangel und laute Wortgefechte ab, so dass die deutschen Behörden bereits mehrfach eine Gruppe Askari geschickt hatten, um Ruhe und Ordnung aufrechtzuerhalten.

Charlotte zeigte sich einsichtig. Vermutlich hatte Jeremy recht, dort unten würde man kaum sein eigenes Wort verstehen. Außerdem fürchtete sie sich vor diesem Abschied, und obgleich sie darauf bestanden hatte, Jeremy zum Hafen hinunter zu begleiten, wäre sie froh, wenn sie die Sache schnell hinter sich bringen könnte. Sie hatte noch die bekümmerten Mienen ihrer beiden treuen Waschamba vor Augen, die mit Geschenken und Gepäck beladen vorausgegangen waren und jetzt unten am Steg auf Jeremy warteten.

»Herz ist schwer«, hatte Johannes Kigobo zu ihr gesagt. »Wenn *bibi* Johanssen wieder zu uns kommt, wir alle werden lachen. *Bibi* und *bwana* Siegel. Und auch Martha Mukea. Und Schammi. Wir alle sind glücklich, wenn *bibi* Johanssen wohnt mit uns in Neu-Kronau.«

Es hatte ihr leid getan, dass sie ihm wenig Hoffnung machen konnte. Neu-Kronau war ihr lieb und teuer, doch es war nicht der Ort, an den sie jetzt gehörte. Ihr Platz war hier, in der Villa in Daressalam, hier würde sie bleiben, bis George zurückkehrte. »Dann also …«, sagte sie gedehnt zu Jeremy und blieb stehen. »Ich schulde Ihnen unermesslichen Dank, Jeremy. Sie haben mir so treu zur Seite gestanden und mir sogar das Leben …«

»Hören Sie auf damit!«, knurrte er und blieb ebenfalls stehen. »Ich wünschte verdammt noch mal, ich hätte mehr für Sie tun können. Sie haben es verdient, glücklich zu sein, Charlotte.«

Charlotte lächelte. Sie hatten Anrufe getätigt und Telegramme verschickt, mündliche Erkundigungen eingezogen, gute Bekannte und offizielle Stellen um Nachricht gebeten – nichts. Wohlmeinende Freunde erzählten ihr, es habe Reisende gegeben, die monatelang als verschollen galten und dann urplötzlich wieder aufgetaucht waren. Die meisten ließen jedoch durchblickten, dass Dr. George Johanssen ihrer Ansicht nach längst tot war. Von den Eingeborenen erschlagen, am Fieber oder möglicherweise auch an den Pocken gestorben. Schließlich waren seit seinem Verschwinden nunmehr gute sechs Wochen vergangen, da wäre er doch längst in die Zivilisation zurückgekehrt, wäre es ihm irgendwie möglich gewesen. Der Südostwind zerrte an dem Tuch, das sie um den Kopf geschlungen hatte, und ließ ihr Kleid flattern. Hier, in Daressalam, hatte sie sich wieder in eine Dame verwandelt, sie trug die Kleider, die George so gefallen hatten, auch die Schuhe, die er für sie hatte anfertigen lassen. Einzig den zierlichen weißen Sonnenschirm, den er ihr einmal aus Tanga mitgebracht hatte, hatte sie noch nie benutzt. Damals hatte sie ihn schrecklich ausgelacht und ihn gefragt, ob er tatsächlich vorhabe, eine englische Lady aus ihr zu machen.

»Sie haben weiß Gott genug für mich getan, Jeremy«, sagte sie nun mit unsicherer Stimme. »Ich hätte mir wirklich gewünscht, Sie noch ein wenig länger in Daressalam zu behalten, aber …«

»Sie sind gut bewacht, Charlotte«, erwiderte er grinsend. »Und ich respektiere Ihre kleine Wächterin.«

Jeremy war einige Tage in ihrer Villa zu Gast gewesen, und Charlotte hatte seine Gegenwart als sehr angenehm empfunden, denn er lenkte sie von ihrem Kummer ab. Sie weihte ihn in die Kunst des Photographierens ein, lieh ihm Bücher und spielte ihm auf dem Klavier vor, oft saßen sie auch einfach nur miteinander im Garten und unterhielten sich. Es waren selten tiefgründige Gespräche, da Jeremy ein großes Talent darin bewies, ernsthaften Fragen auszuweichen. Dafür heiterte er sie auf und machte ihr Mut; oft schwatzte er auch allerlei Unsinn, um sie zum Lachen zu bringen. Sobald jedoch Elisabeth am Nachmittag aus der Schule zurückkehrte, war es mit der Ruhe in der Villa vorbei. Schon in Neu-Kronau hatte das Mädchen seine Abneigung gegen Jeremy Brooks deutlich gemacht, jetzt, da sie auf engem Raum miteinander wohnten, war es zu unschönen Szenen gekommen – Elisabeth war eifersüchtig auf Jeremy, und sie achtete peinlichst genau darauf, dass er nicht den Platz ihres geliebten Adoptivvaters einnahm.

»Er macht dir Komplimente«, hatte sie ihrer Mutter eines Abends vorgeworfen, als sie unter sich waren, und Charlotte, die spürte, dass ihre Tochter längst nicht mehr der unbedarfte kleine Wildfang war, der kaum Regeln und Grenzen kannte, musste sich alle Mühe geben, nicht verlegen zu werden. In wenigen Tagen würde Elisabeth ihren zehnten Geburtstag feiern, und sie hatte verkündet, sich nur eines zu wünschen: George solle kommen – alles andere sei ihr gleich.

»Es stimmt, Mama«, hatte sie beharrt, als Charlotte sie streng zurechtwies. »Und er starrt dich immer nur an. Er soll wegfahren, auf die Plantage oder besser noch ganz weit fort, ans Ende der Welt!«

Jeremy hatte sich anfangs um Elisabeth bemüht, er schlug vor, an den Abenden gemeinsame Spiele zu machen, versuchte, sie durch seine Geschichten zu fesseln, doch das Mädchen ließ sich nicht umstimmen.

»Da habe ich ja wahrhaft schlechte Karten«, hatte er schließlich resigniert zu Charlotte gesagt. »Für Ihre Tochter bin ich ein ungebetener Eindringling, und irgendwie hat sie nicht ganz unrecht. Vielleicht sollte ich tatsächlich lieber in Neu-Kronau nach dem Rechten sehen. Und dann wartet ja auch noch die Kapelle auf mich, die ich unbedingt bauen möchte. Wenn sie fertig ist, dann reisen Sie ins Usambara-Gebirge zur feierlichen Einweihung, das müssen Sie mir versprechen, Charlotte.«

Erleichtert stimmte sie zu; sie würden sich ohne irgendeinen Missklang trennen, noch dazu mit der Aussicht auf ein Wiedersehen.

Der Küstendampfer legte unten am Steg an, die schmale Landungsbrücke wurde ausgefahren, und sie sahen die vielen bunt gekleideten Leute, die hinter der Reling warteten.

»Trotzdem bedauere ich Ihre Abreise, Jeremy«, sagte sie und reichte ihm ihre Hand. »Ich werde Sie vermissen.«

Seine Hand umschloss die ihre und hielt sie fest. Die Hände des Engländers waren kräftig und kantig, ganz anders als die von George, die schmal waren, mit langen, feingliedrigen Fingern.

»Tatsächlich?«

»Ja, Jeremy. Ganz gewiss, und das ist keine leere Floskel.«

Er schwieg und schien mit sich selbst zu kämpfen, denn er ließ ihre Hand nicht los. Dann schien er einen Entschluss zu fassen.

»Hören Sie, Charlotte«, stieß er heiser hervor. »Ich wünsche Ihnen wirklich, dass Ihr Mann zu Ihnen zurückkehrt.

Aber … falls er sich mit seiner Rückkehr Zeit lassen sollte und Sie brauchen Hilfe – dann bin ich jederzeit für Sie da. Das schwöre ich.«

»Das ist … sehr anständig von Ihnen, Jeremy.«

Der Engländer verzog das Gesicht, und Charlotte bemerkte den Schmerz, der sich darin spiegelte. »Sie haben einen anderen Menschen aus mir gemacht«, murmelte er und blickte hinunter zum Landungssteg, wo gerade unter lautem Geschrei ein Warenballen ins Hafenwasser gefallen war. »Einer Frau wie Ihnen begegnet man nur einmal im Leben, davon bin ich überzeugt. Wenn auch nur das kleinste Fünkchen Hoffnung besteht, dann will ich warten, wenn nötig, sogar jahrelang …«

In einer plötzlichen Gefühlsaufwallung drückte er ihre Hand so fest, dass sie beinahe aufgeschrien hätte, dann stürmte er die gemauerte Treppe zum Strand hinunter und tauchte in der Menge der Passagiere ein, die den Dampfer bestiegen. Bald schon hatte sie ihn aus den Augen verloren. Nachdenklich machte sich Charlotte auf den Rückweg, mied dabei die Prachtstraßen des deutschen Viertels und benutzte lieber den schmalen Weg, der oberhalb der Abbruchkante am Strand entlangführte. Obgleich es schon lange nicht mehr geregnet hatte, war der Abhang dicht mit Schlingpflanzen und Disteln bewachsen, so dass sie Acht geben musste, dass sich ihr Kleid nicht darin verfing. Dafür bot sich hier jedoch ein wundervoller Blick über die glitzernde Bucht bis hinüber zum Immanuelskap, wo sich die prächtigen dunkelgrünen Kokospalmen im Südostwind wiegten. Sie atmete tief den salzigen, ein wenig fauligen Geruch des Meeres ein und wurde von schmerzlicher Trauer erfasst. Sie vermisste Simba, ihren treuen Begleiter, der so tapfer für sie in den Tod gegangen war; sie vermisste George, ihren wundervollen Ehemann, ihre große Liebe, der irgendwo in weiter Ferne um sein Leben kämpfte, wenn er nicht längst schon tot war; und sie vermisste Jeremy, den ungezähmten, jungenhaften Engländer, der ihr so unerschütterlich zur Seite gestanden hatte.

Was hatte er zum Abschied gesagt? Er wolle auf sie warten, solange auch nur ein Fünkchen Hoffnung für ihn bestand. Worauf genau mochte der Engländer hoffen?

Er war gut zehn Jahre jünger als sie, sah blendend aus und hätte jede andere haben können – warum verschenkte er sein Herz ausgerechnet an sie, eine verheiratete Frau, die ihren Ehemann aus ganzer Seele liebte? Sie würde George niemals verraten, dennoch spürte sie, wie ein Gefühl der Zärtlichkeit für den verqueren Burschen mit dem kupferfarbenen Haar in ihr aufstieg.

Sie beschleunigte ihren Schritt und begann schließlich zu laufen, rannte gegen den Wind ohne Rücksicht darauf, dass ihr Kleid in den Disteln hängen blieb und der feine Sand in ihre Schuhe eindrang. Immer weiter und immer schneller trugen sie ihre Füße über den weichen Grund, bis sie nur noch das Hämmern ihres Herzens und ihren keuchenden Atem spürte. Erst als sie in die Straße einbog, die zu ihrer Villa führte, fiel sie wieder in ein gemessenes Schritttempo, um Nachbarn und Passanten keinen Anlass zu Getuschel zu bieten.

Der rasche Lauf ließ sie schwindeln, und für einen Moment glaubte sie, einen hochgewachsenen, schlanken Mann auf der Straße zu sehen, keinen Eingeborenen, sondern einen Weißen mit blondem Bart, das Gesicht beschattet von einem hellbraunen Tropenhelm. Glühend heiß durchfuhr sie die Hoffnung, es könne George sein, doch als sie genauer hinsah, war die Gestalt verschwunden, eingetaucht in einen Seitenweg oder einfach mit einer weißen Hauswand verschmolzen.

Eine Sinnestäuschung, dachte sie bekümmert. Wenn man so sehnlich auf jemanden wartet, spielen einem die Augen leicht einen bösen Streich. Es war nicht das erste Mal, dass sie glaubte, George zu erblicken. Schon mehrmals war ihr das unten in der Stadt passiert, einmal war sie sogar einem großen, schlanken Mann im hellen Tropenanzug nachgelaufen, fest davon überzeugt, es sei George. Doch als der Mann sich zu ihr umdrehte und sie breit angrinste, war er zu ihrem Entsetzen ein völlig Fremder gewesen.

Vom Wind zerzaust betrat sie den Garten der Villa. Die Stille im Innenhof war angenehm. Die hohen Mauern hielten einen guten Teil des Südostwindes ab, nur hin und wieder schüttelte eine Bö die Zweige der Orangenbäumchen und kräuselte die Wasseroberfläche im Becken. Jim hatte die Gartenmöbel aufgestellt und den Sonnenschutz befestigt, ansonsten war von ihrer Dienerschaft recht wenig zu bemerken, weder im Haus noch in der Küche schien sich jemand aufzuhalten. Vermutlich waren sie für ein Stündchen in den Wohngebäuden verschwunden, die man für die schwarze Dienerschaft auf der anderen Seite der Villa errichtet hatte.

Sie goss sich ein Glas Limonade ein, die im Eingangsbereich auf einem Tablett bereitstand, und beschloss, einige wichtige Briefe zu schreiben. Bei ihrer Rückkehr von der missglückten Suche hatte sie einen Stapel Post in der Villa vorgefunden, den sie bisher nur teilweise beantwortet hatte. Nun aber würde sie sich endlich die Zeit nehmen, an Ettje in Leer zu schreiben, und auch Elisabeth veranlassen, einen kleinen Brief beizulegen. Es war keine einfache Aufgabe, weil sie Georges Abwesenheit nicht beschönigen und schon gar nicht verschweigen würde, dennoch sollte der Brief zuversichtlich klingen, sie wollte auf keinen Fall von der Verwandtschaft in Leer bedauert werden. Ettje hatte schon genügend Ärger mit ihrem habgierigen Bruder Paul, der ihr nach wie vor das Erbe der Großmutter streitig machte. Auf Georges Schreibtisch fand sie einen kleinen Karton vor, der am Morgen mit der Post gekommen sein musste. Sie hatte kein gutes Gefühl, als sie den Bindfaden löste, und tatsächlich erwies sich der Inhalt als wenig tröstlich. Private Gegenstände, die George an seiner Arbeitsstätte in der Klinik aufbewahrt hatte, lagen darin, nichts Wertvolles, und doch Dinge, die nicht in fremde Hände fallen sollten: mehrere Photographien von ihr und Elisabeth, ein Vergrößerungsglas, ein Becher aus bemaltem Steingut, verschiedene medizinische Fachbücher, ein Notizbuch, in dem er Details zu bestimmten Krankheitsfällen und andere Dinge, die ihm bemerkenswert erschienen, festgehalten hatte. Dr. Kalil hatte sie bereits mehrfach gebeten, die Sachen in der Klinik abzuholen, doch sie hatte seine Nachrichten ignoriert. Nun also zwang man sie auf diese wenig rücksichtsvolle Weise, Georges »Nachlass« in Empfang zu nehmen.

Ärgerlich schloss sie den Deckel des Kartons und wollte ihn soeben unter den Schreibtisch stellen, da vernahm sie Elisabeths helle Stimme im Garten.

»Mama? Mama, bist du da?«

»Ich bin hier, Elisabeth. In Georges Arbeitszimmer.«

Es tat wohl, dass jetzt Leben ins Haus einkehrte – Elisabeths Geschrei hatte auch die schwarzen Dienstboten aufgeschreckt. Jim lief im Eilschritt durch den Garten, um die Limonade zu servieren, Mimis füllige Gestalt verschwand in der Küche, auch der schwarze Koch, ein kleinwüchsiger, magerer Kikuju, hastete an seinen Arbeitsplatz.

»Essen gleich fertig, *bibi* Johanssen. Gut essen von lecker Banane und Hühnchen, mit Soße von Erdnuss …«

Elisabeth schob die Tür zum Arbeitszimmer auf und streckte den Kopf durch den Spalt.

»Ist er weg?«, fragte sie misstrauisch.

Gerade hatte sich Charlotte noch über die Ankunft ihrer Tochter gefreut, jetzt ärgerte sie sich schon wieder. Elisabeth mochte manches, was Jeremy betraf, recht gut und richtig beurteilt haben, trotzdem konnte sie höflich bleiben.

»Wenn du Jeremy Brooks meinst«, gab sie betont kühl zur

Antwort, »er ist vorhin mit dem Küstendampfer nach Tanga gefahren. Begleitet von Johannes Kigobo und Jonas Sabuni.«

Elisabeth nahm die Neuigkeit mit großer Befriedigung zur Kenntnis und schlüpfte zu ihrer Mutter ins Zimmer. Ihre Finger waren tintenverschmiert – das Mädchen würde wohl niemals lernen, vernünftig mit dem Federhalter umzugehen.

»Wie schade, dass die beiden Waschamba mit ihm gefahren sind. Ich mag sie gern, besonders Johannes Kigobo, der ist so ein lustiger Bursche …«

Elisabeth schwatzte unverdrossen weiter, erzählte von der Schule, von den langweiligen Lehrern, die nichts, aber auch gar nichts wüssten. Von ihrer Freundin Florence Summerhill, die möglicherweise bald mit ihren Eltern nach England reisen würde, wo sie ein Internat besuchen sollte.

»Wenn Florence nicht mehr hier ist, will ich auch nicht mehr auf diese blöde Schule gehen. George soll mich unterrichten. Und dann soll er mit mir nach Deutschland fahren und mich dort in eine richtige Schule bringen, auf ein Gymnasium … Du kannst auch mitkommen, Mama.«

»Danke, das ist sehr lieb von dir. Ich dachte schon, du brauchst mich überhaupt nicht mehr …«

Erschrocken starrte das Mädchen Charlotte an, dann stürmte es zur Mutter und schlang ihr beide Arme um den Nacken. Es war nicht mehr so einfach wie früher, auf deren Schoß zu steigen und sich dort zusammenzukauern, aber sie versuchte es.

»So habe ich das doch nicht gemeint, Mama. Du weißt doch, dass ich mich nie, nie, nie von dir trennen will. Ich gehe nur auf ein Gymnasium, wenn du gleich nebenan wohnst. Und George auch …«

»Gleich fallen wir beide noch von diesem Stuhl«, scherzte Charlotte mit Tränen in den Augen.

»Nein, gewiss nicht«, widersprach Elisabeth energisch und

rückte sich zurecht. Der Stuhl knackte, Mutter und Tochter saßen still und hielten einander fest. Schweigen trat ein, Charlotte spürte Elisabeths heiße Wange an ihrem Hals, atmete den frischen Geruch ihrer blonden Locken.

»Mama?«

»Ja, Lisa?«

»Er kommt ganz bestimmt.«

»Natürlich, mein Schatz. George kommt zu uns zurück.«

»Ich weiß es ganz sicher, Mama. Ich habe ihn gesehen.«

Charlotte strich ihr das wilde Haar aus dem Gesicht und liebkoste zärtlich ihre Schläfe.

»Ich habe ihn auf dem Rückweg von der Schule gesehen, Mama. Es war ganz sicher George, nur dass er dunkle Augengläser trug, das war merkwürdig. Und als ich nach ihm gerufen habe, hat er sich nicht umgedreht.«

»Wie seltsam«, sagte Charlotte nachdenklich. »Ich habe heute auch einen Mann gesehen, den ich für George hielt …«

Es war unbedacht, solche Dinge zu sagen. Sie durfte in dem Kind keine Hoffnungen wecken, die sich doch nur als Enttäuschung herausstellen würden. Es konnte unmöglich George gewesen sein, sonst wäre er doch längst hierher zu ihnen in die Villa gekommen … Doch vielleicht waren falsche Hoffnungen besser als gar keine.

»Siehst du!«, trumpfte Elisabeth auf. »Ich wette, er kommt noch vor heute Abend, Mama!«

»Vielleicht, mein Schatz. Aber wenn nicht, darfst du nicht so traurig sein.«

»Er wird kommen!«, behauptete Elisabeth steif und fest, löste sich aus der Umarmung und rutschte von Charlottes Schoß. Dabei stieß sie an den Pappkarton und versuchte neugierig, den Deckel zu lüften.

»Was ist das, Mama? Ein Geschenk für mich? Ich habe in drei Tagen Geburtstag.«

»Finger weg! Geschenke gibt's erst dann, Lisa.«

Vielleicht war es ganz klug, dieses unglückselige Paket als Geburtstagsgeschenk auszugeben; sie wollte auf keinen Fall, dass Elisabeth den Inhalt sah. Entschlossen hob sie den Karton vom Schreibtisch und wollte ihn gerade auf den Boden stellen, als sie stutzte. Unter dem Karton hatten mehrere Photographien gelegen, doch diese waren nun fort. Sie zeigten Jeremy in allen möglichen albernen Posen, die Charlotte aus Spaß aufgenommen hatte, um ihm zu zeigen, wie man die Aufnahmen in der Dunkelkammer entwickelte und auf Papier brachte.

»Wo sind die Photographien, Elisabeth?«, fragte Charlotte streng und schaute sich suchend um.

Ihre Tochter öffnete den Mund, um eine empört-patzige Antwort zu geben, als ihr Blick auf den Papierkorb fiel. »Dort Mama, du hast sie doch selbst weggeworfen!«

»Ich?«, fragte Charlotte verärgert. Elisabeth, das kleine Biest, hatte die Bilder in Fetzen gerissen, ihre Abneigung gegen Jeremy kannte offenbar keine Grenzen.

»Du kannst sie ja wieder zusammensetzen«, sagte das Mädchen, bückte sich, um die Fetzen aus dem Papierkorb zu klauben, und schob sie auf der Schreibtischplatte hin und her.

»Was fällt dir nur ein?«, schimpfte Charlotte.

»Ich war das nicht!«, schrie Elisabeth aufgebracht und stapfte voller Zorn aus dem Zimmer.

Doch wer sonst hätte die Photographien zerreißen und wegwerfen sollen? Keinem der Hausangestellten wäre es eingefallen, so etwas zu tun. Jeremy? Wie sollte er heute früh ungesehen ins Arbeitszimmer gelangt sein, und vor allem: Warum in aller Welt sollte er sich an den Bildern vergreifen?

Seufzend begann Charlotte, die Papierschnipsel mit beiden Händen zusammenzuschieben, als sie plötzlich einen Zettel am Rand des Schreibtischs entdeckte, den sie bislang übersehen hatte – ein kleiner Zettel, eineViertelseite nur, sorgsam und gerade mit dem Papiermesser abgeschnitten und mit Bleistift beschrieben.

Es war seine Schrift. George hatte diesen Zettel geschrieben. Mit zitternden Fingern klaubte sie das Papier vom Schreibtisch, redete sich ein, es müsse sich um eine alte Notiz handeln, ein Lesezeichen, das aus einem Buch gefallen war. Und dennoch …

Charlotte,
verzeih mir, dass ich Dir erst jetzt Nachricht gebe. Ich habe mich eine Weile in der Wildnis aufgehalten, was für einen Waldläufer wie mich nichts Ungewöhnliches ist. Es hat sich vieles verändert, und ich glaube, es ist Zeit, Bilanz zu ziehen. In aller Ruhe und mit klarem Verstand, schließlich sind wir erwachsene Menschen, die einander respektieren sollten. In einigen Tagen bin ich wieder zurück, dann werden wir miteinander reden.
George

Die Buchstaben verschwammen vor ihren Augen, sie musste tief durchatmen, da sie meinte, im ersten Glücksrausch das Bewusstsein zu verlieren. Sie versuchte, den Text noch einmal zu lesen, doch ihre Hand zitterte so heftig, dass sie kein einziges Wort entziffern konnte.

»*Bibi* Johanssen kommen in Wohnzimmer. Essen ist fertig.«

Die Stimme ihres schwarzen Dieners schien aus einer anderen Welt zu kommen. Sie starrte Jim an, als sei er eine Erscheinung, und erst als sie sein erschrockenes Gesicht bemerkte, gelang es ihr, sich zusammenzunehmen. George war hier gewesen, das war sicher. Aber wann? Und weshalb hatte ihr niemand etwas davon gesagt?

»Ist während meiner Abwesenheit jemand in die Villa gekommen, Jim?«

Der Diener schob seine weiße, runde Kappe ein kleines Stück nach hinten, eine Geste, die auf ein schlechtes Gewissen hindeutete.

»Ja, *bibi* Johanssen. Ein Bote hat gebracht Paket von Klinik für Frau Charlotte Johanssen. Mimi hat Paket genommen und in dieses Zimmer getragen …«

»Das meine ich nicht, Jim. War sonst noch jemand hier? Jemand, den du kennst.«

Er kratzte sich im Nacken und zuckte dann mit den Schultern. Nein, sonst habe er niemanden gesehen.

»Und wo bist du den Morgen über gewesen?«

Genau wie sie vermutet hatte, waren die Angestellten, gleich nachdem *bibi* Johanssen und *bwana* Brooks fortgegangen waren, in ihre eigenen Häuser gelaufen, um dort ein wenig »auszuruhen«. Jeder, der einen Schlüssel für das Tor besaß, hätte ungesehen ins Haus gehen und sich dort umsehen können.

»Es ist gut, Jim. Mimi soll Elisabeth zum Essen holen. Ich komme …«

Sie lächelte Jim beruhigend zu, obwohl ihr Herz raste und ihre Finger eiskalt und feucht wurden. Erst als der Angestellte das Arbeitszimmer verlassen hatte, stützte sie die Ellenbogen auf den Tisch und verbarg das Gesicht in den Händen.

Er lebte! Er war nicht von den Eingeborenen erschlagen worden und auch nicht am Fieber gestorben! Was auch immer mit ihm geschehen war, er hatte es überlebt.

Sie weinte vor Erleichterung, wischte dann die Tränen mit dem Ärmel fort und griff wieder zu dem Zettel.

Er hatte sich *in der Wildnis aufgehalten* – was meinte er damit? Vielleicht hatten ihn die Eingeborenen gar nicht gefangen genommen? Oder hatten sie ihn mit Maultier und Waffe ausgestattet und ihn in der Wildnis sich selbst überlassen? War er womöglich gar nicht krank gewesen? Sie suchte nach einem Taschentuch, schniefte und las die Zeilen noch einmal.

Sie waren eindeutig in Georges Handschrift geschrieben, und doch konnte sie kaum glauben, dass er es gewesen war, der diese kühlen, nüchternen Zeilen an sie verfasst hatte.

Was war geschehen? Was hatte ihn so verändert? Wieso schlich er sich heimlich in die Villa, um ihr eine Nachricht zu hinterlassen, und ging dann wieder fort?

Sie versuchte, zwischen den Zeilen zu lesen, doch sie begriff nichts. Weshalb meinte er, es sei an der Zeit, Bilanz zu ziehen? Selbstverständlich waren sie zwei erwachsene Menschen, die einander respektierten, wieso stellte er das plötzlich in Frage?

Eine unbestimmte Angst stieg in ihr auf und verdrängte das Glücksgefühl, das sie eben noch erfüllt hatte. Liebte er sie nicht mehr? Sie musste daran denken, wie sie in Neu-Kronau voneinander Abschied genommen hatten: kühl, ohne Zärtlichkeit, in einem albernen, überflüssigen Streit. War seine Liebe damals schon erloschen, ohne dass sie es bemerkt hatte?

»Mama! Kommst du jetzt endlich?«

Verwirrt steckte sie das kleine Stück Papier in ihren Ärmel und eilte aus dem Arbeitszimmer hinüber in den Wohnraum, wo man den Tisch für sie und Elisabeth gedeckt hatte. Das Mädchen saß bereits ungeduldig vor seinem Teller, die Hände zum Gebet gefaltet, wie sie es in Hohenfriedeberg gelernt hatte.

»Hast du geweint, Mama?«

»Nur ein bißchen«, gab Charlotte zu. »Ist schon vorbei.«

»Du musst nicht weinen, Mama. Heute kommt George zurück!«

»Vielleicht …«

»Bestimmt! Du musst jetzt das Tischgebet sprechen.«

»Komm, Herr Jesus …«

Sie war entschlossen, ihrer Tochter nichts von der seltsamen Nachricht zu erzählen. Was auch immer zwischen ihnen zerbrochen war, Elisabeth sollte so wenig wie möglich darunter leiden.

»Wenn George heute kommt, dann musst du diese Photographien wegtun, Mama. Ich glaube, er wäre eifersüchtig, wenn er sie zu sehen bekäme …«

»Aber Lisa, George muss doch nicht eifersüchtig auf Jeremy sein …«

Rasch griff sie nach ihrer Limonade und trank einen großen Schluck, um den Kloß in ihrem Hals aufzulösen. Großer Gott! Das Kind hatte recht! Es war George gewesen, der die Photographien auf dem Schreibtisch entdeckt und zerrissen hatte! War er tatsächlich eifersüchtig, wie Elisabeth behauptete? Die beiden hatten sich in Neu-Kronau doch so gut miteinander verstanden! Aber George Johanssen war kein Mann, der seine Eifersucht offen zeigte, schon gar nicht einem Jüngeren gegenüber. Dazu war er viel zu stolz …

»Mama, du isst ja gar nichts! Und mich zwingst du immer dazu, auch wenn ich gar keinen Appetit habe!«

Charlotte war zu verwirrt, um die Kleine in ihre Schranken zu weisen. George hatte diese Bilder zerrissen und in den Papierkorb geworfen. Aus Eifersucht. Aber wenn er tatsächlich eifersüchtig war, dann liebte er sie noch immer …

»Warum sagst du nichts, Mama?«

»Möchtest … möchtest du nicht einen Brief an Tante Ettje schreiben, Lisa?«

»Och – an Tante Ettje! Lieber an Tante Klara und Onkel Peter. Und an Schammi.«

»Aber Tante Ettje wartet schon lange auf Post von uns, Lisa. Vielleicht möchtest du ihr auch gern ein Bild malen?«

»Na schön«, willigte Elisabeth seufzend ein. »Dann male ich eben ein Bild und schreibe etwas darunter. Ist das recht?«

»Das ist ganz wunderbar.«

»Darf ich aufstehen und gleich anfangen?«

»Natürlich.«

Elisabeth sprang auf und stürmte die Treppe hinauf, um Zeichenblock und Stifte zu holen.

Charlotte sah ihr erleichtert nach, dann befahl sie Jim, den Tisch abzuräumen, und zog sich ins Arbeitszimmer zurück, um nachzudenken. Wieder nahm sie sich den Zettel vor, grübelte darüber, schüttelte den Kopf, stellte sich tausend Fragen und wusste keine rechte Antwort.

Durchs Fenster konnte sie sehen, wie Elisabeth es sich auf einem Gartenstuhl bequem machte. Sie zog die Knie hoch, um damit den Zeichenblock abzustützen, und schien eines der Orangenbäumchen ins Auge zu fassen. Wie schade, dass sie nicht blühten, aber bald würde die Regenzeit einsetzen. In ein paar Tagen schon konnten hier an der Küste die ersten heftigen Güsse niedergehen. Einen Augenblick dachte sie an ihre Kaffeebäumchen, von denen Klara berichtete, dass sie mit grünen und gelben Früchten bedeckt seien, dann schoss ihr plötzlich ein peinigender Gedanke durch den Kopf.

Konnte der Grund für Georges seltsames Benehmen nicht ein ganz anderer sein? Oh, er hatte niemals Schwierigkeiten gehabt, eine Frau zu beeindrucken. Sogar wenn er krank war, war er überaus charmant und zog das weibliche Geschlecht in seinen Bann. Shira, die treu sorgende Krankenschwester in der Sewa-Hadschi-Klinik, war dafür der beste Beweis.

Die Erkenntnis stieß ihr wie ein Dolch ins Herz. Das passte alles wunderbar zusammen. Bilanz ziehen. Wie erwachsene Menschen miteinander reden. Eine andere Frau steckte dahinter. Wie hatte sie nur so naiv sein können? Während sie in Neu-Kronau versuchte, ihre Plantage vor dem Ruin zu retten, hatte er sich in Daressalam mit einer anderen getröstet. Vielleicht hatte er diese Frau sogar schon lange vorher gekannt? Es warteten doch überall auf der Welt irgendwelche Frauen auf ihn, ganz gleich ob in Ägypten, in England oder auf Sansibar. Womöglich ging es ihm tatsächlich um Shira, die Inderin. Die zierliche Krankenschwester, die ihn so hingebungsvoll gepflegt hatte. Der er gestattete, seinen nackten Körper mit warmem Wasser zu waschen.

Zitternd vergrub sie das Gesicht in den Händen. Das alles war doch Unsinn. George liebte sie, dessen war sie sich sicher. Es würde eine Erklärung für sein Verhalten geben.

In einigen Tagen wollte er kommen. Und wo war er jetzt? In einem Hotel in Daressalam? In der Sewa-Hadschi-Klinik? Bei Bekannten? Sie sprang auf und ging unruhig im Arbeitszimmer auf und ab. Er glaubte also allen Ernstes, sie würde ruhig hier sitzen bleiben und abwarten, bis er sich dazu entschied, dieses Haus wieder zu betreten. Da kannte er sie aber schlecht.

Entschlossen ging sie in hinaus in den Innenhof zu der zeichnenden Elisabeth und schwindelte ihr vor, sie müsse ein paar Einkäufe erledigen, dann durchstreifte sie zusammen mit Jim und einem weiteren ihrer schwarzen Angestellten die Stadt. Dieses Mal würde er ihr nicht entwischen, und wenn sie ihm nachlaufen und ihn am Arm festhalten müsste. Er würde ihr Rede und Antwort stehen, dafür würde sie sorgen. Im deutschen Viertel sah sie schwarze Angestellte, die die ausgetrockneten Wege mit Wasser besprühten, auch die Grünanlagen vor den Hotels und Geschäften wurden sorgfältig bewässert. Selbst auf die Gefahr hin, dass sie sich lächerlich machte, schickte sie Jim ins Afrika-Hotel und in mehrere Gaststätten, um nach Dr. George Johanssen zu fragen. Ohne Ergebnis. Im neuen Postamt erntete sie nur mitleidige Blicke – nein, man habe Dr. Johanssen schon lange nicht mehr gesehen.

Es war unsinnig, im Gewimmel der kleinen Straßen und Märkte nach einem einzelnen Mann Ausschau zu halten, und doch tat sie es in der Hoffnung, ihn irgendwo zwischen den vielen Menschen zu entdecken. Nie zuvor war ihr die Stadt so lärmend und staubig erschienen, nie zuvor war sie so ruhelos durch die Gassen geeilt und bei jedem deutschen Wort, das in ihrer Nähe gesprochen wurde, zusammengezuckt. George konnte sich doch nicht in Luft aufgelöst haben!

»*Bibi* Johanssen nichts einkaufen. Warum wir müssen Körbe mitnehmen?«, beschwerte sich Jim.

»Wir kaufen nachher ein paar Früchte ein.«

Entschlossen ging sie zur Sewa-Hadschi-Klinik und bat um ein Gespräch mit Dr. Kalil.

»Dr. Kalil macht Operation. Keine Zeit. Leider.«

Die schwarze Angestellte hatte ein wunderbar gewinnendes Lächeln, das sie jedem schenkte, der auf dem Weg in die Klinik an ihrem Glasfenster vorüberging.

»Dann möchte ich gern Dr. Johanssen sprechen.«

»Dr. Johanssen nicht hier arbeitet.«

Das Lächeln der schwarzen Frau blieb unverändert, doch in ihren Augen war jetzt Mitleid zu erkennen. Falls sich George in dieser Klinik versteckte, dann hatte er seine ehemaligen Mitarbeiter gebeten, ihn nicht zu verraten.

Resigniert gab sie die sinnlose Suche auf, kaufte ein paar Ananas und trat den Heimweg an. Die tiefstehende Sonne warf gleißende Streifen über das türkisfarbene Wasser der Bucht und ließ die Segel der kleinen Dhaus silbrig schimmern. Ein britischer Überseedampfer hatte die schmale Zufahrt zum Hafen passiert und strebte den Landungsbrücken zu. Der Wind zerfaserte die graue Rauchwolke, die aus seinem Schornstein aufstieg, und trug den tiefen Signalton des Schiffes bis weit in die Stadt hinein.

Den Abend verbrachte sie mit Elisabeth, schrieb Briefe, begutachtete die Zeichnungen der Tochter und ermunterte sie, ein paar Zeilen an Ettjes Söhne zu schreiben.

»Er kommt morgen, Mama«, sagte die Kleine, als Charlotte ihr oben in ihrem Zimmer eine gute Nacht wünschte. »Vielleicht auch erst an meinem Geburtstag.«

»Ja, das wäre schon möglich.«

Sie hatte sich vorgenommen, ein wenig Klavier zu spielen, doch ihre Finger gehorchten ihr nicht. Weshalb spannte er sie so auf die Folter? Wie konnte er Elisabeth das antun? Das Mädchen wartete doch so sehnsüchtig auf ihn!

George erschien nicht an diesem Abend. Charlotte lag schlaflos in ihrem Bett und lauschte auf das Heulen des Windes, der wie ein ruheloser Geist um die Mauern der Villa strich. Manchmal glaubte sie, fernen Donner zu vernehmen, dann wieder meinte sie, die Wellen der Bucht schlügen so heftig gegen den Strand, dass sie es bis in ihr Schlafzimmer spüren konnte. Erst gegen Morgen, als der Wind sich legte und die Erschöpfung allzu groß wurde, fiel sie in einen leichten Schlaf.

Sie hätte nicht sagen können, weshalb sie plötzlich hellwach war, vielleicht hatte ein leises Geräusch sie geweckt, eine knarrende Tür, ein Stuhl, der gerückt wurde. Als sie die Augen aufschlug, war es dämmrig im Schlafzimmer, das erste schwache Morgenlicht stahl sich durch die Gardinen, ein Vorbote des nahenden Sonnenaufgangs.

Er war gekommen, sie wusste es. Hastig warf sie ein Tuch über ihr Nachthemd, lief barfuß hinüber in den Wohnraum und von dort aus in sein Arbeitszimmer. Vor der geflochtenen Bastmatte, die das Fenster bedeckte, erblickte sie seine dunkle Silhouette. Er hatte sich an seinen Schreibtisch gesetzt und dafür den Stuhl verrückt, sie hatte also richtig gehört. »Mach kein Licht.«

Sie hatte sich impulsiv in seine Arme werfen wollen, doch in seiner Stimme lag etwas, das sie innehalten ließ. Zitternd blieb sie an der Tür stehen und starrte zu ihm hinüber. Er hatte seinen Hut nicht abgesetzt, so dass sie sein Gesicht nicht erkennen konnte.

»George …«, flüsterte sie. »Liebster. Ich … ich hatte solche Angst um dich.«

»Ja, ich hörte, dass ihr im Uluguru-Gebirge nach mir gesucht habt. Das war leichtsinnig von dir, Charlotte. Du hast eine Tochter, für die du verantwortlich bist.«

Seine Worte klangen vorwurfsvoll und keineswegs dankbar, wie Charlotte eigentlich erwartet hatte. Krank vor Angst und Sehnsucht, hatte sie sich in größte Gefahr begeben, um ihn zu finden, und dafür machte er ihr jetzt Vorhaltungen!

»Hätte ich geahnt, dass du dich nur vor mir verstecken wolltest, wäre ich ganz sicher nicht zu dieser Suche aufgebrochen!«, gab sie verletzt zurück.

Er hob ein wenig den Kopf, und sie erkannte, dass er dunkle Brillengläser trug. Das hatte er schon früher hin und wieder getan, da seine Augen gegen die Sonne empfindlich waren, niemals jedoch in geschlossenen Räumen.

»Lass uns nicht streiten, Charlotte«, bat er. »Es wäre schade, auf diese Weise auseinanderzugehen.«

Sie hatte das Gefühl, er habe ihr ein Messer in den Leib gestoßen, größer hätte der Schmerz nicht sein können. Bebend zog sie das Tuch fester um ihre Schultern und presste den Rücken gegen die Türfüllung. Also doch. Er wollte sie verlassen, weil er sich in eine andere Frau verliebt hatte. Wie hatte sie ihm nur je vertrauen können? Es wäre schließlich nicht das erste Mal. Sie hatte doch gewusst, dass er Marie betrog. Charlotte dachte an die schöne Kreolin, die in seinem Haus in Sansibar gelebt hatte, und auch sie hätte er damals, als sie ihn dort besuchte, beinahe verführt. »Nur zu«, sagte sie bitter. »Rede mit mir wie mit einem vernünftigen Menschen. Zieh Bilanz – ich bin neugierig, was dabei herauskommen wird.«

Ihre Stimme klang längst nicht so energisch, wie sie beabsichtigt hatte, sondern reichlich gepresst. Bei allem Zorn konnte sie die Verzweiflung nicht verbergen, die nun in ihr aufstieg. Er liebte eine andere – wie konnte er ihr bloß einen solchen Schmerz zufügen?

Sie hörte ihn tief ausatmen, es klang fast wie ein Seufzer. Sein Vorhaben schien ihm nicht ganz leichtzufallen, und sie hatte auch nicht die Absicht, es ihm leichtzumachen.

»Die Jahre an deiner Seite waren die glücklichsten meines Lebens, Charlotte. Das ist meine Bilanz, deine magst du selbst ziehen. Aber wie du weißt, ist das Glück ein launisches Ding, das niemals lange an einem Ort bleibt.«

»Sagtest du nicht einst, man müsse es nur festhalten, wenn es vorüberfliegt?«, warf sie spöttisch ein. »Aber gut – lass uns darüber nicht streiten. Wenn du glaubst, dein Glück nun anderswo zu finden, dann will ich dich daran nicht hindern.«

Das Licht hinter der geflochtenen Bastmatte war heller geworden und nahm jetzt eine zarte, rötliche Färbung an. Georges Gestalt wurde deutlicher, sie erkannte seinen cremefarbenen Tropenanzug, das grüne Tuch, das er um den Hals geschlungen hatte, den hellbraunen Tropenhelm und seinen blonden Bart, der länger und dichter war als sonst. Seine schmalen Hände, die zur Hälfte von den heruntergeklappten Manschetten seines Hemdes verdeckt wurden. Die runden, dunklen Augengläser. Kleidete er sich so seltsam, weil er in Daressalam nicht erkannt werden wollte?

»Ich denke viel eher an *dein* Glück, Charlotte ...«

Sie stieß ein hysterisches Lachen aus und presste sich gleich darauf die Hand vor den Mund, da sie Sorge hatte, Elisabeth zu wecken.

»Mein Glück lass nur meine Sorge sein! Da du so gut für dich gesorgt hast, werde auch ich imstande sein, mein Schicksal in die eigenen Hände zu nehmen.«

Er schwieg, und sie bemerkte, dass er mit einem auf der Schreibtischplatte verbliebenen Papierschnipsel spielte. Sollte er ruhig eifersüchtig auf Jeremy sein, nicht nur auf ihn wartete jemand, der sich glücklich schätzen würde, wenn sie endlich »Bilanz zog«.

»Wenn du die Scheidung willst, Charlotte, dann werde ich alle Schuld auf mich nehmen und dir dazu eine Summe auszahlen, die dir ein sorgenfreies Leben sichert.«

Wollte sie wirklich die Scheidung? Auf diese Frage wusste sie keine Antwort, wohl aber wusste sie, was sie nicht wollte.

»Ich brauche dein Geld nicht, George«, teilte sie ihm fast trotzig mit. »Und ich werde dir alles zurückzahlen, was ich mir zum Kauf und Unterhalt meiner Plantage von dir geliehen habe.«

»Es ist nur ein Angebot«, sagte er leise. »Ich weiß, wie wichtig dir deine Plantage ist. Es ist schade, dass ich darauf nicht gedeihen kann wie deine Pflanzen, aber ich bin nun mal ein umtriebiger, heimatloser Geselle. Doch letztlich hast du ja nun einen Menschen gefunden, der deine Leidenschaft für das Land mit dir teilt: Jeremy Brooks ist jung, steckt voller Energie, und er ist ganz verrückt nach dir. Darüber bin ich sehr froh.«

»Wie selbstlos von dir!«, gab sie giftig zurück, während ihr der Kummer die Tränen in die Augen trieb. »Sollte ich vielleicht auch froh darüber sein, dass du deine Leidenschaften mit einer anderen teilst? Sag mir, George, steckt hinter alldem zufällig eine Krankenschwester namens Shira?«

»Lass Shira aus dem Spiel«, entgegnete er ruhig, »sie hat nichts damit zu tun. Es ist allein meine Schuld, Charlotte. Ich wusste schon immer, dass ich nicht zur Ehe tauge, schon gar nicht zu einer Ehe, die dich glücklich machen könnte.«

»Weshalb hast du mich dann geheiratet?«

»Weil ich dich liebe. Und nun lass mich bitte gehen. Ich reise nach Mombasa und möchte den Dampfer nicht verpassen. Im Wohnraum steht ein Paket für Elisabeth – sie kann mir jederzeit schreiben, du weißt, dass ich deine Tochter sehr gernhabe …«

Ein lauter Donnerschlag ertönte, als zerberste der Himmel

über ihnen in tausend kleine Stücke. Ein Blitz zuckte auf, dann ein zweiter, der das Arbeitszimmer für einige Sekunden in taghelles Licht tauchte.

Seine Hand zuckte zu seinem Halstuch, das er sich mit einer blitzschnellen Bewegung vors Gesicht hielt. Doch es war zu spät. Sie hatte bereits die Narben gesehen: an seinen Händen, an seiner Stirn, an seinem Hals. Die Pocken hatten überdeutliche Spuren hinterlassen.

»Was ist mit deinen Augen?«

Sie fasste seinen Jackenärmel, doch er riss sich von ihr los und stürmte davon. Im Flur stieß er auf Mimi, die wegen des Gewitters rasch zu Elisabeth hinauflaufen wollte, und Charlotte hörte ihre schwarze Angestellte entsetzt aufschreien. Dann schlug die Haustür zu, und fast im gleichen Moment explodierte der Donner am Himmel so heftig, dass Charlotte glaubte, ihre Trommelfelle würden zerreißen.

Die Pocken hatten ihn entstellt. Möglicherweise hatte er sogar noch weitere Folgen der Seuche davongetragen. Plötzlich begriff sie sein seltsames Verhalten. O Gott – wie dumm sie doch gewesen war!

»George!«

Sie stürzte hinter ihm her, wobei sie fast die schreckensstarre Mimi zu Boden riss. Als sie die Haustür öffnete, sah sie gerade noch, wie er durch das Tor in der Mauer schlüpfte. Er lief vor ihr davon, dieser Feigling, floh wie ein Hase, weil er Angst vor ihrem Mitleid hatte.

Der Dampfer, dachte sie atemlos. Gestern Abend ist er in den Hafen eingefahren, da wird er doch gewiss nicht vor zehn Uhr ablegen? Es war kein Reichspostdampfer, der einem genauen Fahrplan folgte, sondern ein britisches Schiff, daher war vollkommen unklar, wie viel Zeit ihr noch blieb.

Sie zog Rock und Jacke über ihr Nachthemd, schlüpfte in ein Paar Schuhe und band ein Seidentuch um das offene Haar.

Inzwischen war Jim herbeigekommen, er half Mimi vom Boden auf, und sie hörte, wie die beiden im Flur miteinander tuschelten.

Charlotte wies Mimi an, zu Elisabeth hinaufzugehen, falls sich das Mädchen vor dem Gewitter fürchtete.

»*Bibi* Johanssen muss Schirm mitnehmen. Viel Regen«, sagte ihr treuer schwarzer Diener, doch sie lehnte ab.

»Danke, Jim. Ich brauche keinen Schirm!«

Die ersten dicken Tropfen hatten schon dunkle Flecke auf dem Gartenweg gemalt; jetzt, da sie durch das Tor hinaus auf die Straße lief, öffnete der schwarze Wolkenhimmel über ihr seine Schleusen. Sie sah, wie sich die Palmen unter den herabstürzenden Wassermassen bogen, rötliche Fluten schossen die trockenen Wege hinab, rissen alles mit, was nicht befestigt war: leere Blechdosen, Flaschen, einen davongewehten Strohhut. Sie war im Nu bis auf die Haut durchnässt, doch sie achtete nicht darauf. Würde er durch die Stadt zum Landungssteg laufen? Oder zöge er es vor, am Strand entlangzugehen, um so wenig wie möglich gesehen zu werden?

Sie stieg durch die brodelnden Sturzbäche, die sich zum Strand hin ergossen, ohne Rücksicht darauf, dass sie ihr Kleid mit rötlichen Flecken sprenkelten. Zwei kleine Straßen, dann einen schmalen Weg zwischen zwei eingezäunten Grundstücken hindurch – nun stand sie oberhalb der Abbruchkante, von wo aus sie Strand und Bucht überblicken konnte. Schwarze Gewitterwolken hatten sich zu unheilverkündenden Klumpen geballt und schoben sich wie kämpfende Drachenwesen aufeinander zu. Das Wasser in der Bucht war grau und aufgewühlt vom Regen, auf den unruhigen Wellen trieben noch einige wenige Schiffe, die wie Kinderspielzeuge wirkten, sogar der britische Dampfer am Landungssteg erschien klein und hilflos angesichts dieses Infernos.

Der Wind trieb ihr den Regen entgegen, so dass sie die Augen mit der Hand beschirmen musste. Ein Blitz zuckte auf, fand gleißenden Widerschein in den Wellen, gleich darauf krachte der Donner, und die Landschaft versank erneut in undurchdringlichen Regenfluten. Aber die wenigen Sekunden hatten ausgereicht, um den Strand zu beleuchten. Sie hatte sich nicht getäuscht – George lief unten am Meer entlang in Richtung Hafengebäude, nach vorn gebeugt gegen den heftigen Wind. Der steile Weg von der Kante hinunter zum Strand war jetzt ein Wasserfall, dennoch versuchte sie, dort hinabzusteigen. Bald schon verlor sie den Boden unter den Füßen und rutschte rücklings den Steilhang hinunter bis in den Sand.

»George! Lauf doch nicht davon! Du verdammter Feigling!«, rief sie gegen das Tosen von Meer und Donner an, doch natürlich hörte er sie nicht.

Mit aller Kraft kämpfte sie sich durch den weichen Sand bis zur Brandungszone, dort war der Untergrund fest, und sie kam rascher voran. Längst hatte sie die Schuhe abgestreift und fortgeworfen, sie trat auf Steine und angeschwemmtes Holz, zerbrochene Muscheln schnitten ihr in die Füße.

»George!«

Endlich wandte er sich um und blieb überrascht stehen. Ein aufzuckender Blitz erhellte seine große, hagere Gestalt, an der die nassen Kleider klebten, die dunkle Brille hielt er in der Hand.

»Was willst du noch?«, fragte er in feindseligem Ton, als sie zu ihm aufschloss, und unternahm den schwachen Versuch, sein Halstuch vors Gesicht zu ziehen.

»Die Wahrheit, George Johanssen.«

»Du siehst sie doch vor dir«, spottete er und ließ das Halstuch sinken, dann zog er den Tropenhelm vom Kopf.

Seine Stirn war bis zum Haaransatz mit Narben bedeckt, ebenso seine Nase und die Wangen, der Hals, die Außenflächen der Hände. Die Krankheit hatte sein linkes Auge geschädigt, deshalb also trug er die getönte Brille.

»Gefalle ich dir?«, fragte er ironisch, doch von der spitzzüngigen Heiterkeit, die sonst seinen Ton bestimmte, fehlte diesmal jede Spur.

Sie öffnete die Knöpfe seines nassen Hemds und berührte seine bloße Brust, die von den Narben verschont geblieben war. Ihre Hände schoben sich unter der Kleidung bis hinauf zu seinen Schultern und strichen zart über die Narben in seinem Nacken. »Hör auf, Charlotte.«

»Ich liebe dich.«

»Das bildest du dir nur ein. Du liebst längst einen anderen. Nun mach es mir doch nicht so schwer und lass mich in Würde gehen.«

»Und wenn du bis ans Ende der Welt vor mir flüchtest, George – ich werde dir folgen.«

»Du machst dir etwas vor, Charlotte.«

»Nein – du bist es, der sich irrt.«

Sie spürte, wie sein Widerstand schmolz, und zog seinen Kopf zu sich herunter. Als sie seine Lippen suchte, spürte sie, wie er ihr entgegenkam. Sie küssten sich, und ihr hastiger Atem und der dumpfe, schnelle Schlag ihrer Herzen übertönte noch das Geräusch der Wellen, die mit wütender Kraft gegen den Strand schlugen. »Denk nach, Charlotte«, murmelte er. »Willst du wirklich mit einem entstellten Mann leben?«

Doch seine Frage hatte keine Bedeutung mehr, denn längst hielt er sie mit beiden Armen umschlungen, und seine Leidenschaft strafte seine Worte Lügen.

»Ich will mit *dir* leben, George Johanssen. Mit dir und keinem anderen. Und wenn du mich nicht mehr liebst, dann will ich …«

»Sei still«, sagte er zärtlich und verschloss ihren Mund mit seinen Lippen.

»Sie müssen einen Schutzengel haben, Dr. Johanssen.«

Die hübsche rothaarige Mrs Summerhill lächelte George voller Bewunderung an und blickte dann auffordernd zu ihrem Mann hinüber, der es sich mit einem Glas Whisky auf einem der Sessel bequem gemacht hatte. Mr Summerhill nickte zustimmend. Mit den Pocken im Leib vom Uluguru-Gebirge auf einem Maultier bis nach Iringa zu reiten dürfte selbst dem Hartgesottensten schwerfallen. Auch wenn er einige Tage in einem Eingeborenendorf gepflegt und dann mit Lebensmitteln und Wasser versehen wurde.

»Tja, so sammeln wir unsere Ehrenzeichen, lieber Dr. Johanssen. Ich habe mir meines in Südafrika im Burenkrieg eingehandelt, und es wird mir bleiben, solange ich lebe.«

Er rieb sich die Stirn, auf der eine tiefe rote Narbe prangte. Der Vater von Elisabeths Schulfreundin war früher Offizier bei den britischen Truppen gewesen und hatte im Burenkrieg gekämpft. Jetzt, da sein Haupthaar schütter geworden war, sah man die Erinnerung daran umso deutlicher.

George grinste und hob das Glas, um Mr Summerhill zuzuprosten. Er trug immer noch einen Seidenschal um den Hals, auf die dunklen Brillengläser verzichtete er jedoch mittlerweile.

»Trinken wir auf uns Veteranen«, scherzte er, dann schob er die lange Tischdecke ein wenig zur Seite, blickte unter die Tafel und lächelte verschmitzt.

»Und auf dich, Bursche. Wie auch immer du dieses Kunststück fertiggebracht hast – es war großartig.«

Simba blinzelte ihn verschlafen an und klopfte mit dem Schwanz auf den Fußboden. Der junge Beamte Horst Knappert hatte ihn vor einigen Wochen nach Daressalam gebracht.

Der Hund war irgendwann in Morogoro aufgetaucht, hinkend, voller Narben und eiternder Wunden, ein Wunder, dass die Verletzungen ihn nicht umgebracht hatten. Er hatte herumgelungert und versucht, Josef Gebauers Hühner zu reißen, worauf ihn der eifrige Händler um ein Haar mit seiner Flinte erschossen hätte. Knappert, der durch Zufall bei ihm im Laden gewesen war, hatte sich daran erinnert, dass das einem Löwen ähnelnde Tier zu Frau Johanssen gehörte, und da er sowieso einen dienstlichen Auftrag in Daressalam zu erfüllen hatte, hatte er den Hund mit zu sich nach Hause gelockt, notdürftig seine Wunden versorgt und ihn auf seine Reise mitgenommen. Simba war bereitwillig in die Eisenbahn gestiegen, als sie jedoch den Bahnhof Daressalam erreicht hatten, riss er sich von dem verblüfften Knappert los und stürmte davon. Nur dem Umstand, dass Simba ein lahmes Hinterbein hatte, war es zu verdanken, dass der Beamte ihm folgen konnte und fast gleichzeitig mit dem Hund vor der Villa der Johanssens ankam. Was sich dann im Garten des Hauses abspielte, war so ergreifend gewesen, dass es Horst Knappert beinahe die Tränen in die Augen getrieben hätte: Der verlauste, vernarbte Bursche wurde in den Schoß der Familie aufgenommen wie ein lange verlorener, schon tot geglaubter Freund.

Charlotte erhob sich leise, um draußen auf der Terrasse nach dem Rechten zu sehen, denn es schien sich ein neuerlicher Gewitterguss anzukündigen. Elisabeth hatte mit ihrer Geburtstagsfeier bisher großes Glück gehabt, nur ein kurzer Regen war am Morgen heruntergekommen, den Nachmittag über hatte George für sie und ihre Freundinnen im Garten allerlei Wettspiele organisiert, und nun saßen die Mädchen beim Schein bunter Papierlampions auf der Terrasse und schmausten vergnügt. Viel bewundert wurde auch Georges Geschenk an Elisabeth: ein Fahrrad mit Luftreifen und einer

Karbidlampe, damit sie auch in der Dämmerung damit fahren konnte.

»Ich glaube, es ist Zeit«, sagte Charlotte lächelnd zu den vier Mädchen. »Da draußen fährt schon das Automobil der Summerhills vor.«

Die Summerhills beschäftigten einen Chauffeur – schließlich hatte man früher ja auch einen Kutscher gehabt. Charlotte schickte Jim zum Tor, um den Chauffeur einzulassen, dann kehrte sie ins Wohnzimmer zurück.

»Die Trennung wird den beiden unendlich schwerfallen, aber es muss sein«, sagte Mrs Summerhill soeben zu George, und Charlotte begriff, dass sie ihm von ihrem Vorhaben erzählte, ihre Tochter Florence demnächst in ein Internat in Südengland zu geben. Als sie Charlotte bemerkte, drehte sie sich zu ihr um und fuhr fort: »Nun, es sei denn, meine Liebe, Sie könnten sich entschließen, Ihr Töchterlein ebenfalls in dieses Institut zu schicken. Ich könnte ein gutes Wort für Sie einlegen, Mrs Johanssen. Wir sind mit der Leiterin sehr gut bekannt …«

Charlotte wechselte einen heiteren Blick mit George, denn das Thema »Schule« war noch längst nicht entschieden. Elisabeth hatte gestern Abend, als George ihr Gute Nacht sagte, völlig neue Wünsche geäußert: Sie wolle auf keinen Fall Ärztin werden, sondern lieber Plantagenbesitzerin. Dann könne Mama hier bei George in der Villa bleiben und müsse nie wieder nach Neu-Kronau fahren, um nach den Kaffeeblüten zu schauen. Das würde sie, Elisabeth, dann übernehmen.

»Wir werden sehen, Mrs Summerhill. Aber ich glaube, dass sich Elisabeth nicht so gern von Afrika trennen wird. Sie ist hier geboren – es ist ihre Heimat.«

Es gab den üblichen Protest, als die Summerhills verkündeten, nun heimfahren zu müssen, schließlich hatten sie versprochen, die drei anderen Freundinnen mitzunehmen und bei ihren Eltern abzuliefern. Die Mädchen jammerten, es sei noch zu früh, und die arme Florence, die bereits von der bevorstehenden Trennung wusste, umarmte Elisabeth weinend.

»Du fährst doch erst in ein paar Monaten nach England«, hörte Charlotte ihre Tochter tröstend sagen. »Bis dahin ist noch ganz viel Zeit.«

Später, als Jim und Mimi die letzten Teller und Lichter von der Terrasse ins Haus trugen und George Elisabeth oben in ihrem Zimmer eine gute Nacht wünschte, ging Charlotte hinüber ins Arbeitszimmer.

Sie hatte gestern einen Brief an Jeremy begonnen, das Schreiben dann aber beiseitegelegt, weil ihr nicht die rechten Worte einfallen wollten. Jetzt, da draußen wieder der Regen herabrauschte und der Donner am Himmel grollte, konnte sie den Brief vollenden. Jeremy war jung und viel stärker, als er selbst geglaubt hatte. Er würde seinen Weg finden, auch dann, wenn sie ihm nichts als ihre Freundschaft geben konnte.

Sie war so vertieft, dass sie gar nicht hörte, wie George in den Raum trat. Erst als sie seine Hände auf ihren Schultern spürte, merkte sie, dass er ihr über die Schulter blickte, und sie lehnte sich zurück und schob ihm das Blatt zu.

»Wird er nicht enttäuscht sein?«

»Er wird darüber hinwegkommen, Liebster.«

Er berührte zärtlich ihre Wangen, strich mit den Zeigefingern an ihren Schläfen entlang und folgte dem Halbrund ihrer dichten schwarzen Augenbrauen.

»Und du?«, stichelte sie. »Du hast doch gewiss auch Briefe zu schreiben, oder nicht?«

»Nein, Charlotte.«

»Keinen einzigen?«

»Keinen.«

Sein Tonfall sagte ihr, dass sie ihm glauben konnte. Es hatte nie eine andere gegeben. Er gehörte zu ihr, war alles, was ein

Mann einer Frau sein konnte. Ehemann und Geliebter. Beschützer und Kind. Der Schatten an ihrer Seite, das Licht auf ihrem Weg. Und er nahm sie ernst, sah eine gleichberechtigte Partnerin in ihr, denn gerade eben hörte sie ihn etwas sagen, das ihr das Herz aufgehen ließ.

»Wenn du deinen Brief beendet hast, mein Schatz«, flüsterte er zärtlich, »dann hätte ich einige Manuskripte für dich. Du weißt doch, wie wichtig es mir ist, dass du sie durchsiehst, bevor sie an den Verlag gehen, denn niemand kennt dieses Land so gut wie du.«